PETRA HAMMESFAHR

An einem Tag im November

Zum Buch

Arno Klinkhammer feiert gerade seine Beförderung zum Ersten Kriminalhauptkommissar, als er um 22.15 Uhr des 17. Novembers informiert wird, dass in Herten, einer Kleinstadt bei Köln, seit dem Nachmittag ein fünfjähriges Mädchen vermisst wird. Während Suchmannschaften die Umgebung durchkämmen, eilt Klinkhammer zu den Eltern der kleinen Emilie. Ein Rennen gegen die Zeit beginnt. Doch die Mutter steht unter Schock und ist nicht vernehmungsfähig, der zutiefst verzweifelte Vater ebenfalls keine Hilfe. Nur warum unterrichtete er erst sechs Stunden nach Emilies Verschwinden die Polizei? Welche Rolle spielt Mario von gegenüber, der immer allein zu Hause ist und in der Schule von einem Mädchentrio terrorisiert wird? Und hat vielleicht der direkte Nachbar der Brenners mehr gehört, als er sagt – immerhin sind die Wände des Reihenhauses dünn wie Pappe?

Je tiefer Klinkhammer in den Fall eintaucht, desto weiter führen die Spuren zurück in die Vergangenheit. Und so gerät eine Lawine ins Rollen, deren tödliche Folgen nicht mehr aufzuhalten sind.

Zur Autorin

Petra Hammesfahr wusste schon früh, dass Schreiben ihr Leben bestimmen würde. Mit siebzehn verfasste sie ihre ersten Geschichten, aber erst fünfundzwanzig Jahre später kam mit *Der stille Herr Genardy* der große Erfolg. Seitdem erobern ihre Spannungsromane die Bestsellerlisten, werden mit Preisen ausgezeichnet und erfolgreich verfilmt, wie *Die Lüge* mit Natalia Wörner in der Hauptrolle. Die Autorin lebt in der Nähe von Köln, wo fast alle ihre Bücher spielen.

PETRA HAMMESFAHR

An einem Tag im November

ROMAN

DIANA

Von Petra Hammesfahr sind im Diana Verlag erschienen:
An einem Tag im November
Die Lüge
Die Frau, die Männer mochte

Verlagsgruppe Random House FSC® N001967

Taschenbucherstausgabe 03/2016
Copyright © 2014 by Petra Hammesfahr
Copyright © 2014 sowie dieser Ausgabe © 2016
by Diana Verlag, München,
in der Verlagsgruppe Random House GmbH
Redaktion: Anne Tente
Umschlaggestaltung: t.mutzenbach design, München
Umschlagmotiv: © Photodisc/Getty Images; Shutterstock
Satz: Leingärtner, Nabburg
Druck und Bindung: GGP Media GmbH, Pößneck
Printed in Germany
Alle Rechte vorbehalten
ISBN 978-3-453-35882-9

www.diana-verlag.de

Besuchen Sie uns auch auf www.herzenszeilen.de
 Dieses Buch ist auch als E-Book lieferbar.

An einem Tag im November

Mit besonderem Dank an meine Tochter Tanja, die mir geholfen hat, Anne die Angst vor der Geburt zu nehmen.

Die wichtigsten Personen:
Anne (Kosmetikerin) und Lukas Brenner (betreibt ein Fitnessstudio) mit Tochter Emilie

Lukas' Eltern: Hans und Irmgard Brenner (ehemals Fabrik-
besitzer)
Annes Eltern: Harald und Emilie (Emmi) Nießen (Rentner)
Annes Geschwister: Bruder Olaf Nießen und seine Frau
Simone mit den Söhnen Lars, Sven und Finn
Annes Schwester Lena und ihr Mann Thomas Kurze

Nachbarn der Familie Brenner:
Ruth und Frederik Hoffmann (Produzent und Dokumentar-
filmer) mit Sohn Mario
Anita und Horst Reincke (Hauptschullehrer) mit den Töchtern Kathrin und Britta

Umfeld der Familie Brenner:
Marlies Heitkamp, Chefin von Anne Brenner, Inhaberin eines
Beauty-Salons, mit Sohn Markus
Murat Bülent, Student und Aushilfstrainer im Brenner-Center

Andrej Netschefka, Student und Aushilfstrainer im Brenner-Center
Maria, die Mutter von Andrej, Putzfrau
Jürgen Zardiss, Anne Brenners Gynäkologe, und seine Frau Vera
Hannah Schnitzler, Emilie Brenners Freundin

Mitglieder einer Großfamilie aus Kasachstan:
Dimitrij und Irina Jedwenko sowie Irinas Cousine Tatjana (Jana) Kalwinov
Jessie Breuer, die Freundin von Irina und Tatjana

Sowie:
Elke und Holger Notkötter
Oberstaatsanwältin Carmen Rohdecker
Benny Küpper – mit dem alles begann

Polizisten im Einsatz:
Arno Klinkhammer, bis Oktober Leiter Ermittlungsdienst in Bergheim, danach Erster Kriminalhauptkommissar und Leiter des KK 11 in Hürth
Zum KK 11 gehören: Hans-Josef Simmering, Rita Voss, Thomas Scholl, Jochen Becker und Winfried Haas
Gerd Krieger, Kriminaldauerdienst
Hormann vom Erkennungsdienst
Oskar Berrenrath, Bezirksdienstbeamter in Bergheim
Dieter Franzen, Dienstgruppenleiter der Wache in Bergheim
Armin Schöller und Karl-Josef (Kalle) Grabowski, Ermittler aus Köln und viele mehr

Prolog

Die Nacht zum Montag – 19. November

Es war ein nettes Wochenende mit Freunden und hätte nicht in einer Tragödie enden müssen, wenn sie aufgebrochen wären, als Holger Notkötter seine Frau Elke das erste Mal daran erinnerte, dass er am nächsten Morgen um sechs aus den Federn musste und sie noch vierhundertachtzig Kilometer Heimfahrt vor sich hatten.

Das war am Sonntagnachmittag um vier.

Angekommen waren sie am Freitagabend, zu spät und zu müde, um noch lange mit Biggi und Bob beisammenzusitzen und sich zu unterhalten. Aber dafür hatten Elke und ihre Freundin den ganzen Samstag und den halben Sonntag Zeit. Der ursprünglich geplante Ausflug nach Hamburg fiel ins Wasser. Wer lief denn freiwillig bei Nieselregen und Kühlschranktemperaturen über die Reeperbahn?

Holger wäre gerne gelaufen, wenigstens mal gucken, wenn man schon in der Nähe war. Er war noch nie in Hamburg gewesen und hatte seine Wetterjacke dabei. Bob hätte sich wohl ebenfalls lieber auf den Weg gemacht, statt sich den ganzen Samstagabend das Geplapper der Frauen anzuhören. Aber da

Bob den beiden nicht widersprach, hielt Holger um des lieben Friedens willen ebenfalls den Mund.

Holger Notkötter war dreiundvierzig, Elke achtunddreißig. Sie waren erst seit elf Monaten miteinander verheiratet. Für beide war es die zweite Ehe. Und Holger war fest entschlossen, es diesmal besser zu machen. Seine Ex hatte ihm oft vorgeworfen, er nähme zu wenig Rücksicht auf ihre Bedürfnisse, ehe sie ihre Sachen packte und zu ihrem neuen Freund zog. Sohn und Tochter nahm sie mit.

Holger behielt die Vierzimmerwohnung in Hüppesweiler, einem Gutshof, der zwischen der Kreisstadt Bergheim und der Kleinstadt Herten im nördlichen Rhein-Erft-Kreis lag. Außer dem imposanten Gutshaus und einigen landwirtschaftlichen Nebengebäuden gab es dort drei gepflegte Mietshäuser mit je sechs Wohnungen, die großzügig geschnitten und dennoch erschwinglich waren. In den meisten lebten Familien. Für Kinder war Hüppesweiler ein Paradies.

Für einen allein lebenden Mann war die Wohnung viel zu groß. Aber da Sohn und Tochter jedes zweite Wochenende bei ihm verbrachten, brauchte Holger mehr Platz. Außerdem lernte er schon kurz nach der Trennung Elke kennen. Sie lebte ebenfalls alleine in einer zu großen Wohnung und zog bereitwillig bei ihm ein, weil sie in Hüppesweiler schon morgens um fünf oder abends um zehn noch in die Laufschuhe schlüpfen konnte und nicht befürchten musste, jemandem über den Weg zu laufen, dem sie lieber nicht im Dunkeln begegnet wäre.

Elkes erste Ehe war kinderlos. »Zum Glück«, sagte sie an diesem Sonntag wieder mal, als Biggi das Thema zur Sprache brachte. Und als Holger um vier aufbrechen wollte, sagte Elke: »Einen Kaffee können wir doch noch trinken.« Natürlich blieb es nicht bei einem Kaffee. Biggi machte noch schnell ein paar Muffins. Dann tratschten sie weiter.

Als sie sich endlich verabschiedeten, war es schon nach acht. Holger drückte ordentlich auf die Tube. Bis um zehn schaffte er mit dem gebraucht gekauften BMW Z4, mit dem er sich über die Scheidung hinweggetröstet hatte, mehr als dreihundert Kilometer. Aber dann endete das Lkw-Fahrverbot. Und Holger fluchte wiederholt über Elefantenrennen.

»Soll ich dich mal ablösen?«, bot Elke an. »Dann kannst du schlafen.«

»Nicht nötig«, erklärte er. Sie fuhr längst nicht so routiniert und zügig wie er. Wenn er sie ans Steuer ließ, kämen sie wahrscheinlich gerade noch rechtzeitig daheim an, dass er sich für die Arbeit umziehen konnte.

»Ich löse dich aber gerne ab«, sagte Elke. »Fahr auf den nächsten Rastplatz. Ich muss sowieso mal aufs Klo.«

»Hättest nicht so viel Kaffee trinken sollen«, erwiderte er und blieb auf der linken Spur.

Der erste Unfall – etwa eine halbe Stunde später – kostete sie nur Zeit. Ein umgestürzter Gefahrguttransporter. Während sich ein paar Hundert Meter vor ihnen Rettungskräfte um den eingeklemmten Fahrer bemühten und andere Pkw-Fahrer ihre Autos verließen, um sich so nahe wie möglich an die Unfallstelle heranzupirschen, fanden Holger und Elke Zeit für Vorwürfe und den ersten richtigen Streit in ihrer jungen Ehe.

Er begann mit der Feststellung: »Wenn wir um vier losgefahren wären, läge ich längst im Bett.«

»Wenn du auf den Rastplatz gefahren wärst, hätte ich nicht das Gefühl, dass mir gleich die Blase platzt«, konterte Elke.

»Ich konnte doch nicht ahnen, dass wir in einen Stau geraten. Wann sehe ich Biggi denn mal?«

Mindestens dreimal die Woche über Skype. Dazwischen hielten sie Kontakt per SMS und Facebook. Elke arbeitete in der Hertener Stadtverwaltung und war schon mehrfach dabei erwischt worden, wie sie mit ihrer Freundin kommunizierte, statt Gebührenbescheide auszustellen. Holger versäumte es nicht, sie daran zu erinnern. Ein Wort gab das andere, bis die Polizei endlich gegen drei Uhr den Seitenstreifen freigab und die Pkw einen nach dem anderen an dem umgestürzten Transporter vorbeilotste.

Holger trat das Gaspedal augenblicklich wieder durch, musste jedoch bis zum Kreuz Köln-West das Tempo gezwungenermaßen immer wieder drosseln.

Auf der A 61 gab es keine Geschwindigkeitsbeschränkungen. Und auf den letzten dreißig Kilometern Autobahn holte er aus dem Wagen heraus, was der Motor hergab. Elke hatte es längst aufgegeben, ihn zu bitten, nicht so zu rasen. Sie konzentrierte sich lieber auf ihre Blase und versuchte, das scheußliche Gefühl im Unterleib zu ignorieren.

Als Holger um zehn vor vier die Autobahn verließ, atmete sie gepresst auf. Jetzt war es nicht mehr weit.

Der zweite Unfall geschah wenig später. Holger bremste kaum ab, als er von der Landstraße in den schlecht asphaltierten und von Schlaglöchern durchsetzten Feldweg nach Hüppesweiler einbog. Daneben verlief ein Entwässerungsgraben, der nach heftigen Regenfällen randvoll war.

Er fuhr viel zu schnell für die Straßenverhältnisse. Siebzig waren auf der Landstraße erlaubt, das bezog sich wohl auch auf den Weg. Aber hier war Elke noch nie schneller als fünfzig gefahren. Holger hatte mindestens neunzig drauf. Elke konnte die Tachoanzeige nicht einsehen, spürte nur jedes Schlagloch wie einen Tritt in den Hintern und befürchtete, dass der

Schließmuskel ihrer Blase auf den letzten Metern doch noch kapitulierte. Aber wenn Holger es nicht anders wollte …

Mit unverminderter Geschwindigkeit lenkte er in die scharfe S-Kurve etwa sechshundert Meter vor dem Gutshof, tippte das Bremspedal nur an, als er den ersten Bogen nahm. Dass der Weg hinter der zweiten Schleife nicht völlig frei war, wie man es um vier Uhr in der Frühe erwartete, nahm er in seinem Groll nicht wahr. Elke sah für den Bruchteil einer Sekunde und viel zu spät etwas Buntes mitten auf dem Weg. Sie stieß noch ein »Pass auf!« aus, da rumpelte der Z4 bereits über ein Hindernis, und sie verlor die Kontrolle über ihre Blase.

Scheppernd und kreischend schleifte der Wagen etwas mit, bevor Holger ihn endlich zum Stehen bringen konnte.

»Was war das, um Himmels willen?«, stieß er hervor. »Ein Tier?«

»Quatsch«, widersprach Elke tonlos. »Kein Tier macht so einen Lärm.«

Sie überwand den Schock als Erste, stieg mit nasser Hose aus und ging nach vorne. Unter der Motorhaube klemmte ein Kinderfahrrad. Sie richtete sich wieder auf, trat aus dem Scheinwerferlicht heraus und spähte den Weg zurück. Doch in der Dunkelheit war nichts zu erkennen.

1

Verflechtungen

Der Auftakt – zehn Monate zuvor

Das Drama, das Holger und Elke Notkötter im November ihre Selbstachtung kostete, begann für Arno Klinkhammer rückblickend betrachtet im Januar desselben Jahres mit Benny Küppers Jacke. Zu dem Zeitpunkt war Klinkhammer noch als *Leiter Ermittlungsdienst* in Bergheim zuständig für die Aufklärung kleinerer Straftaten im nördlichen Rhein-Erft-Kreis.

Klinkhammer war ein fähiger Mann, hatte bei zwei großen Fällen in den letzten Jahren der Kripo Köln und dem BKA gezeigt, dass in der Provinz keine Luschen saßen. Beim BKA hatte er seitdem einen Freund, der ihm zu einigen *Förderkursen* verholfen hatte – wie die Freundin seiner Frau das auszudrücken pflegte –, zu denen einer wie er sonst nie und nimmer Zugang bekommen hätte.

Für viele Kollegen, speziell bei der Kreispolizeibehörde Hürth, wo auch der Kriminaldauerdienst und der Erkennungsdienst, von Laien meist *Spurensicherung* genannt, untergebracht waren, war Klinkhammer seitdem so eine Art graue Eminenz. Egal mit welchen Ermittlungen man nicht recht weiterkam, man fragte ihn in der Hoffnung, dass er neue Ansatzpunkte bieten könne.

Klinkhammer hätte Karriere machen können, schlug jedoch beharrlich jede Aufstiegschance, die ihm geboten wurde, aus. Mit seinen fünfzig Jahren fühlte er sich wohl auf dem Posten in Bergheim, stand den Kollegen aber jederzeit gerne mit dem Wissen zur Verfügung, das er sich in den Weiterbildungsseminaren und Schulungen auf Kosten des BKA hatte aneignen dürfen.

Er war – gelinde gesagt – ein bisschen eigenwillig, aber auch nach einunddreißig Dienstjahren noch mit Leib und Seele Polizist. In jungen Jahren hatte er mit großen Idealen bei der Schutzpolizei begonnen, jedoch bald eingesehen, dass er als *Freund und Helfer in Uniform* nicht viel bewirken konnte. Sonderlich viel bewirken konnte er als Kriminalbeamter zwar auch nicht. Aber er wurde wenigstens nicht mehr tagtäglich und so unmittelbar mit dem stets gleichen Elend und Einerlei konfrontiert. Besoffene Autofahrer, häusliche Gewalt, Schlägereien unter Jugendlichen.

Früher waren es jedenfalls noch Schlägereien gewesen, bei denen eine Gruppe gegen eine andere Gruppe antrat und sich alle blutige Nasen holten. Dass eine Meute hirnloser Brutalos grundlos auf einen Einzelnen eindrosch, bis der sich nicht mehr rührte, wie es heutzutage üblich zu sein schien, oder dass jemand blindwütig zusammengeschlagen wurde, nur um ihm ein paar Euro oder das Handy abzunehmen, das hatte es früher nicht gegeben, meinte Klinkhammer. Und in dem Punkt stimmte sein Kollege Oskar Berrenrath mit ihm überein.

Berrenrath war nur einige Monate älter als Klinkhammer, trug als Bezirksdienstbeamter in Bergheim aber Uniform. Als Ansprechpartner für alle Bürger lag sein Schwerpunkt in der

Jugendarbeit, womit Klinkhammer nur zu tun hatte, wenn es schon zu spät und ein Jugendlicher Täter oder Opfer geworden war. Berrenrath bemühte sich um Vorbeugung, tauschte sich regelmäßig mit Sozialarbeitern aus, kontaktierte Schulen, damit Schüler und Lehrer wussten, an wen sie sich im Notfall vertrauensvoll wenden konnten. Seine Handynummer hing an den Schwarzen Brettern. Auf diese Weise hoffte man an höherer Stelle, die Gewaltbereitschaft unter Jugendlichen, speziell die Gewalt an Schulen, unter Großstadtniveau zu halten.

Leider waren Berrenraths Bemühungen nicht von durchschlagendem Erfolg gekrönt. Kinder, die von Mitschülern verprügelt, eingeschüchtert und erpresst wurden, machten schnell die Erfahrung, dass die Täter (und Täterinnen) keine nennenswerten Konsequenzen zu fürchten hatten und beim nächsten Mal noch brutaler vorgingen, weil man sie verpfiffen hatte.

Was konnten Polizisten denn unternehmen? Alles, was unter vierzehn war, galt als nicht strafmündig. Es gab Ermahnungen, und damit hatte es sich. Ab vierzehn sah es nicht viel anders aus. Es musste schon knüppeldick kommen, im wahrsten Sinne des Wortes, ehe sich ein Jugendrichter auf den Cicero-Spruch »*Wehret den Anfängen*« besann.

Benny Küpper war vierzehn Jahre alt und besuchte die 9b der Freiherr vom-Stein-Hauptschule in Herten. Sein Vater hatte die Familie vor Jahren verlassen, war abgetaucht und zahlte keinen Unterhalt. Seine Mutter arbeitete in einem Billigmöbelhaus im Hertener Gewerbegebiet. Mit ihrem Lohn kamen sie über die Runden, große Sprünge waren nicht drin.

Aber Benny war einer von den Tüchtigen. Seine Leistungen in der Schule konnten sich sehen lassen. Sein Taschengeld verdiente er selbst, trug Werbeprospekte aus, um sich besondere

Wünsche zu erfüllen. Fast ein Jahr lang hatte er auf eine Winterjacke eines angesagten Labels gespart und zu Weihnachten endlich genug Geld beisammengehabt, um sich selbst mit dem begehrten Kleidungsstück zu beschenken. Lange währte seine Freude daran leider nicht.

Am sechsten Januar kam der Junge, der nicht zu den Kräftigsten seines Jahrgangs zählte, von seiner Tour als Prospektausträger zurück und wurde bei den Müllcontainern von drei Mädchen abgefangen.

Die Älteste im »Trio Infernale«, wie Klinkhammer und Berrenrath die drei später nannten, war Jessie Breuer. Sie war ebenfalls vierzehn und besuchte dieselbe Klasse wie Benny, lag im Notendurchschnitt allerdings weit unter ihm. Dafür brachte sie entschieden mehr Gewicht auf die Waage, weil sie sich hauptsächlich von Fast Food und Süßigkeiten ernährte.

Wie Benny war Jessie ein Einzelkind, ihre Eltern lebten von Hartz IV. Ihr Vater verdiente mit Trickdiebstahl und Hehlerei etwas dazu. Ihre Mutter verbrachte den größten Teil des Tages vor dem Fernseher. Jessie stromerte in ihrer Freizeit durch die Konsumtempel in Herten oder Bergheim und steckte ein, was immer ihr gefiel. Sie hatte einige Tricks auf Lager – beim Vater abgeguckt –, um elektronische Diebstahlsicherungen und Schleusen zu überlisten. Trotzdem wurde sie gelegentlich erwischt. Jessie Breuer war somit polizeibekannt, was im Januar bei den zwei anderen Mädchen noch nicht der Fall war.

Es handelte sich um die Cousinen Tatjana Kalwinov, kurz Jana, und Irina Jedwenko. Beide besuchten ebenfalls die Freiherr-vom-Stein-Hauptschule. Jana war zwölf, Irina dreizehn, sie gab den Ton an, aufgrund von sprachlichen und anderen Defiziten ging sie jedoch wie Jana in die 7a.

Im Jahr zuvor war die Großfamilie Jedwenko/Kalwinov aus dem Übergangslager Friedland in das Hochhaus am Nordring eingezogen, in dem Benny Küpper mit seiner Mutter lebte. Zu dem Clan gehörten zwei ältere Ehepaare, mehrere alleinstehende ältere Personen, die beiden Mädchen und fünf junge Männer zwischen zwanzig und dreißig. Drei von ihnen hatten bereits Familien gegründet und somit Anspruch auf eigene Wohnungen. Deshalb bewohnte die gesamte Sippe zwei komplette Etagen.

Sie stammte aus Kasachstan. Und dort lernte man ziemlich früh Kickboxen, wie Oskar Berrenrath sich am sechsten Januar belehren lassen musste. Weil es in Kasachstan angeblich zu nichts führte, die Polizei um Hilfe zu bitten. Dort musste man sich selbst helfen, was bedeutete, man musste ordentlich draufhauen und treten können. An dieser *Schutzmaßnahme* hielten Irina und Jana fest, auch wenn sie gar nicht bedroht wurden.

Kaum hatten die beiden Mädchen sich am Nordring eingelebt, gingen sie zunächst in der kleinen Ladenzeile gegenüber dem Hochhaus auf Beutezug. Jüngeren Kindern wurde das Geld abgenommen, mit dem sie losgeschickt worden waren, um noch rasch eine Besorgung zu machen. Dabei wurden die Kleinen derart eingeschüchtert, dass sie spätestens nach dem zweiten Übergriff daheim erklärten, das Geld verloren zu haben. Lieber Schimpfe von Mama oder Papa, als feststellen müssen, wie weh es tat, wenn Irina und Jana ihren Forderungen Nachdruck verliehen.

Aber was bekam man schon für die paar Euro, die man auf die Weise erbeutete? Große Wünsche ließen sich damit nicht erfüllen, die hatten sie natürlich auch. Und dann beobachtete Irina Mitte Dezember, wie Jessie Breuer sich bei Saturn mit einem Smartphone, einigen CDs und DVDs eindeckte und im Vorweihnachtstrubel ungehindert mit ihrer Beute den Laden verließ. Irina und Jana folgten dem dicken Mädchen und nahmen Jessie in ihre Mitte, um ihr in bewährter Manier die Sachen abzunehmen. Doch bevor sie angriff, überlegte Irina es sich anders. Jessies Tricks hatten nützliche Vorteile. Und die Hand, die einen füttern konnte, biss man nicht. Das Trio Infernale war geboren.

Jessie wohnte ebenfalls am Nordring, nicht in dem Hochhaus, aber ganz in der Nähe in einem nicht weniger heruntergekommenen, dreigeschossigen Wohnblock. Eine richtige Freundin hatte sie vorher noch nie gehabt. In der Hauptschule wurde sie wegen ihres Übergewichts von den meisten gemobbt. Irina und Jana entsprachen zwar nicht unbedingt Jessies Vorstellung von guten Freundinnen. Aber wer würde es jetzt noch wagen, diese primitiven Bildchen von Jessie als Walross zu verbreiten, wenn sie zwei kickboxende Russenweiber an ihrer Seite hatte?

Bis Weihnachten erfüllte Jessie diverse Wünsche ihrer neuen Gefährtinnen. Die Läden waren überfüllt, da war es fast ein Kinderspiel. Nach Weihnachten wurde es schwieriger. Und am frühen Nachmittag des sechsten Januar wurde Jessie bei Takko erwischt, als sie für Irina ein schickes Sweatshirt organisieren sollte.

Jessie bekam Hausverbot und musste die übliche Prozedur über sich ergehen lassen: Feststellung der Personalien durch zwei Polizeibeamte der Bergheimer Wache, Heimfahrt im Streifenwagen, die obligatorische und wie immer in weinerlichem Ton vorgebrachte Frage ihrer Mutter, die von Seifenopern und diversen Shows verblödet und in Erziehungsfragen vollkommen inkompetent war: »Warum machst du denn so was? Und dann noch ein Pullover, der dir viel zu klein wäre.«

Darauf folgten Irinas Enttäuschung und Jessies Sorge, es könne schon wieder vorbei sein mit diesem Bündnis. Vielleicht war es nur das, oder es war schlicht und einfach Frust, der die drei Mädchen kurz darauf veranlasste, sich Benny Küpper vorzunehmen.

Irina baute sich vor ihm auf und verlangte ihm seine neue Jacke ab mit den Worten: »Gib her. Ist jetzt meine.«

Als Benny sich weigerte, ihr das kostbare Teil zu überlassen, musste er etliche schmerzhafte Hiebe und Tritte einstecken, ehe die drei ihm mit vereinten Kräften die Jacke vom Leib zerrten, ihn bei den Armen und Beinen packten und wie einen Abfallsack in einen der Müllcontainer warfen. Nicht ohne ihm etwas noch viel Schlimmeres anzudrohen. Das übernahm Jessie, um ihr vorheriges Versagen und die Blamage auszubügeln: »Wenn du zu den Bullen rennst und das Maul aufreißt, ist bald deine Mutter tot.«

Ungeachtet dieser Drohung und in Absprache mit seiner Mutter, erstattete Benny Küpper noch am selben Abend Anzeige in der Wache und nannte Irina als Haupttäterin. Es war Freitagabend, sieben Uhr vorbei. Die Büros der Kripo waren nicht mehr besetzt, auch Klinkhammer – oft genug der Letzte – hatte sich schon auf den Heimweg gemacht. Er bekam die Anzeige wegen Raub und schwerer Körperverletzung erst am folgenden Montagvormittag zu Gesicht. Da hatte Benny seine Jacke längst zurückbekommen – von Oskar Berrenrath.

Berrenrath glaubte keine Sekunde lang, was Irina ihm im Beisein ihres Vaters und eines unverheirateten Bruders auftischte. Dem Bruder sei so eine Jacke gestohlen worden. Sie habe gedacht, Benny sei der Dieb. Nur hatte Benny einen Kassenbon für das gute Stück. Dem Bruder passte die Jacke gar nicht.

In freundlich-verbindlichem Ton belehrte Berrenrath alle Anwesenden dahingehend, dass es in Deutschland verboten war, Leuten mit Gewalt etwas wegzunehmen. Ohne Gewalt war das ebenso wenig erlaubt, auch dann nicht, wenn man meinte, der betreffende Gegenstand gehöre einem Familienmitglied. Wenn man sich – wie Irinas Vater bei der Gelegenheit zur Verteidigung seiner Jüngsten anführte – in Kasachstan selbst helfen musste, falls einem Unheil drohte oder Unrecht widerfuhr, hier war das anders. Hier kümmerte sich die Polizei. Außerdem verlangte Berrenrath von Irina, sich bei Benny zu entschuldigen, was sie auch tat.

Und sechs Tage später, am zwölften Januar, fuhr kurz nach achtzehn Uhr ein dunkelbrauner UPS-Wagen über den Nordring in Herten. Der Fahrer stand unter Zeitdruck, konnte eine bestimmte Adresse nicht finden und telefonierte mit einem Kollegen, der die Route besser kannte.

Der Nordring war verkehrsberuhigt, mehrere bepflanzte Rondelle engten die Fahrbahn ein. Doch auch an diesen Stellen gab es Gegenverkehr. Irgendeiner in der Hertener Stadtverwaltung hatte wohl mal nachgemessen und ausgerechnet, dass gegenüber von Straßeneinmündungen durchaus noch zwei Fahrzeuge aneinander vorbeikamen, wenn es sich nicht gerade um Busse oder Lkw handelte. Man musste halt kräftig kurbeln und sollte sich an die Geschwindigkeitsbegrenzung halten. Das tat der UPS-Fahrer nicht, er fuhr schneller als die erlaubten dreißig.

Parallel zur Gegenfahrbahn verliefen ein schmaler Radweg und ein Fußweg, auf dem sich noch Kinder aufhielten. Ein

kleiner Junge mit einem Roller und zwei größere Mädchen –
Jana Kalwinov und Jessie Breuer, die sich gegenseitig mit
einem Handy fotografierten. Die Kinder sah der Fahrer und
behielt sie im Auge. Er sah auch das Auto auf der Gegenfahrbahn, das ihn auf Höhe des heruntergekommenen Hochhauses zu einem scharfen Schlenker nach rechts zwang.

Die Frau sah er nicht. Ihr Kopf tauchte wie aus dem Nichts
vor der Windschutzscheibe auf, als er dem entgegenkommen-
den Wagen auswich. Und so wie der Kopf erschien, verschwand
er auch wieder. Im nächsten Moment rumpelte der Lieferwagen
schon über ein Hindernis.

»Heilige Mutter Gottes«, stieß der Fahrer hervor.

»Ist was passiert?«, fragte sein Kollege, der durchs Telefon
mithörte.

»Eine Frau«, stammelte der Fahrer. »Ich glaube, ich habe
eine Frau überfahren.«

Er glaubte es nicht nur, er wusste es und las es zusätzlich
von den Mienen der drei Kinder auf dem Fußweg ab. Der
kleine Junge mit dem Roller stand da wie das personifizierte
Entsetzen. Auch Jessie rührte sich nicht vom Fleck. Die knabenhaft schlanke Jana dagegen kam angerannt und richtete das Handy auf den Lieferwagen. Der stand. Der Tritt
auf die Bremse war ein Reflex gewesen, nur leider zu spät
gekommen.

»Sieh nach«, riet der Kollege.

Der Fahrer schaute stattdessen in die Außenspiegel. Von
dem Auto, das ihn zu dem Schlenker gezwungen hatte, war
nichts mehr zu sehen. Eine weiße Limousine älteren Baujahrs
war es gewesen, mehr hatte er nicht registriert.

Jana erreichte den Lieferwagen, knipste ins Fahrerhaus
und unter das Fahrzeug. Dabei gestikulierte sie hektisch, um

Kunden der gegenüberliegenden Ladenzeile aufmerksam zu machen. »Hilfe!«, rief sie. »Hilfe! Der Neger hat totgefahren Mutter von Benny Küpper!«

Tot war Bennys Mutter nicht – noch nicht. Helga Küpper starb drei Tage später auf der Intensivstation einer Kölner Klinik, ohne das Bewusstsein wiedererlangt zu haben. Deshalb konnte man sie nicht zum Unfallhergang und einer möglichen Beteiligung Dritter befragen. Ihre Wohnung im fünften Stock des Hochhauses wurde kurz darauf von ihrer in Dortmund lebenden Schwester aufgelöst, die auch Benny bei sich aufnahm.

Ob Helga Küppers Verletzungen ausschließlich von dem UPS-Wagen verursacht worden waren, ließ sich durch die nachfolgende Obduktion nicht mehr klären. Nach einer mehrstündigen Operation waren eventuelle Spuren anderer Gewalteinwirkungen nicht mehr zu rekonstruieren.

Es war nicht auszuschließen, dass Helga Küpper noch schnell in der gegenüberliegenden Ladenzeile etwas hatte besorgen wollen. In der dortigen Bäckereifiliale wurden die restlichen Brotbestände des Tages ab achtzehn Uhr zum halben Preis verkauft. Es wäre nicht das erste Mal gewesen, dass Bennys Mutter sich bemüht hätte, eins dieser Brote zu ergattern. Vielleicht war sie, ohne auf den Verkehr zu achten, in die Fahrbahn getreten und so unglücklich unter den Lieferwagen geraten, dass einer der Vorderreifen ihren Brustkorb eindrückte. Damit ließen sich die multiplen inneren Verletzungen erklären. Die Schädelprellung konnte sie sich beim Aufschlag auf das Straßenpflaster zugezogen haben. Und vielleicht waren Jessie und Jana mit dem Handy rein zufällig in der Nähe gewesen.

Der UPS-Fahrer hatte auf dem kurzen Fußweg zum Eingang des Hochhauses keine Menschenseele gesehen. Allerdings hätte er auch niemanden sehen können, weil eine wuchtige Fichte, deren Zweige bis auf den Erdboden hingen, die Sicht versperrte. Durchaus denkbar, dass dort jemand gestanden und Helga Küpper aufgelauert hatte, um sie mit einem Stoß genau in dem Moment in die Fahrbahn zu befördern, als ein größeres Fahrzeug nahte. Wenige Minuten später wäre ein Linienbus vorbeigefahren, wie wochentags immer um diese Zeit.

Die Ermittlungen führte nicht Klinkhammer, sondern die Kripo Köln, die bei jedem Tötungsdelikt im Rhein-Erft-Kreis eingeschaltet werden musste. Weil Köln einen Polizeipräsidenten hatte und die Kreispolizeibehörde nur den Landrat als obersten Dienstherrn. Welchen Unterschied das bei Ermittlungen machen sollte, war Klinkhammer ein Rätsel. Er hatte nichts gegen die Kölner Kollegen, doch die hatten gewisse Schwierigkeiten mit ihm – nicht alle, aber einige. Und da man im Voraus nie wusste, wer von denen auftauchte, wenn im Kreis ein Mensch gewaltsam ums Leben gekommen war, drängte es ihn nicht auf einen höheren Posten, auf dem er in solchen Fällen zur Zusammenarbeit mit den Kölnern gezwungen wäre.

Nach Helga Küppers Tod ging die Kölner Kripo allen Verdachtsmomenten nach, fand jedoch keine stichhaltigen Beweise für eine Straftat. Zuverlässige Zeugen gab es nicht. Der kleine Junge mit dem Roller und die wenigen Kunden der Ladenzeile waren erst aufmerksam geworden, als Jana Kalwinov zu schreien begonnen hatte. Jana und Jessie Breuer machten gegenüber der Polizei übereinstimmende Aussagen. Danach hatte es keine Fremdbeteiligung gegeben.

Rein rechtlich gesehen lag die Schuld somit alleine beim Fahrer des Lieferwagens. Er war zu schnell gewesen, hatte verbotswidrig telefoniert und mit nur einer Hand am Lenkrad nicht so rasch reagieren können, wie es notwendig gewesen wäre. Aber nicht nur wegen Benny Küppers Jacke behielt die Sache für Klinkhammer, Berrenrath, die Lehrerschaft und die Schüler der Freiherr-vom-Stein-Hauptschule einen üblen Beigeschmack.

In der Woche nach Helga Küppers Tod erzählte Irina Jedwenko an der Schule, Janas Brüder hätten Bennys Mutter auf Anweisung von Dimitrij zusammengeschlagen und vor das UPS-Auto gestoßen. Zur Strafe, weil Benny mit dem Einverständnis seiner Mutter *zu Bulle gerannt war und Maul aufgerissen hatte.*

Zum Beweis zeigte Irina die per Handy aufgenommenen Fotos vom Lieferwagen und dem darunter liegenden Körper. Damit drohte sie einem Fünftklässler, den sie um zwei Euro erleichterte: »Wenn du machst wie Benny, ist bald auch dein Mutter tot. Oder klein Schwester. Hast du klein Schwester? Ist besser als Mutter. Kann Dimitrij für viel Geld verkaufen an alte Sack, machen später andere tot.«

Von diesem Vorfall erfuhr Berrenrath durch eine Sozialarbeiterin. Er setzte umgehend Klinkhammer in Kenntnis, der seinerseits die Kölner Kripo informierte und gebeten wurde, Dimitrij Jedwenko und Janas Brüder nach ihren Alibis für den Abend des zwölften Januar zu befragen.

Dimitrij war Irinas ältester Bruder und Chef des gesamten Clans. Nach Klinkhammers Kenntnisstand handelte er nicht mit Menschen, gewiss nicht mit kleinen Kindern. Dimitrij Jedwenko bemühte sich vielmehr auf unkonventionelle Weise darum, einen Gebrauchtwagenhandel aufzuziehen. Seine Brüder, Vettern und ein Onkel sprachen Autofahrer auf großen Parkplätzen an und versuchten ihnen hartnäckig den Wagen abzuschwatzen, was bereits mehrfach zu Ärger und Missverständnissen geführt und schon zweimal die Polizei auf den Plan gerufen hatte. Es war Dimitrij zwar jedes Mal gelungen, den Sachverhalt zu erklären. Aber er wollte kein weiteres Aufsehen erregen – weder persönlich noch durch Angehörige.

Im Beisein ihres ältesten Bruders hielt Klinkhammer Irina eine sogenannte Gefährderansprache. Mit anderen Worten: *Ich weiß, was du treibst, und wenn du so weitermachst, ziehe ich dich aus dem Verkehr.* Mehr konnte er nicht tun. Den Rest übernahm Dimitrij, nachdem Klinkhammer sich wieder verabschiedet hatte.

In der Schule wurde Irina tags darauf von Jana mit heftigen Bauchschmerzen entschuldigt. Ihre Mitschüler konnten sich drei Tage später im Sportunterricht davon überzeugen, dass Irina wohl nicht nur der Bauch, sondern mehr noch der Rücken wehgetan hatte. Der sah aus, als hätte ihn jemand als Zeichenbrett für abstrakte Kunst benutzt. Von den Schultern bis zum Hintern war alles grün und blau, rot gefleckt und gestreift, dazwischen gab es einige dunkellila Striemen.

In der 9b sorgte Jessie Breuer dafür, dass alle erfuhren, wie gefährlich Irinas ältester Bruder war, damit es wirklich niemand mehr wagte, eine blöde Bemerkung über ihre Körperfülle zu machen oder ihr sonst wie dumm zu kommen. Dass ihre auf dem Pausenhof Angst und Schrecken verbreitende Freundin Irina daheim nichts zu lachen hatte, tat dem Schrecken doch keinen Abbruch. Im Gegenteil.

Jessie ließ verlauten, Dimitrij Jedwenko sei eine ganz große Nummer in der Unterwelt und wolle deshalb mit der Polizei nichts zu tun haben. Der Gebrauchtwagenhandel sei nur Tarnung. In Wirklichkeit handle Dimitrij mit ganz anderen Sachen. Nicht mit Drogen, nicht mit Waffen. Nein. Mit jungen Frauen und Mädchen, wie Irina schon angedeutet hatte. Drogen und Waffen konnte man nur einmal verkaufen, Frauen und Mädchen dagegen immer wieder, so lange, bis sie keiner mehr haben wollte. Dann konnte man immer noch ein Snuff-Video mit ihnen drehen. Und kleine Kinder seien in dem Geschäft besonders begehrt.

Samstagabend, 17. November – gegen 22:00 Uhr

Sie saßen zu viert in einem Kölner Nobelrestaurant mit kryptischer Speisekarte und genossen ein mehrgängiges Menü, um endlich Arno Klinkhammers sechs Wochen zurückliegende Beförderung zum Ersten Kriminalhauptkommissar und Leiter des für Kapitaldelikte zuständigen KK 11 in Hürth zu feiern: Oberstaatsanwältin Carmen Rohdecker, die seit der gemeinsamen Schulzeit mit Klinkhammers Frau Ines befreundet war, Carmens Mann Herbert, Klinkhammer und seine bessere Hälfte – im wahrsten Sinne des Wortes.

Die silberne Hochzeit lag schon geraume Zeit hinter ihnen, aber den ersten richtigen Ehekrach hatten Ines und Arno Klinkhammer immer noch vor sich. Ines war der ruhende Pol, um den sich sein Leben drehte. Sie war fünf Jahre älter als er, arbeitete als programmverantwortliche Lektorin bei einem Kölner Verlag und hatte mit entschieden mehr Mord und Totschlag zu tun als er. Wenn er sich mit Grausamkeiten auseinandersetzen musste, die der normale Menschenverstand nicht nachvollziehen konnte, wusste Ines immer, wovon er sprach. Sie war immer da, wenn er reden musste, fühlte sich nie angeekelt, nie abgestoßen, verlangte nie, dass er den Mund hielt, beschwerte sich auch nie, er hätte zu wenig Zeit für sie. Sie war ja beruflich ebenfalls stark eingespannt.

Das Restaurant hatte Ines kürzlich entdeckt, als sie einen ihrer amerikanischen Autoren auf Deutschlandtour ausführen musste. Sie hatte ihrer Freundin davon erzählt, Carmen liebte es ausgefallen. Klinkhammers Geschmack war das nicht. Das Einzige, was er auf der Karte problemlos entziffern konnte, waren die Preise, und die waren gesalzen. Aber Ines hatte ihm versichert, das Essen sei köstlich. Bis zum dritten Gang behielt sie recht. Er erkannte zwar nicht jedes Mal auf Anhieb, was ihm vorgesetzt wurde, doch es schmeckte gut.

Und er wollte sich nicht lumpen lassen, sonst hätte Carmen ihm die nächsten Jahre bei jeder Gelegenheit unter die Nase gerieben, dass man es ohne Abitur im Polizeidienst eben nicht bis nach ganz oben schaffte. Erster Kriminalhauptkommissar und Leiter eines Kommissariats in der Provinz, das war für ihn das Ende der Fahnenstange.

Die Oberstaatsanwältin hatte eine überaus scharfe Zunge und einen Humor, mit dem umzugehen man erst lernen musste. Klinkhammer hatte mit der Zeit großes Geschick entwickelt, die meisten ihrer Bemerkungen einfach an sich abprallen zu lassen. Aber er musste ihr ja nicht unbedingt Munition für ihr Mundwerk liefern.

Die Unterhaltung plätscherte locker dahin. Carmen schwelgte in Erinnerungen, ließ die Stationen seines beruflichen Werdegangs Revue passieren, ganz nach dem Motto: *Unser Arno, wer hätte gedacht, dass er sich doch noch dazu durchringt, bis zur Pensionierung nicht nur Handtaschenräuber*

*und andere Kleinkriminelle zu jagen und ab und zu versehent-
lich über ein Mordopfer zu stolpern.*

Manch einer hätte sich vermutlich gewundert, dass Klinkhammer sich das bieten ließ. Aber er wusste ja, wer es sagte.
Und er wusste auch, dass Carmen ihm im Grunde nur übel
nahm, nicht vor Jahren um seine Versetzung nach Köln gebeten zu haben, wo ein heller Kopf mit scharfem Verstand ihrer
Meinung nach mehr hätte bewirken können.

Das Dessert stand noch aus, und bevor es aufgetragen
wurde, begann in seinem Jackett ein Kind zu lachen. Er hatte
wieder mal vergessen, sein Handy auszuschalten. Statt dröger
Klingeltöne oder nerviger Melodien hatte er sich für dieses
Lachen entschieden. Das sorgte in edlem Ambiente für weniger Unmut als die üblichen Töne eines Mobiltelefons.

Die im Display angezeigte Nummer gehörte zum Kriminaldauerdienst, wie Klinkhammer mit einem Blick feststellte. Er
nahm das Gespräch an, sagte jedoch zuerst nur: »Sekunde, ich
suche mir ein Fleckchen, wo ich keinen störe.«

Es war andersherum. Er wollte bei dem Gespräch nicht gestört werden. Keiner vom KDD griff am späten Samstagabend
zum Telefon, um dem neuen Leiter des KK 11 einen Witz zu
erzählen. Wenn die etwas von ihm wollten, musste es dringend sein. Deshalb zog er sich mit dem Handy in den Gang
vor den Toiletten zurück.

Der Anrufer war Gerd Krieger, den Klinkhammer seit ewigen Zeiten kannte. Krieger teilte ihm ohne lange Vorrede den
Sachverhalt mit: »In Herten ist am Nachmittag ein fünfjähriges Mädchen aus dem Garten ausgebüxt. Wahrscheinlich gegen halb vier. Der Vater war eben auf der Wache in
Bergheim. Franzen hat uns umgehend informiert. Er hat
selbst mit dem Vater gesprochen, aber nur vier Wagen und

neun Leute zur Verfügung. Zwei sind unterwegs zu einer Schlägerei.«

Franzen war einer der Dienstgruppenleiter der Bergheimer Wache, ein fähiger und besonnener Mann Mitte vierzig, verheiratet und Vater von zwei Kindern, die schon etwas größer waren, zehn und zwölf, wenn Klinkhammer das richtig im Kopf hatte.

»Gegen halb vier?«, wiederholte er fassungslos und schaute auf seine Armbanduhr. Es war Viertel nach zehn. Einen sarkastischen Unterton konnte er sich nicht verkneifen, so was lernte man nebenher, wenn man regelmäßig privaten Umgang mit einer bissigen Oberstaatsanwältin pflegte. »Und der Vater war eben schon auf der Wache? Hat Franzen ihn gefragt, wie oft er seit halb vier in seinen Garten geschaut hat?«

Das Missverständnis klärte sich rasch. Gemeint war nicht der Garten eines Einfamilienhauses, wie Klinkhammer im ersten Moment annahm, sondern ein Wohnviertel am westlichen Ortsrand von Herten, das wegen seiner Straßennamen *Garten* genannt wurde.

Es gab einen Lavendelsteg, einen Gardenienpfad, einen Fliederstock, ein Lilienfeld und einiges an Straßennamen mehr, die der Botanik entnommen waren. Und es war so ruhig wie in einem Garten. Motorengeräusche wurden in der Regel von Rasenmähern oder Laubsaugern verursacht. Die einzigen Fahrzeuge, die das ansonsten verkehrsfreie Viertel befahren durften, waren die von Entsorgungsunternehmen, Paketzustellern, Rettungskräften und der Polizei. Für Anwohner und Besucher gab es zwei große Parkplätze an den beiden sich praktisch gegenüberliegenden Zufahrten Dürener Straße und Alte Hauptstraße.

»Die Kleine wollte unbedingt mit dem Fahrrad raus«, gab

Krieger wieder, was er vom Dienstgruppenleiter der Wache in Bergheim gehört hatte. »Die Eltern wollten sie bei dem Wetter aber nicht vor die Tür lassen.«

»Vernünftige Leute«, kommentierte Klinkhammer.

Im gesamten Rhein-Erft-Kreis hatte es den ganzen Tag über mit kurzen Unterbrechungen geregnet, zeitweise geschüttet wie aus Kübeln. Und dazu hatte ein Windchen geweht, das in einzelnen Böen Sturmstärke erreichte.

»Sagte Franzen auch«, stimmte Krieger zu. »Er kennt die Familie. Die Mutter ist gesundheitlich nicht auf der Höhe. Sie war eingeschlafen. Die Kleine hat die Gelegenheit genutzt. Du weißt ja, wie Kinder sind.«

Das wusste Klinkhammer nicht so gut, wie einige annahmen. Seine Ehe war kinderlos. Trotzdem hatte er gewisse Kenntnisse sowohl vom Verhalten eines Kindes als auch von den Handlungsweisen Erwachsener in bestimmten Situationen, zum Beispiel, wenn ein Kind nervte. Deshalb spürte er sofort dieses mulmige Gefühl im Magen, Vorbote einer Beklemmung, die er sich auf seinem neuen Posten nicht mehr leisten konnte.

Ausgebüxt klang harmlos und alltäglich, als sei das schon oft vorgekommen. Aber *wahrscheinlich gegen halb vier,* das waren mittlerweile fast sieben Stunden. Entweder hatten die Eltern in dieser Zeit ihre Möglichkeiten bis zur Neige ausgeschöpft, ehe sie zu der Erkenntnis gelangt waren, dass sie die Polizei brauchten. Oder es war im Elternhaus zu einem Drama gekommen. Dann hatten sie wohl zuerst aufgeräumt und beratschlagt, ehe sich der Elternteil mit den besseren Nerven zur Wache bemüht hatte.

Auch wenn Klinkhammer bis vor sechs Wochen eigentlich nicht dafür zuständig gewesen war, war er doch häufig mit solchen Tragödien konfrontiert worden, weil Kollegen, für die er nun der Chef war, um seine Unterstützung gebeten hatten.

Aber er wollte nicht gleich vom Schlimmsten ausgehen und entschied sich, erst mal einer harmlosen Variante den Vorzug zu geben. Vielleicht war die Kleine wirklich nur ausgerissen. Was bei näherer Betrachtung allerdings längst nicht so harmlos war, wie es ihm lieb gewesen wäre. Ein fünfjähriges Mädchen war eine leichte Beute, wenn es alleine unterwegs war. Das hatte man schnell bei der Hand genommen oder in ein Auto gezerrt.

Er sah auf Anhieb einige Schreckensszenarien. Und alles, was ihm spontan in den Sinn kam, um die aufsteigende Beklemmung in Grenzen zu halten – das Kind ist zu den Großeltern geradelt, zu seiner Lieblingstante oder der besten Freundin –, war angesichts der beinahe sieben Stunden unwahrscheinlich. Jeder Erwachsene mit etwas Grips im Schädel hätte den Eltern längst Bescheid gesagt, dass das Kind dort aufgetaucht war.

»Ist die Kleine schon öfter weggelaufen?«, fragte er.

»Keine Ahnung«, antwortete Krieger. »Das hat Franzen nicht gesagt.«

»Manchmal hilft es, wenn man fragt«, sagte Klinkhammer. »Wo war denn der Vater gegen halb vier? Oder hat Franzen dir das auch nicht verraten?« Die Ironie war kaum zu überhören.

Krieger reagierte darauf wie ein zu Recht gescholtener Schüler mit einem schuldbewussten Ton. »Doch, der war im Fitnessstudio. Er arbeitet da, das heißt, er ist der Besitzer, Lukas Brenner.«

»Das Brenner-Center«, sagte Klinkhammer mit einem Hauch von Respekt. »Angeblich das beste Studio im Kreis, auch bei Polizisten beliebt.«

»Sag bloß, du kennst den Laden?«, wollte Krieger wissen.

»Nicht persönlich.« Klinkhammer hielt sich mit Laufen fit. Dreimal die Woche frühmorgens an der Erft bei Paffendorf entlang, wo Ines und er ein hübsches Häuschen bewohnten. Aber Oskar Berrenrath ging, wie Klinkhammer wusste, seit Eröffnung des Brenner-Centers regelmäßig dorthin, um notfalls mit seiner speziellen Klientel Schritt halten zu können. Wenn Halbwüchsige Fersengeld gaben, konnte einem nicht durchtrainierten Mann in den besten Jahren schon mal die Puste ausgehen. Berrenrath nahm es noch locker mit Sechzehnjährigen auf – und hatte schon mehr als einmal in den höchsten Tönen von diesem Studio und von Lukas Brenner gesprochen.

Mit Franzen waren das schon zwei Beamte der Dienststelle Bergheim, die Brenner persönlich kannten und schätzten. Diese Erkenntnis zwang Klinkhammers Polizistenhirn, sich nun doch vordringlich mit dem Drama im Elternhaus zu beschäftigen. Wenn dem Kind dort etwas zugestoßen war, was kein Mensch so ohne Weiteres als Unfall ausgeben konnte, und wenn die Eltern das vertuschen wollten …

Vertrautheit hatte schon manchen mit Blindheit geschlagen. Nicht umsonst wurde man bei persönlicher Betroffenheit von Ermittlungen ausgeschlossen. Wenn man die Leute kannte und ihnen nichts Böses zutraute, wurde leicht etwas übersehen, oder man kam einfach nicht auf das Naheliegende. Davon konnte sogar er ein Lied singen, sozusagen auf eigene schlechte Erfahrungen zurückblicken.

Ebenso gut konnte Lukas Brenner sich natürlich raschere Hilfe erhofft haben, wenn er mit dem Dienstgruppenleiter persönlich sprach. Wobei er, als er endlich die Wache aufsuchte, nicht mal gewusst haben musste, dass Franzen im

Dienst war. Fragte sich nur, warum Brenner sich so viel Zeit gelassen hatte.

Weil Franzen nur vier Wagen und neun Leute zur Verfügung hatte, von denen auch noch zwei gerade im Einsatz waren und zwei weitere in der Wache bleiben mussten, blieben fünf Leute in drei Fahrzeugen, bei Weitem nicht genug für die Suche nach einem seit fast sieben Stunden abgängigen Kind im Vorschulalter. Das wusste Krieger genauso gut wie Klinkhammer.

Ehe er Klinkhammer informierte, hatte Krieger deshalb bereits alle entbehrlichen Kräfte von den Nachbarwachen zur Unterstützung nach Herten geschickt und beim Arbeiter-Samariter-Bund in Brühl einen Mantrailer angefordert. Der Einsatz eines solchen Suchhundes mit spezieller Ausbildung hatte sich schon mehrfach bewährt. Zweimal war es gelungen, mithilfe eines Mantrailers altersverwirrte oder demente Personen aufzuspüren, ehe sie durch Unterkühlung oder Unterzuckerung einen gesundheitlichen Schaden erlitten. Und einmal war so ein Hund dem Weg gefolgt, den ein Bankräuber genommen hatte. Alles was man brauchte, war ein Kleidungsstück – in dem Fall eine löchrige Strickmütze, die als Gesichtsmaske benutzt und nach dem Überfall weggeworfen worden war.

Wo ein Mensch ging oder stand, verlor er Hautschüppchen, denen der körpereigene Geruch anhaftete. Diesen Geruch nahm ein Mantrailer auf Straßen und Wegen, an Hauswänden, Hecken, Zäunen, sogar noch in der Luft wahr. Aber wegen des anhaltenden Regens glaubte niemand so recht, dass der Hund die Spur des vermissten Kindes aufnehmen und ihr folgen könnte. Der Hundeführer hatte den Einsatz nicht rundheraus ablehnen mögen, jedoch sofort die nicht gerade optimalen Wetterbedingungen angeführt, um erst gar keine allzu großen Hoffnungen zu wecken.

Die Polizeifliegerstaffel in Düsseldorf hatte Krieger ebenfalls informiert. Hummel 6, ein Hubschrauber vom Typ BK 177 mit einer hochmodernen Wärmebildkamera an Bord, stand bereit und würde aufsteigen, sobald man das Umfeld des vermissten Kindes durchleuchtet hatte und wusste, ob die Suche aus der Luft notwendig war.

Für Waldstücke, über denen der Hubschrauber mit seiner Kamera nicht viel ausrichtete, sollten bei Anbruch des nächsten Tages die Rettungshundestaffel des ASB mit Flächensuchhunden und eine Hundertschaft der Bereitschaftspolizei ausrücken. Vorausgesetzt, man hatte das Kind bis dahin nicht gefunden und es hatten sich entsprechende Anhaltspunkte ergeben. Nur in Fernsehkrimis stolperten Polizisten und Hundeführer ohne gezielte Information schon unmittelbar nach Bekanntwerden eines Vermisstenfalls bei Nacht und Nebel durch Wald und Flur.

Vordringlich musste man jetzt mit den Eltern und anderen Familienangehörigen reden, die Nachbarschaft befragen, den Freundeskreis des Kindes abklappern, das Elternhaus und das Brenner-Center unter die Lupe nehmen. Sonst hieß es nachher, man hätte Unsummen mit der Suche draußen verschwendet, obwohl man nur in einen Bettkasten, unter einem Wäschehaufen oder in ähnlichen Verstecken hätte nachschauen müssen.

Emilies Familie

Als Benny Küpper Anfang des Jahres seine Mutter verlor, war Anne Brenner noch eine attraktive, gesunde, tüchtige und stets perfekt gestylte Frau im Einklang mit sich und ihren Lebensumständen.

Anne war als älteste von drei Geschwistern in einfachen Verhältnissen aufgewachsen. Ihr Bruder war zwei, ihre Schwester vier Jahre jünger als sie. Nach der Schule hatte sie eine Lehre zur Drogeriefachverkäuferin absolviert, der sie eine Ausbildung zur Kosmetikerin folgen ließ.

Mit einundzwanzig Jahren lernte sie Lukas kennen, den einzigen Sohn sehr wohlhabender Eltern. Er war dreiundzwanzig und studierte an der Sporthochschule in Köln. Sein Vater leitete die vom Großvater übernommene Eisenwarenfabrik in Herten, in der Nägel und Schrauben hergestellt wurden. Weil Lukas keine Anstalten machte, in dessen Fußstapfen zu treten, verkaufte sein Vater das Werk zehn Jahre später und setzte sich schon mit sechzig Jahren zur Ruhe.

Nachdem Anne und Lukas festgestellt hatten, dass sie wunderbar miteinander auskamen, bezogen sie eine gemeinsame Wohnung. Lukas machte sein Diplom, wusste jedoch anschließend nicht, auf welche Weise er seine Brötchen verdienen könnte. Pädagogik lag ihm nicht. Zu der Zeit hatte er mit Kindern noch weniger im Sinn als mit Nägeln und Schrauben. Weil seine Eltern ihn nach Abschluss des Studiums nicht länger finanziell unterstützten, verdingte Lukas sich für eine Aufwandsentschädigung als Übungsleiter beim Sportverein. Den Sommer über half er zusätzlich als Badeaufsicht im Freibad und träumte davon, irgendwann ein eigenes Fitnessstudio zu eröffnen. Dabei blieb es für fünfzehn Jahre.

Während dieser Zeit bezeichnete Simone, die Frau von Annes Bruder, Lukas häufig als *charmanten Nichtsnutz* und manchmal als *Schmarotzer*. Gelegentlich fragte sie auch: »Wie lange willst du den faulen Sack noch durchfüttern, Anne?«

Anne hatte nie das Gefühl, Lukas auszuhalten. Sie lebten mit vertauschten Rollen, was war daran auszusetzen? Er lag nicht auf der faulen Haut, erledigte die gesamte Hausarbeit. Lukas sah aus wie ein Macho, aber er war sich für nichts zu schade.

Wenn Anne abends von der Arbeit kam, konnte sie sich an einen gedeckten Tisch setzen, anschließend die Beine hochlegen und ihren Händen eine Cremepackung gönnen. Um den Abwasch und eine aufgeräumte Küche musste sie sich so wenig Gedanken machen wie um das Frühstück am nächsten Morgen. Selbstverständlich stand Lukas mit ihr auf. Und während sie im Bad war, machte er Kaffee, deckte den Tisch und packte ihr einen Imbiss ein, weil sie einen sehr langen Arbeitstag hatte.

In den ersten Jahren ihrer Beziehung war Anne in Köln beschäftigt, ging morgens um sieben Uhr aus der Wohnung und kam abends erst nach acht Uhr heim. Dann stellte Marlies Heitkamp sie ein. Deren Mann hatte sich kurz zuvor erhängt. Eine der unschönen Sensationen, die sich in einer Kleinstadt wie Herten wie ein Lauffeuer verbreiten, wochenlang Gesprächsthema Nummer eins sind und niemals völlig in Vergessenheit geraten.

Marlies Heitkamp war Anfang dreißig und Inhaberin der Parfümerie, die schräg gegenüber dem Hertener Ärztehaus lag, in dem Annes Gynäkologe praktizierte. Die junge Witwe brauchte dringend eine zuverlässige Kraft, die notfalls alleine zurechtkam, weil Marlies sich neben dem Geschäft noch um ihren siebenjährigen Sohn kümmern musste, den der Freitod seines Vaters stark belastete.

Anne überlegte nicht lange. Finanziell bedeutete es zwar eine kleine Einbuße. Doch schon die eingesparten Fahrtkosten machten sie wett. Von da an stand sie – bei einem freien Tag die Woche – von morgens halb neun bis abends um sieben und samstags bis um vier in der Parfümerie, die bald umgetauft wurde in *Beauty-Salon Heitkamp*.

Auf Annes Betreiben richtete Marlies eine Kabine für kosmetische Behandlungen ein. Dem Geschäft bekam das ausgezeichnet. Marlies verkaufte entschieden mehr Pflegeartikel als vorher. Anne war eine exzellente Kosmetikerin. Das sprach sich schnell herum. Oft genug hatte sie so viel zu tun, dass sie keine Mittagspause machen konnte, nur mal zwischendurch in das von Lukas belegte Brot biss oder von dem Salat naschte, den er ihr in eine Frischhaltedose gefüllt hatte. Dazu noch ein Schluck Kaffee, und Annes Welt war vollkommen in Ordnung.

Ein Vermögen verdiente sie trotz der rund zweiundvierzig Stunden in der Woche und der Trinkgelder nicht. Von ihrem Einkommen so viel zu sparen, dass Lukas davon irgendwann ein Fitnessstudio hätte einrichten können, die Vorstellung war lange Zeit utopisch. Sich für seinen Traum zu verschulden widerstrebte ihnen beiden. Es gab auch schon zwei Studios in Herten, die jedoch beide nicht den besten Ruf genossen. Sie waren reine Muckibuden.

Lukas sprach zwar oft davon, sein Studio ganz anders aufzuziehen. Doch für Anne blieb das Träumerei. Ihr Verdienst reichte zum Leben, für die Zweizimmerwohnung, Kleidung, ihr Auto – Lukas fuhr zu der Zeit nur Fahrrad – und für zwei Wochen Urlaub jährlich in Spanien, Griechenland, Ägypten oder der Türkei. Damit war Anne zufrieden, sie wollte es gar nicht anders.

Bloß nicht in Mutters Fußstapfen treten! Mit drei Kindern ans Haus gekettet und dem sparsamen Ehemann jede Ausgabe erklären müssen. *»Olaf braucht schon wieder neue Schuhe, Harald. Vom Haushaltsgeld kann ich ihm die nicht kaufen. Der Metzger ist auch schon wieder teurer geworden.«*

Statt Rasen und Blumen hatte es im Garten hinter Annes Elternhaus früher nur Kartoffeln und Gemüse gegeben. So hatte ihre Mutter finanzielle Engpässe überbrücken, sich hin und wieder eine Dauerwelle leisten oder ein paar Mark vom knappen Haushaltsgeld auf die Seite schaffen können, um *ihren Harald* zum Geburtstag oder zu Weihnachten mit einem Aftershave oder einer Flasche Weinbrand zu bescheren. Das hatte Anne schon in sehr jungen Jahren als eine Form von Betrug und eine besondere Demütigung empfunden.

Wenn Anne Lukas beschenkte, hatte sie das von ihrem eigenen Geld bezahlt, und er freute sich jedes Mal ehrlich und aufrichtig darüber. Im Gegensatz zu ihr freute er sich auch riesig, als sie ihn im Sommer 2007 mit einem Geschenk überraschte, das man nicht kaufen konnte. Sie war mit Emilie schwanger. Ungewollt! Gerade sechsunddreißig Jahre alt geworden, hatte Anne das Thema Kinder bereits still für sich abgehakt. Und Lukas, der geborene Optimist, fragte keine Sekunde lang, wie sie das finanziell bewerkstelligen sollten. Es wäre auch eine überflüssige Frage gewesen, seine Eltern freuten sich nämlich mit ihm.

Weil die Zweizimmerwohnung für drei Personen zu klein war, kauften Hans und Irmgard Brenner ihrem Sohn unmittelbar nach Bekanntgabe der Schwangerschaft die Doppelhaushälfte 24a am Holunderbusch im *Garten*. Und sie beließen es nicht beim Haus, sondern erklärten sich zusätzlich bereit, Lukas seinen lang gehegten Traum zu erfüllen: das eigene Fitnessstudio. Sämtliche notwendigen Umbauten und die komplette Ausstattung, einschließlich Saunabereich und Solarium, wollten sie übernehmen. Lukas musste sich nur um geeignete Räumlichkeiten und Kunden bemühen.

Das tat er mit für Anne erstaunlichem Elan. Binnen kürzester Zeit fand er eine leer stehende Lagerhalle im Hertener Gewerbegebiet, die für seine Zwecke ideal und preisgünstig zu haben war. Nachdem die Halle umgebaut und eingerichtet war, schaltete er Anzeigen und ließ Werbezettel verteilen.

Natürlich gab es gewisse Anlaufschwierigkeiten. Doch die waren bald überwunden, weil Lukas sein Studio tatsächlich ganz anders aufzog als seine beiden Konkurrenten. Einer von ihnen kapitulierte kurz darauf und heuerte als Trainer im Brenner-Center an. Der andere setzte auf noch mehr Muskeln und Kampfsport. Er stand im Verdacht, den größten Teil seiner Einkünfte durch den Handel mit unerlaubten Substanzen zu erzielen.

Mitte Januar, als Benny Küpper zur Tante nach Dortmund ziehen musste, florierte das Brenner-Center so gut, dass Lukas mit dem Gedanken an Expandierung spielte. Das Nebengebäude stand seit Monaten leer und war geeignet für ein Wasserbecken. Das hatte er schon prüfen lassen. Aqua-Gymnastik fehlte ihm noch im Angebot.

Er beschäftigte zwei Trainer, zwei Trainerinnen, eine Masseurin, einen Physiotherapeuten und zwei Studenten als Aushilfen: Murat Bülent, dessen Familie vor mehr als dreißig Jahren aus Ordu an der Schwarzmeerküste nach Herten gezogen war. Murat studierte Informatik, war zweiundzwanzig Jahre alt und immer noch Mitglied in dem Sportverein, den Lukas früher betreut hatte. Und Andrej Netschefka, ein deutschstämmiger Kasache, der das Lager Friedland im Frühjahr 2002 zusammen mit seiner Mutter Maria durchlaufen hatte. Andrej studierte Germanistik, Geschichte und Sport auf Lehramt. Seine Mutter war unendlich stolz auf ihn. Sie hatte es nur bis zur Putzfrau gebracht, war eine der beiden Reinigungskräfte, die das Brenner-Center sauber hielten. Maria kam auch zweimal die Woche ins Haus der Brenners, um dort zu erledigen, wofür Lukas längst keine Zeit mehr hatte.

Sein Kundenstamm war bunt gemischt. Muskelprotze suchte man vergebens. Stattdessen sah man Senioren, Körperbehinderte, Unfallopfer, Leute mit Rückenproblemen, Haltungsschäden und Übergewicht. Polizisten und Feuerwehrmänner hielten sich bei Lukas fit. Karrierefrauen brachten ihren in endlosen Konferenzen platt gesessenen Hintern wieder in Form. Männer in gehobenen Positionen steppten, walkten, radelten oder liefen vor großen Bildschirmen mit Alpenpanorama, Dünenlandschaft oder Dschungelpfaden. Junge Mütter absolvierten ihr Bauch-Beine-Po-Programm im Brenner-Center. Man musste nicht gleich einen Jahresvertrag unterschreiben, konnte Zehnerkarten kaufen, nur bestimmte Kurse buchen oder für vier Wochen reinschnuppern. Aber wer erst mal geschnuppert hatte, blieb Lukas meistens treu.

Obwohl sie es stets bestritten hatten, waren Annes Schwiegereltern davon ausgegangen, sie würde sich nach der Geburt ihrer Tochter widmen und das Geldverdienen nun Lukas überlassen. Doch damit wäre er im ersten Jahr nach der Eröffnung des Studios noch überfordert gewesen. Deshalb nahm Anne den Vorschlag an, den Marlies Heitkamp ihr unterbreitete.

Marlies war inzwischen eine gute Freundin geworden und von Annes Schwangerschaft längst nicht so begeistert wie Lukas. »Lass mich bloß nicht im Stich«, war ihre erste Reaktion gewesen.

Und kurz darauf sagte sie: »Wenn du auf eigene Rechnung arbeitest, verdienst du mehr und bist flexibel. Du musst nicht von morgens bis abends hier sein, kommst nur stundenweise, wenn du Kunden hast. Du zahlst mir Miete für die Kabine. Im Gegenzug bekommst du von mir eine prozentuale Umsatzbeteiligung, wenn du mich im Laden vertrittst.«

Marlies war mit ihrem seit dem Freitod seines Vaters psychisch gestörten Sohn öfter beim Therapeuten oder daheim als im Laden. Unter diesen Voraussetzungen zögerte Anne keine Sekunde lang, das Angebot anzunehmen.

In ihren ersten drei Lebensjahren wurde Emilie zu einer Tagesmutter gebracht, die auch samstags zur Verfügung stand. Danach bekam die Kleine einen Platz in einer Kita. Die hatte zwar samstags geschlossen, dafür wurde es etwas billiger.

Anne brachte sie morgens hin, es lag für sie auf dem Weg. Lukas holte seine Tochter nachmittags wieder ab. Wenn er keine Zeit fand, fuhren Murat Bülent, Andrej Netschefka oder einer von den Angestellten, der halt gerade eine Viertelstunde erübrigen konnte. Danach wurde Emilie im Brenner-Center beschäftigt, bis Anne Feierabend machte und sie abholte.

Was die Kinderbetreuung anging, war Lukas eindeutig im Vorteil: Herr im eigenen Reich. Oder wie Annes gehässige Schwägerin Simone es ausdrückte: »Gebieter über die Tretmühlen.« Zwischen Cremes und Parfüms im Beauty-Salon Heitkamp hätte Emilie sich garantiert schnell gelangweilt und gestört. Und es gab noch einen anderen, schwerwiegenderen Grund, warum Anne ihre Tochter bei der Arbeit nicht in ihrer Nähe haben wollte.

Der Sohn von Marlies Heitkamp hatte ein besonderes Faible für kleine Mädchen entwickelt. Mit siebzehn Jahren war er deswegen ein halbes Jahr in der Psychiatrie gewesen. Inzwischen war er vierundzwanzig und kam oft unerwartet vorbei. Und die Vorstellung, dass er Emilie zu Gesicht bekam, behagte Anne ganz und gar nicht.

Im Brenner-Center gab es keine Geistesgestörten, keiner meckerte, es beschwerte sich auch niemand, wenn ein kleines Kind zwischen den Geräten herumturnte und schon mit vier Jahren altkluge Ratschläge erteilte. »Wenn Sie zu stark schwitzen, Herr Seibold, schalten Sie vom Dschungel auf die Berge. Der Schnee kühlt Sie ab. Und achten Sie auf Ihre Pulsfrequenz. Nicht übertreiben.«

Herr Seibold war zweiundsiebzig und übertrieb gerne, weil er sich angeblich fühlte wie ein Siebenundzwanzigjähriger. Über den Zahlendreher konnte er als Einziger lachen.

Emilies Beweglichkeit auf den Bodenmatten entlockte den Erwachsenen immer wieder neidvolle Bemerkungen, die das Kind mit gesteigertem Eifer quittierte.

Nur samstags hätte Emilie im Brenner-Center gestört, weil es dann meist proppenvoll war. Anne konnte nicht freinehmen, Lukas noch weniger. Er war sogar sonntags einige Stunden im Center, damit ungeliebte Schichten nicht allein am Personal hängen blieben.

Aber wozu gab es Großeltern? In der Regel war Emilie bei Lukas' Eltern. Wenn Hans und Irmgard Brenner Urlaub machten und das Kind nicht mitnehmen konnten, standen Emmi und Harald Nießen mit offenen Armen bereit. Sie wohnten im Nachbarort. Annes Mutter hieß mit vollem Namen übrigens Emilie. Geschrieben sah man keinen Unterschied zwischen Großmutter und Enkeltochter, gesprochen lagen Nordsee und Atlantik dazwischen.

Es lagen auch Ozeane zwischen den finanziellen Möglichkeiten der beiden Großelternpaare. Aus dem Grund verbrachte Emilie die Wochenenden entschieden lieber bei Brenners. Die hatten sich längst mit Annes beruflichem Engagement abgefunden, waren sogar glücklich darüber, sonst hätten sie kaum so viel Zeit mit Emilie verbringen können.

Normalerweise fuhr Anne die Kleine am Freitagabend hin. Brenners bewohnten eine Villa am entgegengesetzten Ende von Herten. Ein prachtvolles Anwesen mit einem riesigen Garten, der von einem mannshohen, innen begrünten Zaun umgeben war.

Wenn sie Emilie am Samstagnachmittag abholen wollte, weigerte das Kind sich häufig mitzukommen und fand in den Großeltern wortgewaltige Fürsprecher. »Lass sie nur hier. Du hast doch bestimmt auch zu Hause noch eine Menge zu tun. «

Eigentlich nicht, das erledigte ja Maria Netschefka. Aber Hans und Irmgard Brenner widersprach man nicht. So wurde es oft Sonntagabend, ehe Emilie wieder in ihrem Zimmer am Holunderbusch 24a einschlief. Und geschadet hatte die permanente Abschiebung, wie Annes Schwägerin es nannte, dem Kind in keiner Weise.

Emilie hatte sich zu einem selbstbewussten und selbstständigen Kind entwickelt, brauchte längst keine Hilfe mehr beim Waschen und Anziehen, nicht mal die Schnürsenkel musste man ihr binden. Nur Haare waschen und ihren Zopf flechten, das konnte sie noch nicht alleine. Dafür aß sie so vorbildlich mit Messer und Gabel, dass sich manch ein Erwachsener an ihr ein Beispiel hätte nehmen können. Und sie verfügte schon als Vierjährige über einen Wortschatz, der vielen Hauptschülern zur Ehre gereicht hätte.

Es gab nur einen Menschen, der Annes Zufriedenheit empfindlich stören konnte: die Frau ihres Bruders Olaf. Simone Nießen war siebenunddreißig, ein Jahr jünger als Annes Schwester

Lena, sah aber zehn Jahre älter aus. Sie gehörte zu den Leuten, die ihre persönliche Lebensführung und Ansicht für das Maß aller Dinge halten. Wer ihr widersprach oder sein Glück auf andere Weise suchte, befand sich auf einem Irrweg. Und wer sich nicht bekehren ließ, war in Simones Augen ein Egoist. Ein schlimmeres Schimpfwort gab es für sie nicht, sie unterteilte nur noch in Ränge.

Lena und deren Mann Thomas bezeichnete sie als Egoisten ersten Ranges. Weil die beiden sich eine Eigentumswohnung mit Dachterrasse in Köln angeschafft und mit Designermöbeln bestückt hatten. In solch eine Behausung passten Kinder natürlich nicht hinein, schon gar nicht, wenn sie noch klein waren. Aber Lena und Thomas dachten auch nicht im Traum daran, Kinder in diese Welt zu setzen. Lena hielt das in heutiger Zeit für eine äußerst unfaire Sache gegenüber dem Kind. Das wurde ungefragt ins Leben gezerrt und konnte später zusehen, wie es zurechtkam.

Statt sich ein schlechtes Gewissen heranzuziehen, flogen Lena und Thomas lieber zweimal jährlich in der Welt herum und erkundeten all die sehenswerten Fleckchen Erde, die Simone nur aus dem Fernseher oder Illustrierten kannte. Das kostete zwar ein Vermögen, doch im Gegensatz zu Simone und vielen anderen Menschen, die Kinder hatten, wussten Lena und Thomas nicht, was ein finanzieller Engpass war. Er arbeitete als Fachanwalt für Steuerrecht in derselben Großkanzlei, in der Lena vor geraumer Zeit zur Büroleiterin aufgestiegen war.

Sehr viel besser als ihre jüngere Schwester und der Schwager kamen Anne und Lukas bei Simone auch nicht weg. Eine Kosmetikerin und ein charmanter Nichtsnutz (oder Schmarotzer), der sich dank seiner reichen Eltern zum Fitnessstudiobetreiber aufgeschwungen hatte. Beides war für den Fortbestand der Menschheit so nützlich wie Kopfläuse, fand Simone.

Sie lebte das Leben, das einer Frau nun mal von der Natur zugeteilt worden war. Simone war Mutter – hauptberuflich! Mit zweiundzwanzig Jahren hatte sie Lars bekommen und ihren erlernten Job als MTA an den Nagel gehängt. In den folgenden vier Jahren hatte sie Sven und Finn das Leben geschenkt. Simone hatte ein Faible für nordische Namen und machte sich keine Gedanken um den Klang. Finn Nießen. In der Grundschule hatten die kleinen Mädchen »Finnissen« hinter dem armen Kerl hergerufen und vor Vergnügen gegackert, wenn er sich schämte, ohne so recht zu wissen, wofür. Mittlerweile war Finn elf und besuchte wie Sven die Geschwister-Scholl-Realschule in Bergheim.

Der inzwischen fünfzehnjährige Lars hatte das leider nicht geschafft. Er ging zur Freiherr-vom-Stein-Hauptschule in Herten. Wie Benny Küpper bis Mitte Januar. Wie Jessie Breuer, Irina Jedwenko, Jana Kalwinov und vierhundertachtzig andere.

Nach der für sie vernichtenden Einschätzung ihres Ältesten durch eine Grundschullehrerin, die Simone als reinen Racheakt betrachtete, weil sie der dummen Kuh einmal zu oft wegen einer ungerecht erteilten schlechten Note auf die Pelle gerückt war, hatte Simone viel Zeit und Elan auf die Hausaufgabenbetreuung ihrer beiden Jüngsten verwandt. Sie hatte Lars so lange getriezt, bis er zum Klassenbesten aufstieg, Nachhilfe erteilte, seine Brüder bei den Hausaufgaben überwachte und, wenn nötig, anleitete. Dass auch Lars problemlos die mittlere Reife erlangen und den Sprung aufs Gymnasium schaffen würde, stand längst außer Frage.

Ihre Söhne waren aus dem Gröbsten heraus, und mit den

Kindern waren die Ansprüche gewachsen. Mit Markenkla-motten allein war es längst nicht mehr getan. Hinzu kamen Handys, MP3-Player, Spielekonsolen, Computer, Mountain-bikes. Lars träumte von einem coolen Moped zum sechzehn-ten Geburtstag, ein geiler Roller wäre auch nicht schlecht gewesen. Von seinem Taschengeld, der Entlohnung für die Nachhilfestunden, die er erteilte, und dem einen oder anderen Geldschein von seinen Tanten allein hätte er sich so ein Ge-fährt nie und nimmer zusammensparen können. Aber wer Simone kannte, wusste, dass ihr Ältester nach seinem nächs-ten Geburtstag nicht mehr jeden Weg laufen musste.

Nur mit dem Lohn ihres Mannes und dem Kindergeld war das alles natürlich nicht zu schaffen. Als Chemiefacharbeiter verdiente Olaf Nießen nicht schlecht, aber auch nicht die Welt. Der Familienkombi und Simones Kleinwagen wollten versichert, versteuert, betankt und gelegentlich inspiziert oder repariert werden. Und die Miete für die Vierzimmerwohnung verschlang wegen der ins Uferlose gestiegenen Energiekosten mittlerweile ein Vermögen. Deshalb stockte Simone not-gedrungen das Familienbudget auf. Seit Mitte letzten Jahres arbeitete sie wieder – vormittags drei Stunden lang. Nicht als MTA, den Zug hatte sie abfahren lassen. Mit ihren siebenund-dreißig Jahren karrte sie nun in einem Getränkemarkt Bier-, Limo-, Saft- und Wasserkästen hin und her. Wahrlich kein Traumjob.

Über ihre finanzielle Situation gejammert und gegen die be-ruflich erfolgreichen Schwägerinnen gestichelt hatte Simone auch vorher schon, eigentlich hatte sie das immer getan. Al-lerdings waren es früher nur kleine Seitenhiebe gewesen, die Lena locker weggesteckt und Anne geflissentlich überhört hatte. Richtig biestig war Simone erst geworden, nachdem sie im vergangenen Jahr binnen weniger Wochen Vater und Mutter verloren und sich wegen der Erbschaft (kleines Einfamilienhaus mit großem Garten) mit ihren Geschwistern heillos zerstritten hatte.

Seitdem betonte sie bei jeder sich bietenden Gelegenheit, es sei ihr unmöglich, etwas zu sparen für den Erbfall, der auch in der Familie ihres Mannes zwangsläufig einmal eintreten würde. Olaf sollte das Elternhaus im Nachbarort übernehmen, so war es vereinbart. Deshalb lebte er im Gegensatz zu seinen Schwestern noch zur Miete. Und wenn er Anne und Lena auszahlen müsste mit der Summe, die seinem Vater vorschwebte, da müsste man Schulden machen, die man bis zum Rentenalter nicht wieder tilgen könne, behauptete Simone regelmäßig, um gleich anschließend die Frage aufzuwerfen: »Und wofür?«

Die Antwort gab sie sich immer selbst: »Für Leute, die jetzt im Geld schwimmen und später von den Beiträgen unserer Kinder dicke Renten beziehen. Während wir dann nicht mehr das Nötigste zum Leben haben und sorgfältig abwägen müssen, ob wir heizen oder essen.«

Während des letzten traditionellen Weihnachtsessens, das jedes Jahr an Heiligabend bei Simone und Olaf stattfand, hatte sie einen fürchterlichen Streit entfacht, in dessen Verlauf Harald Nießen zu seiner Frau sagte: »Wenn wir beide mal nicht mehr sind, Emmi, gucken die drei sich mit dem Hintern nicht mehr an.«

So schlimm sei es nicht, meinte Anne. Mit Olaf und Lena verstand sie sich ausgezeichnet, ebenso mit Lenas Mann Thomas. Und sie war sicher, dass ihr Bruder ebenfalls blendend mit der jüngsten Schwester und dem Schwager ausgekommen wäre, hätte Simone das gute Einvernehmen nicht ständig torpediert.

Nach dem zugegebenermaßen köstlichen Essen ließ Simone durchklingen, bei der Erziehung der Geschwister müsse einiges schiefgelaufen sein, sonst hätte Olaf mehr Durchsetzungsvermögen und seine Schwestern könnten das Wörtchen »Verzicht« wenigstens buchstabieren. Sie hackte so lange auf dem Lebensstil ihrer Schwägerinnen herum, bis Emmi in Tränen ausbrach und sich schluchzend erkundigte: »Willst du damit sagen, ich sei keine gute Mutter gewesen?«

Das wollte sie wahrscheinlich nicht, obwohl es im Vergleich mit Simone keine wirklich guten Mütter geben konnte. Aber es war eher anzunehmen, dass Simone ihre Forderung nach zwei Verzichtserklärungen in Sachen Erbe zum Ausdruck hatte bringen wollen und dabei übers Ziel hinausgeschossen war. Sie beeilte sich auch gleich, ihren Ausführungen die Schärfe zu nehmen, ehe ihr Schwiegervater auf die Barrikaden ging.

Anne bekam den Schwarzen Peter in die Schuhe geschoben. Weil die Kita Weihnachtsferien und ihre Schwiegereltern Skiurlaub machten, waren ihre Eltern nicht nur wie sonst schon mal für einige Stunden oder fast einen ganzen Samstag eingesprungen. Sie betreuten Emilie seit Tagen, was Simone nicht verborgen geblieben war.

Eine Kosmetikerin – aus Simones Mund klang das immer wie ein Schimpfwort –, die lieber alten Weibern die Falten ausspachtelte, statt einmal selbst für ihr Kind da zu sein. Durfte eine Frau sich überhaupt Mutter nennen, wenn sie ihr Kind immer nur wegbrachte? Morgens in die Kita, abends ins Bett. Während der Ferien oder übers Wochenende zu den Großeltern.

Olaf waren Simones Ausführungen sichtlich unangenehm, doch mangels Durchsetzungsvermögen scheute er davor zurück, seiner Frau den Mund zu verbieten. Vollkommen unrecht hatte Simone mit ihren Vorträgen ja auch nicht. Aber dass Normalverdiener mit Kindern in finanzieller Hinsicht sowohl heute als auch im Alter angeschmiert waren, hatten weder Anne noch Lena zu verantworten.

Lukas schwieg ebenfalls, drückte nur Annes Hand. In dieser Runde war er nun mal der Mann, der mit dem goldenen Löffel im Mund auf die Welt gekommen war. Er hatte fünfzehn Jahre lang bloß ein bisschen Haushalt gemacht und ein paar Hobby-Sportler trainiert. Er kannte jetzt keine Sorgen und konnte mit dem Geld seiner Eltern im Rücken der Zukunft gelassen entgegenblicken. An Simones Tisch war ihm das immer peinlich.

Lenas Mann dagegen hatte sein Jurastudium mit BAföG und Gelegenheitsjobs selbst finanziert und nahm kein Blatt vor den Mund. »Aus dir spricht wieder mal der blanke Neid, Simone. Dabei wäre es wahrscheinlich zu deinem Vorteil, wenn Anne sich mal deiner Falten annähme. Ein paar Stunden im Brenner-Center könnten dir auch nicht schaden. Möglicherweise siehst du danach wieder aus wie die Frau, in die Olaf dermaßen verliebt gewesen sein muss, dass er ihr in nur sechs Jahren drei stramme Jungs gemacht hat. Wieso habt ihr die Produktion eigentlich eingestellt? Das würde mich wirklich interessieren.«

»Thomas«, mahnte Lena mit Blick auf die kleine Emilie, die aufmerksam zuhörte. »Hier sitzen Kinder am Tisch.«

»Und Senioren«, wagte Thomas einen Hinweis auf den Kern der Sache. »Aber lass uns bei den Kindern bleiben. Laut Statistik bekommt heute jede deutsche Frau eins Komma sechs. Das macht bei den hier anwesenden drei Frauen im gebärfähigen Alter vier Komma acht, runden wir auf und sagen fünf. Es fehlt uns also nur eins, um der Statistik zu genügen. Wenn Simone sich von Anne aufpolieren lässt und bei Lukas etwas für die Figur tut, ist Olaf vielleicht bereit, unser aller Soll zu erfüllen. Dann könnte Simone ihren Nebenjob aufgeben und wieder völlig in der naturgegebenen Frauenrolle aufgehen.«

Danach ging es richtig los. Die Beleidigungen flogen nur so – ungeachtet der vier Kinder.

»Gerade du musst das Maul aufreißen!«, fauchte Simone. »Vielleicht hätte Lena gerne ein Kind bekommen, aber du musstest dich ja unbedingt kastrieren lassen, damit die Wohnung sauber bleibt. Warum ist Lena denn danach so abgemagert, dass man sie ohne Push-up kaum noch für eine Frau hält? Hast du darüber mal nachgedacht?«

Ehe Thomas antworten konnte, wiederholte Harald Nießen seine bittere Erkenntnis vom Hintern: »Was habe ich eben gesagt, Emmi? Wenn wir beide mal nicht mehr sind ...«

Lukas sagte hilflos: »Leute, es ist Weihnachten, vertragt euch doch.«

Außer Anne hörte ihn nur Simones Ältester, der sich dann seinerseits bemühte, die Lage zu entspannen, indem er ein Weihnachtslied anstimmte: »Ihr Kinderlein, kommet, o kommet doch all ...« Aber vielleicht sang er das auch nur, weil er es lustig fand.

»Halt die Klappe, Lars!«, brachte Simone ihn zum Schweigen.

Inzwischen war Thomas eine passende Antwort eingefallen. Er wandte sich damit allerdings nicht an seine Schwägerin, sondern an Olaf. »Habt ihr nicht so ein Onkel-Doktor-Buch, in dem dein Weib mal nachschlagen kann? Dann kriegt sie den Unterschied zwischen Kastration und Sterilisation vielleicht doch noch in ihren Schädel. Und bring dem Schandmaul endlich bei, dass ich mich für Lena und auf ihren ausdrücklichen Wunsch unters Messer gelegt habe. Damit sie nicht noch zwanzig Jahre lang Chemie schlucken muss.«

Olaf sagte später unter vier Augen zu Anne: »Simone meint das nicht so, wie es rüberkommt. Es ist der Job im Getränkemarkt, der macht sie fertig. Eine Knochenarbeit, und immer im Durchzug.«

Das war Blödsinn, und das wussten sie beide. Simone tat von Natur aus nichts lieber, als andere in Grund und Boden zu verdammen, damit sie sich selbst einen Heiligenschein aufsetzen konnte.

Samstagabend, 17. November – gegen 22:20 Uhr

Während Klinkhammer sich anhörte, was Krieger bereits alles veranlasst hatte, seit er über die Vermisstenmeldung durch Lukas Brenner informiert worden war, wisperte irgendwo in seinem Hinterkopf eine Stimme: »*Wahrscheinlich hat das Mädchen die Nacht bei einem Freund verbracht. Aber der Großvater ist ein pensionierter Richter, der hat gleich die Staatsanwaltschaft alarmiert, und die machen uns die Hölle heiß. Fahr doch mal raus und sieh dich um. Du bist näher dran als wir. Kannst ja noch einen mitnehmen, damit wir richtig Präsenz zeigen …*«

Sein erster Vermisstenfall, eine sechzehnjährige Arzttochter, die sich auch nach den inzwischen vergangenen zwölf Jahren noch als schwerer Stein in seiner Magengrube bemerkbar machte, wenn er an sie erinnert wurde, was jetzt unweigerlich geschah.

Das Wetter war damals genauso scheußlich gewesen wie an diesem Samstag. Und das Mädchen hatte, wie sich schnell herausstellte, die Nacht eben doch nicht bei einem Freund verbracht. Weil sich aber zur gleichen Zeit frühere Freunde mit einem Kleinbus auf den Weg in die weite Welt gemacht hatten, war sein Verdacht in diese Richtung gegangen, nachdem er die aktuellen Freunde des Mädchens befragt hatte. Darunter den Sohn eines Landwirts, der tags zuvor bei einem schweren Verkehrsunfall seine Zwillingsschwester zusammen mit ihren beiden Kindern verloren hatte. Verständlicherweise war der junge Mann völlig durch den Wind gewesen, hatte keine Frage zusammenhängend beantworten können.

Welcher Polizist wäre da sofort auf den Gedanken gekommen, dass dem Landwirtssohn nicht nur der Tod seiner Schwester und der Kinder zu schaffen machte, sondern noch ein Mord dazukam? Klinkhammer hatte dafür einige Tage gebraucht. Seine Frau hatte danach unzählige Male gesagt: »Du bist doch kein Hellseher, Arno.«

Natürlich nicht. Aber wenn er früher geschaltet hätte …

»Ich musste auf den Notfallplan zugreifen und zwei von deinen Leuten aus dem Wochenende pfeifen«, riss Krieger ihn aus den trüben Erinnerungen. Und das in einem Ton, als wolle er sich entschuldigen. »Wir hatten bisher einen bunten Abend. Die Nacht ist noch lange nicht zu Ende, aber es sind schon alle unterwegs, einschließlich Erkennungsdienst.«

Krieger zählte auf: Vor einer Diskothek in Wesseling hatte es eine Messerstecherei mit drei, vier oder fünf Verletzten gegeben. Die genaue Zahl wusste Krieger noch nicht. In Erftstadt

Lechenich hatte ein Mann seine Lebensgefährtin angeblich bewusstlos und mit einer stark blutenden Kopfwunde im Wohnzimmer vorgefunden, als er aus einer Kneipe nach Hause gekommen war. In Elsdorf war ein junger Mann ...

»Schon gut«, machte Klinkhammer der Aufzählung ein Ende. Das läge am Montagmorgen alles auf seinem Schreibtisch. »Ich mache mich sofort auf den Weg nach Herten.«

»So war das nicht gemeint«, versicherte Krieger eilig. »Ich wollte dir nur Bescheid sagen, damit es am Montag nicht heißt: ›Warum wurde ich nicht sofort informiert?‹ Die Voss und Simmering sind schon unterwegs.«

Klinkhammer machte sich nicht die Mühe, einen missbilligenden Seufzer zu unterdrücken. Notfallplan hin oder her, er hatte bessere Leute in seiner neuen Truppe. Krieger hätte sich wenigstens bemühen können, einen von denen zu erreichen.

Hans-Josef Simmering lebte und arbeitete nach dem Motto: »Wenn wir heute alles erledigen, haben wir morgen nichts mehr zu tun.« Klinkhammer hatte mit ihm auch schon ein ernstes Wort über Bekleidung im Dienst reden müssen. Nichts gegen Jeanshosen, die trug er auch gerne. Aber man konnte doch wenigstens das Hemd in den Hosenbund stecken.

Und Rita Voss ... Vermutlich hatte Krieger gedacht, eine Frau könne sich besser mit einer wahrscheinlich aufgelösten oder hysterischen Mutter auseinandersetzen, die vollends die Nerven verlor, wenn sie begriff, dass sie – routinemäßig – verdächtigt wurde, ihrem Kind etwas angetan zu haben. Aber die Voss auf eine Frau loszulassen, die unter höllischem Stress stand und gesundheitlich sowieso nicht ganz auf der Höhe war, das konnte fatale Folgen haben.

Rita Voss war Kriminaloberkommissarin, Anfang vierzig. Und obwohl Klinkhammer mit ihr ebenso per Du war wie mit fast allen anderen, die schon länger als zehn Jahre bei der Kreispolizei waren, wusste er immer noch nicht, was er von ihr halten sollte. Sie sah aus wie die Sanftmut in Person, doch das musste man als arglistige Täuschung bezeichnen.

Im Umgang mit Kollegen kehrte die Voss den Kumpel heraus. Verdächtigen trat sie harmlos und freundlich gegenüber. Aber nach spätestens zehn Minuten wussten die Leute nicht mehr, ob sie Männlein oder Weiblein waren. Neulich hatte einer gesagt, die Voss sei keine Wölfin, sondern eine Hyäne im Lammfell.

»Gib mal durch, dass ich auf dem Weg bin«, sagte Klinkhammer. »Dann steckt Simmering wahrscheinlich noch schnell das Hemd in die Hose.« Er hatte den Wein zum Essen verschmäht, weil er ohnehin noch hätte zurück nach Hause fahren müssen. Und er hätte sich nie verziehen, wenn er nicht hingefahren und etwas übersehen worden wäre, womit er keineswegs einen konkreten Hinweis auf eine Straftat meinte.

Wenn es im Elternhaus eine solche gegeben hatte, waren die sichtbaren Spuren beseitigt worden, ehe der Vater zur Wache fuhr, das war so sicher wie das Amen in der Kirche. Sollte sich ein begründeter Verdacht gegen die Eltern ergeben, musste der Erkennungsdienst mit seinen speziellen Mittelchen ran, sobald sie mit der Messerstecherei und dem Rest fertig waren. Aber es gab andere Hinweise, für die man geschult sein musste, um sie wahrzunehmen.

Dank seiner Freundschaft mit dem BKA-Mann und den damit einhergehenden *Förderkursen* hatte er vielen anderen Kollegen in diesem Bereich einiges voraus. Und deshalb saß er nach Ansicht des Landrats seit Oktober auch endlich auf dem richtigen Platz, wo er seine Kenntnisse und Fähigkeiten bestmöglich einsetzen konnte.

Dass er sich in einem Moment wie diesem mit Selbstzweifeln plagte und von einem lange zurückliegenden Fall eingeholt wurde, hätte der Landrat vermutlich nicht erwartet. Wenn er vor zwölf Jahren schon so viel über Täter- und Opferverhalten gewusst hätte wie heute, wäre die Sache vielleicht anders ausgegangen.

Als Krieger ihm die Adresse der Eltern durchgab – Holunderbusch 24a –, bimmelte in Klinkhammers Hinterkopf ein feines Glöckchen. Es als Alarmglocke zu bezeichnen wäre maßlos übertrieben. Er erinnerte sich nur an seine letzten Gespräche mit Oskar Berrenrath, der sich seit drei Wochen mit einem Klassenkameraden von Benny Küpper beschäftigte, einem gewissen Mario Hoffmann.

Der Junge wohnte am Holunderbusch 25, also in unmittelbarer Nachbarschaft zur Familie Brenner. Er hatte Ende Oktober für ziemlichen Wirbel gesorgt und sowohl Polizei als auch Feuerwehr auf den Plan gerufen. Berrenrath war überzeugt, Mario Hoffmann sei wie Benny Küpper Opfer des Trio Infernale geworden.

Klinkhammer beendete das Telefongespräch und ging zurück zum Tisch, um seiner Frau Bescheid zu sagen, dass sie die Rechnung begleichen musste. Außerdem wollte er klären, ob Ines bei Rohdeckers übernachten konnte und wollte, wenn er jetzt ohne sie aufbrach.

Während seiner Abwesenheit war das Dessert serviert worden. Es war gar nicht mal viel, nur so ein kleines, stumpfbraunes Häufchen mit einer Kapstachelbeere obenauf und viel weißer Soße drumherum, durch die sich rote und gelbe Schlieren zogen. Es sah aus wie ungeschlagene Sahne mit Fruchtpüree.

»Probier doch wenigstens mal«, schlug Ines vor.

Wenn er probiert hätte, wäre das Häufchen weg gewesen. Aber diese Schlieren ... sahen so ... körperlich aus.

»Seid mir nicht böse, mir ist der Appetit vergangen«, sagte er und erläuterte in knappen Worten, warum man ihn angerufen hatte.

Sogar Carmen Rohdecker vergaß ihren Zynismus. Wenn es um Kinder ging, verstand sie keinen Spaß, nicht mal den eigenen. »Bevor du eine Hundertschaft ausschwärmen lässt, solltest du dir die Mutter vornehmen«, riet sie. »Mag ja sein, dass die am Nachmittag eingeschlafen ist und das Kind die Gelegenheit genutzt hat, ihr zu entwischen. Aber bei dem Wetter dürfte die Kleine nicht lange draußen geblieben sein. Was tut ein fünfjähriges Mädchen, wenn es feststellt, dass außer ihm keiner in Sturm und Regen herumläuft? Dann geht es wieder nach Hause und weckt Mutti – auch auf die Gefahr hin, dass Mutti sauer reagiert.«

Vermutlich hatte sie recht, obwohl sie keine Expertin für kleine oder größere Kinder war. Aber Klinkhammer wollte nicht mit einer vorgefassten Meinung aufbrechen wie damals bei der sechzehnjährigen Arzttochter, als er viel zu spät gemerkt hatte, wie falsch er lag. Und als ihm das endlich klar geworden war, hatte er es falsch angepackt. Statt den mutmaßlichen Täter mit Samthandschuhen anzufassen, hatte er ihn ordentlich in die Mangel genommen. Er hatte auch ein Geständnis bekommen. Aber das war kurz darauf widerrufen worden. Und er hatte sich anhören müssen, er hätte es versaut.

»Warum kommst du nicht mit?«, fragte er. »Wenn du dir die Mutter vornimmst, muss ich keine Hyäne auf die Frau loslassen und bekomme trotzdem wahrscheinlich noch vor Mitternacht ein Geständnis.«

»Was denn?« Carmen mimte die Erstaunte. »Bei euch auf dem Land gibt es Raubtiere?«

»Hyänen sind Aasfresser«, sagte er. »Die stürzen sich nur auf alles, was sich nicht mehr wehren kann.«

»Nicht alle, mein Lieber«, korrigierte Carmen mit flüchtigem Grinsen. »Aber sie gehören alle zur Familie der Raubtiere. Jetzt mach dich vom Acker. Dein Dessert packe ich mir noch obenauf. Danach bringen wir Ines nach Hause.«

»Nichts da«, widersprach Ines. »Ihr beide habt genauso viel getrunken wie ich. Ich nehme ein Taxi.« Bei ihrer Freundin übernachten wollte sie somit nicht. Zum Glück. Dann war sie da, wenn er heimkam. Und wenn sie Emilie Brenner bis dahin gefunden hatten, wäre da immer noch das sechzehnjährige Mädchen, dessen Mörder er falsch angepackt hatte. Wenn er in den Verhören mehr Verständnis geheuchelt hätte …

Das war früher ein großes Problem für ihn gewesen. Ein kleines Problem war es immer noch. Mit Kleinkriminellen konnte er sich stundenlang unterhalten, als wäre nichts Gravierendes vorgefallen. Aber bei Mord oder Totschlag war es vorbei mit seiner Freundlichkeit. Dann hatte er immerzu das Opfer vor Augen, und Heucheln war nicht sein Ding. Musste es aber auch nicht sein. Abgesehen davon, dass für Tötungsdelikte die Kölner Kollegen zuständig waren, hatte er für Verhöre jetzt seine Leute, die das besser konnten. Das war einer der Vorteile seines neuen Postens.

Fünf Minuten später saß er im Auto. Das kräftige Tief hatte sich zwischenzeitlich nach Osten verzogen. In Köln erinnerten nur noch der glänzend blanke Straßenbelag daran, dass die Natur kräftig gefegt und gewischt hatte. Bis zur Autobahn brauchte er trotzdem eine Weile, weil in Köln der übliche

Samstagnachtverkehr herrschte. Als er das ärgste Getümmel hinter sich gelassen hatte, fluchte er nur noch einmal, weil er geblitzt wurde. Dann konnte er endlich Gas geben.

Kurz vor elf verließ er die Autobahn. Sein Navigationssystem lotste ihn zur Abfahrt Bergheim und weiter über die Hüppesweiler Landstraße. Nach drei Kilometern zweigte der schmale, schlecht asphaltierte Weg ab, auf dem man nach weiteren zwei Kilometern den Gutshof erreichte, den Klinkhammer nur dem Namen nach kannte. In Hüppesweiler war noch nie etwas passiert, worum sich die Polizei hätte kümmern müssen.

Zwischen dem Gutshof und dem Hertener Stadtrand erstreckte sich das Gewerbegebiet mit dem Brenner-Center und dem Billigmöbelhaus, in dem Benny Küppers Mutter gearbeitet hatte. An der Stadtgrenze wurde die Hüppesweiler Landstraße zur Dürener Straße, über die man zum *Garten* gelangte. Sie war tagsüber und am frühen Abend stark befahren, um diese Zeit jedoch wie ausgestorben.

Auf den letzten achthundert Metern bis zum größeren der beiden Parkplätze, die für Anwohner und Besucher des Wohnviertels mit den blumigen Straßennamen angelegt worden waren, kam ihm nur ein Streifenwagen entgegen.

Klinkhammer hörte, wie die Bevölkerung über Megafon informiert wurde, dass seit dem Nachmittag die fünfjährige Emilie Brenner vermisst wurde. »Emilie ist einen Meter zehn groß und hat blonde Haare. Bekleidet ist sie mit Gummistiefeln, Regenmantel und einem Hut in der Art eines Südwesters, alles in Regenbogenfarben.« Darauf folgte die Beschreibung eines Kinderfahrrads: Marke Puky, 18 Zoll, ohne Stützräder, ohne Beleuchtung, pinkfarben, neu.

Der Wagen fuhr die Dürener Straße bis kurz vor dem Ortsausgang entlang. Nebenstraßen, in die er hätte abbiegen können, gab es auf diesen achthundert Metern nicht mehr. Das Fahrzeug wendete und kam langsam wieder zurück. Deshalb hörte Klinkhammer die Durchsage zweimal, ehe er auf dem Parkplatz eine freie Lücke entdeckte.

Natürlich hätte er in dieser Situation auch mit seinem Privatwagen bis vor das Elternhaus des vermissten Kindes fahren dürfen. Er ging lieber zu Fuß, obwohl noch ein ziemlich frischer Wind wehte, es nieselte und er weder Mantel noch Schirm dabeihatte. Doch auf die Weise lernte man ein Viertel am besten kennen und konnte am ehesten abschätzen, welchen Weg Emilie eventuell genommen hatte.

Das erste Stück Botanik hinter der Dürener Straße hieß Gardenienpfad und war relativ kurz, fünfzig Meter, schätzte er beim Gehen. Rechts und links zählte er je fünf Einfamilienhäuser der gehobenen Preisklasse auf offenen Grundstücken, an denen er zügig vorbeischritt.

Dann ging es nach links in den Fliederstock und nach rechts in den Holunderbusch. Beide Straßen waren gerade breit genug für einen Müllwagen oder ein großes Fahrzeug der Feuerwehr. Berrenrath hatte erwähnt, dass es beim Einsatz am Holunderbusch 25 für den Leiterwagen knapp gewesen wäre.

Der Junge von gegenüber

Mario Hoffmann war ein schmächtiges Kerlchen und ein Eigenbrötler, immer allein, selbst wenn er zusammen mit siebenundzwanzig anderen Schülern in einem Klassenraum saß. Geschwister hatte Mario nicht, auch keine Freunde in Herten, dafür unzählige auf Facebook und sonst wo im Internet. Er chattete regelmäßig in vier verschiedenen Foren. Und in keinem war er Mario, der mausgesichtige Hauptschüler mit den Hamsterzähnen. Er war *der Whistler*, weil er auf alles pfiff.

Bis zur dritten Grundschulklasse war Mario ein guter Schüler gewesen, hatte bei den Großeltern mütterlicherseits auf dem Dorf gelebt und die dortige Schule besucht. Da hatte er auch Freunde aus Fleisch und Blut gehabt, sogar einen besten. Seine Eltern, Ruth und Frederik – er sprach beide mit den Vornamen an, seine Großeltern taten das schließlich auch, und an denen orientierte er sich von klein auf –, hatten derweil beruflich Fuß gefasst.

Sie betrieben eine kleine Filmproduktion, überwiegend Dokumentationen fürs Fernsehen mit dem Schwerpunkt Natur und sozialkritische Beiträge. Lukrative Aufträge aus der Werbebranche wurden aber auch nicht abgelehnt. Mit dieser Mischung erzielten sie ein Einkommen, das es ihnen bald erlaubte, sich ebenfalls ein Häuschen am Holunderbusch zu leisten, allerdings keine Doppelhaushälfte, wie Brenners sie geschenkt bekommen hatten.

Ruth und Frederik Hoffmann kauften eins der villenähnlichen, frei stehenden Einfamilienhäuser mit Walmdach auf der anderen Straßenseite, schräg gegenüber von Brenners, engagierten ein Au-pair-Mädchen und rissen ihren damals neunjährigen Sohn aus allem Vertrauten heraus. Neue Schule, neue Lehrer, keine Freunde mehr. Statt der geduldigen Oma, die ausgezeichnet und gesund kochte, kümmerte sich plötzlich Jeanette um Mario. Jeanette konnte gar nicht kochen und telefonierte lieber mit ihren Freunden in Frankreich, statt sich so mit Mario zu beschäftigen, wie seine Oma es getan hatte.

Da reichte es zum Ende der vierten Grundschulklasse nicht

mehr für die Empfehlung, Mario aufs Gymnasium nach Bergheim zu schicken. Seine Lehrerin befand die Realschule für geeignet. Von dort könne er später immer noch wechseln und Abitur machen, sagte sie.

Zum Leidwesen seiner Eltern hielt Mario sich auf der Realschule jedoch nicht mal ein halbes Jahr. Dann wurde ihnen nahegelegt, ihn zur Hauptschule zu schicken. Auch dort könne er den Realschulabschluss erlangen und damit dann auf das Gymnasium, wurde ihnen erklärt. Entsprechende Leistungen seien natürlich Voraussetzung, aber mit zunehmendem Alter wüchsen oft Einsichtsfähigkeit und Ehrgeiz.

Danach hatte Mario Hoffmann mit Benny Küpper, Jessie Breuer, Lars Nießen und vierundzwanzig anderen eine Klasse der Freiherr-vom-Stein-Hauptschule in Herten besucht. Mit Jessie und dem ältesten Neffen von Anne und Lukas Brenner nahm er immer noch am selben Unterricht teil. Mit Ausnahme von den Erweiterungskursen in Englisch und Mathe, die Lars Nießen belegt hatte.

In Marios Augen – und nicht nur dort – war Lars ein Angeber. Freunde hatte der auch nicht, dafür fehlte ihm bei all den Nachhilfestunden, die er gab, die Zeit. Im Gegensatz zu Mario sah Lars älter aus, mindestens wie siebzehn und ein bisschen wie der junge Bill Kaulitz von *Tokio Hotel,* wenn man von dessen haarsträubender Frisur und dem Manga-Gesicht einmal absah. Lars kam bei jüngeren Mädchen sehr gut an, manche nahmen Nachhilfe bei ihm, obwohl sie die gar nicht brauchten. Er war umschwärmt und begehrt und nutzte das weidlich aus.

Unbestreitbar war Lars ein Vorzeigeschüler und mit Abstand der Beste seines Jahrgangs. Kein Wunder, dass er zu den wenigen Lieblingen des Klassenlehrers Horst Reincke gehörte, der mit Frau und zwei Töchtern in 24b, der Doppelhaushälfte direkt neben Brenners wohnte. Auf Mario war Horst Reincke nicht so gut zu sprechen, weil der Junge von gegenüber entschieden mehr Leistung hätte bringen können. Mit dieser Einschätzung lag Reincke nicht falsch.

Als dumm durfte man Mario Hoffmann wirklich nicht bezeichnen. Er war auch nicht faul, was ihn interessierte oder faszinierte, lernte er binnen kürzester Zeit. Er sah nur keine Veranlassung, sein Hirn für die Schule zu strapazieren. Um einen Ausbildungsplatz bräuchte er sich nie zu bemühen. Er käme schon in der elterlichen Produktionsfirma unter – notfalls als Kabelträger. Und bis dahin verfügte er über eine Flatrate, konnte jederzeit auf das Wissen der gesamten Welt zugreifen. Wozu hätte er in Habacht-Stellung am Unterricht teilnehmen sollen?

Völkerwanderungen? Hatte es immer gegeben. Die Kasachen waren, weiß Gott, nicht die Ersten, die sich aufgemacht hatten, fremdes Territorium zu erobern, bereitwillige Einheimische zu korrumpieren und den anderen wegzunehmen, was ihnen lieb und teuer war.

Zu Völkerwanderungen fanden sich 320 000 Einträge bei Google. Mit einigen davon war Mario tagelang beschäftigt, las sich durch diverse Eroberungskriege, die Entstehung der USA und das Dritte Reich, und war seinem Klassenlehrer damit um eine Nasenlänge voraus. Reincke sprach in Geschichte gerade erst über Bismarck. Zu dem fand Mario 755 000 Einträge und vertiefte sich in die seiner Ansicht nach interessantesten.

Zu Kasachstan bot Google sogar über zwölf Millionen Seiten, darunter eine Landkarte, auf der Mario sich anschauen konnte, wo die Verbrecher herkamen, die Benny Küppers

Mutter auf dem Gewissen hatten, und dass es genau genommen *Kazakhstan* geschrieben wurde.

In der 9b waren sämtliche Schüler und Schülerinnen überzeugt, dass Janas Brüder Bennys Mutter auf Dimitrijs Befehl zusammengeschlagen und vor das UPS-Auto gestoßen hatten. Und dass Irina von Dimitrij so schlimm verdroschen worden war, weil sie es ausgeplaudert und auch noch Handyfotos von der Frau unter dem Lieferwagen gezeigt hatte, um einen Fünftklässler einzuschüchtern und lumpige zwei Euro zu erbeuten.

Nach dieser Tracht Prügel sah es ein paar Wochen lang so aus, als hätte Irina aus der brutalen Ermahnung ihres ältesten Bruders mit Fäusten und einem Ledergürtel eine Lehre gezogen. Aber offenbar vergaß sie schnell. Als Nächsten erwischte es Lars Nießen.

Der hatte von seinen Tanten zu Weihnachten je fünfzig Euro bekommen und zur Sparkasse gebracht. Dahin trug er auch seine Einkünfte aus den Nachhilfestunden. Wozu sollte er sein Geld ausgeben, solange seine Mutter ihm die Wünsche erfüllte? Die Großeltern hatten ihm etwas zum Anziehen geschenkt und seine Eltern das neueste iPhone, das ihn an seine Termine erinnerte und jede gewünschte Auskunft gab. Da war es schon fast zweitrangig, dass man damit auch Musik hören, Filme ansehen, das Kinoprogramm abfragen, sogar telefonieren oder eine SMS schreiben konnte. Und dieses Supergerät brachte Lars nach den Weihnachtsferien regelmäßig mit zur Schule. Obwohl Benny Küpper, was Lars wusste, zu dem Zeitpunkt vorübergehend seine Jacke und kurz darauf endgültig seine Mutter verlor.

Aber das passierte am Nordring – sozusagen im Getto. Auf dem Schulgelände gab es danach nur den Zwischenfall mit dem Fünftklässler. Einer von den Knirpsen, mit denen man es machen konnte. Mit so einem stellte Lars sich doch nicht auf eine Stufe. Ihn interessierte auch nicht, welche Schauermärchen die dicke Jessie erzählte. Immerhin war sein Onkel der Besitzer des Brenner-Centers und beschäftigte mit Murat Bülent und Andrej Netschefka zwei menschliche Kampfmaschinen, das behauptete Lars zumindest.

Nachdem Benny Küpper zur Tante nach Dortmund gezogen war, erzählte Lars bei jeder sich bietenden Gelegenheit von seinem Onkel Lukas und dessen Knochenbrechertruppe, die er angeblich um jeden Gefallen bitten konnte. Es hatte eben jeder seine eigene Strategie zur Gefahrenabwehr.

Lars rechnete kaum damit, dass ihn auf dem Schulhof jemand angreifen und sich seines iPhones bemächtigen könnte, als er Ende Februar während einer großen Pause die Termine seiner Nachhilfeschülerinnen umdisponierte. Wobei er von fünf Mädchen umringt war, was Irinas Aufmerksamkeit erregte.

Jessie erklärte ihr, womit Lars da herumprotzte, und dass so ein Angeber leichter auszutricksen sei als die elektronische Überwachung bei Saturn. Außerdem war Jessie sicher, Dimitrij bekäme bestimmt keinen Wind von einem weiteren Übergriff, weil Lars garantiert die Schnauze hielt, wenn man ihn nur richtig anpackte.

Es erwischte ihn nach der letzten Stunde – Sport. Jessie hatte sich schon nach zehn Minuten ächzend und mit Erlaubnis des Lehrers zurückgezogen. Lars stürmte nach dem Ende der Stunde mit verschwitzten Haaren aus der Halle. Er hatte es nicht weit. Die Wohnung seiner Eltern lag schräg gegenüber dem breiten Rolltor.

Beim Tor erwarteten sie ihn, halb verdeckt von einem üppigen Kirschlorbeer. Im ersten Moment sah er nur Jana. Sie sagte etwas von *Zeit* und *Nachhilfe*. Lars verstand nicht jedes Wort, blieb trotzdem stehen.

Jana Kalwinov war im Grunde nur eine Mitläuferin, die nach der Pfeife ihrer Cousine tanzte. Und sie war ein sehr hübsches Mädchen. Als sie ihn anlächelte, dachte Lars noch, sie wolle tatsächlich Nachhilfe von ihm. Und irgendwie fühlte er sich geschmeichelt, wie ein Dompteur, dem sich die wilde Löwin freiwillig zu Füßen legte.

Doch kaum hatte er das iPhone aus der Tasche gezogen, um zu schauen, welchen Termin er ihr bieten könnte, traten eine weitere wilde Löwin und ein Walross aus dem Gebüsch. Jessie hielt sich etwas seitlich, um ihm den Fluchtweg zu versperren. Sie grinste erwartungsvoll oder gehässig. Wie eben ein Mädchen grinst, das genau um seine Chancen bei einem Bill-Kaulitz-Verschnitt weiß und sich nun für jede tatsächliche oder eingebildete Zurückweisung rächen kann.

»Hey«, sprach Irina ihn an. »Wo hast du her? Sieht aus wie meine. Gib zurück, oder willst du was in Fresse? In diese Land darf man nix stehlen.« Den Satz aus der polizeilichen Belehrung hatte sie sich gemerkt.

Lars tippte sich an die Stirn und fragte: »Bist du noch ganz dicht? Weißt du nicht, wer mein Onkel ist?«

Das wusste Irina zu dem Zeitpunkt tatsächlich noch nicht, es interessierte sie aber auch nicht. Sekunden später lag Lars zwischen dem Kirschlorbeer und dem Zaun und jaulte vor Schmerz. Jana schlenderte mit seinem iPhone durchs Tor. Jessie versetzte ihm einen Tritt in die Rippen und schaute sich an, wie es weiterging. Irina beugte sich noch einmal über ihn und sagte den Spruch auf, mit dem sie den Fünftklässler zum Verzicht auf zwei Euro gebracht hatte.

Diesmal begnügte sie sich jedoch nicht damit, das Leben

seiner Mutter zu bedrohen und nach einer kleinen Schwester zu fragen, die Dimitrij an einen alten Sack verkaufen könnte. Von Jessie instruiert, die auf seine Eitelkeit setzte, kündigte Irina ihm auch noch an, sein Gesicht zu zerschneiden, wenn er »zu Bulle ging und Maul aufriss wie Benny«. Und dabei kratzte sie so fest mit einem Fingernagel über seine rechte Wange, dass ein blutiger Striemen zurückblieb.

Währenddessen gingen etliche Mitschüler vorbei, Jungs und Mädchen, die eben noch zusammen mit Lars in der Sporthalle gewesen waren. Der eine und die andere guckten wohl kurz in seine Richtung, dann beäugten sie Jana, die mit dem iPhone vor dem Tor stand und jeden fragte: »Was guckst du?« Und dann taten alle so, als sei ihnen gar nicht aufgefallen, dass Irina und Jessie hinter dem Tor über den mit Abstand besten Schüler der 9b gebeugt standen, der mit aufgekratzter Wange und einem zuschwellenden Auge im Dreck lag und aus der Nase blutete.

Erst der letzte Schüler blieb stehen, als alle anderen längst weg waren: Mario Hoffmann. Er half Lars auf die Füße, reichte ihm ein Taschentuch, um das Blut abzuwischen, und brachte ihn quer über die Straße nach Hause. Lars drückte beide Nasenflügel zusammen, um die Blutung zu stoppen, und biss die Zähne zusammen, um nicht vor Schmerzen zu weinen wie ein kleines Kind.

»Das wird den Russenweibern noch leidtun«, presste er hervor, als sie vor der Haustür angekommen waren. »Verdammt leid. Die werden sich noch wünschen, sie wären in der Pampa geblieben.«

»Jessie ist kein Russenweib«, wandte Mario ein, verzichtete jedoch darauf, auch noch zu erklären, dass die Pampa in Argentinien lag.

»Ist mir doch egal«, gab Lars zurück. »Sie hat sich mit denen verbündet und kriegt auch ihr Fett ab, das kannst du mir glauben.«

Mario musste sich bei dieser Wortwahl bildlich vorstellen, wie jemand Jessie das Fett vom Körper schnitt. »Willst du Anzeige erstatten?«, erkundigte er sich unbehaglich und fügte sicherheitshalber hinzu: »Ich hab nichts gesehen. Ich meine, ich könnte nicht bezeugen, wer dich so zugerichtet hat. Ich komme nämlich immer erst raus, wenn die weg sind.«

Es war vollkommen überflüssig, wegen einer möglichen Aussage bei der Polizei seine Feigheit einzugestehen. Zum einen scheute Lars davor zurück, Polizeibeamten zu erzählen, was mit ihm geschehen war. Das hatte nichts mit Angst vor Racheakten zu tun. Er wollte Polizist werden. Und es vereinbarte sich weder mit seinem Stolz noch mit seinem männlichen Selbstverständnis, spätere Kollegen in seine Schande einzuweihen. Von Mädchen niedergemacht! Das war doch an Schmach kaum zu überbieten.

Zum anderen kannte Lars sich in Recht und Gesetz schon sehr gut aus. »Eine Anzeige bringt nichts«, stöhnte er unter Schmerzen. »Das haben wir doch bei Benny erlebt. Die Russenweiber sind noch nicht strafmündig. Wenn anschließend meine Mutter unter einem Auto liegt, heißt es: ›Tut uns leid, das war ein Unfall.‹ Nee! Ich zahl's denen richtig heim. Sobald ich wieder okay bin, nehme ich Unterricht bei Lukas.«

»Klar«, sagte Mario und dachte sich seinen Teil. Lukas Brenner betrieb schließlich keine Kampfsportschule. Welchen Unterricht wollte Lars denn bei seinem Onkel nehmen? Auf dem Laufband üben, wie man die Beine in die Hand nahm, wenn es das nächste Mal brenzlig wurde?

Als könne Lars Gedanken lesen, erklärte er: »Lukas hat

früher Kampfsport gemacht. Jiu-Jitsu, Karate, Taekwondo, Kendo …«

»Kendo? Echt?«, wunderte Mario sich nun. Das hatte er mal in einem Film gesehen, beeindruckend, das traute man einem Nachbarn gar nicht zu. »Der kann richtig mit Schwertern kämpfen?«

Lars nickte, immer noch den Tränen nahe und heiser vor Schmerz und Wut. »Er trainiert regelmäßig mit den Aushilfstrainern in dem Raum hinter seinem Büro. Es muss ja nicht jeder mitbekommen, sonst wollen demnächst alle nur noch Kampfsport bei ihm machen. Einer von denen, Andrej, kommt aus Kasachstan, wie das verfluchte Pack. Den müsstest du mal Kickboxen sehen. Da bleibt dir die Spucke weg. Und der andere, Murat, kann Yuseido, bringt er mir bestimmt bei, wenn ich ihm sage, was wir hier für ein Problem haben.«

»Ja dann«, sagte Mario, blieb jedoch auf Vorsicht bedacht. Es mochte ja sein, dass Lars bei seinem Onkel oder dessen Leuten Kendo, Taekwondo, Karate, Yuseido – wie das ging, wollte er gleich googeln – und sogar Kickboxen lernen konnte. Aber ehe man es richtig draufhatte, verging garantiert eine Weile. Und bis dahin … »Sag aber nicht, wir hätten ein Problem«, bat er. »Ich hab keins und will auch keins bekommen.«

Simone war bereits daheim und fuhr ihren Ältesten umgehend zum Krankenhaus nach Bergheim. Ihr erzählte Lars, er habe nach dem Unterricht noch an der Sprossenwand geübt, sei abgerutscht und mit dem Gesicht auf den Boden geknallt. Als Schulunfall könne man das nicht melden, er wolle auch nicht, dass ihn alle für einen Streber hielten.

Deshalb hörte der Arzt in der Notaufnahme, Lars sei beim Heimkommen im Treppenhaus auf etwas Glitschigem ausgerutscht und im Bemühen, den Sturz abzufangen, mit dem Gesicht aufs Treppengeländer geschlagen. Angesichts seiner Verletzungen klang das glaubwürdig. Er hatte nicht nur ein Veilchen, den Kratzer auf der Wange und eine gebrochene Nase, darüber hinaus waren sein rechter Arm ausgekugelt und das Schulterblatt angeknackst.

Lars wurde für zwei Wochen krankgeschrieben. Das Attest ließ er am nächsten Morgen seine Mutter zur Schule hinüberbringen. Nachdem Simone zur Arbeit gefahren war, ging er zur Sparkasse, um sein Sparbuch zu plündern. Das iPhone musste doch ersetzt werden, und zwar so, dass es seinen Eltern nicht auffiel. Sonst hätte er sich wahrscheinlich das nächste halbe Jahr oder noch länger Vorträge von seiner Mutter anhören müssen.

Das wollte er um jeden Preis verhindern. Deshalb kam er nachmittags zum Holunderbusch. Die gebrochene Nase gepflastert, den verletzten Arm in einer Schlinge, um das Schulterblatt zu entlasten. Zuerst besuchte er seinen Klassenlehrer in der Doppelhaushälfte 24b. Er erzählte Horst Reincke dieselbe Geschichte vom Unfall im Treppenhaus, die er dem Arzt aufgetischt hatte, und bat um Arbeitsblätter, damit er nicht zu viel Unterrichtsstoff versäumte.

Danach ging er zu Mario, worüber der sich anfangs sehr wunderte. Gut, er hatte Lars auf die Beine und über die Straße geholfen. Deshalb waren sie aber noch lange keine Freunde. Sie waren viel zu verschieden. Der schöne, coole Superschüler, der Mädchen im Dutzend bezirzte und nicht davor zurückschreckte, die Biologielehrerin zu umgarnen, um seinen Notendurchschnitt noch ein bisschen zu heben. Und der Mäuserich, den seine Note in Bio so wenig interessierte wie die Mädchen, die über ihn hinweg- oder durch ihn hindurchsahen.

Aber Lars brauchte auch nur einen, der ihm einen Gefallen tat und den Mund hielt. Mario sollte für ihn im Internet ein neues iPhone bestellen, bezahlen und die Sendung in Empfang nehmen. »Ich hab jetzt nur fünfhundertsechzig, wenn du dafür keins findest, gebe ich dir den Rest später. Ist das okay?«, fragte Lars und fügte hinzu: »Ich kenne sonst keinen, den ich darum bitten könnte. Jedenfalls keinen, der notfalls etwas Geld vorstrecken kann und die Schnauze hält. Das tust du doch, oder?«

»Ich wüsste nicht, wem ich was erzählen sollte«, antwortete Mario.

Und bei der Einstellung blieb Mario auch dann noch, als er im März, nicht mal ganze zwei Wochen nach dem Überfall auf Lars, erfuhr, dass die Polizei ihn als wichtigen Zeugen suchte.

2

Tage im März ...

Ein glückliches Kind

Am 6. März feierte Emilie Brenner ihren fünften Geburtstag, aber großartig gefeiert wurde gar nicht. Morgens um halb sieben kitzelte Lukas sie wach, sagte: »Herzlichen Glückwunsch, Prinzessin«, und gab ihr einen Kuss.

In letzter Zeit nannte Lukas sie oft Prinzessin, weil Emilie unbedingt so sein wollte wie Prinzessin Lillifee, die sie aus Büchern und von CDs kannte. Manchmal sagte Lukas auch *Schnecke* zu ihr, aber nur wenn sie sich beim Anziehen zu viel Zeit ließ.

An ihrem Geburtstag trödelte Emilie selbstverständlich nicht, dafür war sie viel zu gespannt auf ihr Geschenk. Das stand in der Küche, ein großes Paket, umwickelt mit rosa Papier und mit einer rosa Schleife versehen, die Emilie erst abreißen durfte, wenn Anne aus dem Bad kommen würde.

Der Tisch war festlich gedeckt. Zwischen Tellern, Tassen und Emilies Müslischale stand eine Schokoladentorte mit rosa Zuckergussschrift und fünf brennenden Kerzen. Als Anne endlich erschien, sangen sie und Lukas: »Happy Birthday to you.«

Danach pustete Emilie die schon arg heruntergebrannten

Kerzen aus, riss die Schleife und das Papier von ihrem Geschenk und jubelte. Ein Pferd mit Kutsche für ihre Baby Born, genau das hatte sie sich gewünscht. Dann schlug Lukas auch noch vor, am Sonntag zum Kölner Zoo zu fahren, die Elefanten und Tiger zu besuchen, natürlich auch alle anderen Tiere. Vorausgesetzt, das Wetter war einigermaßen gut.

Emilie jubelte erneut und bettelte: »Darf Hannah auch mit?«

Hannah Schnitzler war ihre Freundin, seit sie die Kita besuchte, und normalerweise sahen sie sich auch nur dort.

»Wenn Hannahs Eltern es erlauben«, sagte Lukas mit Blick auf Anne. »Ich habe nichts dagegen.«

»Ich auch nicht«, sagte Anne.

Nachdem sie gefrühstückt hatten, ging Anne mit Emilie hinauf ins Bad, um ihr den Zopf zu flechten, sie beim Zähneputzen zu beaufsichtigen und sich selbst die Lippen nachzuziehen. Lukas kratzte derweil die Wachsreste aus den winzigen Haltern, steckte neue Kerzen hinein und packte die Torte zurück in den Karton, in dem er sie tags zuvor aus der Konditorei geholt hatte.

Kurz darauf verließen Anne und Emilie das Haus. Anne balancierte den Karton mit der Torte auf einer Hand. Sie hasteten zum Parkplatz an der Dürener Straße. Anne war wie immer in Eile, weil sie zur Arbeit musste. Sie lieferte Emilie nur schnell in der Kita ab, übergab der Gruppenleiterin die Torte und sagte: »Bis heute Abend, Schatz, feiert schön.«

Emilie wartete auf Hannah, die immer etwas später gebracht wurde, weil sie in Hüppesweiler wohnte. Im Januar war Emilie einmal dort gewesen, da hatte Hannah ihren fünften Geburtstag gefeiert. Seitdem fragte Hannah oft, wann Emilie denn noch mal käme, vielleicht für ein Wochenende.

Sie könnte nachts mit in Hannahs Zimmer schlafen, und am Tag ... Dann zählte Hannah auf, was man in Hüppesweiler alles draußen spielen konnte. Weil nur ganz selten ein Auto kam – es gab keinen Durchgangsverkehr –, konnte man mitten auf der Straße Rad fahren, Kästchenhüpfen, Seilspringen, Gummitwist und Fangenspielen, wenn sich welche fanden, die mitspielten. Es fanden sich meistens welche, weil niemand Angst haben musste, den Kindern könne draußen etwas passieren.

Solche Schilderungen beeindruckten Emilie wenig. Wo sie wohnte, konnte man schließlich auch jederzeit mitten auf der Straße spielen. Außerdem hatte sie am Wochenende keine Zeit, da wohnte sie doch bei Oma Irmgard und Opa Hans. Dort konnte man zwar nicht auf der Straße spielen, dafür gab es den großen, eingezäunten Garten mit Rutsche, Schaukel, Wippe, Klettergerüst, einem kleinen Trampolin und einem Kinderhaus. Alles für sie allein. Im Sommer kam noch ein Planschbecken hinzu. Das Haus von Oma und Opa Brenner war fast so groß wie das Gutshaus in Hüppesweiler, und Emilie hatte dort sogar zwei Zimmer, eins zum Schlafen und das andere nur zum Spielen.

Als Hannah nun endlich in der Kita eintraf, erzählte Emilie ihr von dem Pferd und der Kutsche für die Baby Born. Bei Oma und Opa Brenner hatte sie noch mehr Puppen, darunter eine Baby Annabelle und ein Peterle, das kam aus Tirol, trug eine Lederhose, ein Jäckchen mit einem winzigen Edelweiß und einen Hut mit Gamsbart.

Hannah wollte Pferd und Kutsche gerne mal sehen. »Vielleicht geht das am Sonntag«, sagte Emilie, berichtete auch noch von Papas Vorschlag, die Elefanten und Tiger im Zoo zu besuchen, und beschwor Hannah, ihre Eltern so lange zu bearbeiten, bis die nicht nur den Ausflug erlaubten, sondern auch eine Übernachtung. »Dann können wir noch mit den Sachen spielen, ehe wir schlafen. Und am Montag bringt meine Mama uns beide zur Kita«, sagte sie.

Nachmittags zündete die Gruppenleiterin die neuen Kerzen an. Emilie pustete auch die noch aus, und alle Kinder sangen für sie: »Happy Birthday to you.« Danach wurde die Torte in so viele Stücke geschnitten, dass jedes Kind eins bekam.

Kurz darauf holte Lukas seine Tochter ab und nahm sie, wie jeden Tag, mit ins Brenner-Center. Und alle Leute, die da waren, gratulierten Emilie. Der alte Herr Seibold, Andrej Netschefka und Murat Bülent überreichten ihr sogar Geschenke. Von Herrn Seibold bekam sie ein Prinzessin-Lillifee-Malbuch und von Andrej ein Jäckchen fürs Peterle, das seine Mutter gestrickt hatte. Mit roten Pantöffelchen, die mit Goldfäden bestickt waren und vorne spitz zuliefen, schoss Murat den Vogel ab. Die Spitzen waren nach oben gebogen, an jeder hing eine goldene Troddel.

Murat behauptete, es seien Zauberpantöffelchen, die hätten einem Djinn gehört. Er erklärte Emilie, bei einem Djinn handle es sich um einen Geist, in diesem Fall natürlich einen weiblichen Geist, also *eine* Djinn. Murat sagte, dass noch Zauberkraft von dieser Djinn in den Pantöffelchen stecke. Und mit dieser Kraft gingen Wünsche in Erfüllung, man müsse sie nur laut aussprechen.

Das fand Emilie ganz toll, sie wünschte sich nämlich noch das Auto für die Baby Born. Und das bekam sie, als ihre Eltern abends mit ihr zu Oma Irmgard und Opa Hans fuhren. Das Auto war natürlich rosa – Emilies Lieblingsfarbe –, mit einer Hupe und funktionierenden Scheinwerfern ausgestattet. Außerdem imitierte es ein Motorgeräusch und machte Musik, wenn man den Zündschlüssel drehte.

Zu Oma und Opa Nießen fuhren sie an dem Dienstagabend nicht mehr. Es war schon zu spät und eilte nicht. Annes Eltern schenkten immer praktische Dinge, meistens etwas zum Anziehen. Das hatte Zeit bis Samstag, wenn der nächste Geburtstag gefeiert wurde, Onkel Olaf wurde vierzig.

Samstagabend, 17. November – kurz vor 23:00 Uhr

Mit Berrenraths Ausführungen zu Mario Hoffmann im Hinterkopf schenkte Klinkhammer den großen Grundstücken mit den frei stehenden Einfamilienhäusern auf der rechten Straßenseite unwillkürlich mehr Aufmerksamkeit als den genormt wirkenden Doppelhäusern mit den geraden Hausnummern zu seiner Linken. Als die ersten Einsatzfahrzeuge in sein Blickfeld gerieten, fühlte er sich ertappt wie einer, der nicht bereit war, sich einem neuen Albtraum zu stellen, weil er noch einen alten mit sich herumschleppte.

Beginnend bei der Doppelhaushälfte 14a reihte sich Streifenwagen an Streifenwagen. Insgesamt waren es zehn Stück. In einem war der Dienstgruppenleiter aus Bergheim gekommen, in den restlichen neun die Unterstützung aus anderen Wachen. Klinkhammer konnte nicht alle gleichzeitig sehen, weil die Straße im Bogen verlief. Das Wohnviertel war kreisförmig angelegt, die Straßen bildeten Ringe, die durch ein Gewirr von Fußwegen miteinander verbunden waren.

Auf Höhe der Nummer 18a hörte er die sonore Stimme von Dieter Franzen den Kollegen dieselbe Beschreibung des vermissten Kindes geben, die er bei der Anfahrt kurz zuvor zweimal als Lautsprecherdurchsage gehört hatte. Franzen wies auch darauf hin, dass die Rahmennummer von Emilies Rad leider nicht bekannt sei. Trotzdem oder gerade deshalb sollte jedes sich im Freien befindliche Kinderfahrrad überprüft werden, auch – dann sogar vordringlich – wenn es bei einem Hauseingang stand oder in einem Vorgarten lag.

Als Klinkhammer die Nummer 20a passierte, kam eine größere Gruppe Uniformierter in Sicht. Vor 22b parkte der letzte Streifenwagen, vor 24a ein silbergrauer Mercedes, der Klinkhammer irgendwie störte. Vor 24b stand ein Zivilfahrzeug aus dem Fuhrpark der Polizei, wahrscheinlich der Wagen, in dem Hans-Josef Simmering und Rita Voss gekommen waren.

Simmering stand zusammen mit Lukas Brenner in der offenen Haustür. Beide hörten zu, wie Franzen die ortsfremden Kollegen einteilte. Rita Voss war nicht zu sehen. Klinkhammer nahm an, dass die Oberkommissarin drinnen der Mutter zusetzte, bis die nicht mehr wusste, ob sie wirklich ein Weiblein oder doch eher ein Männlein war. Eigentlich hätte er Simmering sofort von der Tür weg an die Arbeit scheuchen und Voss zurückpfeifen müssen. Aber es war kein Durchkommen.

Ausgehend von den neun Einsatzwagen mit der üblichen Besatzung mussten es achtzehn Männer und Frauen sein, die sich auf der schmalen Straße um den Dienstgruppenleiter scharten. In Wind und Nieselregen hatten sie ausnahmslos die Schultern hoch- und die Köpfe eingezogen. Alle hielten Kopien von Stadtplänen und ein im DIN-A4-Format gedrucktes Foto in den Händen. Ein apartes Kindergesicht mit einem kessen Ausdruck, wie Klinkhammer sah, als er gezwungenermaßen stehen blieb, weil die Gruppe die gesamte Straßenbreite einnahm und er nicht durch zwei adrett mit Buchsbäumchen und Steinfiguren bestückte Vorgärten laufen wollte. Dabei fror er inzwischen erbärmlich und sehnte sich danach, ins Warme zu kommen. Mit seinem teuren Anzug war er für ein Essen in einem Nobelrestaurant gekleidet, nicht für einen längeren Aufenthalt im Freien. Doch er wollte sich nicht durch den Pulk zwängen und die Aufmerksamkeit von Franzen ablenken.

Vielleicht war es eher so, dass es ihn nicht drängte, vorzutreten, die Verantwortung an sich zu reißen und wieder Fehler zu machen oder von falschen Voraussetzungen auszugehen wie damals bei der Arzttochter. Wobei man jetzt wohl von vorneherein ausschließen konnte, Emilie Brenner sei mit Freunden unterwegs in die weite Welt. Eine Sechzehnjährige und Freunde mit einem Kleinbus waren doch etwas anderes als eine Fünfjährige mit einem Kinderfahrrad.

Während er sich wie alle anderen anhörte, was Franzen sagte, verirrte sein Blick sich immer wieder zum Hoffmann'schen Anwesen schräg gegenüber von Brenners Doppelhaushälfte. Eine Straßenlaterne beleuchtete den üppig mit immergrünen Gewächsen bepflanzten Vorgarten. Im Erdgeschoss und vor einem der beiden Fenster im ersten Stock waren die Rollläden herabgelassen. Im zweiten oberen Fenster spiegelte sich der bedeckte Nachthimmel. Trotzdem sah er eine Bewegung hinter der Scheibe. Dort stand jemand, der wohl nicht gesehen werden wollte, und schaute sich das Polizeiaufgebot an.

Dieter Franzen kam zum Ende mit dem Hinweis, dass jedes Team seine Route dreimal abfahren und beschallen sollte. Anschließend sollten sich die Kollegen im Gewerbegebiet einfinden und sich an der Suche in der Umgebung des Brenner-Centers beteiligen. Damit löste der Pulk sich auf. Die meisten liefen zu ihren Fahrzeugen. Vier Leute blieben zurück. Denen drückte Franzen zusätzlich noch stark vergrößerte Ausschnitte vom Stadtplan, die nur einen Teil des Viertels zeigten, in die Hände und befahl: »Klingelt oder klopft so lange, bis jemand aufmacht. Die können nicht alle unterwegs sein oder schon im Tiefschlaf liegen.«

Ein Team wandte sich in Richtung Gardenienpfad und trennte sich, um sich jeder eine Straßenseite vorzunehmen. Das Pärchen, dem Franzen die entgegengesetzte Richtung zugewiesen hatte, folgte dem Beispiel. Eine blutjunge Polizistin – Klinkhammer schätzte sie auf Anfang zwanzig – steuerte zügig das Grundstück der Familie Hoffmann an, ihr Partner die Doppelhaushälfte neben Brenners.

»Bei Reincke und Hoffmann war ich schon!«, rief Franzen ihnen hinterher, woraufhin der Mann weiter zu 26a ging. Klinkhammer blieb auf die junge Polizistin konzentriert, die Franzen offenbar nicht gehört hatte. Sie erreichte Hoffmanns Tür, klingelte und wartete, dass ihr geöffnet wurde. Und wer immer da oben am Fenster stand, rührte sich nicht vom Fleck.

Der Junge von gegenüber

Am 9. März, dem Freitag nach Emilies Geburtstag, war Mario Hoffmann nachmittags in Bergheim unterwegs. Über dem Sweatshirt trug er eine Kapuzenjacke von *Abercrombie & Fitch*. Die hatte nicht halb so viel gekostet wie Benny Küppers Jacke. Aber Mario war sie unendlich wertvoller. Sein Vater hatte ihm diese Jacke vor vier Jahren aus den USA mitgebracht. Anfangs war sie ihm viel zu groß gewesen, aber hierzulande noch eine Rarität. Inzwischen passte sie einigermaßen, man sah sie jedoch auch häufiger.

Mit hundert Euro in der Tasche stromerte er durch die Fußgängerzone. Er war auf der Suche nach Geschenken für seine

Großeltern. Die hatten auch beide im März Geburtstag und feierten gemeinsam. Darauf freute Mario sich schon wahnsinnig. Sein Opa hatte letztens eine Andeutung gemacht von wegen große Überraschung zu Marios Geburtstag im April. Vielleicht verplapperte Opa sich, wenn sie gemütlich beisammensaßen. Mario war gespannt wie ein Flitzebogen. Aber nicht nur deswegen suchte er zuerst nach dem Geschenk für seinen Großvater. Bei ihm war es einfach leichter.

Wie in den Vorjahren fand Mario auch an dem Freitag bald etwas, was einem älteren Herrn gewiss gut gefiel: ein dunkelblauer Pullover mit dezenten weißen Streifen am Saum und dem Halsausschnitt, Kostenpunkt sechsundfünfzig Euro.

Für die Großmutter war es immer viel schwieriger. Mario liebte sie über alles und hätte für sie ein Vermögen ausgegeben. Nur hätte ihr das nicht gefallen und er sich garantiert einen langen Vortrag über Sparsamkeit anhören müssen. Aber es gab auch einen *Mäc-Geiz* in der Fußgängerzone, in dem fand sich für die restlichen vierundvierzig Euro bestimmt mehr als genug Auswahl, um Oma eine Freude zu machen.

Mario sah sich große Blumenvasen für zehn Euro und kleine für sieben an. Er konnte sich nicht sofort entscheiden. Und während er noch überlegte, bemerkte er eine alte Frau mit einem Einkaufsnetz, die sich ebenfalls nicht entscheiden konnte. In ihrem Netz steckten eine abgegriffene Geldbörse und ein Becher Margarine. Die Frau nahm eine Schachtel mit Gebäck aus dem Regal, stellte sie zurück, nahm ein Glas Erdbeerkonfitüre, stellte es zurück, nahm erneut die Gebäckschachtel in die Hand und tat so, als lese sie aufmerksam die Zutaten. Schließlich ging sie nur mit der Konfitüre weiter. Und Mario dachte sich seinen Teil.

Sein Vater hatte erst letzte Woche eine Dokumentation über

alte Leute abgedreht, deren Rente hinten und vorne nicht reichte. Was es da für Schicksale gab, da sträubten sich einem die Haare, hatte Frederik gesagt. Im Hause Hoffmann gab es selten ein anderes Thema als das gerade aktuelle Filmprojekt, egal ob das nun Natur, Sozialkritik oder Werbung beinhaltete.

Die Erdbeerkonfitüre kostete neunundsiebzig Cent, das Gebäck eins neunundfünfzig. Die Frau war eine von denen, die zum Sterben zu viel und zum Leben zu wenig hatten. Mario war sich seiner Sache sicher. Wahrscheinlich war ihr beim Anblick der bunten Keksmischung das Wasser im Mund zusammengelaufen, aber sie hatte das Geld nicht oder brauchte es für wichtigere Dinge. Auf dem Weg zur Kasse nahm sie nämlich noch ein Paket mit vier Rollen Klopapier. Dabei rutschte ihr ein offener Briefumschlag aus der Manteltasche und fiel zu Boden, ohne dass sie es bemerkte.

Mario überlegte nicht lange, griff die Gebäckschachtel, folgte ihr zum Klopapier und hob den Umschlag vom Boden auf. Auf der Rückseite hatte sie ihre Einkäufe notiert. Vorne standen der Name Frieda Gruber und eine Adresse, wie er mit einem flüchtigen Blick registrierte. Sie stand an der Kasse.

Frieda Gruber bezahlte und steckte ihre Geldbörse zusammen mit der Konfitüre zu dem Margarinebecher ins Einkaufsnetz. Das Klopapier klemmte sie sich unter den linken Arm. Dann verließ sie den Laden.

Fürs Gebäck reichte das Kleingeld in Marios Hosentasche, dafür hätte er sogar zwei Schachteln bekommen. Als er bezahlt hatte und ebenfalls durch die Tür trat, war die alte Frau schon einige Meter entfernt. Mario folgte ihr erneut, wollte ihr die Schachtel im Vorbeigehen unter den rechten Arm schieben, den Briefumschlag zurück in die Manteltasche stecken und sich davonmachen, ehe sie noch wusste, wie ihr geschah.

Wenn sie die Gelegenheit gehabt hätte, sich bei ihm zu bedanken, wäre ihm das unangenehm gewesen. Wer für eine gute Tat Lob oder Dank erwartete, war im Herzen nicht wirklich ein guter Mensch. Das war eine der Lebensweisheiten, mit denen seine Großmutter die Grundzüge seines Wesens geprägt hatte. Gute Werke tat man quasi im Vorbeigehen.

Doch so wie er sich das vorstellte, ließ es sich nicht ausführen. Irina Jedwenko und Jana Kalwinov durchkreuzten seinen Plan. Die dicke Jessie sah Mario nicht, sie wäre wohl nicht schnell genug gewesen. Die beiden knabenhaft schlanken Mädchen näherten sich auf Inlineskates aus Richtung des Herrenausstatters, bei dem Mario zuvor den Pullover für seinen Großvater gekauft hatte. Er sah sie nur, weil er zufällig noch mal in die Richtung schaute. Beide waren wie er mit Jeans und Kapuzenjacken bekleidet. Die Kapuzen hatten sie tief in die Stirn gezogen, hielten die Köpfe gesenkt. Mario erkannte sie trotzdem. Irina trug ihre schmuddelige Steppweste über der Jacke und Jana dieselbe graue Jeans mit dem dunkelroten Fleck auf dem rechten Oberschenkel, von dem Jessie während der Pause auf dem Schulhof behauptet hatte, das sei Blut von einem, der sich geweigert habe, seine Playstation abzuliefern. Er hatte das zufällig aufgeschnappt.

Im ersten Schreck dachte er, sie hätten es nun auf ihn abgesehen. Sein Handy war ein älteres Allerweltsmodell, damit konnte man nicht mal ins Internet. Das würde ihm keiner ab nehmen, der etwas auf sich hielt, glaubte er. Aber für den Chronometer an seinem Handgelenk – auch ein Geschenk von seinem Vater – war in Bolivien mal einem Touristen die Hand abgehackt worden, hatte Frederik ihm erzählt. Auf diese Weise ließ sich eine Uhr viel schneller klauen, weil man nicht lange mit dem Verschluss herumfriemeln musste. Und

Jessie Breuer hatte diese Kostbarkeit im Unterricht garantiert schon mehr als einmal gesehen. Wenn sie den Russenweibern davon erzählt hatte …

Während Mario einen Schritt zurücktrat und hinter der Reklametafel eines Handyanbieters Deckung suchte, rollten sie vorbei. Jana erreichte Frieda Gruber als Erste. Frieda Gruber. Der Name prägte sich Mario ein, weil sie in den nächsten Sekunden zum Opfer wurde. Und Opfer verdienten es, dass ihre Namen nicht in Vergessenheit gerieten.

Jana hielt sich links, gab dem Klopapier einen Stoß, das daraufhin unter Frieda Grubers Arm herausrutschte und zu Boden fiel. Wie nicht anders zu erwarten, blieb die alte Frau verdutzt stehen. »Kannst du nicht aufpassen?«, hörte Mario sie fragen. Jana kümmerte sich nicht darum, rollte in gemächlichem Tempo weiter. Frieda Gruber schüttelte verärgert den Kopf und machte Anstalten, sich zu bücken, was ihr offenbar nicht leichtfiel. Da kam Irina von rechts und versetzte ihr einen Karatehieb in den gebeugten Rücken, der sie von den Beinen haute. Sie fiel auf die Knie, fing sich gerade noch mit der freien Hand ab und verhinderte knapp, dass sie mit dem Kopf aufschlug. Irina entriss ihr das Einkaufsnetz und sauste Jana hinterher, die nun einen Zahn zulegte.

Mario war nicht der einzige Zeuge. Zwei Passanten eilten herbei und halfen Frieda Gruber auf die Beine. Sie stammelte etwas, das Mario nicht verstand, und zeigte in Richtung Aachener Tor, wohin sich Irina und Jana davonmachten. Noch waren beide gut zu sehen. Ein jüngerer Mann hetzte ihnen hinterher, kam aber bald zu der Erkenntnis, dass er sich vergebens bemühte, und kehrte wieder um.

»Verfluchte Burschen«, schimpfte er, als er außer Atem das Grüppchen um Frieda Gruber erreichte.

Burschen! Außer Mario hatte keiner bemerkt, dass es zwei Mädchen gewesen waren. Und für ihn wurde es höchste Zeit, zu verschwinden. Der jüngere Mann hatte bereits ein Smartphone am Ohr und den Notruf gewählt.

Frieda Gruber weinte um ihre Geldbörse. Sie wäre ein Andenken, die hätte ihrem verstorbenen Mann gehört. »Was wollen die denn damit?«, jammerte sie. »Die nehmen das Geld raus und schmeißen die Börse weg.«

Eine jüngere Frau bemühte sich um sie, hob das Klopapier auf und schob es ihr wieder unter den Arm, klopfte ihr etwas Schmutz vom Mantel und betupfte ein aufgeschürftes Knie unter einem zerrissenen Strumpf mit einem Papiertuch. Als ob ihr das geholfen hätte.

Mario wusste, was die alte Frau jetzt brauchte. Einen Becher Margarine, ein Glas Marmelade, neue Strümpfe. Das abgewetzte Portemonnaie konnte er ihr nicht ersetzen. Aber etwas vom Inhalt, wahrscheinlich sogar mehr, als drin gewesen war. Das Geschenk für Oma hatte noch Zeit. Er fischte die beiden Zwanzigeuroscheine aus seiner Jeans, näherte sich mit ebenfalls tief heruntergezogener Kapuze und gesenktem Kopf, drückte der weinenden Frau die Keksschachtel in eine Hand, stopfte die vierzig Euro zusammen mit dem Briefumschlag in eine ihrer Manteltaschen, sagte noch: »Das waren die Russen«, und rannte in die entgegengesetzte Richtung davon. Dort lag der Bahnhof, er war mit dem Bus gekommen.

»Hey!«, brüllte der Mann mit dem Smartphone hinter ihm her. »Hey, warte doch. Kanntest du die? Bleib hier, die Polizei ist unterwegs.«

Eben. Deshalb hatte Mario es ja so eilig. Als Zeuge gegen die Russenweiber auszusagen, kam für ihn überhaupt nicht infrage.

Anne

Während Mario Hoffmann an diesem Freitag unmittelbar Zeuge einer Straftat wurde und den Kontakt zur Polizei mied wie der Teufel das Weihwasser, wünschte Anne Brenner sich inständig, sie wären nach dem desaströsen Heiligabend übereingekommen, sich fortan zu Weihnachten und Ostern nur noch besinnliche oder fröhliche Karten zu schicken und zu Geburtstagen telefonisch alles Gute zu wünschen. Man hätte sich zwischendurch ja mal im kleinen Kreis treffen und grillen können – ohne Simone.

Mit der Erinnerung an die hässlichen Vorwürfe, die ihre Schwägerin zu Weihnachten erhoben hatte, stand Anne wahrhaftig nicht der Sinn nach einem weiteren Nachmittag und Abend in trauter Runde. Aber durfte sie den runden Geburtstag ihres Bruders schwänzen, bloß weil sie weitere gehässige Bemerkungen von der Schwägerin befürchtete und nicht riskieren wollte, den Blutdruck ihrer Eltern in die Höhe zu treiben, indem sie einmal richtig Kontra gab?

Wobei sich die Frage stellte, ob sie überhaupt noch Kontra geben konnte. Nach siebzehn Jahren im Beauty-Salon Heitkamp, wo sie jedem Schwachsinn zustimmen und in jeder Situation gute Miene zum bösen Spiel machen musste, war ihr diese Haltung längst in Fleisch und Blut übergegangen. *Immer nur lächeln und immer vergnügt. Immer zufrieden, wie's immer sich fügt ...*

Im Gegensatz zu ihr freute Lukas sich auf morgen. Er hatte schon Mitte Februar bei eBay ein signiertes Buch ersteigert: Heinrich Bölls »Haus ohne Hüter«. Ein gut erhaltenes Exemplar. Olaf würde Augen machen, dachte Lukas. Annes Bruder war eine Leseratte und liebte speziell alte Bücher. Und Lukas liebte Olaf wie den Bruder, den seine Eltern ihm vorenthalten hatten. Was Simone betraf: »Wenn sie wieder loslegt, hör einfach nicht hin.« Das hatte er morgens beim Frühstück empfohlen.

Den Kopf auf Durchzug schalten war eine Methode, die Anne im Grunde vortrefflich beherrschte. Und Lukas hatte auch gesagt: »Aber ich glaube nicht, dass Simone es noch einmal so weit treibt wie an Heiligabend. Sonst geht sie beim nächsten Erbfall wieder leer aus. Man kann ein Haus nämlich auch verkaufen und sich vom Erlös noch ein paar schöne Jahre machen. Dein Vater hat so was anklingen lassen.«

Nicht bei Anne, sie hörte das zum ersten Mal. Doch ihre Mutter drückte es so ähnlich aus. Nachmittags nutzte Anne eine kurze Pause, um ihre Eltern anzurufen, weil sie nicht wusste, wo sie Emilie morgen unterbringen sollte, bis es Zeit für Kaffee und Kuchen bei Olaf und Simone wurde.

Die sonst übliche Betreuung durch die Schwiegereltern fiel aus. Weil Lukas für den Sonntag den Zoobesuch eingeplant hatte, flogen seine Eltern übers Wochenende nach Paris. Sie würden ja nicht gebraucht, hatte Lukas sich am vergangenen Abend von seiner leicht verstimmt klingenden Mutter anhören müssen. Wahrscheinlich hätte er fragen sollen, ob die beiden mit in den Zoo wollten.

Ehe Anne sich erkundigen konnte, ob ihre Eltern einsprangen, musste sie sich die Sorgen ihrer Mutter anhören. Ihre Schwester und der Schwager wussten nämlich noch nicht, ob sie morgen kommen konnten.

Lena und Thomas waren erst am Dienstag von einem Urlaub auf den Malediven zurückgekehrt. Thomas hatte sich dort gut erholt, Lena drei von zehn Tagen mit einer üblen Magen-Darm-Verstimmung in einem Krankenhaus verbracht.

»Sie ist immer noch nicht wieder ganz auf der Höhe«, berichtete Emmi. »Jedenfalls meinte sie, ein ruhiges Wochenende bekäme ihr besser als eine turbulente Familienfeier. Ich glaube, Lena ist noch verärgert wegen Weihnachten.« Dieser Feststellung folgten ein Seufzer und die rhetorische Frage: »Kann man's nicht einfach zu einem Ohr rein- und zum anderen wieder rauslassen? Man muss sich doch nicht jedes Wort zu Herzen nehmen.«

»Nein«, stimmte Anne zu. »Da hast du recht, Mama.«

»Nach Weihnachten hat Olaf Simone ordentlich die Leviten gelesen. Papa hat auch ein ernstes Wort mit ihr geredet. Wenn sie trotzdem das Maul noch mal so weit aufreißt, kann sie sich unser Haus aus dem Kopf schlagen«, bestätigte Emmi die diesbezüglichen Worte von Lukas, um sich anschließend in ängstlichem Ton zu erkundigen: »Ihr kommt doch, oder? Sonst sitzen wir am Ende ganz alleine da.«

Von »ganz alleine« konnte man kaum sprechen. Olafs Familie umfasste doch schon fünf Köpfe.

»Sicher«, sagte Anne. »Wir kommen bestimmt, Mama.«

»Mit Emilie?« Verständlicherweise war die Kleine im Kreis der Enkel Emmis Liebling. Die drei Jungs von Olaf und Simone waren schon so groß und so anspruchsvoll. »Ich habe einen süßen Pullover für sie gekauft. Darüber freut sie sich bestimmt.«

Das glaubte Anne nicht so recht. Emilie achtete zwar noch nicht aufs Label, aber Kleidung gehörte für sie zum Alltag, die betrachtete sie nicht als Geschenk.

»Kann ich sie morgen früh zu euch bringen?«, brachte Anne endlich ihr Anliegen vor. »Hans und Irmgard fliegen nach Paris.«

»Wir sind aber schon zum Mittagessen eingeladen«, erklärte

Emmi zögernd. »Da müssten wir Emilie mitnehmen. Dann regt Simone sich sicher wieder auf, weil du arbeitest.«

»Ja«, seufzte Anne. »Dann muss ich mal sehen, wo ich sie unterbringe.«

»Kann Lukas sie denn nicht mal mit ins Studio nehmen?«, fragte Emmi.

Nein, das hatte Anne schon geklärt. Samstags herrschte Hochbetrieb im Brenner-Center, da hatte keiner die Zeit, Emilie im Auge zu behalten, auch nicht ausnahmsweise. Aber es gab eine Notlösung – nebenan.

Nachbarn

Anita, die Frau des Hauptschullehrers Horst Reincke, war im selben Alter wie Anne und früher auch in derselben Branche tätig gewesen. Wie Anne hatte Anita nach der Geburt ihrer ersten Tochter die Festanstellung gegen eine freiberufliche Tätigkeit getauscht. Allerdings konnte Anita sich ihre Zeit besser einteilen als Anne. Sie war als Avon-Beraterin unterwegs, hatte zu Anfang ihre älteste Tochter Kathrin oft sogar mitgenommen.

Inzwischen war Kathrin Reincke sieben und ging ins zweite Schuljahr. Ihre Schwester Britta war vier und besuchte seit dem letzten Sommer dieselbe Kita wie Emilie. Anita hatte seitdem schon mehrfach angeboten, Emilie nachmittags mitzunehmen und zu betreuen, falls Lukas verhindert war. »Anruf genügt. Ich muss so oder so fahren und habe zwei Kindersitze im Auto.«

Bisher hatten sie keinen Gebrauch von der Offerte gemacht.

Als Anne ihre Nachbarin an dem Freitagabend fragte, war Anita augenblicklich bereit, ihr den Gefallen zu tun. »Schick Emilie einfach rüber, wenn du gehst. Ich stehe auch samstags früh auf, das weißt du ja.«

Anne war erleichtert und bedankte sich überschwänglich. Nur Emilie war nicht begeistert von diesem Arrangement. Für sie war Britta Reincke ein Kleinkind, es war unter ihrer Würde, den ganzen Tag mit ihr zu spielen.

»Nicht den ganzen Tag«, sagte Anne. »Papa holt dich um halb vier ab. Bis dahin wird das wohl gehen. Du bist nur ein Jahr älter als Britta, und Kathrin ist ja auch da. Früher hast du doch immer mit Kathrin gespielt.«

»Kathrin darf aber nicht mehr spielen«, erklärte Emilie. »Sie muss für die Schule lernen. Wenn sie nicht lernt, schimpft ihr Papa, weil er keine dummen Kinder haben will.«

»Unsinn«, widersprach Anne. »Ich habe ihn noch nie schimpfen hören.«

»Britta erzählt es mir aber immer, wenn sie mich beim Freispiel in der Kita draußen sieht«, beharrte Emilie. »Warum kann ich denn nicht zu Oma Irmgard und Opa Hans?«

»Weil sie verreisen«, erklärte Anne.

»Und warum darf ich nicht mit?«

»Wir wollen doch in den Zoo«, erinnerte Anne. »Mit Hannah.«

»Dann bring mich doch zu Hannah. Ich kann bestimmt bei ihr schlafen. Und Papa holt uns am Sonntag beide ab.«

»Das geht nicht«, sagte Anne.

»Warum nicht?« Emilie blieb hartnäckig. Sie hatte auch keine Lust auf die Geburtstagsfeier ihres Onkels. »Hannah hat schon oft gefragt, wann ich mal bei ihr schlafen darf.«

Es wäre eine Möglichkeit gewesen. Anne hatte nicht daran

gedacht und hätte es auch rechtzeitig mit Hannahs Mutter besprechen müssen. Jetzt war es ihr zu spät, Frau Schnitzler, die sie nur flüchtig kannte, noch anzurufen.

Aber allmählich gingen ihr die Argumente aus. In Auseinandersetzungen mit ihrer Tochter war sie nicht geübt. Einen Einwand hatte sie noch. »Und was erzähle ich Oma Emmi?«, fragte sie. »Sie hat so ein schönes Geschenk für dich.«

»Das kannst du doch mitbringen«, schlug Emilie vor. »Sag ihr, dass es mir bestimmt gut gefällt und dass ich mich sehr darüber freue.«

»Das sagst du ihr selbst«, beschied Anne. »Sonst ist sie traurig. Und dann müsste ich ihr sagen, dass du ein Raffzahn bist und nur Leute magst, die teure Geschenke machen. Oma Emmi hat nicht so viel Geld wie Oma Irmgard, aber sie hat dich genauso lieb. Ende der Diskussion.«

Emilie zog eine Schnute, riskierte jedoch keine weiteren Nörgeleien, um den Zoobesuch mit Hannah nicht zu gefährden.

Am Samstagmorgen schleppte sie ihre großen Geburtstagsgeschenke hinüber zu Reinckes, das Auto, Pferd und Kutsche, alles musste mit, auch die Baby Born. Anne half ihr tragen, bedankte sich noch mal bei Anita und eilte in gewohnter Hast zum Parkplatz.

Samstagabend, 17. November – gegen 23:00 Uhr

»Gut, dass du kommen konntest, Arno«, begrüßte Dieter Franzen Klinkhammer und klang dabei wie einer, der glaubte, nun werde ihm jegliche Verantwortung von den Schultern genommen.

Auf die Erleichterung des Dienstgruppenleiters ging Klinkhammer nicht ein. Er zeigte mit einer verstohlenen Geste zu Hoffmanns hinüber. »Täusche ich mich, oder steht da oben Berrenraths spezieller Freund am Fenster?«

Franzen folgte dem Wink, zuckte mit den Achseln. »Lebt der überhaupt noch?«

Das wusste Klinkhammer nicht genau. Er nahm zwar an, dass er über das Gegenteil informiert worden wäre, aber zuletzt hatte Berrenrath etwas von Komplikationen gesagt. Wenn Mario Hoffmann gestern oder im Laufe des Tages gestorben war, hatten die Ärzte wahrscheinlich gleich die Staatsanwaltschaft informiert. Dann wäre es direkt an die Kölner Kollegen gegangen, und er würde erst am Montag davon erfahren.

Er zuckte ebenfalls mit den Achseln und fragte: »Ist Berrenrath verständigt worden?«

»Ich hab's versucht«, antwortete Franzen. »Hätte ihn gerne hier gehabt, als Simmering und Frau Voss kamen. Der Arzt war noch bei Frau Brenner. Und die Voss wollte unbedingt den Hund ins Haus schicken …«

»Der Mantrailer ist auch schon hier?«, fragte Klinkhammer und schaute verwundert an den verbliebenen Fahrzeugen entlang. Der Kombi des Arbeiter-Samariter-Bundes war nicht dabei.

»War«, sagte Franzen. »Otten wollte es noch im Gewerbegebiet probieren. Dass sie dort mehr Glück haben, kann ich mir aber nicht vorstellen.«

»Otten ist der Hundeführer?«, hakte Klinkhammer nach. Die Mitarbeiter des ASB kannte er nicht alle.

Franzen nickte.

»Hier draußen hat es also nichts gebracht?« Er wollte sich nur bestätigen lassen, dass er nichts versäumt hätte, wäre die

Anforderung des Hundes seine Sache gewesen und er hätte darauf verzichtet wie damals bei der sechzehnjährigen Arzttochter.

Hätte, wäre, wenn! Es war Zeitverschwendung, sich darüber heute noch den Kopf zu zerbrechen. Und es war unfair gegenüber Franzen und den anderen, die darauf zählten, dass er voll bei der Sache war. Das war er nicht. Er konnte sich nicht richtig konzentrieren, nicht verhindern, dass seine Gedanken ständig abschweiften zu dem zwölf Jahre zurückliegenden Fall.

Im Geist sah er sich wieder abwinken, *nun mal langsam,* als der junge Kollege, der ihn damals begleitet hatte, von Hunden anfing und darauf hinwies, dass Suchhunde nach den ergiebigen Regenfällen wohl keine große Chance hatten. Natürlich nicht. Aber man forderte auch nicht gleich Hunde an, wenn man nur losgeschickt worden war, um festzustellen, ob eine Sechzehnjährige bei ihrer Freundin oder einem Freund übernachtet hatte. An Mord hatte er doch damals erst viel später gedacht.

Wenn er jetzt Emilies Elternhaus betrat, würde ihre Mutter wahrscheinlich in einer ähnlichen Verfassung sein wie der Mörder damals. Und es stünde ihr nicht auf der Stirn geschrieben, ob sie aus Sorge um die kleine Tochter fix und fertig war oder aus Schuldgefühl. Und wenn man es, wie er, nicht so richtig draufhatte, freundlich und verständnisvoll mit Tätern umzugehen ...

»Was sollte der Hund denn hier noch bringen nach dem, was am frühen Abend runtergekommen ist?«, riss Franzen ihn aus seinen Gedanken. »Gegen sieben hat es noch mal kräftig geschüttet. Bei euch nicht?«

»Doch«, sagte Klinkhammer.

Und Franzen erklärte: »Was die Sintflut nicht weggespült hat, wurde vom Winde verweht.«

»Du siehst dir zu viele alte Filme an«, sagte Klinkhammer.

»Ein guter alter ist mir lieber als ein beknackter neuer«, erwiderte Franzen und kam auf den Mantrailer zurück: »Der Hund hatte nicht den Hauch einer Chance. Beim Spielplatz ist er minutenlang im Zickzack gelaufen. Otten ist der Auffassung, da hätte er wohl was gewittert. Er hat die Strecke aufgezeichnet, das kannst du dir ja gleich mal ansehen. Aber dann wollte der Hund wieder zurück. Otten konnte nicht sagen, ob er Emilies Spur gefolgt ist oder noch mal von vorne anfangen wollte. Und Frau Voss war sauer, weil Otten nicht nach ihrer Pfeife tanzte. Sie konnte keine fünf Minuten Leerlauf aushalten. Nachdem Otten ihr lang und breit erklärt hatte, was den Mantrailer von einem Leichenspürhund unterscheidet, fragte sie Lukas, ob er einverstanden sei, wenn sie sich schon mal im Haus umschaut. Wie Lukas reagiert hat, kannst du dir vielleicht vorstellen.«

Immerhin hatte Rita Voss gefragt, das musste man wahrscheinlich als humanitäre Geste werten. Klinkhammer konnte sich viel besser vorstellen, wie die *Hyäne* reagiert hätte, wäre ihr das Einverständnis verweigert worden. Dann hätte sie sich nicht nur trotzdem im Haus umgeschaut, sie hätte es gestürmt und auseinandergenommen.

»Leider habe ich Berrenrath nicht erreicht«, kam Franzen auf Klinkhammers ursprüngliche Frage zurück. »Er ist mit einem vom Ordnungsamt unterwegs, Disco-Kontrollen. Wahrscheinlich hört er sein Handy nicht. Gehn wir rein, dann kannst du den Eltern erklären, dass Frau Voss nur routinemäßig einen Blick in jede Ecke wirft.«

»Glauben sie dir das etwa nicht?«, fragte Klinkhammer, um

einen humorvollen Ton bemüht, nach dem ihm gar nicht zumute war. Er wurde auch sofort wieder ernst. »Wie gut kennst du die Eltern?«

»Frau Brenner kenne ich eigentlich gar nicht«, gab Franzen Auskunft. »Ich hab sie nur hin und wieder gesehen, wenn ich im Studio war und sie Emilie abholte. Lukas kenne ich gut genug, um zu wissen, dass er seiner Prinzessin jeden Wunsch von den Augen abliest. Er vergöttert Emilie, ist maßlos stolz auf sie und könnte ihr niemals ein Haar krümmen. Ist das ein Problem?« Er meinte kaum die vielleicht übertriebene Vaterliebe, eher seine Bekanntschaft mit Lukas Brenner.

»Ich hoffe nicht«, erwiderte Klinkhammer. »Wo soll ich Samstagnacht einen Ersatz für dich hernehmen? Du bist ortskundig und hast in der kurzen Zeit mehr auf die Beine gestellt, als manch anderer geschafft hätte.« Ein kleines Lob hatte noch nie geschadet. Sicherheitshalber fügte er jedoch hinzu: »Wenn es zum Problem wird, bevor deine Schicht endet, sag ich's dir. Und bevor wir reingehen, hätte ich gerne einen Überblick.«

Obwohl ihm immer noch saukalt war, zog er es vor, sich im Freien informieren zu lassen. Wenn er erst drinnen war, brauchte er jedes bisschen Konzentrationsfähigkeit für tausend Kleinigkeiten.

»Lukas ist überzeugt, dass die Kleine zu ihm wollte«, begann Franzen. »Ich halte das auch für die wahrscheinlichste Option. Deshalb konzentrieren wir uns aufs Geweibegebiet Aber ich habe auch einen Wagen nach Hüppesweiler geschickt. Da wohnt Emilies Freundin Hannah Schnitzler. Emilie wollte nach dem Mittagessen dorthin gebracht werden. Frau Brenner war aber nicht in der Lage, sie zu fahren. Wenn Emilie am Nachmittag alleine los ist, dann sind das von hier aus gute vier Kilometer. Sie hätte das Rad wahrscheinlich die meiste Zeit geschoben und könnte in die Dunkelheit geraten sein. Straßenbeleuchtung gibt es ab dem Ortsrand nicht mehr. Familienangehörige sind die Strecke schon abgefahren und suchen jetzt auf dem Gutshof. Einen halben Kilometer vorher gibt es eine tückische S-Kurve und einen Entwässerungsgraben, der bestimmt nicht Meter für Meter kontrolliert wurde.«

Es war klar, mit welchem Auftrag Franzen einen Wagen nach Hüppesweiler geschickt hatte.

»Was ist mit anderen Freundinnen?«, fragte Klinkhammer.

»Hat sie nicht. Ihre bevorzugten Großeltern sind heute früh in Urlaub gefahren, das weiß sie, und sie könnte auch gar nicht aufs Grundstück. Mit dem Rest der Familie hat sie nicht viel im Sinn. Wer von denen in der Nähe wohnt, ist jetzt auch unterwegs, um sie zu suchen.«

In der Haustür traten Hans-Josef Simmering und Lukas Brenner zur Seite, um jemanden aus dem Flur ins Freie zu lassen. Klinkhammer sah es aus den Augenwinkeln, achtete aber nicht weiter darauf. Er schielte wieder zu Hoffmanns hinüber. Der jungen Polizistin war inzwischen geöffnet worden. Mit wem sie sprach, konnte er nicht erkennen. Gleichzeitig bemühte er sich, Franzens Bericht zu folgen. Der sagte noch etwas vom Spielplatz: »Weil der Hund da hin und her gelaufen ist, lasse ich in dem Bereich noch mal gezielt nachfragen, das hast du ja sicher mitbekommen.«

Hatte Klinkhammer, wenn auch nur am Rande. Im Stillen sprach er Franzen noch ein Lob aus für die Umsicht, auch noch Klinken putzen zu lassen, obwohl doch garantiert die ersten Lautsprecherdurchsagen im Viertel erfolgt waren. Aber manchen Leuten musste man persönlich auf die Pelle rücken, ehe ihnen einfiel, dass sie vielleicht doch etwas von Bedeutung gesehen oder gehört hatten.

Dann wandte Franzen sich der offenen Haustür zu. Und Klinkhammer riss sich endlich von Hoffmanns Grundstück los.

Der Junge von gegenüber

Während Emilie Brenner am 10. März den Vormittag über noch friedlich mit Reinckes Töchtern und dem Equipment der Baby Born spielte, musste Mario Hoffmann einsehen, dass seine vierzig Euro in einem Gully weniger Schaden angerichtet hätten als in der Manteltasche einer alten Frau.

Mario stand an dem Samstag kurz nach acht auf, um mit seinen Eltern zu frühstücken. Das tat er immer, wenn sein Vater daheim war. Das hieß aber nicht, dass Frederik Zeit für ihn gehabt hätte. Hoffmanns kannten nur selten ein freies Wochenende, das hatten sie mit Brenners gemeinsam. Nach dem Frühstück fuhren Ruth und Frederik in die Firma. Die Dokumentation über die verarmten Rentner musste geschnitten werden.

Mario las derweil die Tageszeitung. Sein Opa sagte oft, man müsse auf dem Laufenden bleiben. Im Gegensatz zu seinem Großvater las Mario die Nachrichten jedoch im Internet. Hoffmanns hatten keine Zeitung abonniert. Es wäre eine Menge bedrucktes Papier gewesen, von dem mehr als die Hälfte nicht gelesen wurde, das grenzte an Umweltschädigung. Im Netz suchte man sich nur das heraus, was einen interessierte. Dafür musste kein Baum gefällt werden.

Auf der Website der Lokalzeitung stieß Mario auf einen Bericht über seine *großzügige Geste* in der Fußgängerzone.

Frieda Gruber war mit einem aktuellen Foto abgebildet, er erkannte sie sofort wieder. Ihr Vorname war ausgeschrieben, der Nachname, wie in solchen Fällen üblich, abgekürzt. Dahinter stand eine Telefonnummer.

Dem Raubüberfall waren nur wenige Zeilen gewidmet. Aus denen ging lediglich hervor, dass die Polizei zwei dunkel gekleidete Jugendliche auf Inlineskates suchte. Dass sie auch nach Mario suchten, war ausführlicher dargestellt.

Angeblich wollte Frieda G. sich unbedingt persönlich bei dem »jungen Mann« bedanken, der ihren Glauben an das Gute in der heutigen Jugend wieder gefestigt hatte. Darauf folgte die inständige Bitte, sie unter der angegebenen Telefonnummer anzurufen.

Mario fragte sich, wen er wohl in der Leitung hätte, wenn er dieser Bitte nachkäme. Wahrscheinlich eine Polizistin, die dann so tat, als wäre sie die Tochter von Frieda Gruber. Dass die Polizei keine Rufnummern von Opfern bekannt gab, wusste Mario genau.

Natürlich könne er sich auch auf der Wache melden, ging es weiter im Text, und die wichtige Aussage wiederholen, die er unmittelbar nach dem gestrigen Überfall gemacht habe. Das sei sogar sinnvoller. Da würden seine Angaben gleich ordnungsgemäß zu Protokoll genommen, und die brutalen Täter könnten schneller ihrer gerechten Strafe zugeführt werden, damit nicht noch eine alte Frau beraubt und schwer verletzt wurde.

Um der Wahrheit die Ehre zu geben, hatten weder Frieda Gruber noch der als Verfasser genannte Journalist viel zu dem Bericht beigetragen. Das meiste war auf Klinkhammers Mist gewachsen, speziell die kleinen psychologischen Finessen. Der

»junge Mann« zielte auf das Ego ab. Wer als erwachsen angesehen wurde, handelte vielleicht auch entsprechend.

Der Zeuge mit dem Smartphone hatte Mario auf dreizehn geschätzt, der Kassierer beim Herrenausstatter ebenso. Dass Mario in dem Laden gewesen war, hatte die Tüte mit dem Pullover für seinen Großvater verraten. Der Kassierer hatte eine vortreffliche Beschreibung geliefert, speziell der Oberbekleidung. Davon hatte die Polizei sogar ein Foto. Es zeigte Mario am Tatort in der Fußgängerzone, allerdings nur von hinten auf seinem Weg zum Bahnhof. Der Smartphone-Besitzer hatte geistesgegenwärtig auf den Auslöser gedrückt. Bedauerlicherweise war ihm die Idee erst gekommen, als auch noch Mario Fersengeld gab.

Der Mann hätte besser hinter den beiden *Burschen* her fotografiert, fand Klinkhammer. Auch wenn dabei nur ein ebenso verwackeltes Bildchen mit zwei Rückenansichten herausgekommen wäre, es wäre besser als nichts gewesen. Aber wenn das Kerlchen in der *Abercrombie-&-Fitch*-Jacke die *Burschen* kannte, beruhte das wahrscheinlich auf Gegenseitigkeit, mutmaßte Klinkhammer. Von einer Komplizenschaft mochte er wegen der vierzig Euro nicht ausgehen. Und wenn der Kleine nun befürchten musste, dass die *Burschen* ihm das Fell gerbten, weil er gepetzt hatte, war er vielleicht bereit, sein Wissen mit der Polizei zu teilen. Mit dem wenig hilfreichen Hinweis auf *Russen* konnte keiner etwas anfangen. Es gab in Bergheim und den umliegenden Ortschaften mehr Familien aus Osteuropa als die Jedwenkos und Kalwinovs vom Nordring in Herten.

Mario Hoffmann schwitzte nach der Lektüre Blut und Wasser und dachte gar nicht daran, sich irgendwo zu melden. Er hatte gesagt, dass es die Russen gewesen waren. Mehr durfte sich von ihm niemand erhoffen. Aber es hatten ihn schon etliche Nachbarn in der *Abercrombie-&-Fitch*-Jacke gesehen. Was nun, wenn sich einer von denen verpflichtet fühlte, der Polizei einen heißen Tipp zu geben? Oder wenn Irina und Jana ebenfalls die Zeitung lasen, ihn in der gestrigen Eile nicht übersehen hatten und auf dem Schulhof wiedererkannten?

Bisher hatte er sich relativ sicher vor den Mädchen gefühlt. Er wohnte schließlich nicht am Nordring und schleppte keinen teuren Kram mit zur Schule wie Lars Nießen. Mal abgesehen von den Klamotten, die seine Mutter ihm kaufte. Und der Armbanduhr, die aber eigentlich immer unter langärmeligen Shirts verschwand. Auch an heißen Tagen hielt Mario seine dünnen Arme bedeckt – zum Schutz vor Sonnenbrand und Hautkrebs. Er war auf ganzer Linie ein vorsichtiger Mensch. Und in der Masse von vierhundertvierundachtzig Schülern und Schülerinnen fiel so schnell keiner auf, der sich nicht besonders hervortat. Wenn man allerdings aufmerksam geworden war und genauer hinschaute, oder wenn Jessie Breuer ihren Freundinnen erzählte, dass seine Eltern nicht zu den Minderbemittelten gehörten …

In seinem Hirn knäuelten sich verschiedene Auswege aus dem Dilemma. Nur einer schien ihm wirklich gangbar. Wenn Irina und Jana gestern nicht so genau hingeschaut hatten – und bei dem Tempo, das sie vorgelegt hatten, sollte er hoffen dürfen, dass keine Zeit zum Lesen gewesen war –, dann hatten sie nur eine Kapuzenjacke mit Aufdruck gesehen. Solche bekam man schon für zwanzig Euro. Wenn er seine restliche Bekleidung diesem Preisniveau anpasste und dem einen oder anderen in der Klasse erzählte, sein Vater hätte mit dem letzten Filmprojekt wahnsinnig Pech gehabt, jetzt seien sie pleite … Er musste ja ohnehin noch mal los, um ein Geschenk für Oma zu kaufen.

An Bargeld hatte er noch fünfzig Euro, auf der Bank um die fünfhundert. Selbstverständlich verfügte er über ein eigenes Konto, auf das ihm jeden Monat sein Taschengeld überwiesen wurde. Was er nicht abhob oder für Internetkäufe ausgab, sammelte sich.

Sicherheitshalber zog Mario seine Alltagsjacke an, steckte seine EC-Karte ein und holte sein Rad aus dem Gerätehäuschen, das neben jedem Haus im Viertel stand. Dann machte er sich erneut auf den Weg in die Bergheimer Fußgängerzone. Anders als tags zuvor, als er mit dem Bus gefahren und nicht so vorsichtig, auch nicht ängstlich gewesen war. Nun kreisten seine Blicke wie die Rotorblätter eines Hubschraubers. Sollte er verdächtige Personen bemerken, wäre er mit dem Rad entschieden schneller als zu Fuß, und er lief auch nicht Gefahr, gestellt zu werden, während er auf den Bus wartete.

Erst nachdem er sich dreimal vergewissert hatte, dass Irina und Jana nicht in seiner Nähe waren, dass auch nichts von Jessie zu sehen war, zog er an einem Geldautomat zweihundert Euro. Dafür erstand er bei *Ernsting's family* einige Shirts und zwei Jeans und bei *KiK* eine billige Kapuzenjacke mit Aufdruck. Die behielt er gleich an und fühlte sich darin so sicher wie ein Muster ohne Wert.

Die Verkäuferin war so nett, die Etiketten abzuschneiden. Mario stopfte das teure Stück, in dem er den Laden betreten hatte, zu den Shirts in eine Tüte. Mit zwei prall gefüllten Tüten stattete er *Mäc-Geiz* einen weiteren Besuch ab, kaufte für seine Großmutter eine kleine Vase – eine große hätte er auf dem Rad nicht transportieren können – und für sich noch eine von den protzig-prollig aussehenden Armbanduhren für fünf Euro, die ihm am vergangenen Nachmittag aufgefallen waren.

Wieder zu Hause steckte er Shirts, Jeans und die neue Jacke gleich in die Waschmaschine – wegen der Schadstoffe in Textilien, darüber hatte er schon einiges gelesen. Anschließend füllte er alles um in den Trockner. Und während er die Sachen später mit den Händen glatt strich und in seinen Schrank räumte, überlegte er, wie er Ruth seinen Bedarf an Tarnkappen erklären sollte, ohne die Russenweiber zu erwähnen.

Dass Ruth ihm Fragen stellte, wenn ihr sein neuer Look auffiel, stand außer Zweifel. Dass Frederik ihn zur Polizei schickte oder sogar persönlich hinfuhr, wenn die Wahrheit bekannt wurde, war ebenso sicher. Frederik würde ihm niemals glauben, dass es viel zu gefährlich wäre. Vielleicht sogar für ihn selbst, auf jeden Fall aber für Ruth und natürlich für Mario.

Samstagnacht, 17. November – nach 23:00 Uhr

Zwischen Hans-Josef Simmering und Lukas Brenner stand ein untersetzter Mann in Jeans und Wetterjacke mit einem Blutdruckmessgerät in der Hand und musterte ihn mit einer Miene, von der Klinkhammer nicht hätte sagen können, ob sie Abfälligkeit oder Bedauern widerspiegelte. Als er diesen Mann endlich bewusst zur Kenntnis nahm, ging auch noch der Rest seiner Konzentration auf die aktuellen Geschehnisse den Bach runter. Doktor Jürgen Zardiss! Gynäkologe von Beruf und Vater des sechzehnjährigen Mädchens, das sich vor zwölf Jahren über ein Verbot hinweggesetzt hatte, durch Sturm und Regen zu einem Reitstall geradelt und nicht mehr nach Hause zurückgekommen war.

Es gab zu viele Parallelen zwischen damals und heute.

Obwohl es lange her war, erkannte Klinkhammer den Arzt auf Anhieb und fragte sich flüchtig, ob doch etwas dran war an der Sache mit der Intuition. Dass man es eben manchmal im Blut hatte oder in der Nase. War ja egal, wo die Stelle saß, die einem im Vorfeld signalisierte, dass etwas Unangenehmes bevorstand. Seine Frau glaubte an solche Dinge, nicht an Hellseher, nur an Vorahnungen, er eigentlich nicht, jedenfalls normalerweise nicht, aber in so einem Moment, wo ihm der alte Fall nicht mehr nur im Kopf herumspukte, jetzt wurde er auch noch direkt damit konfrontiert.

Sekundenlang schwebte ihm das hübsche, unbekümmerte Jungmädchengesicht vor Augen, das er nur von Fotos kannte – Rena Zardiss. Die damals im Reitstall von dem schrecklichen Verkehrsunfall gehört hatte, bei dem die Zwillingsschwester eines Freundes und deren zwei Kinder umgekommen waren. Die aufbrach, um ihren Freund zu trösten. Die nur leider nicht die richtigen Worte fand und mit ihrem Leben dafür bezahlte.

»'n Abend, Herr Klinkhammer«, grüßte Zardiss mit einem ironischen Unterton. »Sie hier zu sehen hätte ich nicht erwartet. Sind Sie nicht vor Kurzem vom Fußvolk in eine sitzende Position befördert worden?«

Das klang nach einem Tritt in den Hintern. Klinkhammer spürte, wie sich sein experimentell gefüllter Magen zusammenzog.

»'n Abend, Herr Doktor«, erwiderte er ebenso salopp und wappnete sich gegen weitere hämische Bemerkungen.

Aber Zardiss verlor kein weiteres Wort über die Inkompetenz von damals. Er erteilte nur noch ein paar Anweisungen für den Umgang mit Anne Brenner. Behutsamkeit war das oberste Gebot. »Sie steht unter Schock«, erklärte er ausschließlich an Klinkhammer gerichtet. »Ihr Blutdruck ist bedenklich hoch. Eigentlich gehört sie ins Krankenhaus. Am liebsten würde ich sie persönlich hinschaffen. Aber sie will unbedingt hierbleiben, bis Emilie gefunden ist. Verständlich, nicht wahr?«

»Natürlich«, sagte Klinkhammer.

»Wenn sich ihr Zustand verschlechtert, rufen Sie mich an, auch wenn das um drei Uhr nachts ist«, verlangte Zardiss. »Meine Handynummer klebt am Kühlschrank.«

»Natürlich«, sagte Klinkhammer noch einmal, obwohl er nicht im Traum daran dachte, ausgerechnet Renas Vater anzurufen. Wozu gab es Notärzte und Rettungswagen? Er verkniff sich das: »Auf Wiedersehen, Herr Doktor.«

Als Zardiss zu dem silbergrauen Mercedes ging und einstieg, war er einfach nur erleichtert.

»Tut mir leid«, sagte Franzen. Er war lange genug dabei, um sich zu erinnern, dass der Gynäkologe für Klinkhammer nicht irgendein Arzt war. »Lukas hatte ihn schon alarmiert, ehe er zur Wache kam. Frau Brenner geht es wirklich nicht gut, und einen Hausarzt hat sie nicht.«

»Schon gut«, spielte Klinkhammer die unverhoffte Begegnung herunter. Auf die Idee, sich zu erkundigen, was der Frau fehlte, kam er nicht. Er nahm an, ihr hoher Blutdruck hinge mit dem Verschwinden der Tochter zusammen.

Lukas Brenner und Hans-Josef Simmering verschwanden im Hausflur. Simmering stieg ohne Erklärung in den Keller hinab. Franzen ging ebenfalls ins Haus. Klinkhammer schloss sich ihm an und überdachte dabei die zuletzt aufgenommene Info, dass der Mantrailer beim Spielplatz eine Weile im Zickzack und dann wieder zurück zum Elternhaus gelaufen war.

Hatte der Hund die Spur des Kindes wider Erwarten doch aufgenommen? Man sollte so ein Tier nicht unterschätzen. Wohin hatte es ihn gezogen? Zurück zum Elternhaus oder daran vorbei zum Gardenienpfad, um zur Dürener Straße und weiter ins Gewerbegebiet zu gelangen? Warum war das Tier dann im Auto dahingeschafft worden, statt es laufen zu lassen?

Im Geist schritt Klinkhammer den Weg ab: etwa achthundert Meter auf der nachmittags noch stark frequentierten Dürener Straße. Wenn dort etwas passiert wäre, hätte es Zeugen gegeben. Dann einen guten Kilometer auf der Hüppesweiler Landstraße bis zur Abzweigung ins Gewerbegebiet. Radwege gab es hinter der Stadtgrenze nicht. Wenn dort ein Auto angehalten, wenn irgendeiner eine Mitfahrgelegenheit geboten hatte …

»Wo willst du denn hin, Kleine? Komm, ich fahr dich, ist doch kein Wetter für eine Radtour, auf der Landstraße ist das auch viel zu gefährlich.«

Das war die schlimmste Möglichkeit überhaupt. Irgendeiner, der nicht mal auf der Jagd gewesen sein musste, nur eine sich unverhofft bietende Gelegenheit beim Schopf ergriffen hatte. Irgendeiner, der vielleicht nicht mal angehalten und gefragt, sondern draufgehalten hatte, um das Kind in seine Gewalt zu bringen. Irgendeiner, der jetzt längst über alle Berge war, mit oder ohne Emilie, die nun irgendwo lag …

Er hätte sich zuerst bei Rita Voss erkundigen können, ob sie bei ihrer Inspektion des Hauses etwas Verdächtiges bemerkt hatte. Aber mit dem Horrorszenario, das ihm gerade durch den Kopf zog, fehlte ihm dafür die Zeit. Er trat noch mal einen Schritt zurück ins Freie und zückte sein Handy für einen Anruf beim Kriminaldauerdienst. Dann wies er Krieger an, die Fliegerstaffel zu informieren, damit der Hubschrauber umgehend aufstieg.

»Schnapp dir eine Karte und gib die Koordinaten durch«, verlangte er. »Wir beginnen mit den Ackerflächen zwischen dem Gut Hüppesweiler und dem Hertener Gewerbegebiet. Da gibt es garantiert einige Wege, die normalerweise nur von landwirtschaftlichen Fahrzeugen frequentiert werden, aber auch für Pkw befahrbar sind.«

»Vertu dich da mal nicht«, sagte Krieger. »Bei dem Regen heute ist das nur Matsch, da bleibst du mit 'nem Auto nach zehn Metern stecken.«

»Wenn ich unbedingt etwas loswerden muss, riskiere ich das«, sagte Klinkhammer. »Wenn ich ein Kind umgebracht habe, denke ich nicht mal daran, dass ich im Schlamm stecken bleiben könnte. Vielleicht haben wir Glück, und es gibt brauchbare Spuren, oder die Kleine liegt da irgendwo.«

»Was du so als Glück bezeichnest«, sagte Krieger noch und legte auf.

Jetzt war Klinkhammer voll da, betrat den Hausflur erneut, schloss die Tür hinter sich, versuchte sich innerlich auf das erste Gespräch mit der Mutter einzustellen und sammelte nebenher Eindrücke von Emilies Elternhaus.

Die Raumaufteilung war identisch mit zigtausend anderen Häusern dieser Bauart. Schmaler Flur, großes Wohnzimmer zum Garten, Küche und Toilette zur Straßenseite, offenes Treppenhaus. Holzstufen führten hinauf und hinunter. Das Treppengeländer war schlicht und preiswert, in sich gedrehte schmiedeeiserne Stäbe mit einer offenen Spindel in der Mitte und einem Handlauf aus schwarzem Kunststoff.

Er registrierte eine rosafarbene Kindersteppjacke auf einem Bügel an der Garderobe und ein beim Heizkörper stehendes, mit Zeitungspapier ausgestopftes Paar Kinderstiefel aus Rauleder, ebenfalls rosa. Im Vorbeigehen warf er einen Blick in die Küche, deren Tür genauso offen stand wie die zum Wohnzimmer. Am Kühlschrank klebten mehrere gelbe Merkzettel und ein von Kinderhand gemaltes Bild, das drei Personen zeigte. Die mittlere stellte zweifelsfrei ein Mädchen dar. Es trug ein rosa Kleid und überragte die beiden kugelförmigen äußeren Gestalten, in denen Klinkhammer die Eltern vermutete, um zwei Köpfe. Wenn das Emilies Sichtweise ihrer Familie war, musste man nicht lange grübeln, wen sie als das Oberhaupt betrachtete.

Sehr viel von der Küche konnte er im Vorbeigehen nicht einsehen. Aber was er sah, machte einen ordentlichen und sauberen Eindruck. Auch im Wohnzimmer konnte man nicht direkt von Unordnung sprechen, nur von Überfluss. Spielzeug, wohin das Auge blickte, ein Paradies für kleine Mädchen.

Klinkhammer zog seine ersten Schlüsse auf das Kind aus den Plüschtieren und Puppen vor der Theke eines zweiteiligen Kaufladens und einer gut ausgestatteten Puppenküche. Hier wohnte ein Mädchen, dem wahrscheinlich extrem selten ein Wunsch abgeschlagen wurde.

Von Rita Voss keine Spur. Er hatte erwartet, dass die Oberkommissarin der Mutter Gesellschaft leistete und schon mit der Befragung begonnen hatte. Was ihm gar nicht recht gewesen wäre, weil er weder ihr noch sich selber zutraute, so mit Samthandschuhen zu arbeiten, dass ihnen später keinerlei Druck vorgeworfen werden konnte. Aber Rita Voss war wohl noch nicht fertig mit ihrer Besichtigungstour.

Franzen war dicht hinter der Tür stehen geblieben, als traue er sich nicht weiter, um nicht auf die in der Zimmermitte aufgebaute Barbie-Landschaft zu treten. Klinkhammer überlegte, ob er sich einen Trampelpfad bahnen sollte zwischen der Campingausstattung mit einer Barbie im Badeanzug, dem Schminktisch mit einer Barbie vor dem Spiegel und der Hochzeitskutsche mit einer Barbie im Brautkleid. Das meiste war arrangiert wie für ein Katalogfoto. Für ein spielendes Kind sah es viel zu ordentlich aus.

Es erinnerte ihn erneut an den Fall Zardiss. Renas Mutter hatte nach dem Verschwinden ihrer Tochter einmal die Küchenschränke ausgeräumt und alles so auf dem Fußboden verteilt, dass sie nicht heraus- und er nicht zu ihr hineinkonnte. Vielleicht die sinnlose Handlung einer Frau, die nicht mehr ein noch aus wusste. Vielleicht aber auch der hilflose Versuch einer verzweifelten Mutter, sich nicht mit dem auseinandersetzen zu müssen, was ein verhasster Polizist ihr mitteilen wollte: dass zum wiederholten Mal eine Suchaktion ohne Ergebnis abgebrochen worden war.

Für Vera Zardiss war er der schlimmste Feind ihres Lebens gewesen, das wusste er nur zu gut. Er war der Mann, der ihr zu Anfang, als er noch glaubte, ihre Tochter sei mit Freunden unterwegs, einen Spiegel vorhielt, in den Vera nicht schauen wollte. Einmal hatte er ihr erklärt, dass sein junger Kollege nach der Lektüre einiger Tagebücher mehr über ihre Tochter wusste als sie nach sechzehn Jahren als Mutter. Da war es wohl verständlich, dass Vera Zardiss ihn nicht mehr in ihre Nähe lassen wollte.

Aber in das Wohnzimmer hier käme er hinein, wenn er wollte. Vom Sessel vor dem breiten Fenster zum Garten aus hätte er die Frau auf der Couch am besten im Blick.

Anne Brenner saß mit dem Rücken zur Flurtür auf der Couch, sodass er sie nur schräg von der Seite sah, weil sich die Türöffnung mittig in der Längswand des Zimmers befand. Die Beine hochgelegt, mehrere Zierkissen im Rücken. Eine weinrote Flauschdecke, deren Satineinfassung sie mit zittrigen Händen vor der Brust festhielt, verbarg ihren unförmigen Körper. Figürlich gab es bei ihr unbestreitbar eine große Ähnlich-

keit mit den kugelförmigen Gestalten auf der Kinderzeich-
nung in der Küche. Wie die Frau des Besitzers eines angesagten
Fitnessstudios sah sie keinesfalls aus, obwohl sie dem Anschein nach einen alten Trainingsanzug trug. Über dem
Deckensaum lugten ausgeleierte Strickbündchen hervor.

Nach Klinkhammers Schätzung hatte sie gute vierzig Kilo
Übergewicht – mindestens. Kein Wunder, dass ihr Blutdruck
bedenklich hoch war. Ihr Gesicht, das er nur im Profil sah,
wirkte teigig und aufgedunsen wie das einer Alkoholikerin.
Untermalt wurde der Eindruck noch von dem Hinweis, sie sei
nicht in der Lage gewesen, ihre Tochter nach Hüppesweiler zu
fahren.

Olafs Geburtstag

Rückblickend betrachtet fand Anne, dass dieser Samstag im
März so ziemlich der letzte relativ unbeschwerte Tag ihres Le-
bens war. Um drei Uhr bat sie ihre letzte Kundin in die Kabine.
Bis dahin hatte sie kaum die Zeit gefunden, in ihr Schinken-
brot zu beißen. Lukas hatte sich frühmorgens wieder viel
Mühe damit gegeben, ein Essiggürkchen in Scheiben geschnit-
ten, auf dem Schinken verteilt und nicht bedacht, dass der Es-
sig das Brot durchweichte. Anne warf den großen Rest in den
Müll und tröstete sich mit der Aussicht auf eine reich gedeckte
Kaffeetafel über das Hungergefühl hinweg. Das musste man
Simone lassen, bei aller Gehässigkeit und Missgunst; sie war
eine ausgezeichnete Köchin und backte hervorragend.

Die letzte Behandlung war schnell erledigt, nur Augen-
brauen zupfen und ein kleiner Plausch. Nachdem die Kundin

den Salon verlassen hatte, rief Anne sicherheitshalber Lukas an, um ihn daran zu erinnern, dass er Emilie bei Reinckes abholen sollte, weil er ohnehin nach Hause musste. Der Böll lag im Schlafzimmer. Wie befürchtet war Lukas noch nicht unterwegs, versprach aber, sofort aufzubrechen und dafür zu sorgen, dass Emilie sich umzog.

Weil sie als Erste bei ihrem Bruder ankäme und nicht mit leeren Händen erscheinen wollte, wickelte Anne noch rasch einen Flakon mit Herrenduft in Silberfolie, band eine Schleife darum und stritt anschließend mit Marlies über die Bezahlung des Verlegenheitsgeschenks. Normalerweise bekam Anne alles zum Einkaufspreis, diesmal wollte Marlies gar kein Geld, weil sie die Woche über nicht oft im Laden gewesen war und Anne neben ihren Bedienungen in der Kabine einen guten Umsatz gemacht hatte.

»Was sollte ich nur ohne dich anfangen?«, fragte Marlies.

Die Antwort erübrigte sich. Anne konnte sich ihr Leben ohne Beruf gar nicht vorstellen. Seit Lukas und sie den Schritt in die Selbstständigkeit gewagt hatten, waren fünf Tage Familienurlaub an der Nordseeküste letztes Jahr ihr längster Urlaub gewesen. In Rufweite sozusagen, falls Lukas im Brenner-Center gebraucht worden wäre. Emilie hatte unentwegt gemeckert, weil das Wasser zu kalt war, ihre heiß geliebten Großeltern drei Wochen auf Zypern verbrachten und sie nach der Rückkehr mit Oma Emmi und Opa Harald vorliebnehmen musste.

Um zehn vor vier bog Anne mit ihrem Corsa in die Schulstraße ein, in der sich ein dreigeschossiges Mietshaus mit grauer Fassade an das nächste reihte. Durchbrochen wurde das triste Einerlei nur von der Bäckerei Hamacher, einem Familienbetrieb, den die Schüler der Freiherr-vom-Stein-Hauptschule am Leben hielten.

Wie üblich am Samstagnachmittag, wenn fast alle daheim waren, gab es keinen freien Parkplatz. Der große Schulhof war verlockend frei, aber das breite Rolltor versperrte die Zufahrt. Anne fuhr zweimal ums Karree, ehe sie den Parkplatz beim Rathaus ansteuerte; was bedeutete, dass sie das ganze Stück zurücklaufen musste. Deshalb kam auch sie nicht, wie ausdrücklich erbeten, pünktlich um vier, sondern zehn Minuten später.

Der elektrische Türöffner summte, kaum dass sie geklingelt hatte. Olaf erwartete sie bei der Wohnungstür im ersten Stock und nahm gleich im Flur die Glückwünsche fürs neue Lebensjahr sowie einen Kuss auf die Wange in Empfang. Anne reichte ihm die kleine Tragetasche mit der verräterischen Aufschrift. Er spähte sichtlich enttäuscht hinein, ehe er sich bedankte und ihr die Jacke abnahm.

»Kommt Lukas nicht?«, erkundigte er sich im Flüsterton.

»Er ist schon da, sucht aber noch einen Parkplatz«, log Anne. »Hier ist mal wieder alles dicht.«

Sie ging ins Wohnzimmer. Ihre Eltern und die drei Neffen saßen bereits einträchtig mit Lena und Thomas am ausgezogenen Esstisch. Simone hantierte noch in der Küche.

Anne fiel auf, dass Lars Make-up aufgetragen hatte, für einen Jungen sogar recht geschickt. Man musste schon genau hinsehen, um zu erkennen, dass sein Gesicht unter der Schminke nicht so makellos war wie sonst. Aber sie dachte sich nichts dabei.

»Geht es deinem Magen wieder besser?«, erkundigte sie sich nach der allgemeinen Begrüßung bei ihrer Schwester.

»Gut genug, um mich wie eine Löwin vor unser Muttchen zu werfen, falls ihr wieder unterstellt wird, sie hätte uns nicht pflichtgemäß erzogen«, antwortete Lena grinsend. An ihrer

Hand funkelte ein Brillantring, als sie mit einer weit ausholenden Geste über die Tortenplatten in der Tischmitte zeigte. Ein Käsekuchen, ein Apfelnusskuchen, eine Eiscremetorte mit Baiser – deshalb war auf Pünktlichkeit gedrängt worden –, eine Marzipantorte und zwei mit Obst belegte Biskuitböden, die Simone ebenso selbst gebacken hatte wie alles andere.

»Abgesehen davon wollte ich mir das nicht entgehen lassen«, kommentierte Lena ihre Geste. »Ich habe im Urlaub drei Kilo abgenommen. Davon hole ich mir heute mindestens eins zurück, damit ich wenigstens ein bisschen aussehe wie eine Frau, wenn ich mich schon nicht geschlechtsspezifisch benehme.«

Olaf setzte sich wieder auf seinen Ehrenplatz an ein Kopfende der langen Tafel und zog das Päckchen aus der Tüte. Simone kam mit der Thermoskanne aus der Küche und begann, die Tassen zu füllen, wobei Olaf sie mit Argusaugen überwachte. Völlig verkneifen konnte sie sich das Lästern trotzdem nicht. Wie zu erwarten zielte ihre erste spitze Bemerkung auf die Tatsache, dass Anne alleine war.

»Ihr seid wirklich zu bedauern, dass ihr es nicht mal zu besonderen Anlässen schafft, euch zeitig aus dem Erwerbsleben zu verabschieden. Wann können wir denn mit Lukas rechnen?«

»Du kannst ihm die Tasse schon vollmachen. Er sucht nur noch einen Parkplatz«, gab Olaf in ungewohnt scharfem Ton den Bären weiter, den Anne ihm aufgebunden hatte.

»Das ist der Nachteil, wenn beide arbeiten und jeder im eigenen Auto kommt«, schickte Simone noch einen kleinen Seitenhieb hinterher.

»Vielleicht ist er inzwischen fündig geworden. Ich frag mal nach«, erklärte Anne und zückte ihr Handy. Nach dreimaligem Klingeln meldete Lukas sich. Parkplatzsuche stand für ihn noch gar nicht an. Er war mit Emilie unterwegs zum Einkaufs-center am Stadtrand.

Bei Reinckes hatte sich der Kinderzimmerfriede vom Vor-mittag leider nicht in den Nachmittag retten lassen. Nach dem Mittagessen wollte Anita noch eine Besorgung machen. Und kaum war sie aus dem Haus, hatte Horst Reincke seine älteste Tochter für ein paar Übungsaufgaben in sein Arbeitszimmer zitiert. Beim Spielen auf sich allein gestellt, waren Britta und Emilie sich schnell in die Haare geraten.

Über die Freisprechanlage im Auto hörte Anne ihre Tochter schluchzen: »Britta hat immer die Musik und das Licht ange-macht, bis das Auto kaputt war. Ich hab dir doch gesagt, sie ist noch viel zu klein, um mit solchen Sachen zu spielen. Wenn du mich zu Hannah gebracht hättest ...«

»Das Auto ist nicht kaputt«, tröstete Lukas. »Jetzt hör auf zu weinen. Wir kaufen neue Batterien, dann geht es wieder.« Zu Anne sagte er: »In einer Viertelstunde sind wir da.«

»Super«, erwiderte Anne und überlegte, wie sie das erklä-ren sollte.

Währenddessen hatte Olaf die Silberfolie samt der Schleife abgerissen und das Eau de Toilette aus der Schachtel genom-men. Er schraubte den Flakon auf, schnupperte daran und er-kundigte sich: »Zieht das junge Frauen an, oder hält es Mücken fern?«

»Find's raus«, ging Anne auf seinen humorvollen Ton ein. »Ich glaube, es regt den Haarwuchs an.«

Er tupfte sich etwas auf die beginnende Glatze, verschloss das Fläschchen wieder, schob es zurück in die Schachtel und stellte sie hinter sich auf die Fensterbank, wo zwischen bei-seitegerückten Topfpflanzen die Gaben der anderen lagen. Ein Hemd von den Eltern. Den Wälzer »Körper und Gesundheit«

hatten Lena und Thomas überreicht, damit Simone bei Gelegenheit den Unterschied zwischen Kastration und Sterilisation nachschlagen konnte. Simone hatte eine neue Bohrmaschine angeschafft und die drei Jungs in Körperpflege investiert. Duschgel, Deo und Rasierwasser im unteren Preisniveau.

Plötzlich war es Anne peinlich. Auch nur ein Duftwässerchen, zwar eine Nobelmarke, doch das zählte in ihrem Fall normalerweise wenig und diesmal gar nicht, fand sie. Sie hätte besser darauf verzichtet und gesagt, Lukas hätte das Geschenk dabei. Bei dem Gedanken fiel ihr eine plausible Ausrede für das Ausbleiben ihres Mannes ein. Geschenk!

»Mach Lukas die Tasse lieber noch nicht voll, Simone«, sagte sie. »Er musste zurückfahren, hatte das Wichtigste vergessen.«

»Doch nicht etwa Emilie?«, erkundigte Simone sich in einem Ton, den man mit viel Gutmütigkeit als scherzhaft bezeichnen konnte.

Anne sah, wie ihre Mutter eine besänftigende Geste machte, ließ die Bemerkung wie empfohlen zu einem Ohr hinein und zum anderen gleich wieder heraus. Weitere Gehässigkeiten blieben aus.

Nachdem Simone von Thomas und ihrem Schwiegervater ein paar Komplimente für ihre Backkünste entgegengenommen und die restliche Eiscremetorte zurück ins Gefrierfach gestellt hatte, fand sie mit Lenas Hilfe ein ergiebiges und unverfängliches Thema.

Lena lieferte das Stichwort mit der Magen-Darm-Erkrankung, die sie sich auf den Malediven zugezogen hatte. »So einen höllischen Durchfall hatte ich noch nie. Ich kam gar nicht mehr vom Klo runter.«

»Müssen wir uns das beim Kaffee anhören?«, fragte Simone da noch.

»Passt es dir zum Abendessen besser?«, gab Lena zurück und fuhr ungerührt fort. Woran genau sie erkrankt war, wusste sie nicht. »Ich kann doch kein Spanisch. Thomas meint, einer der Ärzte hätte was von Parasiten gesagt. Aber wo soll ich mir denn Parasiten eingefangen haben?«

»Die holt man sich da unten überall«, sagte Simone daraufhin. »Du brauchst dir nur die Zähne mit Leitungswasser zu putzen, schon hast du dir etwas eingehandelt und wirst es unter Umständen nie mehr los.«

»Wir haben uns die Zähne mit Mineralwasser geputzt«, hielt Lena dagegen. »Und außerhalb des Hotels haben wir weder etwas gegessen noch getrunken.«

»Hast du auch mal einen Blick in die Küche geworfen?«, fragte Simone. »Weißt du, ob das Küchenpersonal sich die Hände gewaschen hat, wenn es auf der Toilette war? Wir haben erst vor Kurzem einen Bericht über die Hotels in der Türkei gesehen. Da schläft das Personal zu zwölft in einem Zimmer. Die Köche sind angewiesen, schlechtes Essen zu machen, damit die Gäste nicht zweimal zum Büfett gehen. Und anderswo … wenn ich sehe, wie denen die Fliegen im Gesicht herumkrabbeln, wird mir schlecht.«

»Du verwechselst die Malediven mit Zentralafrika«, sagte Lena. »Billigurlaub in der Türkei machen wir nicht.«

»Ach, die Zustände sind überall gleich«, sagte Simone. »Warum, glaubst du, machen wir keinen Urlaub in südlichen Ländern?«

»Weil ihr euch das nicht leisten könnt«, sagte Lena.

Harald Nießen hüstelte vernehmlich.

Simone reagierte mit unerwarteter Sanftmut. »Ich würde

auch nicht auf die Malediven oder sonst wohin wollen, wenn ich die Reise geschenkt bekäme. Die Umweltverschmutzung durch diese langen, unnützen Flüge ist unverantwortlich. Hinzu kommt die Thrombosegefahr, weil man stundenlang an einen engen Sitz gefesselt ist. Und weißt du, wer mit euch in den Flieger steigt? Weißt du, ob du überhaupt ankommst? Und wenn du eine Kreuzfahrt machst …«

Mit Piraten, Terroristen, Gotteskriegern, Tsunamis, Erdbeben, Vulkanausbrüchen, Hurrikans und Taifunen verging die halbe Stunde bis zum Anschlagen der Türklingel wie im Flug.

Ehe Olaf sich erheben konnte, sprang sein Ältester auf. »Bleib sitzen, Papa. Ich geh schon.« Beim letzten Wort war Lars bereits im Flur, drückte den Türöffner und riss die Wohnungstür auf.

»Hey, Lukas«, hörte Anne ihn ins Treppenhaus rufen. »Können wir gleich mal unter vier Augen reden? Ich müsste dringend was für meine Kondition tun. Stell dir vor, ich bin neulich an der Sprossenwand abgerutscht, hab mir den Arm ausgekugelt und das Schulterblatt angeknackst …«

»Darüber müssen wir nicht reden«, antwortete Lukas. »Komm einfach vorbei, dann sehen wir mal, was wir für dich tun können.«

Olaf flüsterte Anne zu: »Wer glaubt, wird selig. Wer nicht glaubt, kommt auch in den Himmel. Es waren nicht nur der Arm und die Schulter. Ist dir an seiner Nase nichts aufgefallen? Dann schau mal genau hin, die ist gebrochen und unter dem Make-up immer noch grün und blau. Hinzu kommt ein inzwischen gelbes Veilchen, das hat er auch überschminkt. Ich dachte schon, er hätte sich von dir beraten lassen.«

Anne schüttelte den Kopf. Olaf flüsterte weiter: »Dann vielleicht von einer Verehrerin. Für mich sah das jedenfalls nach einer Faust aus und nicht nach einem Sportunfall. Er hat es bestritten. Aber jetzt will er unbedingt Kampfsport lernen. Beherrschen eure Trainer so was?«

»Das musst du Lukas fragen«, erwiderte Anne ebenfalls im Flüsterton. »Ich habe mit den Trainern wenig zu tun. Was schwebt Lars denn vor?«

Olaf zuckte mit den Achseln. »Alles, womit man sich unangenehme Zeitgenossen vom Leib halten kann, schätze ich. Karate, Judo, Jiu-Jitsu, Taekwondo, Kendo oder Kickboxen.«

»Ach du meine Güte«, kommentierte Anne diese Aufzählung. »Judo hat Lukas eine Zeit lang gemacht, aber das ist ewig her. Da war er noch an der Sporthochschule.«

Emilie erschien als Erste in der Tür, wieder mit Mama und dem Rest der Welt versöhnt, in einem Arm die Baby Born, im anderen das Pferd. Lukas trug das Auto, die Kutsche und seinen Triumph über Gott weiß wie viele Mitbieter bei eBay. Er hatte den Böll nicht mal eingewickelt.

Olaf bekam sofort Stielaugen. »Wow«, sagte er, nachdem er die Signatur entdeckt hatte. »Wo hast du das denn aufgetrieben?«

»Bleibt mein Geheimnis«, sagte Lukas und nahm Olaf in die Arme. »Lass dich drücken, Schwagerherz. Alles Gute fürs neue Lebensjahr.« Nachdem er Olaf wieder freigegeben hatte, schaute er über die lange Tafel. »Bekomme ich noch einen Kaffee und ein Stückchen Torte? Oder muss ich mich bis zum Abend gedulden? Ihr seid ja schon alle fertig.«

»Das täuscht«, sagte Harald Nießen. »Ich habe nur eine Pause eingelegt.« Er schaute Simone an. »Jetzt hätte ich gerne noch ein Stück von der köstlichen Eiscremetorte.« Die Lukas besonders gerne mochte. »Lässt sich das machen?«

»Aber sicher, Harald.« Simone erhob sich, ging in die Küche

und fragte auf dem Weg: »Soll ich dir auch eins mitbringen, Lukas?«

»Wenn du mich glücklich machen willst, unbedingt«, erwiderte Lukas und setzte sich auf den freien Stuhl neben Anne, die gar nicht fassen konnte, wie reibungslos das ablief.

Emmi winkte Emilie heran, umarmte und küsste sie auf die Wange, gratulierte nachträglich von ganzem Herzen, wünschte viel Glück und Gesundheit und überreichte der Kleinen ein Päckchen.

Emilie bedankte sich artig, riss das Papier auf und zog ein langärmeliges T-Shirt heraus. Ein kräftiges Pink, fast schon lila, nicht ganz ihre Lieblingsfarbe, den Brustbereich zierte auch nicht Prinzessin Lillifee, sondern eine schwebende Elfe in zarten Pastelltönen.

Emilie strahlte ihre Großmutter trotzdem an. »Das ist aber schön. Das gefällt mir sehr gut. Das ziehe ich gleich morgen an, wenn wir in den Zoo fahren.« Anne vermutete, dass Lukas unterwegs mit ihr geübt hatte. Dass Emilie sich den *Raffzahn* zu Herzen genommen hatte, war eher unwahrscheinlich. »Danke, Oma, danke, Opa.« Emmi und Harald bekamen je einen Kuss auf die Wangen.

»Na, ob wir mit so einem tollen Geschenk konkurrieren können?«, fragte Thomas skeptisch und zog ein größeres Paket hinter seinem Stuhl hervor. Es enthielt einen Pferdestall, der noch zusammengebaut werden musste, wofür sich augenblicklich der dreizehnjährige Sven anbot.

Olaf scheuchte seinen Jüngsten mit den Augen hinaus. Zurück kam Finn mit einem noch größeren Paket. Darin befand sich ein zweites Pferd. Anne ging davon aus, dass Lukas sowohl Pferd als auch Stall bezahlt hatte, damit seine Eltern in puncto Geschenke nicht immer die erste Geige spielten.

Bisher hatte Emilie von Onkel und Tanten nichts zum Geburtstag bekommen.

»Wir dachten«, sagte Olaf, »wenn du mal eine Freundin mit Puppe zu Besuch hast, braucht ihr zwei Pferde, damit eure Puppen keinen Streit bekommen.«

Sekundenlang fürchtete Anne, Emilie könne darauf hinweisen, dass sie für die Puppe ihrer Freundin auch ein zweites Auto brauchte. Aber Emilie war so überwältigt, dass sie sich reihum mit weiteren Küsschen bedankte und überschwänglich erklärte: »Das ist der allerschönste Geburtstag in meinem ganzen Leben.«

»Das wollen wir aber nicht hoffen«, widersprach Olaf. »In deinem Alter kommen noch viele Geburtstage nach, und einer wird bestimmt schöner sein als der andere.«

Samstagnacht, 17. November – nach 23:00 Uhr

Lukas Brenner hatte sich neben seiner Frau aufgebaut wie ein zum Sprung bereites Raubtier. Obwohl er sich nicht von der Stelle rührte, war er permanent in Bewegung, verlagerte sein Gewicht stetig von einem Fuß auf den anderen und verbreitete damit eine enorme Unruhe. Auf Klinkhammer wirkte er wie ein Mann, der kurz davor stand zu explodieren und sich nicht entscheiden konnte, ob er seine Frau vor der Polizei beschützen oder ob er sie verprügeln sollte. Sein krampfhaftes Bemühen, überallhin zu schauen, bloß nicht hinunter zu ihr, wäre auch einem ungeübten Beobachter rasch aufgefallen.

Franzen übernahm die Vorstellung. Der Einfachheit halber

verzichtete er auf den Dienstrang, sagte nur: »Herr Klinkhammer wird uns bei der Suche nach Emilie unterstützen.«

»Ach ja?«, giftete Lukas. »Und warum steht er dann hier? Wäre es nicht sinnvoller, sich den beiden Schnüfflern anzuschließen, die uns das Haus auf den Kopf stellen? Oder hat er Angst, seinen Anzug zu ruinieren, wenn er unterm Dach in jede Ecke kriecht?«

»Hier schnüffelt niemand, Herr Brenner«, erwiderte Klinkhammer begütigend und wider besseres Wissen. »Wir schauen uns nur um. Und das aus gutem Grund. Ihre Tochter wäre nicht das erste Kind in dem Alter, das sich daheim versteckt hat, weil es seinen Willen nicht bekam, oder das vor Langeweile eingeschlafen ist und gar nicht mitbekommt, dass es gesucht wird wie die Nadel im Heuhaufen.«

»Ich bin eingeschlafen«, bekundete Anne wie auf Kommando.

»Ja, schon gut«, herrschte Lukas sie an. »Das wissen wir.«

»Ich weiß das nicht«, wies Klinkhammer ihn in die Schranken. »Und Sie können es auch nicht mit Sicherheit wissen, weil Sie heute Nachmittag nicht hier waren. Oder bin ich da falsch informiert worden?«

Lukas schüttelte den Kopf.

»Na, sehen Sie«, sagte Klinkhammer. »Zum Nachmittag können Sie also nur sagen, was Sie von Ihrer Frau gehört haben. Aber Sie können mir trotzdem einige Fragen beantworten.«

»Was denn noch?« Beschwichtigt klang Lukas keineswegs, im Gegenteil. »Ich habe doch schon alles gesagt, was von Bedeutung sein könnte.«

»Mir nicht«, erwiderte Klinkhammer. »Ist Ihre Tochter schon mal ausgerissen?«

»Sie ist überhaupt nicht ausgerissen, um das klarzustellen«, begehrte Lukas auf. »Emilie hatte keinen Grund wegzulaufen, sie …«

»Gut«, schnitt Klinkhammer ihm das Wort ab, weil er den Satz jetzt wirklich nicht hören konnte. *Rena hatte keinen Grund wegzulaufen!* Wie oft hatte er sich das damals von Vera Zardiss anhören müssen? Und wie lange hatte er gebraucht, um zu kapieren, dass es den Tatsachen entsprach? »Dann möchte ich jetzt von Ihrer Frau hören, was sie am Nachmittag getan und um welche Zeit genau Ihre Tochter das Haus verlassen hat.«

»Ich bin eingeschlafen«, wiederholte Anne.

»Etwas anderes habe ich auch noch nicht von ihr gehört«, raunte Franzen ihm zu.

Lukas wertete das offenbar als Erlaubnis, weiter für seine Frau zu sprechen. »Gegen halb vier war Emilie nebenan bei Reinckes an der Tür«, erklärte er. »Daraus schließe ich, dass sie um die Zeit nach draußen gegangen ist. Sie wollte wohl nur ihr neues Rad vorführen und dürfte zuerst nebenan geklingelt haben. Reinckes haben zwei Töchter von vier und sieben Jahren. Aber Anita besucht mit den Kindern ihre Eltern. Horst war allein und hatte rasende Kopfschmerzen.«

»Reincke hatte sich gerade hingelegt, als Emilie klingelte«, beeilte Franzen sich, die bisherigen Erkenntnisse auszubreiten, ehe Klinkhammer ungemütlich wurde. Er war bekannt dafür, dass das ziemlich schnell passierte, wenn er dachte, jemand versuche ihm ein X für ein U vorzumachen. Und so wie er auf Lukas reagierte …

»Als er hörte, dass wir nach Emilie suchen, machte er sich große Vorwürfe, weil er sie wohl sehr unwirsch abgefertigt hat«, fuhr Franzen fort. »Sie hat ihr Rad weiter Richtung

Spielplatz geschoben. Reinckes Angaben hat Frau Hoffmann von gegenüber bestätigt.«

Wobei Ruth Hoffmann keine Zeitangabe hatte machen können, das erwähnte Franzen auch. Sie hatte Emilie nur vor Reinckes Tür gesehen, als sie vom Einkaufen zurückgekommen war. Auf die Uhr hatte sie nicht geschaut. Wenn Herr Reincke halb vier gesagt hatte, sei es wohl halb vier gewesen, hatte Ruth Hoffmann erklärt. Dass Reincke das Kind unwirsch abgefertigt und Emilie ihr Rad weiter Richtung Spielplatz geschoben hatte, hatte sie nicht mehr gesehen, weil sie sich keine Sekunde länger als unbedingt nötig draußen aufgehalten hatte.

»Aber Reincke hat gesehen, dass die Kleine Richtung Spielplatz ging?«, vergewisserte Klinkhammer sich. »Oder nimmt er das nur an?«

»Nein, er hat ihr nachgeschaut, weil er sie aufgefordert hatte, wieder nach Hause zu gehen«, sagte Franzen. »Wahrscheinlich wollte sie erst mal sehen, ob andere Kinder draußen sind. Der Spielplatz liegt am Fliederstock, der beim Lavendelsteg in den Holunderbusch übergeht. Ich weiß nicht, wie vertraut du mit den Örtlichkeiten hier bist.«

»Ich kenne das Viertel nur von der Karte«, gestand Klinkhammer.

»Holunderbusch und Fliederstock zusammen ergeben den großen äußeren Ring«, erklärte Franzen, griff in eine Tasche seiner Jacke und zog eine zweimal gefaltete Kopie der Skizze heraus, mit der er die Leute ausgestattet hatte, die nun im Viertel unterwegs waren. Als er das Blatt entfaltete, sah Klinkhammer eine mit »SP« gekennzeichnete Fläche an der Stelle, wo der Holunderbusch zum Fliederstock wurde. Drumherum waren etliche Linien von Hand gezogen. Vermutlich die Strecke, die der Mantrailer genommen hatte.

»Zwischen dem äußeren und dem inneren Ring gibt es etliche Verbindungswege wie Lavendelsteg und Gladiolenweg.« Franzen fuhr mit einem Finger eine nahe beim Spielplatz vom Fliederstock abzweigende Linie nach und tippte sie auch noch an, um Klinkhammer zu bedeuten, dass sie wichtiger war als die anderen. Dabei sprach er weiter: »Dem Spielplatz am nächsten ist Lilienfeld, dort wohnt ein Bekannter von uns. Wenn du einverstanden bist, schau ich gleich kurz bei ihm rein. Falls Emilie nicht über den Holunderbusch zurück nach Hause gehen, sondern vom Spielplatz aus eine Abkürzung mitten durchs Viertel nehmen wollte, hat sie möglicherweise …«

»Blödsinn!«, brauste Lukas erneut auf. »Emilie läuft nirgendwo herum, wo sie sich nicht auskennt. Sie klingelt auch nicht bei fremden Leuten.«

Er hatte Franzens Theorie von der Abkürzung wohl schon gehört, aber keine Ahnung, was es mit dem Bekannten auf sich hatte. Franzen meinte einen Mann, gegen den im vergangenen Jahr wegen des Besitzes von Kinderpornografie ermittelt worden war. Klinkhammer erinnerte sich an den Fall, hatte nur die Adresse nicht im Kopf gehabt wie Franzen, der die Anzeige entgegengenommen hatte.

Der Mann hatte seinen alten Computer verschenkt und vergessen, vorher einige Fotos von kleinen Mädchen in Unterhöschen von der Festplatte zu löschen. Mehr als die Anzeige war dabei jedoch nicht herausgekommen. Der Mann hatte behauptet, die Aufnahmen seien zufällig am Otto-Maigler-See entstanden. Die Kinder hätten so süß gespielt, da hätte er eben auf den Auslöser gedrückt, ohne sich etwas Böses dabei zu denken. Die Staatsanwaltschaft hatte wegen Geringfügigkeit abgewinkt.

»Warum hast du ihm nicht schon längst deine Aufwartung gemacht?«, fragte Klinkhammer.

»Die Zeit hatte ich noch nicht«, antwortete Franzen. »Ich bin auch erst seit einer Stunde hier, hab mich erst mal mit den unmittelbaren Nachbarn unterhalten und mir bestätigen lassen ...«

»Hallo«, brachte Lukas sich in Erinnerung, kam einen Schritt näher und wedelte aufreizend mit einer Hand vor Klinkhammers Gesicht, als gelte es, dessen Reflexe zu überprüfen. »Können Sie Ihre Bekanntschaften vielleicht fürs Erste zurückstellen und sich auf die Suche nach meiner Tochter konzentrieren?«

»Selbstverständlich«, sagte Klinkhammer. »Was ist denn mit anderen Nachbarn, bei denen Ihre Tochter geklingelt haben könnte?«

Lukas schüttelte wieder den Kopf. »Außer Reinckes, Röhrlers und Zimmermanns kennt Emilie hier keinen.«

»Und wo wohnen Röhrlers und Zimmermanns?«, fragte Klinkhammer.

»Gleich nebenan«, gab Lukas Auskunft. »Röhrlers in 22a, sie sind in Urlaub und haben keine Kinder. Zimmermanns in 22b, sie sind beide über sechzig. Bei denen war sie nicht. Die haben sie nicht mal gesehen.«

»Hoffmanns gegenüber haben einen Sohn«, ergänzte Klinkhammer.

»Der ist aber nicht in Emilies Alter. Außerdem liegt er im Krankenhaus«, behauptete Lukas. »Das sollten Sie eigentlich wissen nach dem, was hier vor drei Wochen los war.« Er wandte sich an Franzen. »Oder redet ihr über solche Einsätze nicht mit der Kripo?«

Allmählich wurde Klinkhammer wütend. Wen glaubte der

denn vor sich zu haben? Dass ein Vater, dessen Nerven aus Sorge um die vergötterte kleine Tochter blank lagen, sich mal im Ton vergriff, war entschuldbar. Aber Lukas Brenner führte sich auf, als sei er von Trotteln umgeben. Wenn das der normale Umgangston in diesem Haus war, konnte einem die unförmige Frau auf der Couch leidtun. Klinkhammer fragte sich, wie Lukas mit ihr umgesprungen sein mochte, ehe Außenstehende dazukamen. War sie vielleicht deshalb so neben der Spur, dass sie nur noch einen einzigen verständlichen Satz über die Lippen brachte? Ihre Entschuldigung eben: »Ich bin eingeschlafen.«

Nach ihrem letzten derartigen Einwurf war ihr Kopf zur Seite gegen die Rückenlehne gesunken, als hätte man sie abgeschaltet. Klinkhammer nahm an, dass der Doktor ihr etwas zur Beruhigung gegeben hatte. Verständlich, aber in der jetzigen Situation wenig hilfreich, was Zardiss eigentlich hätte wissen müssen. Es wäre eminent wichtig gewesen, sich ihre Version vom Nachmittag anzuhören, ihr ein paar Fragen zu stellen.

Es hatten zwar schon zwei Zeugen das Kind um halb vier draußen gesehen. Damit stand fest, dass Emilie um die Zeit tatsächlich *ausgebüxt* war. Aber nicht, um ihre Freundin in Hüppesweiler oder ihren Papa im Brenner-Center zu besuchen. Wenn sie zum Spielplatz gegangen war, konnte sie bald wieder umgekehrt sein. Jetzt tickte ihm erneut Carmen Rohdeckers Frage im Hinterkopf wie ein Zeitzünder. »Was tut ein fünfjähriges Mädchen, wenn es feststellt, dass außer ihm keiner in Sturm und Regen herumläuft?«

Natürlich ging das Kind dann zurück nach Hause. Auf die Gefahr hin, dass Mama sauer war. Und wie reagierte Mama, wenn sie sauer war? Das herauszufinden hatte nicht die oberste Priorität. Mama lief ihm nicht weg. Und ebenso gut, auch wenn ihr Vater das ausschloss, konnte Emilie sich im Gewirr der Verbindungswege verlaufen und irgendwo geklingelt haben, um nach dem Heimweg zu fragen. Vielleicht ausgerechnet bei unserem Bekannten vom Lilienfeld? Der sie dann seit beinahe acht Stunden in seiner Gewalt hätte, was bedeutete, dass jetzt jede Sekunde zählte.

3

... und die Folgen

Die Vorboten

Nach der Geburtstagsfeier ihres Bruders wurde Anne gegen Mitternacht von heftiger Übelkeit aus dem Schlaf gerissen und ins Bad getrieben. Während sie spuckte, bis nur noch Magensäure hochkam, kreisten ihre Gedanken unablässig um den leckeren Käse-Lauch-Salat, den Simone neben anderen Delikatessen zum Abendessen aufgetischt hatte. Anne hatte zweimal davon genommen, aber jeweils nur ein Löffelchen, und sonst bloß noch ein kleines Stück Krustenbraten. Sie war nach der üppigen Kaffeetafel eigentlich satt gewesen, hatte ihrem Gaumen nur einen herzhaften Abschluss bieten wollen.

Nach dem Erbrechen begannen die Bauchkrämpfe und der Durchfall. Der für den Sonntag versprochene Ausflug in den Zoo fiel unter diesen Umständen ins Wasser, und das im wahrsten Sinne des Wortes. Der Spülkasten der Toilette hatte kaum die Zeit, wieder richtig vollzulaufen. Damit Emilie nicht allzu enttäuscht war, fuhr Lukas sie am Sonntagmorgen nach dem Frühstück samt Baby Born, den beiden Pferden, der Kutsche und dem Auto zu ihrer Freundin Hannah nach Hüppesweiler und vertröstete beide Kinder auf das nächste Wochenende.

Anne verbrachte den Sonntag abwechselnd im Bett oder im Bad, wo ihr regelmäßig die Stimme ihrer Schwester durch den Kopf zuckte: »*So einen höllischen Durchfall hatte ich noch nie.*«

Doch schon montags schien es, als hätte sie das Schlimmste überstanden. Sie fühlte sich nur so schlapp, dass sie sich nicht fünf Minuten am Stück auf den Beinen halten konnte. Marlies Heitkamp musste sämtliche Termine für sie absagen. Das war in all den Jahren noch nie vorgekommen.

Lukas verwies auf die Erklärung, die ein Arzt auf den Malediven bezüglich der Parasiten abgegeben hatte. Er drängte darauf, Anne solle einen Arzt aufsuchen und die Ursache ihres Brechdurchfalls abklären lassen. Aber sie hatte keinen Hausarzt. Bisher hatte keiner von ihnen eine solche Anlaufstelle gebraucht. Emilie wurde, wenn nötig, von Irmgard Brenner zum Kinderarzt gebracht. Lukas fuhr einmal jährlich nach Köln zu einem Sportmediziner, der ihn durchcheckte. Und Anne stattete alle drei Monate Jürgen Zardiss einen Besuch ab, um sich ein Rezept für ihr Verhütungsmittel abzuholen. Für einen Brechdurchfall schien ihr der Gynäkologe nicht die richtige Adresse.

Sich im Krankenhaus gründlich untersuchen zu lassen, wie Lukas es für geraten hielt, widerstrebte ihr noch mehr. So nahe war sie ihrer Schwester doch gar nicht gekommen, dass sie sich einen Parasiten hätte einfangen können. Dafür brauchte es wohl etwas mehr, als dieselbe Zimmerluft zu atmen und zweimal dieselbe Toilette zu benutzen.

Lena hatte sich danach garantiert ebenso gründlich die Hände gewaschen wie sie. Dasselbe Handtuch konnten sie nicht benutzt haben. Für Familienfeste legte Simone immer einen Stapel kleiner Gästetücher hin, die man nur einmal benutzte.

Darüber hinaus schien es Anne sehr zweifelhaft, dass Lenas Parasiten die rigorose Behandlung auf den Malediven überlebt hatten. Nach den Schilderungen ihrer Schwester waren die Nebenwirkungen der Medikamente, die man ihr verabreicht hatte, kaum weniger unangenehm gewesen als der vorangegangene Durchfall. Von Erbrechen hatte Lena gar nicht gesprochen.

Anne war überzeugt, dass ein simples Hühnerei oder ein Stückchen Käse den Auslöser für ihre Erkrankung enthalten hatte. Simone schlug auch die Mayonnaise selbst. Und wenn sie an den Käse-Lauch-Salat dachte, drehte sich ihr immer noch der Magen um. Das hielt sie für einen untrüglichen Hinweis auf den Verursacher.

Natürlich wies ihre Schwägerin den Verdacht weit von sich. »Du hast ja nicht allein davon gegessen«, sagte Simone. »Aber außer dir ist keiner krank geworden. Wenn du dich nicht bei Lena angesteckt hast, dann wahrscheinlich bei einem von den Weibern, mit denen du dein Geld verdienst. An deiner Stelle würde ich schnellstmöglich zu einem Arzt gehen und das abklären lassen, damit nicht noch eine böse Überraschung nachkommt.«

»Du bist aber nicht an meiner Stelle«, sagte Anne.

»Es ist nur ein guter Rat«, erwiderte Simone. »Mit Parasiten ist nicht zu spaßen. Die Larven vom Fuchsbandwurm können sämtliche Organe befallen. Wenn sie nicht rechtzeitig erkannt werden, endet es tödlich.«

»Woher willst du das wissen?«, fragte Anne.

»Das steht in dem Buch, das Lena und Thomas Olaf zum Geburtstag geschenkt haben«, antwortete Simone. »Und Spulwürmer, ich schätze, Lena hatte welche, die sind nämlich weltweit verbreitet, wandern durch den ganzen Körper und verursachen neben Durchfall ganz unterschiedliche Symptome. Du denkst, du hättest eine Gallenkolik oder eine Bronchitis, in Wahrheit hast du Würmer in den Gallenwegen oder in der Lunge. Im Darm kann es zu Knäuelbildung und zum Darmverschluss kommen.«

Allein von der Schilderung wurde Anne aufs Neue übel. Zum Arzt ging sie trotzdem nicht.

Dienstags fühlte sie sich noch etwas wacklig auf den Beinen, aber das war kein Grund, daheim zu bleiben. Die morgendliche Fahrt zur Kita nahm Lukas ihr ab, das hatte er auch montags getan. Am Vortag war nachmittags und abends Murat Bülent eingesprungen, hatte Emilie abgeholt und um sieben nach Hause gebracht – bettfertig, sie musste nur noch den Schlafanzug anziehen und die Zähne putzen. Und Murat hatte sich bereit erklärt, sich auch an den folgenden Tagen darum zu kümmern, dass Emilie Abendbrot bekam und zur gewohnten Zeit ins Bett gehen konnte. »Ist für mich kein Problem, Frau Brenner, ich tu das gerne, solange es nötig ist«, hatte Murat gesagt.

An dem Dienstagvormittag hatte Anne zwei, nachmittags drei Kundinnen, denen sie nicht auch noch absagen wollte. Bei Behandlungen in der Kabine konnte sie auch mal sitzen, zwischendurch selbst auf der Relax-Liege Platz nehmen und ausruhen, obwohl Marlies sie lieber im Laden gesehen hätte. Aber dort war nicht viel zu tun.

Mittwochs war es ebenfalls ruhig im Beauty-Salon. Donnerstags stand Markus Heitkamp wieder mal unvermittelt im Verkaufsraum und war auch mit vielen guten Worten nicht auf den Heimweg zu bringen. Das passierte mit unschöner Regelmäßigkeit mindestens einmal die Woche. Marlies musste jedes Mal alles stehen und liegen lassen, ihren Sohn nach Hause fahren und dafür sorgen, dass er seine Medikamente nahm. Damit ließen sich seine *psychotischen Schübe,* wie Marlies das nannte, wirksam unterdrücken. Das Problem war nur, dass Markus sich ohne die Pillen besser fühlte.

Meist bemühte Marlies sich noch im Laden darum, in Erfahrung zu bringen, ob er schon länger unterwegs war und wo er sich herumgetrieben hatte. Sie lebte in ständiger Angst, er könne wieder Dummheiten machen.

Dummheiten! Anne nannte das ganz anders.

Mit dreizehn Jahren hatte Markus Heitkamp das erste kleine Mädchen von einem Spielplatz in ein Gebüsch geführt, das Kind dort vollständig entkleidet und unter Zuhilfenahme einer Lupe gründlich untersucht. Auf Madenbefall, hatte er den von aufmerksamen Passanten alarmierten Polizisten erklärt. Danach waren es mal Blutegel, mal Zecken, mal Läuse, mal Flöhe oder anderes Ungeziefer gewesen.

Die Kinder waren nie älter als fünf. Und Marlies schwor jedes Mal Stein und Bein, dass ihr Sohn keine böse Absicht hege und keine pädophile Veranlagung habe. Man hatte ihm auch nie einen sexuell motivierten Übergriff nachweisen können. Schizophrenie war ihm mit siebzehn attestiert worden, was zu dem längeren Aufenthalt in der Psychiatrie geführt hatte. Als Ursache vermuteten die Ärzte den frühen Verlust des Vaters, vielmehr die Tatsache, dass der erst siebenjährige Markus die Leiche entdeckt hatte, als die Verwesung schon ziemlich weit fortgeschritten war. Da hatte er aber eigentlich das Bedürfnis haben müssen, Männer Ende dreißig auf Madenbefall zu untersuchen, meinte Anne.

Nun war Markus Heitkamp vierundzwanzig. Und sollte er sich noch einmal an einem Kind vergreifen, wäre er bestimmt nicht wieder nach einem halben Jahr auf freiem Fuß. Verständlicherweise tat Marlies alles, um das zu verhindern.

Wie jedes Mal, wenn ihr Sohn im Laden auftauchte, reagierte sie panisch, überfiel ihn mit den üblichen Fragen und brach in Hektik aus, als sie keine zufriedenstellenden Antworten bekam. Sie holte ihre Tasche aus der Teeküche, schnappte sich ihre Jacke, packte Markus beim Arm und war schon fast draußen, als sie von Anne wissen wollte: »Kommst du alleine klar?«

»Wird schon gehen«, sagte Anne. Tat es auch.

An dem Donnerstagabend holte sie Emilie wieder im Brenner-Center ab. Sie hätte sich gerne noch mal bei Murat Bülent für seine Hilfe bedankt. Doch Murat unterhielt sich gerade mit Lars, dem man nun die verblassenden Spuren seines angeblichen Abrutschers von der Sprossenwand ansah. Make-up trug er nicht und überschlug sich förmlich vor Begeisterung: »Das war krass, echt Wahnsinn, Mann.«

Weil ihr Neffe Straßenkleidung trug, vermutete Anne, er habe gerade die erste Trainingsstunde mit Murat hinter sich und sei schon wieder umgezogen. Lukas hatte doch angeboten, Lars könne einfach vorbeikommen, um etwas für seine Kondition zu tun. Sie wunderte sich nur, dass Lars keine Tasche mit Sportsachen bei sich hatte, wechselte noch ein paar Worte mit Andrej Netschefka, der sich nach ihrem Befinden erkundigte und weiterhin gute Besserung wünschte. Dann fuhr sie mit Emilie heim, nicht ahnend, was ihr Neffe in Gang gesetzt hatte.

Der Junge von gegenüber

Lars Nießen hatte an dem Donnerstag im Brenner-Center nichts für seine Kondition getan, auch nicht seine erste Karate-, Kendo- oder sonst was Übungsstunde mit Murat Bülent absolviert. Es gab einen anderen Grund für die Begeisterung, deren Zeugin Anne geworden war.

Mario Hoffmann hörte das gleich am Freitagmorgen. Noch vor Schulbeginn erzählte Lars ihm in gewohnt prahlerischer Manier, dass er sich keine Sorgen mehr mache, weder um sein neues iPhone noch um andere Dinge. Zwar könne er erst in ein paar Wochen mit dem Kampfsporttraining beginnen. Zuerst müsse die angeknackste Schulter vollkommen ausheilen. Aber bis er sich selbst verteidigen könne, stünde er unter dem Schutz der *Murat Connection.*

»Was sind denn das für welche?«, fragte Mario misstrauisch und erfuhr, dass Murat Bülent am gestrigen Nachmittag in Begleitung von vier Freunden zum Nordring gefahren war, die beiden Russenweiber abgepasst und verwarnt hatte. Jessie Breuer war leider nicht in der Nähe, Irina und Jana wohl gerade auf dem Weg zu ihr gewesen. Es war auch kein Blut geflossen, obwohl Lars das wahrscheinlich gerne gesehen hätte. Aber Murat und seine Kumpels waren keine Barbaren, von unnötiger Gewalt hielten sie überhaupt nichts.

Lars war selbstverständlich dabei gewesen, wenn auch in einem Auto sitzen geblieben, sonst hätten Irina und Jana ja nicht gewusst, wer diese Schutztruppe auf den Plan gerufen hatte. Murat war als Sprecher aufgetreten und hatte den Mädchen klargemacht, dass seine Freunde und er die Schulstraße und das Schulgelände als ihr Revier betrachteten und die Schüler als ihre Schäfchen. Sollten Irina und Jana, ob nun mit oder ohne ihre dicke deutsche Freundin, noch mal einem dieser Schäfchen etwas abnehmen oder ein Haar krümmen, ganz egal ob es ein deutsches, türkisches, spanisches, griechisches, asiatisches, arabisches oder osteuropäisches Schäfchen war, gäbe es am Nordring ein Blutbad.

»Kannst du Brüder sagen, wir wollen kein Ärger. Macht ihr kein Stress mehr, alles gut. Kapisch?« Mit genau diesen Worten in demselben miserablen Deutsch, in dem Irina sich mit Vorliebe verständigte, obwohl sie es längst besser konnte, hatte Murat die Belehrung abgeschlossen. Und der Informatik-Student war mit einem Meter siebenundachtzig und fünfundneunzig Kilo – überwiegend Muskeln – eine beeindruckende Erscheinung. Seine Freunde waren nur unwesentlich kleiner und leichter.

»Du hättest die Gesichter der Weiber sehen müssen«, triumphierte Lars und versicherte: »Die werden hier nie wieder einen anfassen. Nie wieder.«

Große Worte. Wie sich bald zeigte, waren es viel zu große Worte bei insgesamt vierhundertvierundachtzig Schülern und Schülerinnen.

Anne

An dem Freitag, war Anne fast wieder die Alte. Trotzdem war sie erleichtert, als Emilie abends darauf bestand, zu den Großeltern gebracht zu werden. Das bescherte ihr einen ruhigen Abend. Zwei Kilo waren runter, eins weniger als bei ihrer Schwester. Aber im Gegensatz zu der hageren Lena begrüßte Anne den Gewichtsverlust. Bei ihrer Figur hätten es getrost drei oder vier Kilo sein dürfen, dachte sie. Dabei war sie keinesfalls zu dick.

Am Samstagabend holte Lukas Emilie bei seinen Eltern ab. Er gönnte sich noch einen freien Sonntag ohne Brenner-Center, setzte nach dem Frühstück den Kindersitz aus Annes

Corsa in seinen Geländewagen und fuhr nach Hüppesweiler, um Hannah Schnitzler abzuholen. Kurz vor elf waren sie zu viert auf dem Weg zum Kölner Zoo.

Es wurde ein schöner Ausflug. Die beiden Kinder begeisterten, amüsierten und unterhielten sich gegenseitig. Es gab viel zu sehen und keine Nörgeleien. Keins bettelte um Eis oder sonst eine Süßigkeit, keins bekam unvermittelt Durst, musste plötzlich ganz dringend zur Toilette oder jammerte über wehe Füße. Als sie nach einem Imbiss zu Mittag weiterschlenderten, sagte Lukas, es hätte durchaus Vorteile, mehr als ein Kind zu haben. Alleine mit Emilie wäre es garantiert anstrengender.

Enttäuschung und ein bisschen Quengelei kamen erst bei der Rückfahrt auf, weil Hannah nicht bei Emilie übernachten durfte.

»Ein andermal«, versprach Lukas, als er Frau und Tochter auf dem Parkplatz an der Dürener Straße absetzte, um Hannah nach Hüppesweiler zu bringen. Als er zurückkam, schlief Emilie bereits. Anne hatte es sich mit einem Glas Wein auf der Couch gemütlich gemacht. Lukas setzte sich dazu, genehmigte sich ebenfalls ein Glas und wurde zärtlich. Genau der richtige Ausklang für einen schönen, harmonischen Tag, fand Anne.

Der Junge von gegenüber

Dass gar nicht alle Schüler unter dem Schutz der *Murat Connection* stehen konnten, war Mario von Anfang an klar. Wobei aber auch längst nicht alle Schutz brauchten. Seit Jessie dazugehörte, ging das Trio nicht mehr auf Geschlechtsgenossinnen los. An Zehntklässler trauten die Mädchen sich nicht heran, ebenso wenig an türkischstämmige Mitschüler. Was kaum auf Murats Auftritt zurückzuführen war, eher auf die Tatsache, dass es in dieser Gruppe einige Rabauken, aber keine Einzelgänger gab. Da hätten die drei sich bei einem Angriff mit einem halben Dutzend herumschlagen müssen. Aber es blieben genug andere, die Irina und ihre beiden Mitstreiterinnen drangsalieren konnten. Der Friede, der nach dem Auftritt der *Murat Connection* auf dem Schulgelände einkehrte, war jedenfalls nicht von langer Dauer.

Von einem Mädchen, dem Lars zwar Nachhilfe gab, mit dem er aber nicht ins Kino gehen wollte, erfuhr Irina, dass der Bill-Kaulitz-Verschnitt seine Schutztruppe mithilfe des im Brenner-Center tätigen Murat zusammengestellt hatte. Vor seinen Schülerinnen hatte Lars ebenso mit seinem neuen »Freund« geprahlt wie vor Mario. Er redete und protzte einfach zu viel. Aber er machte keinen Aushang am Schwarzen Brett – soll heißen: die überwiegende Mehrheit der Schüler wusste nichts von dem hilfsbereiten Studenten. Da reichte die simple Frage: »Kennst du Murat?« Wer Nein sagte, gehörte zu den Verlierern und musste fortan zahlen.

Mit seiner *Connection* hatte Lars die Mädchen auf eine neue, profitable und risikoarme Idee gebracht. Das Trio wurde zur Schutztruppe. Eine solche musste schließlich bezahlt werden, weil sie sonst alles kurz und klein oder blutig schlug. Und Schutzgelderpressung hatte den Vorteil, dass man keine Besitztümer von anderen bei sich trug, wenn man gefilzt wurde. Nicht etwa von Lehrern oder der Polizei, sondern daheim, von Dimitrij.

Der bemühte sich mit seinem Gebrauchtwagenhandel unverändert um einen seriösen Lebensunterhalt und duldete nicht, dass die Mädchen auf Raubzug gingen. Das hatte Irina schon mehrfach schmerzhaft feststellen müssen und sich nach jeder Tracht Prügel eine Weile zurückgehalten. Der Effekt hielt nur nie lange vor.

Nach der Verwarnung durch Murat und dessen Freunde probierten die Mädchen ihr Glück sicherheitshalber für eine Weile auf der Parallelstraße. Auf der anderen Seite des Pausenhofs, gegenüber dem breiten Ausgang Schulstraße gab es einen weiteren, den man nur zu Fuß oder mit dem Fahrrad passieren konnte. Durch dieses schmale Tor verließen alle, die Richtung Nordring mussten, das Schulgelände. Es war für Irina, Jana und Jessie der übliche Weg nach Hause. Und der kürzeste führte am Sportplatz vorbei, wo es ausreichend Bewuchs gab, um mal schnell einen Jungen hinter die Büsche zu zerren und ihm klarzumachen, was man fortan von ihm erwartete. Weil es draußen so gut funktionierte, ging es schon im April auf dem Schulgelände weiter.

Doch nicht immer klappte es nach der ersten Einschüchterung reibungslos. Mario Hoffmann belauerte die Mädchen auf dem Pausenhof wie die Maus eine geduldig vor dem Mauseloch wartende Katze. Er beobachtete wiederholt, wie ein Junge von drei Seiten umzingelt wurde. Wer nicht zahlen konnte oder wollte, fing sich einen Leberhaken oder einen gemeinen Tritt ein. Irina bevorzugte die Hoden und schreckte auch vor schmerzhaften Griffen in den Genitalbereich nicht zurück. Jana trat lieber in den Bauch. Jessie stand immer nur dabei und gab mit ihrer Masse Deckung, sie hätte ohnehin kein Bein hoch genug für so einen Tritt bekommen.

Dann schlenderte das Trio weiter, als sei nichts geschehen. Zurück blieb ein Fünft- oder Sechstklässler mit käsiger Miene. Manche hatten Tränen in den Augen, andere hielten sich den Bauch oder pressten beide Hände gegen den Schritt. Ein Junge saß geschlagene sieben Minuten auf dem Boden neben dem Unterstand für Fahrräder, weil ihm so übel geworden war, dass er nicht aufstehen konnte. Und niemand ging hin und fragte ihn, was geschehen sei.

Wenn Irina und Jana in Aktion traten, war kein Erwachsener in unmittelbarer Nähe, darauf achtete Jessie. Wenn die Pausenaufsicht doch noch aufmerksam wurde, weil ein Junge eben minutenlang mit wachsbleicher Miene auf der Erde saß, gab es weder Zeugen noch eine Auskunft von dem Betroffenen.

Auch Mario hätte sich eher auf die Zunge gebissen als preiszugeben, was er beobachtet hatte. Und hingehen, wenn es wieder einen erwischt hatte, sich erkundigen, ob er helfen könne, wie er es Ende Februar bei Lars getan hatte, kam für ihn nicht mehr infrage. Er war froh und dankbar, dass er unbehelligt blieb, und schrieb das seinen *Tarnkappen* von *KiK* und *Ernsting's family* zu.

Samstagnacht, 17. November – etwa 23:20 Uhr

Der Hinweis des Dienststellenleiters auf *unseren Bekannten* vom Lilienfeld hatte Klinkhammer in höchste Alarmbereitschaft versetzt und half ihm, seinen Verstand auf das aktuelle Geschehen auszurichten. Für Rena Zardiss konnte nach zwölf Jahren kein Mensch mehr etwas tun. Jetzt ging es darum, ein fünfjähriges Mädchen wohlbehalten zurück ins Elternhaus zu bringen. Und bei *wohlbehalten* waren nach all den Stunden bereits erhebliche Bedenken angebracht, was ihm ziemlich zu schaffen machte. Er bemühte sich zwar, das Schreckensszenario Pädophilie auszublenden, aber sein Gehirn arbeitete gegen ihn.

Nur einmal angenommen, der Mantrailer hatte die Spur des Kindes tatsächlich erschnüffelt, zumindest hier und dort ein winziges Duftmolekül von einem nicht weggespülten Hautschüppchen wahrgenommen. Dann hatte Emilie vom Spielplatz aus vielleicht nur einen anderen Heimweg nehmen wollen, damit der kopfschmerzgeplagte Nachbar Reincke nicht sah, dass sie seiner Aufforderung nun doch folgte. Da Kinder heute schon früh zu Selbstständigkeit erzogen wurden, mochte Emilie gedacht haben: *Ich gehe nach Hause, weil ich es will, und nicht, weil du es mir aufgetragen hast. Du hast mir nämlich nichts zu sagen.*

Weil sie sich nicht auskannte, war sie ein paarmal hin und her gelaufen und hatte schließlich notgedrungen bei fremden Leuten geklingelt, um nach dem Weg zu fragen. Schlimmstenfalls *unseren Bekannten* vom Lilienfeld. Und der hielt es nicht für nötig, Emilie auf den Heimweg zu bringen, weil er gerne kleine Mädchen in Unterhöschen fotografierte.

In dem Fall konnte Hummel 6 über den Feldern zwischen Hüppesweiler und dem Gewerbegebiet kreisen, bis ihm der Sprit ausging. Er musste Franzen sofort zum Lilienfeld schicken, auch wenn Lukas Brenner sie dann beide für pflichtvergessene Idioten hielt.

Lukas ließ ihn nicht aus den Augen. Als spüre er Klinkhammers inneren Widerstreit, stellte er fest: »Sie sind derjenige, der hier das Sagen hat.« Ehe Klinkhammer reagieren konnte, verlangte Lukas: »Dann tun Sie das auch, verdammt. Sagen Sie Ihren Leuten, dass sie mit dem Zirkus hier nur Zeit verschwenden.«

»Zirkus?«, wiederholte Klinkhammer in schärferem Ton. »Sehe ich aus wie ein Zirkusdirektor oder meine Kollegen wie Clowns?«

»Nein«, schwächte Lukas ab. »Ich meine ja nur ...« Was er meinte, sprach er nicht aus, sondern wies nur in den Flur und zur Haustür. »Dass sie uns die Bude auf den Kopf stellen, ist Zeitverschwendung, sie werden hier nichts finden. Aber bitte, wenn das ihr Standardprogramm ist, sollen Frau Voss und Herr Simmering von mir aus jeden Fussel unter die Lupe nehmen. Draußen wird mehr Zeit und Personal verschwendet. Meine Frau ist schon um fünf durchs Viertel gelaufen und hat sämtliche Nachbarn gefragt.«

»Sämtliche nicht«, widersprach Franzen. »Soweit wir bisher wissen, war sie nur nebenan bei Zimmermanns, bei Reincke und bei Frau Hoffmann.«

»Mehr war doch auch nicht nötig«, fauchte Lukas. »Wie oft muss ich das denn noch wiederholen? Emilie kennt hier nur die Kinder von Reinckes. Sie ist doch fast nie hier. Sie ist jeden Nachmittag bei mir. Das weißt du. Sie kennt den Weg zum Studio so gut wie ich. Sie kennt alle, die am Spätnachmittag trainieren. Und alle kennen sie.«

»Deshalb konzentrieren wir uns ja aufs Gewerbegebiet«, rechtfertigte Franzen seine Vorgehensweise.

»Und was macht ihr dort?«, fuhr Lukas ihn an. »Grashalme zählen? Das ist doch verrückt. Was versprecht ihr euch davon?«

»Ruhig Blut, Herr Brenner«, mahnte Klinkhammer. »Sie helfen Ihrer Tochter nicht, wenn Sie Herrn Franzen an die Kehle gehen. Warum war Emilie denn heute hier, wenn sie sonst jeden Nachmittag bei Ihnen ist?«

»Weil heute Samstag ist«, bekam er zur Antwort. »Da ist sie normalerweise bei meinen Eltern. Aber die sind heute Morgen in Urlaub gefahren.«

»Und wann hat Ihre Frau sich normalerweise um das Kind

gekümmert?«, fragte Klinkhammer mit Betonung auf den Normalfall. Entschieden wichtiger war die Frage, wer von der heutigen Ausnahme gewusst hatte. Doch ehe er sie stellen konnte, meldete Anne sich wieder zu Wort: »Ich bin eingeschlafen.«

Klinkhammer warf ihr einen raschen Blick zu, es sah aber nicht so aus, als könnte sie sich nun am Gespräch beteiligen. Sie blickte zum Flachbildfernseher in der Zimmerecke neben der Terrassentür, murmelte etwas von einem Brot und einem vergessenen Schlüssel.

Es behagte Klinkhammer nicht, dass sie zuhörte, ohne selbst mehr von sich zu geben als schwer verständliches Gemurmel und den Hinweis, dass sie eingeschlafen war. Mit einer knappen Geste zeigte er in den Flur. »Reden wir in der Küche weiter. Doktor Zardiss sagte, wir sollen Ihre Frau nicht unnötig aufregen.«

Lukas ging ohne Widerspruch voran. Franzen wollte sich anschließen, Klinkhammer hielt ihn zurück und schickte ihn im Flüsterton zum Lilienfeld. Als Dienstgruppenleiter brauchte Franzen keine Begleitung für seine Einsätze.

»Was dagegen, wenn ich noch zwei, drei weitere Adressen anfahre?«, fragte Franzen ebenso leise. »Hier werde ich ja nicht unbedingt gebraucht. Wenn ich zwischendurch etwas von Bedeutung höre, gebe ich's dir auf dem Handy durch.«

»In Ordnung«, sagte Klinkhammer. »Aber hol erst Simmering aus dem Keller. Was macht der da überhaupt die ganze Zeit? Er soll Frau Brenner im Auge behalten und mal sehen, ob er etwas mehr von ihr erfährt, als dass sie eingeschlafen ist.«

Statt mit Simmering kam Franzen kurz darauf mit Rita Voss zurück. Er hatte Klinkhammers eigentlich ihrem Kollegen zugedachten Auftrag schon an sie weitergegeben. So war die Oberkommissarin zu Recht verblüfft, als Klinkhammer ihr auftrug: »Setz dich ins Wohnzimmer, aber lass Frau Brenner in Ruhe.«

»Wieso?«, fragte sie, während Franzen bereits die Haustür von außen hinter sich zuzog. »Ich denke, ich soll mit ihr über den Nachmittag reden.«

»Nur wenn sie dazu in der Lage ist«, schränkte Klinkhammer ein. »Sonst lässt du sie in Ruhe. Mach keinen Druck, die Frau ist krank.«

Eine blöde Begründung, das wusste er selber. Aber eine bessere war ihm aus dem Stegreif nicht eingefallen.

Rita Voss lachte leise. »Als Krankheit würde ich das nicht bezeichnen.«

»Wie du es bezeichnest, interessiert mich nicht«, sagte Klinkhammer und brachte seine Anweisung nun doch auf den Punkt. »Du wirst sie nicht in die Mangel nehmen.«

»Das habe ich doch gar nicht vor«, wehrte Rita Voss sich gegen das Bild der hammerharten Kollegin, das sie ständig vermittelte. »Was denkt ihr eigentlich alle von mir? Dass ich mir morgens Reißnägel unters Müsli mische?«

Das nicht, aber es hatte mal einer die Vermutung geäußert, vor Vernehmungen brühe sie ihren Kaffee mit Salzsäure auf, um richtig ätzend zu klingen.

Klinkhammer winkte ab, rief sich selbst die Samthandschuhe ins Gedächtnis und ging zu Lukas in die Küche. Was für gesundheitlich angeschlagene Mütter galt, musste ebenso für einen Vater gelten, der gar nicht in der Nähe gewesen war, als sein Kind bei einem Nachbarn geklingelt hatte. Dass Lukas aussah wie ein Macho und sich aufführte wie ein Diktator, war momentan nebensächlich.

Böse Überraschung

Bis Mitte Juni gab es für Anne keine Alarmsignale. Eine gute Woche vor ihrem zweiundvierzigsten Geburtstag war wieder ein Routinebesuch bei Doktor Zardiss fällig. Sie hatte sich den letzten Termin um Viertel vor fünf geben lassen. Um fünf Uhr wurde die Tür abgeschlossen. Danach kam keine Patientin mehr hinein, nur noch heraus. Das hatte sie schon mehrfach erlebt.

Da sie für den Rest des Nachmittags keine Kundinnen mehr hatte, wollte sie sich anschließend nach einem Paar schicker Sandalen umschauen.

Vom Beauty-Salon Heitkamp zum Ärztehaus waren es nur drei Minuten Fußweg. Als Anne den Laden verlassen wollte, stieß sie in der Tür mit Markus Heitkamp zusammen. »Hey, Anne«, grüßte er lässig.

»Hey, Markus«, erwiderte sie. »Lässt du mich vorbei? Ich bin in Eile.«

Er machte keine Anstalten, die Tür freizugeben, lächelte sie an in der ihm eigenen Art, die ihr immer so verschlagen vorkam. »Wo willst du denn hin?«, erkundigte er sich.

Das ging ihn nun wirklich nichts an, fand sie und versuchte, sich an ihm vorbeizuquetschen. Marlies kassierte gerade, gestikulierte ihr hektisch, dass sie warten solle, reichte der Kundin das Wechselgeld und verabschiedete sie. Erst als die Kundin auf ihn zukam, trat Markus zur Seite.

Nachdem die Frau draußen war, löcherte Marlies nicht wie sonst ihren Sohn mit Fragen, auf die sie nur selten eine zufriedenstellende Auskunft bekam, sie wollte vielmehr von Anne wissen: »Meinst du, es dauert lange?«

Das tat es in der Regel selten, und das wusste Marlies so gut

143

wie Anne. Anne konnte sich denken, warum sie fragte. Und bei aller Sympathie für die Frau, die sie seit Jahren als Freundin betrachtete, hing ihr das schon lange zum Hals heraus. Immer strammstehen, immer einspringen müssen, immer die eigenen Wünsche und Bedürfnisse zurückstecken für diesen Schizo, der sich von seiner Mutter schon lange nicht mehr kontrollieren ließ.

»Kommst du noch mal zurück?«, fragte Marlies.

»Hatte ich nicht vor«, sagte Anne.

Marlies lächelte ihren Sohn an, dessen Blicke zwischen ihr und Anne hin- und herglitten. Abschätzend und lauernd, fand Anne. So gut kannte sie ihn längst, um zu wissen, dass er seine Pillen wieder nicht genommen hatte.

Bei regelmäßiger Einnahme war er fast normal, konnte sogar arbeiten – daheim am Computer. Webdesigner nannte er sich und verdiente laut seiner Mutter nicht schlecht. Er richtete Homepages ein und betreute sie. Die Seite des Beauty-Salons war wirklich sehr ansprechend, auch die für das Brenner-Center machte etwas her. Selbstverständlich gehörte Lukas zu seinen Kunden, Markus zu beauftragen war sozusagen Pflicht gewesen.

»Geh mal zum Kühlschrank.« Marlies versuchte ihn damit außer Hörweite zu bringen. Wenn er in dieser Verfassung war, behandelte sie ihn immer wie ein kleines Kind. »Da steht etwas Leckeres für dich drin. Eigentlich wollte ich dich damit heute Abend überraschen.«

»Was ist es denn?«, fragte er.

»Sieh nach«, verlangte Marlies.

Tatsächlich verschwand Markus in der winzigen Teeküche. In dem Moment war Anne froh, dass er nicht fünf Minuten früher gekommen war. Da hatte ihre Tasche noch auf einem

Stuhl neben der Spüle gestanden. Sie hatte schon mehr als einmal den Verdacht gehabt, dass er in ihrer Tasche schnüffelte, wenn er vorgab, sich etwas aus dem Kühlschrank nehmen zu wollen. Um den zu öffnen, musste er nämlich die Tür zum Verkaufsraum schließen. Das tat er auch jetzt.

Marlies senkte zusätzlich noch ihre Stimme: »Eine halbe Stunde? Wenn du länger wegbleibst ...«

Unausgesprochen blieb: »... muss ich den Laden schließen.« Sie fragte erst gar nicht, ob Anne ihr den Gefallen täte, sie für den Rest des Tages zu vertreten. Wozu auch? Das hatte sich so gut eingespielt mit den Jahren, da musste man keine überflüssigen Worte mehr verlieren.

»Na schön«, seufzte Anne und verschob die schicken Sandalen auf einen der nächsten Tage. »Ich versuch's.«

Als sie die Praxis betrat, sortierte Vera Zardiss an der Anmeldung irgendwelche Unterlagen in einen Rollcontainer. Die Tür zum Wartezimmer stand offen, alle Stühle waren leer. Die Sprechstundenhilfe war bereits gegangen. Vera begrüßte Anne mit den Worten: »Nehmen Sie noch einen Augenblick Platz, Frau Brenner. Mein Mann hat gleich Zeit für Sie.«

Angesichts der gähnenden Leere im Wartezimmer machte Anne erst gar nicht den Versuch, ihr Rezept ohne Untersuchung zu bekommen. Es dauerte nicht mal fünf Minuten, bis das Sprechzimmer frei wurde. Vera ließ die Patientin hinaus, verschloss die Eingangstür wieder und begleitete Anne in das Sprechzimmer. Jürgen Zardiss kam hinter seinem Schreibtisch hervor und begrüßte sie mit Handschlag, wie er es immer tat. Während seine Frau schon durch die Verbindungstür in das Untersuchungszimmer ging, begann er eine lockere Plauderei. »Wie geht's Ihnen? Was macht Emilie?«

Er hatte sie während ihrer Schwangerschaft mit Emilie betreut und nahm regen Anteil an der Entwicklung des Kindes. Das tat er nicht nur bei Emilie. Eine Wand im Eingangsbereich war mit Babyfotos gepflastert, es mussten weit über hundert sein. Die ältesten waren stark vergilbt. Manchmal fragte Anne sich, ob er wirklich noch wusste, wer all diese Kinder waren.

»Sie lernt schon Englisch«, gab sie Auskunft. »Auf freiwilliger Basis in der Kita. Bis zwölf kann sie bereits zählen. Jetzt freut sie sich auf den Urlaub. Meine Schwiegereltern wollen sie nächsten Monat mit nach Schottland nehmen, damit sie nicht wieder so enttäuscht ist wie letztes Jahr.«

»Da kann sie die Sprachkenntnisse doch gleich richtig einsetzen«, scherzte Jürgen Zardiss. »Und Sie? Fahren Sie wieder an die Nordsee?«

Das wusste er auch noch, er hatte ein phänomenales Gedächtnis.

»Nein«, antwortete Anne. »Dieses Jahr gibt's nur Erholung im eigenen Garten, vielleicht mal einen Grillabend mit den Nachbarn. Lukas ist nicht abkömmlich. Was Freizeit angeht, sieht es für uns beide momentan düster aus. Die Zeit für den Termin bei Ihnen musste ich im Salon abknapsen. Nun hoffe ich, dass ich noch zur Kita komme, ehe Emilie dort für die Nacht weggeschlossen wird.«

Dass sie Emilie gar nicht selbst abholte, wusste Jürgen Zardiss. Er war Kunde im Brenner-Center und schon oft Zeuge geworden, wenn Anne gegen acht Uhr abends kam, um ein dann meist bettfertiges Kind in Empfang zu nehmen. Aber er tat so, als glaube er ihr den Grund für die vermeintliche Eile, wies auf die Tür zur Umkleidekabine. »Dann wollen wir keine Zeit verlieren.«

Kurz darauf betrachtete er den Muttermund, tastete ihren

Unterleib ab und erkundigte sich, ob sie in letzter Zeit unpäss-
lich gewesen sei.

»In letzter Zeit nicht«, sagte Anne. »Im März hatte es mich
böse erwischt.« Sie erzählte von Olafs Geburtstag, dem Käse-
Lauch-Salat, ihrem Brechdurchfall und Simones Verweis auf
Lenas *Urlaubsbekanntschaft.*

»Um welche Parasiten es sich handelte, wissen Sie nicht zufällig?«, fragte Jürgen Zardiss.

»Nein. Das wusste meine Schwester selbst nicht. Simone
erzählte eine Horrorgeschichte von Fuchsbandwürmern, die
sämtliche Organe befallen, und Spulwürmern, die durch den
ganzen Körper wandern.«

Da Jürgen Zardiss auch Simone und deren Einstellung zu
berufstätigen Frauen kannte, konnte er sich ein Grinsen nicht
verkneifen. »Vermutlich war es eine Campylobacter-Infektion
oder eine Trichinellose«, sagte er.

»Kennen Sie sich damit aus?«, wollte Anne wissen.

»Nicht direkt.« Er warf seiner Frau einen kurzen Blick zu.
»Unsere Tochter hatte sich auf ihrer Hochzeitsreise mit Tri-
chinen infiziert. Daher ist mir das Krankheitsbild vertraut.
Hatte Ihre Schwester Schwellungen im Gesicht oder rheuma-
tische Beschwerden?«

»Sind mir nicht aufgefallen«, gab Anne Auskunft. »Gesagt
hat Lena auch nichts davon. Das hätte sie mir bestimmt erzählt.«

»Reicht Ihre Zeit noch für einen Ultraschall?«, wollte er
wissen. »Sonst nehmen wir eine Urinprobe und machen einen
neuen Termin.«

»Wozu?«, fragte Anne nun doch beunruhigt. »Ist etwas
nicht in Ordnung?«

»Machen wir Ultraschall«, entschied er statt einer Antwort.

Vera Zardiss stellte den Monitor ein, während er den Ultraschallkopf mit Gel beschmierte. In dem Moment bekam Anne Angst, große Angst, weil sie nichts unternommen hatte, als Simone ihr dringend dazu riet, die Ursache für den Brechdurchfall abklären zu lassen.

Als Jürgen Zardiss mit der Untersuchung begann, spähte sie angestrengt an seinem Arm vorbei und bemühte sich, auf dem Monitor mehr zu erkennen als das Durcheinander, welches ein Laie nicht zu deuten weiß.

Vera Zardiss hatte mehr Übung und sah die beiden zuckenden Gebilde sofort. Und weil ihr Mann sich nicht gleich äußerte, sagte sie es: »Es sind zwei.«

»Ja«, bestätigte er und stellte Anne noch einige Fragen. Ob sie nach Übelkeit, Erbrechen und Durchfall im März noch andere Beschwerden gehabt hätte. Unerklärlicher Gewichtsverlust, Völlegefühl, Gallenbeschwerden oder eine Bronchitis?

»Nein«, sagte Anne fast panisch. Simones Warnung vor der bösen Überraschung sprang sie an wie ein bissiger Hund. Jürgen Zardiss zählte praktisch dieselben Organe auf, die ihre Schwägerin für den Befall mit Spulwürmern angesprochen hatte.

Samstagnacht, 17. November – etwa 23:30 Uhr

Kaum hatte Lukas die Küchentür hinter sich geschlossen, breitete er seine Theorie aus, die Franzen veranlasst hatte, die Suche auf die Umgebung des Brenner-Centers zu konzentrieren. Klinkhammer hörte zu, sortierte in Fakten und bislang nicht bewiesene Behauptungen und hatte das Gefühl, endlich seinen Job zu tun, so wie es von ihm erwartet wurde.

Emilie hatte sich also unbemerkt von ihrer schlafenden Mutter aus dem Haus geschlichen, als Sturm und Regen eine Pause einlegten. Dank der Bestätigungen durch den kopfschmerzgeplagten Nachbarn und Mario Hoffmanns Mutter wertete Klinkhammer das als Tatsache. Und Emilie hatte keinen Hausschlüssel mitgenommen. Auch das traf wohl zu. Weil Anne etwas von einem vergessenen Schlüssel gemurmelt hatte, nahm Klinkhammer an, das habe sich aufs Kind bezogen. Aber damit hatte es sich auch schon. Auf mickrige zwei, genau genommen nur anderthalb Fakten folgten nur noch unbewiesene Behauptungen und Hypothesen.

Als ihr langweilig oder das Wetter erneut zu ungemütlich wurde, konnte Emilie nicht einfach wieder nach Hause gehen. Sie hätte klingeln müssen und garantiert Ärger mit Mama bekommen, sagte Lukas.

»Ihre Frau ist demnach bei der Erziehung strenger als Sie?«, gestattete Klinkhammer sich eine Zwischenfrage. Gesprächige Leute unterbrach er nur ungern, um ihnen nicht die Zeit zu geben, ihre Gedanken neu zu ordnen, was das Risiko minderte, dass sie sich verplapperten.

»Nein, streng sind wir beide nicht«, antwortete Lukas. »Aber meine Frau wäre verärgert gewesen, sie hätte garantiert geschimpft, ihr vielleicht das Rad weggenommen und Hausarrest für die nächsten Tage verhängt. Das riskierte Emilie bestimmt nicht. Sie machte sich wohl lieber auf den Weg zu mir. Aber bei mir ist sie nicht angekommen. Folglich muss sie vorher jemand geschnappt haben. Als meine Frau anrief …«

»Wann?«, fragte Klinkhammer und brachte Lukas mit dieser simplen Frage offenbar völlig aus dem Konzept.

»Was?«

»Wann hat Ihre Frau Sie angerufen?«, fragte Klinkhammer.

»Gegen sechs, glaube ich. Auf die Uhr habe ich nicht ge-schaut. Ich dachte zuerst an einen Unfall und habe auf der Wache nachgefragt, die wussten von nichts. Danach habe ich meinen Schwager und meinen Schwiegervater angerufen und bin mit meinen Aushilfstrainern los, weil ich dachte …« Seine Stimme kippte verdächtig in Richtung Hysterie. Was er ge-dacht hatte, sprach er nicht aus, legte beide Hände vor das Gesicht und rieb so heftig über die Haut, als könne er Angst und Anspannung wegwischen.

»Mir ist klar, dass Sie Ihre Möglichkeiten ausgeschöpft ha-ben, Herr Brenner«, sagte Klinkhammer, weiter kam er nicht.

Lukas nahm die Hände wieder herunter und begehrte auf: »Welche Möglichkeiten denn? Wir konnten nur an Türen klingeln. Wenn wir nicht eingelassen wurden, mussten wir wieder gehen, auch wenn mir danach war, die Tür einzutreten. Warum, glauben Sie, bin ich zur Wache gefahren und habe Dieter Franzen gebeten mitzukommen? Ich dachte, er hilft mir. Aber nein, er telefoniert die Kavallerie herbei, und die nehmen erst mal hier alles unter die Lupe.«

Jetzt begriff Klinkhammer, was Lukas derart unter den Nä-geln brannte: Der Mann glaubte zu wissen, wer sich seine kleine Tochter *geschnappt* hatte. »Welche Türen?«, fragte er. »Ich brauche Namen und Adressen, Herr Brenner. Vielleicht waren einige von den Leuten, bei denen Sie geklingelt haben, nicht zu Hause, was mich an einem Samstagabend nicht wun-dern würde. Wenn Sie einen konkreten Verdacht haben …«

Zuerst schüttelte Lukas den Kopf wie einer, der nicht reden wollte oder durfte. Dann wich er aus: »Emilie kennt viele mei-ner Kunden, und viele kennen sie. Sie vertraut den Leuten und weiß, dass samstags im Studio keiner Zeit für sie hat. Andere wissen das auch. Wenn sie im Gewerbegebiet jemanden getroffen hat, der zum Training wollte oder gerade aus dem Studio kam und sie überredet hat ...«

»Ich brauche Namen und Adressen der Kunden, bei denen Sie vergebens geklingelt haben«, beharrte Klinkhammer und fragte sich, warum Franzen nicht sofort von der Soloaktion Brenners erzählt hatte. Oder handelte es sich bei den Adressen, die der Dienstgruppenleiter nach *unserem Bekannten* vom Lilienfeld noch ansteuern wollte, um verdächtige Kunden des Brenner-Centers? Wollte Lukas die Kundenüberpüfung ohne größeren Aufwand über die Bühne bringen, und nun endlich tat Franzen ihm den Gefallen? Das konnte aber böse ins Auge gehen.

Da er Franzen gerade nicht zurechtstutzen konnte, setzte Klinkhammer dem aufgewühlten Vater den Kopf zurecht. »Sie hätten zur Wache fahren und Herrn Franzen um Unterstützung bitten sollen, bevor Sie jemanden aufgesucht haben. Wenn Ihre Befürchtungen nicht aus der Luft gegriffen sind, haben Sie mit Ihrem Alleingang einen großen Fehler gemacht. Wenn Ihre Tochter nämlich in einer der Wohnungen war, in die Sie nicht eingelassen wurden, ist sie jetzt mit Sicherheit nicht mehr dort.«

Und wenn es zu sexuellen Übergriffen gekommen war ... Das sprach Klinkhammer nicht aus, sagte lieber: »Jetzt geben Sie mir verdammt noch mal die Adressen, bei denen Sie waren, und einen von diesen Computerausdrucken oder ein aktuelles Foto Ihrer Tochter. Ich schicke ein paar Leute hin, die garantiert mehr erreichen als Sie.«

Lukas starrte ihn an, als hätte er ihm soeben Emilies Todesurteil verkündet. Er erhob sich wie ein Mann mit einer Last auf den Schultern, die er kaum tragen konnte.

Während Lukas die Treppe hinaufstieg, ging Klinkhammer zum Wohnzimmer. Rita Voss hatte den Weg durch die Barbie-Landschaft riskiert und es sich im Sessel vor der großen Fensterscheibe gemütlich gemacht. Einen Versuch, mit Anne Brenner ins Gespräch zu kommen, hatte sie gar nicht erst unternommen, weil Anne dem Anschein nach wieder eingeschlafen war. Ersatzweise hatte Rita Voss ein Malbuch durchgeblättert.

»Kennst du Prinzessin Lillifee?«, fragte sie, als Klinkhammer in der Tür auftauchte. Er schüttelte den Kopf und winkte sie in den Flur.

Sie stand auf, legte das Malbuch auf den Tisch, kam mit Trippelschritten durch das Spielzeug auf ihn zu und empfahl: »Du solltest einen Blick hineinwerfen. Sehr akkurat, die Kleine, hält sich an die Vorgaben. Da geht kein Strich daneben, die Farben stimmen auch, soweit ich das beurteilen kann.« Mit anderen Worten: Emilie wusste, was sie durfte und was nicht, sie hielt Ordnung und respektierte Grenzen, die andere gezogen hatten – zumindest in einem Malbuch.

Rita Voss folgte ihm in die Küche. »Wie sieht es oben aus?«, fragte er, nachdem er die Tür zum Flur geschlossen hatte.

»Das Dachgeschoss ist eine Baustelle mit provisorischer Büroecke«, gab sie Auskunft. »Deshalb ist der Rest vom Haus wahrscheinlich nicht klinisch rein, aber nett und adrett. Die Ehebetten sind frisch bezogen, der Kram hängt in der Waschküche, gewaschen und elektrisch vorgetrocknet, schätze ich. Es gibt nur noch ein paar klamme Stellen. Da hängen auch zwei noch ziemlich feuchte Jeans, eine vom Hausherrn, eine von der Kleinen. Die beiden haben am Vormittag im strömenden Regen Einkäufe gemacht, hat er mir erzählt, was zu den ausgestopften Kinderstiefeln und der Jacke an der Garderobe passt.«

Klinkhammer nickte in Gedanken versunken. »Was macht Simmering noch unten?«

Rita Voss grinste. »Frönt am offenen Fenster im Heizungskeller seiner Sucht und hofft, dass man's nicht riecht.«

Simmering war ein starker Raucher und tat sich sehr schwer damit, dass sein Laster inzwischen fast überall verboten war. Nachvollziehen konnte Klinkhammer das, bis zu einem gewissen Punkt. Er hatte sich das Rauchen auch erst vor zwei Jahren abgewöhnt, von jetzt auf gleich, mit Nikotinpflaster. Die ersten Tage ohne Pflaster waren die Hölle gewesen. Aber es hatte ihm dermaßen gestunken, wie Politiker auf der einen Seite die Raucher isolierten und auf der anderen Seite Tabaksteuern kassierten. Mit der Wut über diese verlogene Doppelmoral im Bauch hatte er es geschafft und durchgehalten.

»Hol ihn rauf«, befahl er. »Brenner notiert gerade ein paar Adressen. Möglicherweise Kinderfreunde. Wir konzentrieren uns erst mal auf die, denen er anscheinend so etwas zutraut. Dafür wird er wohl seine Gründe haben. Hört euch in der jeweiligen Nachbarschaft dieser Männer um, ob jemand die Kleine oder ihr Rad gesehen hat. Wenn ja, schicke ich Verstärkung, dann gehen wir rein. Gefahr im Verzug. Den Papierkram erledige ich später. Wenn die Kleine nicht gesehen wurde, knöpft euch die Kandidaten selbst vor. Wer euch nicht reinlassen will, dem droht mit einem Durchsuchungsbeschluss und Beschlagnahme des Computers. Das zieht immer.«

Rita Voss kehrte zurück in den Flur und stieg die Kellertreppe hinunter. »Drück die Kippe aus, Jüppi, es gibt Arbeit«, hörte Klinkhammer sie sagen.

Währenddessen hatte Lukas drei Namen und Anschriften notiert. Er kam wieder nach unten, händigte Klinkhammer den Zettel aus, der ihn an Simmering weiterreichte.

Nachdem Simmering und Rita Voss das Haus verlassen hatten, setzte Lukas sich wieder an den Küchentisch und legte erneut beide Hände vor das Gesicht. Klinkhammer betrachtete zwei benutzte Kaffeebecher auf der Abtropffläche beim Spülbecken.

»Was halten Sie von einem Kaffee?«, machte er ein Friedensangebot. »Ich will nicht unverschämt sein, aber ich könnte einen gebrauchen, Sie doch garantiert auch. Und dann versuchen wir beide es noch einmal in freundlichem Ton miteinander, einverstanden? Ich bin nicht Ihr Feind, Herr Brenner. Ich will Ihre Tochter ebenso dringend und unbeschadet finden wie Sie. Aber ich muss mir zunächst ein Bild machen können, um die richtigen Maßnahmen zu ergreifen. Verstehen Sie?«

Lukas nickte, erhob sich wieder, füllte den Wasserbehälter der Kaffeemaschine und setzte einen Filter ein. »Was wollen Sie wissen?«, fragte er, nachdem er die Maschine in Betrieb und zwei Kaffeebecher aus einem Hängeschrank genommen hatte.

»Alles, was von Bedeutung sein könnte«, sagte Klinkhammer.

Doch offenbar gab es nichts mehr von Bedeutung, was nicht schon mehrmals gesagt worden war. Also ging Klinkhammer den obligatorischen Fragenkatalog durch. Probleme in der Familie, Ehestreitigkeiten, Schwierigkeiten bei der Erziehung. Laut Lukas gab es nichts von alledem. Während der Kaffee durchlief, leugnete er beharrlich jedes wie auch immer gelagerte Problem. Sie waren eine glückliche Familie. Das hatte Vera Zardiss damals auch behauptet.

Der Junge von gegenüber

Im März hatte Mario Hoffmann Glück gehabt. Trotz des großen Berichts im Lokalteil der Tageszeitung nach dem Überfall
auf Frieda Gruber fragte ihn in den folgenden Tagen keiner,
ob er der *großzügige junge Mann* sei, der dabei helfen könne,
brutale Täter ihrer gerechten Strafe zuzuführen, damit alte
Frauen sich wieder sicher fühlen konnten.

Es erkundigte sich in den nächsten Wochen auch niemand,
warum er plötzlich gekleidet war wie ein Kind armer Leute.
In der Schule fiel es wohl keinem besonders auf, weil die große
Masse ihn sich nie so genau anschaute. Eine graue Maus blieb
eine graue Maus, ob sie nun Designerware oder Sackleinen
auf dem Leib trug. Er musste gar nicht behaupten, sein Vater
hätte Pech mit einem großen Filmprojekt gehabt.

Nicht mal seiner Mutter stieß seine neue Vorliebe für Bil-
ligklamotten sauer auf. Ruth schob es seinem Alter zu und
hielt es für den Beginn des Abnabelungsprozesses.

Die Lokalnachrichten las Mario nicht mehr. Wer wollte
denn ständig ein schlechtes Gewissen bekommen und sich mit
der eigenen Feigheit konfrontieren? Stattdessen chattete er
weiter als *Whistler* in vier verschiedenen Foren, spielte *Call of
Duty* oder *Counter Strike* und stellte sich vor, die Russenweiber und Jessie wären seine Gegner. Und er mähte sie nieder,
ehe sie der nächsten alten Frau oder dem nächsten Jungen auf
dem Schulhof gefährlich wurden.

Anfang April hatte Mario noch mehr Glück. Da ging für
ihn der Traum in Erfüllung, den Lars Nießen in größerer Ausführung träumte. Von den Großeltern, die er seinerseits mit
einem Pullover und einer kleinen Vase beschenkt hatte, bekam
Mario ein Mofa zum Geburtstag. Um es fahren zu dürfen,

155

brauchte er eine Prüfungsbescheinigung, die er problemlos erhielt und fortan seinen Führerschein nannte.

Und selbstverständlich fuhr er nach den Osterferien mit dem Mofa zur Schule. Er trug sogar einen Integralhelm wie ein Motorradfahrer und fühlte sich wie ein kleiner König, wenn er seinen kostbaren neuen Besitz durch die Stadt lenkte. Aber er war klug genug, diesen Schatz nicht auf dem Pausenhof zur Schau zu stellen. Unter dem überdachten Bereich für die Fahrräder hätte auch ein Mofa Platz gefunden. Mario stellte es lieber auf dem Hof der Bäckerei Hamacher ab. Die lag nur fünfzig Meter die Schulstraße runter.

Er war dort Stammkunde, kaufte sich jeden Morgen vor Schulbeginn zwei Brötchen, eins mit Käse und eins mit gekochtem Schinken, dazu einen Kakao oder eine Milch im Wechsel und einen Snack für die zweite Pause, in der Regel einen Apfel, eine Banane oder sonst ein Stück Obst. Das hätte er auch von zu Hause mitbringen können, aber er kaufte gerne bei Hamacher ein. Deshalb hatte er gewisse Privilegien, wie eben einen Parkplatz auf dem Hof. Dort konnte er sogar den Helm zurücklassen, ohne befürchten zu müssen, dass ihm der abhandenkam.

Man musste das Schicksal doch nicht unnötig herausfordern, wie Lars Nießen es mit der *Murat Connection* getan hatte. Lars kümmerte es einen feuchten Dreck, dass andere die Zeche zahlen mussten. Hauptsache, die Russenweiber und Jessie machten um ihn einen Bogen.

Mario blieb weiter auf Vorsicht bedacht, vermied es auf dem Pausenhof sogar, mit Lars gesehen zu werden. Was nicht weiter schwerfiel, weil Lars ihn nur das eine Mal gebraucht hatte, um einen Ersatz für das erste iPhone zu bekommen. Dass er seitdem Schulden bei Mario hatte, schien er vergessen zu haben. Sie hatten Ratenzahlung vereinbart, und zweimal hatte Lars ihm zwanzig Euro gegeben. Es waren immer noch hundertsechzig Euro offen.

Doch trotz aller Vorsicht erwischte es auch Mario. An einem Samstag im Mai, als er wirklich nicht damit rechnete. Frederik war in Rumänien, um die nächste Doku vorzubereiten. Ruth fuhr frühmorgens zum Shoppen ins Outlet-Center nach Maasmechelen. Mario vertrieb sich den Tag auf seine Weise.

Obwohl er schon um acht aufwachte, als Ruth das Haus verließ, blieb er bis um zehn im Bett liegen. Dann duschte er ausgiebig, machte sich Frühstück und setzte sich damit an den Computer. Zuerst besuchte er seine gewohnten Chatrooms, traf aber keine interessanten Gesprächspartner. Danach spielte er eine Weile *Counter Strike,* doch in seinem Team waren diesmal außer ihm nur Nieten. Mit denen konnte er nicht gewinnen. Als zum Frust noch ein Hungergefühl kam, pfiff er auf seine verbliebenen Lebenspunkte, klinkte sich aus und überlegte, was er essen könnte. Mittag war längst vorbei.

Kühl- und Eisschrank waren wie immer gut gefüllt, dafür sorgte Hatice, die Haushaltshilfe, die an drei Vormittagen in der Woche kam und auch die Einkäufe erledigte. Für so etwas fand Ruth nur selten Zeit. Wenn Ruth selber einkaufte, plante sie meist ein großartiges Menü, das ihr in der Regel gründlich danebenging.

Mario uberlegte, ob er sich in der Stadt ein Stuck Kuchen oder lieber einen Döner holen sollte. Beides stand zwar nicht oben auf seiner Liste der gesunden Lebensmittel. Aber die Woche über lebte er mit Hamachers Brötchen so ernährungsbewusst, dass er sich am Wochenende getrost mal etwas Leckeres leisten konnte.

Er tauschte die bequeme Freizeithose gegen Kleidungsstücke,

die Ruth ihm gekauft hatte. Die konnte man ja nicht im Schrank vergammeln lassen, bis sie zu klein geworden waren. Wie jeder in seinem Alter trug er eigentlich gerne Sachen, für die andere ihre Großeltern beklaut hätten. Und er wollte schließlich nicht zur Schule, nicht in die Bergheimer Fußgängerzone, gewiss nicht zum Nordring oder sonst wohin, wo er auf das Trio Infernale treffen könnte. Er wollte in die Kirchstraße. Dort gab es internationale Küche in einem Schnellimbiss, und um die Ecke war ein kleines Café. Entscheiden wollte er sich vor Ort.

Er zog seine Nobeluhr und die *Abercrombie-&-Fitch*-Jacke an. Es waren inzwischen neun Wochen vergangen, seit die Beschreibung seiner Jacke veröffentlicht worden war. Die Leute vergaßen schnell. Sein Großvater sagte immer: »Die Zeitung von heute ist morgen Altpapier.«

Zehn Euro steckte er ein, er wollte ja keinen Großeinkauf machen. Dann holte er sein Mofa aus dem Gerätehäuschen. Um das Fahrverbot im Viertel kümmerte er sich nicht, obwohl er stets einige Leute auf die Palme brachte, wenn er die Knatterkiste nicht bis zur Dürener Straße schob.

Speziell sein Lehrer regte sich jedes Mal auf, wenn er den Zweitakter hörte. Horst Reincke war sogar schon ein paarmal aus dem Haus gekommen, um Mario die Bedeutung eines verkehrsfreien Wohnviertels klarzumachen. Aber egal, ob Reincke es mit gutem Zureden, ernsten Worten oder Ermahnungen versuchte, er stieß auf taube Ohren. Es kümmerte Mario nicht im Geringsten, dass er seinen Klassenlehrer gegen sich aufbrachte.

Trotz seines Hungers fuhr Mario eine Weile in der Stadt umher, weil es Spaß machte. Dann steuerte er das kleine Café an. Leider gab es nicht mehr viel Auswahl, Kaffeezeit war nun auch schon fast vorbei. Zwei übrig gebliebene Marzipanhörn-chen reizten ihn, doch satt wurde er davon kaum. Inzwischen war ihm etwas flau im Magen. Und mit zehn Euro hatte er genug Geld dabei, um sich zuerst etwas Deftiges und zum Nachtisch die beiden Hörnchen leisten zu können.

Mit seinem Helm und der Jacke unter dem Arm – ohne Fahrtwind war ihm sofort der Schweiß ausgebrochen – stie-felte er um die Ecke zur internationalen Küche.

Sie kamen kurz nach ihm herein, zu fünft. Mario hatte ge-rade seine Bestellung aufgegeben, da wurde er umringt von Irina, Jana, Jessie und zwei Männern um die zwanzig. Wie sich später herausstellte, handelte es sich um Janas Brüder Sergej und Pjotr Kalwinov.

Irina grinste ihn an. Jessie tuschelte mit Sergej, der Mario daraufhin mit gerunzelter Stirn und leicht zusammengeknif-fenen Augen von oben bis unten musterte und bei Helm und Jacke unterm Arm kurz verharrte. Mario fühlte, wie sich sein leerer Magen mit Furcht füllte – und mit Säure, um die Furcht zu verdauen.

Der Mann hinter der Theke schien ebenfalls schon seine Erfahrungen mit der Sippe gemacht zu haben. Zumindest wusste er genau, was die fünf essen wollten, ohne dass jemand etwas bestellt hätte. Statt das Fladenbrotviertel für Mario weiter mit Krautsalat, Tomaten, Zwiebeln und Hähnchen-fleisch zu bestücken, füllte der Mann einen Korb mit Pommes, den zweiten mit fünf vorgegarten, panierten Schnitzeln, hängte beide Körbe ins siedende Öl und erkundigte sich dienstbeflissen: »Welche Soße?«

»Scharf«, sagte Sergej.

»Pilze«, verlangte Pjotr.

Jessie wollte extra viel Majo.

»Für mich auch«, sagte Jana.

Irina grinste Mario immer noch an und leckte sich genüsslich die Lippen. »Lecker hier«, sagte sie. »Aber teuer. Hast du Geld?«

Mario fragte sich kurz, wie sie und die anderen wohl reagieren würden, wenn er den Kopf schüttelte. Jessie wusste seit Jahren, dass sein Vater Filme produzierte. Und wenn es um Filme ging, dachten alle Leute siebenstellig, als ob hier Hollywood wäre. Er deutete ein Nicken an.

»Viel Geld«, sagte Irina. Nach einer Frage klang das nicht. Sie musterte ihn von den mageren Schultern im *Ed-Hardy*-Shirt, über die dünnen Beine in der *Eagle Print* von *Armani Exchange* bis zu den Füßen in den *Reeboks*. Dann streckte sie die Hand aus und verlangte: »Gib her.«

Der Mann hinter der Theke stand mit dem Rücken zu ihnen, rührte in einem der Soßentöpfe und tat so, als sei er taub.

Sergej zischte ein paar Worte, von denen Mario nur »Dimitrij« verstand. Wahrscheinlich wurde Irina daran erinnert, wie ihr ältester Bruder auf ihre Machenschaften reagierte. Irina gab ihrerseits einige Laute von sich, die sich nach einer fauchenden Katze anhörten. Daraufhin winkte Sergej unwillig ab und sagte nichts mehr.

Mario zog den Zehner aus der Jackentasche und ließ zu, dass Irina ihm den Schein aus den Fingern riss. Warum sich Schmerzen einhandeln mit Widerstand, der schneller gebrochen war, als man *aua* sagen konnte?

»Das nicht viel«, stellte sie fest.

»Mehr habe ich nicht«, stammelte Mario und schielte zu Jessie hinüber. »Mein Vater hatte wahnsinnig Pech mit dem letzten Film, seitdem sind wir pleite.« Sekundenlang fürchtete er, Irina würde ihm die Uhr abverlangen oder in seine Taschen greifen und seine Schlüssel finden. Stattdessen interessierte sie sich nun für seinen Helm.

»Wo hast du her? Sieht aus wie von mein Bruder. Oder, Pjotr?«, wandte sie sich an den zweiten Mann, der sich bis dahin rausgehalten hatte. Jetzt zuckte er mit den Achseln und grinste – genauso wie Irina, ein überhebliches, siegessicheres Grinsen, als wolle er sagen: *Dich Würstchen ziehen wir aus bis auf die Haut, ohne dass du dich wehrst.*

Dieses Grinsen war zu viel für Mario. Sein Magen schmerzte, als brenne die Säure Löcher hinein. Sein Herzschlag brach ihm fast die Rippen, als er sagte: »Dann hat dein Bruder wahrscheinlich denselben Helm. Das ist ja kein Einzelstück. Den hat mein Vater mir aus einem Katalog bestellt, weil man auch als Beifahrer einen Helm tragen muss. Mein Vater wartet hinten beim Motorrad auf mich.« Beim letzten Satz deutete er vage nach draußen.

Jessie und Pjotr schauten reflexartig zum Schaufenster. Irina schien sich damit abzufinden, dass nicht mehr zu holen war. Mit einem in der Nähe wartenden Vater wollte sie sich scheinbar nicht anlegen. Sie ließ zu, dass Mario sich umdrehte und ging.

Kaum war er draußen, begann er zu rennen, hetzte um die Ecke, setzte noch im Laufen den Helm auf, schwang sich aufs Mofa, ärgerte sich, dass er die Marzipanhörnchen eben nicht sofort gekauft hatte, und fuhr mit knurrendem Magen heim. Dort schob er eine Tiefkühlpizza in den Backofen, von der er, als sie fertig war, keinen Bissen hinunterbrachte.

Tarnkappen für zweihundert Euro. Und dann kreuzte er ihren Weg mit einer *TAG Heuer* am Handgelenk. Zu seinem vierzehnten Geburtstag hatte sein Vater sich mächtig ins Zeug gelegt mit der Uhr, vielleicht als Zeichen seiner Wertschätzung, vielleicht auch als Ausdruck des schlechten Gewissens, weil Frederik nie Zeit für ihn hatte.

Die *TAG Heuer* würden sie ihm am Montag wahrscheinlich als Erstes abverlangen. Ob er sie mit dem Fünf-Euro-Teil von *Mäc-Geiz* irreführen konnte? Versuchen musste er es, sonst würde Frederik Zustände bekommen und ihm nie wieder etwas schenken. Zum Glück hatten sie sein Mofa nicht gesehen. Aber was nutzten ihm jetzt noch die billigen Klamotten? Gar nichts, glaubte Mario und hielt es für viel zu riskant, noch mal zur Schule zu gehen.

Samstagnacht, 17. November – etwa 23:40 Uhr

Während in Herten und der näheren Umgebung am Boden und aus der Luft nach Emilie Brenner gesucht und die Bevölkerung per Lautsprecherdurchsagen um ihre Aufmerksamkeit und Mithilfe gebeten wurde, versuchte Arno Klinkhammer sich ein möglichst genaues Bild von der Fünfjährigen und ihrer *glücklichen* Familie zu machen und seine Erinnerungen an die sechzehnjährige Rena Zardiss und deren Familie zu unterdrücken.

Lukas bezeichnete Emilie als ein aufgewecktes, selbstständiges und selbstbewusstes Kind mit einem gesunden Misstrauen gegenüber Fremden. Dass sie freiwillig zu einem Unbekannten ins Auto gestiegen wäre, schloss er aus. Da hätte schon unmittelbar neben ihr der Blitz einschlagen müssen. Wenn allerdings jemand sie von der Straße geschnappt und samt ihrem Rad in einen Kofferraum geworfen hätte …

Da war dieser Ausdruck wieder. Geschnappt! Und jetzt

wertete Klinkhammer ihn als kleinen Widerspruch. Einer der drei *Kinderfreunde,* deren Namen und Anschriften Lukas notiert hatte, hätte Emilie nicht schnappen müssen, wenn er sie liebevoll überreden konnte mitzukommen. Aber Schnappen ging natürlich schneller und schloss Fremde nicht aus. An einem Samstagnachmittag dürften im Hertener Gewerbegebiet auch einige Unbekannte unterwegs gewesen sein. In den dort ansässigen Firmen wurde zwar samstags nicht gearbeitet, aber es gab ein Gartencenter und den Billigmöbelmarkt, in dem Benny Küppers Mutter beschäftigt gewesen war. Der hatte bis zwanzig Uhr geöffnet.

Emilie sei ihrem Alter entsprechend aufgeklärt, fuhr Lukas fort. Sie wisse genau, dass niemand das Recht habe, sie anzufassen, wenn sie das nicht wolle, dass sie lautstark protestieren dürfe, sogar müsse, wenn ihr eine Berührung unangenehm sei. »Das musste ich ihr erklären, weil sie ständig im Studio herumturnt und sich gerne helfen lässt. Ich bin nicht zu sehr ins Detail gegangen, wollte ihr keine Angst machen. Bisher ist sie angstfrei erzogen worden.«

Für Klinkhammer war das der zweite kleine Widerspruch. Wieso sollte sich ein angstfreies Kind auf den Weg ins Gewerbegebiet machen, statt kurzerhand daheim zu klingeln und etwas Ärger mit Mama zu riskieren? Aber gut, einige Tage Hausarrest und Fahrradentzug wogen für eine verwöhnte Fünfjährige vermutlich schwerer, als ein Mann in seinem Alter sich das vorstellen konnte. Und wenn sie sich mitten im Viertel verlaufen hatte, weil sie auf dem geraden Weg beim Nachbarn vorbeigehen musste, der nicht sehen sollte, dass sie seiner Aufforderung, nach Hause zu gehen, nun doch Folge leistete. Wenn sie an der falschen Tür geklingelt hatte ... Wie lange brauchte Franzen denn, um den Typ vom Lilienfeld zu überprüfen?

Klinkhammer hasste es, zum Abwarten verdammt zu sein, während die anderen draußen die Arbeit machten. Er hatte immer das Gefühl, wenn er etwas selbst erledige, ginge es schneller. Natürlich saß er hier nicht untätig herum und schonte seinen Anzug. Er tat, was ja auch einer tun musste, was sogar wichtiger war, als die Bevölkerung zu informieren oder im Gelände zu suchen. Die Suche koordinieren, die Eltern befragen, Schlüsse ziehen und das weitere Vorgehen planen. Also hakte er in der Küche der Brenners weitere Fragen ab und sammelte weitere Ungereimtheiten.

Unzufriedene Kunden des Brenner-Centers gab es laut Lukas nicht. Nur ein paar, die man nicht gerne mit einem kleinen Mädchen alleine ließ, weil man das Gefühl hatte, dass sie ein bisschen zu gut mit Kindern umgehen konnten. Hatte Emilie sich in der Vergangenheit über unangenehme Berührungen beschwert? Nein. Hatte Lukas etwas beobachtet, was ihm nicht geheuer war? Nein. Waren ihm Beobachtungen von anderen zugetragen worden? Nein. Was hatte die drei Männer, zu denen Simmering und Voss jetzt unterwegs waren, in seinen Augen denn verdächtig gemacht? Das wusste Lukas anscheinend selbst nicht so genau. Die Art eben, wie sie sich Emilie gegenüber verhielten, erklärte er. Und warum hatte er die Männer nicht längst zur Rede gestellt oder ihnen Hausverbot erteilt? Darauf antwortete Lukas mit einem Achselzucken und dem Hinweis, dass man als selbstständiger Geschäftsmann nicht gerne Kunden vergraulte. »Mit welcher Begründung hätte ich denn ein Hausverbot aussprechen sollen?«

Das leuchtete Klinkhammer zwar ein, aber es warf auch die Frage auf, was für Lukas schwerer wog, die Zufriedenheit seiner Kunden oder das Wohl seiner Prinzessin. Bei einem Vater, wie Franzen ihn geschildert hatte, sollte man annehmen, dass sein Geschäftssinn immer hinter dem Schutz seines Kindes zurückstehen müsste. Das war der dritte und bisher größte Widerspruch. In Klinkhammer regten sich die ersten Zweifel an dem, was Lukas ihm erzählte und zuvor wohl auch Franzen erzählt hatte.

Nächste Frage: Gab es Leute, die Lukas oder seiner Frau nicht wohlgesinnt waren und ihren Groll an Emilie auslassen könnten? Lukas musste erst nachdenken, ehe ihm einfiel, dass er ursprünglich zwei Konkurrenten gehabt hatte, von denen einer seit vier Jahren als Trainer bei ihm angestellt war. Und der andere auf Kampfsport umgesattelt hatte und, wie man verschiedentlich hörte, mit Steroiden und anderem Kram handeln sollte, um über die Runden zu kommen.

»Bei uns ist nichts zu holen, aber meine Eltern sind vermögend«, kam Lukas zu den finanziellen Verhältnissen, nach denen Klinkhammer als Nächstes fragte.

»Das könnte einen Mann, der um seine Existenz kämpft, zu Entführung und Lösegeldforderung verleiten«, sagte Klinkhammer. »Ob die Eltern, die Großeltern oder sonst jemand zahlt, ist doch nicht wichtig.«

»Wenn meine Eltern zahlen sollen, ist der Zeitpunkt unglücklich gewählt«, antwortete Lukas. »Sie kommen erst Anfang Dezember zurück.«

»Im Notfall kämen sie wahrscheinlich sofort«, mutmaßte Klinkhammer. »Oder sie würden auf andere Weise dafür sorgen, dass Ihnen die verlangte Summe zur Verfügung gestellt wird.«

Lukas zuckte wieder mit den Achseln, doch seine Miene machte deutlich, dass er so weit auch schon gedacht hatte. Und offensichtlich war ihm dieses Thema unangenehm. Er erhob sich.

»Nehmen Sie Milch oder Zucker?« Der Kaffee war durchgelaufen.

Klinkhammer schüttelte den Kopf. Daraufhin wollte Lukas zur Tür. »Ich frage meine Frau, ob sie auch etwas trinken möchte.«

»Ihre Frau schläft«, hielt Klinkhammer ihn zurück.

»Gut«, murmelte Lukas, nahm die Kanne von der Maschine und füllte die Kaffeebecher, die er zuvor auf den Tisch gestellt hatte. »Sie hat die letzten Nächte kaum geschlafen.«

»Was fehlt ihr denn?«, ging Klinkhammer auf den Themenwechsel ein, war jedoch fest entschlossen, bald auf Entführung und Lösegeldforderung zurückzukommen. Bei diesen Ausweichmanövern musste man doch zwangsläufig annehmen, Lukas wüsste, wer seine Tochter *geschnappt* haben könnte. Dass er in der Hoffnung zur Wache gefahren war, den Dienstgruppenleiter kurz für seine Zwecke ausborgen, den Rest der Truppe aber außen vor lassen zu können. Was auf eine private Rechnung hindeuten könnte.

»Ihre Arbeit fehlt ihr«, seufzte Lukas. »Anne ist nicht daran gewöhnt, untätig herumzusitzen.«

»Warum hat sie denn aufgehört zu arbeiten?«

»Auf ärztlichen Rat. Jürgen hat ihr dringend empfohlen, die Sache nicht bis zum Ende auszureizen.«

Das klang dramatisch und machte die Erkenntnis, dass Lukas nicht nur den Dienstgruppenleiter der Wache, sondern auch den Arzt seiner Frau duzte, zur Nebensache.

»Wie soll ich das verstehen?«, fragte Klinkhammer.

Statt ihm sofort zu antworten, nahm Lukas seinen Becher. Ehe er einen Schluck trinken konnte, begann in Klinkhammers Jackett wieder das Kind zu lachen. Und Lukas erschrak dermaßen, dass der heiße Kaffee auf sein T-Shirt schwappte.

Klinkhammer zuckte ebenfalls zusammen. Obwohl er auf Franzens Meldung wartete, fluchte er im Geist über die Unterbrechung. Dass so etwas immer im unpassenden Moment kommen musste. Und dann auch noch das fröhliche Lachen eines quicklebendigen Kindes, plötzlich war ihm der Klingelton unangenehm. Er entschuldigte sich bei Lukas und ging in den Flur, um ungehört telefonieren zu können.

Franzen gab durch, dass *unser Bekannter* vom Lilienfeld am Wochenende Spätschicht hatte. Der Mann war um die Mittagszeit zur Arbeit gefahren und erst vor einer knappen Stunde zurückgekommen. Seine Frau hatte das bestätigt. Die Frau allein zählte zwar nicht wirklich, aber sein Alibi ließ sich am Arbeitsplatz überprüfen. Folglich konnte er Emilie nicht *hereingebeten* haben. Seine Frau hatte Emilie auch nicht gesehen. Sonst hätte sie sich schon gemeldet, hatte sie erklärt, sie hätte schließlich die wiederholten Lautsprecherdurchsagen gehört.

Klinkhammer schlich zum Wohnzimmer. Dem Anschein nach schlief Anne immer noch. Eine Garantie dafür gab es natürlich nicht. Und gleich neben der Wohnzimmertür lag der Abgang zum Keller. Während er nach unten stieg, hörte er sich an, was Franzen sonst noch zu berichten hatte.

Hundeführer und Mantrailer hatten im Gewerbegebiet ebenfalls keinen Erfolg gehabt und befanden sich nun auf der Rückfahrt nach Brühl. Die Erklärung von Horst Reincke, das Kind habe sein Rad Richtung Spielplatz geschoben, was Ruth Hoffmann nicht hatte bestätigen können, durfte jetzt trotzdem als gesichert betrachtet werden.

Denn in Spielplatznähe war Emilie noch einmal gesehen worden. Das hatte die Frageaktion an den Haustüren in dem

Gebiet ergeben, die Franzen veranlasst hatte. Einer Frau Krummen aus 48a war das Kind um Viertel vor vier aufgefallen, was bedeutete, dass Emilie sich von Reincke aus sehr langsam Richtung Spielplatz bewegt haben musste.

Die Hausnummern am Holunderbusch endeten bei 52, ab da hieß es Fliederstock. In den Häusern rings um den großen Spielplatz hatte keiner ein kleines Mädchen in farbenfroher Regenkleidung mit einem nagelneuen, pinkfarbenen Fahrrad bemerkt. Auch am Fliederstock, am Lavendelsteg, am Rosenstrauch und wie die Verbindungswege sonst noch hießen, hatte niemand der persönlich Befragten das Kind gesehen.

Viele hatten die Regenpause am Nachmittag genutzt, um wie Ruth Hoffmann Einkäufe zu machen. Andere hatten in ihren Wohnzimmern vor dem Fernseher gesessen, während ihr Nachwuchs mit der Playstation oder sonst etwas beschäftigt gewesen war.

Man konnte nur aus den Küchen und den zur Straße liegenden Räumen im ersten Stock der Doppelhäuser auf die Straße schauen. Und wer sich oben aufgehalten hatte, war entweder auf einen Computer konzentriert gewesen oder hatte in der Badewanne gelegen. Bei den frei stehenden Häusern mit den ungeraden Nummern war es nicht anders, da erschwerten im Erdgeschoss meist noch mit Nadelgehölzen begrünte Vorgärten die Sicht auf die Straße.

Frau Krummen aus 48a hatte Emilie auch nur bemerkt, weil sie um vier Uhr Besuch erwartete und am Vormittag nicht daran gedacht hatte, ihre Kaffeemaschine zu entkalken. Das wollte sie noch schnell erledigen. Während der Entkalker einwirkte, hatte Frau Krummen aus dem Küchenfenster geschaut und mehrfach auf die Uhr, deshalb war sie bei der Zeit absolut sicher: Viertel vor vier.

Von der Mutter, die nach siebzehn Uhr ihr Kind suchte, hatte Frau Krummen weder etwas gesehen noch gehört. Zu der Zeit hatte sie mit ihrem Besuch im Wohnzimmer gesessen. Dass Emilie vermisst wurde, hatte sie erst durch die Lautsprecherdurchsagen erfahren. Warum sie darauf nicht reagiert hatte ... Das hätte sie schon noch, hatte Frau Krummen erklärt, am Sonntag oder am Montag, wenn das Kind bis dahin nicht wieder aufgetaucht war. Etwas so Wichtiges erledigte man doch nicht am späten Samstagabend, wenn auf ProSieben ein Film wiederholt wurde, den man bei der ersten Ausstrahlung verpasst hatte.

»Ungefähr so hatte ich mir das vorgestellt«, schimpfte Franzen. »Wen kümmert denn heutzutage noch ein Kind aus der Nachbarschaft, wenn im Fernseher mal wieder ein irrer Serienmörder junge Frauen abschlachtet?«

Nach Emilie gefragt hatte Anne Brenner, soweit bisher bekannt, kurz nach fünf nur bei den unmittelbaren Nachbarn Reincke und Zimmermann sowie gegenüber bei Hoffmanns. Und im Gespräch mit der jungen Polizistin war Ruth Hoffmann noch etwas eingefallen, was sie zuvor bei Franzen nicht erwähnt hatte: »Ich hatte den Eindruck, dass Frau Brenner nur widerwillig zu Reinckes gegangen ist. Ich musste sie regelrecht dazu auffordern, dort nachzufragen. Dabei hatte ich ihr sofort gesagt, dass Emilie an Reinckes Tür war.«

Inzwischen war Klinkhammer im Keller angekommen. Dort konnte er reden, ohne in der Küche oder dem Wohnzimmer verstanden zu werden, und gleichzeitig mal im Heizungskeller nachschauen, ob *Jüppi* Simmering seine Kippen brav eingesammelt hatte. Wenn nicht, gäbe es noch ein Donnerwetter.

»Was ist mit Kunden des Studios?«, fragte er. »Brenner sagte, er hätte dich gebeten, mit ihm ein paar Kinderfreunde aufzusuchen.«

»Kunden?« Franzen klang ehrlich verblüfft. »Warum behauptet er denn so etwas?«

»Das kann ich dir nicht sagen«, antwortete Klinkhammer.

»Hat er Namen genannt?«, wollte Franzen wissen.

»Mohr, Seibold und Kunich«, zählte Klinkhammer die Männer auf, die Lukas notiert hatte.

»Wie kommt Lukas denn darauf, dass die sich für Kinder interessieren?«, fragte Franzen.

»Kennst du die Männer?«, fragte Klinkhammer seinerseits.

»Vom Sehen«, antwortete Franzen nach kurzem Zögern. »Der alte Seibold ist ein komischer Kauz, macht jedes Mal ein Riesentheater, wenn Emilie hereinkommt. Aber ... mein Gott, der Mann ist über siebzig und hat eine demenzkranke Frau zu Hause.«

»Damit ist er nicht über jeden Verdacht erhaben«, sagte Klinkhammer. »Letztes Jahr hat ein Einundsiebzigjähriger in Kirchtroisdorf seine zwölfjährige Enkelin befummelt, während die Großmutter beim Arzt war. Was ist mit den beiden anderen?«

»Normale junge Männer, soweit ich das beurteilen kann«, erklärte Franzen merklich zurückhaltender. »Aber ich kann keinem hinter die Stirn blicken, Arno. Kunich ist Ende zwanzig und hat meines Wissens eine Freundin, die er bald heiraten will. Mohr ist Mitte dreißig und verheiratet. Ob er Kinder hat, weiß ich nicht.«

»Das spielt auch keine Rolle«, sagte Klinkhammer. »Viele von den Brüdern haben eigene Kinder. Und Brenner hat dich wirklich nicht gebeten, mit ihm zu diesen Männern zu fahren?«

»Nein«, beteuerte Franzen. »Das hätte ich dir doch sofort gesagt.«

Fest entschlossen, Lukas nach dem Grund für eine unwahre

Behauptung zu fragen, erkundigte Klinkhammer sich: »Welche Adressen hast du denn eben noch angesteuert?«

»Kunden wie den vom Lilienfeld«, antwortete Franzen ohne Zögern. »Anzeigen der letzten Jahre, bei denen nichts herauskam. Die sind alle über deinen Tisch gegangen, als du noch bei uns warst, vielleicht erinnerst du dich. Goertz hat in eine Hecke gepinkelt, hinter der ein paar Kinder spielten, die er angeblich nicht gesehen hatte. Lohmann stand halb nackt auf einem Balkon im Erdgeschoss, während eine Mutter mit Kind vorbeiging. Und Kersting verteilte Süßigkeiten an der Grundschule. Die drei wohnen in der Nähe.«

»Ja, ich erinnere mich«, sagte Klinkhammer. Sowie Franzen aufzählte, fielen ihm die Männer wieder ein.

Goertz war stockbesoffen gewesen und hatte die spielenden Kinder vermutlich deshalb übersehen. Lohmann brauchte nach dem Sex immer eine Zigarette und war von seiner Frau in Unterhosen zum Qualmen rausgeschickt worden. Und Kersting hatte seinen Sohn auf Diät gesetzt und dessen Vorrat an Kalorienbomben verschenkt, wovon Klinkhammer sich persönlich überzeugt hatte. Er bewunderte den Kollegen für sein Gedächtnis.

»Und wohin wollte Brenner mit dir?«, fragte er.

»Nirgendwohin«, erklärte Franzen nachdrücklich und bemühte sich, möglichst wortgetreu zu wiederholen, was Lukas auf der Wache gesagt hatte. *Du musst mir helfen, Dieter. Emilie ist weg.* « An die beiden Sätze erinnerte Franzen sich genau, weil sie ihn bis ins Mark getroffen hatten, er kannte das Kind doch und hatte selber zwei. Ansonsten … »Lukas war mit den Nerven am Ende, zählte auf, was er schon alles unternommen hatte, dass die halbe Familie unterwegs war. – Sekunde mal eben, Arno.«

Klinkhammer hörte, dass über Funk eine Meldung einging. Was Franzen mitgeteilt wurde, verstand er nicht, hörte nur dessen Reaktion: »Wo genau? – Nein, rührt es nicht an.« Dann sagte er schockiert ins Telefon: »Das kam aus dem Gewerbegebiet. Sie haben ein Kinderfahrrad gefunden. In einem Abfallcontainer auf dem Gelände einer Reifenfirma, nur eine Querstraße vom Brenner-Center entfernt. Es soll ziemlich ramponiert sein. Am besten schickst du Lukas mit Simmering …«

»Simmering ist unterwegs«, kürzte Klinkhammer den Vorschlag ab.

»Dann soll die Voss …«

»Die ist auch unterwegs«, sagte Klinkhammer. »Ich habe beide zu Mohr, Seibold und Kunich geschickt.«

»Klasse«, kommentierte Franzen frustriert und bat: »Dann schick Lukas alleine zum Haus seiner Eltern. Ich nehme ihn dort in Empfang. Er hat bestimmt einen Schlüssel und weiß vielleicht, wo sie Kaufunterlagen aufbewahren. Wir brauchen die Rahmennummer von Emilies Rad, vielleicht ist es gar nicht ihres.«

»Ich schicke ihn nirgendwo alleine hin«, sagte Klinkhammer. »Wenn du ihn nicht abholen kannst, schick jemanden her.«

Er kehrte zurück in die Küche, wo sich keiner mehr aufhielt. Lukas hatte die Zeit genutzt, um im Obergeschoss das mit Kaffee bekleckerte Shirt zu wechseln. Als er wieder herunterkam und von dem Rad im Container hörte, befürchtete Klinkhammer, er würde zusammenbrechen. Lukas wurde nicht blass, sondern kreidebleich, schüttelte den Kopf und flüsterte dabei: »Nein. Nein. Nein.« Seine Lippen begannen zu zittern, das Zittern griff rasch auf den gesamten Körper über.

Ihn unter diesen Umständen wegen seiner Behauptung ins Verhör zu nehmen verbot sich von selbst. Klinkhammer nahm ihn beim Arm, führte ihn die paar Schritte zur Küche und drückte ihn auf einen Stuhl.

»Es muss nicht Emilies Rad sein«, sagte er und hasste sich dafür, weil ihm nichts Besseres einfiel, um Lukas zu beruhigen. »Mit der Rahmennummer bekommen wir Gewissheit. Haben Sie einen Schlüssel vom Haus Ihrer Eltern?«

Lukas schüttelte erneut den Kopf. »Die Putzfrau hat einen. Ich kann sie anrufen.« Er hatte noch nicht zu Ende gesprochen, da hatte er bereits ein Smartphone aus der Hosentasche gezogen und wählte.

Drei Minuten später stand Klinkhammer in der offenen Haustür. Woran Anne Brenner litt, wusste er immer noch nicht. Er war nicht mehr dazu gekommen nachzuhaken. Die Rücklichter des Streifenwagens verschwanden nach zwei Sekunden aus seinem Blickfeld. In der Ferne hörte er den Hubschrauber.

Ehe er die Haustür wieder schloss, schaute er noch mal zum gegenüberstehenden Haus hinüber. Vor dem Fenster im Obergeschoss, hinter dem er bei seiner Ankunft eine Bewegung ausgemacht hatte, war nun der Rollladen heruntergelassen, allerdings nicht ganz. Es schimmerte gelb durch unzählige Ritzen. Doch jetzt kümmerte es ihn nicht mehr, wer dort keinen Schlaf fand. Jetzt interessierte ihn vor allem, warum Anne Brenner nach dem Hinweis von Ruth Hoffmann nur widerwillig zu Reincke hinübergegangen war.

Der Junge von gegenüber

Die Maiwoche nach dem Zusammentreffen in der Döner-Bude war für Mario Hoffmann die reinste Achterbahnfahrt. Montags drückte er sich vor dem Schulbesuch, indem er seiner Mutter Fieber, Kopf- und Gliederschmerzen sowie Übelkeit vorgaukelte. Wie man die Körpertemperatur auf Fieberniveau brachte, wusste er natürlich aus dem Internet. Kopfschmerzen hatte er tatsächlich vor lauter Not, übel war ihm auch, wenn er nur daran dachte, wie Irina ihm die zehn Euro aus den Fingern gerissen hatte. Ruth rief in der Schule an und entschuldigte ihn.

Auch dienstags blieb er zu Hause, bekam jedoch nachmittags Besuch von seinem Klassenlehrer. Um sicherzugehen, dass er ins Haus gelassen wurde und die richtige Ansprechpartnerin vorfand, hatte Horst Reincke gewartet, bis Ruth heimkam. Zuerst hielt er ihr einen Vortrag über das Mofa. Dann machte er klar, dass er ohne ein ärztliches Attest oder ein Entschuldigungsschreiben der Mutter die beiden Tage als unentschuldigtes Fernbleiben vom Unterricht notieren müsse.

Wenn sich etwas negativ auf das nächste Zeugnis ihres Sohnes auswirken könnte, setzte Ruth alles daran, um das zu verhindern. Zuerst sprach sie auf Horst Reincke ein, dann auf Mario – wegen des Mofas –, zu guter Letzt auf den Arzt, den sie zum Holunderbusch bemühte, um zu beweisen, dass Mario wirklich schwer krank war. Ihre Überzeugungskraft reichte jedoch nicht, um den Arzt mit Blindheit zu schlagen. Er bescheinigte Mario nur rückwirkend einen leichten grippalen Infekt, aber keine hochinfektiöse Erkrankung, die erst in drei oder vier Wochen nicht mehr ansteckend wäre.

Mittwochs zog Mario wieder die billigen Klamotten an

und fuhr zur Schule. Und irgendwie gelang es ihm, darin unsichtbar zu bleiben. Nicht mal Jessie, die nur zwei Tische von ihm entfernt saß, nahm Notiz von ihm. Donnerstags hatte er zwar das Gefühl, dass Irina während der großen Pause mal zu ihm herüberschaute, aber nur kurz, so wie man eben einen von fast fünfhundert Mitschülern mit einem flüchtigen Blick streift, weil der gerade da geht oder steht, wo man hinschaut.

Freitags blieb Mario ebenfalls unbehelligt. Einigermaßen beruhigt fuhr er nach Schulschluss auf seiner Knatterkiste ins Wochenende – direkt bis vor die Haustür. Reincke könne ihm nicht halb so gefährlich werden wie Jessie und die Russenweiber, dachte er. Aber da seine Tarnkappen offenbar funktionierten, machte er sich montags wieder unbesorgt auf den Schulweg. Und er blieb ungeschoren, den restlichen Mai, bis zum 14. Juni.

An dem Donnerstag drehte er während der großen Pause seine Runden, wie viele andere es ebenfalls taten. Einfach nur über den Schulhof latschen und so tun, als höre man coole Musik, schreibe eine SMS, schaue sich eine MMS an oder führe ein wichtiges Gespräch.

Mario telefonierte mit der Haushaltshilfe, viel mehr konnte er mit seinem Handy ja gar nicht tun. Wichtig war es nicht, er erkundigte sich nur, ob Schokoeis vorrätig wäre. Im Grunde interessierte ihn das gar nicht. Er mochte lieber Walnuss, Heidelbeer und Stracciatella, die Sorten lagen im Gefrierschrank, das wusste er. Es war nur so, dass etliche aus seinem Jahrgang mit der Quäke am Ohr herumliefen und quasselten. Er wollte nicht jeden Tag den Eindruck erwecken, er hätte keinen, mit dem er reden könnte.

Hatice machte gerade im Bad sauber. Während sie nach unten

ging, um nachzuschauen, stellte Irina sich ihm in den Weg, wie üblich flankiert von Jessie und Jana.

»Kennst du Murat?«, wollte Irina wissen.

»Klar«, antwortete Mario geistesgegenwärtig, ohne das Handy vom Ohr zu nehmen. Dass man mit einem Nein oder einem Kopfschütteln aufgeschmissen war, hatte er oft genug beobachtet. Er hielt sich auch noch für besonders clever, als er hinzufügte: »Ich rede gerade mit ihm. Soll ich was ausrichten?«

»Mach ich selber«, erklärte Irina. Ehe er sich versah, hatte sie ihm das Handy abgenommen, presste es gegen ihr Ohr und sagte in widerlich genüsslichem Ton: »Ey, Türk, du hast süße, kleine Schwester. Aber wieso blond? Macht dein Mutter mit andere Kerle rum? Egal. Blond bringt gute Preis bei alte Sack. Du kannst nicht immer aufpassen auf kleine Schwester, hast zu viele Schäfchen.«

»Eh, das war doch nur ein Gag«, protestierte Mario. »Da ist nicht Murat dran, das ist …«

»Mutter von Murat«, schnitt Irina ihm das Wort ab. Hatice hatte zwischenzeitlich den Gefrierschrank kontrolliert und sich zurückgemeldet. Sie sprach leidlich Deutsch, aber man hörte, woher sie kam.

»Nein«, korrigierte Mario eilig, »das ist …«

Er brach ab, als ihm klar wurde, dass er ihr nicht verraten durfte, wer Hatice war, wo er doch in der Döner-Bude behauptet hatte, sein Vater sei pleite. Wer pleite war, konnte keine Haushaltshilfe bezahlen.

Ehe ihm etwas Unverfängliches einfiel, winkte Irina ab, steckte sein Handy ein und sagte: »Egal. Ich muss nicht mit Murat reden. Du auch nicht. Nicht heute, nicht morgen, gar nicht. Überraschung ist größer, wenn er nichts weiß. Besser für dich, du hältst dein Maul. Kapisch?«

»Klar«, sagte Mario und verzichtete darauf, sein Handy zurückzuverlangen. Es war doch nur ein älteres Modell, mit dem man nicht mal ins Internet konnte. Darüber hinaus war die Prepaidkarte fast leer, lohnte nicht, dafür einen Aufstand zu machen und Prügel zu riskieren.

Trotzdem schmerzte es natürlich, vor allem, weil Irina ihn aufforderte, morgen den Stecker mitzubringen. Gemeint war das Ladegerät für den Akku. Und er wusste, dass er es tun würde. Wenn sie es verlangt hätte, hätte er ihr wohl auch noch fünfzehn Euro Guthaben für die Karte gekauft. Dieses Wissen bohrte sich ihm wie ein Stachel ins Fleisch.

Als er sich nachmittags einen Ersatz besorgte, kochte er vor Wut. Schon wieder Geld ausgeben müssen wegen dieser verfluchten Weiber! Er brauchte ein Handy, weil Ruth ihn oft anrief, um mitzuteilen, dass er sich abends etwas zu essen machen, holen oder bringen lassen solle, weil es bei ihr sehr spät würde. Manchmal verlangte sie auch, dass er nachschaute, ob etwas Bestimmtes vorrätig war, auf das sie Appetit hatte. Dann war sie meist schon auf dem Heimweg. Und weil er keine Lust hatte, immer gleich zu springen, wenn seine Mutter pfiff, nahm er ihre Anrufe auf dem Festnetz nicht entgegen. Sie musste ihn gezwungenermaßen auf dem Handy anrufen. Da konnte er ihr weismachen, er sei noch bei einem Freund oder mit einem Freund in der Stadt unterwegs.

Ruth schätzte es nicht, dass er seine gesamte Freizeit alleine vor dem Computer verbrachte. Sie hätte vermutlich Zustände bekommen, wenn sie gesehen hätte, womit er nach seiner Rückkehr die aufgestauten Empfindungen der letzten Monate, dieses Auf und Ab der Furcht und den ohnmächtigen Zorn zu bewältigen versuchte.

In einem Chatroom bekam Mario einen heißen Tipp, als er

sich erkundigte, ob jemand wüsste, wie man es fiesen Weibern mal so richtig heimzahlen könne, ohne im Gegenzug etwas in die Fresse zu bekommen. Er klickte den empfohlenen Link an und gelangte auf eine Seite, auf der er Hunderte von scheußlichen Pornofotos betrachten konnte, ohne sein Alter angeben zu müssen. Sogar widerliche Filmsequenzen waren abrufbar. Sie liefen nur wenige Minuten, dafür mit Ton.

Blöd nur, dass gegenüber einer wohnte, der ihn wegen des Mofas ohnehin schon auf dem Kieker hatte. Nachmittags hielt Horst Reincke sich meist in seinem Arbeitszimmer unterm Dach auf. Von den beiden Fenstern dort oben konnte er nur den Dachfirst des Hoffmann'schen Anwesens und den Himmel sehen. Wenn er jedoch hinunter ins Obergeschoss ging, weil er zur Toilette musste oder sehen wollte, wie weit die Hausaufgaben seiner Ältesten gediehen waren, und wenn er dort einen Blick nach draußen warf, schaute er direkt auf Marios Fenster.

Davor gab es keine Gardine. Den Vormittag über hatte die Sonne den Raum aufgeheizt. Nach Mittag hatte sich der Himmel etwas bewölkt, seitdem wehte ein angenehm mildes Lüftchen. Deshalb hatte Mario das Fenster weit geöffnet, ehe er seinen Computer hochfuhr.

Sein Arbeitstisch bestand aus zwei Teilen, die über Eck aufgestellt waren. Der Monitor stand normalerweise seitlich zum Fenster. Da konnte von gegenüber niemand sehen, was auf dem Bildschirm ablief. Aber Hatice hatte beim Staubwischen wieder mal umgeräumt, obwohl er ihr das schon mehr als einmal untersagt hatte. Vor lauter Frust hatte Mario sich nicht die Zeit genommen, den Monitor zurück auf seinen eigentlichen Platz zu schieben.

Vom Badezimmerfenster aus hatte Horst Reincke ungehindert Einblick in Marios Zimmer. Zuerst blickte er nur minutenlang auf den Rücken des Fünfzehnjährigen, ohne zu erkennen, was auf dem Bildschirm geschah.

Mario klickte sich durch Scheußlichkeiten und Perversitäten, die sich nur Hirne ausdenken konnten, denen jedes menschliche Empfinden abhandengekommen war. Seine hilflose Wut ging relativ schnell in Abscheu und Widerwillen unter. Er hatte zwar schon den einen oder anderen Softporno aufgerufen, aber mit Hardcore, Bondage und Sado-Maso hatte er absolut nichts im Sinn. Zunehmend abgestoßen schaute er sich einige Fotos an, wählte die erste Filmsequenz und vergaß zu schlucken.

Da bearbeitete ein Typ mit Stiernacken, Bierwampe und schwabbeligem Oberkörper, der aussah, als würde er im realen Leben nicht mal eine hässliche Schlampe abbekommen, zwei hübsche und vollkommen nackte junge Frauen. Beide waren gefesselt und geknebelt und wurden abwechselnd gequält. Ausgepeitscht, mit Klatschen und Ruten geschlagen, mit Nadeln gestochen, mit flüssigem Kerzenwachs begossen, mit Wäscheklammern, Elektroschockern und anderen Gegenständen traktiert, von denen Mario noch nicht mal wusste, wie die hießen. Aber was man alles damit tun konnte, wurde in sämtlichen Details gezeigt. Und das war nichts für ihn. Als der Stiernacken zu einem absurd geformten Riesendildo griff, stand Mario abrupt auf und ging, um sich eine Bionade aus der Küche zu holen, damit er den trockenen Mund befeuchten und den Ekel hinunterspülen konnte.

Und nun blickte sein Klassenlehrer geradewegs auf den großen Monitor. Zwischen den Häusern lagen eine Spielstraßenbreite sowie ein kleiner und ein großer Vorgarten. Auf die Distanz war nicht genau zu erkennen, womit Mario sich in den letzten Minuten beschäftigt hatte. Horst Reincke rechnete mit einem Ballerspiel, doch danach sah es nicht aus.

Auf dem Monitor erschien eine Schrift, die Horst Reincke zu gerne gelesen hätte, um sicherzugehen, dass er Mario nicht zu Unrecht verdächtigte, seine Zeit mit hirnlosem Kram zu verplempern, statt etwas für die Schule zu tun. Er besaß ein Fernglas. Nicht um die Nachbarn zu beobachten, sondern für den Urlaub in den Bergen oder an der See. Es lag im Schlafzimmer. Er holte es, trat damit wieder ans Badezimmerfenster und konnte nun ablesen, was auf dem Bildschirm stand: Angaben zur Produktionsfirma mit dem sinnigen Namen *SM-Hardcore*. Die Buchstaben waren für das Fernglas fast zu groß. Etwas kleiner darunter sah er die Aufforderung zum Downloaden des kompletten Films und den blinkenden Button. »Click here see more.«

Mario bemerkte den Zuschauer, als er mit der Bionade zurückkam. Er ignorierte das mahnende oder tadelnde Kopfschütteln, ließ kurzerhand den Rollladen herunter. Dann setzte er sich wieder vor den Monitor, schloss den Media Player, verließ die schreckliche Seite und löschte den Suchverlauf im Browser. Jetzt sollte Reincke mal behaupten, er hätte sich Pornos der übelsten Sorte angeguckt.

Nachdem das erledigt war, wechselte Mario zu *Call of Duty*. Bis weit nach sieben, als er seine Mutter ins Haus kommen hörte, kämpfte er um Stalingrad, das war fast so gut wie Kasachstan. Als Soldat schlich er zwischen verlassenen Häusern und Ruinen umher, schoss auf alles, was sich bewegte, und versuchte, die ekligen Bilder wieder aus seinem Kopf zu vertreiben.

»Mario?«, rief Ruth von unten. »Bist du da?«

»Oben«, gab er zurück, stoppte sein Spiel und wechselte in

Windeseile zu Wikipedia. Das machte immer Eindruck, weil Ruth dann glaubte, er pauke für eine wichtige Arbeit.

»Was hast du mit deinem Handy gemacht?«, fragte sie schon auf der Treppe. »Ich wollte dich anrufen und hatte ein Mädchen dran.«

»Dann hat das Mädchen es wahrscheinlich gefunden«, behauptete er. »Ich habe das olle Ding nämlich verloren. Aber ich habe mir schon ein neues gekauft. Ein ganz tolles Smartphone. Hast du deins gerade zur Hand, dann sag ich dir meine neue Nummer.«

Darauf ging Ruth nicht ein. Sie kam in sein Zimmer. »Verloren?«, hakte sie nach, warf einen Blick auf den Monitor und lächelte zufrieden. »Das Mädchen sagte, du hättest es ihr geschenkt. Es sprach nur gebrochen Deutsch, aber so viel habe ich verstanden. Ich soll dich noch einmal daran erinnern, morgen das Ladegerät mitzubringen und Murat nichts zu verraten. Das mit seiner Schwester soll eine Überraschung werden.«

»Klar«, brummte Mario. »Hätte ich schon nicht vergessen.«

Ruth ging in ihr Schlafzimmer, um sich etwas Bequemes anzuziehen. Dabei redete sie weiter, wollte wissen, warum er sie belogen hatte. Ehe ihm eine unverfängliche Antwort einfiel, erklärte sie bereits: »Du musst nicht lügen, nur weil du einem armen Mädchen dein altes Handy geschenkt hast, damit du dir ein neues kaufen konntest. Ich bringe meine Sachen doch auch immer in den Secondhandladen.«

Als sie wieder herauskam, erkundigte sie sich, wer Murat war und was es mit dessen Schwester auf sich hatte. Sie wollte immer wissen, was in Marios Leben vor sich ging und mit wem er zu tun hatte. Aber sie war leicht zu belügen, war doch nie da.

181

Mario zauberte ein paar Sätze über einen türkischen Mitschüler aus dem Hut, dessen Schwester eine Geburtstagsparty organisierte, und lenkte sie dann mit dem neuen Handy ab. Es lag neben dem Monitor. Und da blieb es auch liegen, als er am Freitagmorgen zur Schule fuhr. Nur das alte Ladegerät nahm er mit. Er wurde aus jedem Schaden klüger.

Sonntag, 18. November – nach Mitternacht

Ehe er sich zu Anne Brenner ins Wohnzimmer begab, ging Klinkhammer noch einmal in die Küche und schloss die Tür hinter sich. Den Kriminaldauerdienst musste er nicht mehr über das Rad im Container informieren, Krieger wusste schon Bescheid. Klinkhammer erkundigte sich, ob der Erkennungsdienst sein Pensum in Wesseling, Erftstadt-Lechenich, Elsdorf und wo sonst noch inzwischen bewältigt hatte.

»Ja, ja«, sagte Krieger. »Sobald feststeht, dass es sich um das Rad des vermissten Kindes handelt, lasse ich es abholen.«

»Wenn es nur das Rad ist«, schränkte Klinkhammer ein. »Wenn die Kleine ebenfalls im Container liegt, lassen wir die Finger davon. Dann bringst du die Kölner auf den Weg.«

»Sicher«, sagte Krieger missmutig. »Ich werde schon nicht vergessen, wer bei uns für Mord und Totschlag zuständig ist. Sonst noch was?«

»Ja«, sagte Klinkhammer. »Check mal, welche Autos Lukas und Anne Brenner fahren. Ich schätze, sie benutzen den Parkplatz an der Dürener Straße. Wenn beide Fahrzeuge dort stehen, soll der Erkennungsdienst sie beide auf Unfallspuren untersuchen. Vor allem die Unterböden interessieren mich. Wenn ein Wagen fehlt, gibst du mir sofort Bescheid auf dem Handy. Das geht nicht über Funk, verstanden?«

»Sicher«, sagte Krieger noch mal.

Klinkhammer beendete das Gespräch, steckte das Handy zurück ins Jackett und versuchte das Sodbrennen zu ignorieren, das ihm seit einigen Minuten zu schaffen machte. Begonnen hatte es mit Franzens Verblüffung, als er die Namen der drei Männer hörte, die Lukas angeblich nicht gerne mit seiner Tochter alleine gelassen hätte. Und als er dem Streifenwagen nachgeschaut hatte, war es stärker geworden.

Statt Lukas zum Haus seiner Eltern fahren zu lassen, hätte er ihn vielleicht doch besser umgehend zur Rede gestellt. Aber solange er mit ihm allein gewesen war, hätte das nichts gebracht, selbst wenn er ein Geständnis bekommen hätte. Mit diesem einen Geständnis wäre es ja nicht getan. Die Mutter müsste ebenfalls gestehen, was sie in den anderthalb Stunden zwischen Emilies Klingeln bei Reincke und ihrer Fragerunde durch die Nachbarschaft getan hatte.

Neunzig Minuten waren eine Menge Zeit. Wenn man die nicht komplett verschlief, konnte man einiges Unheil anrichten und sogar noch begreifen, was man getan hatte.

Im Geist sah er das Prozedere vor sich, das im Restaurant wohl auch Carmen Rohdecker vorgeschwebt hatte, als sie ihm empfahl, sich zuerst die Mutter vorzunehmen: Das Kind kommt nach kurzer Zeit zurück, weil es draußen zu ungemütlich ist. Die gesundheitlich angeschlagene, womöglich verkaterte Mutter ist verärgert, nicht daran gewöhnt, mit einer selbstbewussten Fünfjährigen umzugehen. Sie schimpft drauflos, bekommt eine kesse Antwort, holt aus … Schon ist es passiert, keine Absicht, nur eine unbeherrschte Reaktion und eine Türkante oder sonst etwas, dem ein Kinderkopf nicht standhielt.

Nachdem sie ihren ersten Schock überwunden hat, ruft die Mutter ihren Mann an. Der denkt sich ein glaubhaftes Ziel für seine Tochter aus, schwört seine Frau darauf ein und bringt sie dazu, bei den Nachbarn nach Emilie zu fragen, was ihr nicht leichtfällt, weil sie Gefahr läuft, von Reincke auf ihr Gezeter mit dem Kind angesprochen zu werden.

Klinkhammer war sicher, dass man in den Doppelhaushälften hörte, wenn direkt nebenan jemand brüllte. War sie deshalb nur widerwillig zu Reincke gegangen, weil sie befürchten musste, der hätte etwas mitbekommen?

Wie auch immer: Der Vater fährt heim. Es ist bereits dunkel. Wer zu Hause ist, sitzt im Wohnzimmer oder hat vor den Straßenfenstern die Rollläden herabgelassen, damit niemand von draußen beim Abendbrot zuschaut. Der Vater riskiert es, die Leiche des Kindes aus dem Haus zu schaffen. Vielleicht in einer Sporttasche, wie es beim letzten Mord, mit dem Klinkhammer konfrontiert worden war, der Fall gewesen war.

Natürlich nimmt der Vater auch das Fahrrad mit, demoliert es unterwegs, fährt wahrscheinlich mit einem Auto drüber, damit es nach Unfall aussieht. Dann wirft er das Rad in einen Abfallcontainer, deponiert die Leiche irgendwo. Anschließend bringt er die Familie auf Trab, alarmiert den Arzt seiner Frau, fährt zur Wache, obwohl ihm die Nerven durchgehen, erzählt seine Geschichte und geht anschließend vor Angst die Wände hoch, dass man ihnen auf die Schliche kommt.

Es sprach einiges für dieses Szenario. Dagegen sprach bisher nur, dass Lukas Brenner nach dem Anruf seiner Frau seinerseits als Erstes in der Wache nachgefragt hatte, ob ein Unfall gemeldet worden war. Damit war er das Risiko eingegangen, die Polizei sofort auf Trab zu bringen, noch bevor er die Leiche verschwinden lassen konnte, wozu seine Frau kaum in der

Lage gewesen sein dürfte, meinte Klinkhammer. Zwar sprangen Polizisten bei einer simplen Frage nicht sofort, aber wenn man den Betreffenden persönlich kannte …

Und da war ja auch noch sein Eindruck, Lukas weiche dem Thema Entführung und Lösegeldforderung aus, weil er wusste, wer sich Emilie *geschnappt* hatte. Aber Eindrücke konnten täuschen und hatten keine Beweiskraft. Warum hätte Lukas zur Wache fahren sollen, wenn er den oder die Täter kannte? Es hieß in solchen Fällen doch immer: Keine Polizei! Viele Betroffene hielten sich daran, bis sie einsehen mussten, dass sie dem Opfer damit keinen Gefallen getan hatten.

Als er so weit gekommen war mit seinen Gedanken, streifte Klinkhammer erneut die Samthandschuhe über, nahm seinen Kaffeebecher und ging zum Wohnzimmer in der Hoffnung, weitere Eindrücke sammeln und damit die eine oder andere These erhärten zu können. Vielleicht wurde die Frau auf der Couch etwas gesprächiger, wenn sie erfuhr, dass im Gewerbegebiet ein demoliertes Kinderfahrrad entdeckt worden war. Er hatte nicht vor, damit lange hinter dem Berg zu halten. Doch wie es aussah, schlief Anne noch.

Wie zuvor Rita Voss bahnte er sich auf Zehenspitzen einen Weg durchs Barbie-Land zu dem Sessel beim Fenster. Der stand nahe genug am Tisch, um den Kaffeebecher abstellen zu können. Dann nahm er das Malbuch, auf das Rita Voss hingewiesen hatte, blätterte einige Seiten um, betrachtete die wirklich akkurat ausgemalten bunten Abbildungen, trank einen Schluck Kaffee, blätterte weiter und bemühte sich, die Vorstellung eines leblosen Kinderkörpers unter dem verbeulten Rad im Container aus seinem Hirn zu verbannen.

Als er den Becher zum zweiten Mal nehmen wollte, bemerkte er, dass Anne die Augen geöffnet hatte. Sie schaute jedoch nicht ihn an, sondern starrte ins Leere und presste die weinrote Flauschdecke wieder mit beiden Händen gegen die Brust, als verberge sich darunter etwas, das er nicht sehen sollte. Er nahm an, sie schäme sich für ihr Aussehen. An der Wand über der Couch hingen gerahmte Fotografien, die meisten zeigten Emilie, aber es waren auch ein paar von ihr und Lukas dabei. Sie war mal eine sehr attraktive Frau gewesen, das ließ sich nicht leugnen.

Behutsam sprach er sie an – ohne Erfolg. Fünfmal musste er fragen, ob er etwas für sie tun könne, ihr vielleicht auch einen Kaffee holen, ehe sie überhaupt reagierte.

»Ich bin eingeschlafen«, sagte sie wieder.

»Das macht doch nichts«, erwiderte Klinkhammer und schenkte ihr ein aufmunterndes Lächeln. »Das passiert mir auch, wenn ich müde bin. Es war ein anstrengender Tag für Sie. Ein Kaffee wird Ihnen guttun. Ich hole Ihnen gerne einen, er ist fertig.«

Sie fragte nicht mal, wer er war. Was ihn zu der Überlegung zwang, ob sie tatsächlich so neben sich stand, wie es den Anschein hatte, oder ob sie hellwach gewesen war, als Franzen ihn Lukas vorstellte. Auch wenn Franzen keinen Dienstrang genannt hatte, war anschließend wohl deutlich geworden, dass er zur Kripo gehörte.

»Ich darf keinen Kaffee mehr trinken«, sagte sie. »Doktor Zardiss hat es verboten. Mein Blutdruck ist viel zu hoch, seit Wochen schon. Aber Eiweiß hat er noch nicht entdeckt.«

Klinkhammer gestattete sich ein verhaltenes Durchatmen. Sie redete mit ihm, der Anfang schien gemacht, auch wenn das unentdeckte Eiweiß für ihn vorerst keinen Sinn ergab. »Dann vielleicht einen Tee«, bot er an. »Ich kann Tee kochen. Sie müssen mir nur sagen, wo ich alles finde.«

Sie schüttelte den Kopf. Ihr Blick irrte zwischen dem Fernseher und dem Tisch mit den Malutensilien und Puzzleteilen hin und her. »Was Emilie alles heruntergeschleppt hat«, sagte sie. »Ich wollte, dass sie aufräumt, ehe sie noch mehr holt. Aber sie war gar nicht mehr da.«

»Dann haben Sie aufgeräumt«, stellte Klinkhammer mit einer gelinden Genugtuung fest. Deshalb also sah es so arrangiert aus.

Sie nickte, verzog das Gesicht und griff mit einer Hand an den Leib, als habe sie Schmerzen. »Herumgekrochen bin ich, weil ich mich nicht mehr bücken kann. Aber ich konnte es doch nicht so lassen. Lukas war unterwegs, alle waren unterwegs. Ich dachte, gleich kommt die Polizei. Und hier konnte man nicht treten.«

Treten konnte man immer noch nicht richtig, fand Klinkhammer, während sie weitersprach: »Ich kann auch nicht mehr Auto fahren. Sie hat mich beschimpft, weil ich sie nicht zu Hannah nach Hüppesweiler bringen konnte. Dann wollte sie fernsehen. Bernd, das Brot, jammerte die ganze Zeit. Da bin ich eingeschlafen.«

Über den Punkt kam sie offenbar nicht hinaus. Klinkhammer versuchte es mit einem kleinen Schubs. »Wann sind Sie denn wieder aufgewacht?«

Sie blinzelte und runzelte die Stirn, als denke sie angestrengt über seine Frage nach. Aber die Antwort blieb sie ihm schuldig, fragte ihrerseits: »Darf ich mal zur Toilette?«

»Sicher«, sagte er, obwohl er es für ein Ausweichmanöver hielt.

Im Schock

Wie sie im Juni nach ihrem Besuch beim Gynäkologen zurück zum Beauty-Salon gekommen war, wusste Anne später nicht mehr. Sie hätte auch nicht sagen können, ob sie die Eingangstür mit ihrem Schlüssel öffnen musste oder ob Marlies auf sie wartete. Ob sie, als sie Emilie im Brenner-Center abholte, noch ein paar Worte mit Lukas oder Murat wechselte, wie sie den Heimweg bewältigte. Alles weg!

Larvenwanderung, Knäuelbildung im Darm. So eklig es war, Würmer in ihrem Leib hätte sie wohl leichter akzeptieren können, weil sie die schnell wieder losgeworden wäre. Aber die zuckenden Gebilde auf dem Monitor des Ultraschallgeräts waren schlagende Herzen.

»Sie sind schwanger, Frau Brenner«, hatte Vera Zardiss gesagt. »Und diesmal kommt das Glück sogar im Doppelpack.«

So hätte Vera Zardiss es vielleicht empfunden, wenn es ihr Bauch gewesen wäre. Anne dagegen traf es wie ein Hammerschlag.

Vom Verlauf der nächsten Tage blieb auch nicht viel haften. Die meiste Zeit kreiste ihr nur das Drama durchs Hirn, dem sie ihren Job und Markus Heitkamp seine Schizophrenie verdankte.

Aus, vorbei, es war einmal. Es war einmal ein schönes Leben. Doch dann wurde es zur Qual, und ich hab es aufgegeben.

Mit diesen Worten hatte der verblichene Bernd Heitkamp im Sommer vor siebzehn Jahren seinen Abschiedsbrief begonnen. Zwei Wochen lang hatte Marlies geglaubt, ihr Mann sei abgehauen. Er hatte davon gesprochen, dass ihm alles zum Hals heraushing. Marlies hatte angenommen, er läge faul in der Sonne auf Rhodos oder an einem Strand in Spanien. Dass er faulend auf dem Dachboden hing, der Gedanke war ihr nicht gekommen. Man hätte im Haus nichts gerochen, hatte sie Anne gegenüber mehr als einmal beteuert. Sie hätte wirklich nicht den geringsten Verdacht gehabt.

Dusseligerweise hatte ihr Mann seinen Abschiedsbrief nämlich nicht offen hingelegt, sodass Marlies ihn beizeiten gesehen hätte. Er hatte ihn in seine Hosentasche gesteckt, ehe er sich mit einem Elektrokabel an einem Dachbalken erhängte. Und dann wollte der siebenjährige Markus in dem alten Plunder da oben nach brauchbaren Teilen für den Trödelmarkt suchen ...

Aus! Vorbei! Es war einmal ...

Schwanger! Schon das war ein Schock. Zwillinge! Das war das Ende des Lebens, das sie bisher geführt hatte. Anne musste keine großartigen Überlegungen anstellen, um das zu wissen.

Eine Abtreibung kam nicht infrage. Es gab weder einen gesundheitlichen noch einen familiären Grund, der in einer Beratungsstelle für einen legalen Abbruch gesprochen hätte. Ihr Alter spielte überhaupt keine Rolle. Mit ihren fast zweiundvierzig war sie nicht mal in der Praxis von Jürgen Zardiss die große Ausnahme. Über illegale Möglichkeiten dachte sie erst gar nicht nach. Das wäre mit Lukas nicht zu machen gewesen. Und Lukas war nicht mal der springende Punkt.

Dieser Punkt war vielmehr Jürgen Zardiss, der von der Hochzeitsreise seiner Tochter gesprochen hatte, als hätte es stets nur eine gegeben. Anne wusste wie jeder in Herten, dass es sechzehn Jahre lang zwei Töchter gewesen waren. Und dass Vera Zardiss beinahe zerbrochen war, als ihre Jüngste spurlos verschwand. Umgebracht und so gründlich beseitigt, dass die Polizei keine Chance gehabt hatte, die Leiche zu finden. Ans Vieh verfüttert, hatte es geheißen. Der mutmaßliche Mörder war der Sohn eines Landwirts aus dem Nachbarort gewesen, in dem Anne aufgewachsen war.

Sie wusste auch, dass der Schwager des mutmaßlichen Mörders kurz zuvor bei einem Autounfall Frau und Kinder verloren hatte und wegen Suizidgefahr ins Krankenhaus gebracht worden war. Und kurz nach seiner Entlassung entdeckte man beide Männer in einer Scheune: der mutmaßliche Mörder geköpft, sein Schwager und Henker hatte sich anschließend erhängt. Und vorher hatte es keinen Kampf gegeben.

Es waren üble Gerüchte in Umlauf gewesen. Für die zwei toten Männer in der Scheune sollte Jürgen Zardiss verantwortlich sein. Er hätte den Schwager angestiftet, für Gerechtigkeit zu sorgen und danach diese für ihn ohne Frau und Kinder so trostlos gewordene Welt zu verlassen. Ob es so gewesen war, wusste wohl nur Jürgen Zardiss.

Und man fragte nicht einen Vater, der ein Kind verloren hatte, wie man ein ungewolltes Kind loswerden könne. Und dann gleich zwei! Doppelmord. Anne hatte bei der Vorstellung unweigerlich Emilie in zweifacher Ausführung vor Augen.

Sie hatte in den letzten fünf Jahren kaum noch einmal daran gedacht, wie es gewesen war, unmittelbar nach der Geburt dieses winzige Geschöpf auf die Brust gelegt zu bekommen. Noch feucht und glitschig vom Fruchtwasser und so klein, dass zwei Hände den Körper vollständig abdeckten. Und dieser Geruch, den Emilie verströmt hatte, kein Vergleich mit irgendeinem Duftwässerchen. Gut, Chanel roch besser. Aber es war ein einmaliger, ein einzigartiger Geruch gewesen.

Und wie Emilie dann die Augen geöffnet und sie angesehen hatte, richtig angesehen, mit klarem Blick, als wolle sie sagen: »Aha, du bist also meine Mama.« Dann hatte Lukas ihr das Baby von der Brust genommen – ach was, gerissen – und es nicht wieder hergeben wollen. Die Hebamme hatte es ihm mit einiger Mühe wieder abnehmen müssen, um es zu baden und anzuziehen. Ob er ihr auch ein Zwillingspärchen vom Leib reißen würde? Schließlich hatte er zwei Hände. Oder würde er eins liegen lassen, damit sie nach neun Monaten Schwangerschaft und der Geburt auch was davon hätte?

Trotz ihrer geistigen Abwesenheit funktionierte sie so gut, dass weder Lukas noch Marlies Heitkamp eine Veränderung an ihr bemerkten. Marlies war vielleicht zu sehr mit eigenen Problemen und ihrem Sohn beschäftigt. Aber auch Lukas fiel nichts Besonderes auf. *Immer nur lächeln und immer vergnügt … Und wie's da drinnen aussieht, geht niemand was an.* Darauf verstand Anne sich wirklich hervorragend, selbst in diesem tranceähnlichen Zustand.

Oder wollte Lukas nichts merken? Ab und zu schoss ihr diese Frage durchs Hirn, blieb hängen und wurde zum Ausgangspunkt für weitere Fragen. Dann sah sie sich wieder an der Seite ihres Mannes durch den Zoo schlendern, den Blick auf Emilie und Hannah gerichtet, die vor ihnen her von Gehege zu Gehege liefen. Und sie hörte Lukas sagen, dass es von Vorteil wäre, mehr als ein Kind zu haben.

Emilies Zeugung war eine Panne gewesen. Mit der sich für Lukas eine Goldgrube aufgetan hatte und sein Herzenswunsch in Erfüllung gegangen war. Hatte er daraus gelernt? Was war das jetzt? Die zweite Panne oder Absicht?

Anne konnte sich denken, wann es passiert war. Am Abend nach dem Zoobesuch, das war der 18. März gewesen. Dass ihr Empfängnisschutz sich eine Woche zuvor wahrscheinlich schon mit dem ersten Schwall in die Kanalisation ergossen hatte, hatte sie nicht bedacht. Aber Lukas vielleicht. Er wusste so gut wie sie, dass ihre Pille nur zuverlässig verhütete, wenn die Einnahme regelmäßig erfolgte und keine Störfaktoren auftraten.

Vielleicht hatte er schon vor dem harmonischen Märztag im Zoo begonnen, darüber nachzudenken. Er hatte oft genug von seiner kindlichen Sehnsucht nach einem Geschwisterchen erzählt und von seinem Wunsch, der elterliche Ehrgeiz möge sich auf zwei Häupter verteilen.

»In den ersten Jahren mag man es noch als Vorteil sehen, nicht teilen zu müssen«, hatte er einmal gesagt. »Das ändert sich spätestens, wenn man zur Schule geht.«

Emilie sollte im nächsten Jahr eingeschult werden. Hatte Lukas verhindern wollen, dass Prinzessin Schnecke unter Druck geriet? In Simone hätte er die richtige Komplizin gefunden. Die hätte nicht nur vollstes Verständnis für sein Ansinnen gehabt, sondern auch dafür sorgen können, die Wirksamkeit einer Minipille auf null zu setzen, ehe die Natur diese Rechnung durchkreuzte. Mit zunehmendem Alter wurde schließlich keine Frau fruchtbarer.

Vielleicht waren es wirklich keine Salmonellen im Käse-Lauch-Salat gewesen, aber auch kein Virus und gewiss kein Parasit, sondern nur der eine spezielle Teller, den Simone ihr an Olafs Geburtstag zum Abendessen vorgesetzt hatte. Vielleicht war Simone deshalb so sanftmütig gewesen. Eine ehemalige MTA wusste vermutlich genau, womit man einen Brechdurchfall auslöste.

Hatte Simone im März deshalb geraten, schnellstmöglich zum Arzt zu gehen? Hatte sie diese widerliche Schauergeschichte über Würmer nur erzählt, damit Anne Angst bekam, dem Rat folgte und frühzeitig erfuhr, was sich in ihr eingenistet hatte? Zwillinge! Und weiter die Pille genommen! Sollte man nicht tun, stand auf dem Beipackzettel. Was passierte, wenn man es doch tat? Bekam man dann kranke oder behinderte Kinder?

»... damit nicht noch eine böse Überraschung nachkommt.«
Genauso hatte Simone das ausgedrückt. Aber wenn Lukas mit dem Muttertier unter einer Decke steckte, hätte er dann zugelassen, dass Anne weiterhin Abend für Abend verhütete und damit eventuell die Gesundheit eines werdenden Menschen gefährdete? Wie hätte Lukas verhindern wollen, dass sie Pillen schluckte, ohne sich zu verraten? Vielleicht dachte er, es hätte nicht geklappt. Es hatte doch keine Anzeichen gegeben. In den ersten Monaten mit Emilie im Leib hatte sie jeden Morgen über der Kloschüssel gehangen und tüchtig an Oberweite zugelegt. Jetzt hatten ihre Brüste sich – wenn überhaupt – so minimal verändert, dass es nicht einmal ihr selbst aufgefallen war.

Vielleicht war es verrückt, Lukas eine Absicht zu unterstellen und in Betracht zu ziehen, er hätte gemeinsame Sache mit Simone gemacht. Aber Anne tat es, nachdem sie wieder einigermaßen klar denken konnte. Sie verlor kein Wort über ihren Zustand, belauerte ihn nur, jeden Morgen und jeden Abend – bis zu ihrem Geburtstag am 27. Juni. Da war sie bereits in der vierzehnten Woche schwanger.

4

Parasiten

Aussprachen

Annes Geburtstag fiel auf einen Mittwoch. Die Familienfeier wurde wie üblich auf den Sonntag verlegt. Großartige Einladungen, wie Simone das immer tat, sprach Anne nicht aus. Wer Lust hatte, kam nachmittags zum Kaffee. So hatten sie es in den vergangenen Jahren auch gehalten. Lukas würde Kuchen besorgen. Für den Abend musste man sehen, wer zum Essen blieb und worauf er oder sie Appetit hatte. Es gab einen passablen Chinesen, bei dem man Bestellungen innerhalb kurzer Zeit abholen konnte, und einen guten Italiener, der ins Haus lieferte. Die Speisekarten konnte man im Internet ansehen.

An dem Mittwoch war Lukas frühmorgens der Erste in der Küche, war er doch immer. Eine Torte mit Zuckergussglückwunsch und brennenden Kerzen stellte er für Anne nicht auf den Tisch, legte stattdessen ein schmales, aufwendig verpacktes Etui neben ihren Teller. Im Etui befand sich eine Armbanduhr im Gegenwert eines Kleinwagens. Weißgold und Gelbgold, das Zifferblatt rundum mit Brillanten besetzt, die Zeiger ebenso.

Emilie bekam große, runde Augen von so viel Glitzern. »Sind das alles richtige Edelsteine?«

»Ja«, bestätigte Lukas mit hörbarem Stolz.

Er weiß es, zuckte es Anne durch den Kopf. »Du meine Güte«, sagte sie in fast schon sarkastischem Ton. »Womit habe ich die denn verdient?«

»Gefällt sie dir nicht?« Nun klang er enttäuscht, hatte natürlich mit einer anderen Reaktion gerechnet, wo er so tief in die Tasche gegriffen hatte. Zum ersten Mal, seit sie sich kannten. Bisher hatte er sich das nicht leisten können. In diesem Jahr konnte er das eigentlich auch nicht. Er wollte doch das Brenner-Center um ein Wasserbecken erweitern.

Dass er trotzdem so viel ausgegeben hatte, ließ tief blicken. Anne fühlte sich in ihrem Verdacht bestätigt und sagte gedehnt: »Doch.«

»Es sieht aber nicht so aus«, stellte er fest.

»Wonach sieht es denn aus?«

Er zuckte mit den Achseln. »Ich weiß nicht. Bist du mit dem falschen Fuß zuerst aufgestanden? Oder hast du ein Problem mit der Tatsache, dass wir alle nicht jünger werden? Zweiundvierzig ist doch kein Alter.«

»Weder noch«, sagte Anne. »Ich habe nur ein Problem damit, dass ich es mit zweiundvierzig noch mit Simone aufnehmen muss. Wenn das als Aufwandsentschädigung gedacht ist, lass dir von mir gesagt sein: So billig kommst du nicht davon.«

Sie ließ ihn nicht aus den Augen, während sie sprach. Entweder war er absolut ahnungslos oder ein Heuchler vor dem Herrn. Er runzelte die Stirn. »In welcher Hinsicht musst du es denn mit Simone aufnehmen?«

»Na, wie viele Hinsichten gibt es denn?«, brauste Anne auf.

Jetzt verstand Lukas dem Anschein nach gar nichts mehr, außer dass sie furchtbar wütend auf ihn war, auch zum ersten

Mal, seit sie sich kannten. »Habe ich dir etwas getan?«, wollte er wissen.

»Ja«, stieß sie hervor.

Seine ratlose Miene machte sie noch wütender. »Du bist dir keiner Schuld bewusst, was?«, fuhr sie ihn an. »Dann denk mal an den Abend nach unserem Besuch im Zoo. Was hast du da gemacht?«

Er musste tatsächlich nachdenken, ehe ihm einfiel: »Nichts, was dir unangenehm gewesen wäre.«

»Es wird aber unangenehm werden«, klärte sie ihn auf. »So um Weihnachten herum, meinte Doktor Zardiss.«

Der Name und die Zeitangabe ließen bei Lukas offenbar einen ganzen Kronleuchter aufflammen. Sogar seine Miene hellte sich auf. »Heißt das, wir bekommen …«

»Du hast es erfasst«, schnitt Anne ihm das Wort ab. »Und da ich Simone bereits angeführt habe, hast du sicher auch schon eine vage Vorstellung von der Anzahl.«

Lukas schluckte trocken. »Drillinge?«

»Zieh eins ab«, sagte Anne. »Frau Zardiss nannte es Doppelpack.«

Da begann er zu lächeln. »Aber das ist doch kein Weltuntergang. Im Gegenteil, ich finde, es ist eine wunderbare Nachricht. Natürlich werden wir uns in vielen Dingen umstellen müssen. Aber das schaffen wir schon.«

Genau dasselbe hatte er gesagt, als Emilie sich angekündigt hatte. *Wunderbare Nachricht. Das schaffen wir schon.* Ungefähr so hatte Anne sich seine Reaktion vorgestellt.

»Wir?«, wiederholte sie. »Was willst *du* dabei denn schaffen? Selbst wenn du wolltest, mein Bester, du kannst mir weder beim Tragen helfen noch mich für ein paar Stunden im Gebärzimmer ablösen. Du kannst nichts weiter für mich tun, als ab Januar dein Studio für die nächsten zehn Jahre zu verpachten. Ungefähr so lange, schätze ich, wird nämlich einer von uns beiden beruflich kürzertreten müssen. Und das werde nicht ich sein.«

»Anne, bitte …«, stotterte Lukas.

»Nicht bitte«, schnitt sie ihm erneut das Wort ab. »Es heißt danke. Vielen Dank, liebe Anne, du bist zu großzügig. So viele wären gar nicht nötig gewesen. Andererseits hast du die ganze Plackerei nur einmal, wir kommen trotzdem auf dieselbe Gesamtzahl wie Simone, und der elterliche Ehrgeiz verteilt sich sogar auf drei Köpfe. Für zwei Durchläufe wärst du wohl auch schon etwas zu alt. Selbstverständlich werde ich mir einige Jahre freinehmen. Darin habe ich ja mehr Übung als du.«

»Anne, bitte«, wiederholte Lukas. »Du tust ja gerade so, als hätte ich es darauf angelegt.«

»Hast du nicht?«, fragte sie gekonnt erstaunt.

»Nein, verdammt!« Nun wurde er ebenfalls etwas lauter. »Weder bei dir noch bei mir liegen Zwillinge in der Familie.«

»Sieh an«, meinte sie. »Da liege ich doch richtig mit meinem Verdacht. Du hast es mit Absicht gemacht, nur keinen Doppelpack erwartet.«

»Bekommen wir Zwillinge?«, ließ Emilie sich vernehmen. Bis dahin hatte sie nur aufmerksam und verunsichert zugehört. Dass ihre Eltern sich stritten, war sie nicht gewohnt.

»Wir nicht«, stieß Anne hervor, da sie es nun selbst ausgeplaudert hatte, legte sie sich keine Zwänge mehr auf. »Bekommen muss ich die ganz alleine. Aber anschließend wird Papa …«

»Geh schon nach oben und putz dir die Zähne, Prinzessin«, verlangte Lukas und unterbrach sie damit. »Mama und ich müssen alleine reden.«

Emilie gehorchte. Nachdem sie die Küche verlassen hatte, fragte Lukas: »Das war nicht dein Ernst, oder? Du kannst nicht wirklich glauben, ich hätte dich absichtlich gegen deinen Willen geschwängert. Und bitte rede nicht so vor Emilie, du machst ihr Angst.«

»Wieso kann ich das nicht glauben?«, erkundigte Anne sich ihrerseits. »Zum einen hast du dich gerade verplappert, zum anderen wusstest du, welche Auswirkungen ein Brechdurchfall bei meiner Pille haben konnte.«

»Du etwa nicht?«, hielt er dagegen.

Was sie gegen dieses Argument vorbringen sollte, wusste Anne nicht. Sie wollte auch nicht noch mehr sagen, solange Emilie in Hörweite war. Garantiert putzte Prinzessin Schnecke ihre Zähne bei weit offener Badezimmertür und sperrte beide Ohren auf. Besser am Abend noch einmal reden und ohne Publikum überlegen, wie es weitergehen könnte.

Als sie abends kurz nach sieben heimkam, war der Esstisch im Wohnzimmer gedeckt, festlich romantisch mit brennenden Kerzen, roten Rosen in einer weißen Vase und kunstvoll gefalteten Servietten. Lukas hatte gekocht, Emilie noch schnell ein Bild gemalt. Für Mama zum Geburtstag. Es zeigte ein Strichmädchen im rosa Kleid flankiert von zwei rundköpfigen, dickbäuchigen Geschöpfen mit Stummelbeinen und ebensolchen Armen. Prinzessin Lillifee alias Emilie und ihre Geschwister.

Emilie war bereits bettfertig. Anne bedankte sich für das »wunderschöne Bild«, befestigte es mit Magneten an der Kühlschranktür, brachte ihre Tochter nach oben, gab ihr den obligatorischen Gutenachtkuss und legte ein Märchen in den CD-Player, sinnigerweise *Brüderchen und Schwesterchen.*

Lukas hatte die CD noch schnell zusammen mit den Zutaten für das Abendessen besorgt.

Bei butterzartem Lammrücken, Kartoffelgratin und Prinzessböhnchen sagte er, es wäre doch schön, wenn eins der Babys ein Junge wäre.

»So nicht«, sagte Anne.

»Wie dann?«, fragte er. »Lass uns reden wie Erwachsene, bitte. Es ist passiert und nicht rückgängig zu machen. Ich hoffe, darüber sind wir uns einig. Wir können uns nur darum bemühen, die positiven Seiten zu sehen und die negativen hintenanzustellen. Und wir können ganz offen reden, um Geheimhaltung brauchen wir uns nicht mehr zu bemühen. Ich habe bereits Glückwünsche von Frau Langen und Anita Reincke entgegengenommen.«

Frau Langen war die Leiterin von Emilies Kita-Gruppe. Da Anne während der Fahrt am Morgen zu sehr mit sich selbst beschäftigt gewesen war, um ihre Tochter auf Verschwiegenheit einzuschwören, hatte Emilie, wie nicht anders zu erwarten, nicht nur ihrer Gruppe samt der Leiterin die frohe Botschaft verkündet: »Meine Mama bekommt ganz alleine zwei Babys auf einmal.« Damit konnte kein anderes Kind konkurrieren. Sie hatte es während eines Aufenthalts im Freien auch der kleinen Britta Reincke erzählt, die es umgehend an ihre Mutter weitergegeben hatte.

»Emilie ist maßlos stolz auf dich«, behauptete Lukas.

»Für ihren Stolz kann ich mir nichts kaufen«, sagte Anne und schob ihren Teller zurück. Das Lamm war köstlich, aber sie hatte einen dicken Kloß in der Kehle.

Als Lukas merkte, dass er sie mit Sanftmut und Komplimenten nur erneut wütend machte, schlug er einen neutralen Ton an. Er ging davon aus, sie hätte das mit der Verpachtung des Studios ernst gemeint. Hatte sie auch – früh am Morgen, als die aufgestaute Ohnmacht und die Furcht vor der Zukunft den Damm brachen. Abends dachte sie schon anders darüber. Sie verdiente gut, Lukas verdiente besser. Das Brenner-Center verursachte zwar hohe Kosten, trotzdem blieb genug übrig, um den Unterhalt einer fünfköpfigen Familie davon zu bestreiten.

»Unser Haus ist schuldenfrei«, sagte er. »Luxusreisen haben wir noch nie gemacht, warum sollen wir ausgerechnet nächstes Jahr damit anfangen? Wenn es mal knapp werden sollte, springen Mutti und Paps ein, das ist so sicher wie das Amen in der Kirche.«

Noch sicherer, dachte Anne. Solange Lukas sich den Vorstellungen seiner Eltern gemäß beschäftigte, lebte er in der sicheren Gewissheit, dass jeder finanzielle Engpass beseitigt werden konnte. Sollte er jedoch daheim bleiben, sich um Kinder und Haushalt kümmern, damit sie weiterarbeiten konnte … Darüber mussten sie wirklich nicht diskutieren.

Ebenso wenig lohnte es, über eine Kinderbetreuung durch die Großeltern nachzudenken. Die Wochenenden mit Emilie waren für Irmgard und Hans Brenner erst zur Regel geworden, als das Kind keine Windeln mehr brauchte. Vorher war da nichts zu machen gewesen. Jeden Tag zwei kleine Hosenscheißer betreuen, Irmgard würde mit beiden Händen abwinken. Sie war wie eine Waschmaschine, die nur ein Programm absolvieren konnte: Pflegeleicht. Und Emmi würde nicht den endgültigen Bruch in der Familie riskieren wollen. Abgesehen davon waren beide Großmütter auch schon zu alt, um tagtäglich zwei Säuglinge zu versorgen.

»Aber das heißt noch nicht, dass du aufhören musst zu arbeiten«, meinte Lukas.

Anne fragte sich, ob er sie mit dem Satz nur beschwichtigen wollte. Es war ihr Ende als selbstständige Kosmetikerin. Das musste er ebenso gut wissen wie sie.

Was mit Emilie reibungslos funktionierte, war mit Zwillingen einfach nicht machbar. Eine ganztägige Betreuung für zwei Säuglinge und ein Kind, das ein halbes Jahr nach der Geburt seiner Geschwister eingeschult wurde. Das hieß, eine Tagesmutter für drei Kinder. Da bliebe von Annes Verdienst nichts übrig. Wenn sie nur noch stundenweise arbeiten würde, sähe es unterm Strich noch schlechter aus, weil sie im Beauty-Salon Kabinenmiete zahlen müsste, Marlies Heitkamp aber nicht mehr wie gewohnt im Laden vertreten könnte, wodurch die Umsatzbeteiligung entfiel.

Bis zum Sonntag kamen sie zu keinem anderen Ergebnis als dem, was Anne von der ersten Sekunde an gesehen hatte. *Aus. Vorbei. Es war einmal. Es war einmal ein schönes Leben.*

Der Junge von gegenüber

Nachdem er am 14. Juni sein Handy losgeworden war, focht Mario Hoffmann wochenlang einen harten Kampf mit sich aus. Nicht wegen Horst Reincke und der scheußlichen Pornoseite. Die Spuren seiner kurzen Exkursion im Computer waren beseitigt, und Reincke hatte keine Anstalten gemacht, ihn deswegen bei Ruth oder Frederik anzuschwärzen.

Für Mario ging es nur um Murats kleine Schwester. Irinas diesbezügliche Drohung ließ ihn nicht los. Wenn Irina so was nicht bloß sagte, um Leute gefügig zu machen. Wenn wirklich etwas dran war und ihr ältester Bruder nur zur Tarnung gebrauchte Autos in den Osten schaffte, wie Jessie mal behauptet hatte. Wenn Dimitrij das große Geld mit jungen Frauen und kleinen Mädchen verdiente, die er an alte Säcke verkaufte ... Man müsste Murat warnen, meinte Mario, ihm sagen, dass seine kleine Schwester möglicherweise in großer Gefahr schwebte.

Wenn man so erzogen worden war wie Mario in seinen ersten neun Lebensjahren, musste man helfen, wenn eine alte Frau zu Boden gestoßen und beraubt wurde. Und man konnte nicht zulassen, dass einem kleinen Kind etwas so Schreckliches angetan wurde wie den beiden jungen Frauen in dem widerlichen Pornostreifen.

Dass es Perverse gab, die sich an Kindern abreagierten, weil sie sich an Frauen nicht heranwagten, wusste Mario seit seinem zwölften Lebensjahr. Da hatte sein Vater eine Doku über Pädophilen-Netzwerke ins Auge gefasst. Wochenlang hatte Frederik recherchiert und von nichts anderem gesprochen, dann aber doch lieber die Finger von dem brisanten Thema gelassen. Aus dem Grund wusste Mario auch, dass es brandgefährlich und mit solchen Kerlen nicht zu spaßen war.

Er wusste nur nicht, was er tun könnte, ohne sich selbst in Gefahr zu bringen. Mit Lars reden? Das hätte sich angeboten. Nur war Lars ein fürchterlicher Schwätzer, der würde es ausposaunen, und wenn es sich herumsprach ... Es würde doch sofort auf Mario zurückfallen.

Anfang Juli, in der letzten Woche vor den Sommerferien, kam Mario dann auf die Idee, sich direkt an den ihm unbekannten Murat zu wenden, und zwar schriftlich. Immerhin wusste er, wo Murat sich seinen Lebensunterhalt verdiente, sodass die Zustellung nicht zum Problem wurde.

Am Montagnachmittag riss er eine Seite aus seiner Geografie-Kladde, verzichtete auf Anrede und Absender und fasste sich kurz. »Pass auf Deine kleine Schwester auf. Die Kasachen wollen sie an Perverse verkaufen.« Das war deutlich, fand er. In den großen Druckbuchstaben wirkte es auch eindrucksvoll. Er faltete das Blatt zweimal, steckte es in einen normalen Briefumschlag, klebte den zu und schrieb darauf ebenfalls in Druckbuchstaben, damit es nicht in falsche Hände geriet: »Für Murat – persönlich und sehr dringend!!!«

Am frühen Abend fuhr er zum Brenner-Center ins Gewerbegebiet und schob den Umschlag in einem unbeobachteten Moment unter der Eingangstür durch. Es gab zwar auch einen Briefkasten, aber Mario wollte, dass seine Nachricht sofort gefunden und übergeben wurde.

Leider funktionierte es nicht so, wie er sich das vorstellte.

Zwar bekam Murat Bülent die Botschaft schon wenige Minuten nach der Zustellung ausgehändigt. Er las sie auch umgehend, allerdings hatte er zwei Schwestern. Die eine war fünfundzwanzig, die andere dreiundzwanzig, er war mit einundzwanzig der Jüngste. Als *klein* konnte man seine Schwestern folglich nicht bezeichnen. Beide waren schon verheiratet. Die konnten nicht gemeint sein.

Kleine Schwester! Emilie war blond wie ihre Eltern, hing jedoch an Murat wie eine Klette, weil er sie scheinbar immer ernst nahm. Sie konnte den größten Unsinn verzapfen, Murat ging darauf ein, war jederzeit zu einem Spaß bereit. Er war einfach charmanter als der stille, ernsthafte Andrej Netschefka. Und wie oft hatte Murat die Kleine schon von der Kita abgeholt, weil Lukas keine Zeit hatte? Gut möglich, sogar sehr wahrscheinlich, dass er dabei mehrfach beobachtet worden war, nachdem er im März zusammen mit seinen Freunden für Lars Nießen den Knochenbrecher gespielt hatte.

Leider war die Haarfarbe in dem Schreiben nicht erwähnt, sonst wäre Murat vielleicht auf des Rätsels Lösung gekommen. So konnte der Student sich keinen Reim auf die Zeilen machen, fasste sie trotzdem als Drohung auf und sprach mit Andrej über den Kasachen-Clan vom Nordring, über Benny Küpper, dessen tote Mutter und den kleinen Dienst, den er im März zusammen mit vier Freunden dem Neffen von Lukas erwiesen hatte.

Dass die Lage so dramatisch sein sollte, wie Lars sie geschildert hatte, konnte Andrej Netschefka sich nicht vorstellen. Natürlich gäbe es unter seinen Landsleuten auch schräge Vögel, meinte er. Aber die große Mehrheit käme hierher, um ein besseres Leben zu führen, und rackere sich dafür ab wie seine Mutter.

Andrej hatte Lars längst als Selbstdarsteller mit dem Hang zu Übertreibungen durchschaut und erbot sich, mit den Leuten vom Nordring zu reden. Wahrscheinlich wüssten die gar nicht, dass ihre Töchter an der Schule Angst und Schrecken verbreiteten. Da reiche es bestimmt, den Mädchen ins Gewissen zu reden und ihnen klarzumachen, dass ihr Verhalten üble Folgen für sie selbst haben könne.

Andrej Netschefka löste sein Versprechen noch am selben Abend ein, sprach mit Irinas Vater und legte zum Beweis den anonymen Brief vor. Dimitrij war nicht dabei und wurde auch nicht eingeweiht, deshalb wurde Irina nicht verprügelt, nur vom Vater ernsthaft ermahnt.

So glimpflich kam Mario nicht davon. Noch vor Schulbeginn am Dienstagmorgen stellte Irina sich ihm in den Weg. Sie machte nicht mal einen wütenden Eindruck, als sie ihm das

Blatt mit den Druckbuchstaben vorhielt und feststellte: »Hast du geschrieben.«

Mario hatte das dringende Bedürfnis, den Kopf zu schütteln, aber er ließ es bleiben, verkniff sich allerdings auch das Nicken oder sonst eine Zustimmung.

»Reden wir in Pause«, kündigte Irina an, weil der erste Gong ertönte und sich die große Masse rundum in Klassenverbänden sammelte.

Mario hatte in der ersten Stunde Deutsch, in der zweiten Geschichte. Bei jedem anderen Lehrer hätte er es versucht: Übelkeit, Brechreiz oder sonst etwas vorgetäuscht, um zu entkommen. Bei Horst Reincke hatte er keine Chance, das wusste er genau.

Auch wenn Reincke bisher kein Wort über seine Beobachtung verloren hatte ... Wahrscheinlich war es ihm peinlich, einzugestehen, dass er mit einem Fernglas in anderer Leute Zimmer glotzte. Aber Reincke war so sauer auf ihn, weil er sein Mofa nie zur Dürener Straße schob.

Mario wusste nicht, wie oft der Idiot ihm schon diesen Vortrag über die Verkehrsregeln im Viertel gehalten hatte, der jedes Mal in der Behauptung gipfelte, seine Frau und er hätten sich hier nur ein Haus gekauft, damit sie ihre Kinder unbesorgt auf der Straße spielen lassen könnten.

Mario hatte noch nie eine von Reinckes Töchtern auf der Straße spielen sehen. Britta ging mit ihrer Mutter schon mal zum Spielplatz, aber Kathrin blieb immer daheim und war den Launen ihres Vaters ausgeliefert.

An allen Fenstern der Straßenfront von Reinckes Doppelhaushälfte verdeckten Scheibengardinen die untere Hälfte. Bei der Hausaufgabenkontrolle überragte Reincke die Gardine, wenn er nahe beim Fenster stand. Und wenn das Fenster, wie häufig im Sommer, in Kippstellung war, hörte Mario ihn auch oft.

»Wie schreibt man Sommer, du dummes Stück? Und was ist das hier? Soll das etwa ein G sein? Das kann doch kein Mensch lesen! Schreib das noch mal! Oder willst du eines Tages in dieselbe Schule gehen wie das asoziale Pack und das Ausländergesindel?«

Über solche Schimpftiraden brauchte sich wahrhaftig keiner zu wundern. Man musste nur einmal hören oder sehen, wie es oft an der Schule zuging. Darcan hatte neulich in die Tasche von Frau Kunze gepinkelt, weil die Biologielehrerin wegen seiner Unverschämtheiten mit seinen Eltern reden und diese daheim aufsuchen wollte, weil sie sich zu den Sprechzeiten in der Schule nicht blicken ließen. Herr Meisen hatte von Hajo eine Kopfnuss kassiert, als er ihn aufforderte, seinen Müll gefälligst in den Abfallkorb zu werfen und nicht gegen die Tafel. Frau Luksch war seit Monaten krankgeschrieben: Burn-out, nachdem jemand Fotos von ihr mit der Behauptung ins Internet gestellt hatte, das sei die Sportlehrerin, die den Jungs so gerne die Eier massiere. Und Anfang der Woche hatte Reincke sich von Hakan anhören müssen: »Wenn du mein Vater noch so ein Brief schreibst, mach ich dich tot, du Sau.«

Verständlicherweise kam da Frust auf. Und die arme Kathrin musste es ausbaden. Einen frustrierten Hauptschullehrer zum Vater, der seinen Arbeitsplatz als Sammelbecken für Abschaum und Versager betrachtete und wie Marios Mutter die Ansicht vertrat, nur Gymnasiasten könnten es im Leben zu etwas bringen, das war bestimmt nicht die reine Freude für ein kleines Mädchen.

Aber es gab Schlimmeres. Ein Russenweib zum Beispiel, das unbedingt mit einem Jungen reden wollte, der einen anonymen

Brief geschrieben hatte. Wahrscheinlich würde Irina es so ähnlich formulieren wie Hakan. »*Wenn du noch so ein Brief schreibst, mach ich dich tot, du Sau – oder mein Brüder tun das.*«

Wie seine Zeilen in Irinas Hände gelangt waren, konnte Mario sich nur so erklären, dass Murat die Warnung überhaupt nicht bekommen hatte. Inzwischen hatte Lars oft genug mit seinem Kampfsporttraining geprahlt, auch mal was vorgeführt und häufig von Andrej gesprochen. Mario war überzeugt, der junge Kasache hätte den Brief an Murat abgefangen und seine Landsleute gewarnt.

In beiden Pausen gelang es ihm, zu den Toiletten zu flüchten, ehe Irina und Jana ins Freie traten. Jessie fehlte an dem Tag, sonst hätte die ihn wahrscheinlich aufgehalten. Und nach Schulschluss warteten sie beim Rolltor auf ihn, wussten genau, dass er denselben Weg nahm wie Lars und viele andere und dass er irgendwann kommen musste.

Irina hielt ihm noch einmal den Schrieb vor und erkundigte sich: »Weißt du, was geile, alte Bock für kleine Mädchen zahlt? Dimitrij hatte schon angeboten. Jetzt wird nix aus Geschäft.«

Mario zuckte unbehaglich mit den Achseln. Was hätte er darauf auch erwidern sollen? Dass es ihm leidtäte?

»Hast du Geld?«, fragte Irina.

»Nein«, sagte er.

Er hatte wahnsinnige Angst, aber es sah nicht so aus, als wolle Irina Gewalt anwenden. Dann hätte er vermutlich schon am Boden gelegen.

Von ihm wollte Irina mehr, viel mehr als von Lars Nießen und Benny Küpper. »Sicher hast du«, stellte sie fest. »Und du musst Schaden ersetzen. Sonst machen Janas Brüder ...« Statt es auszusprechen, fuhr sie sich bezeichnend mit einer Handkante über die Kehle und gab röchelnde Laute von sich. Dann fragte sie: »Willst du das?«

»Nein«, würgte Mario hervor.

»Dann musst du zahlen«, sagte Irina und hob die Achseln, als bedauere sie unendlich, dass er dermaßen in der Klemme steckte.

»Wie viel?«, fragte Mario.

»Wie viel hast du?«, wollte sie wissen. Jana grinste erwartungsvoll.

Auf seinem Konto hatte Mario noch um die zweihundert. Das neue Handy war nicht billig gewesen. Und seit er das Mofa besaß, hatte er zusätzliche Kosten und konnte nicht mehr so viel sparen wie vorher.

Die Furcht peinigte ihn unverändert, trotzdem begann er zu verhandeln und zu schwindeln: »Zu Hause noch zwanzig. Ich kriege immer Anfang vom Monat Taschengeld, habe mir aber schon was gekauft. Jetzt muss ich mit dem Rest bis zum nächsten Ersten auskommen.«

»Zwanzig«, wiederholte Irina und warf ihrer Cousine einen amüsierten Blick zu, woraufhin Jana in abfälliges Gelächter ausbrach.

»Bringst du morgen mit«, forderte Irina. »Und Montag bringst du fünfzig. Jessie sagte, dein Vater hat massig Geld, nimmst du von ihm oder von Mutter. Jede Woche fünfzig …«

»Das geht nicht«, riskierte Mario einen Protest. Seine Eltern konnte er gar nicht bestehlen. Ruth und Frederik zahlten praktisch alles mit EC-Karten. »Jessie ist nicht auf dem neusten Stand. Mein Vater hatte früher viel Geld, jetzt ist er pleite. Ich bringe am Montag die zwanzig mit, die ich noch habe. Mehr ist nicht drin, wirklich nicht. Und wenn mein Vater merkt, dass ich abgezogen werde, will er wissen, warum. Wenn er dahinterkommt, dass dein Bruder kleine Mädchen an geile, alte Böcke verkauft, bringt er Dimitrij in den Knast. Das kannst du glauben.«

Woher er den Mut zu solch einer Behauptung nahm, wusste er nicht.

Irina lachte, genauso abfällig oder belustigt wie Jana. »Montag zwanzig, dann jede Woche zwanzig. Wo du hernimmst, ist dein Sach. Du zahlst, sonst …«

Sie strich sich noch mal mit einer Handkante über die Kehle und sagte: »Erst dein Mutter, dann du. Wenn dein Vater mein Bruder in Knast bringen will, muss er erst Bulle finden, der Dimitrij verhaftet. Wird schwer. Weißt du, manchmal braucht Bulle auch Geld, nimmt es und guckt weg oder wird gute Freund. Dimitrij hat hier schon viele gute Freund.«

Sonntag, 18. November –
Die Stunden nach Mitternacht

Es dauerte eine Weile, ehe Anne Brenner von der Toilette zurückkam. Klinkhammer nutzte die Zeit, um im Geist die Fragen zusammenzustellen, die er ihr unbedingt stellen musste. Noch einmal, wann sie aufgewacht war. Warum sie um siebzehn Uhr zuerst bei Hoffmanns nach ihrer Tochter gefragt hatte statt bei Reinckes. Wo es doch entschieden vernünftiger gewesen wäre, Emilie zuerst bei der Familie mit kleinen Kindern zu suchen. Hatte sie gewusst, dass Frau Reincke mit den Kindern verreist war? Wenn Emilie zurück nach Hause gekommen war, dürfte das Kind es ihr gesagt haben. Hatte sie anschließend befürchtet, Herr Reincke hätte etwas von dem mitbekommen, was sich nach Emilies Rückkehr vom Fahrradausflug abgespielt hatte? Im Moment war Klinkhammer ziemlich sicher, dass Emilie im Elternhaus etwas zugestoßen war. Und in ihrer Verfassung, dachte er, hätte er mit der Mutter wohl leichtes Spiel.

Aber als Anne endlich zurück ins Wohnzimmer schlurfte, den unförmigen Leib von der Brust bis zu den Füßen in die weinrote Decke gewickelt, ließ sich nicht mehr darüber hinwegsehen, dass es ihr wirklich nicht gut ging. Sie blinzelte mehrfach, während sie sich hinsetzte, bewegte den Kopf auf den Schultern, als sei ihr Nacken verspannt, griff sich auch noch mal mit der Hand an den Leib, als habe sie Bauchschmerzen.

Und er war nun mal nicht der beste Mann, wenn es um Verhöre ging. Ehe er sich versah, hatte er die Samthandschuhe wieder ausgezogen. Und er konnte doch keine Frau in die Mangel nehmen, die offenbar Schmerzen hatte. Abgesehen davon hätte ihr Geständnis ihm ja auch überhaupt nichts genutzt, weil er alleine mit ihr war. Da hätte sie später behaupten können, dieses oder jenes nie gesagt zu haben oder unter Druck gesetzt worden zu sein. Mit dem Argument hatte vor zwölf Jahren Rena Zardiss' Mörder sein Geständnis widerrufen. Noch einmal wollte Klinkhammer das nicht erleben.

Also überdachte er noch mal alle bisherigen Informationen und wartete darauf, dass Franzen oder Krieger sich meldeten. Sein weiteres Vorgehen wollte er davon abhängig machen, was der Erkennungsdienst auf dem Parkplatz an der Dürener Straße entdeckte. Nebenher bemühte er sich, sinnvoll zusammenzusetzen, was Anne von sich gab.

Sie schien nun gewillt, sich mit ihm zu unterhalten, versuchte vielleicht auf die Weise zu verhindern, erneut einzuschlafen, erzählte ihm von den reichen Schwiegereltern, die mit ihrem Geld alles kauften, was sich nur kaufen ließ: ein Fitnessstudio samt Geräten, eine Doppelhaushälfte, Berge von Spielzeug und ein Kinderherz. Dann kam sie auf den Beauty-Salon Heitkamp und ihre Arbeit dort zu sprechen, die ihr sehr wichtig gewesen war. Finanzielle Unabhängigkeit, die sie einem Selbstmörder verdankte.

An den Selbstmord von Bernd Heitkamp erinnerte Klinkhammer sich kaum, das war lange her, und damit hatte er nichts zu tun gehabt. Umso besser waren ihm die Umtriebe des siebzehnjährigen Markus Heitkamp im Gedächtnis, der vor rund sieben Jahren mehrere kleine Mädchen ausgezogen und auf Ungezieferbefall untersucht hatte. Nach dem letzten Vorfall dieser Art hatte Klinkhammer sich geraume Zeit mit Markus Heitkamp unterhalten, ehe dessen Mutter mit einem Anwalt aufgekreuzt war, der das Gespräch beendete.

Den verkorksten Sohn erwähnte Anne nicht, nur den verstorbenen Mann, vielmehr dessen Grab, zu dem Marlies Heitkamp jeden Samstagnachmittag einen Blumenstrauß brachte. Jeden Samstag um halb fünf! Man konnte die Uhr danach stellen. Aus einem unerfindlichen Grund regte sie das auf, was verstärktes Blinzeln und rollende Schulterbewegungen zur Folge hatte.

»Um vier schnappt Marlies sich die Kasse«, ereiferte sie sich. »Die Abrechnung macht sie später zu Hause, muss erst zum Blumenladen, der eigentlich auch um vier zumacht. Da bleibt nur für Marlies die Tür auf.«

Kaum war das gesagt, zuckte sie zusammen, als hätte sie jemand in den Magen geboxt. Sie griff sich wieder mit einer Hand an den Leib. Noch länger durfte er das nicht ignorieren.

»Haben Sie Schmerzen, Frau Brenner?«

Sie lächelte kläglich: »Manchmal tut es zwar richtig weh, aber richtige Schmerzen sind das nicht. Meine Parasiten balgen sich nur wieder. Die sind wie Vampire, sagte Doktor Zardiss. Tagsüber schlafen sie wohl die meiste Zeit, da merke ich kaum was. Und nachts spielen sie Fußball oder tragen Boxkämpfe aus.«

»Parasiten?«, wiederholte Klinkhammer und hatte Mühe, es neutral klingen zu lassen.

Sie nickte. »Wussten Sie, dass Spulwürmer durch den ganzen Körper wandern und im Darm Knäuel bilden? Ich wusste das nicht, bis Simone es mir sagte. Fuchsbandwürmer sind noch gefährlicher. Menschen stecken sich selten damit an, aber wenn, dann können die Larven sämtliche Organe befallen, sogar das Gehirn und die Leber. Die Finnen breiten sich wie Metastasen aus. Wenn es nicht rechtzeitig erkannt wird, endet es tödlich.«

Dass Simone ihre Schwägerin war, wusste Klinkhammer bereits, Lukas hatte es erwähnt. Ach du Schande, dachte er entsetzt und glaubte schon, eine Sterbenskranke vor sich zu haben. Da sagte sie: »Simone wollte mir einreden, ich hätte Würmer. Zu Anfang habe ich mir mal gewünscht, sie hätte recht. Würmer wäre ich schnell wieder losgeworden. Ich will sie nicht loswerden, verstehen Sie mich nicht falsch. Ich könnte niemals ein Kind umbringen. Ich freue mich auf die beiden und werde für sie da sein. Ich bin wirklich fest entschlossen, alles ganz anders zu machen als bei Emilie. Und ich sehne den Tag herbei, an dem ich sie in den Armen halte.«

Den Worten folgte noch ein klägliches Lächeln, sie versuchte wohl zu scherzen: »Dann können sie mich nachts wenigstens nicht mehr treten. Aber ich weiß nicht, wie ich das schaffen soll mit drei Kindern.«

Sekundenlang sah es so aus, als würde sie in Tränen ausbrechen. Sie schniefte, wischte sich mit einer Hand durchs Gesicht, fasste sich wieder und lächelte ihn an. »Vielleicht sollte ich doch einen Tee trinken. Ich habe seit Stunden nichts mehr getrunken. Wie lange sitze ich eigentlich schon hier?«

»Ich weiß es nicht«, sagte Klinkhammer und warf einen Blick zur Wanduhr über dem Flachbildschirm. Es war kurz nach halb eins. »Wann haben Sie sich denn hingesetzt?«

Sie zuckte mit den Achseln. »Wahrscheinlich als Doktor Zardiss kam. Würden Sie mir denn einen Tee machen? Waldfrucht.«

»Aber sicher«, sagte er, erhob sich und sortierte auf dem Weg durch die Barbie-Landschaft, was er eben gehört hatte. Parasiten, Würmer, Doktor Zardiss! Drei Kinder!

Die Frau war schwanger! Ihrem Aussehen nach zu urteilen hochschwanger! Mit Zwillingen! Warum hatte ihm das denn keiner gesagt, verdammt noch mal!

Weil er darauf nach dem Zusammentreffen mit Zardiss auch von alleine hätte kommen können. Aber nein! Franzen erwähnte, die Frau hätte keinen Hausarzt, und er hielt sie für eine Alkoholikerin und zu fett. So viel zu seiner viel gerühmten, untrüglichen Kombinationsgabe. Manchmal irrte er sich, und manchmal irrte er sich sogar gewaltig. Viel fehlte nicht, dann hätte er sich für seine abfälligen Gedanken bei Anne entschuldigt.

Veränderungen

Der Sonntag nach ihrem Geburtstag lenkte Anne vorübergehend von ihren Nöten und der Rechnerei ab. Emilie war wie
üblich am Freitagabend zu Brenners gebracht worden. So
hatte Anne am Vormittag noch Ruhe. Lukas fuhr nicht ins
Studio, damit er sie bei den Vorbereitungen für die kleine Feier
unterstützen konnte. Esstisch im Wohnzimmer ausziehen und
für den Kaffee eindecken. Nach dem Mittagessen verließ Lukas
das Haus, um Kuchen zu holen.

Er war noch unterwegs, als seine Eltern kamen. Sie brachten Emilie mit und wussten selbstverständlich schon Bescheid.
Irmgard umarmte Anne und sagte: »Eine wundervolle Nachricht. Wir freuen uns so für euch.«

Hans nickte dazu, drückte Annes Hand etwas fester und
überreichte ihr einen pompösen Blumenstrauß mit kunstvoll
eingearbeiteten Geldscheinen im Wert von tausend Euro, wie
Anne später feststellte.

Unter diesen Voraussetzungen war es unmöglich, ihre eigene Familie nicht ebenfalls sofort einzuweihen. Natürlich
kamen alle zum Kaffee, Olaf und Simone mit allen drei Söhnen, was bei einem Jungen in Lars' Alter verwundert hätte,
wäre nicht seine neue Begeisterung für Kampfsport gewesen
und das daraus resultierende Bedürfnis, sich mit Lukas besonders gut zu stellen.

Die Reaktionen auf die *frohe Botschaft* fielen unterschiedlich aus. Emmi bekam vor Rührung feuchte Augen und murmelte: »Zwillinge, och, wie süß.«

Simone fragte: »Ist das zu fassen?« Dabei klang sie ziemlich
perplex. Ob sich ihre Verblüffung in der Schwangerschaft oder
in der Anzahl der Kinder begründete, war nicht ersichtlich.

Lena scherzte: »Du hättest zu Weihnachten nicht so laut *Ihr Kinderlein kommet* singen sollen.«

Woraufhin Lars erklärte: »Das hab doch ich gesungen.«

»Dann sieh dich mal vor, wenn das mit einer Freundin ernster wird«, riet Thomas. Annes Vater und ihr Bruder gaben keine Kommentare ab. Niemand fragte, ob Anne nach der Geburt weiterarbeiten und wie sie das schaffen wolle.

Es war nicht zu schaffen. Montags rechneten sie weiter in allen Variationen, bis Lukas schließlich sagte: »Lass uns aufhören. Es kommt doch nichts dabei heraus. Du würdest dich für nichts und wieder nichts abrackern und hättest noch dazu ein schlechtes Gewissen, weil du dich nicht selbst um die Kinder kümmerst.«

»Ich hatte noch nie ein schlechtes Gewissen«, erklärte Anne nachdrücklich. »Ich hatte auch noch nie das Gefühl, dass Emilie zu kurz kommt. Du etwa? Machst du dir jetzt Simones Ansichten zu eigen?«

»Natürlich nicht«, beeilte er sich, sie zu besänftigen. »Ich finde nur, du warst lange genug in der Tretmühle. Warum gönnst du dir nicht ein Jahr Pause? Andere nehmen auch Elternzeit.«

»Das kann ich Marlies nicht antun«, sagte Anne. »Ich kann sie doch nicht ein ganzes Jahr lang hängen lassen.«

»Du bist nicht in erster Linie Marlies verpflichtet«, hielt Lukas dagegen. »Und es ist bestimmt nicht deine Aufgabe, ihren Sohn vor einer erneuten Einweisung in die Psychiatrie zu bewahren.«

Ein wahres Wort. Und mehr gab es nicht zu sagen.

Lukas wusste doch ebenso gut wie sie, dass ihnen mit einem Jahr Pause nicht geholfen war. Danach bräuchten sie immer noch eine Tagesmutter für zwei Babys, eine Kita für Säuglinge gab es in Herten nicht. Hinzu käme eine Nachmittagsbetreuung für Emilie.

Und wozu lange diskutieren, wenn sie doch beide wussten, dass eine selbstständige Kosmetikerin in puncto Mutterschutz ganz anders dastand als eine Angestellte? Marlies Heitkamp war zu nichts verpflichtet und nicht gesetzlich gezwungen, Anne den Arbeitsplatz freizuhalten.

Noch war Marlies ahnungslos. Aber da es bereits in der Kita bekannt war, konnte es sich nur um Tage handeln, bis jemand den Beauty-Salon betrat, der Bescheid wusste und womöglich gratulierte. Dem wollte Anne zuvorkommen. Das tat sie am Dienstagmorgen.

»Ich weiß gar nicht, wie ich es dir beibringen soll«, begann sie. »Mir ist eine blöde Sache passiert.«

Marlies kniff misstrauisch die Augen zusammen und mutmaßte: »Jetzt erzähl mir nicht, man hat dir einen eigenen Laden angeboten, und du konntest einfach nicht Nein sagen.«

»Nein«, sagte Anne. »Ich bin schwanger.«

Marlies lachte, es klang wie ein Husten. »Das ist nicht dein Ernst.«

Als Anne darauf nicht sofort antwortete, fügte Marlies hinzu: »In deinem Alter? Hast du nicht mehr alle Tassen im Schrank?«

Die Beleidigung überging Anne. »Was hat das denn mit meinem Alter zu tun?«, fragte sie. »Monika Dohmen ist zwei Jahre älter als ich und zum dritten Mal schwanger.«

Monika Dohmen war eine ihrer Stammkundinnen, hatte einen Sohn und eine Tochter im Teenageralter. »Die beiden haben mal dumm aus der Wäsche geguckt«, hatte Monika Dohmen neulich erzählt. »Wahrscheinlich dachten sie, ihre Eltern wären längst jenseits von Gut und Böse. Aber jetzt tragen sie es mit Fassung und ersparen uns später vermutlich so manches Mal den Babysitter, wenn wir mal ausgehen möchten.«

»Ja, ja«, murrte Marlies, für einen Moment aus dem Konzept gebracht. »Du bist aber nicht Monika Dohmen. Die sitzt zu Hause, sammelt Kochrezepte, löst Sudokus und glaubt, ihre grauen Zellen damit in Form zu halten. Wenn sie mit einundfünfzig oder zweiundfünfzig neben einem Erstklässler sitzt und noch mal die Grundbegriffe der Rechtschreibung und Mathematik durchgehen muss, nützt das ihrem Intellekt mehr. Darauf bist du nun wirklich nicht angewiesen. Du bekommst es doch nicht etwa?«

»Es sind zwei«, sagte Anne. »Und natürlich bekomme ich sie. Als ich es erfahren habe, war es für eine Alternative schon zu spät. Das hätte ich ohnehin nicht übers Herz gebracht.«

»Scheiße«, murmelte Marlies. »Was mache ich denn jetzt?«

Diese Frage stellte sich nicht lange. Schon wenige Tage später wusste Marlies Heitkamp genau, was sie zu tun hatte. Anne lernte sie von einer ganz anderen Seite kennen: als knallharte Geschäftsfrau. Für Marlies spielte es nicht die geringste Rolle, ob Anne nach der Geburt zwei Tage oder drei Jahre daheim bleiben wollte oder musste. Marlies brauchte sofort einen Ersatz, weil eine mit Zwillingen Schwangere in ihren Augen nicht mehr zuverlässig war.

Am liebsten wäre Marlies eine Frau gewesen, die wie Anne als Selbstständige arbeitete, Miete für die Kabine zahlte und für eine Umsatzbeteiligung als Vertretung im Laden stand. »Dann müsst ihr euch eben vorübergehend die Kabine teilen«, beschied sie und fügte hinzu: »Was bin ich froh, dass ich dich nach deiner Kleinen zur Selbstständigkeit überreden konnte. Sonst hätte ich jetzt wieder eine Schwangere an der Backe und könnte zusehen, wie ich mit Mutterschutz und Elternzeit klarkäme.«

Das war der Moment, in dem das Zünglein an der Waagschale zum ersten Mal ganz energisch in Richtung neues Leben ausschlug. Bis dahin war es eher ein moralischer Zwang gewesen und die Gewissheit, dass sie keine Kinder töten könnte, auch keine ungeborenen. Jetzt hatte es eher etwas von einer Chance für sich selbst. Anne bemerkte den Unterschied nur nicht sofort, musste erst einmal verdauen, was Marlies gerade gesagt hatte. Am liebsten hätte sie der Frau, die sie in den letzten Jahren als ihre Freundin betrachtet hatte, ins Gesicht gespuckt. Ihr Protest kümmerte Marlies nicht, und einen Mietvertrag, der Anne das alleinige Nutzungsrecht der Kabine gesichert hätte, hatten sie nie abgeschlossen.

Marlies inserierte in einigen Zeitungen, ihr Sohn brachte zusätzlich Anzeigen ins Internet. Doch was Marlies vorschwebte, fand sich nicht. Jede Bewerberin bestand auf einer festen Anstellung. Die Wahl fiel Ende Juli auf die zweiundzwanzigjährige Jasmin Töller, die frisch von der Kosmetikschule kam, noch keine horrende Lohnvorstellung hatte und schon zum 1. August anfangen konnte.

Anfangs stand Jasmin nur im Laden, räumte Ware ein, wusch Regale aus, verkaufte mal eine Creme, mal ein Eau de Parfum und fand Markus Heitkamp »ein bisschen komisch, aber süß«. Markus kam den Verboten seiner Mutter zum Trotz zweimal vorbei, um den Neuzugang in Augenschein zu nehmen. Dann verlor er das Interesse an der jungen Frau.

Marlies bemühte sich, Kundinnen für ihre neue Angestellte zu begeistern. Da fielen Sätze wie »frisches Blut in der Kabine« oder »mal raus aus eingefahrenen Gleisen«. Großen Erfolg hatte sie damit nicht.

Annes Stammkundschaft legte keinen Wert darauf, das frische Blut an sich herumwerkeln zu lassen. Jasmin Töller war ein flippiger Typ, trug gute zehn Zentimeter nackte Haut zwischen dem tief auf der Hüfte sitzenden Hosenbund und den stets zu knappen Oberteilen. Und in der nackten Haut trug sie mehrere Stücke Edelstahl. Vor allem Frauen, die auf die fünfzig zugingen, trauten dem gepiercten jungen Ding nicht zu, sich mit den Bedürfnissen reifer Haut auszukennen.

Anne war die Frau mit Erfahrung in allen Lebensbereichen, der man sich seit Jahren anvertraute, mit der man auch Dinge besprach, die eigentlich nicht für fremde Ohren bestimmt waren. Welche Frau jenseits der vierzig mochte denn mit einer Zweiundzwanzigjährigen über Besenreiser, Cellulite und lustlose Ehemänner reden? So blieb Anne vorerst die uneingeschränkte Herrscherin über die Kabine. Im Laden dagegen ließ Marlies sich von Jasmin vertreten. Bei Annes Einkünften machte sich das schon im September unangenehm bemerkbar.

Kurz darauf gab es auch daheim die ersten negativen Auswirkungen. Dem Ultraschall nach zu urteilen, bestand das Doppelpack aus zwei Jungs. Gesunden Jungs, wie die Fruchtwasseruntersuchungen bewiesen, die Jürgen Zardiss für geraten hielt. Der Geburtstermin war für Ende Dezember errechnet und lag genau zwischen den Feiertagen. Aber bei Zwillingen würde es erfahrungsgemäß wahrscheinlich früher losgehen, meinte der Gynäkologe. Zur Sicherheit packte Anne schon Anfang Oktober ihre Tasche für den Krankenhausaufenthalt nach der Entbindung.

Mitte Oktober machte Lukas sich zusammen mit Olaf daran, im Obergeschoss ein Zimmer für den Familienzuwachs herzurichten. Bis dahin hatte Emilie sich auf ihre kleinen Brüder gefreut. Damit war es vorbei, als sie vom größeren

Kinderzimmer an der Straße nach hinten ins kleinere umziehen musste, das bis dahin »Papas kleines Büro« geheißen hatte. Das große Büro, in dem Lukas den Hauptteil der Verwaltungsarbeit erledigte, befand sich im Brenner-Center.

Für ein neues, kleines Büro daheim wollte er noch vor Weihnachten den Dachboden ausbauen lassen, wie Reinckes nebenan das sofort nach dem Kauf des Hauses getan hatten. Lukas plante sogar zwei Zimmer unterm Dach, das kleine für sich und ein größeres als Mädchenzimmer für Emilie, die dann eben noch mal umziehen müsste. Doch den Ausbau da oben mussten Handwerker übernehmen. Dafür brauchte es mehr als den hilfsbereiten Olaf, einen neuen Teppich und einen Eimer Wandfarbe.

Emilies bisheriges Reich wurde mit zwei Gitterbetten, zwei Schränken, zwei Regalen und einer Wickelkommode ausgestattet. Danach konnte Emilie »überhaupt nicht mehr« oben spielen. Was sie sowieso noch nie getan hatte. In den ersten drei Lebensjahren war sie zu klein gewesen, um sich sonntags unbeaufsichtigt im Obergeschoss zu beschäftigen. Meist hatte sie sich in Annes Nähe aufgehalten. Und in den letzten beiden Jahren hatte sie kaum noch ein Wochenende daheim verbracht. Aber das sollte sich nun bald ändern.

Sonntag, 18. November –
Die Stunden nach Mitternacht

Lukas bemühte sich vergebens darum, seine Eltern telefonisch zu erreichen. Er wollte nicht ohne deren Erlaubnis in ihren Unterlagen schnüffeln und wusste angeblich nicht, wo sie Kaufbelege aufbewahrten. Die Putzfrau, die ihn und den Dienstgruppenleiter aufs Grundstück und ins Haus gelassen hatte, konnte ihm das auch nicht sagen. Und Lukas bekam *Paps* und *Mutti* einfach nicht an die Strippe, weder ans Handy noch an den Apparat im Hotelzimmer.

Dieter Franzen konnte sich des Eindrucks nicht erwehren, dass Lukas bewusst falsche Nummern wählte, weil er den Tatsachen nicht ins Auge sehen wollte. Sie fuhren schließlich ohne die Rahmennummer zu der Reifenfirma ins Gewerbegebiet.

Dort hatte man das Rad bereits aus dem Abfallcontainer gezogen und auf einer Plastikplane daneben abgelegt. Lukas warf nur einen kurzen Blick darauf und war sofort sicher, dass dieses verbeulte Kinderfahrrad nicht Emilie gehörte. Erstens war es nicht pinkfarben, sondern rosa, und zweitens war es nicht neu.

»Kein Rad sieht noch aus wie neu, wenn es dermaßen demoliert ist«, sagte Franzen.

»Aber es ist nicht von Puky«, sagte Lukas. »Es hat keine 18-Zoll-Felgen. Die hier sind kleiner. Siehst du?«

Lukas zeigte auf den Hinterreifen, der war nicht gar so verbogen wie der vordere. Aber welche Felgen und welche Farbe Emilies Rad nun genau hatte und welche Marke es tatsächlich war, wollte Franzen erst glauben, wenn er es schwarz auf weiß sah. Lukas' diesbezügliche Angaben ließen sich mangels Kaufbeleg vorerst nicht überprüfen.

Emilie lag nicht im Container, somit konnte der Erkennungsdienst aus Hürth das Rad mitnehmen und auf Spuren untersuchen. Aber es gab noch mehr Abfallbehälter im Gewerbegebiet. Darüber hinaus gab es abgestellte Lkw, Laderampen, Kellereingänge und andere frei zugängliche Örtlichkeiten auf Firmengeländen, an denen man schnell etwas abgelegt hatte.

Und hinter den bebauten Flächen begannen die brach liegenden oder mit Wintersaat neu bestellten Äcker, die sich in westlicher Richtung etwa zwei Kilometer weit bis Hüppesweiler zogen. Östlich lag ein Waldstück, der Hubertusbusch, nordöstlich lag Luftlinie etwa vier Kilometer entfernt noch ein Waldstück – der Lörsfelder Busch. Unendlich viele Möglichkeiten, eine Kinderleiche loszuwerden. Nach der Entdeckung des Rads glaubte Franzen nicht mehr, dass sie Emilie noch lebend finden würden. Da mochte Lukas noch hundertmal behaupten, es sei nicht ihres.

Um Viertel vor eins meldete Franzen sich wieder bei Klinkhammer. Das Kinderlachen des Handys ließ Anne ebenso zusammenfahren wie zuvor Lukas. Diesmal verließ Klinkhammer nicht den Raum, er wollte nicht unnötig zwischen den Barbie-Sachen herumlaufen, ehe alles fotografiert worden war. Anne hörte zwangsläufig zu, aber da er darauf achtete, was er sagte, stellte das kein Problem dar.

Franzen berichtete, dass der Erkennungsdienst das Rad mitgenommen und wie Lukas sich zu dem verbeulten Ding geäußert hatte. Er hielt auch seine diesbezügliche Vermutung nicht zurück und untermauerte damit Klinkhammers Vorstellung vom *Unfall* im Haus mit anschließender Beseitigung von Rad und Kinderleiche durch den Vater.

Außerdem erkundigte Franzen sich, wie Klinkhammer über den Einsatz eines Leichenspürhundes im Gewerbegebiet dachte, nachdem der Mantrailer dort erfolglos eingesetzt worden war.

»Eine hervorragende Idee«, sagte Klinkhammer. »Daran hätten wir schon viel früher denken sollen.«

»Und was ist mit Hummel 6?«, wollte Franzen wissen. »Ich höre den Hubschrauber schon die ganze Zeit. Kann er auch die Felder rings um das Gewerbegebiet überfliegen?«

»Natürlich kann er«, sagte Klinkhammer. »Wird er auch

tun. Du kannst ja mal bei Krieger nachfragen, wie weit sie bisher sind. Und richte ihm aus, dass ich das auch gerne wüsste.«

Als er das Gespräch beendete, rechnete er damit, dass Anne wissen wollte, ob man ihre Tochter gefunden habe. Bisher hatte sie weder nach Emilie gefragt noch nach ihrem Mann. Sie fragte auch jetzt nicht. Als er das Handy wieder einsteckte, sagte sie nur: »Das ist hübsch, dieses Lachen. Es klingt so fröhlich.«

»Finde ich auch«, stimmte er zu. »Es erinnert mich immer an die Tochter einer Bekannten, sie ist längst erwachsen, aber als Kind hat sie genauso gelacht. Wie klingt es denn, wenn Emilie lacht?«

»Ich weiß gar nicht, wann sie zuletzt richtig gelacht hat«, sagte Anne. »Im März, glaube ich, als wir im Zoo waren. Sie fand viele Tiere lustig, lachte über die Seehunde, über die drolligen kleinen Tiger und die Affen. Emilie lacht nur, wenn sie etwas lustig findet. Wenn sie sich freut, drückt sie das mit Worten aus, so ein Jubeln, wissen Sie. Und wenn Lukas sie morgens wach kitzelt, kichert sie immer.«

»Bei Ihnen kichert sie nicht?«, fragte er.

»Ich wecke sie ja nicht«, sagte Anne. »Ich bin die, die sie immer nur wegbringt. Morgens in die Kita, abends ins Bett, freitags zu Oma und Opa. Simone wirft mir oft vor, dass ich gar keine richtige Mutter bin.«

Wo sie ihm die Worte praktisch in den Mund legte, musste er einfach fragen: »Wer hat Emilie denn heute weggebracht?«

Sie schaute ihn an, als hätte sie die Frage nicht verstanden.

»Sie sagten vorhin, dass Sie nicht mehr Auto fahren können«, erinnerte er sie. »Und dass Emilie zu ihrer Freundin nach Hüppesweiler gebracht werden wollte.«

»Ja, heute Mittag«, bestätigte Anne.

Klinkhammer fiel ein, dass auch Franzen von Mittag gesprochen hatte, was natürlich nicht bewies, dass es stimmte, weil der Dienstgruppenleiter es wohl so von Lukas gehört hatte.

»Dann wollte sie nach nebenan zu Reinckes«, fuhr Anne fort. »Das war mir aber nicht recht, da hatte es am Vormittag Zoff gegeben. Zu Mario Hoffmann wollte sie auch, dem müsste sie unbedingt etwas Wichtiges sagen, behauptete sie und brach fast in Tränen aus, als ich ihr sagte, er sei im Krankenhaus. Danach wollte sie fernsehen. Da bin ich eingeschlafen.«

Dann hatte sie mit ihrer Suche nach Emilie womöglich nur deshalb nicht bei Reinckes begonnen, weil es dort morgens Zoff gegeben hatte. Klinkhammer verkniff es sich, sie direkt danach zu fragen. Er wollte ihr keine Worte in den Mund legen, fand aber, es wäre eine einleuchtende Erklärung für ihr Verhalten, falls sie nicht selbst für das Verschwinden ihrer Tochter verantwortlich war.

Der Junge von gegenüber

Während der Sommerferien war Mario Hoffmann nicht etwa von seiner Zahlungspflicht befreit worden. Er hatte nachzahlen müssen – mit Zinsen, insgesamt hundertfünfzig Euro hatte Irina ihm abgeknöpft. Ein Glück, dass Lars Nießen bereit war, seine restlichen Schulden in Kleckerbeträgen abzustottern, und dass Marios Großmutter sich erbarmt und ihm trotz der nicht gerade berauschenden Zeugnisnoten etwas Geld zugesteckt hatte. Die Versetzung in die 10b hatte er immerhin geschafft.

Mitte Oktober lieferte Mario immer noch jeden Montag zwanzig Euro ab und musste sich jeden Morgen bei Hamacher entscheiden, ob er ein Brötchen und einen Snack für die zweite Pause oder zwei Brötchen und keine Milch kaufte. Und jeden Nachmittag saß er vor dem Bildschirm und befriedigte seine hilflose Wut mit Ballerspielen, weil er für harte Pornos zu weich war.

In der dritten Oktoberwoche beobachtete er wieder einmal, wie das Trio einen Jungen aus dem Strom der Mitschüler isolierte, die nach der letzten Stunde aus dem Schulgebäude ins Freie strömten und den beiden Ausgängen zustrebten.

Der Junge hieß Timo und besuchte die 6c. Irina, Jana und Jessie drängten ihn zum überdachten Fahrradunterstand. Daneben standen zwei Container, zwischen die Timo unsanft bugsiert wurde. Jessie platzierte sich wie üblich als Deckung. Aber mehr passierte nicht, weil Frau Tschöppe dazwischenging.

Frau Tschöppe war die Klassenlehrerin der 6c, Ende fünfzig. Sie war kaum größer als Jana und brachte etliche Kilo weniger auf die Waage als Jessie. Trotzdem verschaffte sie sich Respekt.

»Hey, hey!«, hörte Mario sie rufen, während sie zum Ort des Geschehens eilte. »Was liegt an? Gibt es Unstimmigkeiten, bei deren Beseitigung ich helfen kann?«

Was Frau Tschöppe sonst noch sagte, verstand Mario nicht, weil sie in normaler Lautstärke weiterredete, als sie die Container erreichte. Aus der Entfernung sah er nur, wie Irina gestikulierte. Timo schüttelte den Kopf. Frau Tschöppe gab ihm mit einem Wink zu verstehen, er solle gehen. Dann sprach sie minutenlang auf die Mädchen ein.

Und wie es schien, erreichte die zierliche Lehrerin mit ihren Worten mehr als Klinkhammer mit einer Gefährderansprache oder Clanchef Dimitrij mit Prügel. Frau Tschöppes Eingreifen wurde Timo jedenfalls nicht zum Verhängnis. Seiner Mutter passierte auch nichts. Eine kleine Schwester hatte er nicht.

Mario wartete eine Woche ab, ehe er den Jungen auf den Vorfall ansprach. Fünf Euro jede Woche hatte Irina haben wollen. Dabei bekam Timo keinen Cent Taschengeld. Seine Mutter und er waren vor zwei Jahren aus Bosnien gekommen und lebten *von Amt*, wie Timo das ausdrückte. Manchmal erledigte er Einkäufe für eine alte Frau aus der Nachbarschaft. Da bekam er mal fünfzig Cent, mal zwanzig, mal nur ein Dankeschön. Und Irina hatte allen Ernstes verlangt, er solle bei der alten Frau klauen, am besten einen Wohnungsschlüssel.

»Hast du das Frau Tschöppe erzählt?«, wollte Mario wissen.

Timo schüttelte den Kopf. »Ich habe nur gesagt, dass ich das Mädchen nicht gestohlen habe.«

»Nicht bestohlen oder dem Mädchen nichts gestohlen«, korrigierte Mario automatisch. »Und was hat Frau Tschöppe da gesagt?«

»Wenn die mich noch einmal belästigen«, bemühte Timo sich nun um eine absolut korrekte Ausdrucksweise, »soll ich es ihr sofort melden. Hier weht jetzt ein anderer Wind, hat sie gesagt.«

Sonntag, 18. November –
Die Stunden nach Mitternacht

Gerd Krieger meldete sich um Viertel vor zwei bei Klinkhammer, um durchzugeben, dass Lukas Brenner einen VW Touareg fuhr und Anne einen Opel Corsa. Beide Autos standen auf dem

Parkplatz und waren dem ersten Augenschein nach unbeschädigt. Keine gravierenden Kratzer oder sonstigen Beschädigungen an den vorderen Stoßfängern. Und Kratzer hätte es dort wohl gegeben, wenn ein Kinderfahrrad überrollt worden wäre, fügte Krieger hinzu.

Um die Unterböden genauer zu betrachten, an denen Klinkhammer besonders interessiert war, hätte der Erkennungsdienst die Fahrzeuge aufbocken müssen, was auf dem Parkplatz nicht machbar war. Sie inspizierten jetzt erst einmal das verbeulte Rad, untersuchten es auf Abriebspuren von Autolack, sicherten DNA-Material, das sei wohl wichtiger, meinte Krieger. Dem musste Klinkhammer zustimmen.

»Ein neues Rad ist das nicht«, gab Krieger wieder, was er vom Erkennungsdienst gehört hatte. »Mit bloßem Auge sind wohl Roststellen zu sehen, sagte Hormann. Der Sattel soll auch kaputt sein, verschlissen. Franzen sagte, das Kind hätte auch noch ein älteres Rad gehabt.«

»Das hätte Emilie aber kaum in der Nachbarschaft vorführen wollen«, meinte Klinkhammer.

»Ich sag ja bloß«, erwiderte Krieger. »Franzen sagte, in dem Viertel gibt es keine Garagen, nur Gerätehäuschen. Hat dort mal einer nachgesehen?«

»Meines Wissens nicht«, seufzte Klinkhammer. »Ich mach's gleich.«

Zur selben Zeit traf ein Leichenspürhund vom Arbeiter-Samariter-Bund im Gewerbegebiet ein. Und immer mehr Beamte, die ihren ursprünglichen Einsatz bewältigt hatten, stießen dazu, verteilten sich auf den Firmengeländen, die frei zugänglich waren, um in jeden Winkel und jeden Müllcontainer zu leuchten. Die letzten waren um halb drei Uhr nachts die beiden Männer, die Franzen nach Hüppesweiler geschickt hatte.

Sie hatten sich noch an der Suche auf dem Gutshof beteiligt, die nach Mitternacht ergebnislos eingestellt worden war. Obwohl sich kein Mensch vorstellen konnte, Emilie sei in Hüppesweiler etwas zugestoßen, hatten hilfsbereite Anwohner, von Olaf Nießen und Hannah Schnitzlers Vater zusammengetrommelt, jeden Stein zweimal umgedreht, jeden Keller, jedes Nebengebäude und jeden Quadratmeter Außenfläche kontrolliert.

Auf der Rückfahrt war der Streifenwagen im Schritttempo den gesamten schlecht asphaltierten Weg mit der tückischen S-Kurve entlanggerollt. Den Graben bei der S-Kurve hatten sie schon vorher bei der Anfahrt kontrolliert. Die Felder rechts und links dieses Wegs hatte Hummel 6 bereits in geringer Höhe überflogen. Und mit der Wärmebildkamera war die Hubschrauberbesatzung jedem überlegen, der sich am Boden bewegte und Ausschau hielt.

Die beiden Polizisten konzentrierten sich auf die Wegränder und den Graben. Der Mann am Steuer hatte die bröckelnde Asphaltkante im Blick, hinter der die schon aus der Luft kontrollierten Ackerflächen lagen. Der zweite ging im Licht der Scheinwerfer vorweg und leuchtete mit seiner Taschenlampe den schmalen, mit Gras und Unkräutern bewachsenen Erdstreifen zwischen Weg und Entwässerungsgraben ab. Der Graben sei recht tief, hatten sie in Hüppesweiler gehört. Aber allzu breit war er nicht und stellenweise fast vollständig von Grünzeug überwuchert, zudem von den jüngsten Niederschlägen so gut gefüllt, dass man Stangen brauchte, um festzustellen, ob etwas unter der Wasseroberfläche verborgen lag.

Als Franzen das hörte, informierte er zuerst den Kriminaldauerdienst, damit Krieger für den Morgen auch das Technische

Hilfswerk anforderte und darauf hinwies, dass Stangen oder Anglerbekleidung gebraucht wurden. Anschließend meldete er sich noch mal bei Klinkhammer.

Der hatte zwischenzeitlich in Brenners Gerätehäuschen nachgeschaut. Den Schlüssel hatte Anne nach einigem Überlegen aus einer Seitentasche ihrer Umstandshose gezogen. Einen ausgeleierten Trainingsanzug, wie Klinkhammer eingangs vermutet hatte, trug sie gar nicht. Die Strickbündchen gehörten zu einer alten Jacke von Lukas, die sie übergezogen hatte, weil sie fror.

»Das ist der Ersatzschlüssel«, sagte sie. »Ich wusste gar nicht, dass ich den eingesteckt hatte. Den anderen hat Emilie mitgenommen.«

Im Häuschen befand sich aber nur etwas Gartengerät, die Tonnen für Hausmüll und wiederverwertbare Stoffe, ein Bollerwagen mit Abdeckplane und das alte Fahrrad von Lukas. Emilies altes Rad stand laut Anne auf dem Anwesen der Großeltern.

Des Weiteren hatte Klinkhammer noch zwei Becher Waldfruchttee aufgebrüht, sich den Rest Kaffee aus der Kanne genommen und sich mit Anne über die zweite Schwangerschaft und ihr Verhältnis zu Emilie unterhalten.

Mehr als einmal wunderte er sich über ihre verblüffende Offenheit. Die erklärte sich später damit, dass Jürgen Zardiss ihr angekündigt hatte, es käme bestimmt nicht nur die Polizei, sondern auch ein Notfallseelsorger, Psychologe oder jemand vom Sozialdienst, um ihr beizustehen. Aber woher hätte er wissen sollen, dass sie ihn in seinem feinen Anzug für einen Psychologen hielt?

Sie machte keinen Hehl daraus, dass schon Emilie ein *Unfall* gewesen war, der Lukas zur Erfüllung seines lange gehegten

Traumes und ihnen beiden zu dieser Doppelhaushälfte verholfen hatte.

»So spendabel waren sie diesmal nicht«, sagte Anne. »Aber vielleicht kommt das noch, wenn Lukas das Center ausbauen lässt.«

Schwierigkeiten mit ihrer Tochter wies sie ebenso von sich, wie Lukas das getan hatte. Und obwohl sie anscheinend nie eine innige Mutter-Kind-Beziehung zu Emilie aufgebaut hatte, hörte Klinkhammer den Stolz in ihren Worten. Emilie war ein eigenwilliges, aber eigentlich unproblematisches Kind. Man musste halt manchmal mit einer gewissen Eigenmächtigkeit rechnen, wie sich heute, vielmehr gestern, gezeigt hatte.

In dem Zusammenhang kam Anne noch mal auf Mario Hoffmann zurück, dem Emilie unbedingt etwas hatte sagen wollen. »Sie erzählte mir eine wüste Geschichte von Russenweibern, die alte Frauen und Jungs verhauen und ihnen alles wegnehmen.«

Dieser Hinweis veranlasste Klinkhammer nachzuhaken, wobei ihn mit der Erinnerung an den Überfall auf Frieda Gruber im März speziell alte Frauen interessierten. Aber dazu konnte Anne nichts sagen. Er erfuhr nur noch, dass Emilie auch von bösen Russenbrüdern gesprochen hatte, die Kinder in Säcke steckten.

»Ich hatte den Eindruck, dass sie plötzlich Angst vor Andrej hatte.«

»Wer ist Andrej?« Klinkhammer hörte den Namen zum ersten Mal.

»Andrej Netschefka, einer der Aushilfstrainer, die mein Mann beschäftigt. Er kommt aus Russland. Bisher war Emilie ganz vernarrt in ihn. Na ja, nicht so vernarrt wie in Murat Bülent«, schränkte Anne ein. »Murat ist der zweite Aushilfstrainer.

Ihn will Emilie später heiraten. Aber Andrej war für sie immer ein guter Freund. Und plötzlich erklärte sie, er sei ein Kosake.«

Was ihre Tochter sich darunter vorstellte, wusste Anne nicht. Klinkhammer konnte sich denken, was gemeint war, musste den Ausdruck doch nur mit Mario Hoffmann verknüpfen. Aber um den Jungen von gegenüber sollte Oskar Berrenrath sich kümmern. Berrenrath würde sich freuen zu hören, dass er mit seinem Verdacht gegen das Trio Infernale offenbar richtig gelegen hatte. Er würde auch schnell in Erfahrung bringen, ob es eine Verbindung zwischen dem Aushilfstrainer und der Sippe vom Nordring gab.

Anne

Der 26. Oktober war Annes letzter Arbeitstag im Beauty-Salon Heitkamp. Die Kabinenmiete hatte sie zwar bis zum Monatsende bezahlt, aber mittlerweile hatte Jasmin Töller sich einen kleinen Kundenstamm aufgebaut und ihre Termine so eingetragen, dass es sich für Anne nicht gelohnt hätte, zwischendurch den Laden zu verlassen. Mit zunehmendem Leibesumfang und meist geschwollenen Füßen machte es auch keinen Spaß mehr, in der Stadt herumzulaufen und für die Babys einzukaufen. Abgesehen davon war die Erstausstattung mehr als komplett. Ihre Schwiegermutter hatte bergeweise Sachen angeschleppt, an keinem lustig bedruckten Sweatshirt und keiner Knabenjeans in Größe 62/68 vorbeigehen können. In den Gitterbettchen lagen so viele Kuscheltiere, dass Lukas schon die Frage aufgeworfen hatte, wo denn die beiden Jungs schlafen sollten.

Während Jasmin Schulmädchen die Pickel ausdrückte oder Teenies mit einem schrillen Make-up verunstaltete, wollte Anne sich nicht im Laden mit Marlies auseinandersetzen. Also verzichtete sie darauf, die letzten Tage noch im Laden zu sein, worum Marlies sie händeringend bat: »Du kannst doch wenigstens am Samstag noch kommen. Was soll ich denn machen, wenn ich wegmuss?«

»Das ist nicht mein Problem«, sagte Anne und verspürte dabei eine unbändige Genugtuung, die leider nicht lange vorhielt.

Seit Anfang Oktober kämpfte sie mit Stimmungsschwankungen, als genehmigten ihre Gefühle sich eine Achterbahnfahrt. Auch wenn sie sich dem Beauty-Salon nicht mehr so eng verbunden fühlte, seit sie wusste, wie Marlies über ihre Selbstständigkeit dachte, war es oft wie ein eiserner Ring um die Brust. Bald ist Schluss, mit dem Gedanken war sie jeden Abend ins Bett gegangen. Und nach achtzehn Jahren im selben Laden, im August waren es achtzehn Jahre gewesen, pfiff man zum Abschied kein fröhliches Liedchen.

In der Nacht zum Freitag vergoss der Himmel die Tränen, die sie sich verkniff. Ziemlich genau um Mitternacht begann es zu regnen und hörte nicht mehr auf. Sie lag wach, Stunde um Stunde, hörte dem beständigen Trommeln gegen den Rollladen zu und versuchte, das Rumoren in ihrem Leib zu ignorieren.

In Halb- bis Dreiviertelstundenintervallen musste sie zur Toilette, weil ihre Blase kaum noch mehr als einen Fingerhut Urin fasste. Jedes Mal tappte sie im Dunkeln aus dem Zimmer, um Lukas nicht zu wecken. Er schlief in der zweiten Hälfte des Doppelbetts wie üblich den Schlaf des Gerechten, den kein Wolkenbruch, kein Schritt und kein Seufzer störte, nur Licht. Sobald es hell wurde, war Lukas hellwach. Und sie wollte nicht, dass er wieder nach Dingen fragte, die er nicht ändern konnte. »*Kannst du nicht schlafen?*«

Nein, verdammt! Sie konnte seit Wochen nicht mehr richtig schlafen. Als pünktlich um sechs der Wecker zu piepen begann, zuckte ihr eine Zeile aus dem Märchen *Brüderchen und Schwesterchen* durch den Kopf. *Jetzt komm ich noch einmal und dann nimmermehr.*

Lukas stellte den Wecker ab, schwang seine Beine aus dem Bett, reckte und streckte sich und bewegte seinen athletischen Körper ins Bad. Anne blieb noch liegen und horchte weiter auf das Prasseln des Regens, das sogar das Rauschen der Dusche übertönte.

Sie fühlte sich wie gerädert, als sie Lukas zehn Minuten später folgte. An der bleiernen Müdigkeit änderte auch die heiße Dusche nichts. Der Spiegel war völlig beschlagen, als sie sich abfrottierte. Sie wischte ihn ab und erschrak. Ihre Gesichtshaut war seit Monaten fleckig, das war ihr längst ein vertrauter Anblick und ließ sich mit Make-up gut kaschieren. Die Ödeme rund um ihre Augen jedoch, die waren zwar auch nicht vollkommen neu, nur bisher bei Weitem nicht so prall gewesen.

Sie hätte sich mehr Sorgen um ihre Füße machen sollen. Die waren in den letzten Wochen tagsüber immer so stark angeschwollen, dass sich über den Knöcheln Dellen gebildet hatten. Bisher hatte sich das aber über Nacht noch jedes Mal einigermaßen zurückgebildet. Diesmal nicht.

Als Lukas zurück ins Bad kam, um ihr beim Anziehen der Stützstrümpfe zu helfen, war sie dabei, ihrem Gesicht mit unterschiedlich getönten Grundierungen die Ebenmäßigkeit zu verleihen, die man von einer versierten Kosmetikerin erwarten durfte. Aber auch das dunkelste Make-up machte die Schwellungen rund um die Augen nicht unsichtbar.

»Ich hab Kaffee gemacht«, sagte Lukas und musterte im Spiegel argwöhnisch ihre Augenpartie. »Ist das okay, oder willst du lieber Tee?«

Tee wäre besser für ihren Blutdruck gewesen. Beim letzten Besuch in seiner Praxis hatte Jürgen Zardiss den Verdacht auf Präeklampsie geäußert. Er war sehr besorgt gewesen, obwohl keine Eiweißausscheidungen im Urin nachgewiesen wurden. Sobald Kopfschmerzen, Sehstörungen, Übelkeit oder Erbrechen aufträten, müsse sie umgehend ins Krankenhaus.

Aber so müde, wie sie sich fühlte ... »Kaffee ist in Ordnung«, antwortete sie und griff zur Puderquaste, um die Vorarbeit abzusichern. Nachdem das geschehen war, setzte sie sich auf den Toilettendeckel, damit Lukas ihr die Strümpfe anziehen konnte, wobei er verstohlen ihre Füße abtastete, was ihr nicht entging.

»Du siehst ziemlich verquollen aus«, stellte er fest.

»So fühle ich mich auch«, erwiderte sie.

»Du hast es ja bald geschafft.« Er strich ihr tröstend über den Arm, hatte keine Ahnung, mit welchem Horror sie ihren letzten Arbeitstag auf sich zukommen sah. Bei aller Freude auf das neue Leben, sie hatte es nicht bald *geschafft*. Sie wusste nicht einmal, wie sie es ab Morgen schaffen sollte, nur noch Hausfrau und Mutter zu sein. Sie hatte doch nie so leben wollen wie ihre Mutter und Simone.

Als wisse er genau, wie ihr zumute war, und als wolle er sie davon ablenken, küsste Lukas sie auf die nackte Schulter und sog genießerisch schnuppernd die Luft ein. »Wie du wieder duftest.«

Kunststück. Sie saß schließlich an der Quelle – heute noch.

»Das ist ein neues Deo von Yves Saint Laurent«, behauptete
sie. Stimmte gar nicht, es war eine Körperlotion von Bulgari.
Für Lukas machte das keinen Unterschied, Hauptsache es
roch gut. Er nickte und ging nach nebenan, um Emilie wach
zu kitzeln und ihr die Jeanshose schmackhaft zu machen, die
Anne am vergangenen Abend bereitgelegt hatte.

Kurz darauf saßen sie zu dritt am Frühstückstisch. Lukas erbot sich, die Fahrt zur Kita zu übernehmen. Diesmal sagte
Anne: »Lieb von dir.«

Es goss immer noch wie aus Kübeln, und bis zum Parkplatz
an der Dürener Straße waren es gute dreihundert Meter.

Während sie Emilie beim Zähneputzen überwachte und ihr
die langen, blonden Haare zum Zopf flocht, räumte Lukas den
Frühstückstisch ab, verstaute das Geschirr in der Spülmaschine
und fegte die Toastkrümel vom Fußboden auf.

Um halb acht half er Emilie in die rosafarbene Steppjacke,
reichte ihr den kleinen Rucksack mit dem Prinzessin Lillifee-
Aufkleber, löste noch schnell den eingeklemmten Reißver-
schluss an einem gefütterten Kinderstiefel und sprintete zum
Gerätehäuschen.

Unmittelbar nach Emilies Geburt war er dem Beispiel der
meisten Anwohner im Viertel gefolgt und hatte einen gummi-
bereiften Bollerwagen mit einer wetterfesten Plane angeschafft, damit er Mineralwasserkästen, Windelpakete und
Großeinkäufe nicht die dreihundert Meter vom Parkplatz
zum Haus schleppen musste.

Mit dieser »Kutsche« ließ Emilie sich gerne zum Auto bringen. Das »Pferd« musste allerdings zweimal hin- und hertra-
ben, weil der Bollerwagen nicht auf dem Parkplatz stehen
bleiben konnte.

Anne blieb mit Emilie in der offenen Haustür stehen, während gegenüber Mario Hoffmann sein Mofa im Schneckentempo auf die Straße schob. Er bewegte sich, als hätte er ein halbes Dutzend Schlaftabletten gefrühstückt. Der Witterung zum Trotz trug er keine Jacke, nur ein Kapuzenshirt und eine verschlissene Jeans, die über den Knöcheln endete.

Anne dachte unwillkürlich: Hochwasser, wie passend.

Marios nackte Füße steckten in schwarzen Sportschuhen. Als Lukas mit dem Bollerwagen aus dem Gerätehäuschen kam, saß Mario immerhin schon auf dem Mofa und machte Anstalten, den Motor zu starten.

»Das ist nicht dein Ernst, oder?«, rief Lukas zu ihm hinüber. Er gehörte nicht zu denen, die sich über Marios Ignoranz der Verkehrsregeln im Viertel aufregten, aber er bekam ja auch nicht viel davon mit. »So wie das plästert, hast du keinen trockenen Faden am Leib, wenn du ankommst.«

»Muss aber fahren, bin spät dran«, kam es träge von der anderen Straßenseite zurück.

Eigentlich hatte Lukas ihm zu verstehen geben wollen, er solle eine Jacke anziehen und seinen Helm aufsetzen, den trug er doch sonst auch immer. Nun forderte Lukas stattdessen: »Schieb es zurück. Ich nehme dich mit und setz dich bei der Schule ab. Das geht noch schneller.«

Mario gehorchte, womit Anne nicht gerechnet hatte. Nachdem er sein Gefährt im Trockenen hatte, kam er eilig herüber, während Lukas noch den Bollerwagen so unter das Vordach rangierte, dass Emilie beim Einsteigen nicht nass wurde.

»Duck dich, Prinzessin«, riet Lukas. »Ich muss dich zudecken.«

Emilie verschwand unter der Plane. Lukas trabte mit eingezogenem Kopf los. Es war eher ein Galopp. Mario rannte neben dem Bollerwagen her und hatte Mühe, Schritt zu halten. Zurück kam Lukas ein paar Minuten später mit dem leeren Bollerwagen.

»Hast du Mario etwa alleine mit Emilie im Auto gelassen?«, fragte Anne überflüssigerweise. Die Vorstellung behagte ihr nicht. Sie wusste von Mario Hoffmann nur, was Horst Reincke gelegentlich verlauten ließ.

»Nein«, erwiderte Lukas. »Ich habe ihn am Laternenpfahl festgebunden und zwei Passanten gebeten, ihn im Auge zu behalten, bis ich zurück bin.« Bei den nächsten Worten verdrehte er die Augen. »Herrgott, Anne, er ist doch noch ein halbes Kind. Und ein verdammt einsames, glaube ich.«

»Er spielt diese widerlichen Ballerspiele«, sagte Anne. »Du weißt schon, welche ich meine. Alle Jugendlichen, die plötzlich ausgerastet und auf andere losgegangen sind, hatten diese Spiele auf dem Computer. Fachleute sind der Ansicht ...«

»Fachleute«, unterbrach Lukas sie, während er den Bollerwagen zurück ins Gerätehäuschen schob, »können immer erst ihr Urteil abgeben, wenn etwas passiert ist. Nicht jeder, der am Computer ballert, ist ein potenzieller Mörder. Dazu gehört mehr als Langeweile. Frag mal unsere drei Neffen.«

»Aber er schaut sich auch Pornos an«, sagte Anne. Das hatte Horst Reincke ihr verraten und Mario bei der Gelegenheit eine sadistische Tendenz unterstellt, ohne das allerdings genauer zu begründen.

»Das habe ich in seinem Alter auch getan«, erklärte Lukas ungerührt, schloss die Tür des Gerätehäuschens, reichte ihr den Schlüssel und rannte wieder los.

Der Junge von gegenüber

Währenddessen begriff Mario, dass Irina sich bezüglich *Murats kleiner blonder Schwester* im Irrtum befand. Die vermeintliche Schwester saß nämlich hinter ihm im Kindersitz und quasselte ihm die Ohren voll. Anfangs nervte Emilie ihn noch: »Warum hast du keine Jacke an?«

Weil man sich bei dem Wetter viel leichter eine Erkältung zuzog, wenn man auf eine Jacke verzichtete. Und wenn es einen richtig erwischte mit Husten, Schnupfen, Halsschmerzen und Fieber, konnte man ein paar Tage daheim bleiben und die nächste Zahlung ein wenig hinausschieben. Am Montag wären wieder zwanzig Euro fällig. Das zehrte ganz schön – am Selbstbewusstsein ebenso wie an seiner Bonität. Er war zurzeit ziemlich klamm und überlegte seit Tagen, ob er mal mit Frau Tschöppe reden sollte. Vielleicht konnte sie ihm die Weiber ebenso vom Leib halten wie dem kleinen Timo. Vielleicht verlangte sie aber auch, er solle mit seinem Klassenlehrer sprechen.

Aber das ging Emilie nichts an, fand Mario. Wenn man sich überreden ließ, im Auto mitzufahren, war das Argument Erkältung sowieso hinfällig. Dabei hatte Lukas wahrhaftig nicht viel Überredungskunst anwenden müssen, weil Mario seit geraumer Zeit mit dem Gedanken spielte, den Onkel von Lars zu fragen, was der Kampfsportunterricht im Brenner-Center kostete und ob Schüler eventuell einen Sonderpreis bekämen.

»Und warum hast du nackte Füße?«, wollte Emilie wissen. Da er ihr wieder die Antwort schuldig blieb, erklärte sie: »Man bekommt Blasen und Schweißfüße, wenn man keine Strümpfe anzieht.«

»Nicht in denen«, grummelte Mario. »Das sind nagelneue

Nikes. Shox R4, superbequem. Habe ich gestern erst bekommen.«

»Trotzdem machen sie Schweißfüße«, beharrte Emilie. »Das tun alle Schuhe. Strümpfe nehmen den Schweiß auf, sagt Murat.«

Damit waren sie bei dem Thema, das Mario am meisten interessierte. Er bekam die Zähne etwas weiter auseinander und brauchte Emilie gar nicht viele Fragen stellen. Sie plapperte schon nach der ersten munter drauflos, bezeichnete Murat als ihren besten Freund und äußerte die Hoffnung, dass Papa heute Nachmittag wieder keine Zeit hatte, um sie aus der Kita abzuholen. Dann kam bestimmt Murat. Nur wenn Murat auch keine Zeit hatte, musste Andrej es übernehmen.

»Andrej ist Kasache, nicht?«, wollte Mario sich vergewissern.

»Nein, Andrej ist lieb«, versicherte Emilie, der die Nationalität nichts sagte. »Ich mag ihn auch gerne, aber Murat mag ich lieber. Wenn ich groß bin, heirate ich Murat. Dann wird er der Chef vom Studio, das haben wir schon besprochen.«

Ob Murat kickboxen konnte, wusste Emilie nicht. Sie war jedoch sofort bereit, Murat zu fragen und es Mario gleich morgen auszurichten. »Meine Mama arbeitet heute zum letzten Mal, deshalb bin ich ab morgen immer zu Hause. Ich muss ihr helfen, weil sie zwei Babys im Bauch hat. Wen willst du denn hauen und treten?«

Mario erzählte ihr, dass es an seiner Schule zwei widerliche Russenweiber und ein fettes, deutsches Schwein gab. Dass die drei sich zusammengetan hatten, über alte Frauen herfielen und ihre Mitschüler ausnahmen. Sie wollten jeden Montag viel Geld von ihm haben, weil er verraten hatte, dass ihre Brüder kleine Mädchen an alte Säcke verkauften.

»Das ist aber gemein«, kommentierte Emilie.

»Das kannst du laut sagen«, pflichtete Mario ihr bei. »Und wenn man nicht zahlt, schlagen und treten sie einen halb tot.«

Dann bat er in Erinnerung an seinen anonymen Brief und die Folgen: »Frag aber nur Murat, ob er mir Unterricht gibt und was das kostet. Pass bloß auf, dass Andrej es nicht hört. Dem darfst du nicht trauen. Der hat mich bei den Weibern verpfiffen.«

Warum er sich ausgerechnet diesem fünfjährigen Kind anvertraute, wo er doch sonst mit keinem Menschen darüber sprach, wusste Mario selbst nicht genau. Vielleicht, weil sie das blonde Mädchen sein musste, das Irina für Murats Schwester hielt. Für dessen nicht zustande gekommenen Verkauf er jeden Montag zwanzig Euro abdrücken musste. Dabei zahlte er gar nicht für das geplatzte Geschäft, sondern für Süßigkeiten.

Dimitrij bekam keinen Cent von den zwanzig Euro, darauf hätte Mario beim Leben seiner geliebten Oma geschworen. Und was nun, wenn Dimitrij das Geschäft mit Murats kleiner Schwester doch noch machen wollte, damit er ebenfalls auf seine Kosten kam? Emilie zu warnen konnte auf keinen Fall schaden, fand Mario. Auch wenn sie das mit den alten Säcken falsch verstand und dachte, die Kinder würden *in* Säcken verkauft.

Dass Kinder schon mal in Säcke gesteckt wurden, wenn sie nicht artig gewesen waren, hatte ihr der alte Herr Seibold im Studio verraten. Das war Herrn Seibold mal passiert, als er noch klein gewesen war. Knecht Ruprecht, der Begleiter vom Nikolaus, hatte das getan und auch noch mit seiner Rute auf Herrn Seibold im Sack draufgehauen.

Aber dass Mario dringend Hilfe brauchte, verstand Emilie richtig. Und sie versprach ihm in die Hand, dafür zu sorgen, dass Murat ihm umsonst Unterricht gab, damit er ähnliche

Fähigkeiten entwickeln konnte wie ihr Vetter Lars. Der prahlte nicht mehr nur, ließ neuerdings auch seine Muskeln spielen. Neulich hatte er Hakan, der gute zwanzig Kilo schwerer war, blitzschnell auf den Rücken gelegt.

Bis Lukas die Fahrertür aufriss, träumte Mario davon, sich eines Tages ebenso zur Wehr setzen zu können wie Lars, sich vor Irina, Jessie und Jana aufzubauen und zu sagen: »Seht zu, dass ihr Land gewinnt, ihr dreckigen Schlampen. Wenn ihr noch etwas von mir wollt, kommt her und holt euch blutige Nasen. Geld gibt es keins mehr.«

Lukas schüttelte sich wie ein nasser Hund und schwang sich hinters Steuer. Weil es für Mario nun allerhöchste Zeit wurde, fuhr Lukas zuerst zur Schule. Und kaum war Mario ausgestiegen, weihte Emilie ihren Vater ein. Nicht in allen Einzelheiten, von alten Frauen sprach sie nicht. Für Emilie war die Sache mit den alten Säcken und Knecht Ruprecht viel interessanter und bedrohlicher. Und Mario hatte ihr nicht verboten, ihrem Papa davon zu erzählen. Nur Andrej durfte es nicht wissen, weil Andrej ein Kosake war und ein Verräter, das betonte Emilie.

Abschied

Kurz nach Mann und Tochter verließ Anne das Haus. So schnell ihr Leibesumfang und die geschwollenen Füße es erlaubten, hastete sie zum Parkplatz. Gesicht, Haar und Oberkörper einigermaßen geschützt unter ihrem Taschenknirps, die Füße in den Sandalen dagegen … Als sie ins Auto stieg, waren die Stützstrümpfe bis zu den Knien pitschnass, die Umstandshose ebenso. Den Rest hatte ihr Mantel abgedeckt.

Der Tag verlangte ihr das Letzte ab. Ihre Kundinnen folgten so dicht aufeinander, dass sie zwischendurch keine Pause machen konnte. Es schien fast, als wolle die halbe Stadt sich ein letztes Mal von ihr behandeln lassen. Nur über Mittag gab es eine Lücke von einer halben Stunde. Marlies Heitkamp schickte Jasmin Töller zum nahe gelegenen China-Restaurant und überließ der jungen Frau anschließend das alleinige Kommando über den Verkaufsraum, um in Ruhe mit Anne zu essen.

Bei Chop Suey mit Ente und Neun Köstlichkeiten saßen sie auf unbequemen Klappstühlen vor der Abtropffläche neben dem Wasserhahn, viel mehr Platz, um die heißen Alu-Schalen abzustellen, war in der Teeküche nicht. Ihren Teller auf den Knien balancierend, ließ Marlies die vergangenen achtzehn Jahre Revue passieren. Knallhart oder geschäftsmäßig wirkte sie dabei nicht. Sie klang so elegisch, wie Anne sich fühlte.

Anne war erleichtert, als beide Schalen leer waren und Marlies sich erhob. »Dann wollen wir mal wieder. Wie viele Termine hast du noch?«

Acht. Und jedes Mal folgte auf die Behandlung in der Kabine an der Kasse ein bewegender Abschied, der Annes Hals mit einem Kloß verschloss. Ihre Stammkundinnen wussten, dass sie nicht zurückkam. Einige brachten Geschenke für die Babys mit.

Die Einzige, die sich nicht mit Bedauern von ihr verabschiedete, war die ebenfalls hochschwangere Monika Dohmen. Mit Blick auf Jasmin, die der nasskalten Witterung zum Trotz ihre stahlbewehrte Haut zur Schau trug, sagte Monika Dohmen: »Wenn die jungen Dinger heutzutage meinen, sie hätten ihren Bauch nur, damit sie wissen, wohin mit dem Nabelpiercing, müssen wir Frauen mit Erfahrung eben noch mal ran. Wer soll der Spaßgesellschaft denn sonst später

Rente zahlen und den Hintern abwischen, wenn nicht unsere Kinder?«

Dann drückte sie Annes Hand etwas fester als sonst und sagte noch: »Meine Nummer haben Sie ja, melden Sie sich mal, wenn die Burschen da sind. Ich würde mich freuen. Wir trinken Kaffee zusammen, gründen unsere eigene Krabbelgruppe oder machen gemeinsam Rückbildungsgymnastik. Uns fällt schon etwas ein, da bin ich sicher.«

Fatale Entscheidung

Zur selben Zeit traten die beiden Studenten ihren Dienst im Brenner-Center an. Murat und Andrej kamen meist erst am Nachmittag und blieben, bis der letzte Kunde gegangen war. Sie wurden umgehend von Lukas ins Büro zitiert. Nach dem, was er morgens von Emilie gehört hatte, wollte Lukas verständlicherweise wissen, was da mit Lars, Andrej und den Russenweibern vor sich gegangen war.

Murat gestand seine mittlerweile ein halbes Jahr zurückliegende Hilfsaktion für Lars, vertrat anschließend jedoch dieselbe Meinung wie Andrej: Alles halb so wild, nur übertrieben dargestellt von zwei Jungs, die unbedingt Kampfsport lernen wollten. Wenn Mario Hoffmann tatsächlich jede Woche von den Mädchen zur Kasse gebeten wurde, weil Andrej mal mit dem vermeintlichen Oberhaupt der Sippe gesprochen hatte, war das bedauerlich, ließ sich aber bestimmt abstellen. Der alte Mann, gemeint war Irinas Vater, war doch einsichtig und regelrecht beschämt gewesen. Er hatte bei der Heiligen Muttergottes geschworen, dass kein Mitglied seiner

Familie daran dachte, die kleine Schwester von irgendwem zu holen.

Andrej hatte ihm das geglaubt, glaubte es immer noch und brachte ein gutes Argument vor. Der Verstand müsse einem doch sagen, dass Leute, die mit Kindern handelten, ihr Geschäft nicht an die große Glocke hängten. Die Mädchen mochten es faustdick hinter den Ohren haben, aber was sie trieben, war vermutlich auf ihre Mitschüler beschränkt.

Kurz darauf erschien Lars, um die nächste kostenlose Trainingsstunde zu absolvieren. Lukas stellte ihn ebenfalls zur Rede, hörte noch einmal, dass Lars sich Ende Februar das Schulterblatt nicht an der Sprossenwand angeknackst hatte, und erfuhr auch, warum und auf welche Weise Benny Küpper Anfang des Jahres seine Mutter verloren hatte.

Lars schwor seinerseits Stein und Bein, dass die Russenweiber und deren Brüder vor nichts zurückschreckten, auch nicht vor Mord. Daraufhin erbot sich Andrej, ein zweites Mal mit Irinas Vater zu reden, am besten sofort. Lukas war einverstanden.

Der alte Herr Jedwenko zeigte sich erneut zutiefst betroffen. Er räumte ein, dass Irina an der Schule wohl gelegentlich anderen Kindern etwas wegnähme. Irina sah, was andere hatten, und wollte nicht einsehen, dass man nicht alles haben konnte. Seiner Schwester und dem Schwager gehe es mit Tochter Jana genauso.

Wörtlich sagte Herr Jedwenko: »Deutschland ist gutes Land für alte, kranke Männer, aber nicht gut für Kinder.« Irinas Vater war noch keine sechzig und ein sehr kranker Mann. Er litt an einer Asbestose.

Andrej empfahl ihm, eine Erziehungsberatung in Anspruch zu nehmen. Das lehnte Herr Jedwenko ab. Es wäre doch ein Armutszeugnis für ihn als Vater, wenn er zugeben müsste, seine Tochter nicht richtig erziehen zu können. Sein ältester Sohn würde mit Irina reden, auf Dimitrij würde sie hören. Auf Dimitrij hörte sie immer.

Nach seiner Rückkehr ins Center versicherte Andrej, es sei alles in Ordnung. Dass Emilie als Murats vermeintliche kleine Schwester in Gefahr schweben könnte, wie Mario Hoffmann angedeutet hatte, schloss Andrej erneut aus. Lukas rief trotzdem seine Eltern an und vereinbarte, Emilie für die nächsten drei Wochen bei ihnen einzuquartieren.

Länger ging es nicht, weil Hans und Irmgard Brenner am 17. November in den Skiurlaub fahren wollten, um rechtzeitig zur Geburt der Zwillinge wieder daheim zu sein. Aber drei Wochen schienen Lukas reichlich Zeit, um eine Gelegenheit zu finden, Mario Hoffmann zu fragen, warum er einer Fünfjährigen so eine Schauergeschichte erzählt hatte.

Sonntag, 18. November – Die Reste der Nacht

Als Hans-Josef Simmering und Rita Voss um zehn nach drei von ihrer Tour zurückkamen und Anne einsehen musste, dass sie die letzten Stunden nicht mit einem Psychologen verbracht hatte, zeigte sie sich sichtlich schockiert. »Sie hätten mir sagen müssen, dass Sie Polizist sind«, beschwerte sie sich bei Klinkhammer.

»Da hätte ich erst mal wissen müssen, dass Sie mich für jemand anderen halten«, rechtfertigte er die Tatsache, dass er sich ihr nicht förmlich vorgestellt hatte.

»Herr Klinkhammer ist auch nicht irgendein Polizist.« Simmering meinte wohl, sie aufklären zu müssen. »Er hat schon eine Serie von Vermisstenfällen aufgeklärt, an denen sich ein Fallanalytiker vom BKA acht Jahre lang die Zähne ausgebissen hatte.«

Wenn ihr das ein Trost oder eine Aufmunterung sein sollte, verfehlte der Hinweis seinen Zweck. Sie beachtete Simmering gar nicht, wandte sich an Rita Voss: »Haben Sie Emilie gefunden?«

»Bisher leider nicht«, kam die ehrliche Antwort.

»Aber sie muss doch irgendwo sein«, sagte Anne.

Es klang hilflos, jedoch nicht halb so besorgt und erschüttert, wie Lukas gewesen war. Klinkhammer gewann den Eindruck, dass sie sich nicht vorstellen konnte, ihrer Tochter könne etwas Schlimmes zugestoßen sein. Hatte sie doch nichts mit Emilies Verschwinden zu tun? Rein vom Bauchgefühl her tendierte Klinkhammer dazu, sie von der Liste der Verdächtigen zu streichen. Es gab nur einen Haken: keine weiteren Verdächtigen und die Tatsache, dass Staatsanwälte Fakten wollten und keine Gefühle. Genau genommen waren das schon zwei Haken. Und es kam wohl noch ein dritter hinzu, wenn man sich fragte, warum sie erst nach anderthalb Stunden begonnen hatte, ihr Kind zu suchen.

»Ja«, stimmte Rita Voss ihr zu. »Und die Kollegen draußen tun alles, um Emilie zu finden, Frau Brenner. Sie sollten sich jetzt hinlegen und ausruhen.«

»Ich muss zuerst noch mal aufs Klo«, sagte Anne.

»Sie können oben gehen«, entschied Rita Voss. »Ich helfe Ihnen. Oben haben Sie mehr Ruhe.«

Als beide außer Hörweite waren, schluckte Simmering die Zurechtweisung für seinen, wie Klinkhammer fand, völlig unangebrachten und überflüssigen Einwurf und erstattete anschließend Bericht über die drei Männer, deren Namen und Anschriften Lukas notiert hatte, weil er sie angeblich nicht gerne mit Emilie allein ließ.

»Wenn das als Beschäftigungstherapie für uns gedacht war«, begann Simmering. »Ich hätte mit meiner Zeit etwas Besseres anfangen können.«

Bei Herrn Seibold war Lukas gegen neun Uhr am vergangenen Abend aufgetaucht und hatte nach Emilie gefragt. Herr Seibold hatte ihn nicht in die Wohnung gelassen, weil er gerade dabei gewesen war, seine demenzkranke Frau zu waschen.

»Ich konnte meine Frau im Bad nicht lange allein lassen. Ich konnte Lukas auch nicht gestatten, sich in der Wohnung umzuschauen. Er hätte bestimmt einen Blick ins Bad werfen wollen. Wie peinlich das für meine Frau gewesen wäre, muss ich sicher nicht betonen. Davon abgesehen, wo sollte ich Emilie begegnet sein? Ich habe die Wohnung den ganzen Tag nicht verlassen.« So hatte Herr Seibold seine Weigerung begründet.

Letzteres hatte eine Nachbarin bestätigt, die sich stundenweise um Frau Seibold kümmerte, damit der alte Mann im Brenner-Center etwas für seine Kondition tun konnte.

Dass Mohr und Kunich pädophile Neigungen hätten, bezweifelte Simmering ebenfalls. Der junge Kunich hatte sein Schlafzimmer, höchstwahrscheinlich auch sein Bett, mit einer pummeligen Blondine (seine Freundin) geteilt und angegeben, den Tag mit ihr in Köln verbracht zu haben. Einkaufsbummel fürs Baby, das die Blondine erwartete. Gegen sechs waren sie nach Hause gekommen. Kurz nach neun hatte Lukas angerufen und gefragt, ob Kunich am Nachmittag zufällig Emilie begegnet sei. Persönlich aufgetaucht war Lukas nicht.

Im Brenner-Center trainiert hatte am frühen Abend nur der

dritte Kandidat: Mohr. Er hatte erklärt, Lukas wäre die ganze Zeit in seinem Büro gewesen. Exakt um neunzehn Uhr achtundzwanzig hatte Lukas die beiden Aushilfstrainer zu sich zitiert – und zwar in einem Ton, als stünde ein Terroranschlag unmittelbar bevor. Deshalb hatte Mohr reflexartig auf die große Wanduhr geschaut. Nur wenige Minuten später hatten Lukas, Andrej und Murat das Studio eilig verlassen.

Auch bei Mohr hatte Lukas so gegen Viertel nach neun angerufen und nach einer zufälligen Begegnung mit Emilie gefragt. Was Frau Mohr bestätigte, die den Anruf entgegengenommen hatte.

Vorstellig geworden war Lukas somit nur beim alten Herrn Seibold, und zwar allein, was er bei Klinkhammer aber anders dargestellt hatte.

»Ich wüsste zu gerne, wie die drei Kraftpakete sich die anderthalb Stunden zwischen Verlassen des Studios und Brenners Auftauchen bei Seibold vertrieben haben«, sagte Simmering.

»Das werden wir ihn fragen«, erwiderte Klinkhammer. »Aber nicht hier und jetzt.«

»Was hat er sich dabei gedacht, uns zu drei Männern zu schicken, von denen zwei seine Tochter heute gar nicht zu Gesicht bekommen haben können?«, meckerte Simmering weiter. »Wenn er nur bei Mohr angerufen hätte, könnte ich es ja nachvollziehen. Der hat das Studio um zehn nach acht verlassen. Rein theoretisch könnte das Kind ihm über den Weg gelaufen sein. Er sagte, er hat die Kleine nicht gesehen, auch nichts mehr von Brenner und den beiden Studenten.«

»Mich interessiert vor allem, wo Netschefka abgeblieben ist«, sagte Klinkhammer. »Laut Frau Brenner hatte Emilie neuerdings Angst vor Andrej, weil er ein Kosake sein soll. Frau Brenner wusste nicht, was das Kind sich darunter Schlimmes

vorstellt. Ich kann es mir denken, sehe aber noch keinen Zusammenhang. Vielleicht kann Brenner uns den erklären.«

Dann rief er Franzen an und beauftragte ihn, Lukas zur Wache nach Bergheim zu schaffen, wo man ganz anders mit ihm
reden konnte als hier, wo seine hochschwangere Frau in Hörweite war.

Anne

Mit sieben Tragetaschen voller Geschenke im Auto – die Taschen des Beauty-Salons waren nicht sehr groß – fuhr Anne
nach ihrem letzten Arbeitstag um halb acht zum Brenner-Center, um Emilie abzuholen. Als sie hereinkam, hielt Lukas sich
im Büro auf. Andrej überwachte im Hintergrund einen Neu-
kunden auf dem Laufband und winkte ihr freundlich zu. Emilie saß an der Saftbar und ließ sich von Murat verwöhnen –
zum letzten Mal, sagte sie theatralisch, womit sie natürlich
nur die nächsten drei Wochen bei den Großeltern meinte.

Murat mixte ihr aus verschiedenen Säften den Schlaftrunk.
Und sie himmelte ihn an. Es spielte keine Rolle, ob man fünf
war oder fünfzig, wenn man einen Mann toll fand.

»Voilà, Mademoiselle«, sagte Murat mit gewollt französi-
schem Akzent, als er Emilie die zähflüssige Brühe kredenzte.
»Damit wirst du schlafen wie ein Murmeltier. Und morgen
sagst du deinem Freund, er soll herkommen, dann sehen wir
mal, was ich für ihn tun kann.«

»Er ist nicht mein Freund«, erwiderte Emilie. »Ich sehe ihn
morgen auch nicht, wenn ich bei Oma Irmgard und Opa Hans
bin.«

»Dann sagst du es ihm eben später«, riet Murat leichthin, legte verschwörerisch einen Finger an die Lippen und fügte hinzu: »Und sonst zu keinem Menschen ein Wort. Versprochen.«

»Versprochen«, wiederholte Emilie gewichtig.

Anne hörte das zwar, aber sie war zu erschöpft, um diesem Dialog eine besondere Bedeutung beizumessen. Dass Lukas umdisponiert hatte und Emilie zu den Großeltern schickte, erfasste sie erst, als sie zu ihm ins Büro ging.

»Ich will, dass du dich erholst«, erklärte er ihr seine Vorsichtsmaßnahme für Emilie. »Du musst vor der Geburt richtig Kraft tanken und brauchst Ruhe. Die hast du nicht, wenn Emilie in der Nähe ist.«

»Was verstehst du unter Ruhe?«, fragte Anne. »Nächste Woche kommen die Handwerker. Meinst du, die bauen das Dachgeschoss geräuschlos aus?«

»Nein«, räumte Lukas ein. »Aber wie willst du Emilie vom Dachboden fernhalten, wenn dort fremde Leute hämmern und sägen? Du kannst nicht immerzu treppauf und treppab laufen.«

Damit hatte er unbestreitbar recht. Und obwohl sie noch nicht wusste, wie sie ab morgen die Zeit totschlagen sollte, war Anne erleichtert, sich in ihrem Zustand nicht sofort selbst um Emilie kümmern zu müssen.

Beinahe hätte Emilie den Sicherheitsplan ihres Vaters aber noch durchkreuzt. Als sie die Tüten mit den hübsch eingewickelten Päckchen entdeckte, die Anne auf die Rückbank im Auto gelegt hatte, wollte sie lieber mit nach Hause statt zu den Großeltern.

»Ich muss dir doch helfen«, erklärte sie. »Zu Oma und Opa kannst du mich morgen bringen.«

Geschenke versetzten sie jedes Mal in euphorische Erwartung. Sie war nicht daran gewöhnt, dass andere beschenkt wurden und sie leer ausging, es sei denn, jemand hatte Geburtstag.

Bereitwillig übernahm sie auf dem Parkplatz ein halbes Dutzend Täschchen und lief so schnell vor Anne her, dass die nicht Schritt halten konnte. Kaum im Haus, stürmte Emilie ins Wohnzimmer, nahm sich nicht mal die Zeit, ihre Stiefel und die Steppjacke auszuziehen.

Während Anne ihren Mantel an die Garderobe hängte und sich bemühte, mit den Zehen des linken Fußes den Fersenriemen der rechten Sandale abzustreifen, damit sie sich nicht bücken musste, was kaum noch möglich war, machte Emilie sich ans Auspacken. Mit der Kapuze auf dem Kopf stand sie wie ein rosa Zwerg mit jeansblauen Beinen vor dem niedrigen Couchtisch, zerrte das erste Päckchen aus einer Tasche, riss mit emsigen Fingern Schleife und Papier ab und beförderte einen Zierkarton mit zwei Rasseln ans Licht, der achtlos in Richtung Couch flog. Ihre Miene spiegelte von Päckchen zu Päckchen mehr Enttäuschung. Das letzte enthielt zwei identische dunkelblaue Shirts mit der weißen Aufschrift: »*Tausche Schwester gegen Feuerwehrauto.*«

»Das ist ja doof, alles nur für Babys.« Emilie war beleidigt und wollte nun doch lieber zu Oma Irmgard und Opa Hans. »Ich habe versprochen, dass ich heute komme. Versprechen muss man halten. Wenn ich nicht komme, sind sie bestimmt traurig.«

Sekundenlang schätzte Anne sich glücklich, dass beide Sandalen noch mit den Füßen verschweißt schienen. Sie nahm ihren Mantel wieder vom Haken und schlurfte hinter ihrer Tochter her zurück zum Parkplatz.

Nach ihrer Rückkehr räumte sie nur die Rasseln, Strampler, Schühchen, Mobiles und so weiter zur Seite, die Emilie entweder auf die Couch geworfen oder auf den Tisch gelegt hatte. Ordentlich wegräumen wollte sie die Sachen später.

Dann ging sie in die Küche, machte sich ein Käsebrot und einen Tee, trug beides ins Wohnzimmer, setzte sich auf die Couch und legte die Füße hoch – mitsamt den Sandalen. Die konnte sie einfach nicht mehr ausziehen. Als Lukas um halb elf heimkam, musste er die Riemen zerschneiden. Danach gingen sie ins Bett, Anne ahnungslos und Lukas in der festen Überzeugung, bezüglich der Sippe vom Nordring die richtige Entscheidung getroffen zu haben.

5

Der Verlierer

Sonntag, 18. November – früher Morgen

Um Viertel nach vier verließen Klinkhammer und Simmering das Haus. Klinkhammer war hundemüde und genau in der richtigen Stimmung, um Lukas ohne Samthandschuhe zu bearbeiten. Rita Voss blieb bei Anne, die sich zuerst im Bad auf die Toilette setzte, dann auf dem Ehebett ausstreckte, jedoch keinen Schlaf fand. Also unterhielten sie sich von Frau zu Frau über Kinder und Beruf.

Rita Voss hatte eine zehnjährige Tochter und war nach der Scheidung mit dem Kind in ihr Elternhaus zurückgekehrt. Sie hatte nie einen Cent für Kinderbetreuung zahlen und nie ein schlechtes Gewissen wegen Überstunden haben müssen, weil ihre Mutter unter der neuen Aufgabe aufgeblüht war, sich von einer kränklichen und stets jammernden älteren Frau zurückverwandelt hatte in eine zupackende, tatkräftige Person, der man ihre mittlerweile neunundsechzig Jahre nicht ansah. Wirklich nachvollziehen, mit welch zwiespältigen Gefühlen Anne sich aus dem Erwerbsleben verabschiedet hatte, konnte Rita Voss nicht. Trotzdem konnte sie sich besser in Annes Haut versetzen, als jeder ihrer Kollegen es vermocht hätte.

Währenddessen betrat Klinkhammer die Dienststelle Nord. Simmering sehnte sich nach einer Zigarette und blieb vor der Tür, versprach jedoch: »In fünf Minuten komme ich nach.«

Lukas wartete bereits in der Wache, ohne Franzen. Der Dienstgruppenleiter hatte ihn nur abgesetzt und war sofort wieder losgefahren, um auf Klinkhammers Geheiß Murat Bülent und Andrej Netschefka aus ihren Betten zu holen und ebenfalls herzuschaffen.

Um Lukas ungestört vernehmen zu können – und eine Vernehmung war es, nicht länger die Befragung eines Vaters, dessen Kind seit rund zwölf Stunden abgängig war –, bezog Klinkhammer kurzerhand noch einmal sein früheres Büro. Übers Wochenende war es ohnehin verwaist.

Lukas war zu erschöpft und von Angst zerfressen, um Klinkhammers direkter Vorgehensweise längeren Widerstand entgegenzusetzen. Nur zu Anfang schlug er sich tapfer. Er bestätigte, dass er am vergangenen Abend nicht, wie vor Stunden behauptet, gegen achtzehn Uhr, sondern erst zwischen neunzehn und neunzehn Uhr dreißig von Emilies Verschwinden erfahren hatte. Auf die Minute genau konnte er wirklich nicht sagen, wann Anne ihn angerufen hatte. Er hatte nicht auf eine Uhr geschaut, nur dagesessen wie vor den Kopf geschlagen.

»Warum haben Sie mir weisgemacht, Ihre Frau hätte schon um achtzehn Uhr angerufen?«, fragte Klinkhammer. »War Ihnen nicht klar, dass solche Lügen bei uns extrem kurze Beine haben?«

»Ich weiß nicht, was ich mir dabei gedacht habe«, erwiderte Lukas. »Ich weiß auch nicht, wieso Anne sich mit diesem Anruf so viel Zeit gelassen hat. Sie war völlig durcheinander. Als ich ihr sagte, dass Emilie nicht im Studio ist, meinte sie, dann sei sie wahrscheinlich bei meinen Eltern. Ich musste sie daran erinnern, dass die frühmorgens in Urlaub gefahren waren und dass Emilie gar nicht aufs Grundstück konnte.«

»Haben Sie eine Erklärung, warum Ihre Frau dermaßen verwirrt war?«, fragte Klinkhammer.

Lukas schüttelte den Kopf. »Ich kann auch nicht erklären, warum sie länger als zwei Stunden im Viertel unterwegs war, um Emilie zu suchen. Die Schnellste ist sie zwar nicht mehr, trotzdem hätte ihr …«

»Schnelligkeit kann man Ihnen aber auch nicht vorwerfen«, schnitt Klinkhammer ihm das Wort ab. »Um neunzehn Uhr dreißig wie ein geölter Blitz mit Bülent und Netschefka zur Tür hinaus. Bei Herrn Seibold sind Sie erst um einundzwanzig Uhr aufgetaucht, und zwar alleine. Haben Sie Netschefka und Bülent unterwegs verloren und anderthalb Stunden gesucht, weil Sie sich alleine nicht getraut haben, einen alten Mann an die Tür zu klingeln? Oder …«

Zum »Oder« kam er nicht sofort, weil Lukas nun ihm ins Wort fiel und sein Auftauchen bei Herrn Seibold rechtfertigte: »Er hat Emilie vor Kurzem sehr anschaulich beschrieben, wo er wohnt. Er hat sie sogar darauf hingewiesen, dass sie, wenn sie zur Schule geht, immer bei ihm vorbeikommt. Sie könne ihn ja mal besuchen, schlug er vor. Murat hat das zufällig gehört und mir geraten, ein ernstes Wort mit Herrn Seibold zu reden. Als ich ihn bat, solche Einladungen zu unterlassen, damit kein falscher Eindruck entsteht, sagte er, ihm ginge es nur um seine Frau. Die würde sich bestimmt freuen und in Emilie vielleicht ihre eigene Tochter wiedererkennen. Seine Tochter hätte als Kind fast genauso ausgesehen.«

Darauf ging Klinkhammer nicht ein. Er blieb bei Bülent und Netschefka. »Ihre Frau meinte, Netschefka hätte sich bei Emilie unbeliebt gemacht. Das hat sie Ihnen doch bestimmt auch erzählt. Haben Sie ihn deshalb in den anderthalb Stunden zwischen Verlassen des Studios und Ihrem Besuch bei Herrn Seibold zusammen mit Bülent in die Mangel genommen?«

Lukas runzelte die Stirn. »Wie meinen Sie das?«

»Wie ich es sage«, sagte Klinkhammer. »Wenn es zu sexuellen Übergriffen gekommen ist, wollen viele Väter eigenhändig aus einem Verdächtigen herausprügeln, was er mit ihrem Kind angestellt hat.«

Lukas schüttelte verständnislos den Kopf. »Sexuelle Übergriffe? Hat meine Frau behauptet, Andrej hätte Emilie etwas getan?«

Klinkhammer umging eine direkte Antwort. »Laut Ihrer Frau hatte Emilie plötzlich Angst vor Netschefka.«

»Unsinn«, begehrte Lukas auf. »Das hat meine Frau missverstanden. Andrej kann keiner Fliege etwas zuleide tun. Er ist freundlich, hilfsbereit, tüchtig, ehrgeizig und hochintelligent, ein richtiger Überflieger. Seine Mutter ist maßlos stolz auf ihn. Ich habe ihn bisher immer nur als durch und durch anständig erlebt.«

Bisher. Die Einschränkung entging Klinkhammer nicht. Er fragte sich, ob Lukas ihm nun einen neuen Kandidaten anbot, nachdem Seibold, Mohr und Kunich ausgeschieden waren. »Manchmal sind die scheinbar anständigen Kerle schlimmer als die, die man auf Anhieb als Widerlinge einstuft«, sagte er. »Und wenn zu einer gewissen sexuellen Präferenz oder einem Hang zur Grausamkeit noch eine überdurchschnittliche Intelligenz kommt, macht das die Sache für Ermittler nicht eben leichter.«

»Andrej hat keine gewisse sexuelle Präferenz«, erklärte

Lukas nachdrücklich. »Er hat nur neben seinem Studium und der Arbeit im Center keine Zeit für eine Freundin.«

»Und warum bezeichnete Ihre Tochter ihn als Kosaken?«

»Sie meinte Kasachen«, korrigierte Lukas automatisch. Genau das hatte Klinkhammer sich ja gedacht, brauchte aber die Bestätigung.

Der Junge von gegenüber

Weil Lukas umdisponiert hatte, hielt Mario Hoffmann das Wochenende über vergebens Ausschau nach Emilie. Er war enttäuscht, weil sie ihm doch versprochen hatte, sofort Bescheid zu sagen, wenn Murat bereit war, ihn zu unterrichten. Am Montagmorgen wartete er bis auf den letzten Drücker, das Kind aus der Haustür treten und mit Mutter oder Vater zum Parkplatz hetzen zu sehen. Aber um halb acht waren bei Brenners immer noch sämtliche Rollläden unten.

Um Viertel vor acht machte Ruth der Warterei ein Ende, verwies auf die Uhrzeit und warf ihn hinaus. Er kam auf die letzte Minute bei der Schule an. Die Zeit reichte gerade noch, um Irina die üblichen zwanzig Euro in die gierigen Finger zu drücken. Dann ertönte auch schon der Gong.

Während der großen Pause sah Mario die drei Mädchen durchs Rolltor verschwinden, zurück kamen sie mit den bei Hamacher gekauften Süßigkeiten. Ein Anblick, der ihm jedes Mal aufs Neue den Magen zuschnürte, sodass er Mühe hatte, sein Brötchen zu essen. Aber eines Tages würde er ihnen die Stirn bieten. Wenn Murat ihm ein paar Kampfkünste beigebracht hatte.

Während der zweiten Pause schlenderte das Trio Infernale zweimal an ihm vorbei und schleckte Brausestäbchen, ehe Irina stehen blieb und eine Bemerkung über seine neuen *Nikes* machte. Vielleicht war es doch keine so kluge Idee gewesen, sich die zu kaufen. Aber bei aller Vorsicht, sollte er sich die Füße in irgendwelchen Billigtretern ruinieren? Er zahlte doch jeden Montag zwanzig Euro.

»Schick«, sagte Irina. »Wo hast du her?«

»Aus dem Internet«, sagte Mario automatisch.

»Internet«, wiederholte Irina gewichtig und wollte auch noch wissen: »Machst du mit Handy oder mit Computer?«

Mit dem neuen Handy hätte Mario sich im Internet tummeln können, wenn er die entsprechende Flatrate gehabt hätte, hatte er aber nicht. Und dass er ein neues Handy besaß, musste er Irina ja nicht auf die Nase binden. Also sagte er: »Mit dem Computer. Mein Handy hast du doch.«

Irina wandte sich an Jana und Jessie. »Er hat Computer.« Und wieder an Mario gewandt: »Teuer?«

»Das ist ein ganz alter«, schwindelte Mario. »Der ist nichts mehr wert. Der hat schon nicht viel gekostet, als mein Vater ihn gekauft hat. Sonst hätte er ihn mir nämlich nicht kaufen können.«

»Aber du kannst damit in Internet«, stellte Irina fest und vermutete: »Dann hast du für Schuhe kein Zettel von Kasse?«

»Ich habe sogar eine richtige Rechnung«, belehrte Mario sie.

»Und mehr Geld als zwanzig Euro«, sagte Irina.

Dann schlenderten die drei weiter. Doch Mario hatten sie in Alarmbereitschaft versetzt. Mehr Geld!

Nach Schulschluss ließ er sich sehr viel Zeit. Wie früher so oft, war er der allerletzte Schüler, der durch das Rolltor auf die Schulstraße gehen wollte. Auch die meisten Lehrer waren schon weg. Im Schulgebäude hielten sich nur noch vier Personen auf, darunter Herr Meisen, der in der Nähe wohnte und mit dem Fahrrad kam. Die Autos der drei anderen standen in einem abgetrennten Bereich des Pausenhofs. Im Vorbeigehen registrierte Mario den Toyota Avensis von Rektor Baum, den blausilbernen Smart von Frau Tschöppe und den tannengrünen Nissan Almera von Horst Reincke.

Zu sehen war nichts, als Mario sich dem Tor näherte. Der Kirschlorbeer bot auch im November ausgezeichnete Deckung. Lars hatte die drei Mädchen im Februar ja auch erst bemerkt, als er von Jana angesprochen worden war. Diesmal trat Irina einen Schritt vor, als Mario den üppigen Busch passierte.

Sie zeigte auf seine Schuhe. »Gib her. Sind jetzt meine.«

»Spinnst du?«, protestierte er, innerlich darauf eingestellt, dass sie mehr Geld von ihm wollten. »Soll ich auf Socken nach Hause laufen?«

»Nur bis Hamacher.« Damit machte Irina ihm klar, dass sie längst von seinem Mofa wusste. »Da steigst du auf Maschine. Dann fährst du zu Freund Andrej und sagst ihm, ich habe dir Schuhe weggenommen. Freund Andrej kommt und sagt es mein Vater. Mein Vater sagt es Dimitrij. Jetzt zeig ich dir, was Dimitrij sagt.« Sie hatte noch nicht zu Ende gesprochen, da lag Mario bereits auf dem Boden und erhielt den ersten Tritt in die linke Seite.

Während er sich vor Schmerz krümmte wie ein Wurm, sah er seinen Lehrer aus dem Schulgebäude kommen. Horst Reincke näherte sich rasch, machte jedoch auf halber Strecke bei den Parkplätzen halt und öffnete seinen Almera. Als sei er blind für das, was beim Rolltor geschah, legte er seine Tasche und einige Bücher auf die Rückbank des Wagens. Als er sich wieder aufrichtete, zeigte Irina ihm den Stinkefinger. Und Horst Reincke machte auf dem Absatz kehrt und eilte zurück zum Schulgebäude.

Um Hilfe zu holen, glaubte Mario. Frau Tschöppe, Herr Meisen und der Rektor waren doch noch drin. Aber es kam niemand nach draußen. Und Mario musste mehr Tritte einstecken, als er zählen konnte. In den Rücken, den Bauch, die Rippen, gegen Arme und Beine. Und immer wieder in die linke Seite.

Die dicke Jessie setzte einen ihrer No-Name-Treter auf sein rechtes Handgelenk, verlagerte ihr gesamtes Gewicht auf ihren Fuß und drehte den auch noch mehrfach hin und her, während Jana ihm die neuen *Nikes* auszog. Dann ließen sie endlich von ihm ab und rannten über den Pausenhof, vorbei an den drei Autos zum Ausgang an der Parallelstraße.

Mario blieb liegen, unfähig, sich zu bewegen, und verwundert, dass er überhaupt noch lebte. Sein rechtes Handgelenk tat höllisch weh, war feuerrot und schwoll an. Er konnte zusehen, wie es so schnell dicker wurde, als würde es von innen aufgeblasen.

Kaum eine Stelle an seinem Körper, die nicht schmerzte. Am schlimmsten war es auf der linken Seite: am Oberschenkel, zwischen dem Hüftknochen und den unteren Rippen und oben am Rücken. Da fühlte es sich an, als stecke ein Messer, ein Eispickel oder sonst etwas Spitzes in ihm drin. Es hätte ihn nicht gewundert, wenn Irina mit irgendwas zugestochen hätte.

Er wollte einfach nur liegen bleiben, bis jemand kam und ihm auf die Füße half. Irgendwann musste doch einer von denen kommen, die noch im Gebäude waren. Aber es kam niemand, und niemand ging auf der Straße vorbei. Genau gegenüber wohnte Lars, dem Mario im Februar nach Hause geholfen hatte. Konnte der nicht mal aus dem Fenster sehen? Oder seine Mutter? Oder einer von seinen Brüdern?

Nach einer Weile arbeitete Mario sich auf die Knie hoch. Ein heftiger Schwindelanfall zwang ihn, wie ein Hund auf allen vieren zu verharren. Das Grün des Kirschlorbeers verschwamm ihm vor den Augen. Es dauerte, ehe sein Blick sich wieder klärte und er in der Masse einzelne Blätter ausmachte. Vorsichtig drehte er den Kopf, schaute in alle Richtungen. Weit und breit kein Mensch zu sehen, nur die drei Autos.

Er verdrehte den geschundenen Körper, bis er auf seinem Hintern saß, schob die unverletzte Linke unter seine Jacke und das dunkelblaue Sweatshirt. Den Arm musste er ziemlich verrenken, um die Stelle oben im Rücken zu erreichen, die ihm vorerst die größten Sorgen machte. Doch das schaffte er, tastete behutsam herum. Die Haut war trocken und glatt. Nichts steckte im Fleisch. Dann sei er wohl nicht so schwer verletzt wie befürchtet, meinte er.

Fünfzig Meter bis zum Hof der Bäckerei Hamacher. Am liebsten wäre er gekrochen, aber wie hätte das ausgesehen? Schwerfällig wälzte er sich zurück auf die Knie, stützte sich mit der Linken ab und stemmte sich ächzend hoch. Als er endlich aufrecht stand, wurde ihm erneut so schwindlig, dass er sich an einem Pfosten des Rolltors festhalten musste, ehe er seinen Rucksack mit Heften und Büchern aufnehmen und sich auf den Weg machen konnte.

Und doch auf Socken zum Mofa. Nicht gelaufen – geschlurft wie ein krummer, alter Mann.

Er fuhr heim, wo niemand auf ihn wartete. Es war doch nie jemand da, wenn er aus der Schule kam.

Die Handwerker

Anne sah Mario heimkommen, weil sie sich gerade in der Küche aufhielt. Sie brühte Kaffee auf für die Handwerker und für sich einen Tee. Als sie das typische Knattern hörte, schaute sie automatisch aus dem Fenster. Sie fand es nicht so laut, dass man sich darüber aufregen müsste. Über Rasenmäher und Laubsauger regte sich im Viertel ja auch keiner auf. Und sie hatte am Vormittag schon so viel Lärm gehört, dass es ihr auf ein paar Dezibel mehr oder weniger nicht ankam.

Seit Viertel nach acht sägten, hämmerten und bohrten zwei Schreiner mit kleinen Unterbrechungen im Dachgeschoss. Es gab keinen Winkel, in den Anne sich hätte verkriechen können, um die Ruhe zu finden, die sie laut Lukas unbedingt brauchte. Ein Spaziergang war auch nicht möglich mit ihren Füßen. Abgesehen davon kam ständig ein Arbeiter herunter, um Fragen zu stellen, die sie gar nicht beantworten konnte. Mit Ausnahme von: »Entschuldigung, darf ich wohl mal Ihre Toilette benutzen?«

Lukas hatte die Pläne für den Ausbau da oben gemacht, mit Schreiner, Elektriker, Installateur und Heizungstechniker besprochen, was unter dem Dach zu tun wäre. Nur hatte er mit den jeweiligen Inhabern der Handwerksbetriebe geplant. Die Chefs kamen aber nicht, um Lärm zu machen und eine hochschwangere Frau aufzufordern: »Wenn Sie mal eben raufkommen und gucken wollen, wo die Zwischenwand am besten ...«

Fünfmal im Laufe des Vormittags hatte Anne zum Telefon gegriffen und den Hörer an einen verlegen grinsenden Mann weitergereicht. Zweimal hatte Lukas nach Hause kommen müssen, um ein Problem vor Ort zu klären. Über Mittag war für eine halbe Stunde Ruhe eingekehrt, aber kaum hatte Anne sich auf der Couch ausgestreckt und die Augen geschlossen, waren unterm Dach die mitgebrachten Brote verzehrt und die Pause beendet gewesen.

Kurz darauf ließ sich auch der Schreinermeister einmal blicken und erteilte einige Anweisungen. Vielleicht verteilte er auch Bauzeichnungen, oder die Männer hatten inzwischen eingesehen, dass es für die Dame des Hauses Grenzen gab, die sie beim besten Willen nicht mehr überwinden konnte. Die steile Ausziehtreppe zum Dachgeschoss zum Beispiel, die durch eine Wendeltreppe ersetzt werden sollte, war so eine Grenze.

»Rufen Sie einfach, wenn der Kaffee fertig ist«, hatte einer angeboten. »Dann komm ich und hol ihn.« Rücksichtsvoll.

Tassen brauchten sie natürlich auch. Anne nahm zwei Steingutbecher, die waren nicht so empfindlich wie Porzellan, stellte sie zusammen mit Milch und Zuckerdose auf ein Tablett und legte zwei Löffel dazu, während draußen auf der Straße das Knattern erstarb. Sie warf noch einen Blick aus dem Fenster.

Mario stieg gerade vor dem Gerätehäuschen ab und lehnte sein Mofa gegen eine Wand, statt es aufzubocken und das Gerätehäuschen aufzuschließen. Dass er keine Schuhe trug, fiel ihr nicht auf. Sie registrierte nur, dass er sich genauso unbeholfen und schleppend bewegte wie sie. Aber neulich morgens war er zuerst ja auch geschlichen, als sei er im Tran.

Sonntag, 18. November – früher Morgen

Während Simmering seine Raucherpause um einen zweiten Glimmstängel verlängerte und ein Schwätzchen mit einem Kollegen der Wache hielt, den die Sucht ebenfalls nach draußen trieb, ließ Klinkhammer Lukas noch mal der Reihe nach alles genau erzählen. Wie Lukas sich, nachdem er den ersten Schock überwunden hatte, zuerst telefonisch in der Wache nach einem Unfall erkundigt hatte. Wie er anschließend nach Hause gefahren war, um sich von Anne haarklein berichten zu lassen, was passiert war.

Murat Bülent und Andrej Netschefka hatten währenddessen im Gewerbegebiet nach Emilie gesucht. Dass sie sich auf den Weg zum Brenner-Center gemacht haben könnte, wie Anne offenbar angenommen hatte, war allen logisch erschienen. Aber noch wusste keiner, seit wann sie unterwegs war. Und mit einem Fahrrad ohne Licht hätte sie sich leicht verirren können, nur in eine falsche Straße abbiegen müssen. Man durfte nicht vergessen, dass sie bisher immer in einem Auto gesessen hatte. Vom Kindersitz in einem Wagenfond aus betrachtet sahen Straßen und Gebäude doch anders aus, als wenn man zu Fuß ging oder auf einem Kinderfahrrad strampelte.

»Ich kann nicht genau sagen, wie lange ich mich zu Hause aufgehalten habe«, sagte Lukas. »Von meiner Frau war nicht viel mehr zu erfahren, als dass sie eingeschlafen war. Und dass Emilie ihr beim Mittagessen etwas von Mario Hoffmann und Russenweibern erzählt hatte, deren Brüder kleine Kinder verkaufen. Dieselbe Story hat Emilie mir vor drei Wochen aufgetischt. Da habe ich sie nicht ernst genommen, obwohl mein Neffe mir anschließend versicherte, das wären wirklich gefährliche Leute. Die würden vor nichts zurückschrecken, hätten sogar die Mutter eines Klassenkameraden umgebracht. Ich hatte selbst gesehen, wie sie Mario Hoffmann zugerichtet hatten. Und da dachte ich eben gestern Abend, wenn das stimmt … Ich habe meiner Frau geraten, zu Hause zu bleiben, falls sich jemand meldet oder Emilie irgendwo aufgegriffen worden wäre. Meine Frau hätte ohnehin sonst nichts tun können. Dann habe ich Andrej und Murat angerufen. Wir sind zu dem Hochhaus am Nordring gefahren.«

Dort hatte Lukas auf sämtliche Klingelknöpfe mit den Namen Jedwenko und Kalwinov gedrückt, und zwar so lange, bis ein gewisser Oleg sie ins Haus ließ. Und obwohl Lukas, wie er meinte, höflich und diplomatisch nach Emilie gefragt hatte, war ihnen nicht gestattet worden, eine Wohnung des Clans zu betreten.

Oleg hatte seinen ältesten Bruder dazugerufen. Und Dimitrij Jedwenko hatte zwar Verständnis für den besorgten Vater geäußert, allerdings nicht verstanden, warum Lukas seine kleine Tochter ausgerechnet bei ihnen suchte. Dimitrij hatte betont, er kaufe und verkaufe gebrauchte Autos, aber keine Kinder, wie seine Schwester Irina an der Schule verbreitet habe. Dimitrij hatte sich gefreut, mit Andrej den Mann kennenzulernen, der Väterchen schon zweimal auf Irinas gottloses Treiben hingewiesen hatte. Zu guter Letzt hatte Dimitrij sich bedankt für die Information, dass Irina einen ihrer Mitschüler trotz mehrfacher Ermahnungen weiter erpresst und offenbar für ein Paar Schuhe krankenhausreif geschlagen hatte.

Natürlich wollte Klinkhammer wissen, wie Lukas auf die Idee verfallen war, die Kasachen könnten sich Emilie geschnappt haben. Der Hinweis auf Russenweiber und eine Verbindung zu Mario Hoffmann war ihm zu dürftig. Als Simmering endlich dazukam, erzählte Lukas gerade, was seinem Neffen Ende

Februar widerfahren und auf welche Idee Lars danach gekommen war. Dass Murat sich einen Spaß daraus gemacht hatte, die Mädchen zusammen mit seinen Freunden einzuschüchtern. Dass Murat danach in einem anonymen Brief vor der Entführung seiner kleinen Schwester durch die Kasachen gewarnt worden war. Und dass Mario Hoffmann bezahlen musste, weil die Entführung nicht geklappt hatte.

»Letzteres habe ich von Emilie gehört«, schränkte Lukas ein. »Ich wollte mit Mario reden, doch ehe ich dazu kam, landete er im Krankenhaus. Und mein Neffe behauptete, mit Emilie hätte das nichts zu tun. Diese Mädchen hätten Mario nur zusammengeschlagen, weil sie seine Schuhe haben wollten.«

Es klang ein wenig verworren, was Klinkhammer der nervlichen Anspannung zuschrieb, unter der Lukas stand. »Gut«, sagte er. »Sie waren also zu dritt am Nordring und allein bei Herrn Seibold. Warum haben Sie sich wieder getrennt, und wo sind Netschefka und Bülent jetzt? In ihren Wohnungen haben wir sie nicht angetroffen.«

»Wir wussten doch nicht, ob wir diesem Dimitrij glauben konnten«, erklärte Lukas. »Wer gibt denn freiwillig zu, dass er sich ein Kind geschnappt hat, um es an Perverse zu verkaufen? Mir war klar, dass ich es mit meiner direkten Frage versaut hatte. Andrej hat sich bemüht, den Schaden zu beheben. Er bat Dimitrij um Hilfe bei der Suche nach Emilie. Und ich habe ihm eine Belohnung angeboten, wenn er oder ein Mitglied seiner Familie sie findet.«

Damit war seine Frage noch nicht beantwortet. Aber bei allem Zorn, den Lukas in ihm heraufbeschworen hatte: Klinkhammer verstand ihn, die Ausweichmanöver, die Hinhaltetechnik, die Beschäftigungstherapie für eine Horde Polizisten, die Lukas in seiner Not um zehn Uhr abends auf den Plan gerufen hatte, weil bis dahin immer noch kein Mitglied des Clans aufgebrochen war, um sich die ausgesetzte Belohnung zu verdienen.

Andrej Netschefka war am Nordring geblieben, um das Hochhaus im Auge zu behalten und sich an die Fersen desjenigen zu heften, der loszog, um Emilie zu *finden* – oder irgendwo auszusetzen.

Murat Bülent war zurück zum Studio gefahren, um aus der Kundenkartei alle herauszusuchen, von denen er meinte, sie hätten am Nachmittag und am frühen Abend trainiert. Lukas hatte seinen Schwager und den Schwiegervater angerufen, die beide umgehend aufgebrochen waren. Außerdem hatte Lukas den alten Herrn Seibold aufgesucht, nach dessen Einladung wäre das ja auch eine Möglichkeit gewesen.

Auf dem Rückweg zum Brenner-Center hatte er Kunich und Mohr angerufen, deren Nummern hatte er im Kopf, und er meinte, beide Männer im Hinausstürmen nach Annes Anruf im Studio gesehen zu haben. Dass er sich bei Kunich geirrt hatte, war verzeihlich. Die restlichen Leute hatte er dann vom Büro aus kontaktiert, jeden gefragt, ob er – oder sie – am späten Nachmittag zufällig Emilie gesehen habe.

»Es muss in der Nähe des Studios passiert und es kann nicht geplant gewesen sein«, meinte Lukas. »Kein Mensch konnte damit rechnen, dass Emilie bei dem Wetter draußen herumläuft. Also hätte sich auch kein Mensch in der Nähe unseres Hauses auf die Lauer gelegt. Ich dachte, wer Emilie gesehen hat, dem ist vielleicht auch ein parkendes Auto aufgefallen oder eins, das zu schnell fuhr. Oder Personen, die da herumlungerten. Am späten Samstagnachmittag ist im Gewerbegebiet nicht mehr viel los, da fällt jeder auf. Aber keiner hatte etwas bemerkt.«

Das alles ließ sich überprüfen und war nachvollziehbar – bis auf den haltlosen Verdacht pädophiler Neigungen, in den Lukas harmlose Leute wie Mohr, Kunich und den alten Herrn Seibold gebracht hatte, weil er sich gegenüber der Polizei nicht aufraffen konnte, seinen Verdacht gegen die Jedwenkos und Kalwinovs zu äußern. Er bedauerte das inzwischen, bedauerte auch, den Beamten unnötige Arbeit aufgebürdet zu haben.

»Wie viel *Finderlohn* haben Sie Dimitrij Jedwenko denn geboten?«, fragte Klinkhammer.

»Zehntausend.«

»Wissen Sie, was ein Perverser für ein Kind wie Emilie zahlt?«

Lukas schüttelte den Kopf, meinte dann jedoch: »Wahrscheinlich mehr.«

Darauf antwortete Klinkhammer ihm nicht, weil er das selbst nicht wusste. Stattdessen sagte er: »Ich wiederhole mich ungern, Herr Brenner. Ihnen ist ja auch bereits klar, welchen Fehler Sie mit dieser Aktion gemacht haben. Das hätten Sie wirklich besser uns überlassen. Die Familien Jedwenko und Kalwinov haben insgesamt sechs Wohnungen auf zwei Etagen belegt. Rein theoretisch hätte Ihre Tochter nebenan oder ein Stockwerk höher sein können, Sie hätten davon nichts mitbekommen. Sie hätten Dimitrij mit Ihrem unbedachten Verhalten nur gewarnt und veranlasst, das Kind schnellstmöglich woanders hinzuschaffen.«

»Dass die sechs Wohnungen haben, ist mir beim Klingeln aufgefallen«, erwiderte Lukas gereizt. »Aber die haben Emilie bisher nicht weggeschafft. Andrej wird mir Bescheid geben, sobald sich etwas tut. Als das Rad im Container entdeckt wurde, dachte ich ja auch … Da habe ich Andrej angerufen.

Es hatte sich noch keiner von denen draußen blicken lassen. Andrej meinte auch, die lassen sich Zeit, beratschlagen erst mal.«

»Kennt er sämtliche Mitglieder des Clans?«, fragte Klinkhammer.

»Ich weiß nicht. Wie viele sind es denn?«

»Fünf junge Männer«, zählte Klinkhammer auf. »Drei ältere Männer, den alten Herrn Jedwenko nicht mitgerechnet. Drei junge Frauen, vier ältere Frauen und die beiden Mädchen, die Mario Hoffmann das Leben sauer machen, wobei sie von einer deutschen Mitschülerin unterstützt werden. Die Wohnung von deren Eltern wäre übrigens auch eine Möglichkeit, um vorübergehend ein Kind unterzubringen. Und ich kann mir kaum vorstellen, dass Andrej Netschefka Verdacht schöpft, wenn ein Paar mit einem Gepäckstück aus dem Haus kommt, in ein Auto steigt und wegfährt. Eine Fünfjährige bringt man problemlos in einer größeren Tasche oder einem Koffer unter.«

Das zu sagen wäre nicht nötig gewesen, aber er hatte es sich auch nicht verkneifen können. Lukas wurde erneut kreidebleich und begann mit zitternden Lippen zu stammeln: »Nein. Nein. Nein. Bitte, das nicht. Bitte, das nicht.«

Als Klinkhammer ihn beschwichtigen wollte, erfuhr er auch noch, dass Andrej Netschefka kurz nach zehn Uhr gesehen hatte, wie ein Paar mit zwei Koffern das Hochhaus am Nordring verließ. Der Mann war schon älter gewesen, die Frau mit bodenlangem Mantel und Kopftuch bekleidet. Deshalb hatte Andrej sich nicht weiter um die beiden gekümmert, es Lukas aber trotzdem berichtet, als der telefonisch nachfragte, wie die Dinge standen.

Der Junge von gegenüber

Mario war daran gewöhnt, bis zum Abend oder noch länger alleine zu sein. In seinem desolaten Zustand war er sogar erleichtert, dass Ruth nicht in der Nähe war. So konnte sie ihn wenigstens nicht mit Fragen nerven. Und auch nicht sagen: »Das wäre dir am Gymnasium nicht passiert.«

Ihm war übel, aber nicht so, als ob er gleich kotzen müsste. Es war die Art von Übelkeit, die einen quälte, wenn man etwas geschluckt hatte, was man weder verdauen noch wieder ausspucken konnte.

Freund!

Hatte Irina gesagt.

Dann fährst du zu Freund Andrej! Freund Andrej sagt es mein Vater.

Er hatte Emilie doch dringend gebeten, nur mit Murat zu sprechen. Auf gar keinen Fall mit dem Kasachen. Freund! Natürlich war Andrej ein Freund von dem verdammten Pack. Das hatte man davon, wenn man für andere das Schlimmste verhindern wollte.

Mühsam schleppte er sich durch die Diele zur Treppe, humpelte hinauf in sein Zimmer und setzte sich keuchend aufs Bett. Die Heimfahrt war ihm gar nicht gut bekommen.

Nach einer kleinen Verschnaufpause stemmte er sich wieder hoch, öffnete das Fenster und atmete vorsichtig durch. Dann ließ er sich erneut aufs Bett nieder und zog umständlich seine dreckigen Socken aus. Anschließend quälte er sich aus der Jeans, um seine linke Seite und den Oberschenkel zu inspizieren.

Zwischen dem Hüftknochen und den unteren Rippen war der Schmerz mittlerweile so unerträglich, dass er den Hosen-

bund an dieser Stelle nicht länger ausgehalten hätte, das Ho-
senbein auf dem Oberschenkel auch nicht. Eigentlich hätte
er sich wundern müssen, dass er trotz allem relativ zügig,
ohne Stürze und weitere Blessuren nach Hause gekommen
war. Doch er befand sich in einem Schockzustand und dachte
darüber nicht nach. Sein Gehirn war noch mit der Tatsache
beschäftigt, dass sein Klassenlehrer zurück ins Schulgebäude
gelaufen war und nichts unternommen hatte. Dabei hätte
Reincke doch nur etwas sagen müssen. Frau Tschöppe wäre
bestimmt nach draußen gekommen und eingeschritten, wie
sie es bei Timo aus der 6c gemacht hatte.

Nie vorher war Mario von einem Erwachsenen dermaßen
im Stich gelassen worden. Nie zuvor hatte er derart heftige
Schmerzen gehabt. Sie hatten ihn schlimmer zugerichtet als
Lars Nießen und viel schlimmer als Benny Küpper. Aber zum
Arzt oder ins Krankenhaus … Das gäbe nur Fragen, dachte
er, am Ende gäbe es eine weitere Lektion für ihn und danach
vielleicht einen *Unfall*, bei dem Ruth unter die Räder kam.

Nachdem er eine Weile auf seinem Bett gesessen hatte,
humpelte er ins Bad, um sich selbst zu verarzten. So etwas wie
eine Hausapotheke gab es bei ihnen nicht. Aber Mario verfügte über ein Gel, das nach Sportverletzungen gut kühlte.
Weil man sich nach dem Auftragen die Hände waschen
musste, hatte er die Tube im Bad deponiert.

Er fand sie in einem Schubfach zwischen Kämmen und
Bürsten und bestrich seine ärgsten Blessuren mit der Linken.
Anschließend reinigte er vorsichtig die Schurfwunde an der
rechten Hand. Dann betrachtete er unschlüssig Ruths Kosmetikkoffer, in dem sie auch ihre Pillen verwahrte.

Zwischen Make-up-Tuben, Pinseln und Lippenstiften grub
er einen arg ramponierten Blister aus, in dem sich noch drei

Tabletten befanden. Ein Verhütungsmittel war es garantiert nicht, das steckte an der Seite bei den Slipeinlagen. Folglich mussten es Ruths Kopfschmerztabletten sein. Was genau der Blister enthielt, ließ sich nicht feststellen. Die Schrift auf der Alufolie war nicht mehr zu entziffern. Aber Mario wollte auch gar nicht wissen, wie das Zeug hieß, Hauptsache, es machte die Schmerzen erträglicher oder schaltete sie sogar ganz ab.

Er schluckte alle drei Tabletten mit Wasser, eine fürs Handgelenk, eine für die linke Seite und eine für das Stechen im oberen Rücken. Eigentlich hätte er für den gesamten Rest noch eine vierte gebraucht.

Es handelte sich um ein morphinhaltiges Medikament, mit dem normalerweise schwerste Schmerzzustände bei Krebskranken behandelt wurden. Als Privatpatientin bekam Ruth von ihrem Arzt verordnet, was immer sie wünschte. Sie bezahlte es dann ja auch meist aus eigener Tasche.

Die Wirkung der drei Pillen setzte überraschend schnell ein. Mario wurde schläfrig, aber einschlafen durfte er auf keinen Fall. Nicht dass ihm die Gefahr bewusst gewesen wäre, unter Umständen nicht mehr aufzuwachen. Er musste nur dringend noch mal in die Stadt, um neue Schuhe zu kaufen. Aber aufs Mofa steigen wollte er erst, wenn er die rechte Hand einigermaßen benutzen konnte.

Als die Schmerzen nachließen, fuhr er seinen Computer hoch. Und diesmal reichte es ihm nicht, wie wild herumzuballern und sich dabei vorzustellen, dass er die Russenweiber niedermähte. Die Produktionsfirma des speziellen Films hatte sich ihm eingeprägt. Er musste nicht lange herumprobieren, bis er eine Videosequenz fand, die wie für ihn geschaffen war.

In einer größtenteils ausgeräumten, dreckigen, alten Fabrikhalle wurden drei nackte Frauen misshandelt. Eine baumelte kopfüber von einem Deckenbalken. Ihre Hände waren an den gespreizten Oberschenkeln festgebunden. In ihrem Mund steckte ein roter Ball, in ihrer Nase zwei Haken, die ihre Nasenlöcher Richtung Stirn zogen, was ihr eine frappierende Ähnlichkeit mit einem Schwein verlieh. Die zweite war bäuchlings auf einen Betonblock geschnallt, ihre Zunge zwischen zwei Holzstäbchen eingeklemmt. Und im Hintergrund stand ein Metallkäfig, in dem eine über und über mit rotem Kerzenwachs begossene dritte Frau darauf wartete, weiter malträtiert zu werden.

Als er das Stöhnen, Quieken und die nur unvollständig unterdrückten Schmerzenslaute hörte, spürte Mario die eigenen Verletzungen kaum noch. Jetzt war er der Mann mit der Peitsche. Und die baumelnde Frau mit dem roten Ball im Mund und den Haken in der Nase war die fette Jessie. Die auf dem Betonblock mit der eingeklemmten Zunge und den blutunterlaufenen Striemen auf dem nackten Hintern war Irina. Und die hübsche Jana harrte wahnsinnig vor Angst in dem Käfig der Tortur, die sie noch erleiden sollte.

Es tat so gut, wirkte wie ein kühlendes Gel auf seiner geschundenen Seele. Nachdem er sich das ein halbes Dutzend Mal angeschaut hatte, rollte er mit seinem Stuhl vom Schreibtisch zurück. Nun fröstelte es ihn.

Kein Wunder, das Fenster stand noch sperrangelweit offen, von draußen drang feuchtkalte Luft herein. Er trug nur das Sweatshirt und Boxershorts, hatte ein nasses Tuch zum Kühlen auf dem Bein und bereits mehr Blut verloren, als er geglaubt hätte. Dabei wusste er, dass Hämatome in dieser Hinsicht häufig unterschätzt wurden. Aber er sah keine Blutergüsse, weil sie sich nicht gleich in den ersten Stunden in vollem Umfang zeigten. Verletzungen in tieferen Gewebeschichten tauchten auf der Haut, wenn überhaupt, oft erst nach Tagen auf.

Im Umdrehen sah Mario auf der anderen Straßenseite eine Bewegung in Kathrins Zimmer. Reincke, wer sonst! Der hatte ihn wohl wieder am Computer beobachtet und schüttelte nun missbilligend den Kopf.

»Feige Ratte«, murmelte Mario, rollte mit dem Stuhl zum Fenster und zeigte ihm ebenfalls den Stinkefinger, wie Irina es getan hatte, ehe er sein Fenster schloss.

Er war steif vom Sitzen, doch Schmerzen hatte er so gut wie keine mehr. In der linken Seite klopfte es nur noch unangenehm mit dem Herzschlag um die Wette, und das Handgelenk fühlte sich an wie aufgepumpt, aber die Finger konnte er wieder bewegen.

Er fand, im Vergleich zu vorhin ginge es ihm prächtig, stieg nach unten und schaute sich die Vorräte im Gefrierschrank an. Mittag war längst überfällig. Zwar war er nicht direkt hungrig, aber seine Großmutter sagte oft: »Ein gutes Essen hält Leib und Seele zusammen.« Und er hatte das Gefühl, das könne er jetzt gebrauchen. Ihm war schummerig im Kopf und flau im Magen. Dass Blutverlust die Ursache sein könnte, der Gedanke kam ihm nicht, weil er kein Blut fließen sah.

Er entschied sich für Bandnudeln mit Lachs und Brokkoli in Sauce hollandaise. Dieses Fertigmenü deckte laut Verpackung knapp die Hälfte des täglichen Bedarfs an Kohlehydraten und war in null Komma nichts erhitzt.

Nach dem Essen zwängte er sich wieder in seine Jeans, zog die alten *Reeboks* und die *Abercrombie-&-Fitch*-Jacke an. Seit dem unerwarteten Zusammentreffen in der Döner-Bude hatte er das gute Stück nicht mehr getragen. Aber heute ... was sollte ihm denn heute noch passieren? Dass er an der Kasse im Schuhcenter überfallen wurde? Unwahrscheinlich.

Dass er im Schuhcenter ein Paar *Shox R4* bekäme, hielt er für ebenso unwahrscheinlich. Aber irgendein Paar schwarze *Nikes* hatten sie bestimmt. Hauptsache, Ruth fiel nicht auf, dass er andere Schuhe trug.

Später vielleicht noch ein bisschen chatten? Oder lieber etwas für Geschichte und Deutsch tun? In Deutsch war für morgen eine Arbeit angekündigt. »Das Schiff Esperanza« von Fred von Hoerschelmann.

Das gelbe Reclam-Heftchen steckte seit Wochen in seinem Rucksack, hineingeschaut hatte er bisher nicht, sich aber stattdessen die Hörspielfassung schicken lassen. Worum es ging, wusste er, hätte es nur noch mal auffrischen können. Aber wozu? Reincke hielt ihn für einen Versager, dabei war er selbst einer. Vermutlich wusste Reincke eine Menge über den Mord an der Familie des letzten russischen Zaren. Aber wie man zwei minderjährige Russenweiber davon abhielt, einen Schüler halb totzutreten, das wusste er offenbar nicht.

Nachbarn

Als Mario sich gegen halb vier anschickte, sein Elternhaus noch einmal zu verlassen, brachte einer der Handwerker die leere Thermoskanne vom Dachboden zu Anne ins Erdgeschoss. Sie hatte es sich mit zwei Kissen im Rücken und einem Modemagazin, die Beine hochgelegt, auf der Couch im Wohnzimmer bequem gemacht und hörte über Kopfhörer WDR 2, um den Lärm auszublenden. Viel half es nicht. Als der Mann bei der Flurtür auftauchte, nahm sie den Kopfhörer ab.

»In anderthalb Stunden machen wir Feierabend«, teilte er mit. »Dann sind Sie für heute vom Krach erlöst.« Bei den nächsten Worten hob er die Kanne hoch. »Sie machen übrigens einen ausgezeichneten Kaffee.«

Den Wink mit dem Zaunpfahl konnte Anne nicht ignorieren. »Möchten Sie noch welchen?«

»Wenn's nicht zu viel Mühe macht.«

Natürlich machte es Mühe, den Doppelpack in die Küche zu tragen. Die Spüle stand unter dem Fenster. Als Anne den Wasserbehälter der Kaffeemaschine füllte, sah sie Mario sein Mofa unbeholfen vom elterlichen Grundstück zur Straße schieben. Nun war es offensichtlich, dass etwas mit ihm nicht stimmte. Aber Anne kam nicht dazu, sich den Kopf zu zerbrechen, was mit ihm los sein könnte. Noch ehe der Junge die Straße vollends erreicht hatte, kam Horst Reincke dazu.

Anita Reincke hatte das Haus kurz vorher verlassen, um Kundinnen zu besuchen. Ihre Älteste hatte sie mitgenommen, damit das Kind während ihrer Abwesenheit nicht wieder an den Schreibtisch gezwungen wurde. Anita wusste seit Langem von der Besessenheit ihres Mannes, aus Kathrin die allerbesten Noten herauszuquetschen. Es hatte deswegen schon häufig Streit gegeben. Wovon Anne nichts mitbekommen hatte, weil sie bisher nur am Wochenende auch tagsüber zu Hause gewesen war.

Horst Reincke war aus Überzeugung Lehrer geworden und früher mit vollem Herzen dabei gewesen. Der Ansprechpartner für seine Schülerinnen und Schüler. Der Mann, der sich ihre Probleme anhörte, wenn das zu Hause keiner tat oder wenn das Zuhause die Probleme verursachte. Der Ersatzvater für die, die ohne Vater aufwuchsen wie Benny Küpper.

Für ihn war kein Kind von Natur aus böse. Wie oft hatte er früher erklärt, dass man mit allen reden könne. Man müsse nur den richtigen Ton finden, dürfe sich nicht anbiedern, solle ruhig in gewissen Situationen die Autorität hervorkehren. Weil nur eine Autorität Grenzen aufzeigen könne und weil alle Kinder Grenzen brauchten, um sich zu orientieren. An einer Grundschule hätte er mit seinem Konzept wahrscheinlich Erfolg gehabt. An einer Hauptschule dagegen …

In den letzten Jahren hatte er viel von seinem Idealismus und Engagement eingebüßt. Dabei war die Freiherr-vom-Stein-Hauptschule keineswegs das Auffangbecken für *asoziales Pack und Ausländergesindel*. Manch einer hätte bei solchen Sätzen garantiert geglaubt, Reincke sei ausländerfeindlich. Ausländerängstlich traf es eher, wobei Reincke mit der Mehrheit der Schüler und Schülerinnen mit sogenanntem Migrationshintergrund keine Probleme hatte. Die meisten wollten lernen, einen Job finden, eine Zukunft haben. Aber es gab nun mal leider auch solche wie Hakan, Darcan, Irina und Jana.

Und Reincke schimpfte ja auch auf das asoziale Pack, womit ein paar deutsche Schüler gemeint waren. Solche wie Jessie, Hajo oder Carsten, der immer irgendwelche Pillen dabeihatte und manchmal im Unterricht eindöste, weil er das Zeug nicht nur auf dem Pausenhof vertickte, er warf es auch selbst ein.

Und es gab Mario Hoffmann, der ein helles Köpfchen auf seinen schmalen Schultern trug, bei dem Horst Reincke den richtigen Ton aber einfach nicht mehr fand.

Nun stellte er sich Mario in den Weg, legte eine Hand auf

den Lenker. Der Junge hob seinen rechten Arm, wobei der Jackenärmel etwas nach oben rutschte. Er hielt Horst Reincke das Handgelenk unter die Nase.

Trotz der Distanz von einigen Metern sah Anne, dass Marios Gelenk rot angeschwollen war. Sie vermutete, der Junge hätte einen Unfall gehabt und Horst wolle verhindern, dass noch mehr passierte. Dazu passte allerdings Marios Mienenspiel nicht. Es war eine Mischung aus Wut, Trotz und Verachtung. Durch das geschlossene Küchenfenster verstand Anne nicht, was gesprochen wurde.

Von Natur aus war sie nicht übermäßig neugierig, dafür hatte sie sich in all den Berufsjahren zu viel von dem anhören müssen, was andere für eminent wichtig hielten. Im Gegensatz zu den Nöten ihrer Kundinnen wusste sie von den Problemen ihrer Nachbarn so gut wie nichts. Und in dem Moment wollte sie einfach wissen, was zwischen den beiden da draußen vorging. Schließlich würde sie jetzt mehr Zeit im Viertel verbringen.

Behutsam stellte sie einen Fensterflügel auf Kippe und trat ein Schrittchen zur Seite, damit sie nicht bemerkt wurde. Dabei hörte sie Mario in abfälligem Ton fragen: »Meinen Sie nicht, Sie hätten heute Mittag gegen eine viel wichtigere Regel verstoßen? Wer wegschaut, macht sich mitschuldig, sagt meine Oma oft.«

Anne hegte nicht unbedingt große Sympathie für Mario. Dafür hatte nicht nur Horst Reincke gesorgt. Mario hatte das Seine beigetragen. Immer hielt er den Kopf gesenkt. Wenn er überhaupt grüßte, nuschelte er etwas, das alles Mögliche bedeuten konnte. Für Annes Empfinden hatte er etwas von einem Duckmäuser an sich.

Aber wie ein Duckmäuser führte er sich gerade nicht auf. Er wich auch nicht dem Blick seines Lehrers aus, im Gegenteil, er fixierte Horst Reincke mit den Augen, während er weitersprach: »Was haben Sie gedacht, als die Russenweiber über mich herfielen? Geschieht ihm recht? Ich mache Ihnen nicht zum Vorwurf, dass Sie wie eine feige Ratte abgehauen sind. Hätte ich im umgekehrten Fall wahrscheinlich auch getan. Sie haben eine Frau und zwei kleine Kinder. Und ich habe eine Mutter, an der meine Oma irgendwie hängt. Aber wenn Sie anschließend Krach geschlagen hätten, müsste ich jetzt keinen Krach machen, um zum Arzt zu fahren. Da muss ich nämlich dringend hin, das sehen Sie ja.«

Wow, dachte Anne. Feige Ratte! Abgehauen! So mit einem Lehrer zu sprechen hätte sie sich während ihrer Schulzeit nicht getraut.

Und Mario war noch nicht fertig. »Was glauben Sie, werden die in der Praxis denken, wenn ich denen erzähle, dass mein Lehrer unmittelbar hinter mir war, als drei Mädchen auf mich losgegangen sind? Und dass mein Lehrer nichts getan hat, um mir zu helfen, absolut nichts. Ich frage mich, was wohl Frau Tschöppe dazu sagt. Der werde ich das morgen natürlich auch erzählen. Und danach schreibe ich die Deutscharbeit mit links, werde ich auch müssen, weil die Rechte nicht einsatzfähig ist. Aber das packe ich. Ich weiß alles über Axel Grove und seinen versoffenen Vater, über Sandbänke zwanzig Kilometer vor der Küste von Wilmington und über Megerlin. Ich weiß nur nicht, was heute Mittag in Ihrem Schädel vorgegangen ist, Mann.«

Anne glaubte, nicht richtig zu hören. Auf die für ihr Empfinden ungeheuerlichen Vorwürfe ging Horst Reincke nicht ein. »Nimm den Mund nicht so voll, Freundchen«, warnte er stattdessen. »Wenn ich noch mal mit deinem Vater rede, bist du sowohl deinen Computer als auch diese Knatterkiste los.« Damit nahm er seine Hand vom Lenker und verlangte: »Tu dir selbst einen Gefallen. Schieb das Ding zurück. Mit einer verletzten Hand darfst du gar nicht fahren.«

»Ich kann aber auch nicht das ganze Stück laufen«, erklärte Mario. »Mein Bein und meine Seite sehen noch viel schlimmer aus als die Hand. Nur meinem Hintern geht's einigermaßen. Deshalb setze ich mich jetzt auf die Knatterkiste. Wenn Sie mit Frederik reden wollen, müssen Sie sich gedulden. Der ist außer Landes. Probieren Sie es bei Ruth. Aber passen Sie auf, dass die den Spieß nicht umdreht und Ihnen eine Anzeige wegen unterlassener Hilfeleistung anhängt. Bevor Sie nämlich das Maul aufreißen können, habe ich das schon getan.«

In der Zwischenzeit war die kleine Britta vor die Haustür getreten. Sie näherte sich ihrem Vater, schien unsicher, ob sie durfte oder nicht. Horst Reincke bemerkte das Kind nicht, war auf Mario konzentriert, der mit links sein Mofa startete.

»Das wirst du bereuen«, sagte Horst Reincke, trat einen Schritt zurück und stieß gegen seine Tochter. Britta verlor das Gleichgewicht, fiel hin und begann zu weinen – genau in dem Moment, als Mario abfuhr, mit dem Vorderreifen äußerst knapp an einer Kinderhand vorbei.

Dass es knapp vorbei war, konnte Anne hinter dem Küchenfenster nicht erkennen. Sie schlug vor Schreck eine Hand vor den Mund.

»Das wirst du bereuen!«, brüllte Horst Reincke noch einmal hinter Mario her. Dann riss er Britta von der Straße hoch, nahm sie auf den Arm und untersuchte hastig ihre Hand. »Nichts passiert, hör auf zu weinen«, hörte Anne ihn sagen und atmete erleichtert auf.

»Ich dachte, das wäre ein ruhiges Viertel hier«, machte sich der Handwerker bemerkbar. Er war Anne in die Küche gefolgt und hatte die Szene ebenfalls beobachtet. »Aber Zoff unter Nachbarn gibt's wohl überall.«

»Sieht so aus«, stimmte Anne zu.

»Rufen Sie, wenn der Kaffee durch ist«, sagte der Mann noch. »Ich geh lieber mal wieder rauf, ehe mein Kollege denkt, ich hätte schon Feierabend gemacht.«

Um Viertel vor fünf zogen die Handwerker ab. Während sie noch bei der Haustür stand, den Männern nachschaute und ein bisschen frische kalte Luft schnappte, kam Anita Reincke mit ihrem Musterköfferchen und ihrer Ältesten zurück. Sie wechselten ein paar Sätze über den Lärm und den Dreck, den so ein Umbau mit sich brachte. Anne erkundigte sich, ob Anita gute Geschäfte gemacht hatte.

»Ich merke schon, dass es auf Weihnachten zugeht«, bekam sie zur Antwort. Dann wollte Anita wissen, ob Anne nach der Geburt nicht Lust hätte, ebenfalls mit einem Köfferchen in der Hand Türklinken zu putzen. Dass sie nicht wieder im Beauty-Salon Heitkamp arbeiten würde, wusste Anita längst.

»Ich wüsste nicht, wie das funktionieren sollte«, sagte Anne.

»Das funktioniert immer«, erklärte Anita und strich ihrer Tochter über den Kopf. »Bei mir hat es damals mit Baby sogar besser funktioniert als ohne. Auch heute erobert Kathrin mit einem Lächeln mehr Herzen als ich mit der neuen Lippenstiftpalette. Du musst dir eben einen Kundenstamm aus älteren Damen und jungen Müttern aufbauen. Wenn du dann mit Zwillingen erscheinst, schmelzen die nur so dahin, du wirst es erleben. Wir suchen ständig Leute. Und du, als Kosmetikerin, sie würden dich mit Kusshand nehmen, Anne, da bin ich sicher.

Du brauchst bei der Bewerbung ja nicht zu erwähnen, dass du zwei Babys mit auf Tour nehmen willst. Denk mal darüber nach.«

»Mach ich«, erwiderte Anne. »Zum Hausmütterchen bin ich wirklich nicht geschaffen.« Über die Vorwürfe, die Mario Hoffmann gegen Anitas Mann erhoben hatte, oder über den Beinaheunfall der kleinen Britta verlor sie kein Wort. Es wäre ihr zu peinlich gewesen, einzugestehen, dass sie am offenen Fenster gestanden und gelauscht hatte.

Sonntag, 18. November – früher Morgen

Bis um sechs Uhr morgens hatten Andrej Netschefka und Murat Bülent bestätigt und ergänzt, was Lukas vorgebracht hatte. Murat Bülent war von Dieter Franzen auch nicht aus dem Bett geholt, sondern ebenfalls in seinem Auto sitzend am Nordring entdeckt worden. Obwohl Klinkhammer nicht glaubte, dass die Sippe etwas mit Emilies Verschwinden zu tun hatte, erteilte er den Auftrag, einige Polizisten in das Hochhaus zu schicken. Aufgrund von bloßen Behauptungen bekäme er allerdings keinen Durchsuchungsbeschluss. Sie konnten folglich, wie Lukas, nur an Türen klingeln und Fragen stellen. Aber vielleicht zeigte Dimitrij sich kooperativ. Dann könnte man diesen, Klinkhammers Ansicht nach, haltlosen Verdacht abhaken.

Er ließ Lukas nach Hause bringen, schickte auch Simmering heim und machte sich ebenfalls auf den Heimweg, um ein paar Stunden zu schlafen oder wenigstens den Kopf auf ein Kissen zu legen. Wie zu erwarten, lag er wach neben seiner

Frau im Bett, erzählte ihr, was er wusste, dachte und empfand. Dass er sich fühlte wie in einem Albtraum, den er schon einmal durchlebt hatte, nur dass jetzt alles ganz anders war. Keine Jugendliche, sondern ein kleines Kind, keine Verdächtigen – mit Ausnahme der Eltern vielleicht, wobei sein Bauchgefühl die Mutter ausgeschlossen hatte und der Vater zur fraglichen Zeit gar nicht daheim gewesen war. Dann hörte er sich an, wie Ines darüber dachte. Das half ihm mehr als eine Mütze voll Schlaf.

Die Suche nach Emilie ging währenddessen weiter. Dimitrij Jedwenko zeigte sich zwar ungehalten, so früh am Morgen von einer Horde Uniformierter behelligt zu werden. Aber er sorgte dafür, dass die Polizisten in alle Wohnungen des Clans eingelassen wurden. Von Emilie fand sich keine Spur.

Der Leichenspürhund war im Gewerbegebiet ebenso erfolglos wie der Mantrailer. Früh um sieben schwärmte eine Hundertschaft der Bereitschaftspolizei aus, um unterstützt von Feuerwehr und der Rettungshundestaffel des Arbeiter-Samariter-Bunds die beiden nahe gelegenen Waldstücke zu durchkämmen. Es war noch nicht hell, als die Männer und Frauen ausströmten.

Zwei Männer vom THW in Anglerhosen und Stiefeln suchten mit Stangen noch einmal den Graben von Hüppesweiler bis zur Landstraße ab. Hummel 6 überflog mit frischer Besatzung weiter Abschnitt für Abschnitt die offenen, landwirtschaftlich genutzten Flächen rund um Herten, wobei sich die Areale immer weiter von Wohnvierteln, dem Gutshof und dem Gewerbegebiet entfernten. Nach dem Schichtwechsel in den Polizeiwachen wurden auch die Lautsprecherdurchsagen wieder aufgenommen und eine Hotline eingerichtet.

Erneut schallte Emilies Beschreibung mit der Bitte um Hinweise an die Bevölkerung durch die Stadt. Die Medien waren ebenfalls einbezogen. Der Lokalsender brachte die erste Meldung in den Sieben-Uhr-Nachrichten. Beim Kriminaldauerdienst kamen ausgeruhte Leute zum Einsatz. Und drei weitere Männer vom KK 11 mussten den gemütlichen Sonntag aufs nächste Wochenende verschieben: Thomas Scholl, Jochen Becker und Winfried Haas.

Um zehn Uhr machte Klinkhammer sich wieder auf den Weg zur Dienststelle nach Bergheim, diesmal in einer warmen Jeans und mit einer dicken Jacke über dem Hemd. Er fühlte sich nach den paar Stunden Pause keineswegs ausgeschlafen, aber wie unter Strom stehend und deshalb hellwach. Seit achtzehn Stunden war Emilie nun verschwunden. Ein fünfjähriges Mädchen! Selbst die harmlose Variante *ausgebüxt* war inzwischen lebensbedrohlich.

Wenn Emilie die Nacht im Freien verbracht hatte, bei einer Außentemperatur um die sechs Grad, war sie inzwischen stark unterkühlt, wahrscheinlich bewusstlos. Und tot, wenn sie nicht bald gefunden wurde. Es war ein Wettlauf gegen die Zeit.

Seine Leute waren seinem Beispiel gefolgt und hatten sein altes Büro zur vorläufigen Einsatzzentrale umfunktioniert. Becker und Haas waren unterwegs, Scholl hielt die Stellung, nahm Meldungen entgegen und koordinierte die Einsätze.

»Wie sieht's aus?«, fragte Klinkhammer.

Er rechnete nicht wirklich mit brauchbaren Neuigkeiten. Aber unter den Leuten, die sich nach einer Meldung im Radio oder einer Lautsprecherdurchsage verpflichtet gefühlt hatten, zum Telefon zu greifen, war auch die Mutter des zwölfjährigen Kai Moosler gewesen.

Kai Moosler hatte am vergangenen Nachmittag gegen vier Uhr am Holunderbusch 37 einen Freund besucht. Über den Fliederstock kommend war Kai beim Spielplatz von einem kleinen Mädchen angesprochen worden, auf das Emilies Beschreibung passte. Etwa fünf Jahre alt, bunte Regenkleidung, pinkfarbenes Fahrrad. Das Kind hatte mit seinem Rad am Rand des Spielplatzes gestanden, Richtung Holunderbusch gespäht und Kai um Hilfe gebeten.

Scholl hatte den genauen Wortlaut so notiert, wie er ihm von Frau Moosler durchgegeben worden war: »*Da hinten ist ein komischer Mann. Der will mich immer festhalten. Ich kann aber schon lange alleine fahren. Kannst du dem sagen, er soll mich in Ruhe lassen?*«

Beim Weitergehen hatte Kai auch jemanden gesehen, allerdings nur kurz, weil der Mann sich zügig den Holunderbusch entlang entfernt hatte, als der Junge näher kam. In welche Richtung Emilie sich anschließend gewandt hatte, wusste Kai Moosler nicht.

Winfried Haas war hingefahren, um im persönlichen Gespräch eventuell mehr zu erfahren. Außerdem wollte er mit Kais Freund reden, vielleicht hatte der den Mann ebenfalls gesehen.

»Und wo ist Becker?«, fragte Klinkhammer.

»Mit Hormann im Brenner-Center«, antwortete Scholl.

Hormann gehörte zum Erkennungsdienst und führte im Rahmen seiner Möglichkeiten kriminaltechnische Untersuchungen durch. Er hatte sich in der Nacht mit dem demolierten Kinderfahrrad aus dem Container beschäftigt.

»Im Haus waren sie schon«, erklärte Scholl weiter. »Jetzt will Hormann sich die Maschinen anschauen, Beinpressen und so. Ich weiß nicht, welche Vorstellung er von einem Fitnessstudio hat. Er meinte, das Rad könnte auch im Studio zerdrückt worden sein. Die Autos der Eltern wären ja nicht beschädigt.«

»Aber es ist doch ein altes Rad«, sagte Klinkhammer unwillig. »In der Nacht war von Roststellen und einem verschlissenen Sattel die Rede. Die Kleine wäre kaum mit ihrem alten Rad durch Wind und Wetter gelaufen.«

Scholl zuckte mit den Achseln, als wolle er sagen: *Schrei mich nicht an, ich kann nichts für Hormanns Übereifer*. Stattdessen sagte er: »Mit Kai Mooslers Angaben sind die Eltern doch sowieso außen vor, oder?«

»Abwarten«, sagte Klinkhammer. »Wenn der komische Mann sich entfernt hat ...«

»Du glaubst doch nicht im Ernst, dass der sich verzogen hat, nur weil der Junge ihm beim ersten Versuch die Tour vermasselte«, warf Scholl ein. »Wer scharf auf ein Kind ist, gibt deshalb nicht gleich auf. Er brauchte nur in Deckung zu gehen und abzuwarten, bis Kai Moosler in der 37 verschwunden war. Dem Kind war der Heimweg abgeschnitten, wenn der Typ irgendwo am Holunderbusch gelauert hat.«

Und dafür hätte der Kerl nicht mal in Deckung gehen müssen, dachte Klinkhammer, nur langsamer werden, den Rest hätte die Straßenkrümmung besorgt. Er nickte gedankenvoll und wiederholte: »Komischer Mann. Was versteht eine aufgeweckte Fünfjährige unter einem komischen Mann? Eine Äußerlichkeit kann es nicht gewesen sein, die hätte sie wahrscheinlich näher bezeichnet. Ich fahr noch mal zu den Eltern. Sobald Haas eine brauchbare Beschreibung von dem Kerl hat, soll er sich bei mir melden. Wie geht es der Mutter? Hat die Voss was hinterlassen?«

Von Rita Voss hatte Scholl noch gar nichts gehört, von Hans-Josef Simmering ebenso wenig.

»Jüppi wird noch schlafen«, mutmaßte Klinkhammer. Dass er auf dem Laufenden gehalten werden wollte, brauchte er nicht zu betonen, sagte nur noch: »Sieh mal zu, dass du Oskar Berrenrath erreichst. Er soll mich anrufen, ich hab was für ihn, was ihn bestimmt freuen wird.«

Der Junge von gegenüber

Im Rückspiegel hatte auch Mario noch gesehen, wie Horst Reincke seiner jüngsten Tochter aufhalf. Mario nahm an, er hätte Brittas Hand überrollt. Normalerweise spürte er zwar jede Unebenheit, die er überfuhr, aber so zarte Fingerchen ... und in der Aufregung. Viel fehlte nicht, dann wäre er umgekehrt und hätte sich tausendmal entschuldigt. Nicht bei Reincke, nur bei Britta. Er hatte dem Kind nicht wehtun wollen, wahrhaftig nicht. Auch wenn er sich nicht so sah, war er doch selbst noch ein Kind, das sich wünschte, ihm täte keiner weh.

»Das wirst du bereuen!« Und wie! Mario bereute sofort. Nicht was er Reincke an den Kopf geworfen hatte, im Gegenteil. Was die Auseinandersetzung mit seinem Lehrer anging, war er stolz auf sich, weil er alles gesagt hatte, was gesagt werden musste. Und mehr noch, weil er den Mut aufgebracht hatte, die Russenweiber nicht nur zu erwähnen, sondern klipp und klar zu sagen, dass die über ihn hergefallen waren. Dass er sich traute, es so offen auszusprechen, hätte er vorher nicht geglaubt. Wahrscheinlich hatten die Pillen aus Ruths Kosmetikkoffer nicht nur seine Schmerzen betäubt, auch seine Angst.

Aber die kleine Britta ... Obwohl, wenn man es genau bedachte, war das nicht allein seine Schuld. Wenn Reincke nicht wieder auf die Regeln im Viertel gepocht hätte. Er hätte ja sagen können: »Tut mir leid, dass ich dir heute Mittag nicht beistehen konnte, Mario. Aber du weißt doch, wozu die Kasachen fähig sind. Ich wollte meine Frau und meine Töchter nicht dieser Gefahr aussetzen. Das verstehst du hoffentlich.« Und dann hätte Reincke anbieten können: »Ich bringe dich zum Arzt, das ist das Mindeste, was ich tun kann. Mit dem verletzten Handgelenk solltest du wirklich nicht fahren.«

Aber nein! Immer nur auf diese Pipifaxregeln pochen.

Wenn Reincke es darauf anlegte und ihn anzeigte wegen Körperverletzung. Was dann? Oder Fahrerflucht! Das kam noch hinzu. Dagegen wären Reinckes Feigheit und unterlassene Hilfeleistung vermutlich Lappalien. Oder wenn Reincke mit Frederik sprach, sobald der aus Rumänien zurückkam – ein Zuckerschlecken würde das nicht. Nach dem letzten Gespräch unter Nachbarn hatte Frederik gedroht: »Wenn du dich noch einmal über das Fahrverbot hinwegsetzt, kannst du dein Fahrrad aufpolieren.«

Doch seine Befürchtungen und das schlechte Gewissen wurden bald nebensächlich. Während der Fahrt verflüchtigte sich die Wirkung der drei Tabletten. Neue Schuhe zu kaufen hätte er sich besser verkniffen. Er fand zwar ein Paar, das sich kaum von den Shox R4 unterschied. Aber danach ging es ihm viel dreckiger als vorher.

Auf die Idee, einen Arzt zu rufen, kam er allerdings nicht. Als er gegen halb sechs endlich wieder daheim war, machte er sich im Internet schlau, warum das in seiner Seite nun wieder so unerträglich pochte und stach. Die Diagnose fand er bei Google – sogar die richtige: Nierenquetschung. Daran starb man nicht zwangsläufig. Dabei wäre er zu dem Zeitpunkt gerne gestorben. Tote hatten keine Schmerzen, keine Angst und keine Gewissensbisse. Er hatte von allem mehr, als er aushalten konnte. Und es war niemand da, um ihm ein wenig davon abzunehmen.

Ruth bekam er an dem Montag nicht mehr zu Gesicht. Um halb acht rief sie an, wie so oft. Er sollte sich etwas zu essen machen, holen oder liefern lassen, aber nicht auf sie warten, weil sie mit irgendeinem Blödmann aus der Werbebranche essen gehen musste. Blödmann sagte sie natürlich nicht. Sie war so in Eile, dass ihr nicht auffiel, wie kurzatmig er war und wie gepresst seine Stimme klang.

Zu essen machte er sich nichts mehr. Nach dem kurzen Telefonat legte er sich hin, weil er nicht mehr sitzen konnte. Liegen konnte er allerdings auch nicht wirklich, bekam kaum Luft und wünschte sich, am nächsten Morgen tot im Bett zu liegen, wenn Ruth kam, um nachzusehen, warum er nicht aufstand.

Ein Milzriss wäre nicht schlecht gewesen. Daran verblutete man innerlich, hatte er auf derselben Medizinseite gelesen, auf der er die Symptome und Ursachen einer Nierenquetschung entdeckt hatte. Oder eine Hirnblutung. Aber gegen den Kopf hatte Irina ihn nicht getreten. Im Gesicht hatte er nur ein paar Schrammen.

Ruth kam erst weit nach Mitternacht heim. Mario hörte sie die Treppe hinaufkommen und ins Bad gehen. Und er betete, dass sie nicht auf die Idee verfiel, mehr zu tun, als die Tür seines Zimmers zu öffnen und einen Blick aufs Bett zu werfen, wie sie es sonst schon mal tat. Diesmal war sie offenbar zu müde, ging vom Bad aus sofort in ihr Schlafzimmer.

Glück gehabt! Oder nicht. Kam darauf an, aus welcher Warte man es sah. Angesichts seiner Verletzungen wäre es entschieden besser gewesen, seine Mutter hätte sich die Zeit genommen, an sein Bett zu kommen. Sie hätte die Hand ausgestreckt, um ihm das schweißfeuchte Haar aus der Stirn zu streichen. Sie hätte gemerkt, dass er gar nicht schlief, dass er vor Schmerzen kaum noch atmen konnte und dass er weinte.

Die ganze Nacht bekam er kein Auge zu. Um Viertel vor sechs musste er dringend pinkeln. Da sah er das Post-it an Ruths Schlafzimmertür. Eine handschriftliche Bitte an Hatice, vor neun Uhr keinen Krach zu machen. Sie müsse erst um elf in der Firma sein und wolle ausschlafen.

Kein Wort an ihn. Er hatte sich nie vorher so von Gott und der ganzen Welt verlassen gefühlt, nicht einmal gestern, als sein Klassenlehrer ihn im Stich gelassen hatte. Und als er dann vor dem Klo stand, als es nicht gelb in den Tiefspüler rieselte, sondern rotbraun, da kam ihm diese Wahnsinnsidee. Er stieg auf den Dachboden und kraxelte durch eine Dachluke auf den First in der Absicht, so lange da oben sitzen zu bleiben, bis er tot herunterfiel.

Was ihn tatsächlich zu dieser Aktion bewog, hätte er keinem Menschen erklären können. Er wollte eine Mutter haben, die sich nicht einbildete, er hätte in ihrem Prachtbau alles, was er zu seinem Glück brauchte. Und einen Vater, dem das armselige Leben der rumänischen Landbevölkerung nicht wichtiger war als das arme Würstchen daheim, das er Kumpel nannte. Mario wollte nicht der Kumpel seines Vaters sein.

Aber wie hätte er das in Worte fassen sollen? Es war ihm doch gar nicht richtig bewusst. Ihm war nur schwindlig und kotzeschlecht. Zudem fror er in seiner üblichen Nachtbekleidung – T-Shirt und Boxershorts –, dass seine Zähne nur so klapperten und er vor lauter Zittern Panik bekam, abzurutschen und tatsächlich zu fallen. Mit seinem demolierten Handgelenk hätte er sich doch nirgendwo festhalten können.

Es klaffte ein gewaltiger Spalt zwischen dem Wunsch zu sterben und dem, was Mario Hoffmann wirklich wollte – unbeschadet und in Frieden leben. Sein Mofa behalten, den Computer ebenso. Darüber hinaus wollte er nie wieder in die verfluchte Schule, sich nicht noch einmal von den beiden Russenweibern und der dicken Jessie drangsalieren lassen, sich auch nicht mehr mit seinem Klassenlehrer auseinandersetzen.

Der Witz an der Sache war: Es war Horst Reincke, der die Rettungskräfte zum Holunderbusch beorderte. Nicht etwa Ruth, die verpennte Marios Aufstieg.

Nachbarn

Punkt sechs hatte der Dienstag für Horst und Anita Reincke begonnen. Nur anderthalb Stunden vorher war nebenan Anne in Morpheus' Arme gesunken, nachdem der Boxkampf in ihrem Leib endlich eingestellt worden war. Was Horst Reincke bewog, sofort den Rollladen vor dem Badezimmerfenster hochzuziehen und einen Blick auf das gegenüberliegende Anwesen zu werfen, obwohl es draußen noch stockdunkel war, wussten nur er und sein Gewissen.

Zehn Minuten später fuhr gegenüber der erste Streifenwagen vor, der zweite folgte dichtauf. Beide Motoren wurden zwar sofort abgestellt, doch da hatten sie Annes ohnehin nicht sehr solide Tiefschlafbarriere schon durchbrochen. Zwei Polizisten blieben auf der Straße stehen und behielten den Dachfirst im Auge. Die beiden anderen klingelten Ruth Hoffmann aus dem Bett, stiegen auf den Dachboden und verhandelten abwechselnd durch die offene Luke mit Mario, was jedoch zu nichts führte. Keiner war scharf darauf, ebenfalls auf den First zu steigen und sich den Hals zu brechen oder zu riskieren, dass der Junge sich fallen ließ, womit er mehrfach drohte. Also wurde die Feuerwehr verständigt.

Die zunehmende Unruhe draußen perforierte Annes Schlaf weiter. Ihr Schlafzimmer lag zwar zur Gartenseite, aber das Fenster stand auf Kippe. Kommandos wurden gerufen. Die Streifenwagen mussten ein Stück vorgefahren werden und Platz machen für die Feuerwehr. Immer mehr Nachbarn kamen dazu. Der schwere Dieselmotor des Leiterwagens holte Anne vollends in den Tag, den man noch gar nicht so bezeichnen konnte.

Lukas rührte sich erst, als sie ihre Nachttischlampe einschaltete. Er blinzelte ins Licht und fragte: »Was ist denn da draußen los?«

»Keine Ahnung«, sagte Anne. »Sieh du nach, du bist schneller als ich.«

Lukas stand auf, ging zur Straßenseite ins Bad, zog dort den Rollladen hoch, kam zurück und schlüpfte hastig in seinen Jogginganzug.

»Mario will springen«, erfuhr Anne, dann war Lukas auch schon auf der Treppe und rannte nach unten.

Anne stand ebenfalls auf, ging ins Bad und beobachtete das Szenario minutenlang vom Fenster aus. In der schmalen Straße sah es bedrohlich aus. Die Streifenwagen und der Leiterwagen mit rotierenden Blaulichtern blockierten den gesamten Straßenabschnitt. Dazwischen standen uniformierte Polizisten und Feuerwehrmänner.

Die unmittelbare Nachbarschaft hatte in Reinckes Vorgarten Posten bezogen, alle verrenkten sich die Hälse. Und auf dem Dachfirst gegenüber kreischte Mario erneut, er würde sich fallen lassen, wenn die Polizei oder sonst einer ihm das Mofa oder den Computer wegnähme oder wenn man ihn zwingen sollte, noch mal zur Schule zu gehen.

Auch Lukas ging zu Horst Reincke hinüber, der kopfschüttelnd erklärte: »Sein Mofa und sein Computer, etwas anderes interessiert ihn nicht. Ich lasse heute eine wichtige Deutscharbeit schreiben, und das weiß er seit Tagen. Aber statt sich darauf vorzubereiten, ist er gestern Nachmittag wieder mit seiner Knatterkiste hier herumgedüst und hat unsere Britta angefahren.«

»Was?«, fragte Lukas entsetzt.

Horst Reincke wiederholte die Anschuldigung nicht, erwähnte auch mit keinem Wort, dass er kurz zuvor eine hässliche Auseinandersetzung mit Mario gehabt hatte. Er fügte nur noch hinzu: »Zum Glück hat er sie nicht ernsthaft verletzt.«

Dann ging er zu den Polizisten hinüber, sprach kurz mit ihnen und rief anschließend zu Mario hinauf, er müsse keine Angst haben, so schwer sei die Interpretation des Hoerschelmann-Textes doch gar nicht. Und er solle sich gut festhalten, Hilfe sei auf dem Weg.

Das verstand Anne ebenso durch das geschlossene Fenster wie Marios Geschrei. Und es veranlasste sie, zum Bademantel zu greifen. Was redete Horst denn da? Mario hatte doch keine Angst vor einer Interpretation. Aber ehe sie Lukas nach unten folgen konnte, musste sie auf die Toilette.

Währenddessen fuhren die Feuerwehrmänner die Leiter aus. Einer stieg langsam hinauf und sprach dabei besänftigend auf Mario ein. Als Anne endlich die Haustür erreichte, hatte der Feuerwehrmann Mario bereits sicher zu Boden gebracht. Horst Reincke war nicht mehr zu sehen. Es war zwanzig nach sieben. Lukas war zur Haustür zurückgekehrt und beobachtete in Gesellschaft von Herrn und Frau Zimmermann, wie drüben verhandelt wurde.

Mario stand mit zwei Polizisten, dem Feuerwehrmann und seiner Mutter neben dem hinteren Streifenwagen. Man hatte ihm eine Decke um die Schultern gelegt, er zitterte trotzdem am ganzen Körper. Ruth wollte ihn zum Haus führen, die Polizisten waren dagegen.

»Die sollen ihn mal mitnehmen«, sagte Frau Zimmermann mit gedämpfter Stimme. »Was denkt der Junge sich denn, frühmorgens so einen Irrsinn zu veranstalten? Ein paar Tage in der Klapsmühle bringen ihn vielleicht zur Vernunft.«

»Ein paar Tage im Krankenhaus bekämen ihm garantiert besser«, kommentierte Lukas. »Sehen Sie sich mal seine Beine an.«

Die umgelegte Decke reichte nur über die Boxershorts. Das großflächige Hämatom am linken Oberschenkel wirkte auf der blassen Haut wie ein schillernder Ölfleck.

»Sieht aus, als wäre er mit dem Mofa gestürzt«, meinte Lukas und fügte hinzu, was er eben von Horst Reincke gehört hatte. Er sah da einen Zusammenhang: Kind angefahren und zu Fall gekommen.

»Blödsinn«, stellte Anne richtig, nachdem Zimmermanns wieder in ihrem Vorgarten standen. »Mario hat Britta nicht angefahren, Horst hat sie umgestoßen. Sie stand hinter ihm, er hat sie nicht bemerkt, weil er mit Mario gestritten hat. Als Mario dann losfuhr, hätte er beinahe Brittas Hand überrollt, aber nur beinahe.«

»Woher weißt du das?«, fragte Lukas.

»Ich hab's vom Küchenfenster aus gesehen«, erklärte Anne. »Britta ist nichts passiert, hat Horst selbst gesagt.«

Da Mario offensichtlich einiges passiert war, erzählte Anne auch noch ein paar Einzelheiten der belauschten Auseinandersetzung. Vor den Augen des Lehrers von drei Mädchen zusammengeschlagen worden. Und der Lehrer hatte Fersengeld gegeben statt einzugreifen.

»Drei Mädchen?«, wiederholte Lukas hellhörig geworden. Sollte Mario etwa Prügel bezogen haben, weil Andrej erneut mit Herrn Jedwenko ...

»Hat Mario gesagt«, bekräftigte Anne. »Und da Horst ihm nicht widersprochen hat, gehe ich davon aus, es war die Wahrheit.«

»Hat Mario auch gesagt, weshalb er verprügelt wurde?«, versuchte Lukas mehr zu erfahren, ohne sie zu beunruhigen.

Sie schüttelte den Kopf und erklärte: »Er sagte nur etwas von Russenweibern. Aber brauchen die noch einen Grund heutzutage? Gestern brachten sie im Radio ein Interview mit einem Mann aus dem Kosovo. Der lebt seit zig Jahren in Deutschland und hat seinen fünfjährigen Sohn jetzt in einer Kampfsportschule angemeldet. Der Kleine wollte lieber mit seinem Teddy spielen.«

Russenweiber! Das war die Bestätigung, die Lukas lieber nicht gehört hätte. Er legte Anne einen Arm um die Schultern, schob sie zurück in den Flur und schlug vor: »Lass uns frühstücken, ehe die Handwerker kommen. Oder willst du dich noch mal hinlegen?«

»Witzbold«, sagte sie und sah noch, dass ein dritter Streifenwagen vorfuhr, dem ein wahrer Hüne entstieg. Dann schloss Lukas die Tür.

Der Junge von gegenüber

Der Hüne war Oskar Berrenrath. Als man den Bezirksdienstbeamten alarmiert hatte, war noch vom suizidgefährdeten Sohn eines Dokumentarfilmers die Rede gewesen. Als er eintraf, hatte sich der Erkenntnisstand bereits erweitert. Von einem angeblich angefahrenen Kind wusste niemand etwas. Horst Reincke hatte diese Anschuldigung nur gegenüber Lukas geäußert. Den Polizisten hatte er bloß von einer Ermahnung wegen verbotswidrigen Fahrens und einer wichtigen Deutscharbeit erzählt.

Einer von ihnen setzte Berrenrath ins Bild. Der Feuerwehrmann, der Mario vom Dach geholt hatte, gab das Seine dazu und riet: »Das Kerlchen sollte schleunigst ins Krankenhaus. Wahrscheinlich hat er innere Verletzungen und einiges mehr auf dem Herzen als eine Deutscharbeit. Es könnte nicht schaden, wenn ein Psychologe hinzugezogen wird. Das ist doch so üblich bei verkappten Selbstmördern. Oder wird in dem Bereich neuerdings auch gespart?«

Ehe Berrenrath darauf antworten konnte, protestierte Ruth Hoffmann vehement: »Was soll diese Unterstellung? Mein Sohn ist kein verkappter Selbstmörder! Das war nur eine unbedachte Handlung. Nicht wahr, Mario? Jetzt sag schon! Du wolltest nicht springen. Erklär den Beamten, was du dir dabei gedacht hast.«

Mario konnte und wollte nichts erklären. Berrenrath verzichtete darauf, auch noch einen Rettungswagen kommen zu lassen. Den Transport zum Krankenhaus übernahm er selbst. Und während der ganzen Fahrt schämte Mario sich für seine irrwitzige Aktion und mehr noch für seine Mutter.

Sie waren noch nicht ganz in den Streifenwagen eingestiegen, da hatte Ruth bereits ihr Smartphone am Ohr. »Frederik?

Kannst du mich verstehen, Frederik? Ich höre dich so schlecht. Die Verbindung ist grausam. Hör zu. Ich bin mit Mario auf dem Weg ins Maria-Hilf-Hospital ... Nein, mir geht es gut. Mario hat sich am Bein gestoßen und die Hand verstaucht, besser, ein Arzt schaut sich das mal an ... Nein, mach dir keine Sorgen, das schaffe ich locker bis um elf. Ich bin pünktlich zur Besprechung in der Firma.«

Als der Wagen vor der Notaufnahme anhielt, telefonierte sie immer noch. Frederik musste schließlich auch wissen, wie das Essen mit dem Werbeheini gestern Abend gelaufen war. »Hervorragend. Den Auftrag haben wir so gut wie sicher.«

Berrenrath half Mario beim Aussteigen, wies auf den Oberschenkel und sagte: »Nach gestoßen sieht das für mich aber nicht aus, eher so, als hätte dich ein Pferd getreten. Reitest du? Oder bist du mit dem Mofa gestürzt?«

Mario war müde, einfach nur noch müde, zermürbt von Schmerzen, geschwächt vom Blutverlust. Er schüttelte matt den Kopf und antwortete wahrheitsgemäß: »Nee, ich hatte Ärger mit ein paar widerlichen Typen.«

Mehr war von ihm nicht zu erfahren. Sein Blick verschleierte sich. Es schien ihm von Sekunde zu Sekunde schlechter zu gehen. Als hätte die Einfahrt zur Notaufnahme ihm deutlich gemacht, in welchem Zustand er war. Kritisch, sagte der Arzt, der ihm kurz darauf die Manschette des Blutdruckmessgeräts um den mageren Oberarm legte, äußerst kritisch.

Trotzdem bestand Berrenrath darauf, dass noch Fotos von den äußeren Verletzungen gemacht wurden. Beweissicherung. Marios schmächtiger Körper war überwiegend rotblau, an einigen Stellen violett bis schwarz. Und in der schillernden Schwellung am Oberschenkel erkannte man ein Sohlenprofil.

Bei den nachfolgenden Untersuchungen wurden Marios Verletzungen wie folgt diagnostiziert: Nierenquetschung links mit Einreißung der Nierenkapsel und Einblutungen ins Nierenlager, Bruch der vierten und fünften Rippe hinten links, Quetschungen am rechten Handgelenk mit massiven Gewebeschäden und Abscherbrüchen an Kahnbein, Mondbein, Dreiecksbein, Griffelfortsatz der Speiche sowie Griffelfortsatz der Elle, außerdem großflächige Hämatome am Rumpf und den Extremitäten, speziell dem linken Oberschenkel.

Kurz darauf lag Mario auf einem OP-Tisch. Über sich sah er die großen Lampen und fühlte sich wie auf einem Flug durchs All. Um ihm die vorangegangenen Untersuchungen erträglicher zu machen, hatte man ihm Analgetika und ein leichtes Sedativum verabreicht. Sein von diesen Medikamenten umnebeltes Bewusstsein trieb dahin wie ein Raumschiff durch Sternennebel, ehe der Anästhesist ihn an einen Ort versetzte, wo es nur noch dunkel, still und ganz friedlich war.

Sonntag, 18. November – gegen 11:00 Uhr

Klinkhammer stellte seinen Wagen wieder auf dem Parkplatz an der Dürener Straße ab und schaute sich nach den beiden Autos von Anne und Lukas um. Der Opel Corsa stand da, den VW Touareg sah er nicht. Kaum war er ausgestiegen, meldete sich Winfried Haas. Es war perfektes Timing.

Leider hatte Haas von dem zwölfjährigen Zeugen eine so allgemeine Beschreibung vom *komischen Mann* erhalten, dass sie auf den Großteil junger Männer zutraf. Normale Größe, normale Figur, dunkle Haare, dunkle Kleidung. Und wie er sich bewegte. Letzteres hatte Kai Moosler am Beispiel einer Figur aus einem Computerspiel verdeutlicht.

»Demnach hatte der Typ den Gang einer Raubkatze und war zweifelsfrei jünger als ich«, sagte Haas. »Im Vergleich mit zwei Rappern und einem Schauspieler haben wir uns auf Mitte zwanzig geeinigt. Er soll sich mehrfach umgedreht haben, aber immer nur ganz kurz. Wahrscheinlich wollte er feststellen, ob Kai noch hinter ihm war.«

»Scholl meint, er wäre irgendwo in Deckung gegangen und hätte der Kleinen den Heimweg abgeschnitten«, sagte Klinkhammer.

»Entweder das, oder er wohnt da irgendwo«, erwiderte Haas. »Dann musste er nur noch mal kurz vor die Tür, als die Kleine bei ihm vorbeikam. Ich mache mich jetzt auf den Weg zum Holunderbusch 37. Vielleicht hat Kais Freund den Mann auch gesehen und kann uns weiterhelfen.«

Klinkhammer bedankte sich und setzte seinen Weg fort. Wie in der Nacht ging er zu Fuß. Im Viertel waren erneut uniformierte Kollegen unterwegs. Kaum war er in den Holunderbusch eingebogen, wurde er auch schon angesprochen. »Hallo, warten Sie bitte.«

Eine Polizeimeisterin, das verrieten ihm die beiden Sterne auf den Schulterstücken ihrer Uniformjacke. Ihr Kollege blieb abwartend hinter ihr stehen, nickte Klinkhammer einen Gruß zu und gestattete sich ein schadenfrohes Grinsen. Sein Gesicht kam Klinkhammer bekannt vor, Polizeiwache Frechen, wenn er sich nicht täuschte. Die Frau konnte er nicht unterbringen. Aber man konnte nicht alle persönlich kennen. Sie kannte ihn offenbar auch nicht.

»Wohnen Sie hier?«, wollte sie wissen.

»Nein, warum?« Klinkhammer stellte sich zunächst dumm.

Statt ihm Auskunft zu geben, fragte sie: »Zu wem wollen Sie denn?«

»Zu Familie Brenner«, antwortete er kurz und stellte sich vor, ehe es für die eifrige junge Kollegin peinlich wurde. »Klinkhammer, KK 11.«

Sein Name war ihr wohl ein Begriff. Sie senkte kurz den Kopf, murmelte etwas, das wie »Entschuldigung« klang. Dann straffte sie die Schultern und erstattete Bericht. Sie und ihr Kollege kamen tatsächlich aus Frechen und waren erst seit einer knappen Viertelstunde im Einsatz, um die Bewohner von Gardenienpfad und Holunderbusch zu fragen, ob gestern Nachmittag jemand einen *komischen Mann* bemerkt hatte. Bisher hatten sie nicht mal die vage Beschreibung, die Klinkhammer von Haas gehört hatte.

Mit dem Gardenienpfad waren sie gerade durch, dort hatte gestern Nachmittag niemand etwas bemerkt. Am Gladiolenweg 2 dagegen, dem nächstgelegenen Verbindungsweg vom Holunderbusch zum inneren Kreis, hatte eine ältere Dame am vergangenen Abend gegen achtzehn Uhr dreißig eine Frau zweimal »Emilie« rufen hören. Nach dem ersten Ruf war sie zur Haustür geeilt, um festzustellen, was draußen los war. Sie hatte noch kurz eine unförmige Gestalt davonwatscheln sehen und zum zweiten Mal rufen hören.

Klinkhammer wiederholte die wenigen Anhaltspunkte, die Haas ihm genannt hatte. Vielleicht kam damit eher etwas bei dieser Aktion heraus. »Es könnte sich um einen Anwohner handeln«, sagte er. »Achten Sie also darauf, wer Ihnen die Türen öffnet. Und fragen Sie bei Leuten in meinem Alter, ob Kinder im Haus leben. Interessant sind erwachsene Söhne in den Zwanzigern. Auch wenn die nicht mehr hier wohnen, es könnte gestern Nachmittag einer seine Eltern besucht haben. Und merken Sie sich: Wir suchen *Zeugen*. Wenn Sie auf eine Person treffen, die der Beschreibung entspricht, bedanken Sie sich für jede Auskunft oder entschuldigen sich für die Störung und melden sich anschließend umgehend bei HK Scholl.«

»Jawohl«, sagte die Polizeimeisterin zackig, es fehlte nur, dass sie die Hacken zusammenschlug und salutierte.

Im Weitergehen fragte Klinkhammer sich kurz, ob sie ihn wohl für einen komischen Mann gehalten hatte.

Brenners Haustür wurde ihm von Rita Voss geöffnet. Sie begrüßte ihn mit dem Hinweis, Hormann vom Erkennungs- dienst habe im Wohnzimmer alles fotografiert und auf der Bau- stelle unter dem Dach eine winzige Blutspur an einem Decken- paneel gesichert.

»Die dürfte von einem der Handwerker stammen«, vermu- tete sie.

Sie war allein im Haus und schon umfassend informiert. Winfried Haas hatte auch sie angerufen und gefragt, ob er sie ablösen solle, wenn er in Nummer 37 fertig sei.

Lukas war vor zehn Minuten von Jochen Becker zum Stu- dio beordert worden. Dort hatte Hormann natürlich nichts gefunden, was darauf hindeutete, mit einer der Maschinen wäre ein altes Kinderfahrrad demoliert worden. Diese Vor- stellung fand Rita Voss auch lächerlich, auf so was konnte nur einer kommen, der noch nie eine Beinpresse benutzt hatte. Außerdem war Emilies Rad nagelneu, kaum anzunehmen, dass es nach dem ersten Regenschauer binnen kürzester Zeit total verrostet war. Nun wollte Becker mit Lukas' Unterstüt- zung die Kundenkartei nach dem *komischen Mann* durchfors- ten und sie mit der Liste polizeibekannter Männer mit pädo- philer Veranlagung abgleichen.

Den Verdacht gegen Mohr, Kunich und den alten Herrn

Seibold mochte Lukas in der Not an den Haaren herbeigezogen haben. Aber unter Kinderfreunden dürfte schnell bekannt geworden sein, dass nachmittags im Brenner-Center regelmäßig ein kleines Mädchen herumturnte. Wer auf kleine Mädchen stand, wusste garantiert auch längst, wo das Kind wohnte und dass es in nächster Zeit mehr im oder nahe dem Elternhaus spielen würde. Was lag also näher, als sich die verkehrsfreien Straßen und den Spielplatz im *Garten* mal anzusehen? Und wie der Zufall manchmal so gemein spielte, hielt das Kind sich gerade unbeaufsichtigt draußen auf.

Von dieser Theorie hielt Rita Voss allerdings auch nicht viel. Einen Kunden des Studios hätte Emilie gekannt beziehungsweise wiedererkannt. Da hätte sie nicht von einem *komischen Mann* gesprochen. Und Leute, die ein Kind entführen wollten, probierten das nicht ausgerechnet während eines Unwetters.

Klinkhammer stimmte voll und ganz mit ihr überein. »Wo ist Frau Brenner?«, fragte er.

»Im Krankenhaus«, sagte Rita Voss mit unüberhörbarem Vorwurf. »Sie hatte doch schon Sehstörungen und Kopfschmerzen, als du noch bei ihr warst. Ist dir das nicht aufgefallen?«

»Mir ist nur aufgefallen, dass etwas mit ihr nicht stimmte«, verteidigte er sich. »Ich hab sie gefragt, ob sie Schmerzen hat. Da hat sie mir was von Parasiten erzählt.«

»Na ja«, lenkte Rita Voss ein. »Sie wollte halt unbedingt hierbleiben, bis Emilie wieder da ist. Als ihr übel wurde, wusste sie, dass der kritische Punkt erreicht war, behauptete aber immer noch, es wäre nicht so schlimm. Als sie sich übergeben musste, habe ich nicht mehr lange mit ihr diskutiert, sondern den Arzt hergerufen. Der hatte doch einen Zettel mit seiner

Nummer an den Kühlschrank gepappt. Er hat sie persönlich nach Bergheim gefahren. Aber frag mich nicht, was das für ein Kampf war, sie in sein Auto zu setzen.«

»Hat Zardiss gesagt, was ihr fehlt?«

»Präeklampsie«, sagte Rita Voss. »Möglicherweise schon eine Eklampsie.«

»Ah ja.« Klüger war Klinkhammer noch nicht. »Und was ist das?«

»Das googelst du besser«, schlug sie vor. »Ich weiß nämlich nur, dass es mit der Schwangerschaft zusammenhängt und eine gefährliche Komplikation ist.«

»Und du bist geblieben«, stellte Klinkhammer überflüssigerweise fest.

»Sonst wäre ja keiner mehr hier gewesen, als Brenner nach Hause kam. Der wäre ausgeflippt, das kannst du mir glauben.«

Das tat Klinkhammer. »Dann hast du gar nicht geschlafen«, vermutete er.

»Du doch auch nicht.« Jetzt grinste sie kumpelhaft. »Ich hab immerhin ein Stündchen im Sessel gedöst und anschließend mit dem Hausherrn gefrühstückt. Das hat mich für den entgangenen Schlaf entschädigt. Auch übermüdet, ungewaschen und mit blank liegenden Nerven ist der Typ eine Augenweide. Abgesehen davon hat er einen Kaffee aufgebrüht, den man besser nicht auf einem Friedhof verschütten sollte.«

»Meinst du denn, du könntest trotzdem ein paar Stunden schlafen?«, ging Klinkhammer auf ihren unerwarteten Humor ein. »Wenn nicht, kannst du mich gerne begleiten.«

»Wohin?«

»Zu Marlies Heitkamp.«

»Ist das die Tante mit dem Schönheitssalon?«

Als Klinkhammer nickte, sagte sie: »Mist. Ich habe mein Make-up-Köfferchen zu Hause vergessen.«

Er hatte sie noch nie mit Make-up gesehen. Sie sah auch jetzt nicht so aus, als ob sie unbedingt welches brauche. Er selbst kam sich zerknitterter vor, aber er war auch etwas älter als sie.

»Einen schönen Menschen kann das nur entstellen«, sagte er.

»Danke«, erwiderte sie. »Du ahnst nicht, wie das mein Selbstwertgefühl hebt. Und was willst du von der Heitkamp?«

»Sie bringt jeden Samstagnachmittag um halb fünf Blumen zum Grab ihres Mannes«, erklärte Klinkhammer. »Darüber hat Frau Brenner sich in der Nacht ziemlich aufgeregt.«

»Über Blumen fürs Grab?«

Dem Klang ihrer Stimme nach zu urteilen, konnte Rita Voss sich das nicht vorstellen.

Klinkhammer zuckte mit den Achseln. »Wahrscheinlich eher über die Tatsache, dass die Heitkamp einen Sohn hat, der während dieser Friedhofsbesuche unbeaufsichtigt ist. Früher hat er sich sehr für kleine Mädchen interessiert.«

Rita Voss nickte verstehend.

Ehe sie das Haus verließen, holte Klinkhammer noch schnell nach, wozu er in der Nacht nicht gekommen war. Er schaute sich die Räume im ersten Stock an und inspizierte die Baustelle Dachboden, sonst hätte ihm das keine Ruhe gelassen. Er hielt sich zwar nicht für einen Kontrollfreak, aber was er nicht mit eigenen Augen gesehen hatte, mutierte in seinem Kopf schnell von einer Mücke zum Elefanten. Da hätte leicht aus einer Blutspur an einem Deckenpaneel der erste Hinweis auf ein Gemetzel werden können.

Der Junge von gegenüber

Nachdem er ihren Sohn den Ärzten überlassen hatte, fuhr Oskar Berrenrath Ruth Hoffmann zurück, damit sie nicht zu spät zu ihrem wichtigen Termin kam. Die Fahrt nutzte er, um ihr einige Fragen zu stellen. Doch die einzige, auf die er eine befriedigende Antwort erhielt, war: »Sind Sie einverstanden, wenn ich mich kurz im Zimmer Ihres Sohnes umschaue, während Sie sich auf Ihre Besprechung vorbereiten? Es könnte helfen, eine Selbstmordabsicht auszuschließen.«

Nach dieser Zauberformel war Ruth selbstverständlich mit allem einverstanden. Und Berrenrath sah mehr, als er sich erhofft hatte. Ein bisschen Luxus und Einsamkeit in allen Ecken.

Seine Klamotten hatte Mario am vergangenen Nachmittag nach der Rückkehr aus dem Schuhcenter einfach über die Stuhllehne gehängt. Vor dem Schrank standen zwei Paar Schuhe, eins davon nagelneu, das andere schon älter. Ansonsten herrschte Ordnung.

Neben dem 19-Zoll-Bildschirm lag das neue Handy, in dem außer ADAC, Fleurop und anderen vom Hersteller vorgegebenen Nummern nur vier weitere gespeichert waren. *Frederik*, *Oma*, *Ruth* und *Zuhause*. Die Liste der eingegangenen Anrufe war karg: *Ruth*.

Die hatte Berrenrath still für sich bereits als »hohle Nuss« eingeordnet. Und sie wusste beim besten Willen nicht, mit welchen widerlichen Typen ihr Sohn Ärger bekommen haben könnte. Als Berrenrath eine zarte Andeutung in Richtung Schule machte, räumte Ruth ein, dass Marios Klassenlehrer sich gelegentlich über ihren Sohn beschwerte – wegen des Mofas und Marios Starrköpfigkeit. Aber deshalb war ein Lehrer noch lange kein widerlicher Typ, nicht wahr? Ruth

bezeichnete Horst Reincke als einen vernünftigen und engagierten Mann.

Mit seinen Klassenkameraden oder anderen Schülern hatte
Mario ihres Wissens auch noch nie Probleme gehabt. Im Gegenteil, er war beliebt, weil er großzügig war. Verschenkte sein
altes Handy an ein armes Mädchen, half einem türkischen
Mitschüler, die Geburtstagsfeier für die Schwester auszurichten. Und er prahlte nicht damit, erzählte es nicht einmal seiner
Mutter. Wenn sie nicht zufällig dahintergekommen wäre, hätte
sie wahrscheinlich nie davon erfahren.

Berrenrath verabschiedete sich von ihr, fuhr zurück zur
Dienststelle und bedauerte, dass Klinkhammer seit Anfang
des Monats in Hürth das KK 11 leitete. Sonst wäre er garantiert mitgekommen, was in der Schule bestimmt Eindruck gemacht hätte. Kriminalpolizei! Das machte immer Eindruck,
auch wenn es nur der *Leiter Ermittlungsdienst* einer kleinen
Dienststelle war. Klinkhammers Nachfolger in Bergheim war
ein Schreibtischmensch. Ihn um Begleitung zu bitten erübrigte
sich. Ersatzweise nahm Berrenrath die junge Kommissarin
Silvia Schultheiß mit, die erst seit einem halben Jahr in der
Dienststelle Nord tätig war.

Ihr Ziel war die Freiherr-vom-Stein-Hauptschule. Berrenrath war der Auffassung, es müsse einen triftigen Grund geben, dass Mario Hoffmann sich lieber vom Dachfirst habe
stürzen wollen, als noch einmal dahin zu gehen. Meckerei des
Klassenlehrers übers Mofa oder Angst vor einer Deutscharbeit reichten ihm nicht. Er wollte keine voreiligen Schlüsse
ziehen. Aber er hatte das Trio Infernale nie völlig aus den
Augen verloren. Und er hatte Benny Küpper gesehen, kurz
nachdem Benny Bekanntschaft mit den Füßen und Fäusten
des Trios gemacht hatte. Es war zwar kein Vergleich mit dem

Anblick, den Mario Hoffmann geboten hatte, trotzdem hatten sie Gewalt angewendet. Auch menschenverachtende Vorgehensweisen steigerten sich im Laufe der Zeit.

Weil Silvia Schultheiß noch nicht so lange dabei war, erzählte Berrenrath ihr von Benny Küpper und dessen Mutter. Und mit der Erinnerung an Bennys Jacke wurde ihm bewusst, was er in Mario Hoffmanns Zimmer gesehen hatte: Die Jacke über der Stuhllehne, vielmehr der Schriftzug! *Abercrombie & Fitch!* Der Überfall auf Frieda Gruber im März! Zwei Zeugen hatten die Jacke des »großzügigen jungen Mannes« doch übereinstimmend beschrieben, einer sogar ein verwackeltes Foto von der Rückenansicht geliefert. *Großzügig.* Noch ein Puzzleteilchen mehr. Verschenkte sein altes Handy an ein armes Mädchen. Und vierzig Euro an eine arme Frau, gab noch den Hinweis »Das waren die Russen« und machte sich aus dem Staub.

Berrenrath rief umgehend Klinkhammer an und sagte: »Ich glaube, wir haben das Kerlchen aus dem Gruber-Überfall, Arno. Du weißt schon, der Kleine, der Geld verschenkte und den Russen-Tipp gab.«

Klinkhammer brauchte ein paar Sekunden, ehe der Groschen fiel. Berrenrath erzählte schon von der Jacke. »Nun mal langsam«, dämpfte Klinkhammer den Enthusiasmus des geschätzten Kollegen. »Das ist acht Monate her. So eine Jacke gibt es bestimmt mehr als einmal. Aber versuchen kannst du dein Glück natürlich.«

Berrenraths Erklärungen hatten Silvia Schultheiß in gespannte Erwartung versetzt. Sie konnte es kaum erwarten, dem Trio Infernale leibhaftig gegenüberzutreten. Während der großen Pause trafen sie ein. Berrenrath hielt Ausschau, doch in dem Gewimmel waren bestimmte Gesichter nicht leicht

auszumachen. Im Gegensatz dazu war der Bezirksdienst-
beamte bei seiner Größe von knapp zwei Metern schnell zu
erkennen und nur schwer zu übersehen. Hinzu kam, dass er
Uniform trug und sich deshalb vor ihm automatisch eine
Gasse auftat.

Schon vor Schulbeginn hatte Irina registriert, dass Mario
fehlte. Jessie übrigens auch, doch das war abgesprochen. Jessie saß schließlich in einem Klassenraum mit Mario. Und
keine von ihnen wollte das Risiko eingehen, dass seine Wut
über die Furcht hinauswuchs und er ausposaunte, was sie ihm
angetan hatten, wenn er Jessie allzu bald wiedersah.

Dass sie Mario lebensbedrohlich verletzt haben könnte, auf
die Idee kam Irina nicht. Wie oft hatte Dimitrij sie schon mit
seinen Fäusten, Füßen und einem Gürtel *ermahnt?* Sie hatte
doch gar nicht richtig ausholen können, weil ihr Bruder sich
nach dem erneuten Erscheinen von Marios vermeintlichem
Freund wieder genötigt gesehen hatte, ihr das richtige Gefühl
für Recht und Ordnung einzubläuen. Natürlich tat es weh, es
gab Striemen und blaue Flecken. Aber die verblassten wieder.
Und wenn man wissentlich gegen die Regeln verstieß, musste
man die Konsequenzen einstecken können.

Das Erscheinen des ihr bekannten Berrenrath ließ Irina vermuten, Mario habe doch wieder das Maul aufgerissen. Oder
Marios *Freund* habe die Bullen auf den Plan gerufen, weil Andrej Netschefka eingesehen hatte, dass er nichts erreichte,
wenn er mit Väterchen sprach.

Vor Berrenrath alleine hätte Irina nicht Reißaus genommen. Dafür wusste sie zu gut, dass der große Polizist ihr
nichts anhaben konnte. Sie war zwar mittlerweile vierzehn
und somit strafmündig wie Jessie. Aber einsperren durfte

Berrenrath sie deshalb noch lange nicht. Er konnte sie höchstens mitnehmen und auf der Wache festhalten, bis jemand sie abholte. Oder er musste sie von seinen Kollegen im Streifenwagen heimbringen lassen – was Dimitrij auf hundertachtzig bringen würde. Aber man gewöhnte sich an die Prügel. Man stumpfte ab und fühlte sich auch noch stark dabei, unzerbrechlich.

Es war die junge Frau in Zivil an Berrenraths Seite, die Irina entschieden mehr Sorgen machte. In Silvia Schultheiß vermutete sie eine Mitarbeiterin des Jugendamts. Und davor hatte Janas Bruder Sergej sie schon mehrfach gewarnt. Wenn Leute vom Jugendamt in Begleitung eines Polizisten kamen, durften sie junge Übeltäter einfach mitnehmen. Das hieß dann Heim oder Jugendknast.

Das veranlasste Irina und Jana, das Schulgelände schleunigst zu verlassen. Ihre Taschen mit Büchern und Heften blieben im Klassenraum zurück. Sie liefen zu Jessie, der gar nicht behagte, was Irina erzählte. Zu dritt verließen sie die Wohnung wieder, ohne dass Jessies vor dem Fernseher im Wohnzimmer sitzende Mutter etwas davon mitbekam.

Das Abtauchen der beiden Mädchen fiel Berrenrath und Silvia Schultheiß nicht sofort auf, weil sie zuerst mit Marios Lehrern sprechen wollten. Die meisten saßen im Aufenthaltsraum beim zweiten Frühstück. Über das frühmorgendliche Geschehen am Holunderbusch waren bereits alle informiert. Aber niemand konnte etwas über Marios Beweggründe sagen. Es hatte noch nie jemand gesehen oder gehört, dass Mario Probleme mit anderen Schülern oder Schülerinnen gehabt hätte.

Dieselben Auskünfte wie von der Mutter. Berrenrath ließ sich dadurch nicht von der Fährte abbringen und machte sich auf die Suche nach Horst Reincke. Da er sich im Klassenraum der 10b aufhielt, ergab sich die Gelegenheit zu einem Gespräch unter sechs Augen. Aber Reincke dachte nicht daran, ihnen zu erklären, was Mario zu seinem Ritt auf dem Dachfirst veranlasst haben könnte.

»Er wurde schwer verletzt von ein paar widerlichen Typen«, sagte Berrenrath mit besonderer Betonung der letzten Worte und half der Wahrheit kurzerhand ein wenig nach: »Hier an der Schule, wenn ich ihn richtig verstanden habe. Deshalb will er nicht mehr hierher.«

»Hier?« Reincke brachte tatsächlich einen skeptischen Ton zustande. »Hat er das behauptet? Wann soll das denn passiert sein? Er ist doch gestern Nachmittag noch mit seinem Mofa herumgefahren. Hat er Ihnen keine Namen genannt?«

»Die Fragen stellen wir«, belehrte ihn Silvia Schultheiß, für Berrenraths Empfinden entschieden zu forsch.

»Natürlich«, stimmte Reincke zu. »Aber ich weiß nicht, was ich Ihnen antworten soll. Mario ist ein unauffälliger Schüler ohne besonderen Ehrgeiz. Einer von denen, die gerne übersehen werden, auch von unangenehmen Zeitgenossen. Er tut nichts, um auf sich aufmerksam zu machen, hat hier meines Wissens weder Freunde noch Feinde.«

»Ihnen ist also gestern nichts Besonderes aufgefallen«, wollte Berrenrath die Befragung abkürzen, weil es auch andere Örtlichkeiten gab, an denen Mario so zugerichtet worden sein konnte.

Zuerst schüttelte Reincke den Kopf, doch dann besann er sich. »Nach Schulschluss habe ich ihn am Rolltor mit einem Mädchen sprechen sehen. Bei anderen würde ich das nicht als Besonderheit bezeichnen, aber Mario wird normalerweise auch von Mädchen übersehen.«

»Welches Mädchen?«, hakte Berrenrath nach.

»So dicht war ich nicht dran«, behauptete Reincke. »Ich wollte nur schnell etwas aus meinem Wagen holen. Wir hatten noch eine Besprechung, und …«

Von den Parkplätzen bis zum Rolltor waren es etwa zwanzig Meter. Das hatte Silvia Schultheiß im Vorbeigehen mit ihren Augen *vermessen*. Sie verfügte über eine exzellente Beobachtungsgabe und merkte sich jede Nebensächlichkeit. »Sind Sie kurzsichtig, Herr Reincke?«, fragte sie.

Diesmal ließ Berrenrath sie gewähren. Und sie hatte Erfolg mit ihrer Methode. Oder Horst Reincke sah ein, dass ihm seine Ausweichmanöver auf Dauer nichts nutzten. »Es könnte sich um Irina Jedwenko gehandelt haben«, sagte er. »Aber nageln Sie mich darauf nicht fest. Ich habe nur einen kurzen Blick auf die beiden geworfen, weil ich in Eile war. Ich habe jedenfalls nicht gesehen, dass es zwischen Mario und dem Mädchen zu Handgreiflichkeiten gekommen wäre.«

»Natürlich nicht«, stimmte Berrenrath ihm zu. »Irina tritt ja lieber. Und der Einzige, der bisher Klartext gesprochen hat, war Benny Küpper. Ich wüsste zu gerne, ob Benny seine Mutter deswegen verloren hat.«

Das war für Reincke wohl ein Schlag in die Magengrube. Berrenrath sah, wie er zusammenzuckte, und setzte sofort nach. »Aber normalerweise ist Irina nicht alleine, wenn sie tritt. Ihre Cousine Jana haben Sie nicht zufällig auch gesehen? Oder Jessie Breuer?«

Reincke schüttelte den Kopf und erklärte: »Und Jessie hätte ich schwerlich übersehen. Heute fehlt sie mal wieder. Sie hat Diabetes. Ständig muss sie während des Unterrichts ihren Blutzucker messen. Ich glaube, sie macht das mit Absicht. Jedes Mal gibt es Spektakel deswegen.«

Berrenrath gab Silvia Schultheiß mit einem Wink zu verstehen, dass er die Befragung des Klassenlehrers als beendet betrachtete.

Sie wechselten zur 8a. Mittlerweile war die Pause beendet. Berrenrath wollte Irina wenigstens fragen, worüber sie sich gestern Mittag mit Mario unterhalten hatte. Doch das war ihm nicht vergönnt.

Zum Nordring bemühten sie sich ebenfalls vergebens. In der Wohnung von Irinas Eltern hielt sich niemand auf. Dimitrij wohnte gleich nebenan, war allerdings auch nicht anwesend. Seine Frau kam mit einem Kleinkind auf dem Arm an die Tür. Sie war hochschwanger. Berrenraths Frage nach ihrem Mann verstand sie noch und teilte eifrig mit, Dimitrij sei mit Väterchen zu Doktor gefahren, Mütterchen säße in Küche, Nikolaj und Oleg seien auf Arbeit und Kinder in Schule. Nach Kindern hatte noch keiner gefragt, womit die vorschnelle Erklärung tief blicken ließ.

»Da waren sie die ersten beiden Stunden«, erklärte Silvia Schultheiß und zückte eine ihrer Visitenkarten. »Jetzt sind nur noch ihre Sachen da. Wenn die Mädchen nach Hause kommen, rufen Sie diese Nummer an.«

Nun bekundete Dimitrijs Frau mit einem ratlosen Achselzucken, dass sie kein Wort verstanden habe. Der kleine Junge angelte sich die Karte, steckte sie in den Mund und begann zu plärren, als Silvia Schultheiß ihm das Stück bedruckten Karton zwischen den Zähnchen hervorzerrte.

Sie versuchten ihr Glück noch bei Breuers, genauso vergebens. Jessies Mutter wunderte sich darüber, weil Jessie vor zwei Stunden noch im Bett gelegen hatte. Jessie sei krank, bestätigte Frau Breuer die diesbezügliche Auskunft von Horst Reincke. Diabetes, aber nur Typ 2, mit einer Ernährungsumstellung und Sport käme das wieder auf die Reihe. Wahrscheinlich sei Jessie zum Arzt gegangen, ohne Bescheid zu sagen, vermutete ihre Mutter und erkundigte sich nicht mal, worüber Berrenrath und Schultheiß mit Jessie reden wollten.

Mit Mario Hoffmanns Befragung mussten sie sich verständlicherweise gedulden, bis die Ärzte grünes Licht gaben. Das könne ein paar Tage dauern, hieß es.

6

Trio Infernale

Sonntag, 18. November – 11:15 Uhr

Als Klinkhammer Brenners Haustür hinter sich und Rita Voss zuzog, war Winfried Haas bereits informiert, dass eine Ablösung nicht vonnöten sei. Die Kollegen aus Frechen hatten sich bei den Hausnummern schon in den zweistelligen Bereich vorgearbeitet, aber noch keine Hinweise auf den *komischen Mann* erhalten.

»Den finden wir hier auch nicht«, vermutete Klinkhammer. Auf dem restlichen Weg zum Parkplatz erläuterte er Rita Voss seine früheren Erfahrungen mit Markus Heitkamp.

»Er müsste jetzt Mitte zwanzig sein, was altersmäßig zu dem dunkel gekleideten, komischen Mann passen könnte. Vor sieben Jahren hieß es, er sei schizophren, was in dem Alter ungewöhnlich ist. Normalerweise tritt das nicht bei Jugendlichen auf, sondern erst bei jungen Erwachsenen. Aber Ausnahmen bestätigen die Regel. Er verschwand jedenfalls für eine Weile in der Psychiatrie. Wann er entlassen wurde, weiß ich nicht.«

»Dass er entlassen wurde, bedeutet womöglich, dass von ihm keine Gefahr mehr ausgeht«, meinte Rita Voss. »Also verbeiß dich nicht zu fest in den Typ.«

»Ich hab mich noch nie in jemanden verbissen.« Klinkhammer verwahrte sich gegen die Voreingenommenheit. »Ich sehe nur einen Zusammenhang. Dass sich ein Fremder auf der Suche nach einem Opfer hierherverirrt hat, schließen wir doch beide aus. Niemand, der halbwegs bei Verstand ist, hätte erwartet, bei dem Wetter ein kleines Kind alleine im Freien anzutreffen, nicht in einem Wohngebiet wie diesem. Heitkamp dürfte wissen, wo Frau Brenner wohnt und dass sie eine Tochter in dem Alter hat, auf das er damals fixiert war. Wahrscheinlich weiß er auch, dass die Kleine jetzt nicht mehr so oft bei Oma und Opa ist. Seine Mutter fährt jeden Samstagnachmittag nach Ladenschluss zum Friedhof. Das heißt, er hätte Zeit gehabt, sich hier umzuschauen und sich mit den Örtlichkeiten vertraut zu machen. Mehr wollte er vermutlich nicht.«

Sehr überzeugend fand Rita Voss diesen Verdacht offenbar nicht. »Die Eltern hast du wohl gar nicht mehr im Visier?«, fragte sie. »Aber völlig ausschließen sollten wir sie nicht. Frau Brenner war mit dem Kind überfordert, gerade jetzt in ihrem Zustand. Und er vergöttert die Kleine. Ist dir gestern Abend nicht aufgefallen, wie er auf Distanz zu seiner Frau ging? Und wie er sich aufgeregt hat, weil wir uns im Haus umsehen wollten.«

»Die Kleine wurde beim Spielplatz nicht von ihrer Mutter belästigt«, sagte Klinkhammer.

»Aber sie kann anschließend immer noch nach Hause gegangen sein«, hielt Rita Voss dagegen. »Und wenn nicht, dann war es vermutlich ein Anwohner, der Emilie durchs Fenster gesehen und sich an ihre Fersen geheftet hat. Als Kai Moosler ihm in die Quere kam, konnte er schnell auf Tauchstation gehen, aber ebenso schnell wieder auftauchen. Wir sollten uns jeden vornehmen, der zwischen Elternhaus und Spielplatz wohnt.«

»Für einen Anwohner war er zu jung«, sagte Klinkhammer. »Ein Mann in den Zwanzigern …«

»Du weißt doch gar nicht, wie alt der Typ wirklich war.« Jetzt klang sie ungehalten. »Ich gebe was auf die Angaben computerspielender Kids, die mit einem Avatar demonstrieren, wie einer ging. Der Junge ist doch gar nicht nahe genug an den Kerl herangekommen. Am Ende stellen wir fest, dass es ein fitter Fünfziger mit einem katzenhaften Gang ist.«

Sie hatte wohl keine Lust auf eine längere Diskussion. Auf dem Parkplatz angekommen, stieg sie in Klinkhammers Auto, schnallte sich an, lehnte den Kopf an die Nackenstütze, schloss die Augen und machte plötzlich einen sehr erschöpften Eindruck.

»Ich kann dich nach Hause bringen lassen«, bot Klinkhammer an. »Du schläfst ein paar Stunden und kommst zurück, wenn du dich frischer fühlst.«

»Willst du damit andeuten, dass ich zu vergammelt aussehe, um es mit einer Schönheitstussi aufzunehmen?«, murmelte sie, ohne die Augen zu öffnen.

»Gott bewahre«, beteuerte Klinkhammer. »Wie käme ich dazu. Du siehst hinreißend aus.«

»Dann mach mich nicht an, gib mir nur ein paar Minuten für einen Powernap, danach bin ich wieder voll da.«

Acht Minuten später hielt er vor dem Haus, auf dessen Dachboden sich vor siebzehn Jahren der lebensmüde Bernd Heitkamp erhängt hatte.

Der Junge von gegenüber

Nachdem Berrenrath in Begleitung einer jungen Frau dienstags sowohl bei der Schule als auch bei ihr daheim aufgetaucht war, legte Jessie Breuer mittwochs zur Sicherheit noch einen schulfreien Tag ein und bummelte in der Stadt herum. Irina und Jana dagegen erschienen morgens wieder zum Unterricht, als wäre nicht das Geringste vorgefallen.

Rektor Theo Baum sah die beiden Mädchen zufällig durch den schmalen Eingang auf den Pausenhof kommen, ohne ihre Taschen, die lagen ja noch im Klassenraum. Und die gesamte Lehrerschaft wusste längst, was Irina und Jana trieben. Jeder konnte sich denken, was Mario Hoffmann zugestoßen war. Deshalb entschloss Theo Baum sich spontan, noch vor Schulbeginn eine Ansprache zu halten.

Von vielen Schülern wurde er in Anspielung auf seine Position Rex genannt, manche koppelten den Anfangsbuchstaben seines Vornamens an den Spitznamen und sagten T-Rex. Dieser Bezeichnung machte Theo Baum an dem Mittwochmorgen zu Anfang durchaus Ehre.

Er nannte keine Namen, sprach zuerst nur ganz allgemein über die zunehmende Gewalt an Schulen und die menschenverachtende Brutalität gewisser Elemente, die ein humanes Rechtssystem schamlos missbrauchten und sich darauf verließen, dass Kinder und Jugendliche gar nicht oder nicht hart bestraft wurden. Anschließend erklärte er, ein Schüler dieser Schule sei vor zwei Tagen so schwer verletzt worden und so voller Angst gewesen, dass er sich lieber das Leben genommen hätte, statt sich noch länger der Grausamkeit seiner Mitschülerinnen auszusetzen.

Diese Formulierung hörte sich so an, als wäre der Schüler

tot. Und da Theo Baum von *Mitschülerinnen* sprach, wusste praktisch jeder, der ihm zuhörte, wer besagten Schüler auf dem Gewissen hatte. Zu guter Letzt machte der Rektor allen klar, dass er an seiner Schule keine Kriminellen duldete, ganz egal, woher sie kamen und wie alt sie sein mochten. Sollte noch mal das Geringste vorfallen, würde er geeignete Maßnahmen einleiten, um die ihm namentlich bekannten Schuldigen zur Verantwortung zu ziehen und weitere Übergriffe zu unterbinden.

In den ersten Unterrichtsstunden wurde in allen Klassen wild spekuliert, wer sich umgebracht haben mochte. Man schaute sich um und stellte fest, wer fehlte. In der 10b nur Jessie Breuer, um die sich keiner Sorgen machte, und Mario Hoffmann, der auch tags zuvor nicht auf seinem Platz gesessen hatte. Der Einzige, der außer Horst Reincke den Grund dafür kannte, war Lars Nießen.

Lars hatte schon am vergangenen Nachmittag von seinem Onkel gehört, was morgens am Holunderbusch geschehen war. Lukas hatte ihm striktes Schweigen auferlegt. Und Lars hielt sich ausnahmsweise daran. Außerdem hatte Lukas ihm den Auftrag erteilt, Mario im Krankenhaus zu besuchen und in Erfahrung zu bringen, welche Mädchen über ihn hergefallen waren. Lukas war der Auffassung, mit einem Klassenkameraden plaudere es sich darüber leichter, vor allem, wenn derjenige ebenfalls schon Bekanntschaft mit dem schlagkräftigen Trio gemacht hatte.

Sofort nach der Unterhaltung mit Lukas war Lars zum Krankenhaus gefahren. Aber Mario war völlig benommen von der Narkose und nicht ansprechbar gewesen.

Am Mittwochnachmittag radelte Lars erneut zum Krankenhaus. Gut ging es Mario immer noch nicht, aber er war wach und konnte auch längere Zeit aufmerksam bleiben. Seine rechte Hand und der halbe Arm lagen in einer Gipsschiene, der Brustkorb war fest umwickelt. Über den Tropf bekam er ausreichend Flüssigkeit und abschwellende Medikamente für die linke Niere. Ob er sie behalten würde, konnte noch keiner sagen. Ebenso große Sorgen bereitete den Ärzten das riesige Hämatom an seinem linken Oberschenkel.

Lars dachte, es würde Mario ein wenig aufmuntern, wenn er hörte, was gestern und heute an der Schule abgegangen war. Ehe er auf Lukas, Emilie und den hilfsbereiten Andrej zu sprechen kam, gab er fast wörtlich die Rede von Rektor Baum wieder, erwähnte das gestrige Auftauchen der Polizei und das Abtauchen der *namentlich bekannten Schuldigen.* Danach legte er die erste Pause ein und wartete auf einen Kommentar.

Aber Mario wusste nicht, wie er reagieren sollte. Erfreut? *Die Schuldigen zur Verantwortung ziehen!* Das würden die Russenweiber schon übernehmen, wenn sie mit der Polizei zu tun bekommen hatten. Für die wäre er der Schuldige. Die kämen niemals auf die Idee, dass Reincke gequatscht haben könnte, der hatte sich ja schließlich vor deren Augen feige verzogen.

Dass schon Polizei in der Schule gewesen war, ließ Mario vermuten, Reincke hätte die Flucht nach vorne angetreten und dabei die Wahrheit so verdreht, dass er selbst einigermaßen sauber dastand.

Da er schwieg, sprach Lars weiter: »Alle denken, du hättest den Abgang gemacht. Wir haben uns gewundert, dass die Russenweiber heute trotzdem wieder zur Schule kamen. Während der Pause wollte Irina von Hakan wissen, wo du wohnst. Sie müsste unbedingt mit deiner Mutter reden, sagte sie. Du würdest ihr eine Menge Geld schulden. Hat Hakan ihr natürlich nicht geglaubt. Er hat ja auch deine Adresse nicht.«

Als Mario danach die Zähne immer noch nicht auseinanderbekam, verlangte Lars: »Jetzt erzähl doch mal, was da wirklich abgegangen ist.«

Mario sprach stockend und kurzatmig, brauchte immer wieder längere Verschnaufpausen. Aber er ließ nichts aus. Begann mit seinem *brillanten* Einfall, während eines Telefonats mit der Haushaltshilfe zu behaupten, er rede mit Murat. Und endete damit, dass Reincke Zeuge des letzten Angriffs geworden war und die Fliege gemacht hatte. Unter anderen Voraussetzungen hätte er es Lars niemals so ausführlich erzählt, weil er den Angeber nicht besonders mochte. Aber jetzt hoffte er, dass der Schwätzer die Kunde weitertrug, damit es sich bald an der Schule herumsprach und Irina begriff, wer sie wirklich verpfiffen hatte.

Er zeigte Lars sogar seine Blutergüsse, obwohl ihm das peinlich war. Er trug immer noch ein kurzes OP-Hemd, hinten offen. Ruth hatte es gestern nicht geschafft, Schlafanzüge für ihn zu kaufen. Sie war erst kurz vor Ende der Besuchszeit bei ihm gewesen und hatte versprochen, sich heute um Pyjamas zu kümmern.

Lars war sichtlich beeindruckt von der violett-schwarzen Beule auf Marios Oberschenkel und all den Verfärbungen am Oberkörper. Erschüttert stellte er fest: »Dich hat's aber echt böse erwischt. Wirst du die Weiber anzeigen?«

Mario hob die Achseln, ließ sie wieder sinken und murmelte: »Hatte ich eigentlich nicht vor. Aber wenn Reincke gequatscht hat, sollte ich mir das vielleicht noch mal überlegen.«

»Du glaubst doch nicht, Reincke hätte einem auf die Nase gebunden, dass er dabei war und abgehauen ist«, sagte Lars.

»Überleg mal. Da würde doch jeder denken, er wäre ungeeignet für seinen Job. Als Lehrer hat er uns gegenüber gewisse Pflichten. Dem Rex konnte er weismachen, er hätte als dein Nachbar von der Sache erfahren. Aber die Polizei wird das überprüfen. Wahrscheinlich baut er darauf, dass du die Schnauze hältst.«

Das mochte sein, nur bekam man vom Überlegen keine Gewissheit. Mario hätte es gerne genau gewusst, ehe er mit einem Polizisten sprach.

Lars riet ihm dringend, eine andere Geschichte zu erzählen, wenn in den nächsten Tagen jemand käme, um seine Aussage aufzunehmen. Und weil Lars sehr daran gelegen war, vor Polizisten nicht ebenfalls als Opfer einer Mädchengang bloßgestellt zu werden, dachte er sich etwas aus, was er für überzeugend hielt. Im Gegenzug versprach er, zu verhindern, dass der gutmütige Andrej Netschefka noch ein drittes Mal zum Nordring pilgerte. Darum brauchte er sich nicht zu kümmern, das tat Lukas, aber das musste er Mario nicht auf die Nase binden.

»Andrej hat's wirklich nur gut gemeint«, sagte Lars. »Der kann sich einfach nicht vorstellen, wozu die fähig sind. Dass die Männer Kinderhandel betreiben, glaube ich auch nicht. Wer so was tut, erzählt es nicht herum. Die Weiber ziehen uns nur ab.«

Mario war nahe daran, Lars zu erzählen, dass Irina und Jana im März auch eine alte Frau überfallen hatten. Aber er tat es nicht.

»Und die einzig richtige Methode, sich die Biester vom Leib zu halten, ist meine Methode«, fuhr Lars fort. »Komm du mal wieder auf die Beine, dann sorge ich dafür, dass Murat dir ein paar ganz gemeine Schläge und Tritte beibringt. Mit Yuseido kannst du sofort anfangen, das kann jeder, sogar kleine Kinder und alte Leute.«

Für Mario klang das verlockender als eine Anzeige. Und deshalb ließ er auch seine zweite Chance, gegen die drei Mädchen auszusagen, ungenutzt verstreichen.

Ruth platzte wieder erst kurz vor dem Ende der Besuchszeit ins Krankenzimmer. Wie versprochen brachte sie eine Tasche mit, gepackt und eingekauft hatte Hatice: zwei neue Schlafanzüge – noch ungewaschen, die konnte Mario doch gar nicht anziehen wegen der Schadstoffe in Textilien. Drei Boxershorts, zwei T-Shirts, zwei Paar Socken, seine Pantoffeln und den Bademantel, beides noch nie getragen, eine Jeans, seine elektrische Zahnbürste, Zahnpasta, Waschzeug, Kamm, zwei Handtücher, die neuen *Nikes* aus dem Schuhcenter, Obst und eine Flasche Saft. Ins Hospital, Ruth sagte nie Krankenhaus, das klang so negativ, brachte man schließlich auch gesunde Sachen mit.

»Liebe Grüße und gute Besserung von Frederik«, richtete sie aus, während sie die Wäsche in einem schmalen Schrank verstaute. »Er rief eben noch an und wollte wissen, wie es dir geht.«

»Hast du auch Oma und Opa Bescheid gesagt?«, fragte Mario.

»Nein. Wozu soll ich die ganze Familie aufregen?«

Ruth legte die Bananen auf den Nachttisch, stellte die Saftflasche dazu und wollte wissen, was um alles in der Welt ihm zugestoßen war. Dass er Berrenrath etwas von Ärger mit ein paar Typen gesagt hatte, war ihr mit dem Smartphone am Ohr entgangen. Aber derart gravierende Verletzungen holte man sich nicht, indem man aufs Dach stieg.

»Bist du mit dem Mofa gestürzt, als du Britta Reincke angefahren hast?«

Ihr hatte Horst Reincke diese Story ebenfalls aufgetischt
und ihr hoch und heilig versprochen zu schweigen, um Marios
Schwierigkeiten nicht noch zu vergrößern. Im Gegenzug sollte
Ruth dafür sorgen, dass Mario seine Knatterkiste künftig zur
Dürener Straße schob.

»Ich hab Britta nicht angefahren«, protestierte Mario kläglich. »Reincke hat sie umgeschubst, als ich losfuhr. Ich bin wahrscheinlich nur mit dem Vorderreifen über ein Händchen ...«

»Herr Reincke«, korrigierte Ruth nachdrücklich. »Und
eine Kinderhand zu überfahren ist immer noch schlimm genug. Stell dir vor, es wäre deine Hand gewesen.«

Das brauchte Mario sich nicht vorzustellen, sein Handgelenk fühlte sich an, als sei ein Panzer drübergerollt.

»Ja«, brummte er und lenkte sie mit ihrer Frage nach der
Ursache seiner Verletzungen vom Thema Reincke ab. Er erzählte ihr die Story, die Lars sich ausgedacht hatte. Tatort
beim Sportplatz, die Bösen waren vier oder fünf junge Männer so um die achtzehn, also noch jugendlich.

Ruth glaubte das auch. Ihr leuchtete sogar ein, dass er deshalb schnellstmöglich Kampfsportunterricht nehmen wollte.
Aber: »Darüber reden wir, wenn Frederik wieder hier ist. Ich
glaube nicht, dass er einverstanden ist, wenn du lernst, dich
zu prügeln.«

Sonntag, 18. November – etwa 11:30 Uhr

Als Klinkhammer vor Heitkamps Haus den Motor abstellte, atmete Rita Voss auf dem Beifahrersitz tief durch und öffnete die Augen. »Dann wollen wir mal«, sagte sie, während sie den Gurt löste. »Du übernimmst die Dame, ich den Herrn? Wohnt der überhaupt noch hier?«

»Ja«, sagte Klinkhammer nur. Das hatte er sofort überprüfen lassen, als ihm der Verdacht kam.

Er stieg aus. Rita Voss folgte seinem Beispiel und sagte: »Bei einem Mann in seinem Alter finde ich das schräg.«

»Vor sieben Jahren war er insgesamt schräg«, sagte Klinkhammer und steuerte auf das Haus zu. Rita Voss hielt sich zwei Schritte hinter ihm. Drei Stufen führten zur Haustür hinauf. Er blieb auf der unteren stehen und drückte den Klingelknopf.

Marlies Heitkamp öffnete ihnen in einem weinroten Hausanzug die Tür. Auch mit ihr hatte Klinkhammer vor sieben Jahren mehrfach gesprochen, erkannte sie auf Anhieb wieder und war sicher, dass das auf Gegenseitigkeit beruhte. Sie zuckte nämlich schon zurück, ehe er sich vorgestellt und ausgewiesen hatte. »Kriminalpolizei? Um Gottes willen! Ist etwas passiert?« An seinem Arm vorbei betrachtete sie Rita Voss, die auf dem Gehweg stand.

»Wir suchen Emilie Brenner«, begann Klinkhammer.

»Bei mir?« Diese Frage, so schockiert sie auch klang, ließ ebenso tief blicken wie ihre geheuchelte Ahnungslosigkeit.

Klinkhammer hielt es für überflüssig, darauf einzugehen, sagte stattdessen: »Sie wird seit gestern Nachmittag vermisst.«

»Wie, vermisst?« Marlies Heitkamp schaute ihn an, als hätte sie diesen Ausdruck noch nie gehört. »Seit wann?«

»Das hat Herr Klinkhammer doch gerade gesagt«, schaltete Rita Voss sich ein. »Aber ich wiederhole es gerne noch einmal, wenn Sie ihn nicht verstanden haben. Seit gestern Nachmittag. Emilie hat das Haus ihrer Eltern gegen halb vier verlassen. Haben Sie die Lautsprecherdurchsagen nicht gehört? Unsere Leute waren die halbe Nacht in der Stadt unterwegs und fahren auch jetzt wieder umher, um die Bevölkerung zu informieren. Außerdem wird die Meldung seit heute früh um sieben jede halbe Stunde im Radio gebracht.«

»Ich hab kein Radio an«, sagte Marlies Heitkamp. »Ich bin eben erst aufgestanden. Sonntags schlafe ich immer aus.«

»Durchsagen haben Sie auch noch keine gehört?«

Marlies Heitkamp schüttelte den Kopf. »Ich hatte eine Tablette genommen und habe die ganze Nacht geschlafen wie ein Stein«, erklärte sie. Ihr Blick irrte von der ihr unbekannten Frau wieder zu Klinkhammer. Sie trat von der Tür zurück. »Aber kommen Sie doch herein. Ich bin gerade dabei, mir Frühstück zu machen. Möchten Sie auch einen Kaffee?«

Sie folgten ihr durch einen schmalen Flur in eine gemütlich eingerichtete Küche. Die Hoffnung, dass sie mit ihrem Sohn frühstückte, erfüllte sich nicht. Auf dem Tisch stand nur ein Gedeck.

Den Kaffee lehnten sie beide dankend ab. Rita Voss hatte ja schon von Lukas Brenner einen Kaffee bekommen, der Tote weckte, der reichte ihr vorerst. Und Klinkhammer hatte daheim mit Ines gefrühstückt.

»Vermisst«, wiederholte Marlies Heitkamp, nachdem sie ihre Tasse gefüllt hatte. Sie setzte sich. »Das ist ja furchtbar. Was sagt Anne denn?«

»Frau Brenner steht unter Schock und wird ärztlich betreut«, erklärte Rita Voss und setzte sich ihr gegenüber. »Sie konnte uns nicht viel sagen, nur dass sie eingeschlafen war und dass Emilie entwischt ist.«

Klinkhammer blieb stehen, ließ die *Hyäne* gewähren und beobachtete, wie Marlies Heitkamp reagierte.

Die ließ keinen Blick von Rita Voss und murmelte: »Ach so. Mein Gott, die Ärmste.«

»So sind Kinder nun mal«, sagte Rita Voss. »Setzen sich über Verbote hinweg, weil sie keine Vorstellungen von den Gefahren haben, die draußen lauern.«

»Gefahren?«, wiederholte Marlies Heitkamp, für Klinkhammers Empfinden eine Spur zu ungläubig. »Was sollen denn da für Gefahren lauern? In dem Viertel fahren ja nicht mal Autos.«

»Fußgänger mit bösen Absichten reichen«, sagte Rita Voss. »Emilie wurde von einem jungen Mann belästigt. Dafür gibt es Zeugen, Frau Heitkamp.«

Während Marlies Heitkamp das wohl erst verarbeiten musste, fragte Rita Voss: »Wo war Ihr Sohn gestern Nachmittag ab fünfzehn Uhr dreißig?«

»Hier«, sagte Marlies frostig. »Ich weiß nicht, wen Ihre Zeugen mit Emilie gesehen haben. Aber mein Sohn war es garantiert nicht. Er hat gearbeitet, den ganzen Tag, bis weit in die Nacht hinein. Deshalb schläft er noch.«

»Was macht er denn beruflich?«, fragte Klinkhammer nun.

»Webdesigner«, sagte Marlies. »Sind Sie nur deshalb hier, um Markus zu überprüfen? Er war damals ein halbes Jahr in psychiatrischer Behandlung und hat sich seitdem nichts mehr zuschulden kommen lassen.«

»Ich weiß«, sagte Klinkhammer. »Und ich weiß auch, dass Sie jeden Samstag bis um vier in Ihrem Laden stehen und anschließend Blumen zum Friedhof bringen. Sie können somit ...« Weiter kam er nicht.

»Gestern nicht«, unterbrach Marlies ihn. »Bei dem Wetter habe ich auf den Friedhofsbesuch verzichtet und bin lieber sofort nach Hause gefahren. Ich war kurz nach vier hier. Markus saß in seinem Arbeitszimmer am Computer. Er wollte nicht mal auf einen Kaffee herunterkommen, so wichtig war ihm dieser Auftrag. Und ehe Sie jetzt auf der halben Stunde bis vier herumreiten und fragen, welches Auto er fährt: Er hat nicht mal einen Führerschein, Herr Klinkhammer. Er weiß auch gar nicht, wo Anne wohnt.«

»Weiß er denn, dass sie eine kleine Tochter hat?«, fragte Klinkhammer.

»Natürlich, aber er kennt das Kind nicht. Emilie war nie im Salon.«

»Dann haben Sie sicher nichts dagegen, wenn wir uns das von ihm bestätigen lassen und uns bei der Gelegenheit kurz in seinen Räumlichkeiten umsehen«, sagte Rita Voss. »Das klang gerade, als hätte er mehrere Zimmer.«

»Arbeitszimmer und Schlafzimmer, und ich habe eine Menge dagegen«, belehrte Marlies sie. »Wenn Sie meinen Sohn vernehmen wollen, müssen Sie ihn offiziell vorladen. Und wenn Sie sich hier umschauen wollen, möchte ich einen Durchsuchungsbeschluss sehen.«

Als sie zurück zum Wagen gingen, sagte Rita Voss: »Er war's. Und seine Mutter weiß es. Was machen wir jetzt?«

Sie stiegen beide ein und schnallten sich an.

»Du fährst nach Hause und schläfst ein paar Stunden«, sagte Klinkhammer und zückte sein Handy. »Ich kümmere mich um den Rest.«

»Du glaubst aber nicht wirklich, dass du bei der dünnen

Beweislage einen Durchsuchungsbeschluss bekommst?«, fragte Rita Voss ungläubig.

»Wenn nicht, gehen wir ohne rein«, sagte Klinkhammer. »Gefahr im Verzug. Aber ich glaube nicht, dass ich mich so weit aus dem Fenster lehnen muss. Ich hab einen guten Draht zur Staatsanwaltschaft.«

Der Junge von gegenüber

Oskar Berrenrath und Silvia Schultheiß kamen zwei Tage nach Lars' Besuch am Freitag kurz nach Mittag zu Mario ins Krankenhaus. »Ich weiß nicht, ob du dich an mich erinnerst«, begann Berrenrath und stellte sich vor. »Wir haben uns Dienstagfrüh kennengelernt. Ich habe dich hierhergebracht. Das ist meine Kollegin Frau Schultheiß. Wir würden dir gerne ein paar Fragen stellen. Wie fühlst du dich denn heute, Mario? Ich darf doch Mario sagen?«

Mario deutete ein Nicken an.

»Meinst du, du kannst uns ein paar Fragen beantworten? Wenn nicht, oder wenn es dir zu viel wird, Handzeichen genügt.«

Noch so ein schwaches Nicken. Dabei hatte der behandelnde Arzt vor nicht ganz zehn Minuten erklärt, der Junge sei angesichts der multiplen Verletzungen erstaunlich fit.

Mario ahnte nicht, dass die Polizisten zuerst mit dem Arzt gesprochen hatten. Er stellte sich vorsichtshalber etwas kränker, als er sich fühlte, weil er annahm, man wolle ihn über die Regeln in verkehrsfreien Wohnvierteln belehren und mit Entzug seiner Fahrerlaubnis drohen.

»Am Dienstagmorgen hast du mir gesagt, du hättest Ärger mit ein paar widerlichen Typen gehabt«, eröffnete Berrenrath. »Erinnerst du dich?«

»Klar.« Das klang schon etwas fitter.

»Haben diese Typen dich so zugerichtet?«

Als Antwort kam wieder ein Nicken, diesmal jedoch ein kräftiges.

»Wann und wo war das?«

»Am Montag, kurz vor zwei beim Sportplatz«, gab Mario wieder, was Lars ihm souffliert hatte. »Ich bin nach der Schule da herumgefahren. Tu ich oft. Und plötzlich waren die mitten auf dem Weg. Vorher hatte ich die gar nicht gesehen. Die müssen hinter den Büschen gelauert haben.«

»Willst du damit sagen, sie hätten auf dich gewartet?«

»Nein, die konnten ja nicht wissen, dass ich da langfahre. Die kannten mich doch gar nicht.«

»Wie viele waren es denn?«, fragte Berrenrath. Vorerst hatte er keine Veranlassung, an Marios Auskünften zu zweifeln. Am Sportplatz vorbei war der kürzeste Heimweg für das Trio Infernale. Möglicherweise hatte Irina sich beim Rolltor nur vergewissert, dass Mario beabsichtigte, dort entlangzufahren. Dann waren vielleicht ein paar junge Männer der Sippe in Stellung gegangen.

Silvia Schultheiß zog Notizbuch und Stift aus ihrer Umhängetasche, in der auch ein Umschlag mit den Fotos steckte, die am Dienstagmorgen auf Berrenraths Anweisung der diensthabende Arzt in der Notaufnahme von Marios Hämatomen gemacht hatte.

Mario zuckte mit den Achseln. »Weiß ich nicht genau, vier oder fünf. Zum Durchzählen bin ich nicht gekommen. Das ging so wahnsinnig schnell. Ich musste anhalten, weil ich nicht weiterkam. Dann lag ich auch schon auf der Erde, und die haben wie verrückt auf mich eingeschlagen und getreten. Rumänen waren das, glaube ich.«

Auf die Nationalität ging Berrenrath zunächst nicht ein. »Haben sie etwas gesagt? Geld verlangt oder dein Handy?«

»Mein Handy hatte ich nicht dabei.«

Natürlich nicht, das lag doch daheim neben dem Computermonitor. Aber wenn er schon mal eins verschenkte, besaß er vielleicht mehrere.

»Was denn?«, ließ Silvia Schultheiß sich vernehmen und lächelte ungläubig. »Bist du die rühmliche Ausnahme in deiner Altersgruppe? Ihr geht doch keinen Schritt ohne Smartphone oder iPod.«

Mario zuckte wieder mit den Achseln und erklärte spitzfindig: »Ich bin ja nicht *gegangen*. Und ich kam aus der Schule. Im Unterricht dürfen wir kein Handy benutzen. Wozu soll ich eins mitnehmen? Damit es mir abgenommen wird?«

Berrenrath wiederholte die Frage nach Geld.

»Geld hatte ich auch keins dabei«, sagte Mario. »Morgens kaufe ich mir immer bei Hamacher ein Brötchen, manchmal zwei. Aber ich zahle nur freitags für die ganze Woche.«

»Du bist also nicht beraubt worden«, fasste Berrenrath zusammen.

»Nein, nur geschlagen und getreten. Ich dachte zuerst auch, die wollen was, mein Mofa vielleicht. Aber die wollten sich garantiert nur abreagieren. Ich hatte eben Pech, dass ich gerade kam, als die Frust hatten.«

Solche Fälle hatte es auch schon gegeben. Nur war es nicht das, was Berrenrath hören wollte. Er spürte einen Anflug von Enttäuschung. Aber da war immer noch die Jacke von *Abercrombie & Fitch*.

»Wieso glaubst du, dass es Rumänen waren?«, versuchte er sein Glück von einer anderen Seite.

Gute Frage. Wahrscheinlich weil Frederik gerade in Rumänien drehte. Weil Mario bei seiner Mutter nichts Besseres eingefallen war und er sich nicht in Widersprüche verwickeln wollte. Er hätte auch Griechen beschuldigen können oder Türken. Aber mit denen hatte er noch nie Ärger gehabt. Nicht mal mit Hakan, der keiner Schlägerei aus dem Weg ging.

»Ich vermute es ja nur«, betonte Mario. »Wegen der harten Aussprache. Muss deshalb nicht stimmen. Ich kann mich irren. Es können auch Serben gewesen sein oder Tschetschenen.«

»Oder Russen?«, ging Berrenrath aufs Ganze. »Im März hast du gesagt, es waren Russen.«

Mario wurde plötzlich noch blasser, als er ohnehin schon war. »Im März?«, stieß er hervor. »Ich? Nee. Das kann gar nicht sein. Zu wem soll ich das denn gesagt haben?«

»Zu den Leuten, die dabei waren, als Frieda Gruber angegriffen und beraubt wurde. Du erinnerst dich doch bestimmt noch an die alte Frau, der du vierzig Euro und eine Schachtel Kekse geschenkt hast«, sagte Berrenrath. »Was wir übrigens alle ganz toll fanden. Weniger toll fanden wir, dass du nicht auf uns gewartet und dich danach nicht bei uns gemeldet hast.«

»Nee«, wiederholte Mario und schüttelte den Kopf auf dem Kissen. »Davon weiß ich nichts. Ich war das bestimmt nicht mit den vierzig Euro und den Keksen.«

Ganz kurz erwog Berrenrath, ihm von dem per Handy aufgenommenen Foto zu erzählen oder mit einer Gegenüberstellung zu drohen. Aber weitergebracht hätte ihn das wahrscheinlich auch nicht, dafür war zu viel Zeit vergangen. Lieber probierte er es mit einer kleinen Schmeichelei: »Dann gibt es deine Jacke hier wohl doch öfter. Das hätte ich nicht gedacht, *Abercrombie & Fitch* ist doch etwas Besonderes. Kommen wir zurück zum Sportplatz. Es waren also vier oder fünf junge Männer.«

»Ja, aber keine Russen«, erklärte Mario entschieden zu hastig.

»Was macht dich so sicher?« Berrenrath lächelte gegen seinen Willen über so viel Eifer und Elan, den wahren Sachverhalt zu verschleiern. »Tschetschenien, Georgien, freie Republik Dagestan, das liegt alles in Südrussland. Lernt ihr so was nicht in der Hauptschule?«

»Doch, wahrscheinlich«, wich Mario aus. »Ich bin nicht gut in Geografie. Manchmal gucke ich mir bei Google Earth etwas an. Aber da ist mir Dagestan noch nie aufgefallen.«

»Also können es beim Sportplatz doch Russen gewesen sein.« Berrenrath blieb am Ball, obwohl Silvia Schultheiß ihn mit warnenden Blicken zu bremsen versuchte, dem Jungen die Aussage in den Mund zu legen. »Und wenn sie eine harte Aussprache hatten, müssen sie etwas gesagt haben.«

»Ja, sicher.« Mario blies die Backen auf und tat so, als müsse er erst nachdenken und sich die Worte ins Gedächtnis rufen. »Die haben die ganze Zeit geredet. *Deutsche Sau, deutsches Arschloch, dich machen wir fertig,* haben sie gebrüllt. *Wir machen alle Deutschen fertig.* Einen Grund haben sie aber nicht genannt. Vielleicht hatten die einfach Wut auf Deutsche. Oder sie haben mich verwechselt. Das könnte auch sein.«

Darauf ging Berrenrath nicht ein. »Dich machen wir fertig?«, wiederholte er betont skeptisch. Der Knirps sollte ruhig merken, dass er ihm kein Wort mehr glaubte. »Das hast du verstanden?«

»Klar und deutlich«, betonte Mario. »Die sprachen sehr gut Deutsch. Die waren bestimmt nicht erst seit Kurzem hier.«

Berrenrath wollte einfach nicht einsehen, dass er auf verlorenem Posten kämpfte. »Waren sie in deinem Alter?«

»Nein, viel älter«, behauptete Mario. »Die waren alle über zwanzig.« Kaum hatte er das ausgesprochen, zuckte er zusammen, als hätte ihn jemand auf seine Blutergüsse gehauen. Bei Ruth hatte er doch behauptet, sie wären um die achtzehn gewesen. Jetzt hatte er sich in einen Widerspruch verwickelt.

Berrenrath hätte geschworen, dass Mario soeben siedend heiß bewusst geworden war, mit der Altersangabe einen vorhandenen Verdacht erhärtet zu haben. Die jungen Männer der Sippe waren alle über zwanzig. Dimitrij Jedwenko ging schon auf die dreißig zu. Er nickte nachdenklich, und obwohl er die Antwort auf seine nächste Frage bereits kannte, stellte er sie trotzdem: »Würdest du den einen oder anderen wiedererkennen?«

»Nein«, erklärte Mario wie erwartet. »Keinen von denen. Ich hab die Gesichter gar nicht gesehen. Die hatten Kapuzen auf und die so tief heruntergezogen. Tut mir echt leid, dass ich Ihnen nicht helfen kann.«

»Das muss dir nicht leidtun, Mario«, sagte Berrenrath. »Wir sind hier, um dir zu helfen.« Mit einem Kopfnicken forderte er Silvia Schultheiß auf, den Umschlag aus ihrer Umhängetasche zu nehmen und dem Knaben ein ganz bestimmtes Foto zu präsentieren. Neben dem blau-schwarzen Hämatom auf dem linken Oberschenkel lag ein Maßband. Die Rillen des Sohlenprofils waren gut zu erkennen.

»Das ist dein Bein, Mario«, erläuterte Berrenrath. »Was du hier siehst, ist der große Bluterguss. Wenn der sich entzündet, musst du noch mal operiert werden. Dann schneidet man dir das ganze Stück heraus. Da wird eine hässliche Narbe bleiben. Ob du dein Bein danach je wieder so bewegen kannst wie vorher, wage ich nicht zu beurteilen.«

Eine Reaktion darauf blieb aus. Mario schaute ihn nur trotzig an.

Berrenrath sprach bedächtig weiter: »Wir tun unser Möglichstes, um die Person zu fassen, die Schuhe mit solchen Sohlen trägt und gnadenlos damit zutritt. Das ist höchstens Schuhgröße achtunddreißig. Für einen Mann wären das ziemlich kleine Füße. Du hast am Dienstagmorgen geschrien, dass du nicht mehr zur Schule gehen willst. Und dein Klassenlehrer, Herr Reincke, sagte, er hätte dich am Montag nach Schulschluss mit Irina Jedwenko gesehen. Von Irina weiß ich, mit welcher Kraft sie tritt. Und die Schuhgröße könnte passen. Aber wir können nichts gegen sie und die beiden anderen Mädchen unternehmen, solange niemand den Mut aufbringt, gegen das Trio auszusagen. Das ist allerdings nicht unser Schaden. Pech hat nur der Nächste, den die Mädchen sich vornehmen.«

Jetzt kam doch eine Reaktion. Mario zuckte erneut zusammen und starrte Berrenrath an, als hätte der ihm soeben das Todesurteil verlesen.

Sonntag, 18. November – 12:30 Uhr

Während Rita Voss in einer nicht eben gemütlichen Gewahrsamszelle der Dienststelle Nord ein paar Stunden Schlaf nachholte, setzte Klinkhammer sich mit der langjährigen Freundin seiner Frau auseinander. Er hatte sich zu viel von der Tatsache erhofft, dass er seit Jahr und Tag geduldig und ohne zu murren fast jede Spitze einsteckte, die Carmen Rohdecker ihm verpasste. Um kleine Gefälligkeiten hatte er sie in früheren Jahren mehrfach gebeten, zum Beispiel einen Blick in Akten zu werfen, an die er nicht herankam. Wenn er es geschickt formulierte, stellte sie sich nicht quer. Nur ging es diesmal nicht um einen kleinen Gefallen.

Und die Oberstaatsanwältin zeigte sich alles andere als begeistert von seinem Ansinnen, einen Untersuchungsrichter zum Ausstellen von Durchsuchungsbeschlüssen zu bewegen. Einer reichte Klinkhammer nicht, weil Marlies Heitkamp außer ihrem Haus noch den Beauty-Salon besaß, in dem ihr Sohn übers Wochenende bequem ein Kind hätte unterbringen können.

Klinkhammer brauchte eine Weile, ehe Carmen Rohdecker wenigstens halbwegs überzeugt war, dass sein Verdacht gegen Markus Heitkamp nicht auf tönernen Füßen stand.

»Aber auf sehr wackligen«, sagte Carmen Rohdecker. »Mal abgesehen von der Weigerung seiner Mutter, euch in seine Zimmer zu lassen, hast du nichts gegen den Mann in der Hand, Arno. Muss ich dir erklären, wie du deinen Job machen sollst? Wenn du Zeugen hast, mach doch erst mal eine Gegenüberstellung. Und lass anschließend deine Hyäne auf Heitkamp los. Danach sehen wir weiter. Du kannst mich gerne wieder anrufen, wenn ihr ein Geständnis habt.«

Was Zeugen anging, hatte Klinkhammer ein bisschen dick aufgetragen, um ihre Bereitschaft zu erhöhen. Der Freund von Kai Moosler konnte gar nichts zur Aufklärung beitragen. Und Kai bezweifelte, dass er den dunkel gekleideten Mann, den er jetzt den *Man in Black* nannte, wiedererkennen würde, als

Klinkhammer nachfragen ließ, ob der Junge zu einer Gegenüberstellung abgeholt werden sollte, oder ob die Eltern ihn lieber selbst zur Dienststelle brachten.

Die letzten Wochen – 27. Oktober bis 16. November

Drei Wochen, um Kraft zu tanken, hatte Lukas gesagt, manchmal kam es Anne vor wie blanker Hohn. Jeden Tag war sie aufs Neue dankbar für die weise Voraussicht, die Lukas veranlasst hatte, Emilie für die Dauer der Umbauarbeiten bei seinen Eltern einzuquartieren. Mitte November konnte von Ruhe und Erholung immer noch nicht die Rede sein. Von morgens halb neun bis nachmittags um halb fünf rumorten die Handwerker über ihrem Kopf herum.

Vormittags war es schon schlimm. Zweimal ging sie für eine Viertelstunde nach nebenan zu Anita Reincke, weil sie den Krach einfach nicht mehr aushielt. Und sogar in Anitas Küche war das Hämmern, Sägen und Bohren zu hören. Anita wuselte herum, bereitete das Mittagessen vor. Eine Unterhaltung zu führen erwies sich als problematisch, weil Anita nicht die Zeit hatte, sich zu Anne an den Tisch zu setzen.

Darüber hinaus hatte Anita keine Ahnung, was tatsächlich zwischen ihrem Mann und Mario Hoffmann vorgefallen war. Zumindest traute Anne ihr nicht zu, dass sie sich dermaßen verstellen und die Ahnungslose mimen könnte. Beim zweiten Besuch verplapperte Anne sich, was einige Nachfragen zur Folge hatte. Sich da wieder herauszuwinden, ohne Anita misstrauisch zu machen, war gar nicht so einfach.

Danach blieb Anne lieber in ihren eigenen vier Wänden.

Und nachmittags überschritt der Lärm für sie die Grenze des Erträglichen, nicht weil es lauter wurde, nur weil es kein Ende nahm oder weil die Männer sich besonders ins Zeug legten, wenn es auf Feierabend zuging.

Anita hätte zwischen Mittagessen und Kundenbesuchen etwas mehr Zeit für sie gehabt. Doch dann war meist auch Horst daheim. Ihm mochte Anne nicht begegnen, damit es nicht peinlich wurde. Auf den Gedanken, sie könne seine letzte *Ermahnung* an Mario Hoffmann mitgehört haben, kam er offenbar nicht. Sonst hätte er kaum so unbefangen gegrüßt, als er sie einmal zu Gesicht bekam. An seiner Stelle hätte Anne sich in Grund und Boden geschämt. Er erkundigte sich stattdessen jovial: »Wie geht es dir?«

Nicht gut. Sie litt unter Schlaflosigkeit, hatte permanent Rückenschmerzen und dermaßen geschwollene Füße, dass die nur noch in ein Paar alte Badelatschen von Lukas passten. Darauf schlurfte sie bis zu den Abfalltonnen, wenn sich draußen jemand näherte, der vielleicht zwei, drei Minuten Zeit für einen kleinen Plausch hatte. Sie verachtete sich dafür, dass sie den halben Tag am Küchenfenster stand, hinaus auf die meist menschenleere Straße stierte und auf Leute wartete, die sie nur flüchtig vom Sehen kannte.

Lukas brachte ihr jeden Tag eine neue Illustrierte, ein Modemagazin oder eine Frauenzeitschrift, mit. Er war so bemüht, sie bei Laune zu halten. Selbstverständlich fuhr er sie zu ihren Terminen bei Doktor Zardiss und setzte sich dafür ebenfalls über das Fahrverbot im Viertel hinweg, damit sie keinen unnötigen Meter gehen musste.

Morgens blieb er länger daheim. Wenn er gegen zehn, halb elf endlich zum Parkplatz lief, waren der Dreck vom Vortag beseitigt, die Handwerker instruiert und ein Imbiss für mittags vorbereitet. Abends kam er früher nach Hause, um zu kochen. Und beim Essen schmiedete er Zukunftspläne.

Das Gebäude neben dem Brenner-Center hatte er inzwischen gepachtet, mit den notwendigen Umbauten sollte im Januar begonnen werden. Wenn die Zwillinge aus dem Gröbsten heraus waren, wollte Lukas noch weiter expandieren. Beauty und Wellness lagen voll im Trend.

»Du brauchst keine Kniefälle zu tun, damit Marlies dir die Kabine wenigstens wieder stundenweise überlässt«, sagte er am 12. November beim Frühstück. »Auf das Kabuff bist du nicht angewiesen. Und du musst auch nicht mit einem Musterköfferchen von Tür zu Tür laufen wie Anita. Du bekommst dein eigenes Reich im Brenner-Center, großzügig und hell. Und ich garantiere dir, es dauert kein halbes Jahr, dann hast du die Hälfte deiner Kundinnen zurückerobert und viele neue dazugewonnen. Und dann bist du wirklich flexibel.«

Er hatte es noch nie so offen ausgesprochen, jetzt machte er keinen Hehl mehr aus seiner Ansicht, Marlies habe sie schamlos ausgenutzt. Sich der Pflichten einer Arbeitgeberin elegant entledigt, die Annehmlichkeiten einer jederzeit verfügbaren Angestellten aber weiter in Anspruch genommen. Und das für eine Umsatzbeteiligung von läppischen fünf Prozent! »Du musstest schließlich auch im Laden stehen, wenn du keinen Umsatz gemacht hast«, sagte Lukas.

»Meist war ich in der Kabine und bin nur in den Laden geflitzt, wenn es bimmelte«, widersprach Anne. Dabei wusste sie, dass er recht hatte. Auch wenn Marlies zuletzt so getan hatte, als hätte es nie diese Sätze von frischem Blut in der Kabine gegeben. Stattdessen hatte sie ein übers andere Mal gejammert und geseufzt: »Was mache ich nur ohne dich, Anne?«

Weniger Umsatz, da war Anne sicher. Die meisten Frauen

hatten nach einer Behandlung in der Kabine im Laden noch etwas gekauft. Jasmin Töller mit ihren Piercings hatte in den Monaten seit ihrer Einstellung zwar einige Kundinnen für sich gewonnen, aber nur junge Dinger in ihrem Alter, die es sich nicht leisten konnten, fünfzig Euro für ein Deo oder siebzig für eine Nachtcreme auszugeben.

»Und bis die Zwillinge aus dem Gröbsten heraus sind ...«, fuhr Lukas fort. Das würde dauern. Aber man könnte die Babys eventuell stundenweise zu Annes Eltern bringen. Emmi hätte bestimmt kein Problem damit, vollgeschissene Windeln zu wechseln. Lukas wollte sich auch um seine Jungs kümmern, den meisten Papierkram daheim erledigen. Wozu sonst ließ er in seinem neuen Büro unterm Dach eine Spielecke für Krabbelkinder durch ein Scherengitter abteilen? »... bis dahin machst du eben Hausbesuche wie Anita«, vollendete er den Satz. »Mit dem Unterschied, dass du nichts verkaufst. Du tust, was du immer getan hast, brauchst nur die nötige Ausstattung, selbstständig bist du ja schon. Wir schalten Anzeigen, wenn die Jungs da sind und sich der Alltag mit ihnen eingespielt hat.«

Was ihm für die erste Zeit vorschwebte, klang nicht schlecht. Berufstätige Frauen hatten meist erst abends Zeit, um sich pflegen und verwöhnen zu lassen. Dann waren die Schönheitssalons geschlossen. Eine freie Kosmetikerin konnte auch noch um einundzwanzig Uhr ins Haus kommen.

Lukas gab sich wirklich die größte Mühe, ihr mit rosigen Zukunftsaussichten durch diese drei Wochen zu helfen. Aber den Lärm aus dem Dachgeschoss konnte er nicht abstellen. Und gegen ihre Langeweile halfen Illustrierte nur sehr bedingt. Obwohl sie froh und dankbar war, nicht mehr den ganzen Tag auf den Beinen stehen zu müssen, vermisste sie ihre

Arbeit im Beauty-Salon, die Unterhaltungen mit Marlies und der Kundschaft, mochten sie auch oft belanglos oder verlogen gewesen sein.

Zeitungen oder das Radio waren kein Ersatz für Gespräche. Anrufe kamen keine. Ihre Eltern hatten sich noch nicht daran gewöhnt, dass sie jetzt den ganzen Tag daheim war. Ihre jüngere Schwester saß sowieso von morgens bis abends in der Anwaltskanzlei. Nicht einmal Maria Netschefka kam, um zu putzen. Großreinemachen lohne erst, wenn das Dachgeschoss fertig sei, hatte Lukas entschieden. Bis dahin fuhr er wieder selbst mit dem Staubsauger über die Fußböden.

Dass Maria kein Gerede aus dem Brenner-Center zu Anne zu trug, war ihm wichtiger als blank geputzte Fenster und staubfreie Schränke. Zwar hatte Lars es geschafft, Lukas mit der halben Wahrheit einen einleuchtenden Grund für Marios Ausflug aufs Dach zu bieten. Die Russenweiber hätten Mario nur verprügelt, weil er seine neue *Nikes* nicht freiwillig hergeben wollte. Mit Andrejs letztem Besuch am Nordring hätte das nichts zu tun gehabt. Doch trotz des Schweigegebots, an das Lars sich im Studio hielt, kam Andrej zu Ohren, dass die Töchter seiner Landsleute erneut und diesmal überaus heftig zugeschlagen hatten. Andrej sah ein, dass seine Bemühungen für Mario Hoffmann alles nur schlimmer gemacht hatten. Statt noch einmal mit Irinas Vater zu reden, erzählte Andrej seiner Mutter von dem Desaster. Und Maria plapperte immer unbedacht drauflos, da mochte man ihr hundertmal befehlen, den Mund zu halten.

Lukas wollte jede unnötige Aufregung von Anne fernhalten. In ihrem Zustand musste sie wirklich nicht erfahren, dass jemand gedroht hatte, Emilie an alte Säcke zu verkaufen, nur weil Andrej sich eingemischt hatte.

Die letzten Tage – 16. und 17. November

Dann waren die drei Wochen um, die Umbauten noch nicht abgeschlossen, aber am Freitagabend musste Emilie trotzdem von ihren Großeltern nach Hause geholt werden, weil Hans und Irmgard Brenner am nächsten Morgen in den Skiurlaub fahren wollten.

Selbstverständlich übernahm Lukas die Tour zu seinen Eltern. Es musste ja auch einiges an Spielzeug mit nach Hause gebracht werden, darunter das nagelneue, pinkfarbene Fahrrad. Anne ärgerte sich darüber. Es war so typisch für ihre Schwiegereltern. Emilie hatte etwas gesehen, was sie unbedingt haben wollte. Opa Hans oder Oma Irmgard hatten ihrem Schätzchen den Wunsch prompt erfüllt, ohne zu bedenken, dass in sechs Wochen Weihnachten war und der November nicht die richtige Jahreszeit, um ein neues Fahrrad einzuweihen.

An dem Freitagabend bestand Emilie nicht mehr darauf, eine Runde durchs Viertel zu drehen. Es war längst dunkel, keiner hätte ihr neues Rad richtig gesehen. Sie war einverstanden, dass Lukas es ins Gerätehäuschen stellte, und erteilte Anweisungen, wo der gesamte Rest ihrer Spielsachen unterzubringen war. Für die großen Teile sei in ihrem neuen, kleinen Zimmer wirklich kein Platz, befand Emilie.

Lukas stimmte ihr zu, weil er meinte, wenn sie im Wohnzimmer mit ihrer Puppenküche oder dem Kaufladen spiele, bestunde nicht die Gefahr, dass sie sich ins Dachgeschoss verirrte und den Handwerkern im Weg stand, ohne dass Anne es mitbekam. Am Wochenende war die Tür oben verschlossen, aber wenn es am Montag mit den Arbeiten weiterging, wäre die zwangsläufig offen.

Alles andere, auch das Plüschrentier Rudolf und zwei Dutzend weitere Tiere, darunter ein Bär, der größer war als Emilie, brachte Lukas nach oben, weil man sonst im Wohnzimmer kaum noch hätte umhergehen können, ohne auf etwas zu treten. Emilie lief mit Büchern, Puzzlekartons, CDs und diversen Spielen hinter ihrem Vater her.

Um zweiundzwanzig Uhr war endlich alles verstaut. Emilie putzte ihre Zähne, stieg in ihr Bett, ließ sich von Lukas zudecken, weil es für Anne zu anstrengend war und sie wie eine alte Lokomotive schnaufte, wenn sie die Treppe hinaufsteigen musste. Minuten später war Emilie bereits eingeschlafen. Beneidenswert, fand Anne.

Sie lag wieder Stunde um Stunde wach, tappte fünfmal im Dunkeln ins Bad und dämmerte erst weg, als es zu regnen begann. Das war etwa um vier Uhr in der Frühe. Seltsamerweise hatte das anfängliche Tröpfeln gegen den Rollladen eine einschläfernde Wirkung. Aber als Lukas um halb sieben aufstand und es in Strömen regnete, war es schon wieder vorbei.

Während Anne noch einmal einzuschlafen versuchte, stopfte Lukas Handtücher in die Waschmaschine und erstellte bei einer Tasse Kaffee die Wochenend-Einkaufsliste. Als Anne um halb acht ihren Versuch aufgab, lag die Liste zusammen mit seiner Geldbörse auf der Fensterbank in der Küche. Der Tisch war fürs Frühstück gedeckt. Lukas füllte im Keller die Handtücher aus der Waschmaschine in den Trockner.

Anne musste in der Stunde doch noch fest geschlafen haben, zumindest für ein Weilchen, sonst hätte sie gehört, dass im kleinen Zimmer nebenan jemand munter geworden und nach unten gegangen war. Emilie saß im Schneidersitz vor dem Fernseher und zwirbelte eine Haarsträhne um ihren Zeigefinger. Sie war schon komplett angezogen mit denselben Sachen, die

sie am Tag zuvor getragen hatte, rosa Sweatshirt mit aufge-
drucktem Schmetterling, Jeans mit rosa Blütenranke. Darunter lugten die Füßlinge einer geringelten Strumpfhose hervor.
Nur ihr Zopf war noch nicht geflochten.

Als Anne in der Tür auftauchte, fragte Emilie ohne den
Blick vom Bildschirm zu lösen: »Darf ich raus, wenn wir gefrühstückt haben?«

»Nein«, sagte Anne und vermutete völlig zu recht, dass Lukas den Wunsch kurz vorher ebenfalls abgelehnt hatte. Emilie
fragte immer zuerst ihren Papa, weil der nachgiebiger war.

Es regnete viel stärker als in der Nacht oder am frühen
Morgen. Zusätzlich war Wind aufgekommen. Die Wetter-
station neben der Terrassentür zeigte 96 Prozent Luftfeuch-
tigkeit. Lukas hatte das schon gesehen, als er den Rollladen
hochzog. Er hatte auch Emilies Frage gehört, als er aus dem
Keller zurückkam.

»Noch vier Prozent mehr«, sagte er, »und du brauchst
Schwimmflügel, wenn du in den Garten willst.«

»Ich will nicht in den Garten«, erklärte Emilie. »Ich will
nur Rad fahren.«

»Meinst du, auf der Straße wäre es weniger nass?«, fragte
Lukas. »Bei dem Wetter jagt man keinen Hund vor die Tür.«
Mit den nächsten Worten wandte er sich Anne zu: »Warum
bist du nicht noch liegen geblieben?«

»Ich kann ja doch nicht mehr schlafen.«

»Hast du überhaupt geschlafen?«, wollte er wissen.

»Ja, ein bisschen.«

»Ich bin ja auch kein Hund«, maulte Emilie. »Murat hat
gesagt, es gibt kein schlechtes Wetter, es gibt nur unpassende
Bekleidung.«

»Murat redet zu viel«, kommentierte Lukas diese Weisheit.

343

Emilie ließ sich davon nicht aus dem Konzept bringen. »Ich kann doch meinen Regenmantel anziehen und Gummistiefel und …«

»Dafür ist es zu kalt«, unterbrach Lukas ihre Aufzählung.

»Wenn ich einen warmen Pullover und dicke Socken …«

»Mit Socken kommst du nicht mehr in die Stiefel«, unterbrach Lukas sie erneut. »Und mit einem Pullover drunter kriegst du den Mantel wahrscheinlich nicht mehr zu.«

Gummistiefel, Regenmantel und Hut in den Farben des Regenbogens waren im Frühjahr angeschafft worden. Seitdem war Emilie ein Stückchen gewachsen, hatte auch etwas zugenommen. Irmgard und Hans Brenner hatten ihr Ende September neue Regensachen gekauft, doch die einzupacken hatte Lukas am vergangenen Abend vergessen.

»Lass es mich doch mal ausprobieren«, beharrte Emilie.

»Bitte«, gab Lukas sich großzügig und zeigte auf den Schuhschrank im Flur. »Wenn du mit der Strumpfhose in deine alten Gummistiefel passt und den Regenmantel trotz Sweatshirt zumachen kannst, darfst du dein neues Rad schieben, solange es dir Spaß macht. Fahren kann man bei dem Wind nämlich nicht. Anderenfalls ziehst du nach dem Frühstück deine Winterstiefel und die Steppjacke an und machst mit mir die Einkäufe.«

Einkäufe! Diese Verlockung war erst einmal größer als eine Radtour. Das Prinzessin-Lillifee-Malbuch vom alten Herrn Seibold war voll. Emilie brauchte unbedingt ein neues und war sicher, dass Papa sich nicht lange darum bitten ließ.

Während Lukas nach dem Frühstück noch rasch die Betten frisch bezog und die Waschmaschine mit dem Bettzeug befüllte, schlüpfte Emilie kommentarlos in Winterstiefel und Steppjacke. Dann begleitete sie ihren Vater auf seiner Tour.

Sonntag, 18. November – nach 13:00 Uhr

Marlies Heitkamp konnte sich denken, dass sie als Schutz-schild für ihren Sohn nicht lange standhielt. Bis zum erneuten Erscheinen von drei Polizeibeamten bemühte sie sich jedoch vergebens darum, ausgerechnet am Sonntag einen Rechtsbei-stand für Markus aufzutreiben. Der Anwalt, den sie vor sie-ben Jahren engagiert hatte, war inzwischen im Ruhestand. Und Leute wie sie, die sich normalerweise nichts zuschulden kommen ließen, hatten nun mal keinen Strafverteidiger zur Hand, der sie oder ihre Lieben zu jeder Tages- und Nachtzeit umgehend aus polizeilichem Gewahrsam holte oder zumindest dabeisaß und das Reden übernahm.

Unter lautstarkem Protest seiner Mutter wurde Markus Heitkamp von Jochen Becker und zwei Beamten zur Gegen-überstellung abgeholt. Er verließ das Haus in einer dunkel-blauen, hüftlangen Wetterjacke mit Pfoten-Logo. Dazu trug er eine dunkelblaue Jeans und schwarze Sportschuhe.

Klinkhammer hatte fünf weitere dunkel gekleidete Männer aufgeboten, die von Alter, Statur und Haarfarbe der Beschrei-bung ähnelten, die Kai Moosler gegeben hatte. Entsprechend schwer fiel es dem Knirps, aus sechs Kandidaten den *Man in Black* herauszufischen.

»Warum stehen denn da so viele?«

»Das muss so sein«, sagte Klinkhammer. »Hast du noch nie in einem Film gesehen, wie so etwas abläuft?«

»Ich geh nicht ins Kino, in Herten gibt's ja keins.«

»Aber Fernseher gibt's«, sagte Klinkhammer.

»Guck ich nicht, vom Fernsehen wird man blöd.«

»Von Computerspielen nicht?«, fragte Klinkhammer.

»Nee. Ich bin auch nicht isoliert, weil ich immer mit meinem

Freund spiele ... Keiner von denen hat so eine Jacke an wie der Mann gestern.«

»Du sollst auch keine Jacke identifizieren, sondern einen Mann«, sagte Klinkhammer. »Was für eine Jacke trug denn der Mann, den du gestern gesehen hast?«

»Die ging ihm nur bis hier.« Kai Moosler zeigte eine knappe Handbreit unterhalb seiner Taille und fragte: »Können die sich mal umdrehen und nach hinten gehen? Weil, sein Gesicht konnte ich nicht richtig sehen, dafür war er zu weit weg. Aber er ging wie der schwarze Ritter.«

»Nicht wie ein Raubtier?«, fragte Klinkhammer.

»Nein, wie der schwarze Ritter.«

Klinkhammer grübelte sekundenlang, wie er auf ein Raubtier gekommen war. Die sechs Männer drehten sich auf Geheiß um. Einer nach dem anderen machte einige Schritte auf die rückwärtige Wand zu, viel Platz war jedoch nicht. Kai Moosler äugte mit konzentriert gerunzelter Stirn von einem zum anderen.

»Was passiert, wenn ich jetzt sage, der war's, und der war es dann doch nicht?«

»Wag das bloß nicht«, sagte Frau Moosler, die dabeistand. »Ich hab dir doch gesagt, wie wichtig das hier ist.«

Der Junge seufzte frustriert und fragte: »Können die mal kurz nach hinten gucken? Aber ganz schnell, so wie einer guckt, der Angst hat, dass man sein Gesicht sieht.«

»Aber sicher«, sagte Klinkhammer. »Die machen auch einen Handstand, wenn es der Sache dienlich ist.«

Nachdem alle sechs Männer noch einen raschen Blick über die Schulter geworfen hatten, entschied Kai Moosler sich für die Nummer vier in der Jack-Wolfskin-Jacke mit dem Pfoten-Logo. »Der war's.«

»Bist du ganz sicher?«, fragte Klinkhammer.

Kai Moosler nickte. Der unsichere Blick, den er seiner Mutter zuwarf, strafte ihn Lügen. Aber Klinkhammer war sich seiner Sache sicher und gab sich damit zufrieden.

Nachbarn – Samstag, 17. November – vormittags

Lukas und Emilie waren noch nicht lange unterwegs, als es bei Reinckes schon den zweiten Streit an dem Vormittag gab. Vom ersten hatte Anne nichts mitbekommen, weil er – wie etliche andere – nicht lautstark ausgetragen worden war. Den zweiten konnte sie nicht überhören.

Seit er seine älteste Tochter nicht mehr auf den Besuch des Gymnasiums vorbereiten konnte, weil Anita sie nun regelmäßig mitnahm, wenn sie ihre Kundinnen besuchte, lästerte Horst Reincke nur noch, tat das aber umso häufiger. Er hatte Kathrin schon eine »Barbie« genannt, weil Anita dem Kind die Fingernägel rosa lackiert hatte.

An dem Samstag begann er beim Frühstück, weil Kathrin nichts essen wollte. Sie klagte über Bauchschmerzen und Übelkeit. Und er sagte: »Vorerst brauchst du aber noch nicht für die Figur zu hungern, Mäuschen, damit kannst du dir noch fünf oder sechs Jahre Zeit lassen.«

Nachdem Kathrin sich das erste Mal übergeben hatte, machte er noch so eine Bemerkung. Danach schickte Anita beide Kinder hinauf, sagte ihm wieder einmal ihre Meinung und riet dringend, er solle sich psychologische Hilfe suchen. »Ich weiß nicht, was für ein Problem du hast«, sagte sie. »Aber ich lasse nicht zu, dass du Kathrin fertigmachst.«

Er wurde sofort lauter: »Ich mach sie doch nicht fertig, ich will nur …«

»Moment«, unterbrach Anita ihn. »Ich mache das Fenster auf, dann verstehen wenigstens die Nachbarn, was du willst. Ich verstehe es nämlich nicht mehr. Du müsstest doch genug Erfahrung mit Kindern haben, um zu wissen, was du mit deinem Verhalten anrichtest. Sagt dir der Begriff Mobbing etwas? Du mobbst dein eigenes Kind und nennst das Erziehung.«

Er winkte ab und stürmte aus der Küche, die Treppen hinauf ins Dachgeschoss, um Arbeiten zu korrigieren – und um zu schmollen, nahm Anita an. Sie folgte ihm bis in den ersten Stock, allerdings nur, um nach Kathrin zu sehen. Das Kind hatte sich ins Bett gelegt, war blass, aber Fieber hatte Kathrin nicht. Stirn und Hände fühlten sich kühl an.

»Tut dir der Bauch immer noch weh?«, fragte Anita.

Kathrin nickte. Anita gab ihr zwei Globuli, machte ein Kirschkernkissen warm und legte eine Kassette ein, die sie vor Jahren selbst mit Märchen besprochen und mit Kinderliedern besungen hatte. Außerdem schaltete Anita das alte Babyphone ein, damit sie hörte, was in Kathrins Zimmer vorging. Das Empfangsteil nahm sie mit in den Keller, wo ein Korb Bügelwäsche auf sie wartete. Die kleine Britta schloss sich ihr mit einem Puzzle-Karton an. So weit waren sie inzwischen, dass auch die Jüngste sich möglichst weit vom Vater entfernt aufhielt.

Kurz vor elf legte Anita die gebügelte Wäsche zurück in den Korb, brachte den nach oben und räumte alles in die Schränke. Kathrin ging es etwas besser, Bauchschmerzen hatte sie keine mehr, nur übel war ihr noch. »Du wirst Hunger haben«, meinte Anita. »Mir wird auch übel, wenn ich nichts im Bauch habe. Soll ich dir Frühstück machen?«

Kathrin nickte und begleitete ihre Mutter im Schlafanzug nach unten, wo Britta nun mit ihrem Puzzle am Küchentisch saß. Statt Pantoffeln hatte Kathrin dicke Plüschsocken an den Füßen.

»Wenn Papa das sieht, schimpft er bestimmt wieder«, mahnte Britta mit Blick auf die Füße ihrer Schwester.

»Dann schimpfe ich zurück«, sagte Anita und fragte Kathrin: »Möchtest du einen Toast und einen leckeren Tee?«

Das Kind nickte auch dazu. Aber es war wohl doch nicht das Richtige. Am Tee nippte Kathrin nur, biss eine Ecke vom Toast ab, musste erneut würgen und hatte es plötzlich sehr eilig, aufs Klo zu kommen. Auf ihren Plüschsocken geriet sie auf den Bodenfliesen im Flur ins Schlittern. Um nicht zu stürzen, wollte sie sich irgendwo festhalten – und griff in den ganzen Stolz ihres Vaters.

Die Wasa, ein historisches Segelschiff – maßstabsgetreu nachgebaut. König Gustav der Zweite Adolf von Schweden hatte sie bauen lassen, jedoch nicht lange Freude daran gehabt. Wie Anita und die Kinder sich schon mehr als einmal hatten anhören müssen, war die Wasa am 10. August 1628 auf ihrer Jungfernfahrt im Hafen von Stockholm nach nur dreizehnhundert Metern Fahrstrecke und bei schönstem Wetter gesunken. Ein einziger Windstoß hatte gereicht.

Das stattliche Modell stand auf einer Truhe an der Wand zwischen Küche und WC. In einem Haushalt mit zwei Kindern nicht unbedingt der beste Platz für einen Pott von gut einem Meter Länge, der mit all den Querhölzchen für die Segel auch noch eine gewisse Breite für sich beanspruchte. Die Flure in den Doppelhaushälften waren nur einen Meter fünfzig breit. Andererseits hätte nicht jeder das Schiff sofort gesehen, wenn es nicht im Eingangsbereich gestanden hätte.

Kathrins Griff hatte zur Folge, dass die Wasa nach hinten verschoben wurde und einige Querhölzer gegen die Wand stießen. Sie packte reflexartig zu, wollte das Schiff zurück in seine ursprüngliche Position rücken. Dabei verhakte sich ein Ärmel vom Schlafanzug in dem Gewirr aus Hölzchen und Bespannung. Bei ihrem hektischen Versuch, sich zu befreien, brachen der Besanmast und eine Gaffel. Und Kathrin übergab sich aufs Deck mit den winzigen Kanonen. Vor Schreck und Angst begann sie sofort laut zu weinen, sie klang regelrecht hysterisch.

Von der Havarie hatte Anita in der Küche nur das Kratzen an der Wand gehört. Danach hörte sie das Würgen. Sie dachte, Kathrin hätte auf den Boden gespuckt, und rief: »Es ist nicht schlimm, Schatz. Ich wische es sofort auf. Geh nach oben und leg dich wieder …«

»Nein, es ist kaputt«, jammerte Kathrin. »Das schöne Schiff ist kaputt.«

Anita ging in den Flur und sah die Bescherung. Wie Kathrin dastand und sich bemühte, den bekotzten Riesenkahn mit ihren kleinen Händen daran zu hindern, von der Truhe zu kippen. Die Augen in dem blassen Gesichtchen vor Panik weit aufgerissen.

Durch Kathrins Weinen angelockt, kam Horst die Treppe heruntergepoltert, noch ehe Anita ihrem Kind helfen konnte. Er erbleichte ebenfalls. Zuerst verlor er kein Wort, löste den Schlafanzugärmel aus der Takelage und schob das Schiff zurück in die richtige Position. Danach erst brüllte er Kathrin an: »Du dummes Stück! Kannst du nicht aufpassen? Wie oft habe ich dir schon gesagt, dass du im Flur nicht rennen sollst? Sieh dir diese Sauerei an! Wie soll ich das jemals wieder sauber bekommen?«

Kathrin flüchtete laut weinend die Treppe hinauf und verkroch sich wieder in ihrem Bett.

»War dir noch nie schlecht?«, schrie Anita zurück. Diesmal tat sie sich bezüglich der Lautstärke auch keinen Zwang an. »Wisch es ab, kleb den Mast und das Querhölzchen wieder zusammen und lass Kathrin in Ruhe, verdammt! Das da ist nur Holz.«

»Nur Holz?«, brüllte Horst fassungslos. »Das sind zwei Jahre Arbeit. Wie ich das Deck und die Kanonen reinigen soll, weiß der Teufel. Den Besan und die Gaffel kann ich nicht einfach kleben. Die muss ich wahrscheinlich ersetzen, und dafür muss ich die gesamte Takelage lösen, damit ich ...«

»Wunderbar«, schnitt Anita ihm das Wort ab. »Dann hast du doch etwas, womit du dich ablenken kannst, wenn du mit mieser Laune aus der Schule kommst. Ich hatte mir nämlich schon überlegt, dir zu Weihnachten Nelsons Victory zu schenken. Aber der Verkäufer sagte, dieser Bausatz sei nichts für Leute, die zu Wutausbrüchen neigen.«

Horst schaute sie sekundenlang an, als hätte es ihm die Sprache verschlagen. Dann drehte er sich um und stieg ebenfalls wieder hinauf in sein Reich unterm Dach. Anita schrie ihm noch ein paar unschöne Dinge hinterher, bis auch die kleine Britta in der Küche zu weinen begann.

Der Junge von gegenüber – Samstag, 17. November

Etwa zu dem Zeitpunkt, es war kurz nach elf, holte Ruth Hoffmann ihren Sohn nach neunzehn Tagen aus dem Krankenhaus ab. Mario wartete seit halb neun auf sie. Auf den Fluren standen schon die Container mit dem Mittagessen bereit. Marios Handgelenk lag noch in der Gipsschiene und würde vielleicht steif bleiben. Seine linke Niere hatte er behalten, aber den Oberschenkel verunzierten eine Delle und eine lange Narbe. Wie Berrenrath es ihm ausgemalt hatte, hatte sich das große Hämatom entzündet und eine Operation notwendig gemacht, bei der ein Teil vom Muskel entfernt worden war. Nun humpelte er.

Über ihre fast dreistündige Verspätung verlor Ruth kein Wort. Sie eröffnete das Gespräch auf dem Weg zum Auto mit Marios Wunsch, eine Kampfsportart zu erlernen. Das Thema hatte er in den vergangenen Wochen jedes Mal angesprochen, wenn sie ihn besucht hatte. Jedes Mal hatte Ruth ihn auf Frederiks Heimkehr vertröstet. Nun machte sie ihm mit wenigen Sätzen klar, dass er die Einwilligung nie bekäme. Nicht von ihr, und von Frederik bestimmt nicht. Unverändert überzeugt, seine Verletzungen habe eine Bande junger Rumänen zu verantworten, denen er beim Sportplatz in die Quere gekommen war, meinte Ruth, er müsse sich in Zukunft doch nur von dem Platz fernhalten, um weitere Übergriffe zu vermeiden.

»Dafür musst du wirklich nicht lernen, dich zu prügeln, Mario. Das tun nur Barbaren. Wir leben in einer zivilisierten Gesellschaft. Wenn es Differenzen gibt, redet man miteinander und findet eine Lösung.«

»In deiner Gesellschaft vielleicht«, sagte er. »Meine ist ziemlich von Barbaren unterwandert. Die halten sich nicht nur beim Sportplatz auf. Die sind überall unterwegs. Und mit denen kann man nicht reden, die können nämlich nicht richtig Deutsch und hauen immer gleich zu.«

»Warum hast du denn keine Anzeige erstattet?«, fragte Ruth. »Das hättest du tun müssen. Dafür war die Polizei doch extra bei dir. Und nicht nur einmal, nicht wahr? Aber das können wir ja nachholen. Darüber reden wir heute Abend, wenn Frederik wieder hier ist. Du könntest dich wenigstens bemühen, etwas zur Identifizierung der Täter beizutragen.«

Nachdem das gesagt war, kam sie ihm auch noch mal damit, dass er, wie sie glaubte, Britta Reincke angefahren, zumindest ein Kinderhändchen überrollt habe. »Eine Entschuldigung ist das Mindeste, was Herr Reincke von dir erwarten kann. Ein kleines Dankeschön wäre auch angebracht. Immerhin hat Herr Reincke auf eine Anzeige verzichtet.«

»Er weiß auch, warum«, brummte Mario. »Wenn er mich angezeigt hätte, wären Dinge herausgekommen, die er bestimmt nicht gerne bekannt gemacht haben will.«

Darauf ging Ruth nicht ein. »Sei vernünftig, Mario, uns zuliebe. Du forderst den Ärger doch immer wieder heraus. Wir wollen keinen Streit mit den Nachbarn, bestimmt nicht mit Herrn Reincke, der auch noch dein Lehrer ist. Du weißt genau, wie sehr er sich jedes Mal aufregt, wenn du im Viertel herumfährst. Es ist nun mal verboten. Stell dir bloß vor, dem armen Kind wäre etwas Schlimmeres passiert. Vielleicht denkst du auch mal an dein nächstes Zeugnis. Mit schlechten Noten in Deutsch und Geschichte wirst du es am Gymnasium nicht leicht haben.«

Als ob er mit schlechten Noten überhaupt die Qualifikation fürs Gymnasium bekäme. So weit dachte sie anscheinend gar nicht. Und sie bestand darauf, dass er hinüber zu Reincke ging, kaum dass sie die Haustür aufgeschlossen und die Tasche mit seinen Krankenhaussachen in der Diele abgestellt hatte.

»Darf ich vielleicht erst mal aufs Klo?«, fragte Mario genervt. »Und danach würde ich gerne etwas essen, damit mein Magen nicht dazwischen knurrt, wenn ich mich entschuldige.«

»Hast du denn im Hospital kein Frühstück mehr bekommen?«

»Doch, um sieben«, erklärte er. »Das ist ewig her, schau mal auf die Uhr.« Es war halb zwölf vorbei. Sie hatte vermutlich noch nicht gefrühstückt. Das war ihre Methode, die Figur zu halten.

»Ich wollte uns zu Mittag Putengeschnetzeltes mit Reis und Salat machen«, sagte sie. »Das geht schnell … Na schön. Dann essen wir eben zuerst, aber danach gehst du zu Herrn Reincke.«

Davon war sie einfach nicht abzubringen, Frederik noch weniger. Er rief an, während das Geschnetzelte und der Reis in der Mikrowelle heiß wurden und Ruth den Inhalt einer Schale Feldsalat mit fertigem Joghurtdressing vermischte, ohne den Salat vorher zu waschen. So was brachte sie immer, wenn sie kochte. Mario ärgerte sich jedes Mal darüber. Sie dachte, es wäre alles verzehrfertig abgepackt.

Frederik war noch am Flughafen in Bukarest. »Mach kein Drama daraus, Kumpel«, verlangte er. »Sag einfach: ›Ich wollte Ihre Tochter nicht verletzen, Herr Reincke, es tut mir sehr leid, und es wird nicht wieder vorkommen.‹ Damit ist die Sache aus der Welt.«

Wie nicht anders zu erwarten, brachte Frederik anschließend auf seine Weise das Thema Kampfsport zur Sprache. Es gipfelte in einem Appell an sein Verständnis für die armen Leute, die nur am Wohlstand des Westens teilhaben wollten und meist als Schwarz- oder Leiharbeiter schamlos ausgebeutet oder gar nicht bezahlt wurden.

»Und deshalb dürfen die mich zusammenschlagen und brutal auf mir herumtrampeln, aber ich darf mich nicht wehren, wenn sie das nächste Mal über mich herfallen?«, erkundigte Mario sich.

»Glaubst du denn, du könntest dich erfolgreich gegen vier oder fünf junge Männer wehren?«, umging Frederik die Antwort mit einer durchaus berechtigten Frage.

Das könnte er wahrscheinlich nicht, aber gegen zwei Russenweiber garantiert. Die dicke Jessie stand ja normalerweise nur dabei. Bei Lars funktionierte es doch auch. Mario hütete sich, seine Gedanken laut werden zu lassen. Es brachte nichts, mit Frederik zu diskutieren. Wenn der Nein sagte, hieß das nein. Aber wenn Murat Bülent bereit war, ihn kostenlos zu trainieren, würde sich das Problem von allein lösen.

Lars hatte doch versprochen, mit Murat zu reden und ihm Marios Situation zu schildern. Leider war Lars danach nicht mehr im Krankenhaus gewesen. Mario nahm sich vor, ihn bald an sein Versprechen zu erinnern und auch daran, dass er ihm im Februar mit einer Menge Geld aus der Patsche geholfen hatte. Fünfzig oder sechzig Euro standen immer noch aus.

Sonntag, 18. November –
zwischen 14:00 und 16:00 Uhr

Markus Heitkamps Vernehmung teilte Klinkhammer sich mit Rita Voss, wobei er das Reden der Oberkommissarin überließ. Er hoffte inständig auf ein schnelles Geständnis, damit man Emilie endlich fand, lebend natürlich und möglichst unversehrt. Aber Markus Heitkamp dachte gar nicht daran, etwas zu gestehen.

»Das kann gar nicht sein, dass mich einer in dem Viertel

gesehen hat, wo Anne mit ihrer Familie wohnt«, erklärte Heitkamp nachdrücklich. »Da war ich noch nie. Und gestern habe
ich den ganzen Nachmittag zu Hause gesessen und an der
Website für ein Maklerbüro gearbeitet.«

»Am Computer?«, fragte Rita Voss.

»Logisch, wo denn sonst.«

»Herr Heitkamp«, sagte Rita Voss sanft und betont gelangweilt: »Bei der Polizei arbeiten auch IT-Leute. Jeder davon stellt
binnen kürzester Zeit fest, wann Ihr Computer gestern in Betrieb war und wann tatsächlich damit gearbeitet wurde. Jeder
Tastendruck lässt sich auf die Sekunde genau nachweisen.«

»Ich habe nicht die ganze Zeit Tasten gedrückt«, erklärte
Heitkamp. »Zwischendurch habe ich auch mal eine Weile
überlegt oder mit der Maus gearbeitet.«

»Zwischendurch«, wiederholte Rita Voss. »Maus-Bewe-
gungen sind auch leicht zu überprüfen. Es kostet mich nur
einen Anruf, einen unserer Fachleute herzurufen. Was es Sie
kostet, wenn sich herausstellt, dass gestern Nachmittag ab
sechzehn Uhr, oder sagen wir ab fünfzehn Uhr dreißig, über
einen längeren Zeitraum keine Taste gedrückt und die Maus
nicht bewegt wurde, wage ich nicht zu beurteilen. Kinderschänder stehen in der Gefängnishierarchie auf der untersten
Stufe. Davon haben Sie bestimmt schon gehört.«

»Ich bin doch kein Kinderschänder!«, jaulte Markus auf.
»Das war ich nie. Ich hab den Kindern früher auch nichts getan. Er weiß das.« Beim letzten Satz schoss sein Finger vor und
zeigte auf Klinkhammer.

»Sie haben die kleinen Mädchen ausgezogen und begrabscht«,
sagte Rita Voss. »Wenn man das früher nicht Missbrauch genannt hat, heute heißt es so. Wo haben Sie Emilie hingebracht?«

»Nirgendwohin«, erklärte Markus. »Ich war zu Hause. Und

jetzt will ich einen Anwalt.« Er verschränkte demonstrativ die Arme vor der Brust.

Rita Voss probierte es noch eine Weile, bekam aber keine Antworten mehr. Nach zwei Stunden war Klinkhammer es leid. Kurz vor vier rief er noch einmal die Freundin seiner Frau an, erstattete Bericht und biss wieder auf Granit.

»Tut mir leid, Arno. Die Beweislage ist mir zu dünn.«

»Vom Abwarten wird sie nicht dicker«, sagte er. »Verdammt noch mal, Carmen, vielleicht lebt das Kind noch. Vielleicht ist es im Haus oder im Salon von Marlies Heitkamp. Die Frau ist kein Unmensch. Ich kann mir nicht vorstellen, dass sie die Kleine umbringt, um ihrem Sohn einen erneuten Aufenthalt in der Psychiatrie oder einige Jahre Knast zu ersparen. Ohne Haftbefehl kann ich ihn nicht ewig festhalten. Er schafft sich Emilie vom Hals, sobald er die Gelegenheit bekommt, darauf kannst du Gift nehmen. Beschaff mir wenigstens einen Beschluss für die beiden Zimmer, die er bewohnt. Wenn wir erst mal im Haus sind ...«

»Jetzt hör mir mal gut zu, Arno«, wurde er unterbrochen. »Und benutz deinen Kopf, auch wenn dir die Sache an die Nieren geht. Heitkamp hat weder Führerschein noch Auto. Das hält junge Männer zwar nicht vom Fahren ab. Aber wenn er gegen vier Uhr in diesem Viertel war, kann er nicht den Wagen seiner Mutter genommen haben, weil der um die Zeit wohl noch beim Salon stand. Das heißt, er hätte mit dem Kind und dem Rad wie weit laufen müssen, um nach Hause oder ins Stadtzentrum zu gelangen?«

Nach Hause gute drei Kilometer, eher dreieinhalb, überschlug Klinkhammer im Kopf, ins Stadtzentrum immer noch mehr als zwei. Er hütete sich, es auszusprechen, weil er sich denken konnte, worauf Carmen hinauswollte. So war es auch.

Als er ihr nicht antwortete, sprach sie nach ein paar Sekunden weiter: »Hat sich schon jemand gemeldet, dem Heitkamp in der Stadt mit Kind und Rad aufgefallen ist?«

»Bis jetzt nicht«, sagte er. Zwar wusste er nicht genau, wie viele Anrufe bisher eingegangen waren, aber wenn etwas von Bedeutung dabei gewesen wäre, hätte man ihm das umgehend mitgeteilt.

»Es wird sich auch keiner melden«, prophezeite Carmen. »Du verrennst dich, Arno. Und komm bloß nicht auf die Idee, deine Leute ohne richterliche Beschlüsse Durchsuchungen vornehmen zu lassen. Ich weiß, dass du mit dem Gedanken spielst.«

Etwa zu dem Zeitpunkt erinnerte im fernen Norddeutschland Holger Notkötter seine Frau Elke zum ersten Mal daran, dass er am nächsten Morgen um sechs Uhr aus den Federn musste und sie noch vierhundertachtzig Kilometer Heimfahrt vor sich hatten.

Samstag, 17. November – die letzten Stunden

Als Mario und Ruth Hoffmann sich kurz vor zwölf zu Tisch setzten, um Putengeschnetzeltes und Feldsalat mit ein paar Krümelchen Erde und einigen Sandkörnern zu essen, kamen Lukas und Emilie von ihrer Einkaufstour zurück. Beide waren triefend nass. Lukas trug seine Allwetterjacke, hatte jedoch die Kapuze nicht aufgesetzt. Das Wasser rann ihm aus den Haaren übers Gesicht, die Jeans pappte ihm an den Beinen. Emilie sah aus, als hätte man sie aus einem Teich gefischt.

Vom Küchenfenster aus schaute Anne zu, wie Lukas den

Bollerwagen und die Abdeckplane aus dem Gerätehäuschen holte, um wenigstens die Einkäufe einigermaßen trocken vom Parkplatz zum Haus zu schaffen. Sie hörte auch, wie er Emilie aufforderte: »Du gehst besser sofort rein, ziehst dir trockene Sachen an und bittest Mama, deine Haare zu föhnen, damit du keinen Schnupfen bekommst. Das können wir uns im Moment nicht leisten. Wenn du Mama ansteckst ...«

»Sie geht doch sowieso bald ins Krankenhaus«, bekam er zur Antwort. Den patzigen Ton überhörte er großzügig.

Er selbst verzichtete aufs Föhnen. Nachdem er endlich alle Einkäufe ins Haus geschleppt hatte, rubbelte er sich nur mit einem Handtuch durchs Haar und zog eine trockene Hose an. Die durchnässte hängte er zusammen mit Emilies nasser Jeans in der Waschküche auf. Anschließend nahm er die Bettbezüge aus dem Trockner und verteilte sie, weil sie sich noch klamm anfühlten, ebenfalls auf die Leinen.

Ehe er zum Studio fuhr, hängte er noch Emilies nasse Jacke an die Garderobe, stopfte die Winterstiefel mit der kostenlos an alle Haushalte verteilten »Sonntagspost« aus und stellte sie zum Trocknen neben die Heizung im Flur.

Nachdem er das Haus verlassen hatte, räumte Anne die Einkäufe weg. Als alles verstaut war, legte sie mit der Tageszeitung am Küchentisch eine Verschnaufpause ein.

Emilie hatte sich mit einem neuen Malbuch und einer Großpackung Filzstifte ins Wohnzimmer verzogen. Sie war nur noch mit der geringelten Strumpfhose und dem rosa Sweatshirt bekleidet, lag bäuchlings auf dem Fußboden und malte akribisch die vorgegebenen Zeichnungen aus.

Als Anne um Viertel nach eins das Essen auf den Tisch brachte, fragte Emilie erneut, ob sie gleich Rad fahren dürfe. »Du brauchst mir nur eine trockene Hose zu geben.«

Draußen pladderte es fast schlimmer als vormittags. Anne schüttelte den Kopf.

»Warum denn nicht?«, quengelte Emilie.

»Schau doch mal aus dem Fenster«, empfahl Anne.

»Ich ziehe meinen Regenmantel ...«

»Der passt dir nicht mehr«, sagte Anne. »Und jetzt hör auf. Es ist kein Wetter zum Radfahren. Das siehst du doch.«

Schmollend verzog Emilie ihr Gesicht und begann am Essen zu mäkeln: »Was ist das? Warum hast du nicht richtig gekocht? Bei Oma Irmgard gibt es jeden Tag frisches Gemüse.«

Anne hatte einen Doseneintopf heiß gemacht und mit Brühwürstchen aufgepeppt. Eine begnadete Köchin war sie nie gewesen. Abgesehen davon war sie hundemüde.

»Oma Irmgard hat auch nicht zwei Babys im Bauch«, rechtfertigte sie sich. »Sie kann sich stundenlang an den Herd stellen und frisches Gemüse kochen. Ich kann das nicht, weil mir der Rücken wehtut und meine Füße geschwollen sind.«

»Frisches Gemüse darf man nicht stundenlang kochen«, musste sie sich von Emilie belehren lassen. »Das wird bloß kurz gedünstet, sonst gehen alle Vitamine kaputt.«

»Gut, dass ich das jetzt weiß«, sagte Anne. »Nächste Woche dünste ich dir was. Und jetzt wäre ich dir dankbar, wenn du aufhörst zu meckern und ein bisschen Rücksicht auf meine Nerven nimmst.«

»Wieso musst du auch zwei Babys auf einmal bekommen?«, fragte Emilie noch. »Andere Frauen kriegen nur eins. Dann hätte ich das große Zimmer behalten können. Du bist doof, weißt du das?«

»Ja«, sagte Anne. »Und du bist eine rotzfreche Göre, die den Rest des Tages in ihrem kleinen Zimmer verbringen wird, wenn sie noch so eine Bemerkung vom Stapel lässt. Hast du das verstanden?«

Emilie schürzte beleidigt die Lippen und deutete ein Nicken an. Etwa eine halbe Minute lang war sie still, fischte ein Stückchen Brühwurst aus ihrem Teller und kaute darauf herum, als hätte sie Pappe im Mund. Dann wollte sie wissen: »Fährst du mich denn zu Hannah, wenn wir aufgegessen haben?«

»Ich kann dich nirgendwohin fahren«, sagte Anne.

»Warum nicht?«

»Weil ich keine Schuhe mehr anziehen kann. Mit Papas alten Badelatschen darf ich nicht Auto fahren.«

»Warum nicht?«

»Weil ich darin keinen festen Halt habe«, erklärte Anne. »Wenn ich plötzlich bremsen muss, rutsche ich vielleicht raus, und dann kracht es. Und jetzt stell dir vor, ich muss bremsen, weil ein kleines Mädchen mit seinem Fahrrad unterwegs ist, womit bei so einem Wetter kein Mensch rechnet. Dann fahre ich das Mädchen vielleicht tot. Findest du das gut?«

Emilie schüttelte den Kopf, schielte missmutig unter den Tisch auf Annes Füße, kaute auf ihrer Unterlippe und wollte wissen: »Darf ich denn zu Britta und Kathrin gehen?«

»Die sind nicht da«, log Anne. Nach dem, was sie vormittags vom Schiffbruch der Wasa mitbekommen hatte, schien es ihr nicht ratsam, eine aufmüpfige Fünfjährige in Horst Reinckes Nähe zu lassen. Danach war nebenan zwar niemand mehr laut geworden, aber es herrschte garantiert noch ziemlich dicke Luft.

»Wo sind sie denn?«, wollte Emilie wissen.

»Sie besuchen ihre Oma«, behauptete Anne der Einfachheit halber.

»Warum?«

»Ja, warum denn nicht?«, gab Anne genervt zurück. »Du warst doch auch gerade erst wieder drei Wochen bei Oma Irmgard.«

»Aber nicht, weil mein Papa immer mit mir zankt.« Emilie rührte in ihrem Teller und fügte nach ein paar Sekunden des Überlegens hinzu: »Bestimmt sind sie weggefahren, weil ihr Papa wieder geschimpft hat. Neulich hat Britta zu mir gesagt, dass sie, ihre Mama und Kathrin zur Oma fahren, wenn ihr Papa noch mal zu Kathrin sagt, sie wäre ein dummes Stück oder eine Barbie.«

Sieh einer an, dachte Anne. Dummes Stück! Den Ausdruck hatte sie am Vormittag gehört.

Und Emilie fiel ein: »Aber zu Mario darf ich, oder? Ich muss ihm nämlich etwas ganz Wichtiges sagen.«

»Mario ist auch nicht da«, erklärte Anne. »Er ist im Krankenhaus.« Von seiner Heimkehr hatte sie nichts bemerkt.

Ihre Auskunft erschreckte Emilie sichtlich. Die Kinderaugen weiteten sich, ein gerade aus dem Eintopf gefischtes Brühwurststückchen fiel zurück in den Teller, während Emilie sich erkundigte: »Warum? Ist er nur krank? Oder haben die Russenweiber ihn gehauen und getreten?«

»Russenweiber?«, wiederholte Anne gleichermaßen konsterniert wie alarmiert. »Was weißt du denn über Russenweiber?«

»Die sind bei Mario an der Schule«, teilte Emilie mit und klang sekundenlang so, als wolle sie weinen. »Die hauen und treten Jungs und alte Leute. Mario hat gesehen, wie sie eine alte Frau gehauen und geschubst haben. Dann haben sie der alles abgenommen. Mario haben sie auch alles abgenommen, sein Handy und ganz viel Geld, weil er verraten hat, dass die Brüder Kinder in alten Säcken verkaufen. Die haben viele Brüder, und die sind alle ganz böse. Mich wollen die auch verkaufen.«

»Was?« Annes Gedanken purzelten mit einem Mal durcheinander wie Mikado-Stäbchen. Alte Frau. Alte Säcke. Böse Brüder. Kinder verkaufen? Russenweiber an Marios Schule. Wo Horst unterrichtete. Anne kam mit dem Sortieren kaum nach. »Woher weißt du das alles?«

»Mario hat es mir erzählt.«

»Wann?«

»Neulich, als es auch so viel geregnet hat. Da hat Papa ihn doch im Auto mitgenommen. Und da hat Mario gesagt, ich soll Murat fragen, ob er ihm zeigt, wie man böse Leute tritt. Aber Andrej durfte nichts davon wissen, weil Andrej auch ein Kosake ist.« Das Stimmchen, eben noch eifrig, kippte erneut. »Ich habe es nur Papa erzählt, ehrlich. Hat Papa es Andrej verraten?«

»Nein, bestimmt nicht«, versicherte Anne rasch und nahm sich vor, ein sehr ernstes Wort mit Lukas zu reden, wenn er heimkam. Russenweiber! Emilie verkaufen! Wieso sagte er ihr nichts davon, wenn er das schon seit Wochen wusste. »Nun iss auf, bevor es kalt wird.«

Emilie schob ihren Teller zurück. »Ich mag das aber nicht.« Dann schaute sie zum Fenster. »Guck mal, es regnet gar nicht mehr doll. Gib mir doch eine trockene Hose. Oder soll ich mir selbst eine nehmen?«

»Nichts da«, sagte Anne. »Es regnet immer noch doll genug.«

»Aber wenn es aufhört, darf ich raus, ja? Ich will nur ein bisschen auf der Straße fahren. Nur so hin und her. Ich fahr nicht weit weg, ehrlich. Hier kommen doch keine Autos.«

»Von mir aus«, gab Anne nach. »Aber nur, wenn es aufhört.«

»Darf ich bis dahin Fernseh gucken?«

»Von mir aus«, sagte Anne noch mal und seufzte. »Aber nicht zu laut.«

Nachdem sie den Fernseher für Emilie eingeschaltet und endlich den Kinderkanal gefunden hatte, räumte sie Teller und Besteck in den Geschirrspüler. Dann streckte sie sich mit einer Illustrierten auf der Couch aus, wie sie es in den letzten drei Wochen so oft getan hatte. Schlafen wollte sie nicht. Man ließ eine Fünfjährige, die unbedingt mit ihrem neuen Rad auf die Straße wollte und sich ohne Weiteres selbst eine trockene Jeans aus ihrem Schrank nehmen konnte, nicht ohne Aufsicht. Aber nachdem sie drei-, viermal umgeblättert hatte, wurden ihr die Lider schwer. Der Fernsehton lullte sie zusätzlich ein.

Emilie schaute kaum zum Bildschirm, spielte im Kaufladen und redete mit imaginärer Kundschaft. Anne döste vor sich hin. Ihr Kopf war schwer vor Müdigkeit. Die Geräusche aus dem Fernsehlautsprecher vermischten sich mit Emilies Stimme. »Diesen Käse kann ich Ihnen empfehlen. Der ist sehr lecker und gar nicht fett.« In weiter Ferne quengelte Bernd, das Brot: »Ich will hier weg. Ich will hier weg.«

Danach registrierte Anne, schon im Halbschlaf, wie Emilie das Zimmer verließ. Sie riss förmlich ihre Augen auf. »Wo willst du hin?«

»Ich hole nur Baby Annabelle.«

Annes Augen fielen von allein wieder zu. Sie hörte Emilies Schritte auf der Treppe, hörte, wie ihre Tochter mit der Puppe zurückkam und vom Kaufladen in die Puppenküche wechselte. »Mami kocht dir jetzt etwas Feines.«

Nicht kochen, dachte Anne, dünsten, sonst gehen die Vitamine kaputt. Sie spürte den Anflug eines schlechten Gewissens. Aber wenn die Jungs erst oben in ihren Bettchen lagen, wäre wohl Zeit, sich mit einem Kochbuch zu beschäftigen. Etwas kullerte übers Parkett. Es war zu mühsam, die Augen noch einmal zu öffnen.

7

Die im Dunkeln tappen

Sonntag, 18. November – später Nachmittag

Kurz nach siebzehn Uhr erschien ein Rechtsanwalt namens Brigg auf der Dienststelle in Bergheim, Marlies Heitkamp hatte ihn über den anwaltlichen Notdienst aufgetrieben. Er machte der weiteren Befragung von Markus Heitkamp ein Ende.

»Was werfen Sie Herrn Heitkamp vor?«

Entführung der fünfjährigen Emilie Brenner.

»Und was haben Sie gegen Herrn Heitkamp in der Hand?«

Abgesehen von der zweifelhaften Identifizierung durch einen zwölfjährigen Computerfreak, der Emilie und den *komischen Mann* nicht einmal zusammen gesehen hatte? Nichts.

Auch wenn Klinkhammer die Galle überkochte: Er musste Heitkamp gehen lassen und schickte Rita Voss nach Hause. Er wollte sich ebenfalls auf den Heimweg machen. Das elektrisierende Gefühl vom Morgen hatte sich in den Stunden des zermürbenden Verhörs völlig verflüchtigt. Inzwischen spürte er die schlaflose Nacht in den Knochen und mehr noch im Kopf. Doch dann erschien Lukas Brenner auf der Wache, ebenfalls total übermüdet, aber wesentlich ruhiger und beherrschter als in der Nacht, mit Schatten nicht nur unter den Augen, auch seine Lider wirkten grau.

Lukas war noch einmal mit der Putzfrau im Haus seiner Eltern gewesen und hatte die Kaufunterlagen des Kinderfahrrads gefunden. Demnach war das demolierte Rad aus dem Container eindeutig nicht Emilies Rad.

»Das habe ich doch gleich gesagt«, sagte er.

Ja, es hatte ihm nur niemand geglaubt.

Klinkhammer nutzte die Gelegenheit, um sich nach Anne zu erkundigen. Was sie betraf, spürte er Gewissensbisse, weil er in der Nacht zeitweise sie verdächtigt hatte, Emilie etwas angetan zu haben. Natürlich hätte sie auch in ihrem Zustand ausholen und dem Kind dermaßen eine scheuern können, dass es mit dem Kopf irgendwo gegengeprallt und an den Verletzungen gestorben wäre. Aber dann hätte anschließend Lukas die Leiche beseitigen müssen. Und Lukas benahm sich nicht wie ein Mann, der genau wusste, wo die vergötterte kleine Tochter lag. So viel hatte Klinkhammer in den Schulungen und Weiterbildungsseminaren auf Kosten des BKA gelernt, dass er sich zutraute, ein schlechtes Gewissen von ahnungsloser Unrast und Verzweiflung unterscheiden zu können. In dieser Hinsicht war er heute entschieden besser als damals im Fall Zardiss. Er war sicher, mit Heitkamp den richtigen Mann zu haben. Nur leider noch keine Beweise. Und wie sollte er welche finden, wenn die Staatsanwaltschaft nicht mitspielte? Dass Carmen Rohdecker ihn mit den Durchsuchungsbeschlüssen dermaßen hatte hängen lassen, wollte er ihr niemals verzeihen.

»Jetzt hat sie Protein im Urin«, beantwortete Lukas die Frage nach Annes Befinden und lenkte Klinkhammer damit vorübergehend von seinem Frust und dem Zorn ab. »Jürgen hat schon vor Wochen befürchtet, dass sie eine Präeklampsie bekommt. Er meint, die Angst um Emilie und die ganze Aufregung hätten die Sache forciert. Ihr Blutdruck lag heute früh bei zweihundertzwanzig zu hundertsechzig. Den versuchen sie jetzt behutsam zu senken. Wenn man zu schnell vorgeht, könnte es für die Babys problematisch werden, sagt Jürgen. Er will Anne erst mal unter Beobachtung im Bergheimer Krankenhaus behalten, da kann er selbst noch nach ihr sehen. Aber wenn sich ihr Zustand weiter verschlechtert, muss ein Notkaiserschnitt vorgenommen werden. Dafür wird sie dann nach Düren überwiesen. Für die Babys wäre es besser, wenn sie noch zwei, drei Wochen durchhält. ›Jeder Tag im Uterus verkürzt den Aufenthalt im Inkubator‹, sagt Jürgen. Den errechneten Geburtstermin hatten wir uns ohnehin schon abgeschminkt.«

»Das tut mir leid«, sagte Klinkhammer.

»Muss es nicht«, erwiderte Lukas. »Anne ist gut aufgehoben und wird bestens versorgt. Wenn sie zu Hause wäre, müsste ich mir auch noch Sorgen um sie und die Jungs machen. Von Emilie haben Sie ...«, er schluckte trocken, ehe er fragen konnte: »... noch keine Spur?«

Klinkhammer schüttelte den Kopf.

»Auch keinen Verdacht?«

Den teilte man einem Vater nicht mit, wenn man den Verdächtigen gerade hatte laufen lassen müssen und einem die Leute fehlten, um eine Überwachung rund um die Uhr sicherzustellen. Bis Montagfrüh übernahm Hans-Josef Simmering auf freiwilliger Basis. Er hatte sich Anwalt und Mandant gleich angeschlossen. Dass er bemerkt wurde, war Absicht. Heitkamp sollte wissen, dass die Polizei ihn nicht mehr aus den Augen ließ. Wer unter Beobachtung stand, traute sich erfahrungsgemäß kaum, ein noch lebendes Opfer umzubringen. Wenn das Kind nicht mehr lebte, machte Simmering den Mörder oder dessen Mutter wahrscheinlich nervös. Wer nervös wurde, machte Fehler. Klinkhammer schüttelte noch einmal den Kopf.

»Lügen Sie mich nicht an«, bat Lukas. »Ich weiß, dass Sie Markus Heitkamp festgenommen haben. Darf ich mit ihm reden?«

Das fehlte noch. Klinkhammer schüttelte zum dritten Mal den Kopf und fragte gleichzeitig: »Wer hat Sie informiert?«

Darauf bekam er keine Antwort. Aber wenn Lukas Bescheid wusste ... Es kreisten noch einige Fragen durch Klinkhammers vor Müdigkeit summenden Schädel. Lukas beantwortete sie auch bereitwillig, soweit er dazu in der Lage war. Leider wusste er nicht, ob Markus Heitkamp mehrere Jacken besaß. Aber wenn Markus behauptete, Emilie nicht zu kennen, log er.

»Er war zweimal im Studio, nachdem er unsere Website eingerichtet hatte. Die müsse gepflegt werden, deshalb müsse er sich auf dem Laufenden halten, hat er mir erklärt. Jedes Mal kam er unangemeldet am späten Nachmittag, wenn Emilie da war. Nach dem zweiten Mal habe ich ihm klargemacht, dass es nur noch Termine nach Absprache gibt.«

»Demnach hätte Emilie gewusst, wer er ist, wenn er sie angesprochen hätte?«, fragte Klinkhammer mit mühsam unterdrückter Enttäuschung.

»Das glaube ich nicht«, antwortete Lukas nachdenklich. »Ich war mit ihm im Büro. Er kam zwar zum Haupteingang rein, aber Emilie wird kaum auf ihn geachtet haben. Es ist auch schon eine Weile her. Das erste Mal kam er letztes Jahr im Oktober und das zweite Mal Mitte Januar. Selbst wenn sie ihn bewusst wahrgenommen hätte, was ich bezweifle, hätte sie ihn inzwischen vergessen. Dass er sie vergessen hat, kann ich mir allerdings nicht vorstellen. Im Januar fragte er, wer denn die niedliche Kleine sei und ob ich auch Kurse für Kinder im Programm hätte. Dann müsste das unbedingt mit auf die Seite. Der linke Hund. Er wusste genau, wer Emilie war, darauf verwette ich meinen rechten Arm. Anne hat Fotos in ihrer Tasche, und die stand immer frei zugänglich in diesem Kabuff von Aufenthaltsraum, wo Marlies ihn jedes Mal reinschickt, wenn er im Salon auftaucht.«

»Wie kam er raus zu Ihnen ins Gewerbegebiet?«, fragte Klinkhammer.

»Zu Fuß. Er geht nur zu Fuß, egal wie weit. Er ist immer auf der Pirsch, sagte Anne einmal. Und die halbe Zeit nimmt er seine Pillen nicht.«

»Er ist also noch in Behandlung«, schlussfolgerte Klinkhammer.

»Ja, natürlich, was meinen Sie denn? Und immer noch gefährlich, was Marlies am besten wissen dürfte. Sie bekam jedes Mal Zustände und nahm ihn ins Kreuzverhör, wenn er im Salon erschien. Fragen Sie mal Anne, sie hat es oft genug erlebt. Mit den Tabletten, die er nehmen soll, hat er sich wohl gut im Griff, bleibt zu Hause und arbeitet. Aber ohne … Lassen Sie mich mit ihm reden, bitte.«

»Tut mir leid«, sagte Klinkhammer. »Das geht wirklich nicht.«

Er ließ Lukas in dem Glauben, Heitkamp befände sich noch in Gewahrsam und werde verhört. »Sie sollten nach Hause fahren und eine Runde schlafen«, riet er.

»Schlafen?«, wiederholte Lukas. »Könnten Sie schlafen, wenn Sie an meiner Stelle wären?«

»Ich würde es zumindest versuchen«, sagte Klinkhammer.
»Weil keinem Menschen damit gedient ist, wenn man zusammenklappt. Und manchmal hilft es schon, wenn man sich hinlegt und die Augen schließt.«

»Ich muss zuerst zu Anne. Wenn es wichtig ist, welche Jacken Markus besitzt, vielleicht weiß sie das.«

»Das übernehme ich«, sagte Klinkhammer. »Und vorher setze ich Sie zu Hause ab.«

»Mein Auto steht unten.«

»Sie werden in dem Zustand aber nicht mehr fahren«, beharrte Klinkhammer. »Sie können ja vor Erschöpfung kaum noch geradeaus gucken. Schon mal was von Sekundenschlaf gehört?«

»Ich fahre doch keinen Vierzigtonner.«

»Meinen Sie, ein Geländewagen bleibt in der Spur, wenn der Fahrer abschaltet?«

Mit den Worten packte er Lukas beim Arm und führte ihn nach draußen. Lukas ließ sich widerstandslos auf den Beifahrersitz von Klinkhammers Wagen bugsieren und schloss die Augen. Als Klinkhammer eine Viertelstunde später von der Dürener Straße in den Gardenienpfad einbog, sagte Lukas unvermittelt: »Jürgen sagte, Sie hätten damals die Ermittlungen nach dem Verschwinden seiner Jüngsten geleitet.«

»Ja«, bestätigte Klinkhammer knapp und warf ihm einen raschen Seitenblick zu. Die Augen waren immer noch geschlossen.

»Jürgen sagte auch, Sie hätten den Täter festgenommen, sogar ein Geständnis bekommen und ihn trotzdem wieder laufen lassen müssen.«

»Ja«, sagte Klinkhammer noch einmal, hielt den Wagen vor der Nummer 24a an und fügte hinzu: »Der Täter behauptete, sein Vater hätte die Leiche beseitigt, was der Vater bestritt. Dann wurde das Geständnis widerrufen, und wir hatten nichts, keine Spur von dem Mädchen.«

Lukas öffnete die Augen und fixierte ihn, als wolle er ihn hypnotisieren. »So wird es mit Emilie nicht laufen, versprechen Sie mir das.«

Klinkhammer hätte nicht sagen können, ob es eine Frage oder eine Bitte war, der Stimme fehlte vor Erschöpfung jede Emotion.

»Ich kann Ihnen nur eins versprechen, Herr Brenner«, sagte er. »Dass ich mein Möglichstes tun werde, und nicht nur ich, wir alle tun das.«

Lukas nickte, löste den Sicherheitsgurt und stieg aus. Klinkhammer schaute ihm nach, bis die Haustür hinter ihm zufiel. Dann wendete er auf der schmalen Straße und fuhr zurück nach Bergheim. Obwohl auch er eigentlich viel zu erschöpft war, um noch Auto zu fahren.

Zum Krankenhaus bemühte er sich vergebens. Laut Auskunft der Stationsschwester schlief Frau Brenner und durfte keinesfalls geweckt werden, schon gar nicht von einem Kriminalbeamten. Aus ärztlicher Sicht lautete die oberste Priorität, Anne und ihren Babys jede weitere Aufregung zu ersparen. Klinkhammers oberste Priorität kümmerte die Schwester nicht. Natürlich war es eminent wichtig, das vermisste Kind zu finden, das sah sie durchaus ein. Sie sah nur nicht, wie Frau Brenner dazu beitragen könnte. Nur ein paar Fragen beantworten? Welche Fragen denn bitte schön? War in der Nacht nicht Zeit genug gewesen, Frau Brenner alles Mögliche zu fragen?

Klinkhammer hätte ihr erklären können, dass es nun – im Gegensatz zur Nacht – einen dringend Verdächtigen gab, über den Frau Brenner wahrscheinlich einige Auskünfte geben konnte. Aber so etwas besprach man nicht mit einer Krankenschwester, die es eventuell im Kollegenkreis verbreitete, wo sich dann einer fand, der die Medien informierte, weil er gerne mal in die Zeitung oder ins Fernsehen wollte. Abgesehen davon, brachte es die Ermittlungen voran oder Emilie nach Hause, wenn Anne Brenner ihm bestätigte, was er ohnehin vermutete? Dass nämlich Markus Heitkamp mehrere Jacken besaß, auch eine dunkle Blousonjacke? Nein, es brachte sie keinen Schritt weiter.

Er konnte momentan nichts weiter tun, als darauf hoffen, dass Heitkamp nervös wurde und einen Fehler machte, oder dass Marlies Heitkamp ein Einsehen hatte und Erbarmen zeigte. Die Hoffnung starb ja bekanntlich zuletzt.

Er machte noch einen Abstecher zur Dienststelle, brachte aber nicht in Erfahrung, wer Lukas über die Festnahme informiert hatte. Deshalb hielt er allen Anwesenden einen Vortrag, der in der Drohung gipfelte, jeden vom Dienst beurlauben zu lassen, der im Brenner-Center trainierte, wenn noch etwas durchsickern sollte. »Richten Sie das auch Ihren Kollegen aus, die gerade draußen sind. Wenn Herr Brenner morgen früh weiß, dass der Verdächtige wieder auf freiem Fuß ist, lasse ich sämtliche Handys überprüfen. Die Genehmigungen habe ich schneller, als Sie glauben.«

Erst als er wieder ins Auto stieg, fiel ihm ein, dass Oskar Berrenrath sich nicht bei ihm gemeldet hatte. Dass Thomas Scholl vergessen hatte, ihm die Bitte um Rückruf auszurichten, war schwer vorstellbar, Scholl war einer von den besonders Zuverlässigen beim KK 11. Aber so dringend, dass Berrenrath dem Kasachen-Clan umgehend einen Besuch hätte abstatten müssen, um die Mädchen wegen des Überfalls auf Mario Hoffmann zur Rede zu stellen, war es ja nicht.

Klinkhammer fuhr heim, wieder mit diesem hohlen Gefühl im Innern, diesem Gemisch aus schlechter Erfahrung und Furcht vor einer Wiederholung. So sicher er sich auch war, mit Markus Heitkamp den richtigen Mann im Visier zu haben. Im Visier nutzte Heitkamp ihm doch nichts. Er brauchte ein Geständnis und den Aufenthaltsort des Kindes.

Der Junge von gegenüber –
Samstag, 17. November, nachmittags

Bis um zwei konnte Mario Hoffmann den erzwungenen Gang zu seinem Klassenlehrer aufschieben. Nachdem Ruth und er die Teller geleert hatten, setzte Familie Reincke sich zu Tisch. Die fast schwarzen Regenwolken und die daraus niederprasselnden Wassermassen zwangen jeden dazu, das Licht einzuschalten.

Mario verzichtete darauf. So konnte er von seinem Zimmer aus verfolgen, was in Reinckes Küche geschah, ohne selbst aufzufallen. Er ging wieder nach unten und erklärte Ruth, die Familie nicht beim Mittagessen stören zu wollen und überhaupt erst mit *Herrn* Reincke sprechen zu können, wenn der Sand aus dem ungewaschenen Feldsalat nicht mehr zwischen seinen Zähnen knirschte.

Um zwei räumte Anita Reincke dann Geschirr in einen Hängeschrank, das war auch aus der Hoffmann'schen Küche gut zu sehen. »Alles klar«, sagte Ruth, die dem Wetter zum Trotz selbst noch einmal wegwollte. Das relativ schmackhafte

Mittagessen aus der Mikrowelle hatte sie auf die Idee gebracht, für abends selbst zu kochen, als Überraschung für Frederik. Und wenn Ruth sich etwas in den Kopf gesetzt hatte,
ließ sie sich von ein paar Tropfen Regen nicht aufhalten.

»Jetzt störst du drüben nicht mal mehr beim Abwasch«,
sagte sie. »Spül dir den Mund aus, wenn du immer noch Sand
zwischen den Zähnen hast. Das nächste Mal machst *du* den
Salat, wenn du das besser kannst. Und jetzt geh, du weißt ja,
was du sagen sollst.«

Mario dachte nicht daran, sich bei Horst Reincke zu entschuldigen. Bei der kleinen Britta sofort, wenn er sie zu Gesicht bekäme. Aber nicht bei dem Mann, der ihm den Rücken
zugekehrt hatte, als es brenzlig wurde.

Mit einer Jacke über dem Kopf humpelte er hinüber, so
schnell sein operiertes Bein das zuließ. Anita Reincke öffnete
ihm, nahm ihm die Jacke ab und schielte argwöhnisch auf
seine Schuhe, die er daraufhin gehorsam von den Füßen
streifte. Sie lächelte dankbar und schickte ihn auf Socken nach
oben. »Ganz hinauf, mein Mann ist in seinem Arbeitszimmer.
Du kennst dich ja aus.«

Im Flur stand die glücklose Wasa mit gebrochenem Besanmast auf der Truhe. Die geknickte Gaffel hing in der Takelage;
übers Deck, die Aufbauten und die Kanönchen verteilte sich
Kathrins Frühstücksversuch. Mario sah es im Vorbeigehen,
aber was kümmerte ihn ein bekotztes Schiffsmodell?

Er humpelte die Treppe hinauf, setzte immer nur das rechte
Bein eine Stufe höher und zog das linke nach, weil die Nähte
so spannten. Aus einem Zimmer im ersten Stock hörte er eine
Frau zu den Klängen eines Xylofons singen: »Fuchs, du hast
die Gans gestohlen, gib sie wieder her.« Mario erkannte Anita
Reinckes Stimme.

Im Schlafzimmer lag ein großer, geöffneter Trolley auf dem Fußboden. Auf dem Bett verteilten sich Wäschehäufchen, Kindersachen ebenso wie Kleidungsstücke von Anita Reincke. In ihren Zimmern waren Britta und Kathrin dabei, Spielzeug in kleine Rucksäcke zu packen. Der weiß-bunte Kassettenrekorder, aus dem der Gesang kam, stand in Brittas Zimmer. Mario stellte erleichtert fest, dass die Kleine beide Hände gebrauchte und dass keine verbunden war. Da musste er sich nicht einmal bei dem Kind entschuldigen.

Er stieg die zweite Treppe hinauf. An deren Ende gab es noch eine Tür, die ebenfalls offen stand. Horst Reincke saß mit dem Rücken zur Treppe unter einem der zur Straße liegenden Dachfenster an seinem Schreibtisch. Er hatte einen Stapel Hefte vor sich und gab sich den Anschein, völlig in die Lektüre eines Aufsatzes oder sonst etwas vertieft zu sein.

Möglicherweise hatte Reincke bei der Geräuschkulisse aus dem ersten Stock nicht mitbekommen, dass es an der Haustür geklingelt und seine Frau jemanden hereingelassen hatte. Reinckes Türklingel klang nämlich wie das Xylofon und spielte ebenfalls ein Kinderlied. »Hänschen klein ging allein in die weite Welt hinein …« Wahrscheinlich hatte er auch nicht gehört, dass jemand auf Socken die Treppe heraufgekommen war. Er drehte sich jedenfalls nicht um, schaute nicht mal auf.

Mario blieb in der Tür stehen und klopfte gegen den Rahmen, um sich bemerkbar zu machen. Daraufhin sagte Reincke: »Wenn du eine Entschuldigung von mir erwartest, hast du dich vergebens heraufbemüht.«

Im Hinblick auf Reinckes Verhalten ihm gegenüber an dem verhängnisvollen Montag hätten diese Worte durchaus an ihn gerichtet sein können. Mario fasste sie zumindest so auf und erwiderte: »Von Ihnen erwarte ich gar nichts mehr, aber ich werde mich auch nicht entschuldigen.«

Bei den ersten Worten fuhr Reincke zur Tür herum, wie von einer Tarantel gebissen. Sekundenlang zeigte seine Miene einen verkniffenen Ausdruck, dann begann er freundlich zu lächeln. Und als sei noch kein Wort gefallen, begrüßte er Mario beinahe überschwänglich: »Ach, du bist es. Dich hatte ich nicht erwartet. Komm herein und mach die Tür zu.«

Mario tat wie befohlen.

»Wie geht es dir denn?«, erkundigte Reincke sich jovial. »Deine Mutter sagte dieser Tage, es gäbe massive Probleme mit deinen Nieren.«

»Nee, mit dem Bein«, korrigierte Mario. »Da mussten sie mir ein Stück rausschneiden, weil sich der Bluterguss an der Stelle, auf die Irina richtig draufgesprungen ist, entzündet hatte. Der Niere geht's so lala. Schule ist aber vorerst nicht, das wird auch noch eine Weile dauern, sagte der Arzt.« Er hob den rechten Arm mit der Gipsschiene. »Auch deswegen. Damit bin ich ziemlich gehandicapt.«

»Ja, sicher«, stimmte Reincke sofort zu. »Aber wenn du zu lange fehlst, wirst du zu viel Stoff versäumen. Auf dein Abschlusszeugnis würde sich das bestimmt nicht positiv auswirken. Natürlich kannst du die zehnte Klasse wiederholen, ich glaube nur nicht, dass du das willst. Deshalb habe ich Arbeitsblätter für dich vorbereitet. Das tue ich auch gerne weiterhin. Deine Mutter meinte, du könntest am Computer schreiben. Damit bin ich einverstanden. Tippen kannst du ja mit der linken Hand.« Er grinste kumpelhaft. »Da würdest du deinen PC wenigstens mal sinnvoll nutzen.«

Das Grinsen fand Mario widerlich. Reincke wandte sich

wieder seinem Tisch zu und schob einiges an Papier hin und her, als suche er die Arbeitsblätter.

»Ich bin nicht hier, um was zu holen«, stellte Mario klar und stoppte ihn damit.

»Warum dann?«, fragte Reincke mit einem Unterton, von dem Mario nicht wusste, ob er ihn als lauernd, wachsam oder nur distanziert bezeichnen sollte. Als Reincke sich wieder umdrehte, war das Grinsen erloschen.

»Um mich bei Ihnen zu bedanken«, sagte Mario.

Das verblüffte Reincke. »Wofür?«

»Dass Sie die Polizei und die Feuerwehr gerufen haben. Alleine wäre ich doch nicht mehr vom Dach runtergekommen. Und dass Sie Herrn Baum erzählt haben, warum ich raufgestiegen bin. Das haben Sie ihm doch erzählt. Oder wer hat ihn sonst auf die Idee gebracht, eine Ansprache über gewalttätige Schülerinnen und verletzte Schüler zu halten, die lieber Selbstmord begehen, als sich noch mal zusammentreten zu lassen? Haben Sie Herrn Baum auch gesagt, dass Sie abgehauen sind, als die Weiber über mich herfielen?«

Darauf bekam er keine Antwort, er hatte auch keine erwartet.

»Oder der Polizei?«, bohrte er weiter. »Haben Sie wenigstens denen erzählt, wie es wirklich war?«

»Ich bin nicht abgehauen«, rechtfertigte Reincke sich in ruhigem, besonnenem Ton. »Das sollten wir zuerst einmal klarstellen. Herr Baum, Frau Tschöppe, Herr Meisen und ich hatten noch etwas Wichtiges zu besprechen. Ich hatte Unterlagen im Auto vergessen. Die musste ich holen. Ich war in Eile und habe nicht erkannt, was da vorging.«

»Klar.« Mario nickte. »Ich wälze mich ja oft nur so zum Spaß im Dreck und lasse mich dabei treten. Wie soll da einer erkennen, was vorgeht?«

»Ich habe nicht gesehen, dass du getreten wurdest«, log Reincke.

»Nicht?«, höhnte Mario. »Dann tut es mir aber leid, dass ich Sie feige Ratte genannt habe. Maulwurf wäre passender gewesen. Haben Sie den Polizisten auch erzählt, dass Sie nichts gesehen haben?«

»Wieso interessiert es dich so, was ich der Polizei über diesen Vorfall erzählt habe?«, fragte Reincke. »Dass du meine Tochter angefahren hast, habe ich verschwiegen. Das sollte dir wichtiger sein.«

»Wieso?«, fragte Mario seinerseits. »Von Britta hab ich nichts zu befürchten, weil ich sie nicht angefahren habe. Das behaupten Sie nur, damit ich die Schnauze halte. Tu ich aber nicht! Jetzt nicht mehr! Herr Berrenrath hat mich nach Russen gefragt, obwohl ich erklärt hatte, es wären Rumänen gewesen. Der wusste Bescheid.«

»Warum hast du ihn denn belogen?«, wollte Reincke wissen.

»Weil ich keine Tante in Dortmund habe wie Benny Küpper«, erklärte Mario. »Und weil ich nicht will, dass Ruth vor ein Auto geschubst wird wie Bennys Mutter.«

»Das ist doch nur Gerede«, fuhr Reincke auf. »So werden Opfer gefügig gemacht, man erzählt Horrorgeschichten und macht ihnen Angst.«

»Zermanscht ihnen die Nieren, das Bein und das Handgelenk, klaut ihnen die Schuhe«, ergänzte Mario und schaute auf seine Füße hinab. »Ich musste auf Socken nach Hause fahren. Das passiert mir nicht noch mal, das schwöre ich Ihnen. Wenn die Weiber mich das nächste Mal anmachen, sag ich denen, wer Herrn Baum informiert und die Polizei auf den Plan gerufen hat. Wenn's nur Gerede ist, brauchen Sie sich ja keine Sorgen um Ihre Frau und Ihre Kinder zu machen.«

Damit drehte er sich um und humpelte die Treppe wieder hinunter. Als er den ersten Stock erreichte, war Anita Reincke im Schlafzimmer dabei, die Wäschehäufchen vom Bett in den Trolley zu packen. Sie verharrte einen Moment, als sie ihn zu Gesicht bekam, schaute ihn an, als wolle sie etwas sagen. Aber dann senkte sie den Kopf wieder, als schäme sie sich, und räumte das nächste Wäschehäufchen in den Trolley.

Montag, 19. November

An dem Morgen war die Staatsanwaltschaft auch offiziell eingeschaltet. Zuständig war allerdings nicht Carmen Rohdecker, sondern eine unvoreingenommene Staatsanwältin, was Klinkhammer ganz lieb war. Er leitete die Ermittlungen endlich mit vollzähliger Mannschaft von Hürth aus. Zusätzlich zu den zehn Leuten des KK 11 standen ihm acht weitere aus anderen Dezernaten zur Verfügung.

Er hatte einiges mehr auf dem Schreibtisch als ein vermisstes Kind: Die Messerstecherei mit insgesamt fünf Verletzten bei einer Diskothek in Wesseling. Eine schwere Körperverletzung in Erftstadt-Lechenich. Die Frau, die dort angeblich schon bewusstlos und mit einer stark blutenden Kopfwunde im Wohnzimmer gelegen hatte, als ihr Lebensgefährte aus einer Kneipe nach Hause gekommen war, hatte nach dem Aufwachen in der Klinik den Mann beschuldigt, sie mit einer Flasche niedergeschlagen zu haben. Aber Emilie Brenner hatte absoluten Vorrang, das machte Klinkhammer bei der Frühbesprechung jedem Anwesenden klar, obwohl das eigentlich überflüssig war. Für jeden im Raum war ein abgängiges Kind der absolute Albtraum. Und ein seit nunmehr vierzig Stunden vermisstes Kind in dem Alter, nach dem seit dem späten Samstagabend mit größtmöglichem Aufwand gesucht wurde, da musste Klinkhammer nicht eigens betonen, wie viel Prozent Einsatz er von jedem erwartete.

Sogar der gemütliche Simmering, den sonst kaum etwas aus der Ruhe und seinem gewohnten Trott brachte, gab nun mindestens hundertachtzig Prozent. Er nahm an dieser Besprechung noch teil, hatte bis zum Morgengrauen beim Haus Heitkamp Wache gehalten und erstattete mit von Übermüdung rot geränderten Augen Bericht: keine besonderen Vorkommnisse. Der Anwalt hatte sich bald wieder auf den Weg nach Köln gemacht. Markus Heitkamp und seine Mutter hatten das Haus nicht mehr verlassen, solange Simmering vor Ort gewesen war.

Auch sonst war es während der Nacht ruhig gewesen. Die Suche draußen war sonntags mit Einbruch der Dunkelheit eingestellt worden. Man konnte den Radius nicht endlos ausdehnen, brauchte gezielte Hinweise. Zwei waren in der Nacht noch hereingekommen und hatten vielversprechend geklungen. Ein seit Stunden wimmerndes Kind in einer Altbauwohnung hatte eine Nachbarin veranlasst, zum Telefon zu greifen. Und ein Mann, der gegen drei Uhr einen zappelnden Müllsack in ein Auto lud, war einem unter Schlaflosigkeit leidenden Rentner höchst verdächtig erschienen. Der Mann hatte nun eine Anzeige wegen Tierquälerei am Hals, im Müllsack hatte ein junger Hund gesteckt. Und die Eltern des wimmernden Kindes mussten einer Mitarbeiterin des Jugendamtes erklären, warum sie ihr Töchterchen die halbe Nacht alleine gelassen hatten.

Mit Tagesanbruch gingen wieder vermehrt Anrufe ein. Die

Zeitungen brachten halbseitige Berichte mit Emilies Foto, das allein eine Viertelseite einnahm. Der Lokalsender bat weiterhin halbstündlich die Bevölkerung um Mithilfe, brachte zusätzlich ein Interview mit dem Pressesprecher der Polizei und bot eine Psychologin auf, die ganz allgemein, aber sehr eindrucksvoll die psychische Verfassung betroffener Eltern schilderte.

Etliche Spinner missbrauchten die angegebene Telefonnummer, um sich wichtigzumachen oder um Nachbarn, Arbeitskollegen oder sonstige ihnen nicht genehme Zeitgenossen in Misskredit zu bringen.

Kurz vor neun wurden erneut zwei Beobachtungen gemeldet, die Klinkhammer in Alarmstimmung versetzten.

In einem Fall hatte der Hund eines CSI-Fans beim Gassigehen entlang einer Kleingartenkolonie an einem großen Laubhaufen gescharrt und war nur mit Anstrengung weitergezerrt worden. »Da muss was unter dem Laub liegen, was den Atze so aufgeregt hat. Ich hab nicht nachgeschaut, wollte keine Spuren kaputt machen. Man weiß ja, dass man nichts anfassen darf wegen der DNA und so. Und ich dachte mir, wenn das Kind, das Sie suchen, unter dem Laub liegt ...«

Die zweite Meldung kam von einem Jogger, dem im Lörsfelder Busch ein verlassenes Auto am Wegrand sauer aufgestoßen war. Das Waldstück war für Pkw gesperrt und schon sonntags durchkämmt worden. Nun musste noch mal ein Suchtrupp mit Leichenspürhund hinein, wobei der Jogger das Gebiet eingrenzen konnte. Und zwei Leute mussten den Wagenhalter befragen. Aber Emilie lag nicht unter dem Laub. Vermutlich hatte Atze einen Igel in die Flucht geschlagen. Emilie wurde auch bei der zweiten Suche im Lörsfelder Busch nicht gefunden.

Um die Mittagszeit meldete sich auch endlich Oskar Berrenrath bei Klinkhammer. Berrenraths Diensthandy war sonntags gar nicht eingeschaltet gewesen, weil er nach der langen Samstagnacht mit Discokontrollen bis zum Montagmittag freihatte. Thomas Scholl hatte ihm eine Nachricht hinterlassen, die Berrenrath erst hörte, als er zum Dienst fuhr.

Von dem vermissten Kind hatte er schon im Radio erfahren. Aber sich an der Suche oder den Ermittlungen zu beteiligen fiel nicht in seine Zuständigkeit. Deshalb wunderte er sich anfangs, weil Klinkhammer sagte: »Ich dachte, das wäre die richtige Aufgabe für dich. Mario Hoffmann hat Emilie Brenner anvertraut, dass die Kasachen kleine Kinder an alte Säcke verkaufen. Und dass er jede Woche löhnen müsste, damit sie nicht verkauft wird. Damit hast du einen mehr als guten Grund, den jungen Damen ein paar Fragen zum Überfall auf Mario Hoffmann zu stellen.«

Berrenrath machte sich nach Schulschluss auf den Weg zu dem heruntergekommenen Hochhaus, traf die beiden Mädchen aber nicht an. Jana wurde von ihrer Mutter bei der Freundin vermutet, gemeint war Jessie Breuer. Was Irina betraf, wurde er an Dimitrij verwiesen, der ihn zuvorkommend in die Wohnung bat und ins Wohnzimmer führte.

Die Einrichtung war spießig, plüschig, nicht unbedingt das, was man bei einem Mann wie Dimitrij erwartete. Auf Couch und Sessel lagen Schoner, auf zwei Vitrinen, zwei Regalen und der Fensterbank standen Unmengen von Nippes-Figurchen und gerahmte Fotografien von Familienangehörigen in allen Lebenslagen. In einem älteren Paar erkannte Berrenrath Väterchen und Mütterchen. Es sah nicht viel anders aus als in deren Wohnung nebenan, die Berrenrath bereits kannte.

Dimitrijs hochschwangere Frau war im Kinderzimmer gerade dabei, dem kleinen Jungen die Windel zu wechseln. Berrenrath kam umgehend zur Sache, aber mit Irina sprechen konnte er nicht. Nachdem am Samstagabend der besorgte Lukas Brenner bei ihm vorstellig geworden war, weil er glaubte, Dimitrij handle nicht nur mit Gebrauchtwagen, sondern auch mit kleinen Kindern, hatte Dimitrij sich entschlossen, seine unbelehrbare Schwester zurück nach Kasachstan zu schicken, wo sie nicht länger den Verlockungen des Westens und den Einflüssen ihrer dicken, deutschen Freundin ausgesetzt war. Irina war am späten Samstagabend in Begleitung eines Onkels aufgebrochen, der ohnehin ein Auto hatte überstellen müssen. Da hatte es sich angeboten, dass er Irina gleich mitnahm.

Berrenrath fühlte sich verschaukelt angesichts der Eile, in der ein schwarzes Schaf außer Landes geschafft worden war, und mehr noch durch das unterwürfige Gebaren des Clanchefs. Dimitrij präsentierte sich auf der ganzen Linie als Mann guten Willens und vertraut mit der Gesetzeslage in Deutschland. Stellvertretend für seinen Vater, der dazu gesundheitlich nicht in der Lage war, hatte er seine Schwester am Vormittag auf dem Amt abgemeldet. Jetzt noch Geld für Irinas Unterhalt anzunehmen, wäre nicht rechtens, fand Dimitrij. In der Schule hatte Jana Bescheid gesagt. Da wollte er morgen aber auch noch persönlich hin, damit niemand mehr fürchten musste, dass ihm Geld oder ein Handy abgenommen würde.

Der Junge von gegenüber –
Samstag, 17. November, nachmittags

Während Marios Besuch bei Reinckes hatte Ruth das Haus verlassen, um für das geplante Abendessen zu Frederiks Empfang einzukaufen. Auf dem Kühlschrank klebte ein gelber Zettel mit der entsprechenden Info. Mario las es, ging hinauf in sein Zimmer, stellte sich ans Fenster, schaute hinaus in den Regen und glaubte, an seinen Gefühlen zu ersticken.

Kurz darauf sah er Anita Reincke und die Kinder aus dem Haus kommen. Alle drei trugen gelbe Regencapes und sahen aus wie wandelnde Zelte. Anita Reincke zog den Trolley und hastete voran, Kathrin und Britta folgten eilig. Mit ihren Rucksäckchen unter den Capes wirkten die Kinder von hinten wie bucklige Zwerge.

Mario dachte nicht darüber nach, dass Anita Reincke schon vor seinem Besuch mit Packen begonnen hatte. Er nahm vielmehr an, Reincke schicke seine Familie zu deren Sicherheit auf Reisen, weil die feige Ratte sich denken konnte, dass noch etwas nachkommen musste, nachdem der Prügelknabe aus dem Krankenhaus entlassen worden war.

Als die drei aus seinem Blickfeld verschwanden, vergingen noch einige Minuten, ehe sich aus dem Chaos an Gefühlen und dem Wust an unausgegorenen Rachegedanken in Marios Hirn der Denkzettel für seinen Klassenlehrer herauskristallisierte.

Er nahm sein neues Handy und wählte seine frühere Nummer in der Hoffnung, dass sein altes Handy sich noch in Irinas Besitz befand. Wenn nicht, musste er eben hinfahren und persönlich mit ihr sprechen. Das wollte er auch tun, obwohl ihm schon bei der Erinnerung an Irinas Tritte übel wurde. Aber er hatte Glück, hörte zweimal das Freizeichen, dann meldete sich ein junger Mann mit einem fragenden »Ja?« oder »Da?«. Mario verstand es nicht genau, wusste aber, dass »ja« auf Russisch »da« heißt.

»Mit wem spreche ich?«, fragte er.

»Nikolaj«, antwortete der Mann mit hartem Akzent. »Wer bist du?«

»Einer, der die Schnauze halten kann«, sagte Mario. »Ich hab keine Anzeige gemacht. Reincke hat die Bullen gerufen und euch verpfiffen. Reincke! Verstehst du? Irina weiß, wer das ist. Tut mir leid, dass ich euch das Geschäft mit Murats kleiner Schwester vermasselt habe. Aber ich hab Ersatz für euch. Reincke hat zwei kleine Töchter, beide sind blond und bringen bestimmt einen guten Preis. Sie wohnen am Holunderbusch 24b und sind gerade allein zu Hause. Wenn ihr euch beeilt, habt ihr die Kinder geschnappt, ehe Reincke und seine Frau vom Einkaufen zurück sind.«

Zur Sicherheit wiederholte er die Adresse noch einmal. Dann schaltete er blitzschnell sein Handy aus, stellte sich wieder ans Fenster und zitterte vor Anspannung. Vor seinem geistigen Auge lief ein brutaler Film ab. Zwei, drei oder vier junge, muskelbepackte Kasachen vor Reinckes Tür. Einer klingelte und erwartete, dass ein kleines, blondes Mädchen öffnete. Stattdessen trat ihm der Verräter gegenüber. Dem gaben sie es dann, aber richtig. Und dann lag die feige Ratte schwer verletzt und ganz allein in seinem Haus und wartete darauf, dass irgendwer die Polizei und den Rettungswagen für ihn alarmierte. Da könnte er aber lange warten.

Dass ein Kind zu Schaden kommen könnte, schloss Mario aus. Ehe die Kasachen den Parkplatz an der Dürener Straße erreichten, wäre Reinckes Frau mit Kathrin und Britta doch längst über alle Berge.

Seine Rechnung schien aufzugehen, allerdings nicht so, wie er sich das ausmalte. Eilig schienen die Brüder es überhaupt nicht zu haben. Sie traten auch nicht geschlossen in Erscheinung. Nach seinem Anruf verging fast eine Dreiviertelstunde, ehe unten auf der Straße ein junger Mann auftauchte, den er noch nie gesehen hatte, weder am Holunderbusch noch sonst irgendwo. Nikolaj oder ein anderer Kasache, vermutete Mario.

Er wollte nicht bemerkt werden und trat einen Schritt vom Fenster zurück, ohne den Fremden aus den Augen zu verlieren. Dem Wetter zum Trotz schlenderte der fast die Straße entlang, dunkles Haar, vom Regen an den Kopf geklatscht, eine dunkle Steppjacke, glänzend von Nässe, an seiner Jeans konnte es keinen trockenen Faden mehr geben, die sah von oben ebenfalls schwarz aus. Das Wasser musste ihm in den Schuhen stehen.

Nikes, wenn Mario sich nicht täuschte. Seine *Nikes* konnten es nicht sein, der junge Mann war größer und kräftiger als er, hatte mindestens Schuhgröße dreiundvierzig und interessierte sich ganz unverhohlen für das Doppelhaus gegenüber. Zweimal wanderte er hin und her, ohne das Hoffmann'sche Anwesen zu beachten. Wenn er außer Sichtweite geriet, wagte Mario sich jedes Mal wieder näher ans Fenster. Und nach ein paar Minuten kam der Typ zurück, als wüsste er nicht, ob er es riskieren sollte, bei Reincke zu klingeln Als er zum dritten Mal aus Marios Blickfeld verschwand, trat gegenüber Emilie ins Freie.

Mario sah, wie sie ihr neues Fahrrad aus dem Gerätehäuschen holte, sorgfältig die Tür wieder abschloss und den Schlüssel in eine Außentasche ihres Regenmantels steckte. Dann schob sie das Rad hinüber in Reinckes Vorgarten, lehnte es an die Hauswand und drückte auf den Klingelknopf.

Und obwohl sie ihr Versprechen nicht gehalten, obwohl *Freund Andrej* doch noch mal am Nordring gewesen war und Mario teuer dafür bezahlt hatte, wünschte er sich inständig, dass Reincke sie hereinließ, damit sie dem Typ in der Steppjacke nicht über den Weg lief.

Aber Reincke, dieses Arschloch, sagte höchstens drei Worte und knallte die Tür schneller wieder zu, als Mario gucken konnte. Und Emilie schob ihr Rad zur Straße, schlug ebenfalls die Richtung zum Spielplatz ein. Dieselbe Richtung, in die der Steppjackenmann gerade zum dritten Mal verschwunden war. Wobei Marios Sicht durch die Fensterscheibe begrenzt wurde. Wer unten auf der Straße stand, konnte weiter schauen.

Was nun, wenn der Kasache sah, wie Emilie Reinckes Vorgarten verließ, wenn er aber nicht gesehen hatte, dass sie vorher aus Brenners Haus gekommen war? Nikolaj, oder wer immer sonst das war, müsste doch zwangsläufig denken, Emilie wäre eine von Reinckes Töchtern.

Während Mario noch mit sich rang, ob er Emilie warnen musste: »Nein, geh nicht da lang, geh wieder nach Hause!«, verlor er sie bereits aus den Augen. Ehe ihm richtig klar wurde, was er tat, hatte er sein Fenster schon aufgerissen, lehnte sich hinaus, um hinter Emilie her zu rufen. Und sah gerade noch, wie der Steppjackenmann mit Emilies Fahrrad hinter der Straßenkrümmung verschwand. Emilie rannte hinterher. Mario meinte, sie schimpfen zu hören, verstand aber nichts.

Er wollte ihr folgen, aber mit dem verletzten Bein konnte er doch nicht rennen. Ehe er die Treppe hinunter wäre, wäre der Steppjackenmann mit Emilie über alle Berge, in einem der Verbindungswege verschwunden, zurück zum Parkplatz ... Ihm wurde so übel und schummerig, dass er sich am liebsten sofort hingelegt hätte, was aber auch mit seinem Zustand zusammenhängen konnte. Dass er noch nicht wieder voll einsatzfähig wäre, müsse ihm klar sein, hatte der Stationsarzt bei der letzten Visite am Freitagvormittag gesagt.

Aber Marios Gehirn war voll einsatzfähig und füllte sich rasend schnell mit grausigen Bildern. Wie der Steppjackenmann mit Emilie den Parkplatz erreichte, wo seine Brüder im Auto warteten. Weil es in einem Viertel wie diesem aufgefallen wäre, wenn sie zu zweit, zu dritt oder zu viert durchmarschiert wären. Und wenn man beim Spielplatz die Abkürzung durchs Lilienfeld nahm, kam man über den Gladiolenweg beinahe schnurgerade zum Gardenienpfad, musste nicht noch mal den Holunderbusch entlang, wo die Gefahr bestanden hätte, dass Emilie auf ihr Rad pfiff und nach Hause lief, um ihre Mutter zu alarmieren.

Mario konnte sich nicht rühren. Volle zehn Minuten harrte er auf wackligen Beinen am offenen Fenster aus und blickte starr auf den Punkt der Straßenbiegung, an dem er Emilie und den Unbekannten aus den Augen verloren hatte. Er betete darum zur Muttergottes und allen Heiligen, deren Namen er je von seiner Oma gehört hatte, doch ein drittes Mal kam Steppjacke nicht zurück, um sich Reinckes Haus im Vorbeischlendern anzuschauen.

Bei den nächsten Bildern, die durch seinen Kopf zogen, hätte Mario sich beinahe auf die Fensterbank übergeben. Mit knapper Not schaffte er es ins Bad und spuckte alles ins Klo, was noch an ungewaschenem Feldsalat mit Joghurtdressing und Putengeschnetzeltem in seinem Magen war. Anschließend musste er sich auf die Fliesen legen, weil der Boden schwankte.

Anne – Samstag, 17. November, nachmittags

Wann sie fest eingeschlafen war, wusste Anne beim besten Willen nicht. Irgendwann musste ihr die Illustrierte entglitten und auf den Boden gerutscht sein. Geweckt wurde sie von der Türklingel. Draußen dämmerte es bereits, die Terrassentür und die große Fensterscheibe daneben waren über und über mit Regentropfen bedeckt. Es sah aus wie ein Perlenteppich. Über den Fernsehbildschirm flimmerte ein Trickfilm und brachte Licht ins Zimmer. Sie warf einen Blick zur Uhr. Halb fünf.

Auf dem Couchtisch lagen Emilies neues Malbuch und einige Stifte. Neben der Flurtür gruppierten sich Plüschtiere um das Puppengeschirr auf der Esstheke der Puppenküche. Baby Annabelle, das Peterle und das Rentier Rudolf bewachten die Ladentheke. Baby Born mit ihrem gesamten Equipment sowie drei Barbies mit allem, was dazugehörte, füllten die Mitte des Wohnzimmers. Dazwischen verteilten sich weitere Plüschtiere, die restlichen Filzstifte, Puzzleteile und anderer Kleinkram. Emilie war nicht zu sehen.

Du meine Güte, dachte Anne und rief: »Emilie, schlepp bloß nicht noch mehr Kram an! Räum gefälligst erst mal etwas weg, aber dalli! Hier kann man ja nicht mehr treten.«

Antwort bekam sie nicht, nur das Ding-Dong der Türklingel wiederholte sich. Schwerfällig richtete Anne sich auf, schlurfte in den Flur und erfasste mit einem Blick, dass sie soeben zu den Wänden gesprochen hatte. Die Klappe vom Schuhschrank war offen, Emilies alte Gummistiefel fehlten. Dafür standen die Winterstiefel noch so, wie Lukas sie platziert hatte, voll mit Zeitungspapier neben dem Heizkörper. Auch die noch klamme Winterjacke hing unverändert auf dem Bügel am Garderobenhaken.

Ding-Dong machte die Türklingel zum dritten Mal. »Na warte, du Biest«, drohte Anne in der Überzeugung, dass Emilie auf den Klingelknopf drückte, weil sie fror und außer ihr kein Mensch draußen war, der ihr neues Rad bewundert hätte.

Dass Emilie ihr Rad aus dem Gerätehäuschen geholt hatte, bewies ein leerer Schlüsselhaken an der Leiste neben der Haustür, wie ein schneller Blick Anne verriet. Die Hausschlüssel ihrer Mutter hatte Emilie nicht mitgenommen, weil sie offenbar nicht einkalkuliert hatte, dass sie gerne zurück ins chaotische, aber warme Wohnzimmer gekehrt wäre, bevor ihre Mama aufwachte.

»Was fällt dir ein, so einfach ...«, begann Anne mit ihrer Strafpredigt, öffnete die Tür und brach ab, als sie ihren Irrtum erkannte.

Draußen stand Marlies.

Es regnete nicht mehr so heftig wie am frühen Nachmittag. Der böige Wind machte ebenfalls Pause. Marlies hatte den Weg vom Parkplatz relativ trocken unter einem Taschenknirps zurückgelegt. Anne bat sie herein, trat selbst einen Schritt aus der Tür und spähte in beide Richtungen der Straße, bekam jedoch keinen Menschen zu Gesicht.

Sie hätte bis zur Straßenmitte gehen müssen, um festzustellen, ob Emilie hinter dem nächsten Doppelhaus herumradelte. Das tat sie nicht, aus einem einfachen Grund. Jetzt Ausschau halten, nach Emilie rufen und Marlies eine Erklärung bieten müssen, wenn der Erfolg ausblieb, weil Emilie doch nicht nur hin und her fuhr, wie sie gesagt hatte, hätte wahrscheinlich zur Folge gehabt, dass Marlies ihrerseits erklärte, ein Lied davon singen zu können, wie es war, wenn man sein Kind nicht unter Kontrolle hatte. Und dafür hatte Anne jetzt nicht die

Nerven. Einen vierundzwanzigjährigen Schizophrenen mit all seinen kranken Gedanken und eine Fünfjährige, die nur ihr neues Fahrrad ausprobieren wollte, konnte man wohl kaum miteinander vergleichen.

Also trat Anne zurück in den Flur, schloss die Haustür und hoffte inständig, dass Emilie nicht nur in Sweatshirt und Strumpfhose draußen war. Oft genug oben gewesen, um auf die Idee zu kommen, sich eine warme Hose aus dem Schrank zu nehmen, war sie ja wohl.

Marlies stand bereits an der Wohnzimmertür, betrachtete das Chaos und das laufende Fernsehprogramm.

»Willst du nicht deine Jacke und den Schirm ablegen?«, schlug Anne vor. »Dann setzen wir uns in die Küche. Da ist es gemütlicher.« Und da hatte sie die Straße im Blick, konnte sofort reagieren, wenn Emilie draußen vorbeifuhr. »Ich mache uns einen Kaffee.«

»Für mich nicht«, wehrte Marlies ab. »Ich kann mich nicht lange aufhalten, wollte nur mal sehen, wie dir das Leben als Hausfrau und Mutter bekommt. – Ist deine Kleine nicht da?«

»Sie ist eben rüber zu Reinckes«, behauptete Anne.

»Ja, dann«, sagte Marlies, »nehme ich doch einen Kaffee. So viel Zeit muss sein, wenn ich schon mal hier bin. Wie geht's dir denn?«

Sie legte den nassen Knirps neben Emilies ausgestopfte Stiefel auf den Boden und zog ihre Jacke aus, während Anne sich durch das Spielzeug zum Fernseher schob und ihn am Gerät ausschaltete. Die Fernbedienung war in dem Tohuwabohu nicht auszumachen.

Marlies hätte sich wohl sofort wieder verabschiedet, wenn Emilie im Haus gewesen wäre. So blieb sie eine halbe Stunde, trank zwei Becher Kaffee und jammerte ohne Unterbrechung.

Anne fehlte dem Beauty-Salon an allen Ecken und Enden. Den Umsatzeinbruch der letzten Wochen musste man als dramatisch bezeichnen. Hinzu kamen Sorgen um ihren Sohn, um den Marlies sich nicht mehr so intensiv kümmern konnte wie vorher.

Irgendwann fragte sie fast beiläufig: »Du hast Markus nicht zufällig mal gesehen in den letzten Tagen?«

»Wo, hier?«, fragte Anne verblüfft. »In der Stadt war ich nämlich nicht.«

»Ich dachte ja nur«, sagte Marlies. »Letztens hat er nach dir gefragt. Ich hatte das Gefühl, dass er dich richtig vermisst.«

Als Marlies um siebzehn Uhr ihre Jacke wieder anzog, war es draußen völlig dunkel geworden, der Wind hatte erneut aufgefrischt, es fielen auch wieder dickere Tropfen. Anne begleitete Marlies zur Haustür und hielt erneut Ausschau nach Emilie. Vergebens.

Nachdem Marlies außer Sichtweite war, zog Anne ihren Mantel über, nahm den Hausschlüssel vom Haken und ging bis in die Straßenmitte. Doch ihre Hoffnung, dass Emilie sich in der Nähe aufhielt und es reichte, sie zu rufen, erfüllte sich nicht. Sie war gezwungen zu schreien, wartete ein paar Sekunden darauf, ihre Tochter mit dem Rad auftauchen zu sehen, rief erneut: »Emilie!« Wieder ohne Erfolg.

Sie fragte sich, um welche Zeit Emilie ihr Rad aus dem Gerätehäuschen geholt haben mochte. Wahrscheinlich, als es draußen nicht mehr wie aus Kübeln goss. Auf jeden Fall bevor Marlies gekommen war, und das war eine halbe Stunde her.

Dreißig Minuten konnten sich für eine Fünfjährige auf einem Fahrrad endlos ziehen, wenn es regnete, kalt und stürmisch war und sich sonst keiner draußen aufhielt. Und es war davon auszugehen, dass Emilie sich schon vor halb fünf aus dem Haus geschlichen hatte. Aber länger als zehn Minuten, meinte Anne, wäre sie keinesfalls die Straße rauf- und runtergefahren. Sie wäre zurückgekommen oder hätte irgendwo Unterschlupf gesucht, weil ihr bewusst war, dass sie nicht sofort zurück ins Warme konnte, ohne ein Donnerwetter zu riskieren.

So weit Anne sehen konnte, waren überall die Fenster dunkel oder die Rollläden unten – mit einer Ausnahme. Gegenüber bei Hoffmanns brannte Licht in der Küche und im Obergeschoss. Marios Zimmer, da war Anne sicher, weil es das Fenster ohne Gardine oder Rollo war, in das Horst Reincke so gut hineinsehen konnte. Dann war Mario also wieder daheim, schloss Anne und nahm an, Emilie habe das erleuchtete Fenster ebenfalls gesehen und sei zu Hoffmanns gegangen, weil es ihr doch mittags so wichtig gewesen war, mit Mario zu reden.

Obwohl das pinkfarbene Kinderfahrrad nicht zu sehen war, ging Anne hinüber. Das Rad konnte Emilie längst wieder ins Gerätehäuschen gestellt haben, nachzuschauen war unmöglich, weil Anne nicht wusste, wo der Ersatzschlüssel lag.

Nachdem sie geklingelt hatte, kam Ruth Hoffmann an die Tür. Über Jeans und Pullover hatte sie eine bunte Schürze gebunden. In einer Hand hielt sie demonstrativ einen hölzernen Kochlöffel, der noch vollkommen unbenutzt aussah, mit der anderen drückte sie ihr Smartphone ans Ohr. »Sekunde, Mutti«, sagte sie und betrachtete Anne, als sei Schwangerschaft eine ansteckende Krankheit.

»Ist meine Tochter bei Ihnen?«, brachte Anne ihr Anliegen

ohne Umschweife vor. Mit Hoffmanns war sie nie so warm geworden, dass es zum Du gekommen wäre.

Ruths abweisende Miene wandelte sich in Verständnislosigkeit, als wolle sie fragen: Wie kommen Sie denn auf die Idee? Sie begnügte sich mit einem Kopfschütteln.

»Sie haben Emilie auch nicht gesehen?«, hakte Anne nach.

»Doch«, erklärte Ruth. »Als ich vom Einkaufen zurückkam, stand sie vor Reinckes Tür.«

»Um welche Zeit war das?«

Ruth zuckte mit den Achseln. »Das weiß ich nicht genau. Ich habe nicht auf die Uhr geschaut.«

Statt nach einer ungefähren Zeitangabe zu fragen, vergewisserte Anne sich: »Hier war sie also nicht? Sie wollte nämlich unbedingt mit Mario reden. Er ist doch wieder zu Hause, oder?«

Nun nickte Ruth und erklärte: »Er wurde heute aus dem Hospital entlassen. Aber es geht ihm noch gar nicht gut. Er hat sich hingelegt.«

»Fragen Sie ihn bitte trotzdem«, bat Anne. »Vielleicht war Emilie bei ihm, während Sie unterwegs waren. Vielleicht weiß er, wohin sie anschließend gegangen ist.«

Ruth tat ihr den Gefallen und rief zur Treppe hinüber: »Mario, Frau Brenner möchte wissen, ob ihre Tochter bei dir war!«

»Nein!«, kam es von oben zurück.

»Da hören Sie es«, sagte Ruth und wollte die Haustür wieder schließen.

Anne verhinderte das, indem sie eine Hand ans Türblatt legte. »Emilie wollte dir aber unbedingt etwas Wichtiges sagen!«, rief sie ihrerseits in Richtung der Treppe.

»Was denn?«, erkundigte sich Mario von oben.

»Ich weiß es nicht genau«, antwortete Anne in unverminderter Lautstärke. »Es ging um Murat und Andrej und um Mädchen, die mit dir zur Schule gehen.« Das war sehr diplomatisch ausgedrückt.

»Wenn du dich mit Frau Brenner unterhalten möchtest, komm gefälligst herunter«, mischte Ruth sich ein, »damit sie nicht durch das ganze Haus schreien muss.«

Mario kam nicht nach unten, brüllte nur von oben: »Ich will nicht mit ihr reden!« Danach ließ er nichts mehr von sich hören.

Nachdem sie beide ein paar Sekunden lang gewartet hatten, zuckte Ruth bedauernd mit den Achseln. »Tut mir leid, ihm geht es wirklich noch nicht gut. Und ich muss jetzt zurück in die Küche.«

Sie nahm das Smartphone wieder ans Ohr: »Da bin ich wieder, Mutti«, und schloss dabei die Haustür. Aber dann fiel ihr noch etwas ein, und sie riss förmlich die Tür wieder auf. »Warum fragen Sie nicht bei Reinckes? Wahrscheinlich ist sie dort.«

Anne hatte sich gerade abgewandt, drehte sich noch einmal um. »Ja, wahrscheinlich«, sagte sie und schielte unbehaglich zur anderen Straßenseite hinüber. Durch ihre offene Haustür fiel ein breiter Streifen vom Flurlicht in den Vorgarten. Ihr Küchenfenster war ebenfalls hell erleuchtet. Im Gegensatz dazu wirkte die andere Hälfte vom Doppelhaus verlassen. Keine Rollladen unten, aber alle Fenster der Straßenfront dunkel. Kein noch so schwacher Lichtschein fiel durch den Glaseinsatz in der Haustür oder schimmerte durch die beiden Dachfenster.

Aber das besagte nichts. Die Waschküche, in der Anita auch

bügelte, lag zum Garten hin. Daneben befand sich der soge-
nannte Hobbyraum, in dem Horst sich gelegentlich auf einem
Hometrainer abstrampelte. Dort hatte er auch in mühevoller
Kleinarbeit die Wasa zusammengebaut.

Hoffnung ist ein großartiger Regisseur. Dass Anita mit den
Kindern und Gepäck zum Parkplatz gehastet war, hatte Anne
nicht gesehen. Und wo stand geschrieben, dass Emilie ihr geglaubt hatte, Britta und Kathrin seien bei einer Oma? Womöglich stand Anita am Bügelbrett. Horst klebte im Neben-
raum den Besan oder schrubbte kleine Kanonen mit einer
Zahnbürste. Und die Kinder saßen zu dritt vor dem Fernseher
im Wohnzimmer, schauten sich *Cap und Capper* oder *Aristo-
cats* auf DVD an. Und deshalb hatte keiner gehört, wie sie auf
der Straße nach Emilie rief.

Wegen der mitgehörten Auseinandersetzung vom Vormittag war es ihr unangenehm, bei Reinckes zu klingeln. Viel fehlte
nicht, dann wäre sie zurück ins Haus gegangen und hätte darauf gewartet, dass Emilie von alleine heimkam, wenn der Film
zu Ende war. Aber Ruth Hoffmann stand noch in der Tür und
betrachtete sie abwartend. Also setzte Anne sich in Bewegung
und ging zur anderen Straßenseite hinüber.

Verständnislos beäugt von einer Frau, die für ihren Sohn
noch nie »Mama« gewesen war, drückte Anne auf den Klingelknopf und wartete zehn oder zwölf Sekunden, nichts rührte
sich. Auch Ruth bewegte sich nicht vom Fleck und schaute
aufmerksam herüber.

Anne drückte erneut auf den Knopf und sah gegenüber nun
auch Mario am Fenster seines Zimmers auftauchen. Als er
merkte, dass sie zu ihm hinschaute, trat er zurück. Komischer
Kauz, dachte sie und drückte zum dritten Mal auf den Knopf,
wild entschlossen, das Xylofon in Reinckes Flur so lange

»Hänschen klein« klimpern zu lassen, bis Ruth Hoffmann sich zurück in ihre Küche bequemte oder bei Reinckes jemand an die Tür kam.

Gegenüber bezog Mario seitlich Posten am Fenster. Das sah Anne quasi mit einem Auge, gleichzeitig bemerkte sie mit dem anderen den ersten Lichtschimmer hinter dem Glaseinsatz der Tür. Sekundenbruchteile später war der gesamte Flur hell erleuchtet.

Horst Reincke öffnete in einem verwaschenen Jogginganzug. Er sah krank aus, fahl und faltig.

»Entschuldige die Störung, Horst«, begann Anne. »Ich suche Emilie, und Frau Hoffmann meinte, sie sei bei euch.«

»Kein Problem«, sagte er mit matter Stimme. »Ich wäre sowieso bald nach unten gekommen, um noch eine Tablette zu nehmen. Ich habe seit Stunden rasende Kopfschmerzen. Ich dachte, es wird besser, wenn ich mich hinlege, aber ...«

»Das tut mir leid«, fiel Anne ihm ohne echtes Bedauern ins Wort. Sie wiederholte, was sie gesagt hatte, weil er gar nicht darauf eingegangen war und sie annahm, er hätte in seinem jämmerlichen Zustand nicht registriert, was sie von ihm wollte.

»Ja«, bestätigte er dann, um ihre Erleichterung gleich wieder zunichtezumachen: »Emilie war an der Tür, fragte nach Britta und war enttäuscht zu hören, dass ich alleine bin. Anita ist mit den Kindern übers Wochenende zu ihren Eltern gefahren.«

»Ach«, murmelte Anne gleichermaßen verblüfft wie enttäuscht. Sie brauchte einige Sekunden, um sich zu sammeln und etwas lauter zu fragen: »Um welche Zeit war sie denn hier?«

»Das ist schon eine ganze Weile her«, erklärte Horst mit brüchig matter Stimme. »Es muss so um halb vier gewesen sein.«

Anne bekam einen Riesenschreck. Inzwischen war es Viertel nach fünf.

»Ist sie denn anschließend nicht nach Hause gekommen?«, erkundigte Horst sich.

Geistreiche Frage für einen Lehrer, fand Anne. Aber mit rasenden Kopfschmerzen ... Er wirkte, als hätte er seine Sinne nicht beisammen. »Nein«, sagte sie. »Wenn sie nach Hause gekommen wäre, müsste ich sie ja nicht suchen.«

»Natürlich«, stimmte er zu. Seiner betretenen Miene nach zu urteilen wurde ihm erst jetzt klar, wie überflüssig seine Frage gewesen war. Er schien zu überlegen, wohin Emilie sich gewandt haben könnte, murmelte: »Wer hat denn hier sonst noch Kinder in ihrem Alter?«

Das wusste Anne nicht. Obwohl es ihr unendlich peinlich war, fragte Anne: »Was hatte sie an?«

Horst starrte sie an, als hätte er nicht verstanden.

»Ich bin eingeschlafen«, sprach Anne zum ersten Mal die Worte aus, die sie in den nächsten Stunden so oft wiederholen sollte. »Das hat sie ausgenutzt. Sie wollte unbedingt raus, ich hatte es ihr verboten. Lukas war auch der Meinung, es wäre kein Wetter zum Radfahren.«

»Regensachen«, antwortete Horst endlich. »Hut, Mantel, Gummistiefel, sie sah sehr bunt aus.«

Anne bedankte sich für die Auskunft, entschuldigte sich ein weiteres Mal für die Störung, wünschte gute Besserung und kehrte aufs eigene Grundstück zurück, um die Haustür zuzuziehen und sich in den alten Badelatschen auf die Suche zu machen. Sie fragte noch kurz bei Zimmermanns in 22b, die aber weder etwas von Emilie gesehen noch gehört hatten. Dann brach sie auf zur ersten großen Runde.

Der Junge von gegenüber – Wochenende

Am Samstagnachmittag lag Mario fast anderthalb Stunden reglos auf seinem Bett, nachdem es ihm endlich gelungen war, sich aus dem Bad zurück in sein Zimmer zu schleppen. Als Ruth kurz nach fünf zu ihm hinaufrief, Emilies Mutter sei an der Tür, fühlte es sich in seinem Oberbauch an, als stülpe ihm jemand den Magen von innen nach außen, um festzustellen, ob wirklich nichts mehr drin war, was er noch ausspucken könnte.

Von dem Ragout, das Ruth um sieben auf den Tisch brachte, das laut Frederik ausgezeichnet sein sollte, bekam Mario keinen Bissen hinunter. Und Stunden später das Polizeiaufgebot. »Die gesamte Straße steht voller Streifenwagen«, sagte Frederik, als er Mario ein Glas Wasser ans Bett brachte.

Mario hätte hinuntergehen und den Polizisten sagen müssen, dass einer von den Kasachen sich Emilie geschnappt hatte. Aber dann hätte er ja auch sagen müssen, dass es seine Schuld war, dass er Nikolaj regelrecht eingeladen hatte, hier aufzutauchen und sich ein Kind zu holen. Das könnte er niemals über die Lippen bringen, dachte er. Er schleppte sich nur ans Fenster und schaute hinunter, bis sein Vater noch einmal zu ihm kam, den Rollladen herabließ und sagte: »Leg dich wieder hin, du kannst dich ja kaum auf deinen Beinen halten und siehst aus wie eine Leiche.«

Und Mario stellte sich vor, wie Emilie jetzt wohl aussah. Er wollte es nicht, aber er vermochte diese Bilder nicht aus seinem Schädel zu verbannen. Kerzenwachs und Peitschen, Riesendildos und Metallkäfige, Klemmen und anderer Kram. Und alles an diesem Kind. Und ein alter Sack ergötzte sich daran, wie Emilie weinte und nach ihrer Mutter oder ihrem Vater schrie.

Mit diesem Szenario im Kopf behielt Mario sonntags keinen Bissen und keinen Schluck im Leib, egal was seine Eltern ihm ans Bett brachten. Frederik glaubte schon, er hätte sich im Krankenhaus mit irgendeinem Keim infiziert. Mario schob es auf den ungewaschenen Feldsalat und hielt seinen Vater so davon ab, einen Arzt zu rufen.

Am Montagmorgen bot Ruth ihm einen Toast – ersatzweise für Zwieback, den hatten sie nicht im Haus – und einen Becher Wellness-Tee, was wohl auch nicht das Richtige war. Mario zwang sich zu zwei Schlückchen Tee, weil Ruth darauf bestand, dass er wenigstens etwas trank, wenn er schon nichts essen wollte. Keine volle Minute später hing er wieder über der Kloschüssel.

Er wartete darauf, dass seine Eltern gemeinsam zur Arbeit fuhren, um sich dem armseligen Leben der rumänischen Landbevölkerung zu widmen und ihn mit seinem Elend allein zu lassen. Aber Frederik blieb daheim, weil er der Auffassung war, man könne Mario in seinem jämmerlichen Zustand nicht sich selbst überlassen. Frederik schaute sich im Arbeitszimmer Unterlagen und Prospekte an, die Ruth ihm noch schnell hingelegt hatte. Ab und zu kam er auch mal bis zur Tür und warf einen Blick auf Mario, der jedes Mal so tat, als würde er schlafen.

Als es am frühen Nachmittag an der Tür klingelte, war Frederik im Wohnzimmer. Mario hörte, dass sein Vater jemanden ins Haus ließ. Kein Arzt, wie Mario im ersten Moment vermutete. Polizei! Es war Berrenrath, den Mario an der Stimme erkannte. Was gesprochen wurde, war in Marios Zimmer nicht zu verstehen.

Es dauerte fast zehn Minuten, ehe sie zu zweit die Treppe hinaufkamen, Frederik voran. Er erschien in der Tür.

»Hier möchte dir jemand Guten Tag sagen, Mario.«

Berrenrath ragte hinter Frederik auf wie ein Berg und musste den Kopf einziehen, um ihn sich nicht am Türsturz zu stoßen, als er ebenfalls hereinkam. »Hallo, Mario«, grüßte er und lächelte ihn an, als seien sie gute Freunde. »Dein Vater meinte, du wärst nicht in der Verfassung, dich länger mit mir zu unterhalten. Ich will auch gar nicht lange reden. Ich bin nur gekommen, weil ich dir etwas zurückgeben möchte.«

Mit den Worten zog er Marios altes Handy aus einer Jackentasche und legte es auf den Schreibtisch. »Das arme Mädchen, dem du es geschenkt hattest, braucht es nicht mehr.«

»Wieso nicht?«, fragte Mario automatisch und viel zu verblüfft für eine andere Reaktion.

»Ihr Bruder hielt es für besser, sie zurück in die Heimat zu schicken, weil sie sich mit den Sitten und Gebräuchen hier sehr schwertat«, sagte Berrenrath.

»Echt?«, erkundigte Mario sich ungläubig. »Irina ist weg?«

Berrenrath nickte und schaute drein wie das personifizierte Bedauern. »Leider. Du konntest dich nicht mal mehr von ihr verabschieden, was? Ihr Bruder sagte ...«

Mario spürte, wie das Blut aus seinem Gesicht wich, es musste kalkweiß aussehen. Zusätzlich hatte er plötzlich ein irres Rauschen in den Ohren, das Berrenraths weitere Worte übertönte. Aber die brauchte Mario auch nicht zu hören, um sie zu kennen.

Was sollte Irinas Bruder schon gesagt haben? Dass am Samstag einer angerufen hatte, um ihnen Reinckes Töchter aufzuschwatzen. Inzwischen wussten die garantiert, dass sie das falsche Kind erwischt hatten. Da gingen sie kein Risiko ein, wenn sie von dem Anruf erzählten.

Und Berrenrath wusste genau, was abgegangen war. Er

hatte schließlich das Handy, musste nur die Anruflisten aufrufen, um herauszufinden, wer am Samstag mit Nikolaj gesprochen hatte. Nur Frederik raffte nichts, stand bei der Tür und grinste geschmeichelt, glaubte wohl, er hätte einen Super Mario zum Sohn, der großmütig und edel Handys an arme Mädchen verschenkte.

»Vielleicht lassen Sie uns doch besser für einen Moment alleine, Herr Hoffmann«, bat Berrenrath. »Ich glaube, es spricht sich leichter über Mädchen, wenn der Vater nicht dabeisteht und zuhört.«

Frederik fiel prompt darauf herein. »Selbstverständlich.« Er zog sogar die Tür hinter sich zu.

Mario fragte sich, wie dämlich Erwachsene denn noch sein konnten. Vielleicht nicht alle Erwachsenen. Berrenrath machte seine Sache ja sehr gut, richtig professionell, wie ein Polizist eben. Er wartete, bis Frederiks Schritte auf dem oberen Flur verklungen waren, dann kam er zum Bett, schaute bedauernd auf Mario hinab und sagte: »Dumm gelaufen. Hast du wirklich geglaubt, wir finden die Wahrheit nicht heraus? Du hättest Emilie Brenner nicht erzählen sollen, wer die Bösen sind und was sie …«

Er brach ab, als Mario sein Gesicht ins Kissen drehte und zu weinen begann, wie er noch nie vorher in seinem Leben geweint hatte, nicht mal mit neun Jahren, als Ruth ihn bei den Großeltern rausholte, um ihn in diese noble Bleibe zu verpflanzen.

Er weinte sich seine gesamte Angst vor dem Trio, die Wut, die Übelkeit, die Enttäuschung und seine Schuld an Emilies Verschwinden aus dem Leib, um da drinnen Platz zu schaffen. Und er brauchte viel Platz für die Furcht vor den Konsequenzen, die sein kurzes Gespräch mit Nikolaj nun zwangsläufig haben würde.

Montag, 19. November – früher Nachmittag

Genau genommen hatte Berrenrath nur Glück. Dimitrij Jedwenko hatte den merkwürdigen Anruf, den sein Bruder Nikolaj am Samstagnachmittag entgegengenommen hatte, mit keiner Silbe erwähnt. Und die Anruflisten waren selbstverständlich gelöscht worden, ehe Dimitrij das alte Handy einem Polizisten überließ, um zu beweisen, dass er kein Unrecht duldete und von seiner Familie angerichteten Schaden wiedergutmachte, soweit ihm das möglich war. Aber man musste es ja nicht übertreiben und auch noch einen der jüngeren Brüder ins Zwielicht geraten lassen. Denn Nikolaj hatte das Handy mehr als einmal benutzt, nachdem er es bei Irina entdeckt und konfisziert hatte.

Es war Marios unerwartet heftige Reaktion, die Berrenrath veranlasste, vorsichtig nachzuhaken. Dass es sich um grenzenlose Erleichterung über Irinas Rückkehr nach Kasachstan handelte, schloss Berrenrath aus, tastete sich behutsam an die wahre Ursache dieser Träneneruption heran.

In der Not legte Mario ein umfassendes Geständnis ab. Schluchzend, stammelnd und sich immer wieder unterbrechend, um die Nase zu putzen, haspelte er herunter, was er angerichtet hatte und wie es dazu gekommen war. Auf Anhieb bekam Berrenrath das gar nicht alles auf die Reihe. Er musste immer wieder nachfragen, wie dieser oder jener halbe Satz gemeint war, ehe er ein halbwegs erkennbares Szenario vor Augen hatte.

»Und jetzt noch mal ganz langsam«, bat er schließlich. »Was für Probleme hattest du denn mit den Kindern von Herrn Reincke?«

»Gar keine«, versicherte Mario eilig. »Die Kinder tun mir

nur leid, ehrlich. Reincke ist so ein hundsgemeines Drecks-arschloch und eine feige Ratte. Der lässt seinen Frust an klei-nen Kindern aus, weil er Angst hat, von den Großen was aufs Maul zu bekommen. Den müssen Sie mal hören, wie er Kath-rin drillt und beschimpft.«

»Okay«, sagte Berrenrath. Bis zu diesem Moment hatte er neben Marios Bett gestanden und vermutlich sehr einschüch-ternd gewirkt. Nun zog er sich den Drehstuhl vom Schreib-tisch heran und setzte sich, was ihn ein gutes Stück kleiner er-scheinen ließ. »Und weil dir die Kinder von Herrn Reincke leidtun, hast du Irinas Brüder darauf hingewiesen, dass die beiden Mädchen alleine zu Hause sind. Obwohl du angenom-men hast, dass Irinas Brüder kleine Kinder verkaufen. Das passt für mich aber nicht so richtig zusammen.«

»Die waren doch längst weg«, erklärte Mario. »Frau Rein-cke hat schon gepackt, als ich drüben war.«

Mario fürchtete sich immer noch vor den Konsequenzen, die sein Anruf haben könnte. Aber wenn Irina weg war, drohte ihm zumindest von der Seite keine Gefahr mehr. Und wenn man ihn wegen Aufforderung zu einer strafbaren Handlung oder sonst etwas in der Art vor Gericht stellen sollte, bekam er vielleicht mildernde Umstände, wenn er sagte, wie es so weit gekommen war. Wie er vor genau drei Wochen auf dem Schulhof gelegen, wie Reincke die Fliege gemacht und wie Ruth ihn am Samstag gezwungen hatte, sich bei *Herrn Rein-cke* zu entschuldigen. Wofür denn?

»Ich hatte nichts getan«, wiederholte er. »Ich habe Britta bestimmt nicht angefahren. Ihre Hand war völlig in Ordnung. Und bei dem Anruf am Samstag wollte ich eigentlich nur sagen, dass ich Irina nicht verpfiffen hatte, sondern dass Reincke dahintersteckte.«

»Und dass er zwei kleine Töchter hat, die gerade alleine sind«, vervollständigte Berrenrath.

»Ja.« Mario wand sich wie ein Wurm in der Sonne und heulte wieder: »Aber die waren doch nicht mehr da! Reincke war allein. Ich konnte doch nicht wissen, dass Emilie rauskommt, wo es so geregnet hat.«

»Das konnte niemand vorhersehen«, bestätigte Berrenrath und bewies einmal mehr, wie gut er sich in seine jugendliche Klientel hineinversetzen und dass er die Gedankengänge eines von Rachedurst getriebenen, schmächtigen Kerlchens nachvollziehen konnte. »Du hast gedacht, dass Irinas Brüder bestimmt nicht unverrichteter Dinge wieder abziehen, wenn sie einmal hier sind. Dass sie deinem Lehrer eine Abreibung verpassen, ihm eine Lektion erteilen, die er nie vergisst. War es so?«

Mario nickte und zog den Kopf zwischen die Schultern wie eine Schildkröte, die sich in ihren Panzer zurückzieht.

»Stattdessen erwischten sie Emilie Brenner«, resümierte Berrenrath. »Hast du gesehen, wer sich das Kind geschnappt hat?«

Keine Reaktion.

»Stiehl mir nicht die Zeit, Mario«, sagte Berrenrath jetzt streng. »Draußen wird jeder Mann gebraucht, um ein fünfjähriges Mädchen zu suchen, das wirklich keinem Menschen etwas zuleide getan hat.«

Er beugte sich im Stuhl vor, was ihn wieder etwas wuchtiger erscheinen ließ. »Wer so etwas anleiert, der legt sich anschließend nicht ins Bett und zieht sich die Decke über den Kopf. Du hast dich ans Fenster gestellt und darauf gewartet, dass sie kommen. Du wolltest sehen, wie sie über deinen Lehrer herfallen. Habe ich recht?«

Marios Schultern reichten inzwischen bis zu den Ohren. Den Kopf zu schütteln wäre ihm kaum noch möglich gewesen. Berrenrath meinte, ein weiteres Nicken zu sehen, war jedoch nicht sicher und versuchte es auf andere Weise. Er appellierte an Marios Hilfsbereitschaft: »Mario, wenn du helfen kannst, Emilie so schnell wie möglich zurück zu ihren Eltern zu bringen, dann hilf uns. Du hast doch am eigenen Leib erlebt, wie weh es tut, wenn einem Gewalt angetan wird. Und Emilie ist noch so klein.«

»Also, dass sie sich Emilie geschnappt haben, hab ich nicht gesehen«, gestand Mario kläglich. »Ich hab nur gesehen, wie der eine, der zweimal hier vorbeigegangen ist und sich Reinckes Haus angeguckt hat, also, wie der ihr das Rad abgenommen hat und einfach weitergegangen ist. Dem ist sie nachgelaufen. Ich glaube, sie hat geschimpft.«

»Um welche Zeit war das?«, fragte Berrenrath routinemäßig.

»Halb vier ungefähr«, antwortete Mario. »Die haben sich mächtig viel Zeit gelassen, ehe die hier aufgetaucht sind.«

»Also waren es doch mehrere?«, fragte Berrenrath und beobachtete, wie Marios Kopf allmählich wieder aus dem Panzer hervorkam.

»Ich hab nur den einen gesehen. Die anderen haben wahrscheinlich auf dem Parkplatz gewartet.«

»Würdest du den Mann wiedererkennen?«

»Klar. Machen wir eine Gegenüberstellung.« Sogar das schmale Gesicht bekam wieder etwas Farbe bei diesem Vorschlag. »So hinter einer Scheibe, wo mich keiner von denen sehen kann.«

»Ich glaube, das lässt sich einrichten«, sagte Berrenrath.

Und Mario vergaß für ein paar Sekunden seine Übelkeit, das Schuldgefühl und das ganze andere Elend. »Cool«, murmelte er.

Zu einer Gegenüberstellung, wie Mario Hoffmann sie aus Filmen kannte, kam es nicht. Damit wollte Klinkhammer keine Zeit verplempern. Das Geständnis des Jungen tauchte Emilies Verschwinden erneut in ein Licht, das Klinkhammer nicht ins Konzept passte. Weil er in diesem Licht nicht den Hauch einer Chance zur Aufklärung hatte. Menschenhandel! Da bekämen nicht mal die Kölner Kollegen eine Gelegenheit zu ermitteln. Das LKA würde sich die Sache unter den Nagel reißen. Da dürfte einer wie er oder einer von seinen Leuten höchstens noch als ortskundiger Beamter den Chauffeur spielen.

Aber auch wenn es ihm nicht passte, konnte es genauso gewesen sein, wie er es Lukas in der Nacht zum Sonntag erklärt hatte. Das Kind in einer der Wohnungen des Clans, der Vater vor der Tür. Nachdem der Vater wieder weg ist, wird das Kind in einen Koffer gepackt und von dem Paar weggeschafft, das Andrej Netschefka aus dem Haus hatte kommen sehen. Bei der Frau mit Kopftuch im langen Mantel dürfte es sich um Irina gehandelt haben. Da hätte Dimitrij dann zwei Fliegen mit einer Klappe geschlagen und Klinkhammer noch eine Vermisste, die nie wieder auftauchen würde. Und für Klinkhammer spielte es keine Rolle, dass diesmal nicht er, sondern Lukas es vermasselt hätte.

Berrenrath erhielt die Anweisung, Mario ins Auto zu verfrachten, mit ihm zum Nordring zu fahren und die Sache von Angesicht zu Angesicht zu klären. »Wenn die Jedwenkos nichts mit dem Verschwinden des Kindes zu tun haben, ist Dimitrij sicher gerne noch einmal bereit, die Arbeit der Polizei

zu unterstützen«, meinte Klinkhammer. »Wenn nicht ...« Das
ließ er vorerst offen. Darüber wollte er sich erst den Kopf zerbrechen, wenn es notwendig werden sollte. Wurde es aber
nicht.

Dimitrij erhob keine Einwände, Berrenrath zum zweiten
Mal in seine Wohnung zu lassen, diesmal in Marios Begleitung. Dimitrij entschuldigte sich sogar in aller Form bei dem
Jungen für all das Ungemach, das ihm widerfahren war, versicherte ebenfalls, dass Irina weg sei und nicht so bald zurückkäme. Vielleicht in fünf oder sechs Jahren, vielleicht auch erst
in zehn, und dann als anständige, ehrbare Ehefrau mit einem
anständigen, ehrbaren Ehemann und ein paar Kinderchen.

»Sie wissen aber, dass Zwangsheirat in Deutschland verboten ist, Herr Jedwenko«, meinte Berrenrath sagen zu müssen.

Dimitrij nickte und bestätigte: »In Deutschland.« Dann
sorgte er dafür, dass seine Brüder und die beiden Cousins
antraten.

In Sergej und Pjotr Kalwinov erkannte Mario die beiden
wieder, die in der Döner-Bude mit von der Partie gewesen waren, als Irina ihm zehn Euro abgeknöpft hatte. Aber den Mann
in der dunklen Steppjacke sah er definitiv nicht.

»Das dachte ich mir«, sagte Klinkhammer grenzenlos erleichtert, als Berrenrath sich wieder bei ihm meldete. Anschließend
geriet er kurz ins Grübeln, weil seine Gedanken sich am Samstagabend auf dem Weg zu Brenners Haus immer wieder zu
Mario Hoffmann verirrt hatten und dem Jungen nun eine offenbar entscheidende Bedeutung beikam. Ines glaubte an solche Sachen: Vorahnungen, den sechsten Sinn und übersinnlich
Begabte. Er hielt das für Humbug – meistens jedenfalls. Er
stand mit beiden Beinen im Leben, hatte weder einen sechsten

noch einen siebten Sinn und konzentrierte sich schnell wieder auf die Realität des Falls.

Die Beschreibung, die Mario zum Steppjackenmann geboten hatte, deckte sich mit den Angaben des zwölfjährigen Kai Moosler, passte aber erheblich besser auf Markus Heitkamp. Mario hatte nämlich entschieden mehr vom *Man in Black* gesehen als der junge Computerfreak. Weil Heitkamp nicht bemerkt hatte, dass er von oben betrachtet wurde, hatte er sein Gesicht zweimal in den Regen gehoben, als wolle er abschätzen, wie viel Wasser da wohl noch herunterkäme.

»Bring Mario Hoffmann her«, verlangte Klinkhammer. »Wir lassen ihn ein paar Fotos ansehen. Damit gehen wir auf Nummer sicher.«

Webdesigner! Thomas Scholl brauchte am Computer keine drei Minuten, um ein Porträtfoto von Markus Heitkamp zu finden. Zur Sicherheit druckte er noch Fotos von sieben anderen jungen Männern aus. Alle acht wurden Mario vorgelegt. Er warf nur einen Blick darauf, dann tippte er auf das Gesicht, in das Klinkhammer am vergangenen Nachmittag so gerne hineingeschlagen hätte. »Das ist der Typ.«

»Bist du völlig sicher?«, fragte Klinkhammer.

»Logisch«, bekam er zur Antwort. »Nur die Haare waren am Samstag anders, so vom Regen angeklatscht.«

»Und du hast gesehen, dass dieser Mann Emilie mitgenommen hat?«

»Sie ist ihm nachgelaufen«, stellte Mario richtig und nannte auch gleich noch einmal den Grund: »Weil er ihr das Rad abgenommen hatte.«

»In welche Richtung sind sie gegangen?«, fragte Klinkhammer.

»Zum Spielplatz.«

Dass man von dort aus auf ziemlich geradem Weg zum Parkplatz an der Dürener Straße kam, wusste Klinkhammer inzwischen zur Genüge. Eine Vergrößerung des Kartenausschnitts vom *Garten* hing im Besprechungsraum. Er hatte sie sich inzwischen so oft angeschaut, dass er jeden Winkel des Viertels zu kennen glaubte. Allerdings war er nicht sicher, wie viel er Mario glauben durfte. Dass der Junge Heitkamp gesehen hatte, entsprach wohl den Tatsachen. Dass er außerdem gesehen hatte, wie Emilie ihr Rad von Reinckes Grundstück aus Richtung Spielplatz schob, kaufte Klinkhammer ihm auch ab. Aber der entscheidende Rest passte nicht so ganz zu den Angaben der anderen Zeugen.

Wenn Markus Heitkamp das Rad gegen fünfzehn Uhr dreißig an sich genommen hatte, in einem Straßenabschnitt, den Mario von seinem Zimmer aus überblicken konnte, konnte Emilie nicht eine Viertelstunde später bei Frau Krummen in 48a alleine und mit ihrem Rad vorbeigekommen sein.

Als sie kurz darauf Kai Moosler um Hilfe gebeten hatte, war sie auch alleine und im Besitz ihres Rades. Aber zu dem Zeitpunkt musste Heitkamp noch in der Nähe gewesen sein, sonst hätte sie sich nicht von ihm belästigt gefühlt.

Hatte Heitkamp seinen ersten Versuch rasch wieder aufgegeben, weil sie noch zu nahe bei Emilies Elternhaus waren und Nachbarn, die das Kind kannten, hätten aufmerksam werden können?

Nachdenklich betrachtete Klinkhammer das dünne Kerlchen und fragte sich, ob Mario vielleicht nur eins und eins zusammenzählte, weil er etwas gutmachen wollte, nachdem er so großen Mist gebaut hatte. Aber seine Aussage – ob nun richtig oder falsch – reichte, um sich Heitkamp noch einmal vorzunehmen.

»Danke«, sagte Klinkhammer. »Du hast uns sehr geholfen.«

Er ließ Mario Hoffmanns Angaben zu Protokoll nehmen und setzte die unvoreingenommene Staatsanwältin in Kenntnis, dass die Festnahme des Verdächtigen Heitkamp unmittelbar bevorstand und er Durchsuchungsbeschlüsse für die Räumlichkeiten brauchte, die Heitkamp übers Wochenende zugänglich gewesen waren. Leider war die Staatsanwältin zwischenzeitlich von Carmen Rohdecker instruiert worden, sich von ihm bloß nicht überrumpeln zu lassen und auf hieb- und stichfeste Beweise oder unwiderlegbare Zeugenaussagen zu pochen.

»Wo soll ich denn hieb- und stichfeste Beweise herbekommen, wenn ich keine Durchsuchung vornehmen lassen darf?«, begehrte Klinkhammer auf. »Wie viele Zeugenaussagen muss ich denn noch beibringen?«

»Es tut mir leid, Herr Klinkhammer. Frau Rohdecker sagte ...«

»Frau Rohdecker kann mich kreuzweise«, unterbrach er sie. »Das dürfen Sie ihr gerne von mir ausrichten.«

Aber er hatte Glück und musste für sein weiteres Vorgehen nicht alleine auf Mario Hoffmanns Aussage bauen. Kurz darauf meldete sich die sechsundvierzigjährige Marita Wehner. Sie saß gerade in der S-Bahn, hatte einen Blick in eine vergessene oder liegen gelassene Tageszeitung geworfen und den Bericht über Emilies Verschwinden gelesen.

Und am Samstagnachmittag hatte Marita Wehner ihre Eltern in Herten besucht. Am Fliederstock 18a. Genau drei Minuten nach sechzehn Uhr war sie auf den Parkplatz Alte Hauptstraße gefahren, den man von der neuen Umgehungsstraße aus erreichte. Was die Zeit anging, war sie absolut sicher. Sie hatte beim Aussteigen auf die Uhr geschaut, weil sie spät dran war. Dann war sie zum Fliederstock gelaufen. Nahe dem Spielplatz waren ihr ein junger Mann und ein kleines Mädchen entgegengekommen. Der Mann schob ein pinkfarbenes Kinderfahrrad durch den wieder stärker fallenden Regen. Das Mädchen lief murrend nebenher.

Marita Wehner wollte schon am Telefon jeden Eid leisten, dass es sich um das vermisste Kind gehandelt hatte. Den jungen Mann hatte sie für den Vater gehalten, der seine kleine Tochter nach Hause holte, weil sie von selbst nicht kam. Marita Wehner meinte auch, im Vorbeihasten das Wort Papa verstanden zu haben. Ihre Beschreibung passte ebenfalls auf Heitkamp: Mitte zwanzig, etwa eins achtzig groß und schlank, dunkelhaarig, ohne Kopfbedeckung, klitschnasse Haare, bekleidet mit einer schwarzen Jeans und einer dunkelblauen Steppjacke.

Ein paar Minuten nach vier! Und was noch wichtiger war: Eine Zeugin, die in keiner Weise persönlich involviert war! Damit konnten sie Heitkamp festnageln. Aber wohin, zum Teufel, hatte er ohne Auto das Kind mitsamt dem Rad gebracht? Und warum, verdammt, hatte ihn außerhalb des *Gartens* keiner mehr mit Emilie gesehen?

Statt sich erneut mit der unwilligen Staatsanwaltschaft herumzuschlagen, ging Klinkhammer aufs Ganze, was Carmen Rohdecker ihm strikt untersagt hatte, aber sie war ja nicht zuständig. Noch bevor Marita Wehners Beobachtung zu Protokoll genommen war, schickte er mehrere Kollegen zu Marlies Heitkamps Haus, diesmal nicht nur drei.

Der Zeitpunkt war günstig. Marlies stand noch im Beauty-Salon, konnte weder protestieren noch ihnen den Zutritt verweigern. Sie mussten zwar eine Weile klingeln und lautstark drohen, die Tür aufzubrechen, ehe ihnen geöffnet wurde, aber dann waren sie drin. Markus Heitkamp wurde festgenommen und über seine Rechte belehrt. Jochen Becker wies ihn ausdrücklich darauf hin, dass er seinen Anwalt anrufen dürfe. Aber das hatte Heitkamp schon getan, während sie Einlass begehrten.

Er wurde in einen Streifenwagen verfrachtet und nach Hürth geschafft, wo Rita Voss und Winfried Haas sich seiner annahmen, während Jochen Becker und die zurückgebliebenen Kollegen das Haus vom Keller bis zum Dachboden durchkämmten. Sie suchten nach Emilie, dem pinkfarbenen Fahrrad, einem regenbogenfarbenen Regenmantel, Gummistiefeln und einem Südwester in Kindergröße. Aber sie fanden nur eine dunkelblaue Steppjacke in Größe achtundvierzig, die hing im Garderobenschrank.

Um zu beweisen, dass Emilie in dieses Haus gebracht worden war, hätten sie Hunde gebraucht, zumindest einen. Doch so weit wollte Klinkhammer sich ohne Durchsuchungsbeschlüsse nicht aus dem Fenster lehnen. Man musste den Bogen ja nicht mehr überspannen, wenn man ein baldiges Geständnis erwartete. Er rechnete fest damit, dass Heitkamp unter dem Druck weiterer Zeugen und Rita Voss' ausgefeilter Verhörtechnik rasch zusammenbrach.

In Erwartung des Anwalts, der jede Minute hereinplatzen konnte, übertraf die Hyäne sich selbst. Vermutlich wusste Heitkamp schon nach zehn Minuten nicht mehr, warum er sich jemals für Madenbefall an den Körpern kleiner Mädchen interessiert hatte. Er wurde zunehmend nervöser, weil der Anwalt auf sich warten ließ. Aber er gab nur das zu, was sie ihm zweifelsfrei beweisen konnten, und auch das nur scheibchenweise.

Mit Mario Hoffmanns Beobachtungen konfrontiert, räumte Heitkamp ein, am Samstagnachmittag in dem Viertel gewesen zu sein. Er war am Holunderbusch spazieren gegangen. Der Regen hatte ihn nicht gestört, im Gegenteil, bei so einem Wetter waren nicht viele Leute unterwegs, das mochte er. Er wollte sich halt mal anschauen, wo Anne jetzt immer ihre Tage verbrachte. Das hatte er gestern nicht zugeben mögen, weil er sich geschämt hatte. Er mochte Anne nämlich sehr, deshalb war er ein paarmal an ihrem Haus vorbeigeschlendert. Um es korrekt auszudrücken: Er war verliebt in Anne, obwohl sie so viel älter war als er. Dafür hatte nicht mal seine Mutter Verständnis.

Dass er ein kleines Mädchen angesprochen hatte, das ein Kinderfahrrad schob, hatte er gestern lieber verschwiegen, weil er sich denken konnte, was dann alle dachten.

Aber er hatte das Kind nicht angefasst, so was machte er seit seiner Entlassung aus der Landesklinik nicht mehr. Er hatte dem Mädchen nur angeboten, den Sattel zu halten, weil er glaubte, es traue sich nicht zu fahren. Aber das Kind wollte sich nicht helfen lassen.

»Ich wusste nicht, dass es sich um Annes Tochter handelte«, behauptete er. »Ich hatte Emilie noch nie gesehen.«

»Sie waren zweimal im Brenner-Center, während Emilie dort herumturnte«, erinnerte Winfried Haas ihn. »Sie haben Herrn Brenner noch darauf angesprochen.«

Daran erinnerte Heitkamp sich anscheinend gut, er korrigierte sofort: »Nicht auf Emilie. Das muss Herr Brenner missverstanden haben. Ich habe ihn nur gefragt, ob er auch Kurse für Kinder anbietet.«

»Und Sie hatten zu dem Zeitpunkt noch kein Foto von Emilie gesehen?«

»Nein. Später auch nicht.«

»Kommen wir zurück zum Samstag«, sagte Rita Voss. »Emilie wollte sich also nicht helfen lassen. Was haben Sie danach gemacht?«

»Ich bin weitergegangen, wollte daheim sein, wenn meine Mutter aus dem Salon kommt. Sie macht sich immer Sorgen, wenn ich nicht da bin.«

»Das verstehe ich«, sagte Rita Voss. »So sind Mütter. Warum haben Sie für den Heimweg die Route über den Fliederstock genommen? Das war doch ein Umweg? Und wieso lief das Ihnen unbekannte Kind neben Ihnen her und schimpfte?«

Sekundenlang sah es so aus, als kapituliere er. Er senkte den Kopf und nuschelte etwas, das wie »verfluchtes Weib« klang. Ob er damit Rita Voss oder die Zeugin Wehner meinte, an die er sich wohl auch gut erinnerte, blieb dahingestellt. Dann behauptete er, Emilie sei ihm gefolgt.

»Weil Sie ihr zum zweiten Mal das Rad abgenommen hatten«, erklärte Rita Voss. »So etwas lässt sich eine aufgeweckte Fünfjährige nicht widerspruchslos bieten. Die läuft hinterher und droht: ›Gib mir mein Rad zurück, sonst sage ich es meinem Papa.‹ Wohin haben Sie Emilie gebracht, Herr Heitkamp?«

»Ich habe sie nirgendwohin gebracht!«, begehrte er auf. »Ich wollte sie nach Hause begleiten. Nur weil sie nicht freiwillig mitkam, habe ich das Rad genommen. Das war doch kein Wetter, um draußen herumzulaufen.«

»Sie liefen doch auch draußen herum«, sagte Winfried Haas.

»Ich war auch entsprechend angezogen«, erklärte Heitkamp. »Aber ich wusste ja nicht, wer das Kind war und wo es wohnte. Also konnte ich es nicht nach Hause bringen. Als es frech wurde, habe ich mich nicht weiter gekümmert. Ich hatte es nur gut gemeint und wollte mich dafür nicht beschimpfen lassen. Ich bin dann durch diesen Weg ... Lilienfeld hieß er, glaube ich, zurück zur Dürener Straße gegangen.«

»Allein?«

»Natürlich allein!«

Niemand glaubte ihm.

Um siebzehn Uhr fünfundvierzig erschien Rechtsanwalt Brigg mit Marlies Heitkamp im Schlepptau. Der Anwalt drohte umgehend mit einem Nachspiel. »Was bilden Sie sich ein, einen psychisch instabilen jungen Mann ohne Rechtsbeistand stundenlang vernehmen zu lassen?«

»Er hätte nur etwas sagen müssen«, verteidigte Klinkhammer sein Vorpreschen. »Dann hätten wir bis zu Ihrem Eintreffen gewartet.«

»Das glauben Sie morgen selber noch«, konterte Brigg. »Frau Heitkamp hat Sie ausdrücklich darauf hingewiesen, dass sie einer Durchsuchung ihres Hauses ohne richterlichen Beschluss nicht zustimmt. Das hat Sie einen feuchten Dreck geschert. Sie sind noch nicht lange auf diesem Posten und wollen anscheinend auch nicht lange bleiben, oder?«

Die Antwort darauf schenkte Klinkhammer sich, weil Marlies seine Aufmerksamkeit auf sich zog mit dem Vorschlag: »Sie sollten sich lieber mit Anne unterhalten, statt auf meinem Sohn herumzuhacken. Markus hat nichts mit Emilies Verschwinden zu tun. Er hat die Kleine nur ein bisschen geneckt und aufgefordert, nach Hause zu gehen. Und das hat sie getan. Ich war am Samstagnachmittag bei Anne. Als ich kam, war Emilie daheim. Im Fernseher lief ein Trickfilm, das Wohnzimmer sah aus wie Kraut und Rüben. Anne hat deswegen noch mit ihr geschimpft.«

»Ach«, sagte Klinkhammer und schluckte das unvermittelt aufsteigende Sodbrennen hinunter. »Um welche Zeit waren Sie bei Frau Brenner?«

»Von halb fünf bis fünf«, antwortete Marlies wahrheitsgemäß.

»Warum haben Sie uns denn gestern erzählt, Sie wären nach Ladenschluss sofort heimgefahren?«

»Warum hat Anne Ihnen verschwiegen, dass ich bei ihr war?«, antwortete Marlies mit einer Gegenfrage. »Wir sind seit ewigen Zeiten befreundet. Ich wollte Anne nicht in Schwierigkeiten bringen. Dass da etwas nicht stimmte, war mir schon am Samstag klar. Anne wollte mich nicht ins Wohnzimmer lassen und behauptete, Emilie sei nebenan bei Reinckes. Mit wem hatte sie denn geschimpft, ehe sie mich hereinließ? Sie war furchtbar nervös.«

»Sie haben das Kind also nicht zu Gesicht bekommen?«, vergewisserte sich Klinkhammer.

»Nein. Ich sagte doch, Anne ließ mich nicht ins Wohnzimmer. Sie wollte unbedingt in der Küche sitzen.«

»Sie sagten auch, dass es im Wohnzimmer aussah wie Kraut und Rüben«, wandte Klinkhammer ein. »Man führt Besucher nicht gerne ins Chaos. Wo Sie seit ewigen Zeiten mit Frau Brenner befreundet sind, wollen Sie doch bestimmt nicht andeuten, Emilie hätte zwischen Puppenküche und Kaufladen gelegen, erschlagen von der eigenen Mutter, weil sie nicht aufräumen wollte. Oder?«

Darauf bekam er keine Antwort. Marlies zog die Unterlippe zwischen die Zähne. Sie war wohl der Meinung, er solle seine Schlüsse selber ziehen. Das tat er auch. Sein Magen beruhigte sich wieder, nur in der Kehle brannte es noch. Im Geist sah er sich wieder im Sessel beim Fenster sitzen und Anne auf der Couch. Er hörte, wie sie sich über Marlies Heitkamps regelmäßige Friedhofsbesuche aufregte. Dabei gab es doch wirklich keinen Grund, sich zu ereifern, wenn eine Witwe jeden Samstag zu einer bestimmten Zeit Blumen zum Grab ihres Mannes brachte. Es sei denn, die Witwe verzichtete ausnahmsweise mal darauf und besuchte stattdessen unerwartet eine Freundin, die eingeschlafen war und nach dem Aufwachen feststellte, dass …

Vermutlich hatte Anne ihm von diesem Besuch erzählen wollen und in ihrer angeschlagenen Verfassung das Wesentliche nicht erwähnt. Oder er hatte es nicht mitbekommen, weil er mit seinen Gedanken die halbe Zeit bei Rena Zardiss gewesen war. Annes Nervosität schien ihm jedenfalls damit erklärt, dass Marlies Heitkamp sie von einer sofortigen Suche nach Emilie abgehalten hatte.

Aber er musste natürlich noch einmal mit Anne reden, ob es ihrem Arzt nun passte oder nicht. Vielleicht hatte sie am Samstagabend denselben Gedanken gehabt wie er jetzt. Dass nämlich Marlies nur bei ihr hereingeschneit war, weil sie ihren Sohn suchte. Dass Marlies ebenfalls zu Fuß gegangen wäre, schloss Klinkhammer aus. Vermutlich war das die Erklärung, warum in der Stadt niemand mehr Markus Heitkamp zusammen mit Emilie gesehen hatte. Er brauchte dringend Durchsuchungsbeschlüsse – auch einen für den Clio, den Marlies Heitkamp fuhr.

Anne – zwischen den Zeiten

Den Sonntag hatte sie größtenteils verschlafen. Über den Tropf wurde ihr auf Anweisung von Jürgen Zardiss ein leichtes Beruhigungsmittel verabreicht, das den beiden Hampelmännern nicht schadete, sondern ihnen wie ihr einen erholsamen Schlaf bescherte. Und sie hatten wohl alle drei einiges nachzuholen. In den wenigen wachen Momenten fühlte Anne sich irgendwie abgehoben, über den Dingen schwebend, so als ginge sie das alles gar nichts an.

In diesem Zustand fiel es ihr nicht schwer zu warten: auf Lukas, auf ihre Eltern, auf Lena und Thomas oder ihren Bruder, wobei sie jedes Mal hoffte, dass Olaf allein käme, ohne Simone. Ihre Schwägerin wollte sie nicht sehen. Dann lieber die nette Frau Voss von der Polizei, natürlich mit der Nachricht, dass man Emilie gefunden hätte. Irgendwann musste ja jemand kommen und das sagen.

Aber es kam nur hin und wieder eine Krankenschwester ins Zimmer, prüfte die Blutdruckwerte, die automatisch jede Viertelstunde gemessen wurden, schaute nach dem Tropf und hatte keine Antworten, nur Fragen. Wie sie sich fühle, ob sie noch Kopfschmerzen oder Sehstörungen habe, ob ihr übel sei, ob sie auf die Toilette müsse. Dabei durfte sie gar nicht aufs Klo. Wenn sie nickte, holte die Schwester die Bettpfanne, was Anne jedes Mal unangenehm war.

Sehr viel anders war der Montag auch nicht, obwohl die Tür häufiger geöffnet wurde. Noch vor Arbeitsbeginn in der Praxis kam Jürgen Zardiss, um rasch nach ihr und den Jungs zu sehen. Er war immer noch so besorgt wie in der Nacht, als er sie hergebracht hatte. Aber er bemühte sich, ihr Zuversicht zu vermitteln: »Das bekommen wir in den Griff, Frau Brenner.

Sie bleiben schön liegen, lassen sich verwöhnen und genießen die Ruhe. Dann wird das schon.«

Wie sie die Ruhe genießen und sich verwöhnen lassen sollte, solange sie nicht wusste, ob Emilie gefunden worden war, konnte oder wollte er ihr nicht sagen. »Ich weiß, dass es nicht leicht ist«, sagte er. »Aber Sie können momentan nichts tun. Statt sich mit Schreckensbildern und bangen Fragen zu quälen, machen Sie lieber einen großen Schritt in die Zukunft und stellen sich vor, wie Emilie mit ihren kleinen Brüdern spielt.«

Nachdem er wieder weg war, wurde das Frühstück gebracht. Anschließend kam eine Putzfrau, kurz darauf die Visite. Lukas kam nicht, ihn hatte sie auch sonntags nicht gesehen. Von ihrer Familie ließ sich ebenfalls niemand blicken.

Nach Mittag schaute Maria Netschefka kurz herein und flehte sie an, Lukas um Gottes willen nichts davon zu erzählen. Lukas hatte diesen Besuch nämlich verboten und erklärt, Anne brauche absolute Ruhe. Das verstand Maria auch, aber sie wollte ihr unbedingt sagen, dass Andrej und sie für Emilies Heimkehr beteten und natürlich dafür, dass sie unbeschadet zurückgebracht wurde.

Am Spätnachmittag kam Jürgen Zardiss noch einmal, diesmal in Begleitung seiner Frau. Vera Zardiss drückte Annes Hand und sagte: »Ich will Ihnen keine mehr oder weniger guten Ratschläge geben, wie Sie diese Tage am besten überstehen. Aber wenn Sie jemanden zum Reden brauchen, ich habe Zeit. Und ich glaube, ich weiß besser als jeder Notfallseelsorger, wie Ihnen jetzt zumute ist.«

Wie ihr zumute war, wusste Anne nicht einmal selbst. Und sie wusste erst recht nicht, worüber sie mit Vera Zardiss reden könnte. Sie schlief an dem Montag längst nicht mehr so viel wie sonntags. Und in jeder wachen Minute sah sie sich durch das Viertel schlurfen, hörte sich wieder und wieder laut nach Emilie rufen.

Beinahe zwei Stunden war sie unterwegs gewesen. Während der ersten Runde über den äußeren Ring hatte sie sich vorgestellt, Emilie radle vor ihr her, um dem Donnerwetter zu entgehen, das unweigerlich kommen müsste. *»Was fällt dir ein, einfach aus dem Haus zu schleichen? Hatte ich dir nicht gesagt ...«* Und so weiter.

Bei der zweiten Runde durch den inneren Kreis ging sie davon aus, dass Emilie sie rufen gehört und einen der Verbindungswege genommen hatte, um vor ihr wieder daheim zu sein. Dass Emilie nun frierend vor der Haustür saß und den Spieß umdrehen wollte: eine vorwurfsvolle Miene aufsetzen und sie empfangen mit der Frage: »Wo warst du denn die ganze Zeit? Ich warte schon so lange auf dich.«

Als Klinkhammer kam, war es vor den hohen Fenstern schon wieder dunkel und das Tablett mit dem Abendessen längst abgeräumt.

»Ich weiß nicht, ob Sie sich erinnern, Frau Brenner«, begann er, nachdem er sich sehr förmlich vorgestellt hatte. »Ich war am Samstagabend bei Ihnen.«

Natürlich erinnerte Anne sich, nicht an jede Einzelheit, aber daran, dass sie ihm viel erzählt hatte, genau genommen alles, was ihr so durch den Kopf gegangen war, weil sie ihn für einen Psychologen gehalten hatte.

»Haben Sie Emilie gefunden?«

»Leider noch nicht«, sagte er, zog sich einen Stuhl von dem kleinen Tisch in der Ecke beim Fenster neben ihr Bett und setzte sich, ehe er weitersprach. »Ich habe noch ein paar Fragen zum Samstagnachmittag, es würde uns sehr weiterhelfen, wenn Sie mir die beantworten können. Sie waren eingeschlafen, das haben Sie wiederholt erklärt. Erinnern Sie sich noch, um welche Zeit Sie wieder aufgewacht sind und was Sie geweckt hat?«

Er sprach, als befrage er eine Geisteskranke. Das fiel ihr auf, sie wusste nur nicht, was sie davon halten sollte.

»Natürlich erinnere ich mich«, sagte sie, erzählte ihm von Marlies' Besuch und erklärte noch einmal: »Sonst ist sie um die Zeit immer auf dem Friedhof.« Dann fragte sie: »Habe ich Ihnen das nicht schon am Samstagabend erzählt?«

»Nicht dass ich mich erinnere«, sagte Klinkhammer der Einfachheit halber. Ihr jetzt zu erklären, dass sie sich wohl über die Friedhofsbesuche ereifert, aber keinen Grund dafür genannt hatte, überforderte sie womöglich. Einen völlig klaren Eindruck machte sie auf ihn nicht.

Sie entschuldigte sich: »Tut mir leid, es ging mir nicht gut, und ich war ziemlich durcheinander. Ich dachte, ich hätte es Ihnen gesagt.«

»Kann sein, dass ich etwas überhört habe«, räumte er ein. »Hat Marlies Heitkamp einen Grund für ihren Besuch genannt?«

»Sie wollte nur sehen, wie es mir geht, hat gejammert, dass der Umsatz zurückgegangen ist und sie sich nicht mehr genug um ihren Sohn kümmern kann, seit ich nicht mehr da bin. Dann fragte sie, ob ich Markus zufällig gesehen hätte.« Bei den letzten Worten klang sie nachdenklich, als zähle sie nun ebenfalls eins und eins zusammen.

»Und?«, fragte Klinkhammer. Dass in seinem Innern der Triumph aufloderte wie ein Strohfeuer, merkte sie nicht. Äußerlich war er die Ruhe selbst. »Hatten Sie Markus Heitkamp gesehen?«

»Ich bin doch in den letzten Wochen kaum noch vor die Tür gegangen. Wo hätte ich ihn denn sehen sollen?«

Die Antwort darauf blieb Klinkhammer ihr gezwungenermaßen schuldig, wollte ihr die Worte nicht in den Mund legen. »Wie lange ist Frau Heitkamp geblieben?«, fragte er.

»Eine halbe Stunde. Ich glaube, wenn Emilie daheim gewesen wäre, hätte sie sich nicht so lange aufgehalten.«

»Hat sie nach Emilie gefragt?«

»Sicher. Das Wohnzimmer sah doch aus, als hätte sich dort eine ganze Kita-Gruppe ohne Aufsicht beschäftigt.« Damit verschleierte sich ihr Blick. »Ich hätte Marlies sagen müssen, dass Emilie mir entwischt ist, nicht wahr? Wenn ich es ihr gesagt hätte, hätte sie mich bestimmt nicht so lange aufgehalten.«

»Wahrscheinlich hätte sie angeboten, Ihnen bei der Suche zu helfen«, sagte Klinkhammer.

»Und – hätten wir Emilie dann gefunden?«

Ihr Stocken verriet ihm, dass sie begriffen hatte, warum Marlies Heitkamp bei ihr gewesen war. »Ich weiß es nicht, Frau Brenner«, sagte er, stand auf, wünschte ihr gute Besserung und stellte den Stuhl zurück an den kleinen Tisch. Dann wollte er zur Tür.

»Wie geht es meinem Mann?«, hielt sie ihn zurück.

»War er heute nicht bei Ihnen?«

Sie schüttelte den Kopf. »Gestern auch nicht. Er ist wütend auf mich, nicht wahr?«

»Wütend ist er bestimmt nicht«, behauptete Klinkhammer. »Er hat nur eine Menge um die Ohren und macht sich große Sorgen.«

»Ja, um seine Prinzessin«, erwiderte sie. »Und um seine Jungs. Nicht um mich. Ich bin nur noch die fette Plauze, die

nicht aufgepasst hat. Was mache ich, wenn Emilie etwas zugestoßen ist? Was mache ich dann? Das kann ich doch nie
wiedergutmachen.«

Sie begann zu weinen, ganz leise und verhalten. Klinkhammer stand da wie festgenagelt, kam sich so linkisch und unbeholfen vor. Er war nun mal kein Notfallseelsorger oder Psychologe. In Situationen wie dieser fehlten ihm immer die richtigen
Worte.

Die Nacht zum Montag, 19. November – 4:00 Uhr

Nie zuvor hatte Elke Notkötter sich dermaßen erbärmlich gefühlt. Wie mit einem Schweißbrenner aus der Zeit geschnitten
und in die Minuten da draußen auf dem Weg hinter der S-Kurve
eingraviert. Als müsse sie bis ans Ende ihres Lebens mit bepin-
kelten Hosen im Scheinwerferlicht vor der Motorhaube von
Holgers Z4 stehen und das unter der Karosserie verklemmte
Kinderfahrrad betrachten, das dieses grausame Rumpeln und
Kreischen verursacht hatte.

Der Vorderreifen ragte heraus, die Felge war leicht verbogen. Eine Acht hatten sie das früher genannt. Früher, als das
Leben noch relativ einfach und so unbelastet gewesen war,
wie es nun nie wieder sein konnte.

Wie versteinert vom Schock und der ersten Ahnung des
noch kommenden Entsetzens starrte Elke auf die Acht hinunter und hatte dabei die Stimme ihres Fahrlehrers im Kopf. Er
war ein älteres Kaliber gewesen und hatte sich bemüht, ihr
diesen uralten Spruch einzuhämmern: »Wo ein Ball rollt, folgt
ein Kind.«

Das hieß noch nicht zwangsläufig, dass auch ein Kind in der Nähe sein musste, wenn ein Kinderfahrrad auf der Straße lag. Das Rad konnte von einem Kind liegen gelassen worden sein, weil es bei einem Sturz beschädigt worden war. So nahe beim Gutshof wäre das Kind dann eben zu Fuß nach Hause gelaufen. Und seine Mutter oder sein Vater wären losgegangen, um das Rad zu holen! So etwas ließ man nicht mitten auf der Straße liegen, auch nicht auf einem wenig befahrenen Wirtschaftsweg.

Elke meinte ja auch, sie hätte in den zwei, drei Sekunden, in denen die Scheinwerfer das Hindernis beleuchtet hatten, mehr gesehen als ein Rad. Da war noch etwas Buntes gewesen. Etwas, das weicher gewesen sein musste als ein Rad. Ihr Ex hatte mal eine Katze überfahren, das hatte sich im Auto genauso angefühlt wie das Rumpeln in der Sekunde, bevor das metallische Scheppern und Kreischen eingesetzt hatten.

Holgers Stimme erreichte sie wie durch Watte. »Was war das, um Himmels willen?«

»Ein Rad«, sagte sie tonlos. »Aber da war noch etwas. Ein Kind, glaube ich. Es muss weiter hinten liegen. Dreh um und fahr ein Stück zurück, damit ich Licht habe. Vielleicht ist es nicht schwer verletzt.«

Das glaubte sie selbst nicht. Es hätte sich bestimmt irgendwie bemerkbar gemacht, wenn es nicht schwer verletzt worden wäre. Es hätte geweint, geschrien. Aber da hinten war es totenstill.

Elke machte sich auf den Weg, nicht ahnend, wie lang sechzig oder siebzig Meter sein konnten. Natürlich wendete Holger den Wagen nicht, die Scheinwerfer leuchteten unverändert nach Hüppesweiler. In Richtung der tückischen S-Kurve glühten nur die Rücklichter und die Bremsleuchten wie rote Monsteraugen.

Schlappschwanz, dachte sie. Er bekam nicht mal den Fuß von der Bremse, umklammerte garantiert das Lenkrad mit beiden Händen und wünschte sich, er würde gleich aus diesem Albtraum erwachen.

Es war ein Albtraum, für sie nicht weniger als für ihn. Sie zitterte vor Schock, nicht weil die Kälte durch ihre nassen Hosen drang. Sie hatte Pudding in den Kniegelenken und ihre Arme kaum noch unter Kontrolle. Mit tauben Fingern fischte sie ihren Schlüsselring aus der Jackentasche, daran war ein LED-Lämpchen befestigt. Obwohl es winzig war, verstrahlte es ein grelles, fast weißes Licht.

Als der Lichtkegel das Bündel erfasste, sprangen ihr die leuchtenden Farben förmlich ins Auge. Neongelb, Pink, Violett, Blau, Grün, die Farben flossen ineinander. Wie ein zusammengefalteter Regenbogen lag es da mitten auf dem Weg. Die Füße in Gummistiefeln, die angezogenen Beine in geringelten Strumpfhosen und rosa Leggins mit Rüschen am Saum. Der Rumpf war umhüllt von einem Mäntelchen aus glänzendem Material, sah aus wie Lack.

Vom Gesicht war nichts zu erkennen, weil das Kind mit dem Rücken zu ihr lag. Elke sah nur den verstrubbelten blonden Haarschopf und den scheinbar nachlässig geflochtenen Strang hinter dem Kopf – ein Zopf. Der Brustkorb wirkte ganz flach und seltsam schief. Es war garantiert tot. Niemand konnte noch leben mit einem dermaßen zerquetschten Brustkorb. Mindestens ein Reifen musste …

Sie hätte sich hinunterbeugen, nach einem Puls tasten und auf Atemgeräusche horchen müssen. Elke drehte sich stattdessen ruckartig zur Seite, krümmte sich vor und erbrach den ätzenden Brei, der ihr unvermittelt in die Kehle schoss, auf die schmale Grabenböschung. Sie würgte und spuckte, bis nur noch Magensäure hochkam. Im hüpfenden Kegel des LED-Lämpchens bemerkte sie den Farbfleck im nassen Gras. Ein Regenhut, passend zu Mäntelchen und Stiefeln. Das war zu viel. Sie verharrte so vorgebeugt, wie sie stand, als sei sie plötzlich gelähmt.

»Was ist es?«, brüllte Holger aus sicherer Entfernung, als sie sich nach endlosen Minuten wieder aufrichten konnte und in ihren Jackentaschen nach Papiertüchern tastete, um sich den Mund abzuwischen. Ausgestiegen war er inzwischen, stand hinter der offenen Fahrertür.

»Ein Tier?«, kreischte er mit sich überschlagender Stimme, weil sie nicht sofort antwortete. »Das muss ein Tier sein. Sag mir, dass es ein Tier ist.«

»Klar doch!«, brüllte Elke zurück und bemühte sich, nicht in Tränen auszubrechen. »Das war ein Affe auf einem Fahrrad! Du hast ein Kind überfahren, du Idiot! Warum musstest du auch so rasen? Als ob es auf fünf Minuten angekommen wäre.«

»Ist es tot?« Endlich verließ er seine Deckung und kam langsam näher.

Elke nickte nur und fasste sich an die Kehle, weil sie nicht mehr schlucken konnte.

»Scheiße«, fluchte er, als er sie erreichte. »Ich hab es nicht gesehen. Ich weiß gar nicht, wo es so plötzlich herkam. Ist es von hier?«

Elke zuckte mit den Achseln und versuchte sich zu erinnern, ob sie in Hüppesweiler schon mal ein kleines Mädchen mit einem blonden Zopf gesehen hatte, und wenn ja, wo es wohnte. Aber ihr Kopf war wie leer gefegt.

»Was zum Teufel hatte es denn um die Zeit hier draußen zu suchen?«, wollte Holger wissen. Jetzt klang er, als sei er den Tränen nahe.

Sie zuckte noch einmal mit den Achseln.

Und er fragte: »Was machen wir denn jetzt? Wir können es doch hier nicht so liegen lassen?«

Nein, das konnten sie nicht.

8

Unter Verdacht

Elke – Montag, 19. November

Der Z4 war längst nicht so schlimm beschädigt, wie Elke
Notkötter es erwartet hatte. Nur ein paar Kratzer am vorderen Stoßfänger wie von einem zu hohen Bordstein oder
einem Poller. Damit deswegen niemand dumme Fragen
stellte, rammte Holger kurzerhand das niedrige Mäuerchen
um den Kellerfensterschacht neben dem Hauseingang, nachdem sie die letzten vierhundert Meter Heimweg bewältigt
hatten.

Dann schnappte er sich die Reisetasche. Ihre Wohnung lag
im ersten Stock. Er stampfte die Treppe hinauf, schloss auf,
ließ im Flur die Tasche fallen und ging gleich ins Bad. Elke
dachte, auch er müsse sich übergeben, aber er wusch sich nur
die Hände, duschte ausgiebig, zog frische Sachen an, machte
sich mechanisch Kaffee und Brote und fuhr um halb sieben
wie gewohnt zur Arbeit.

»Ich kann's mir nicht leisten, blauzumachen«, sagte er.

Dass er aussah wie eine wandelnde Leiche, ließ sich mit
dem Lkw-Unfall auf der Autobahn, der langen Wartezeit im
Stau und fehlendem Schlaf erklären. Damit wollte er auch den

Rempler gegen das Mäuerchen entschuldigen, falls ihn deswegen jemand zur Rede stellte.

Elke hätte es nicht geschafft, den Kolleginnen in der Hertener Stadtverwaltung dieselbe Story aufzutischen und sich so zu verhalten, als wäre nichts weiter geschehen. Draußen in der Dunkelheit auf dem Weg war sie die Stärkere gewesen, aber seit sie die Wohnung betreten hatten, konnte sie nicht aufhören zu weinen.

Sie stellte sich ebenfalls unter die Dusche, schlüpfte danach in saubere Unterwäsche, eine Thermo-Jeans und ein flauschig dickes Sweatshirt, weil sie entsetzlich fror, obwohl in der Wohnung die üblichen einundzwanzig Grad herrschten. Bibbernd raffte sie die Sachen zusammen, die auf dem Boden lagen, stopfte alles, ohne vorher zu sortieren, in die Waschmaschine. Dann ging sie in die Küche, schaltete das Radio ein, machte sich ebenfalls Kaffee und setzte sich an den Tisch.

Um sieben hörte sie es zum ersten Mal, danach jede halbe Stunde: »Seit Samstagnachmittag wird die fünfjährige Emilie Brenner aus Herten vermisst. Gegen fünfzehn Uhr dreißig verließ Emilie ihr Elternhaus …«

Brenner! Der Name schickte einen Stromstoß durch Elkes Hirn und ihre Glieder. Ihre Tante trainierte im Brenner-Center, hatte sich damit eine Bandscheiben-OP erspart und keine Rückenschmerzen mehr. Bei jedem Besuch sang sie ein Loblied auf den Betreiber des Studios. Ein sympathischer und kompetenter Mensch, dieser Lukas Brenner. Ob es den Namen in Herten mehrmals gab?

Nun war Herten nicht so weit von Hüppesweiler entfernt, dass man sich hätte fragen müssen, wie das Kind diese Strecke auf einem Rad hatte zurücklegen können. Aber Samstagnachmittag um halb vier, bis Montagmorgen um vier, das waren sechsunddreißigeinhalb Stunden. Wo war es denn die ganze Zeit gewesen?

Um acht Uhr meldete Elke sich im Personalbüro mit einer Erkältung krank, das war glaubhaft. Wegen der stundenlangen Heulerei klang ihre Stimme verschnupft. Jedes Mal, wenn sie die Vermisstenmeldung im Radio hörte, brach sie erneut in Tränen aus. Sie konnte das Weinen nicht abstellen und das Bild nicht aus dem Kopf verbannen: wie es dagelegen hatte, so klein und zerbrochen. Zerdrückt von einem oder zwei Niederquerschnittsreifen.

Am späten Vormittag brachte der DHL-Bote ein Buch, das Elke freitags bestellt hatte. Weil sie normalerweise um die Tageszeit nicht daheim war, lieferte er das Päckchen aus Gewohnheit bei der Nachbarin ab. Die brachte es kurz darauf und erzählte von der Suchaktion in Hüppesweiler und der Umgebung. Hubschrauber, Hunde, Horden von Polizisten und das THW, aber keine Spur von dem vermissten Kind.

»An die Eltern darf ich gar nicht denken«, sagte die Nachbarin, die erst vor vier Monaten ihr zweites Kind bekommen hatte. »Die armen Leute, man mag sich nicht vorstellen, durch welche Hölle sie jetzt gehen.«

Holger kam schon um halb fünf nach Hause. Er war mit dem Auto in der Waschanlage gewesen und hatte die Reifen zusätzlich von Hand abgespritzt. Auf der Arbeit hatte er sich mit Kopfschmerzen entschuldigt und zugesagt, zum Ausgleich am Dienstag länger zu bleiben.

Der Unfall machte ihm mehr zu schaffen, als er zugeben wollte. Sich von Elke anzuhören, das Kind sei schon am Samstagnachmittag verschwunden und wie begeistert ihre Tante vom Vater dieses kleinen Mädchens war, um anschließend zu spekulieren, wo es sechsunddreißigeinhalb Stunden gewesen sein mochte, das war ihm zu viel. Er legte sich im Wohnzimmer auf die Couch. Und als um siebzehn Uhr im Küchenradio die nächsten Nachrichten begannen, verlangte er: »Mach das aus.« Aber er beschwerte sich nicht, als sie das ignorierte.

Um halb sechs war im Radio von einer Begleitung die Rede. Kurz nach sechzehn Uhr sollte Emilie Brenner noch mit einem jungen Mann gesehen worden sein. Und in den Neunzehn-Uhr-Nachrichten hieß es dann, die Polizei habe am frühen Nachmittag einen Mann festgenommen. Wie aus gut unterrichteten Kreisen verlautet war, sollte der Verdächtige zum persönlichen Umfeld des Kindes gehören.

Elke dachte an einen Onkel oder jemanden aus der Nachbarschaft und hörte dann aber auch noch, dass sich der Verdächtige schon wieder auf freiem Fuß befand, weil die Polizei bisher keine Beweise für eine Straftat hatte. Wann und wo sollten sie denn Beweise finden, solange sie das arme Ding nicht gefunden hatten?

Danach versuchte Elke ihren Mann davon zu überzeugen, dass sie sich melden müssten, damit die Polizei dem Verdächtigen eine Straftat nachweisen konnte.

»Tickst du noch sauber?«, fuhr Holger sie an, wobei er sich auch noch bezeichnend mit einem Finger an die Stirn tippte. »Denk nach, ehe du das Maul aufreißt. Mag sein, dass der Verdächtige dem Kind Schlimmeres angetan hat, als ich mir vorstellen will. Aber wer hat es anschließend überfahren, er oder wir?«

»Du«, sagte Elke. »Nicht wir. Wenn ich am Steuer gesessen hätte, wäre das nicht passiert. Wie oft habe ich dir gesagt, du sollst nicht so rasen?«

Dienstag, 20. November – früher Morgen

Viel geschlafen hatten Elke und Holger Notkötter auch in der Nacht zum Dienstag nicht. Als um sechs der Wecker klingelte, appellierte Elke noch einmal an das Gewissen ihres Mannes. Aber Holger wollte nichts davon hören, dass sie der Polizei wenigstens einen Hinweis geben müssten. Auch nicht anonym. Die konnten doch jeden Anruf zurückverfolgen. Bisher sah es gut aus für ihn, er hatte nicht vor, das zu ändern.

»Wo die am Sonntag alles abgesucht haben, werden sie nicht noch mal suchen«, meinte er. »Es wird uns auch keiner dumme Fragen stellen. Als das Kind verschwunden ist, waren wir bei Biggi und Bob. Uns kann nichts passieren. Wir müssen jetzt nur die Nerven behalten.«

»Und wie lange soll das arme Ding da liegen?«, fragte Elke. »Bis nichts mehr übrig ist? Stell dir doch mal vor, es wäre deine Tochter. Wüsstest du nicht gerne, wo sie ist, was mit ihr passiert ist und wer es getan hat?«

Darauf bekam sie keine Antwort. Holger ging ins Bad, sie in die Küche. Diesmal machte sie ihm Kaffee und die Brote, die er mit zur Arbeit nahm, wie sie es bisher getan hatte. Normalerweise schmierte sie auch für sich ein Brot für die Frühstückspause, doch darauf verzichtete sie, weil sie nicht vorhatte, zur gewohnten Zeit nach Herten zu fahren.

Nachdem Holger die Wohnung verlassen hatte, saß sie noch geraume Zeit in der Küche, ging in Gedanken ihre weiteren Schritte durch und hörte dem Lokalsender zu. Neuigkeiten gab es nicht zu berichten. Noch keine Spur von der seit Samstag vermissten fünfjährigen Emilie Brenner, hieß es lapidar. Als sei es bereits Schnee von gestern.

Es war noch zu dunkel, um die Laufschuhe anzuziehen. Aber Elke konnte nicht warten, bis es richtig hell wurde, weil sie um die Zeit schon an ihrem Schreibtisch in der Stadtverwaltung hätte sitzen müssen. Noch einen Tag mit vorgetäuschter Erkältung fernbleiben wollte sie nicht.

Sie hatte sich alles gut überlegt. Um halb sieben schnürte sie die Schuhe und legte die Stirnlampe um. Dann verließ sie die Wohnung, zog die Tür geräuschvoller zu als sonst und hoffte, dass die Nachbarin sich darüber ärgerte, weil das Baby von dem Krach aufwachte. Als sie aus dem Haus in die feuchtkalte Dunkelheit trat, überlief sie ein Schauder, der nichts mit den Außentemperaturen zu tun hatte.

Dann lief sie los, etwas schneller als sonst, was aber keinen stutzig machen konnte, der sie sah. Rasch ließ sie das Gutshofgelände hinter sich, weit musste sie nicht laufen. Etwa hundert Meter vor der ersten Kurve machte sie halt. Zu sehen war nichts, aber sie meinte, ungefähr an der Stelle sei der Z4 zum Stehen gekommen.

Sie machte ein paar Dehnübungen. Falls jemand in Hüppesweiler aus dem Fenster schaute und das Licht ihrer Stirnlampe auf dem Weg bemerkte, musste es aussehen, als beuge sie sich zum Graben hinunter. Sie wollte es so perfekt wie nur möglich machen.

Dann hetzte sie zurück, hatte ihr Handy absichtlich in der Wohnung *vergessen,* um nicht draußen auf die Polizei warten zu müssen. Ziemlich genau um sieben Uhr stolperte sie wieder ins Schlafzimmer, riss das Handy vom Nachttisch und wählte die Nummer, die sie gestern halbstündlich im Radio gehört hatte.

Dienstag, 20. November – vormittags

Als Klinkhammer kurz nach acht verständigt wurde, war sein erster Gedanke: *Das kann nicht sein.* Nicht in dem Graben. Der war doch zweimal abgesucht worden. In der Nacht zum Sonntag durch zwei von Dieter Franzens Leuten. Gut, von denen war nur einer die Strecke abgegangen, dem mochte in der Dunkelheit entgangen sein, dass etwas im Wasser lag. Klinkhammer war jedoch überzeugt, dass jeder Polizist nahe der tückischen S-Kurve besonders aufmerksam hingeschaut hätte. Und noch mal bei Tageslicht am Sonntag durch das THW mit Anglerstiefeln und Stangen. Die waren nicht neben dem Graben hergelaufen, sie waren hineingestiegen, hätten das Rad und das Kind finden müssen. Aber für das scheinbar Unmögliche gab es eine simple Erklärung: dass nämlich am Sonntag noch nichts im Graben gelegen hatte.

Seit er am vergangenen Abend noch mal mit Anne gesprochen hatte, war Klinkhammer mehr denn je überzeugt, dass Marlies Heitkamp nur bei Anne aufgetaucht war, weil sie ihren Sohn in dem Viertel vermutet hatte. Und dass Marlies ohne ihn heimgefahren wäre, konnte Klinkhammer sich nur schwer vorstellen. Viel wahrscheinlicher war, dass Marlies sich anschließend auf die Suche nach dem Madeninspekteur gemacht hatte.

Vielleicht hatte sie ihn angerufen, um in Erfahrung zu bringen, wo er sich herumtrieb. Garantiert hatte sie schon vor Ladenschluss versucht, ihn an die Strippe zu bekommen, und so festgestellt, dass er nicht daheim am Computer saß. Da sie ihn nicht mehr so wie früher kontrollieren konnte, machte sie wahrscheinlich Kontrollanrufe auf dem Festnetzanschluss. Das schien plausibel und ließ sich mit der entsprechenden richterlichen Genehmigung überprüfen. Ebenso gut konnte

Markus Heitkamp sich bei seiner Mutter gemeldet haben, nachdem er mit Emilie ein Stück zu weit gegangen war.

Klinkhammer hatte unwillkürlich seine eigene Stimme im Ohr mit einer Frage, die er vor Jahren gestellt und auch selbst beantwortet hatte, als er seinem Freund beim BKA vom Fall Rena Zardiss erzählte: »*Wohin fährt so ein Bengel, wenn er Mist gebaut hat? Zu Papa, damit der den Mist wegräumt.*« Mama Heitkamp hätte garantiert auch jeden Mist beseitigt, den ihr Bengel gebaut hatte.

Zur Fundstelle zog es Klinkhammer nicht unbedingt. Als Leiter des KK 11 in Hürth hätte er auch nicht hinfahren müssen. Jetzt waren die Kölner Kollegen zuständig. Aber Rita Voss wollte hin, und er musste. Musste mit eigenen Augen sehen, dass es sich nicht wieder um ein vergammeltes Rad wie das aus dem Container handelte, sondern um ein pinkfarbenes Mädchenrad der Marke Puky mit 18-Zoll-Felgen. Und dass aus Richtung Landstraße unmittelbar hinter der ersten Schleife keine bunte Plastiktüte voll Müll im Wasser lag, sondern tatsächlich ein kleiner Körper in einem regenbogenfarbenen Mäntelchen.

Robert Bläser, Dienstgruppenleiter der Tagschicht in der Bergheimer Wache, hatte großzügig absperren lassen. Schon gute hundert Meter vor dem Beginn der ersten Kurve stand ein Streifenwagen quer auf dem Weg, der zweite blockierte weiter hinten die Auffahrt zum Gutshof. Für die Bewohner von Hüppesweiler war kein Durchkommen, was aber nur drei Mütter betraf. Zwei von ihnen wollten ihre Kinder zur Schule bringen und verlangten Bescheinigungen, dass die Teilnahme am Unterricht wegen einer polizeilichen Maßnahme nicht möglich war. Die dritte war Frau Schnitzler, die Mutter von Emilies Freundin, die Hannah nicht zur Kita bringen konnte.

437

Die Männer, die außerhalb des Gutshofs beschäftigt waren, hatten sich wie Holger Notkötter schon früher auf den Weg zu ihren Arbeitsplätzen gemacht. Drei, vier andere standen zusammen mit einigen Frauen bei dem zweiten Streifenwagen. Sie alle hatten in der Nacht zum Sonntag mit Olaf, Simone und Lars Nießen auf dem Gutshofgelände nach Emilie gesucht. Nun beobachteten sie angespannt das Geschehen auf dem Weg.

Als Klinkhammer und Rita Voss eintrafen, war Emilies Leiche noch nicht geborgen. Das Kinderfahrrad steckte gute neunzig Meter hinter der Kurve ebenfalls noch im Graben. Weil Elke Notkötter nur die *Entdeckung* des Rads gemeldet hatte, waren zwar zwei Kriminaltechniker aus Hürth vor Ort, darunter Hormann, der schon das Rad aus dem Container, das Brenner-Center und die Doppelhaushälfte unter die Lupe genommen hatte. Um Ärger und Kompetenzgerangel zu vermeiden, warteten sie jedoch lieber auf die Kölner Kollegen. Die waren schon verständigt, ebenso die Kölner Kripo und natürlich die Staatsanwaltschaft.

Nachdem er ein paar Worte mit Hormann und Bläser gewechselt hatte, ging Klinkhammer mitten auf dem Weg langsam die neunzig Meter von einer zur anderen Fundstelle und wieder zurück. Rita Voss hielt sich an seiner Seite. Seit feststand, dass er Markus Heitkamp offenbar zu Recht im Visier gehabt hatte, war Klinkhammer in ihrer Achtung ebenso gestiegen wie sie seit der Nacht zum Sonntag in seiner. Hormann schloss sich ihnen an, weil er nicht tatenlos herumstehen wollte. Und Bläser lief mit, weil er einer der Ersten vor Ort gewesen war und mit Elke Notkötter gesprochen hatte.

Auf dem schadhaften Fahrbahnbelag machte Klinkhammer nicht die kleinste Spur von Blut aus, nur pinkfarbene

Lackpartikel, von denen Hormann schon zwei Pröbchen eingetütet hatte. Die Partikel bildeten keine durchgehende, aber eine eindeutige Linie. Zu Anfang war sie relativ kräftig, wurde jedoch schnell schwächer und verlor sich völlig auf Höhe des Rads im Wasser. Am auffälligsten war die Farbe dort, wo das Kind im Graben lag. Und da hatte Hormann einen dritten Probenbeutel mit etwas Grünzeug gefüllt, dem Spuren einer Substanz anhafteten, das wie Erbrochenes aussah.

Emilies Leiche schimmerte als heller Fleck durch das erstaunlich klare Wasser hinauf zur Oberfläche. Sie war teilweise im modrigen Grund eingesunken, aber trotzdem gut zu erkennen, wenn man sich auf der schmalen Grabenböschung vorbeugte, was Klinkhammer tat.

»Eine Joggerin?«, vergewisserte er sich anschließend bei Bläser.

»Ja«, bestätigte der. »Ich habe sie wieder nach Hause geschickt, nachdem sie uns gezeigt hatte, wo das Rad liegt. Viel erzählen konnte sie nicht, nur dass sie regelmäßig dreimal die Woche läuft.«

»Wo denn?«, fragte Klinkhammer. »Ich laufe auch dreimal die Woche. Aber ich käme nie auf den Gedanken, auf einem schmalen Grünstreifen neben einem Wassergraben zu balancieren. Wie schnell ist man hier abgerutscht.«

»Sie wird auch nicht auf dem Streifen gelaufen sein«, meinte Bläser.

»Dann hätte sie nicht gesehen, dass hier etwas im Graben liegt«, sagte Klinkhammer, trat einige Schritte zurück in die Mitte des Weges und verdeutlichte mit einer Geste, Bläser möge sich selbst überzeugen.

»Sie hat ja nicht das Kind gesehen, sondern das Rad«, sagte Bläser.

»Das ist vom Weg aus garantiert auch nicht zu sehen«, sagte Klinkhammer. Der Graben war da hinten, wo das Rad lag, stark überwuchert. Sie gingen noch einmal zurück wie eine kleine Prozession. Auf die Bewohner von Hüppesweiler musste es befremdlich wirken, als könnten sie sich nicht entscheiden, ob und wo sie Wasserproben nehmen sollten, das war Klinkhammer durchaus bewusst. Dabei lief in seinem Hirn ein Film ab, der dem tatsächlichen Geschehen ziemlich nahekam.

Als der Erkennungsdienst aus Köln eintraf und alles zu markieren und abzulichten begann, machten sich Hormann und der zweite Techniker wieder auf den Weg nach Hürth – mit den drei Proben, die Hormann gesammelt hatte. Es war noch genug Material für die Kölner Kollegen übrig. Rita Voss fuhr mit zurück, obwohl sie sich entschieden lieber mit Elke Notkötter unterhalten hätte. Aber das war jetzt Aufgabe der Kölner Kripo.

Klinkhammer blieb, als er hörte, wer im Anmarsch war. Armin Schöller und Karl-Josef Grabowski, zwei Männer, mit denen er sich vor geraumer Zeit schon mal auseinandergesetzt hatte, als der Rhein-Erft-Kreis von einer brutalen Einbrecherbande heimgesucht worden war und es zwei Tote gegeben hatte. *Kalle* Grabowski hatte er in guter Erinnerung: ein noch recht junger Mann, der sich trotz Studium an der Polizeihochschule nicht einbildete, alles besser zu wissen. Kalle war begierig, von erfahrenen Kollegen zu lernen. Leider war er nicht der leitende Ermittler.

Das war Schöller – damals wie heute –, und für den war Klinkhammer nur der *Provinzprofiler* mit den vom BKA gesponserten Förderkursen und reichlich Vitamin B gewesen.

Immerhin zählte eine scharfzüngige und einflussreiche Oberstaatsanwältin zu Klinkhammers engstem Freundeskreis. Sie
hatten einige Differenzen ausgetragen, ehe Schöller für kurze
Zeit triumphieren durfte, weil es in Klinkhammers Bekann-
tenkreis vorübergehend auch eine hochgradig Mordverdäch-
tige gab.

Doch die früheren Querelen schien Schöller vergessen zu
haben. Er begrüßte Klinkhammer mit festem Händedruck.
»Ich sag jetzt nicht, freut mich, Sie wiederzusehen, Herr Kollege. Der Anlass ist ja alles andere als erfreulich.«

Grabowski schüttelte Klinkhammer ebenfalls die Hand
und gesellte sich dann zu den Leuten vom Erkennungsdienst,
die neunzig Meter weiter dabei waren, das Rad zu bergen.
Über den obligatorischen weißen Overalls trugen zwei Männer brusthohe grüne Anglerhosen mit Stiefeln. Aber nur einer
stand im Graben.

Klinkhammer und Schöller blieben bei dem hellen Fleck im
Wasser zurück. Klinkhammer umriss die bisherigen Ereig-
nisse, Maßnahmen, Vermutungen und seine jüngsten Erkenntnisse.

»Es sieht nach einem Unfall mit Fahrerflucht aus«, begann
er und wies auf den Anfang der pinkfarbenen Linie. »Hier
wurde das Rad erwischt und mitgeschleift bis dahinten.« Sein
ausgestreckter Arm wies zu dem Mann in Weiß-Grün, der
Grabowski gerade irgendwas erzählte und dabei geflissentlich
übersah, dass sein Kollege im Graben darauf wartete, dass
ihm endlich einer das Rad abnahm.

Schöller folgte dem schwächer werdenden Farbstreifen mit
den Augen und spann den Faden weiter: »Dann wurde das
Rad dort entsorgt, wo der Wagen zum Stehen kam. Und das
Kind hier am eigentlichen Unfallort. Hat's hier am Samstag

auch so heftig geregnet?« Offenbar vermisste er ebenfalls Blutspuren auf dem löchrigen Asphalt.

»Nachmittags ließ es mal für kurze Zeit nach«, sagte Klinkhammer. »Ansonsten hat es den ganzen Tag geschüttet, bis weit in den Abend hinein. Gestern und am Sonntag war es trocken.«

»Und die Kleine wollte am Samstagnachmittag zu ihrer Freundin«, sinnierte Schöller. »Miese Wetterbedingungen, eine eklige Strecke.« Offenbar nahm er an, der Regen habe vorhandenes Blut an der Unfallstelle weggespült. Sein Blick wanderte weiter bis Hüppesweiler, wobei er feststellte: »Allzu groß dürfte die Anzahl der infrage kommenden Fahrzeuge nicht sein. Wie viele Leute wohnen da hinten, und wie viele sind motorisiert?«

»Kann ich aus dem Stegreif nicht sagen«, antwortete Klinkhammer. »Aber Emilie ist nicht am Samstag überfahren worden, sonst hätten wir sie am Sonntag gefunden. Kind und Rad wurden höchstwahrscheinlich erst letzte Nacht hier abgelegt. Die Frau, die uns …« Weiter kam er nicht.

Schöller gestattete sich ein Lächeln, das auf Klinkhammer ein klein wenig überlegen oder gönnerhaft wirkte. »Wenn der Unglücksfahrer Kind und Rad im Kofferraum zwischengelagert hat, kann der Unfall sehr wohl am Samstag passiert sein. Beim Ablegen stimme ich Ihnen zu. Damit hat er sich Zeit gelassen, bis die Luft wieder rein war. Im wahrsten Sinne des Wortes. Sie hatten doch einen Hummel im Einsatz.« Das Lächeln verlor sich, als er hinzufügte: »Ich hab's in den Nachrichten gehört und mir vorstellen müssen, es wäre eine von meinen. Über so was darf man nicht nachdenken.« Schöller hatte zwei Töchter, die dritte war unterwegs, wie er Klinkhammer mitteilte.

»Dann wäre ich anstelle des Unglücksfahrers fürs Ablegen aber ein Stückchen weiter gefahren«, hielt Klinkhammer dagegen. »Wer ist denn so blöd und legt sich das Unfallopfer quasi vor die Haustür, wenn er Zeit zum Nachdenken hatte? Und wieso liegt das Rad dahinten?«

»Sagen Sie's mir«, verlangte Schöller. »Sie sind das Genie mit einem Gönner in Wiesbaden. Ich bin nur ein überarbeiteter Großstadtbulle ohne Beziehungen, der nicht weiß, wie die Landbevölkerung tickt.«

Auf seine Beziehungen und den Großstadtbullen ging Klinkhammer nicht ein. »Unter Schock ticken die meisten Leute ähnlich«, sagte er. »Da spielt es keine große Rolle, ob man in der Stadt oder auf dem Land lebt.« Dann meldete er seine Zweifel an Elke Notkötters Version an. »Wenn die Frau auf dem Weg gelaufen ist, konnte sie den Graben nicht einsehen.«

Schöller erlaubte sich ein Grinsen. »Beim Joggen macht man auch mal Pause. Man stützt die Hände auf die Knie, beugt sich vor. Und schon hat man den richtigen Blickwinkel.«

Er demonstrierte es, und Klinkhammer sagte: »Gesehen hätte sie trotzdem nichts. Früh um sieben war es hier draußen noch stockdunkel.«

»Inzwischen läuft man mit Stirnlampe«, sagte Schöller. »Sie sollten sich auch eine zulegen. Und ein Paar gute Laufschuhe. Wo Sie jetzt einen Schreibtischjob haben, könnte ein bisschen Ausgleichssport nicht schaden. Meinen Glückwunsch zur Beförderung übrigens noch.«

»Danke«, sagte Klinkhammer.

Weiter hinten lag das Rad mit dem verbogenen Vorderreifen inzwischen auf einer Plane und wurde aus allen Perspektiven fotografiert. Die beiden Männer in Grün-Weiß näherten sich, um auch Emilie zu bergen. Grabowski begleitete sie.

Wie auf Kommando setzten sich Klinkhammer und Schöller ebenfalls in Bewegung, gingen ihnen entgegen und weiter bis zu der Plane, wo sie so tun konnten, als nähmen sie das Rad näher in Augenschein. Schöller tat das vielleicht auch. Klinkhammer dagegen schaute aus sicherer Entfernung zu, wie bei der Kurve eine weitere Plane auf dem Asphalt ausgebreitet wurde.

Mit einem Anflug von Erleichterung registrierte er, dass Grabowski die Substanz auf dem Grünstreifen – vermutlich Reste von Erbrochenem – ebenfalls bemerkte und einen der Techniker aufmerksam machte. Der rupfte wie vorhin Hormann ein paar Grashalme und Blättchen ab, tütete sie ein und überreichte sie dem ehrgeizigen jungen Kommissar. Gut! Auf alles, was sie selber fanden, musste Klinkhammer sie nicht mit der Nase stoßen und sich damit unbeliebt machen.

Wieder stieg einer der Männer in den Graben. Der zweite stand breitbeinig auf der schmalen Böschung und beugte sich vor, um das bunte Bündel entgegenzunehmen, das sein Kollege ihm anreichte. Grabowski hielt ein wenig Abstand. Man musste ja nicht unmittelbar dabeistehen, wenn die Leiche eines fünfjährigen Mädchens aus dem Wasser gezogen wurde.

Schöller ging es wahrscheinlich noch mehr an die Nieren als Klinkhammer, auch wenn Schöller sich bemühte, es durch kühle Routine zu überspielen. »Kennen Sie einen Bestattungsunternehmer?«, wollte er wissen.

»Sicher«, sagte Klinkhammer. »Ich kenne mehrere.«

»Einer reicht«, sagte Schöller.

Angesichts der Tatsache, dass man die Bewohner von Hüpesweiler nicht den ganzen Tag von der Außenwelt abschneiden konnte, und um unliebsame Zwischenfälle zu vermeiden, hielt Schöller es für besser, Emilies Leiche sofort ins Institut für Rechtsmedizin zu überstellen, statt von dort erst noch jemanden anrücken zu lassen, der hier draußen sowieso nicht mehr feststellen konnte als Grabowski, der sich nun Einmalhandschuhe überstreifte. Auf den Schutzanzug, der eigentlich Pflicht gewesen wäre, verzichtete er, ging neben der Plane in die Hocke.

Klinkhammer erledigte das Telefonat mit dem Beerdigungsinstitut und erkundigte sich anschließend bei Schöller: »Wann wollen Sie die Anwohner befragen? Da wäre ich gerne dabei, wenn Sie nichts dagegen haben.«

Es hätte ihm die Möglichkeit geboten, sich die Joggerin mal aus der Nähe anzuschauen und ihr die eine oder andere Frage zu stellen.

»Weder Sie noch ich werden die Leute da hinten befragen«, antwortete Schöller. »Das überlassen wir anderen. Man merkt, dass Sie noch nicht lange auf Ihrem Posten sitzen.«

»Ich sitze auch nicht gerne«, sagte Klinkhammer. »Und ich bin mir nicht zu schade, eigenhändig Klinken zu putzen. Wenn man den Leuten ins Gesicht schaut, wirkt eine Aussage oft ganz anders, als wenn man sie irgendwo abliest oder von dem hört, der sie entgegengenommen hat.«

»Sie haben es auf die Joggerin abgesehen«, stellte Schöller fest. »Na, von mir aus. Wenn Sie nichts Besseres zu tun haben und Ihnen so viel daran liegt, die Frau zu interviewen, tun Sie sich keinen Zwang an. Aber ich kriege einen Bericht.«

»Selbstverständlich«, sagte Klinkhammer.

Er wollte sich gerade abwenden, als er den Geländewagen bemerkte, der von der Landstraße aus in einem Affenzahn heranbrauste. »Der fehlt uns noch«, murmelte er. »Konnte der nicht eine halbe Stunde später hier aufkreuzen?«

»Wer ist das?«, fragte Schöller.

»Der Vater«, sagte Klinkhammer und eilte, statt zum Gutshof, wieder zurück zur Kurve, dicht gefolgt von Schöller.

Der quer stehende Streifenwagen war schon vor einer Weile an die Seite gefahren worden, um die ersten Fahrzeuge aus Köln durchzulassen. In Blockadeposition hatte ihn danach keiner mehr gebracht, weil Schöller und Grabowski erwartet wurden und die beiden Techniker aus Hürth mit Rita Voss zurück zur Landstraße mussten.

Der Mann im Graben reichte seinem Kollegen noch den Regenhut, den er aus dem schlammigen Untergrund gefischt hatte, und hievte sich gerade zurück auf die Böschung, als der VW Touareg durch die letzte Kurve schlingerte.

Das Fahrzeug kam abrupt vor dem hurtig aufspringenden Grabowski und dem zerbrochenen Regenbogen auf der Plane zum Stehen. Lukas sprang heraus, brach in die Knie und warf sich über den Leichnam. Seine Schreie stachen Klinkhammer wie Messer in den Magen.

Vier Männer waren nötig, um Lukas von seiner Tochter wegzuzerren. Grabowski und der Fahrer des Streifenwagens führten ihn zur Seite. Die beiden, die Emilie geborgen hatten, beeilten sich, den kleinen Körper mit der Plane abzudecken.

Schöller fluchte, weil Klinkhammer nicht auf die Idee gekommen war, sofort einen Bestatter herzuzitieren und das Kind von seinen Leuten bergen zu lassen. »Statt mitzudenken, profilern Sie ja lieber und verdächtigen harmlose Jogger, die beim Frühsport glücklicherweise an der richtigen Stelle ihre Dehnübungen gemacht haben«, ereiferte er sich.

»Hätte ich unsere Leute in den Graben schicken sollen, damit

Sie mir wieder vorwerfen können, wir wären wie eine Horde Elefanten durch den Tatort getrampelt, deshalb hätten Ihre Leute keine eindeutigen Spuren mehr gefunden?«, verteidigte Klinkhammer seine Zurückhaltung. »Das hatten wir beim letzten Mal.«

»Der Graben ist kein Tatort«, erklärte Schöller.

»Weiß ich«, sagte Klinkhammer. »Trotzdem musste keine Kompanie durchlatschen. Und wenn ich laufe, mache ich meine Dehnübungen vorher oder nachher, aber nicht zwischendurch. Ich mache auch nicht schon nach den ersten vierhundert Metern Pause.«

»Hören Sie auf zu streiten«, verlangte ausgerechnet Lukas. Er schaute an sich hinunter. Sein T-Shirt und die leichte Trainingshose waren feucht und verschmutzt. Eine Jacke trug er nicht, er war wohl aus dem Studio in den Wagen gesprungen.

Klinkhammer konnte sich denken, wie er so schnell hergefunden hatte. Garantiert hatte Hannah Schnitzlers Mutter Lukas verständigt, dass die Polizei den Weg zur Landstraße gesperrt und anscheinend etwas gefunden hatte.

Lukas schaute zu seiner von der Plane umhüllten Tochter hinunter und kniff im Schmerz die Augen zusammen. »Wurde sie überfahren?«

»Das wird die Untersuchung zeigen«, sagte Schöller.

»Sie wollen sie aufschneiden lassen?« Mit einem Mal klang Lukas nicht mehr erschüttert, nur noch heiser und kratzig. Er sah aus, als wolle er sich erneut auf jemanden stürzen, diesmal wohl auf Schöller.

»Ich will das nicht, Herr Brenner«, sagte Schöller. »Eine Obduktion ist in so einem Fall zwingend vorgeschrieben.«

»Sie wollen doch sicher auch wissen, wie Emilie gestorben ist«, mischte Klinkhammer sich ein.

»Damit ich es mir bis an mein Lebensende vorstellen muss?«, fragte Lukas und schüttelte heftig den Kopf. »Nein! Nein, ich will das nicht wissen. Sie ist tot, mehr muss ich nicht wissen. Nichts und niemand kann sie wieder lebendig machen.«

»Bringen Sie den Mann hier weg«, verlangte Schöller.

»Gehen wir, Herr Brenner«, sagte Klinkhammer und packte Lukas mit festem Griff beim Arm. »Wir beide sind hier momentan nur im Weg.« So etwas wie »mein herzliches Beileid« wollte ihm nicht über die Lippen. Es war kaum die geeignete Situation für derartige Floskeln, lieber fügte er hinzu: »Sie wollen jetzt sicher zu Ihrer Frau. Ich bringe Sie hin.«

Lukas schüttelte erneut den Kopf. »Ich muss zurück ins Studio, bin immer noch nicht durch mit der Kundendatei. Ihre Kollegen gehen die zwar auch durch, aber die kennen die Leute doch nicht so gut wie ich.«

Er ließ sich widerstandslos wegführen. Klinkhammer bugsierte ihn zur Beifahrerseite des Dienstwagens. Den Touareg konnte später einer der Trainer abholen. Ehe Klinkhammer ihn beim Brenner-Center aussteigen ließ, erkundigte er sich: »Soll ich es Ihrer Frau sagen?«

Wieder schüttelte Lukas den Kopf. »Das wird Jürgen übernehmen, wenn er den Zeitpunkt für richtig hält. Darüber haben wir schon gesprochen. Ich rufe ihn gleich an. Wann kann ich sie noch einmal sehen?«

Wen er meinte, musste er nicht erklären.

»Sie bekommen Bescheid«, sagte Klinkhammer.

Dann fuhr er zurück auf seinen neuen Posten und sorgte dafür, dass sämtliche Berichte und Protokolle für Schöller zusammengestellt und nach Köln übermittelt wurden.

An dem Dienstag bekam Klinkhammer Schöller nicht mehr zu Gesicht. Am Spätnachmittag stattete Grabowski ihm einen Besuch im neuen Reich ab und zeigte sich in keiner Weise erstaunt, Klinkhammer noch anzutreffen, obwohl er eigentlich schon Dienstschluss gehabt hätte.

Grabowski hatte in den letzten Stunden, unterstützt von Kollegen der Dienststelle Nord, die Bewohner von Hüppesweiler befragt und wollte sich noch Klinkhammers Theorie anhören, ehe er zurück nach Köln fuhr.

»Schöller sagte, Sie hätten diese Notkötter auf dem Kieker, warum?«

»Weil mir ihre Geschichte nicht glaubwürdig erscheint«, sagte Klinkhammer.

»Sie kann aber nichts mit der Sache zu tun haben«, meinte Grabowski. »Nach dem Zustand der Leiche zu urteilen, müsste das Kind am Samstag oder Sonntag gestorben sein. Die Totenstarre war schon wieder weitgehend gelöst. Ich bin zwar kein Forensiker, aber bei einer Wassertemperatur von acht Grad ...«

Den Rest ließ er offen, als habe er Klinkhammer eine Mathematikaufgabe gestellt und warte nun auf das Ergebnis – oder eine Bestätigung seiner eigenen Einschätzung. Als Klinkhammer schwieg, sprach er weiter: »Die Kleine wurde überfahren, das ist sicher. Der Brustkorb war eingedrückt, beide Beine und der linke Arm gebrochen, soweit ich feststellen konnte.«

»Und wieso kann Frau Notkötter damit nichts zu tun haben?«, fragte Klinkhammer. Er hätte zu dem Punkt gerne mehr gehört als eine lapidare Behauptung.

»Das Wochenende über waren sie und ihr Mann bei Freunden in Norddeutschland«, erklärte Grabowski. »Muss noch geprüft werden, wird aber wohl stimmen. Laut ihren Angaben sind sie am Freitagnachmittag aufgebrochen und erst am frühen Montagmorgen zurückgekommen. Sie haben stundenlang im Stau gestanden. Der Mann war hundemüde und stinksauer, weil er beim Einparken auch noch ein Mäuerchen gerammt hat.«

»Hat Frau Notkötter Ihnen das so erzählt?«, fragte Klinkhammer.

»Nein, ihr Mann. Als er von der Arbeit kam, waren wir noch da und konnten uns seinen Flitzer anschauen. Schöller wollte, dass wir alles unter die Lupe nehmen, was vier Räder hat und auf den Weiler zugelassen ist.«

»Was fährt Herr Notkötter denn?«, fragte Klinkhammer.

»Eine tiefergelegte Kiste von BMW, einen Z4.«

»Unfallspuren von dem Mäuerchen?«, fragte Klinkhammer.

Grabowski winkte ab. »Nicht der Rede wert. Nur ein paar Kratzer vorne am Stoßfänger. Wenn er das Kind erwischt hätte, hätte es auch Spuren auf der Motorhaube gegeben. Und die Kleine hätte Kopfverletzungen haben müssen.«

»Nicht wenn sie und ihr Rad auf dem Weg lagen«, sagte Klinkhammer. »Ich gehe nicht davon aus, dass Emilie da draußen gefahren oder gelaufen ist. Ihre Leiche wurde abgelegt, und zwar von einer Person aus ihrem Umfeld, die wusste, dass Emilies Freundin in Hüppesweiler wohnt, und uns glauben machen wollte, das Mädchen sei auf dem Weg dorthin gewesen. Wurden die Unterböden der Fahrzeuge inspiziert?«

Grabowski schüttelte den Kopf.

»Das sollten Sie veranlassen«, riet Klinkhammer. »Bei allen, nicht nur bei dem Z4. Wenn der erst am frühen Montagmorgen wieder hier war …«

Er brach ab, weil er nicht wusste, wie er darüber denken sollte. Er war immer noch auf Markus Heitkamp fixiert. Was spielte es für eine Rolle, dass der keinen Führerschein hatte? Seine Mutter besaß ein Auto, mehr brauchte man nicht, wenn man unbedingt fahren wollte oder musste.

Nur konnte Heitkamp Emilie und ihr Rad nicht in der Nacht zum Montag auf den Weg nach Hüppesweiler geschafft haben. Die Suche am Boden und aus der Luft war zwar schon am Sonntagabend eingestellt worden, aber bis zum Montagmorgen hatte Simmering das Haus von Mutter und Sohn beschattet. Dass Simmering zwischendurch mal eingeschlafen wäre und Heitkamp so die Gelegenheit verschafft hätte, mit dem Clio seiner Mutter loszudüsen, durfte man zwar nicht völlig ausschließen, aber wie hätte Heitkamp feststellen sollen, dass sein Bewacher ein Nickerchen hielt?

Das bedeutete entweder, Emilie war samt Rad erst in der Nacht zum Dienstag abgelegt worden. Was wiederum bedeutete, Heitkamp hatte bis dahin ein gutes Versteck für sie gehabt. Und Nerven wie Drahtseile. Oder es hieß, dass Klinkhammer sich auf dem Holzweg befand, dass er etwas übersah oder nicht richtig bedachte.

»Der Clio von Marlies Heitkamp war schon in der KTU?«, fragte er.

Grabowski nickte. »Die Kriminaltechniker haben auch ein paar Fussel ans LKA geschickt. Dass etwas dabei rauskommt, glaubt aber keiner.«

Klinkhammer nickte ebenfalls, obwohl ihm danach war, den Kopf zu schütteln. Sollte er sich doch in den falschen Mann verbissen haben? Aber wenn nicht Heitkamp, wer dann?

»Wann wird Emilie obduziert?«, fragte er.

»Morgen Vormittag«, antwortete Grabowski.

»Werden Sie dabei sein?«

Grabowski schüttelte den Kopf. »Das übernimmt Schöller, damit die Staatsanwältin nicht denkt, er wäre ein Weichei. Ich könnte mir in der Zeit die Unterböden der Autos ansehen.«

»Wie denn?«, fragte Klinkhammer. »Haben die in Hüppesweiler eine Hebebühne oder eine Grube?«

»Um einen Blick drunterzuwerfen, reicht ein Wagenheber«, sagte Grabowski. »Unter Umständen reicht es schon, wenn man so eine Inspektion nur ankündigt.« Er grinste jungenhaft. »Wollen Sie mitkommen?«

»Klar«, sagte Klinkhammer und erwiderte das Grinsen, wenn auch nur flüchtig. Dass es ihm mit Emilie Brenner nicht so ergehen würde wie mit Rena Zardiss, dass dieses Kind eine würdevolle Beisetzung und ein anständiges Grab bekäme, war nur ein schwacher Trost.

Mittwoch, 21. November

Grabowski kam kurz nach neun. Er hatte sein Vorhaben mit Schöller abgesprochen und dessen Segen erhalten. Zusammen mit Klinkhammer fuhr er zur Stadtverwaltung nach Herten, weil Grabowski sein Können zuerst bei Elke Notkötter unter Beweis stellen wollte.

Viel brauchte es dafür nicht. Elke Notkötter war von den Ereignissen der letzten Tage zermürbt. Zuerst der fürchterliche Unfall und die eigene, im Nachhinein unverantwortliche Handlung. Dann die Auseinandersetzungen mit Holger und das Begreifen, dass sie mit einem Mann verheiratet war, der zwei Kinder hatte und in Kauf nahm, dass ein kleines Mädchen in einem Wassergraben verrottete, Hauptsache, ihm konnte

keiner was am Zeug flicken. Da musste Grabowski nur andeuten, dass die Fahrzeuge aller Bewohner von Hüppesweiler
zwecks einer gründlichen Untersuchung durch die Kriminal-
technik in den nächsten Tagen abgeholt würden.

»Tun Sie das den Leuten nicht an«, sagte Elke Notkötter.
»Wer da draußen wohnt, ist auf sein Auto angewiesen. Sie
müssen auch gar nicht alle untersuchen. Mein Mann hat das
Kind überfahren.«

Nach einem kurzen Telefonat mit der Staatsanwältin, das
Grabowski führte, durfte Klinkhammer zwei uniformierte
Kollegen für die bevorstehende Festnahme zur Arbeitsstelle
von Holger Notkötter beordern und einen Abschleppwagen
bestellen, der den beschlagnahmten Z4 zur kriminaltechnischen
Untersuchung nach Köln brachte.

An Emilies Rad hatten sich keine Lackpartikel vom Unfall-
fahrzeug sichern lassen. Die waren wohl vom Wasser abge-
spült worden und im schlammigen Untergrund des Grabens
versunken. Aber am Unterboden des Z4 gab es deutliche
Spuren in Pink.

Das hörte Klinkhammer schon am Nachmittag von Grabowski. Der rief an und berichtete, was die Obduktion ergeben
hatte.

»Sie hatten recht«, begann Grabowski. »Als die Kleine überfahren wurde, war sie längst tot. Gestorben ist sie höchstwahrscheinlich am Samstagnachmittag oder am frühen Abend.
Auf die Stunde genau bekommen wir das nicht mehr. Zum
Tod führten multiple innere Verletzungen. Sie wurde schwer
misshandelt, regelrecht zu Tode getreten.«

»Großer Gott«, murmelte Klinkhammer und fragte etwas
lauter: »Wurde sie missbraucht?«

»Nein«, sagte Grabowski.

Das sprach noch nicht gegen Heitkamp. Er hatte die Kinder auch früher nicht missbraucht, nur untersucht. Aber kaum hatte Klinkhammer das vorgebracht, musste er sich anhören, dass die Kölner Kollegen nicht im Traum daran dachten, Heitkamp ein drittes Mal festzunehmen.

»Er ist nicht der Täter.« Grabowski machte eine bedeutungsvolle Pause, offenbar erwartete er Protest. Als der ausblieb, räusperte er sich und sprach weiter: »Die Kleine ist zu Hause gestorben. Das ist sicher. Sie hatte eine auffällige Prellung seitlich am Kopf, die passt zu den Spiralen im Treppengeländer des Elternhauses. Und in der rechten Handfläche hatte sie einen Holzsplitter.«

»Großer Gott«, murmelte Klinkhammer noch einmal und dachte an das Deckenpaneel mit der winzigen Blutspur, die Rita Voss einem Handwerker zugeschrieben hatte. »Den Splitter könnte sie sich auch schon vorher eingerissen haben«, meinte er. »Nachdem Frau Brenner eingeschlafen war, ist Emilie wiederholt die Treppe hinauf- und hinuntergelaufen und hat Spielzeug ins Wohnzimmer geholt. Vermutlich war sie auch auf dem Dachboden. Und vielleicht hat sie sich den Kopf am Treppengeländer gestoßen.«

»Waren Sie dabei?«, fragte Grabowski und gab sich die Antwort gleich selbst. »Nein, Sie haben nur von der Mutter gehört, wie es angeblich war. Das war nicht bloß *gestoßen*. Sie muss mit Wucht gegen eine dieser Spiralen geprallt sein. Und sie war allein mit ihrer Mutter im Haus, folglich kommt nur die Mutter als Täterin infrage. Zeitlich passt es ja auch. Kurz nach sechzehn Uhr wurde Emilie zuletzt mit Heitkamp gesehen. Um sechzehn Uhr dreißig kam Marlies Heitkamp. Zu dem Zeitpunkt muss das Kind im Haus gewesen sein, da sind wir sicher.«

»Ich nicht«, sagte Klinkhammer. »Frau Brenner hatte Präeklampsie. Ihre Füße waren dermaßen geschwollen, dass sie nur noch in ein Paar alter Badelatschen passten. Damit tritt man kein Kind tot.«

»Tut mir leid«, erwiderte Grabowski. »Aber das sind die Fakten. Wenn ihr abends nur noch Badelatschen passten, kann sie nachmittags doch noch alte Sportschuhe getragen haben. Danach sieht's jedenfalls aus. Schöller meint, die Zeugin Wehner hätte Heitkamp endgültig die Lust auf was auch immer genommen. Er ließ von Emilie ab und machte sich aus dem Staub. Und wohin geht ein fünfjähriges Mädchen, das wiederholt von einem komischen Mann belästigt wurde?«

»Nach Hause«, musste Klinkhammer einräumen.

»Genau«, stimmte Grabowski zu und ergänzte: »Wo die Kleine von einer aufgebrachten Mutter in Empfang genommen wurde. Die hat nicht nur geschimpft, wie Frau Heitkamp es von draußen gehört hat. Sie hat auch ausgeholt.«

Genau das hatte Klinkhammer zu Anfang auch gedacht: Ein Schlag und eine Tischkante, ein Türrahmen – oder ein Treppengeländer. Im Ergebnis blieb sich das gleich. Aber regelrecht totgetreten, das war doch eine ganz andere Nummer.

»Vielleicht hat sie dem Kind auf der Treppe eine gewischt«, mutmaßte Grabowski. »Die Kleine war eine Weile draußen herumgelaufen und hatte nasse Sachen an. Vielleicht sollte sie sich in der Waschküche ausziehen und wollte nicht. Da sind der Frau die Sicherungen durchgebrannt. Sie scheuerte dem Kind eine, das fiel die Treppe runter, knallte mit dem Kopf gegen eine dieser Spiralen, verlor womöglich das Bewusstsein und blieb unten liegen. Das würde Frau Brenners Nervosität erklären, während sie mit der Heitkamp in der Küche saß.

Vielleicht hat sie damit gerechnet, dass das Kind anfing zu weinen oder dass es plötzlich in der Tür stand.«

»Vielleicht«, seufzte Klinkhammer. Auch wenn es plausibel klang, vorstellen konnte er sich das nicht. Warum hätte Anne Brenner die Heitkamp überhaupt hereinlassen sollen, wenn Emilie gerade gestürzt war? Sie hätte doch nicht auf das Klingeln reagieren müssen.

»Haben Sie die Heitkamp gefragt, welche Schuhe Frau Brenner trug, als sie in der Küche saßen?«, fragte er.

»Bisher nicht«, sagte Grabowski. »Wir haben ja noch nicht mal den schriftlichen Obduktionsbefund. Und sie kann die Schuhe vorher oder nachher gewechselt haben. Vielleicht war das Kind schon tot, als die Heitkamp geklingelt hat, und die Mutter hat nur geschimpft, um den Anschein zu wecken, dass es noch lebt. Morgen gehen wir mit einem Leichenspürhund ins Haus und aufs Grundstück der Großeltern. Schöller meint, Brenner könnte die Leiche dahin geschafft haben, ehe er zur Wache fuhr. Angeblich hatte er ja keinen Schlüssel, deshalb ist dort auch nicht gründlich gesucht worden. Wahrscheinlich hat Brenner die Familien Jedwenko und Kalwinov nur ins Spiel gebracht, weil er wusste, dass diese Mädchengang zu ähnlichen Gewaltexzessen neigte.«

Schöller meint, dachte Klinkhammer und wusste nicht mehr, was *er* meinen sollte. Es klang alles so logisch und nachvollziehbar, dass es kein verstandesmäßiges Argument dagegen gab, nur sein ganz persönliches Gefühl – oder sein Unvermögen, sich eine hochschwangere, gesundheitlich schwer angeschlagene Frau vorzustellen, wie sie durchdrehte und ihr Kind zu Tode trat, nur weil es ihr entwischt war und mit nassen Sachen zurückkam.

Donnerstag, 22. November

Lange hatte Lukas Anne nicht über Emilies Schicksal im Unklaren lassen können. Ihr Arzt hatte entschieden, dass sie es sofort wissen müsse, weil damit zu rechnen sei, dass sie nun weniger rücksichtsvoll von Polizisten befragt würde. Sie musste in der Lage sein, sich darauf einzustellen – und vorher etwas Zeit haben, den allerersten Schock zu überwinden. Jürgen Zardiss hatte gleich am Dienstag seine Mittagspause darauf verwandt, das Unmögliche zu versuchen: ihr schonend beizubringen, dass Emilies Leiche gefunden worden war.

Seitdem war ihr Blutdruck erneut in gefährliche Höhen gestiegen. Die Eiweißausscheidungen im Urin hatten zugenommen, ihre Leberwerte verschlechterten sich. Sie wurde von Kopfschmerzen gepeinigt und von Schuldgefühlen, die ihr die Luft abschnürten. Wenn sie überhaupt einen klaren Gedanken fassen konnte, dann den Satz, mit dem sie sich montags von Klinkhammer verabschiedet hatte: »Das kann ich doch nie wiedergutmachen.«

Da verbrachte Emilie nach langer Zeit wieder mal einen Samstag in ihrer Obhut, und was tat sie? Statt sich mit ihrer Tochter zu beschäftigen, Puzzle zu legen, vorzulesen, aus winzigen Tassen nicht vorhandenen Kaffee oder Tee zu schlürfen und sonst etwas zu tun, parkte sie Emilie vor dem Fernseher und genehmigte sich eine Mütze voll Schlaf.

Dafür konnte es keine Entschuldigung geben. Sie fragte sich nur unentwegt, warum sie die Haustür nicht abgeschlossen und den Schlüssel mit auf die Couch genommen hatte. Und irgendwo in ihrem Hinterkopf keifte ihre Schwägerin: »Darf eine Frau sich überhaupt Mutter nennen, wenn sie ihr Kind immer nur wegbringt?«

Nun war das Kind endgültig weg, und niemand würde es jemals wieder zurückbringen. Sie hatte viel zu viel Zeit verplempert mit ihrer nutzlosen Suche. Es waren doch mehr als drei Stunden vergangen, ehe sie sich eingestanden hatte, dass sie Emilie auch bei einer weiteren Runde durch das Viertel nicht finden würde und es höchste Zeit war, Lukas zu informieren oder besser gleich die Polizei. Und obwohl sie das genau wusste, war sie auch noch hinauf ins Obergeschoss gekeucht und hatte Emilies Kleiderschrank kontrolliert, um herauszufinden, was Emilie außer Hut und Regenmantel herausgenommen hatte.

Keine Jeans, wie es angesichts der Wetterverhältnisse wünschenswert gewesen wäre. Emilie hatte sich für ihre Lieblingshose entschieden, rosafarbene Capri-Leggins mit Rüschensaum. Sah in Kombination mit der geringelten Strumpfhose bestimmt göttlich aus. Obwohl es gewiss keine Situation gewesen war, sich zu amüsieren, hatte sie sich vor dem offenen Schrank stehend ein Lächeln nicht völlig verkneifen können.

Dann war sie wieder nach unten gestiegen, wollte endlich Lukas anrufen. Aber auf der Treppe kam ihr der Gedanke, dass Emilie Zuflucht im Gerätehäuschen gesucht haben könnte, als es ihr draußen zu ungemütlich geworden war. Dass Emilie ebenfalls eingeschlafen sein könnte und sie nicht rufen gehört hatte. Das hatte sie von ihrem Vater. Wenn Emilie schlief, hätte man neben ihrem Bett eine Kanone abfeuern können, ohne dass sie wach geworden wäre. Deshalb kitzelte Lukas sie doch immer.

Also hatte sie sich erst noch auf die Suche nach dem Ersatzschlüssel gemacht und den kurz nach sieben im Kramschubfach in der Küche gefunden, wo sich im Laufe der Zeit alles Mögliche angesammelt hatte. Natürlich war Emilie nicht im Gerätehäuschen, das neue Rad war ebenso verschwunden.

Und da erst kam sie auf die naheliegende Möglichkeit: das Studio!

Zwar hätte Lukas umgehend daheim angerufen, wenn Emilie bei ihm aufgetaucht wäre, damit sie sich keine unnötigen Sorgen machte. Aber wenn Lukas in seinem Büro gesessen hatte, war ihm Emilies Ankunft womöglich entgangen. Wenn ihm nicht sofort jemand Bescheid gesagt und er erst nach fünf Uhr daheim angerufen hatte, hatte er sie nicht mehr erreicht, weil sie da schon im Viertel unterwegs gewesen war. Ihr Handy lag seit Tagen mit leerem Akku auf ihrem Nachttisch.

Wenn!

Als sie endlich zum Telefon gegriffen hatte, um im Studio anzurufen, war es Viertel nach sieben gewesen. Andrej Netschefka hatte gerade vorne am Empfang zu tun gehabt und ihren Anruf entgegengenommen.

»Ist meine Tochter zufällig in der Nähe?«, hatte sie ihn gefragt, woraufhin Andrej zu Lukas ins Büro durchgestellt hatte mit dem Hinweis, seine Frau sei am Apparat und frage nach Emilie.

»Was ist mit Emilie?«, hatte Lukas sich erkundigt.

»Ist sie nicht im Studio?«, hatte sie gefragt.

»Natürlich nicht«, hatte Lukas verständnislos erwidert. »Wieso sollte sie denn hier sein?«

»Weil sie nicht hier ist«, hatte sie gesagt.

Weil sie nicht hier ist!

Der Satz wollte ihr immer noch nicht als Tatsache in den Kopf. Es war unvorstellbar, dass Emilie nie wieder im Studio und nie wieder zu Hause sein würde. Weil Emilie nun in Köln war, im Institut für Rechtsmedizin. Jürgen Zardiss hatte gesagt, das sei gewiss eine grausame Vorstellung, aber irgendwann werde es ihr ein Trost sein, weil sie erfahren würde, was mit Emilie geschehen und wer dafür verantwortlich war. Dass es sie trösten würde, konnte sie sich nicht vorstellen.

Am frühen Nachmittag kamen zwei Männer von der Kölner Kriminalpolizei, Schöller und sein Kollege. Den Namen des Jüngeren vergaß sie gleich wieder. Er sagte auch nicht viel. Schöller führte das Wort, wollte von ihr wissen, was mit Emilie geschehen und wo ihre Tochter gewesen war, ehe Lukas sie auf den Weg nach Hüppesweiler gelegt hatte.

Wie Schöller das vorbrachte, klang es nach bewiesenen Tatsachen. Dass er sie beschuldigte, fiel Anne nicht mal sofort auf. Sie hörte nur heraus, was er Lukas unterstellte. Und sie konnte nicht glauben, dass Lukas das getan haben sollte. Oder? War Emilie doch zum Studio geradelt und dort etwas mit ihr passiert? War Lukas deshalb am Samstagabend so außer sich gewesen, als er endlich nach Hause kam? Weil er ihr die Schuld gab, sie hätte ja aufpassen können. Ließ er sich deshalb nicht im Krankenhaus blicken? Weil er ihr nicht mehr in die Augen sehen konnte.

Schöller gab sich verständnisvoll, erzählte von seinen kleinen Töchtern und der schwangeren Frau, der in letzter Zeit öfter mal die Nerven durchgingen, weil sie sich so unbeholfen fühlte und die Kinder ihr auf der Nase herumtanzten. Nicht einmal da dämmerte ihr, dass er sie in Verdacht hatte. »Kinder können grausam sein«, sagte er. »Sie erkennen jede Schwäche und nutzen sie schamlos zu ihrem Vorteil aus. War Emilie auch so?«

Natürlich nicht. Emilie war weder grausam noch schamlos, sie war – tot. Und Schöller wollte nicht sagen, wie oder woran sie gestorben war. »Das würden wir gerne von Ihnen hören, Frau Brenner«, sagte er.

Der jüngere Mann lächelte, als täte ihm das alles entsetzlich leid.

»Ich weiß es aber nicht«, sagte sie. »Ich weiß es wirklich nicht. Ich bin eingeschlafen.«

Schöller glaubte ihr nicht und gab erst auf, als Jürgen Zardiss hereinplatzte und lospolterte: »Was fällt Ihnen ein? Man hat Ihnen doch erklärt, in welchem Zustand sich Frau Brenner befindet und dass jede Aufregung für sie und ihre ungeborenen Kinder verheerende Folgen haben kann.«

Auch das hörte Klinkhammer von Grabowski, der dabei gewesen war. Er rief am frühen Abend wieder an, um zu berichten, dass der Leichenspürhund weder in Brenners Haus noch auf dem Grundstück oder im Haus der Großeltern angeschlagen und dass Schöller sich an Anne Brenner die Zähne ausgebissen hatte. »Entweder ist die Frau wirklich unschuldig, oder sie ist eine verdammt harte Nuss«, sagte Grabowski.

»Ich plädiere für unschuldig«, erwiderte Klinkhammer.

»Und wie erklären Sie diese Prellung am Kopf?«

»Kann ich nicht«, gestand Klinkhammer.

»Haben Sie denn noch einen anderen Kandidaten – außer Heitkamp? Der Clio seiner Mutter war nämlich sauber, damit ist das Kind auf keinen Fall transportiert worden.«

»Heitkamp war mein Favorit«, sagte Klinkhammer. Sein Plädoyer für Anne Brenners Unschuld kümmerte Schöller nicht.

Freitag, 23. November – Der Junge von gegenüber

Beim gemeinsamen Abendessen berichtete Ruth, dass sie morgens in der Praxis von Jürgen Zardiss aufgeschnappt hatte, Anne Brenner sei für einen Kaiserschnitt nach Düren gebracht worden und solle nach der Entbindung ins Gefängnishospital verlegt werden.

»Die armen Kinder«, sagte Ruth. »Was wird nun aus ihnen? Man kann sie doch auch im Gefängnishospital nicht bei einer Mutter lassen, die ihre Tochter umgebracht hat. Das hätte ich nicht von Frau Brenner gedacht.«

Mario konnte sich nicht vorstellen, dass seine Mutter sich tatsächlich für das Schicksal der Babys interessierte und sie aufrichtig bedauerte. Für Ruth war es nur eine Sensation: ein Mord in unmittelbarer Nachbarschaft. Und nicht irgendein Mord, nein, ein Kindsmord! Damit immer noch nicht genug. Ein Kind, das von der eigenen Mutter getötet worden war. »Du solltest als Nächstes eine Reportage über misshandelte und von den Eltern getötete Kinder machen«, schlug sie vor.

Als Frederik darauf nicht mit heller Begeisterung reagierte, regte sie sich weiter über Anne Brenner auf. »Für so kaltblütig hätte ich sie nicht gehalten. Bringt ihr Kind um und fragt mich anschließend, ob ihre Tochter hier war. Jetzt weiß ich auch, warum sie nicht zu Reinckes gehen mochte, als ich sagte, dass ich die Kleine dort an der Tür gesehen hatte.«

Mario hörte das zum ersten Mal. Die ersten Sätze, die seine Mutter an dem Samstagnachmittag mit Anne Brenner gewechselt hatte, hatte er in seinem Zimmer nicht verstanden. Und er war nicht dabei gewesen, als Ruth von der Polizei befragt worden war. Er hatte nicht mal gelauscht, weil ihm doch so furchtbar übel gewesen war. Ruth hatte anschließend nicht darüber gesprochen. Und ihm war nicht der Gedanke gekommen, sie zu fragen, weil er viel zu sehr mit sich selbst und seinem verfluchten Anruf bei den Jedwenkos beschäftigt gewesen war.

»Wann hast du Emilie denn an Reinckes Tür gesehen?«, fragte er nun.

»Um halb vier, als ich vom Einkaufen zurückkam«, antwortete Ruth.

Das bedeutete, Emilie musste zweimal an Reinckes Tür gewesen sein. Ruth war nämlich erst um zwanzig nach vier zurückgekommen. Mario hatte auf die Uhr geschaut und überlegt, ob er zu ihr hinuntergehen sollte, um sich von den fürchterlichen Gewissensbissen und Horrorbildern vor dem geistigen Auge abzulenken.

»Das war aber nicht um halb vier«, sagte er. »Das war fast eine Stunde später. Hast du auch gesehen, wie Reincke Emilie weggeschickt hat?«

»Herr Reincke!«, wurde er wie so oft korrigiert. »Nein, ich habe nicht einmal gesehen, dass er ihr geöffnet hat, weil ich mich beeilt habe, ins Trockene zu kommen.«

Anfang Dezember – Der Junge von gegenüber

Als Mario den ersten Tag wieder zur Schule gehen musste – er musste tatsächlich den ganzen Weg gehen, weil Frederik das Mofa nicht herausrückte –, wusste er noch nicht, wie er sich Reincke gegenüber verhalten sollte. Was Emilie anging: Er hatte viel darüber nachgedacht, dass sie zweimal an Reinckes Tür gewesen war und dass zwischen dem ersten und dem zweiten Mal fünfzig Minuten vergangen waren.

Wenn er am Fenster stehen geblieben wäre und aufgepasst hätte, hätte er sich viel erspart, meinte er. All diese Gewissensbisse, das Schuldgefühl und sein Geständnis bei Berrenrath, dass er Reincke die Kasachen auf den Hals hatte hetzen wollen. Wenn er sich nicht hingelegt hätte, dann hätte er nämlich gesehen, dass Emilie nach Hause gegangen war, wie die Kölner Polizei herausgefunden hatte. Für die Polizei war es wohl ohne Bedeutung, ob Reincke ihnen gesagt oder verschwiegen hatte, dass Emilie zweimal bei ihm geklingelt und er sie beide Male weggeschickt oder ihr um zwanzig nach vier gar nicht mehr geöffnet hatte.

Und an dem Dezembertag war es für Mario erst mal wichtiger, sich davon zu überzeugen, dass Irina nicht mehr da war. War sie tatsächlich nicht. Jana und die dicke Jessie drückten sich beim Fahrradunterstand herum und beäugten ihn aus der Distanz, als hätten sie Angst, er könne ein Messer aus der Hosentasche ziehen und zur Abwechslung mal auf sie losgehen. Bis der Gong ertönte, fühlte Mario sich unter diesen Blicken ein bisschen größer und stärker.

Aber als er den Klassenraum betrat und Reincke vorne am Lehrertisch stehen sah, so selbstgerecht und falsch, da schrumpfte Mario wieder zum kleinen Würstchen. Er hätte ihn wegen unterlassener Hilfeleistung anzeigen sollen. Wenigstens das. Jetzt käme der selbstgefällige Arsch zum zweiten Mal ungeschoren damit durch, dass er ein Kind im Stich gelassen hatte. Und dieses Kind war tot.

Vielleicht würde Emilie noch leben, wenn Reincke sie hereingelassen hätte, spätestens um zwanzig nach vier. Dann hätte Emilie sich bei ihm aufwärmen und ihre Sachen trocknen können. Und ihre Mutter hätte sich nicht so über sie geärgert, dass sie Emilie die Kellertreppe hinuntergeworfen hatte. So hatte

Mario es online gelesen. »Die Polizei geht davon aus …« Und so weiter.

Reincke sah ihn ebenfalls und lächelte. Er lächelte ihm wirklich und wahrhaftig freundlich entgegen, als hätte Mario ihm noch nie gesagt, was er von ihm hielt.

»Da bist du ja endlich wieder«, sagte Reincke, als hätte er ihn in den letzten Wochen schmerzlich vermisst. Mario hatte das Gefühl, daran zu ersticken.

In den ersten beiden Unterrichtsstunden war er mit seinen Gedanken überall, nur nicht bei der Sache. Während der großen Pause hörte er von Lars, was Markus Heitkamp gerne mit kleinen Mädchen tat und dass Emilies Mutter ihre Babys zur Welt gebracht hatte, vor lauter Aufregung vier Wochen zu früh. Vorerst lag Anne Brenner noch im Krankenhaus, weil es Komplikationen gegeben hatte.

»Aber lange bleibt sie bestimmt nicht mehr in Düren«, vermutete Lars düster. »Der eine Typ von der Kripo wollte sie schon letzte Woche verlegen lassen. Eine Sauerei ist das. Anne war das nicht. Die hätte Emilie nie im Leben geschlagen, getreten schon gar nicht. Und Lukas hat Emilie bestimmt nicht weggeschafft. Aber was willst du machen? Ist die einfachste Lösung, wenn man sich an die hält, die man packen kann. Der Zecke Heitkamp können sie nichts beweisen.«

Lars überlegte ernsthaft, später etwas mit Computern zu machen, Informatik zu studieren oder so. Sein hehres Bild von der Polizei hatte ob deren vermeintlicher Unfähigkeit einen tiefen Riss bekommen und seinen Berufswunsch ins Wanken gebracht.

Die Frage *Was willst du machen* war zwar nur rhetorisch gemeint, aber Mario nahm sie wörtlich und persönlich. Weil plötzlich wieder alles anders aussah und er das Gefühl hatte, etwas machen zu müssen. Und das hätte er sofort machen sollen, als ihm klar geworden war, dass Emilie zweimal bei Reincke geklingelt hatte.

Wenn ihre Mutter Emilie etwas getan hätte, hätte wahrscheinlich jeder Polizist gefragt: »Wie hätte Herr Reincke das denn verhindern sollen, Junge? Denk doch mal nach.« Aber wenn es doch die Zecke Heitkamp gewesen war, dann war es unterlassene Hilfeleistung. Dann hätte Emilie nämlich bei Reincke Unterschlupf gesucht, weil sie bedrängt wurde, und Reincke hätte sie abgewiesen, sozusagen ins Verderben geschickt. Daran könne kein Polizist rütteln, meinte Mario. Er wollte sich nicht bis an sein Lebensende vorwerfen, nicht wenigstens versucht zu haben, Reincke einen ordentlichen Schuss vor den Bug zu setzen.

Noch ehe der Gong ertönte und alle zurück ins Gebäude strömten, ging Mario zurück in den Klassenraum. In der dritten Stunde stand Geschichte auf dem Plan. Wie erwartet saß Reincke schon am Lehrertisch und sortierte seine Unterlagen. Er schaute auf, als Mario langsam herankam, lächelte wieder und stellte fest: »Dir geht's noch nicht so besonders, was? Du siehst käsig aus. Möchtest du lieber nach Hause gehen?«

»Nein«, sagte Mario. »Ich möchte nur wissen, ob die Polizei weiß, dass Emilie zweimal bei Ihnen war.«

Mit so einer Frage hatte Reincke kaum gerechnet, er zuckte merklich zusammen. Statt mit einem schlichten Ja oder Nein zu antworten, fragte er: »Wie kommst du denn darauf?«

»Ich hab um halb vier gesehen, wie Sie Emilie weggeschickt haben«, sagte Mario. »Als meine Mutter um zwanzig nach vier vom Einkaufen zurückkam, war Emilie aber wieder an Ihrer Tür.«

Für Marios Empfinden sah nun Reincke käsig aus. Seine

Stimme klang belegt, als er sich erkundigte: »Willst du auf etwas Bestimmtes hinaus?«

Mario nickte, obwohl er gar nicht wusste, worauf er hinauswollte. Reinckes Reaktion kam ihm sonderbar vor. Er hätte doch nur sagen müssen: *Ich habe Emilie nach Hause geschickt.* Oder: *Ich habe die Klingel aber nur einmal gehört.* Stattdessen fragte er nach ein paar Sekunden: »Wieso hast du der Polizei nicht gesagt, dass du Emilie an meiner Tür gesehen hast? Du redest nicht gerne mit Polizisten, habe ich recht? Du hast ihnen ja nicht einmal gesagt, wer dich verletzt hat.«

»Doch«, erklärte Mario. »Inzwischen wissen die das. Die wissen nur noch nicht, wann meine Mutter vom Einkaufen zurückgekommen ist. Ruth meinte, es wäre halb vier gewesen. Ich weiß, dass das nicht stimmt.«

Reincke nickte bedächtig und nachdenklich, so als müsse er sich seine folgenden Worte erst gründlich überlegen. Vielleicht tat er das, falsch klangen sie in Marios Ohren trotzdem, als er sie aussprach: »Und jetzt meinst du, du müsstest die Polizei darauf hinweisen, obwohl ich bisher nicht mal wusste, dass Emilie zweimal an meiner Tür war.«

Mario zuckte mit den Achseln und spielte sekundenlang mit dem Gedanken an Erpressung. Sein Schweigen für ein paar gute Noten, um den Wechsel aufs Gymnasium vielleicht doch zu schaffen. Aber gleich darauf fragte er sich, was ihm Zweier in Deutsch und Geschichte auf dem Zeugnis nutzten. Einser wären nicht drin, sonst wurde bei der Zeugniskonferenz garantiert einer stutzig. Und fürs Gymnasium waren zwei Zweier viel zu wenig, da hätten es schon acht, zehn oder noch mehr sein müssen. Das stand nicht in Reinckes Macht.

Es war nicht so, dass Mario in Betracht zog, sein Klassenlehrer könne Emilie umgebracht haben. Welchen Grund hätte

Reincke haben sollen, dem Kind etwas anzutun? Es war nur der Schuss vor den Bug, aus Marios Sicht sogar nur ein kleiner Schuss, der Reincke vielleicht ein paar unangenehme Fragen von der Polizei und ein bisschen Ärger einbringen würde. Aber das war kaum ausreichend, um es ihm richtig heimzuzahlen.

Berrenraths Nummer hing unverändert am Schwarzen Brett. Mario drehte sich um, zückte demonstrativ sein Handy und ging, von Reinckes argwöhnischem Blick verfolgt, noch mal raus auf den Gang.

Nachdem er den Bezirksdienstbeamten informiert hatte, stellte Mario sich vor, wie Polizisten in die Schule kamen und Reincke aus der Geschichtsstunde holten, um ihn in die Mangel zu nehmen. Das passierte natürlich nicht. Während der Schulstunden passierte gar nichts.

Mario war schon seit zwei Stunden wieder daheim und wie üblich allein, als er Besuch bekam, von Klinkhammer höchstpersönlich. Für die örtliche Polizei war der Anruf des Jungen beileibe nicht der Durchbruch, der es Klinkhammer gestattet hätte, den Kölner Kollegen zu zeigen, wie der Hase auf dem Land lief. Mario hatte schließlich schon einmal versucht, seinen Klassenlehrer in die Klemme zu bringen.

Dass eine berufstätige Frau, die tagtäglich nach Termin agierte, sich um fast eine Stunde in der Zeit verschätzt haben sollte, hielt Klinkhammer für unwahrscheinlich. Aber Berrenrath hatte gesagt: »Der hohlen Nuss traue ich das zu, für die war Wochenende, da spielt Zeit keine Rolle.« Trotzdem ließ Klinkhammer lieber Vorsicht walten und fühlte selbst vor, ehe er sich bei Schöller lächerlich machte.

Er ließ Mario noch einmal wiederholen, was er Berrenrath

am Telefon erzählt hatte, wollte es jedoch ausführlicher wissen. Vor allem interessierte ihn, warum Mario jetzt erst mit diesen fünfzig Minuten Zeitunterschied ankam.

»Ich hab erst gehört, dass meine Mutter dachte, es wäre halb vier gewesen, als sie es meinem Vater erzählt hat«, sagte Mario. »Danach habe ich Reincke aber nicht gesehen, erst heute, wo ich wieder zur Schule musste.«

Als Nächstes wollte Klinkhammer wissen, ob es eventuell einen Beweis für diese fünfzig Minuten gab. Zum Beispiel einen Kassenbon, mit dem sich belegen ließ, dass Ruth Hoffmann ihre Einkäufe am 17. November erst nach fünfzehn Uhr dreißig oder noch etwas später bezahlt hatte.

Da Ruth für alles ihre Karte einsetzte, müsste sich so ein Beweis finden lassen, selbst wenn sie den Kassenbon nicht eingesteckt hatte. Aber ehe er Marios Mutter um Einblick in ihre Kontoauszüge bat, versuchte Klinkhammer zu klären, ob Mario seinem Lehrer nun auf andere Weise eins auswischen wollte, weil sein Anruf bei den Jedwenkos für Reincke ohne Folgen geblieben war.

Die Antwort darauf blieb Mario ihm schuldig. Er erzählte lieber noch mal, wie das gewesen war, hilflos auf dem Schulhof zu liegen und vom Lehrer im Stich gelassen zu werden. Und wie Ruth ihn an dem Samstag unmittelbar nach der Entlassung aus dem Krankenhaus gezwungen hatte, sich bei Reincke für das angebliche Überfahren einer Kinderhand zu entschuldigen.

»Hab ich aber nicht getan«, sagte Mario. »Brittas Hand war in Ordnung. Ich hab ihm nur noch mal gesagt, dass ich ihn für eine feige Ratte halte.«

»Hätte ich an deiner Stelle wahrscheinlich auch«, sagte Klinkhammer. »Wie hat er darauf reagiert?«

»Er hat behauptet, er hätte nicht gesehen, wie Irina, Jana und Jessie mich bearbeitet haben. Der lügt, wie es ihm gerade in den Kram passt. Heute Vormittag hat er mir erzählt, er hätte die Klingel nur einmal gehört. Warum hat er sich dann so erschrocken, als ich davon anfing? Fragen können Sie ihn doch mal.«

»Ja«, stimmte Klinkhammer zu. »Fragen sollte ich ihn auf jeden Fall.«

Und da er einmal in der Gegend war, tat er das auch umgehend.

Auch Horst Reincke war allein und wunderte sich keine Sekunde lang, als Klinkhammer sich auswies. Er versuchte nur, Klinkhammer gleich an der Tür abzuwimmeln. »Tut mir leid, dass Sie sich umsonst herbemüht haben«, sagte er. »Ich kann Ihnen jetzt auch nicht mehr sagen, als ich unmittelbar nach Emilies Verschwinden bereits Herrn Franzen gesagt habe. Mag sein, dass Emilie ...«

»Vielleicht darf ich trotzdem kurz reinkommen«, unterbrach Klinkhammer diese Erklärung.

Hundertprozentig einverstanden mit diesem Ansinnen war Reincke nicht, aber er hielt es wohl für geraten, sich nicht zu widersetzen. Nach kurzem Zögern trat er von der Haustür zurück. »Natürlich«, sagte er. »Aber schauen Sie sich bitte nicht um. Meine Frau ist verreist.«

Seit dem 17. November, wie Klinkhammer still für sich vermerkte. Bei einem schulpflichtigen Kind musste es einen triftigen Grund für solch eine lange Reise geben. Dem Erdgeschoss sah man das Fehlen der Hausfrau allerdings nicht an. In der Küche stapelte sich kein benutztes Geschirr auf den Arbeitsflächen. Der Fußboden war auch sauber.

Reincke führte ihn ins Wohnzimmer, das von einer Sitzlandschaft beherrscht wurde. Auf dem Eckelement beim Fenster zum Garten lag ein Pullover. Für Klinkhammer sah es so
aus, dass Reincke den erst vor Kurzem ausgezogen hatte, weil
ihm warm geworden war. Auf dem niedrigen Couchtisch lagen ein Stück Alufolie und eine einfache Plastiktüte von der
Art, in der Fast-Food-Restaurants ihrer Laufkundschaft die
Speisen mitgaben. Daneben stand ein Pappteller mit dem
Rest eines von Chili- und Paprikaschnitzen gespickten Reis-
gerichts, das Klinkhammer nur vom Ansehen Sodbrennen
verursachte.

Auf einem Esstisch unter einer Durchreiche an der Wand
zur Küche stand die glücklose Wasa mit sauber geschrubbtem
Deck, blitzblanken Kanonen und größtenteils noch nackten
Masten, umgeben von drei Schreibtischlampen, Pinzetten,
Scheren und zwei Rollen Garn oder Kordel. Klinkhammer
hatte von Bastelarbeit und Modellbau wenig Ahnung. Er
nahm an, Reincke sei noch dabei, das Modell fertigzustellen.
»Wow«, sagte er bewundernd. »Seit wann arbeiten Sie an
dem Prachtstück?«

»Von der Kiellegung bis zur Fertigstellung hat sie mich zwei
Jahre gekostet«, erklärte Reincke nicht ohne Stolz. »Das jetzt
ist nur eine Reparatur, aber damit bin ich auch schon wieder
geraume Zeit beschäftigt.«

Einen Platz bot er Klinkhammer nicht an, blieb selbst ebenfalls neben dem Esstisch stehen. »Also, wie ich schon sagte«,
kam er auf Emilie zurück. »Mag sein, dass Emilie an dem
Samstag zweimal an meiner Tür war, wie Mario Hoffmann
heute Vormittag behauptete. Aber ich habe sie nur einmal gesehen. Und zwar um halb vier, als ich sie weggeschickt habe.
Was ich unendlich bedaure, glauben Sie mir. Wenn ich die Zeit

zurückdrehen könnte, würde ich das tun. Danach habe ich Ohropax und die Schlafbrille genommen und mich ins Bett gelegt. Dunkelheit und Ruhe helfen mir bei einem Migräneanfall normalerweise am besten. Wenn Emilie also tatsächlich nach vier Uhr noch mal hier geklingelt haben sollte, ich hätte sie gar nicht hören können. Was sagt denn Frau Hoffmann dazu?«

»Wozu?«, fragte Klinkhammer. »Zu den Zeitangaben, die Mario gemacht hat?«

Reincke zuckte mit den Achseln und nickte gleichzeitig. »Zum Beispiel. Oder zu der Tatsache, dass ihr Sohn schon zum zweiten Mal die Polizei beschäftigt. Als ob Sie nicht genug zu tun hätten, nicht wahr?«

»Ach.« Klinkhammer winkte lässig ab. »Besser man beschäftigt uns einmal zu oft, als dass man sich einmal nicht traut oder einen Hinweis für zu unbedeutend hält.«

Damit verabschiedete er sich und ging wieder – mit seinen Gedanken in der Nacht, in der Dieter Franzen hier junge Polizisten von Tür zu Tür geschickt hatte. »*Bei Reincke und Hoffmann war ich schon!*«, hörte Klinkhammer ihn noch einmal rufen. Wahrscheinlich war Franzen nur an den Türen gewesen. Es hatte für den Dienstgruppenleiter keine Veranlassung bestanden, die Häuser zu betreten. Er hatte nur schnellstmöglich Informationen zusammentragen müssen. Und selbst wenn Franzen in Reinckes Flur gewesen wäre und sich erinnerte, wie es dort aussah, ihm hatte garantiert keiner Details von Emilies Obduktion erzählt.

Als er den Parkplatz erreichte, zückte er sein Handy, stieg ins Auto und rief Schöller an. Er erstattete Bericht und schloss mit den Worten: »Reihenhäuser sind in der Regel baugleich und haben in den meisten Fällen eine identische Innenausstattung. Daran hätte ich früher denken müssen.«

»Jeder Bauherr kann Sonderwünsche äußern«, antwortete Schöller.

»Wenn ich mich vorher mal persönlich mit Reincke unterhalten hätte«, sagte Klinkhammer in keiner Weise beschwichtigt, »hätte ich gewusst, wie sein Treppengeländer aussieht. Aber nein, ich habe mich an Heitkamp festgebissen und nichts anderes mehr in Betracht gezogen. Ich bin wirklich nicht der richtige Mann für den Job.«

»Jetzt machen Sie mal halblang«, versuchte Schöller ihn zu besänftigen. »Sie sind um Längen besser als die meisten, mit denen ich tagtäglich zu tun habe. Aber Sie haben auch bloß einen Kopf. Ich hätte mich genau wie Sie erst mal auf Heitkamp konzentriert. Und an Ihrer Stelle würde ich den im Auge behalten. Was Reincke angeht, es gab keinen Grund, an seinen Angaben zu zweifeln. Genau genommen gibt es den Grund immer noch nicht. Vielleicht hat er das zweite Klingeln wirklich nicht gehört.«

»Es gibt nur eine Möglichkeit, festzustellen, ob Emilie in Kontakt mit seinem Treppengeländer gekommen ist«, sagte Klinkhammer. »Ich nehme an, das wissen Sie so gut wie ich. Kümmern Sie sich um einen Hund, oder soll ich das übernehmen?«

»Sie besorgen den Hund, ich den Durchsuchungsbeschluss«, erwiderte Schöller. »Andersherum könnten wir es wahrscheinlich vergessen. Viel in der Hand gegen Reincke haben wir nicht gerade. Und Ihre guten Beziehungen sind offenbar nicht mehr das, was sie früher mal waren.«

»Alles verschleißt halt mit den Jahren«, sagte Klinkhammer.

Ohnmacht und Zorn

Wie hatte er gezittert und darauf gewartet, dass sie ihn abholten. In den ersten drei Nächten, nachdem es geschehen war, hatte er überhaupt nicht geschlafen, weil er irgendwann einmal gehört hatte, dass die Polizei zur Festnahme von Verbrechern bevorzugt erschien, ehe der Tag noch richtig begonnen hatte, im Morgengrauen sozusagen. Und ein Verbrecher war er jetzt. Ein Mörder, der jederzeit mit seiner Festnahme rechnete.

Als nichts geschah, hätte er sich etwa freiwillig stellen sollen? Er hatte Familie, eine Frau und zwei Töchter, die ihn brauchten, auch wenn sie ihn zurzeit noch fürchteten. Es würde sich alles ändern. Wenn Anita darauf bestand, dass er sich um psychologische Hilfe bemühte, würde er das eben tun, damit sie zurückkam.

Mit jedem Tag, den er nach dem 17. November unbehelligt geblieben war, hatte er sich etwas sicherer gefühlt, stärker, besser. Schließlich hatte er nicht mehr erwartet, dass dieser Zustand sich noch einmal ändern würde. Und nun das!

Dieser verfluchte Bengel! Dieser elende, renitente Versager, der nichts konnte, als Scherereien machen! Warum hatten die Russenweiber ihn nicht totgetreten? Warum war er in der Nacht nach dieser Gewaltorgie nicht verreckt? Oder morgens stillschweigend vom Dach gesprungen?

Das Schlimmste war noch die Gewissheit, dass er falsch reagiert, nur einen einzigen Fehler gemacht hatte. Nicht sein Anruf bei der Feuerwehr an jenem Morgen, als Mario Hoffmann in Unterwäsche auf dem First gegenüber saß. Hätte er nicht die Rettungskräfte angefordert, hätte es ein anderer getan. Das war schon richtig gewesen. Aber dieser kleine

474

Versprecher am Vormittag, diese unbedachte Äußerung im ersten Schreck.

Wie kommst du denn darauf?

Stattdessen hätte er sagen müssen: »Emilie war überhaupt nicht bei mir. Sie war nur an meiner Tür.« Vielleicht hätte sich der verfluchte Bengel damit zufriedengegeben. Vielleicht aber auch nicht. Jetzt stellte sich die Frage, ob dieser Klinkhammer sich zufriedengab. Und wenn nicht, was sie ihm beweisen konnten. Inzwischen war ihm klar, dass Ruth Hoffmann um zwanzig nach vier nichts von Bedeutung gesehen haben konnte, sonst wäre Klinkhammer wahrscheinlich nicht alleine gekommen und bestimmt nicht so einfach wieder gegangen.

Kampflos aufgeben, wo er gerade erst angefangen hatte, sein Leben wieder in den Griff zu bekommen, wollte er auf keinen Fall. Aber als es erneut an seiner Tür klingelte, standen draußen zwei Männer in Zivilkleidung – Schöller und Grabowski –, zwei weitere in Uniform und ein fünfter in einer Jacke des Arbeiter-Samariter-Bunds, der einen Rottweiler an der kurzen Leine hielt. Schöller stellte sich und seinen jüngeren Kollegen vor und präsentierte einen richterlichen Durchsuchungsbeschluss.

Dagegen konnte er schwerlich etwas unternehmen. Aber den Rottweiler wollte er nicht hereinlassen.

»Tut mir leid, das geht nicht«, versuchte er dem Hundeführer den Zutritt zu verweigern. »Meine jüngste Tochter reagiert allergisch auf Tierhaare.«

»Momentan ist Ihre jüngste Tochter ja nicht hier«, sagte Schöller und schickte die beiden Uniformierten die Treppe hinauf. Den Rottweiler zog es sofort in den Keller. Schöller warf einen Blick in die Küche, ging ins Wohnzimmer und wies auf die Sitzlandschaft, als wäre er der Hausherr. »Setzen Sie sich, Herr Reincke.«

Von unten drang ein kurzes Bellen herauf, gefolgt von der Stimme des Hundeführers. »Gut gemacht. Ja, du bist ein ganz Braver.«

Als wäre das sein Stichwort, sagte Schöller: »Herr Reincke, ich nehme Sie fest unter dem dringenden Tatverdacht, Emilie Brenner getötet zu haben. Sie haben das Recht ...«

»Ich habe Emilie nicht getötet«, begehrte er auf. »Es war ein Unfall. Sie ist ausgerutscht und gestürzt. Und ...«

»Fangen Sie doch einfach vorne an«, unterbrach Schöller ihn. »Um fünfzehn Uhr dreißig haben Sie Emilie weggeschickt. Und um sechzehn Uhr zwanzig haben Sie das Kind dann hereingelassen. Warum?«

»Ja, warum?« Er atmete tief durch. »Weil sie mir leidgetan hat. Das arme Kind wurde draußen von einem Perversen belästigt und traute sich nicht nach Hause.«

Der junge Grabowski schaute ihn erwartungsvoll an. Aber er, der sonst nie um ein Wort verlegen war, wusste nicht, wie er ihnen begreiflich machen sollte, was dann geschehen war. Er verstand es ja selbst nicht mehr.

Samstag, 17. November – 16:20 Uhr

Als Emilie das zweite Mal mit ihrem neuen Rad vor seiner Tür stand, kam sie ihm nicht einmal ungelegen. »Kann ich bei dir warten, bis meine Mama aufwacht, Herr Reincke?«, fragte sie. »Das dauert bestimmt nicht mehr lange. Und bei dir höre ich, wenn sie mich ruft.«

Dass sie ihn duzte, gefiel ihm nicht. Keine Manieren. Heutzutage hatten die alle keine Manieren mehr, seine Töchter schienen eine Ausnahme zu sein. Aber die hatte ja auch er erzogen, bisher zumindest.

Auf der Straße näherte sich Ruth Hoffmann mit einer prall gefüllten braunen Papiertüte im Arm, aus der oben eine Stange Lauch herausragte. Sie grüßte mit einem Kopfnicken zu ihm herüber. Er nickte ebenfalls, schaute ihr nach, wie sie eilig ihrer Haustür entgegenstrebte, und er fragte sich, wie sie wohl reagierte, wenn sie erfuhr, was ihr missratener Sohn ihm kurz nach Mittag an den Kopf geworfen hatte.

Als Ruth Hoffmann in ihrer Diele verschwand, schaute er wieder auf Emilie hinunter. »Warum klingelst du nicht einfach bei deiner Mama, dann wacht sie bestimmt sofort auf«, schlug er vor.

»Sie hat aber gesagt, ich muss Rücksicht auf ihre Nerven nehmen.«

Na fein. Und wer nahm Rücksicht auf seine Nerven?

»Bitte«, sagte sie, schaute mit großen Unschuldsaugen zu ihm auf und zeigte Richtung Fliederstock. »Da hinten ist ein komischer Mann. Der lässt mich einfach nicht in Ruhe.«

Von der Tür aus war niemand zu sehen. »Was meinst du mit *komisch?*«, fragte er.

Emilie zuckte unbehaglich mit den Achseln, wirkte verunsichert. »Weiß nicht. Er hat gesagt, er kennt meine Mama und meinen Papa. Und er muss nachsehen, ob ich warm genug angezogen bin. Aber ich glaube, er will bloß mein Rad klauen. Zweimal hat er es mir schon abgenommen. Darf ich es mit reinbringen, bitte?«

Er hatte ja noch nicht einmal ihr gestattet hereinzukommen.

Wie kam er dazu, sich ein nasses Kinderfahrrad in den Flur zu stellen?

Zehn Minuten früher, und er hätte garantiert den Kopf geschüttelt und sie mit der gesamten Autorität, die er nur gegenüber Kindern ihres Alters noch aufzubringen vermochte, nach Hause geschickt. Vor zehn Minuten war er noch der Meinung gewesen, die Reinigung und Reparatur der Wasa sei schwierig, aber nicht unmöglich für einen Mann, den niemand bei einer kniffligen Arbeit störte. Inzwischen hatte er eingesehen, dass er Hilfe brauchte.

Er hatte das Schiff ins Wohnzimmer getragen und auf den Esstisch gestellt. Dort hatte er mehr Platz und lief nicht Gefahr, noch eine Gaffel zu brechen, weil die Wasa sich beim Werkeln immer wieder verschob. Es war ihm auch schon gelungen, das Deck vom gröbsten Schmutz zu säubern und das gebrochene Hölzchen zu kleben. Aber nun musste ihm jemand leuchten und die Takelage vom hinteren Mast fernhalten, damit er auch den Besan kleben konnte. Kleine Finger schienen ihm dafür besser geeignet als die Hände einer Erwachsenen. Wobei sich noch die Frage stellte, ob Anita überhaupt bereit wäre, ihm zu assistieren, wenn sie zurückkam. Nach dem Theater vom Vormittag ging er davon aus, dass er Kniefälle tun müsste, ehe seine Frau wieder einen Finger für ihn rührte.

»Na schön, komm herein«, sagte er und hob das Rad über die Schwelle. Es war längst nicht so nass, wie er angenommen hatte.

Emilie schlüpfte an ihm vorbei, der leeren Truhe schenkte sie keine Beachtung. Doch kaum hatte sie das Wohnzimmer betreten, stockte sie auch schon. Aufgewecktes Kind, sah auf Anhieb, was geschehen war. »Wer hat denn das schöne Schiff kaputt gemacht?«, fragte sie.

Das musste sie nicht unbedingt wissen. »Ich bin gerade dabei, es zu reparieren«, wich er der Antwort aus. »Hast du Lust, mir zu helfen?«

Natürlich hatte sie Lust, sich nützlich zu machen, war sofort Feuer und Flamme. »O ja, was soll ich denn tun?«

»Am besten ziehst du erst mal deinen Mantel aus.«

»Nein, den mag ich lieber anlassen. Mir ist ein bisschen kalt.«

»Wie du meinst«, sagte er, positionierte die Finger ihrer linken Hand in der Takelage, drückte ihr eine kleine Taschenlampe in die rechte und wies sie an, die Bruchstelle am Mast zu beleuchten. Die Deckenbeleuchtung war nicht punktgenau. Doch das war Emilie auch nicht, weil sie nicht still stand und meinte, ihm vom komischen Mann und den geschwollenen Füßen ihrer Mutter, die sie nicht zu Hannah nach Hüppesweiler fahren konnte, erzählen zu müssen. Der ohnehin nicht sonderlich helle Lichtkegel hüpfte hin und her.

»Jetzt wackle nicht so«, verlangte er unwillig. »Steh still und halte den Mund, sonst habe ich nachher den Leim in die Takelage geschmiert.«

»Ich muss aber mal Pipi, Herr Reincke.«

Auch das noch. Er stellte die Leimflasche ab, nahm ihr die Lampe aus der Hand, löste ihre Finger aus dem Garn, atmete durch und sagte: »Dann geh auf die Toilette. Du weißt ja, wo es ist.«

Sie verschwand hinter der Tür neben der Truhe, machte nicht nur Pipi, wusch sich auch gründlich die Hände und kam mit nassen Fingern zurück.

»Ihr habt aber eine schöne Seife«, erklärte sie und schnupperte an ihrem Handrücken. »Die riecht richtig lecker.«

»Seife riecht nicht lecker«, korrigierte er. »Seife duftet gut. *Lecker* sagt man nur zu Dingen, die essbar sind.«

»Das stimmt nicht«, widersprach sie. »Mein Opa Harald sagt auch lecker zu Mädchen. Und das ist richtig. Davon gibt es sogar ein Lied. Kennst du das nicht?« Damit stimmte sie einen Karnevalsschlager an. »Blootwoosch, Kölsch un e lecker Mädche ...«

»Doch, das kenne ich«, machte er ihrer Gesangseinlage ein Ende. »Jetzt nimm die Lampe wieder und leuchte hierhin, genau auf die Bruchstelle. Wenn ich den Leim nicht sauber auftrage, quillt er heraus.«

»Soll ich auch wieder die Fäden festhalten?« Noch während sie fragte, hatte sie bereits in die Takelage gegriffen. Und die frisch geklebte Gaffel erneut gebrochen. »Och«, bedauerte sie und schnappte das herunterhängende Teilstück. »Jetzt ist das auch noch kaputtgegangen.«

Erst in dem Moment sah er, was sie angerichtet hatte, und riss ihr unbeherrscht das Hölzchen aus den Fingern, wobei ein Holzsplitter in ihren Handteller drang.

»Au«, sagte sie, eher verblüfft als vor Schmerz. Sie streckte ihm die Hand entgegen und verlangte anklagend: »Sieh mal, was du gemacht hast. Das muss man mit einer Pinzette rausziehen, damit es sich nicht entzündet. Hast du eine Pinzette?«

»Jetzt nicht«, erklärte er. »An dem Splitter wirst du nicht gleich sterben. Jetzt kümmern wir uns zuerst um den Mast. Lass die Finger von Holz und Fäden, leuchte nur.«

»Ich will jetzt lieber nach Hause gehen«, entschied Emilie. »Meine Mama hat eine Pinzette. Sie kann das rausziehen. Wenn ich ihr sage, wie es passiert ist, ist sie bestimmt nicht böse mit mir.«

»Was willst du deiner Mama denn erzählen?«, fragte er.

»Ich habe das doch nicht mit Absicht gemacht. Du hättest das Holz nicht anfassen dürfen. Jetzt sei nicht gleich beleidigt, nimm die Lampe wieder und leuchte hierhin.«

»Nein, ich gehe jetzt nach Hause«, sagte Emilie. »Sonst schreist du mich gleich noch mehr an.«

»Ich habe dich doch nicht angeschrien«, verteidigte er sich.

»Hast du wohl«, erklärte Emilie. Sie war es nicht gewohnt, dass jemand in nachdrücklichem Ton mit ihr sprach. »Du schreist auch Kathrin immer an. Ich weiß, dass Kathrin und Britta nur deshalb mit ihrer Mama zur Oma gefahren sind. Das habe ich meiner Mama auch schon erzählt.«

Damit wandte sie sich zur Flurtür.

»Du hast was?«, fragte er schockiert.

Im Hinausgehen setzte sie noch eins drauf: »Und ich hab ihr auch gesagt, dass du Mario nicht geholfen hast, als die Russenweiber ihn gehauen und getreten haben. Mario hat gesagt, du bist eine feige Ratte.«

»Das ist nicht wahr«, murmelte er fassungslos, griff nach ihrer Schulter und riss sie zu sich herum. »Das hast du deiner Mutter nicht erzählt. Sag, dass das nicht wahr ist.«

»Doch«, sagte Emilie.

Im nächsten Moment hatte er ihr bereits eine runtergehauen, ihr kleines Gesicht flog zur Seite. Sie weinte nicht, griff sich nur an die Wange, wo seine Hand sie getroffen hatte, und erklärte beinahe resolut: »Und das sag ich meinem Papa. Dann geht der zur Polizei. Du darfst nämlich keine Kinder hauen.«

»Das machst du nicht, du kleine Kröte«, zischte er außer sich vor Wut und hob die Hand. Ob er sie erneut schlagen oder ihr nur drohen wollte, wusste er selbst nicht genau. Ehe er sich darüber klar wurde, wich sie zur Seite aus. Und unmittelbar neben der Wohnzimmertür lag der Kellerabgang. Sie trat mit einem Fuß ins Leere, verlor das Gleichgewicht und stürzte die Kellertreppe hinunter. So unheimlich still, obwohl sie sich mehrfach überschlug. Aber sie schrie nicht, gab keinen Mucks von sich. Dann lag sie unten, Arme und Beine seltsam verdreht, und rührte sich nicht mehr.

Dezember

»Es war ein Unfall«, beteuerte er. »Ich bringe doch kein Kind um. Ich bin Lehrer. Mir ist nur einmal die Hand ausgerutscht ...«

»Sie haben mehr als einmal zugeschlagen, Herr Reincke«, erklärte Schöller. »Und Sie haben nicht nur geschlagen, hauptsächlich haben Sie getreten. Ich war bei Emilies Obduktion anwesend, und mir wurde übel bei der Aufzählung ihrer Verletzungen.«

»Davon weiß ich nichts«, behauptete er, obwohl er sich vage daran erinnerte, wie er endgültig die Kontrolle über sich verloren, wie von Sinnen auf das reglose Kind eingetreten und immer wieder gezischt hatte: »Steh auf!«

Als Anne kurz nach fünf bei ihm klingelte, hatte Emilie noch am Fuß der Kellertreppe gelegen. Nur ihr Rad hatte er schon ins Gerätehäuschen getragen, als ihm klar geworden war, was er angerichtet hatte. Später hatte er auch die Leiche dorthin geschafft. Eingepackt in zwei Müllsäcke. Zu dem Zeitpunkt war Emilie tot gewesen. Und er hatte sich eingeredet, sie hätte sich bei dem Sturz sofort das Genick gebrochen, anderenfalls hätte sie ja wohl geschrien.

Er hatte sie in den Bollerwagen gelegt. Auf das in Müllsäcke gewickelte Bündel allen möglichen Kram gepackt, der da herumstand, noch mehrere Lagen Abdeckfolie darübergelegt, die vom letzten Streichen der Kinderzimmer übrig geblieben war. Die Folie mit den Chemikalien bestreut und besprüht, die Anita im Garten verwendete. Rasendünger, Unkraut-Ex, Ameisengift und etwas gegen Blattläuse. Zu guter Letzt alles mit der reißfesten Plane abgedeckt, die zum Bollerwagen gehörte. Und Angst gehabt, wahnsinnige Angst, weil er Anne die Zeit genannt hatte, als Emilie zum ersten Mal bei ihm geklingelt hatte. Und Ruth Hoffmann hatte sie um zwanzig nach vier an seiner Tür gesehen. Und zwar mit ihm!

Blut und Wasser hatte er geschwitzt, als der Mantrailer zum Einsatz kam, den er für einen Leichenspürhund gehalten hatte. Aber die Polizisten klingelten nicht noch einmal bei ihm, um ihn mit Ruth Hoffmanns Beobachtung zu konfrontieren. Es hatte eine Weile gedauert, ehe er in Betracht zog, dass Marios Mutter entweder gar nichts gesagt oder keine Zeitangabe gemacht hatte.

Glück gehabt! Trotzdem hatte er danach weiter auf heißen Kohlen gesessen, den ganzen Sonntag befürchtet, dass Anita abends mit den Kindern zurückkäme, weil Kathrin doch montags wieder zur Schule müsste. Er konnte die Leiche nicht beizeiten wegschaffen, weil im Viertel noch Polizei unterwegs war und es in der Umgebung von Suchtrupps wimmelte.

Nachmittags rief Anita an. Wenn er bereit sei, sich zu entschuldigen und psychologische Hilfe in Anspruch zu nehmen, wollte sie zurückkommen. »Wenn nicht, verschaffe ich dir noch ein paar Tage Zeit, um über meinen Vorschlag nachzudenken«, sagte sie. »Meine Eltern freuen sich, wenn wir noch eine Weile bleiben. Ich werde Kathrin in der Schule mit einem Magen-Darm-Infekt entschuldigen.«

Besser hätte es für ihn nicht kommen können, fand er und sagte: »Bleib doch, wo der Pfeffer wächst!« Danach war er etwas ruhiger geworden, hatte überlegt, wo er die Leiche hinschaffen könnte. In eines der umliegenden Waldstücke? Das schien ihm zuerst die beste Lösung.

Gegen zwei Uhr, als er sicher war, dass alle Nachbarn schliefen, befreite er den eingewickelten Leichnam von den Abdeckplanen und dem anderen Zeug. Mit dem Bollerwagen zu fahren riskierte er nicht. Jemand hätte es hören können. Er trug Emilie zum Parkplatz, was gar nicht so einfach war. Die Totenstarre war bereits stark ausgeprägt. Es war, als trüge er eine sperrige, hölzerne Puppe.

Nachdem Emilie im Kofferraum lag, holte er das Kinderfahrrad, legte es dazu. Dann fuhr er zum Lörsfelder Busch. Aber die Wege dort waren vom Regen so durchgeweicht und matschig, dass er befürchtete, sich den Wagen derart zu beschmutzen, dass er auffallen musste. Also probierte er es beim Hubertusbusch, die Wege dort waren vor Jahren mit einer Kieslage befestigt worden, wie er wusste. Und mit Pollern gesperrt. Kein Durchkommen mit dem Wagen. Er hätte Emilie erneut über eine längere Strecke tragen müssen. Das konnte er nicht.

Also fuhr er zur Landstraße und weiter nach Hüppesweiler. Etwas Besseres fiel ihm nicht mehr ein. Und davon hatte sie ihm doch erzählt. Wie gerne sie ihre Freundin dort besucht hätte, dass Mama aber nicht mehr Auto fahren konnte. Eigentlich wollte er sie in den Graben werfen. Doch auch das brachte er nicht über sich, legte sie einfach samt ihrem Rad hinter der zweiten Schleife der S-Kurve ab.

Dann fuhr er zurück und grübelte stundenlang, ob er wohl zu den Tätern gehörte, die unbewusst, aber unbedingt gefasst und überführt werden wollten, die deshalb Fehler machten oder die letzten, entscheidenden Handgriffe nicht mehr ausführen konnten.

Natürlich erwartete er, dass sie am Montagmorgen gefunden wurde und so viele Spuren von ihm an sich hätte, dass er sich nie und nimmer herausreden könnte. Aber nichts passierte. Und ganz allmählich dämmerte ihm, dass das Schicksal mit ihm wohl noch etwas Besseres vorhatte.

Epilog

Neues Leben

Am vierten Dezember wurde Emilie auf dem Hertener Friedhof beigesetzt. Annes Schwiegereltern hatten den Skiurlaub
abgebrochen und die Beerdigung organisiert. Tags zuvor hatte
Lukas seine Tochter noch einmal gesehen und Abschied genommen. Der Bestatter hatte sich die größte Mühe gegeben,
das Kind so herzurichten, dass sich niemand mit Grausen an
den letzten Blick erinnerte.

Sie hätte dagelegen wie ein schlafendes Engelchen, erzählte
Lukas, mit rosigen Wangen und einem Plüschtier im Arm, von
dem seine Mutter behauptet hatte, das sei ihr liebstes gewesen. Ob das zutraf, wusste Anne nicht. Und viel wichtiger war,
dass Lukas nicht gefragt hatte, ob sie ebenfalls Abschied nehmen und Emilie noch einmal sehen möchte.

Noch war sie im Krankenhaus, aber nicht mehr aus gesundheitlichen Gründen. Nach dem Kaiserschnitt hatte sie
sich erstaunlich rasch erholt, auch wenn ein Arzt auf Bitten
des Kollegen Zardiss bis zur Festnahme des Täters das Gegenteil behauptet hatte.

Nach dieser Festnahme hätte sie gefahrlos heimkehren

können. Aber Johannes und Leonard – die Namen hatte Lukas ausgesucht, nach seinem Vater und Großvater – waren noch zu klein und zu leicht, um nach Hause gebracht zu werden. Sie wollte ihre Babys nicht alleine lassen. Sie wollte sich auch nicht tagtäglich mit Lukas auseinandersetzen müssen. Das Krankenhaus bot Zimmer für die Mütter von Frühgeborenen an. Dieses Zimmer war ihre Zuflucht, hierher verirrte sich außer Lukas und den Säuglingsschwestern keiner mehr.

In den Tagen nach der Geburt waren alle gekommen, Eltern und Schwiegereltern, Schwester und Schwager, Bruder und Schwägerin. Da hatte sie zwar schon aufstehen, aber noch nicht zur Frühgeborenen-Station gehen dürfen. Also hatten alle kurz zu ihr reingeschaut, danach die beiden Jungs in den Inkubatoren besichtigt und womöglich ein paar Tränen vergossen. Emmi hatte bestimmt geweint.

Aber danach schienen alle der Meinung, der Pflicht sei Genüge getan. Offenbar wusste keiner, wie er mit ihr umgehen sollte. Sie bedauern oder beschuldigen? Mit ihr trauern oder sie anklagen?

An der Beerdigung nahm sie selbstverständlich teil. Lukas holte sie kurz vorher ab und fuhr gleich zum Friedhof, wo sich schon eine große Menschenmenge versammelt hatte. Es war so unwirklich und unvorstellbar, dass Emilie wie ein schlafender Engel in diesem kleinen, weißen Sarg liegen sollte. Anne sah sie stattdessen am Küchentisch in dem Doseneintopf stochern, hörte sie nörgeln, betteln und schimpfen.

Die Beisetzung auf dem Friedhof rauschte ebenso an ihr vorbei wie der anschließende Kaffee im Haus ihrer Schwiegereltern. Als Lukas sie zurück ins Krankenhaus brachte, hätte sie nicht einmal sagen können, ob ihre Schwägerin sich mitfühlend oder vorwurfsvoll mit ihr unterhalten hatte. Sie erinnerte sich nur, dass Simone ihr – wie viele andere – die Hand gedrückt und etwas gesagt hatte. Dass Hannahs Mutter geweint und sie in den Arm genommen hatte. Und dass Vera Zardiss auch da gewesen war.

In den folgenden Tagen räumte ihr Bruder zusammen mit Murat und Andrej Emilies Zimmer aus. Sie tapezierten neu und richteten es als Spielzimmer für zwei kleine Jungs ein. Maria Netschefka nahm Emilies Kleidung und Unmengen von Spielzeug mit nicht enden wollendem Dank entgegen und schickte alles an bedürftige Verwandte nach Kasachstan.

Davon bekam Anne nichts mit. Wie viel Lukas mitbekam, wusste sie nicht. Nach der Beerdigung kam er zwar täglich ins Krankenhaus, aber meist waren sie beide mit den Babys beschäftigt und sprachen nur das Nötigste miteinander. Was gab es denn noch zu sagen? *Ich bin eingeschlafen. Es tut mir leid, dass ich nicht daran gedacht habe, die Haustür abzuschließen und den Schlüssel mit auf die Couch zu nehmen.* Das reichte doch nicht. Es war, wie sie zu Klinkhammer gesagt hatte, nicht wiedergutzumachen.

Wenn es etwas über den *Stand der Dinge* zu berichten gab – Lukas nannte es so, es klang nicht so schmerzlich wie Beweislage, Teilgeständnis oder sonst ein Ausdruck, den Klinkhammer benutzte –, fasste er sich so kurz wie nur möglich.

Von der Kripo Köln bekam Lukas keinen mehr zu Gesicht. Klinkhammer hielt Lukas auf dem Laufenden, spielte nebenher ein bisschen Notfallseelsorger, obwohl ihm diese Rolle gewiss nicht auf den Leib geschrieben war. Aber Lukas wollte auch weder Seelsorge noch psychologischen Beistand. Er wollte nur wissen, wie die Dinge standen.

Als er nach Reinckes Festnahme ins Krankenhaus kam, so ungläubig und fassungslos, erneut bis ins Mark getroffen, sagte er zuerst nur: »Sie haben ihn und können es ihm auch beweisen.«

Weil er keinen Namen nannte, dachte Anne an Markus. Und Lukas sagte: »Horst war es. Mario Hoffmann hat sie darauf gebracht. Ich begreife das nicht. Wie konnte er das tun? Er hat doch selbst zwei Töchter.«

Er hätte wohl gerne noch mehr gesagt, doch Anne konnte sich in dem Moment nicht mit ihm über einen Nachbarn unterhalten, neben dem Lukas so manches Mal am Grill gestanden hatte – früher, als sie gerade erst Nachbarn geworden waren. Mit dessen ältester Tochter Emilie beinahe jedes Wochenende gespielt hatte – bis sie keine Windeln mehr brauchte. In dessen Keller Emilie gelegen hatte, während Anne nach ihr suchte und sich anhören musste, er hätte rasende Kopfschmerzen und Emilie weggeschickt. Und sie hatte das geglaubt, weil er so elend, so fahl und krank aussah.

»Klinkhammer meinte, ihm dürfte tatsächlich hundeelend und speiübel gewesen sein, nachdem es passiert war und er es auch begriffen hatte«, sagte Lukas Tage später, als sie beide den ersten Schock überwunden hatten und Anne in dieser Leere herumirrte, in die sie danach gestürzt war. »Das Begreifen geht wohl nicht von jetzt auf gleich.«

Was änderte es, dass Emilies Mörder nach der Tat Zeit zum Begreifen gebraucht und sich mies gefühlt hatte? Was änderte es, dass er aus der U-Haft Briefe schrieb, tausendmal um Verzeihung bat und immer wieder beteuerte, es sei ein Unfall gewesen. Nichts änderte es, rein gar nichts.

Zwei oder drei Tage später erzählte Lukas, Anita fühle sich mitschuldig, weil sie ihre Sachen gepackt und ihre Kinder in Sicherheit gebracht hatte, obwohl Horst nach Mario Hoffmanns Besuch an dem Samstag in einer fürchterlichen

Verfassung gewesen war. Anita hatte die Scheidung eingereicht, das Haus stand zum Verkauf.

»Sie will mit den Kindern bei ihren Eltern bleiben«, sagte Lukas. »Vielleicht sollten wir uns auch nach einer neuen Bleibe umsehen.«

»Warum?«, fragte Anne. »So oft war Emilie doch gar nicht bei uns, dass uns im Haus die Erinnerungen an sie erdrücken könnten. Das bisschen Erinnerung, das ich habe, möchte ich gerne behalten.« Und dabei vielleicht endlich weinen, das sprach sie nicht aus.

An einem Samstagnachmittag kam Vera Zardiss. Nach dem obligatorischen Besuch im Säuglingszimmer besorgte Vera Kaffee und Kuchen in der Cafeteria. Als sie zurück in das spartanisch eingerichtete Zimmer kam, sagte sie: »Ich habe gar nicht gefragt, ob Sie lieber in der Cafeteria sitzen möchten.«

»Das ist schon in Ordnung«, sagte Anne. »Ich muss hierbleiben. Wenn einer der Jungs aufwacht und sein Fläschchen braucht, kommt die Säuglingsschwester und holt mich.«

»Auch nachts?«, fragte Vera. Als Anne nickte, sagte Vera: »Da bekommen Sie aber nicht viel Schlaf. Wie wollen Sie das durchstehen, wenn Sie erst mit den beiden zu Hause sind?«

»Das packe ich schon«, sagte Anne. »Solange ich beschäftigt bin, fehlt Emilie mir nicht. Ich fürchte, sie wird mir auch nicht fehlen, wenn ich wieder zu Hause und nicht beschäftigt bin. Es ist doch eigentlich alles wie immer. Ich sitze hier und habe das Gefühl, sie ist bei meinen Schwiegereltern, in der Kita oder im Studio. Irgendeiner kümmert sich schon um sie, wenn ich es nicht tue. Abends hat Murat Bülent sie oft versorgt. Dann brauchte ich sie nur noch ins Bett zu stecken.«

Vera nickte nachdenklich und trank einen Schluck Kaffee. Anne fuhr fort: »Ich erinnere mich nicht, ob wir in den letzten drei Wochen, die Emilie bei meinen Schwiegereltern verbracht hat, über sie gesprochen haben. Wahrscheinlich haben wir das mehr als einmal getan, aber ich weiß nur noch, dass wir über die beiden Jungs geredet und Pläne geschmiedet haben, wie ich zurück in meinen Beruf könnte. Ich wusste Emilie gut aufgehoben und war froh, mich nicht mit ihr auseinandersetzen zu müssen. Sie konnte ganz schön anstrengend sein, das habe ich an dem Samstag erlebt. Wenn ich geahnt hätte, dass es die letzten Stunden mit ihr sind …«

Selbstvorwürfe, sich zerfleischen mit all dem, was man meinte versäumt zu haben, das kannte Vera Zardiss gut, sie hatte es damals nach Renas Verschwinden genauso gemacht. »Wenn«, sagte Vera. »Wenn wir die Zeit zurückdrehen könnten, würden wir es tun. Wir würden alles anders machen, nicht wahr? Aber würden wir das wirklich, oder wären wir nach einiger Zeit nicht zurück in den alten Trott gefallen, weil wir gar nicht anders können?«

»Wir müssten doch nicht alles anders machen«, widersprach Anne. »Wir müssten nur in dem einen entscheidenden Moment anders handeln. Ich müsste die Haustür abschließen und den Schlüssel bei mir haben. Und Sie …« Sie brach ab, weil sie nicht wusste, wie Vera Zardiss den Verlust ihrer Tochter hätte verhindern können.

»Ich müsste rechtzeitig zum Reitstall fahren«, vollendete Renas Mutter. »Aber wir sind keine Hellseherinnen, Frau Brenner. Wir machen nur uns und andere kaputt mit unseren Vorwürfen. Mein Vater hat es nicht ertragen. Meine Mutter hat ihn nur wenige Monate überlebt. Unsere Älteste zog es vor, mit ihrem Freund zusammenzuziehen. Auf uns allein gestellt haben mein Mann und ich uns dann irgendwie wieder zusammengerauft. Es klingt banal, aber ich sage es Ihnen trotzdem. Das Leben geht weiter, auch nach solch einem Verlust. Da hinten schlafen zwei Jungs, die eine Mutter brauchen, und zwar keine, die sich selbst zerfleischt und ihre Umgebung gleich mit. Für mich war zu Anfang jeder schuld. Mein Vater, weil er Rena nicht abgeholt hatte. Meine Mutter, weil sie ihn daran gehindert und mir nicht rechtzeitig Bescheid gesagt hatte. Mein Mann, weil er unbedingt auf dem Land leben wollte. Es hat eine Weile gedauert, ehe ich bei mir ankam, bei meiner Schuld. Dabei war ich genauso wenig verantwortlich für Renas Verschwinden wie die anderen. Oder wie Sie für Emilies Tod verantwortlich sind. Verantwortlich sind immer nur die Täter.«

»Ich weiß«, sagte Anne. »Aber wahrscheinlich lebte Emilie noch, als Marlies Heitkamp bei mir klingelte. Das war um halb fünf. Ich hätte nur nach draußen gehen und rufen müssen. Sie hätte mich bestimmt gehört. Sie war erst seit zehn Minuten nebenan, er hat sie doch nicht sofort …«

Ihre Stimme versagte, es dauerte einen Moment, ehe sie weitersprechen konnte. »Ich hab noch zu Marlies gesagt, sie wäre nebenan bei Reinckes. Als ob ich es geahnt hätte. Dabei war das nur eine blöde Ausrede, weil ich nicht zugeben wollte, dass sie mir entwischt war.«

Wieder musste sie sekundenlang um Fassung ringen. Dann sprach sie den schlimmsten Teil aus. »Im Wohnzimmer hätte ich vielleicht etwas gehört. Aber wir haben in der Küche gesessen. Wir haben in der Küche gesessen, während nebenan mein Kind starb. Und ich kann nicht weinen. Das war meine Tochter, die wir vor zwei Wochen begraben haben. Ich müsste mir doch die Augen aus dem Kopf heulen.«

»Das kommt noch«, sagte Vera Zardiss. »Glauben Sie mir, es braucht eine Weile, ehe die Tränen fließen. Man muss es zuerst richtig begreifen. Warten Sie ab, wenn Sie das erste Mal allein an Emilies Grab stehen. Sie haben immerhin ein Grab, Sie haben Gewissheit. Ich habe nur das, was ich glauben soll. Und das fällt mir unendlich schwer. Wie soll ich denn glauben, dass Renas Leichnam an Kühe verfüttert wurde? Heute könnte man so etwas vermutlich auch nach Wochen noch beweisen. Vor zwölf Jahren …« Nun brach Vera Zardiss ab und drehte ihr Gesicht zur Seite.

Am sechzehnten Januar holte Lukas Anne und die Jungs heim und blieb bei ihr, bis Johannes und Leonard satt, trocken und zufrieden in ihren Bettchen lagen. Ehe er das Haus verließ, sagte er: »Ich weiß nicht, wie es dir geht. Aber für die zwei sollten wir uns bemühen, möglichst normal weiterzuleben und unsere Wut in den Griff zu bekommen.«

»Ich bin nicht wütend«, sagte Anne.

Das entzog sich offenbar seinem Begreifen. »Nicht?«

»Nein.«

»Aber du musst doch etwas fühlen.«

»Sicher«, sagte sie. »Ich fühle mich schuldig, weil ich nicht aufgepasst habe. Wenn ich nicht eingeschlafen wäre …«

»Entschuldige«, unterbrach er sie. »Aber den Satz kann ich nicht mehr hören. Ich muss jetzt auch los. Wenn ich noch irgendwas besorgen soll, ruf an. Ich hab gestern eingekauft, der Kühlschrank ist voll. Aber vielleicht hast du Lust auf etwas Bestimmtes.«

Sie schüttelte nur den Kopf. Nachdem er die Haustür hinter sich zugezogen hatte, traute sie sich ins *kleine* Kinderzimmer, in dem Emilie nur so kurze Zeit geschlafen hatte. Wie nicht anders zu erwarten, erinnerte nichts mehr an sie. Auf dem Boden lag ein mit Häusern und Straßen bedruckter Teppich.

Über die Tapete flogen dickbäuchige Jumbojets mit kreisrunden Fenstern, hinter denen lustige Gesichter abgebildet waren, und Raketen mit funkensprühenden Schweifen zwischen grünen Elefanten und anderen Fabelwesen. Die Einrichtung war mehr als dürftig, ein Schaukelpferd, ein Bobbycar und ein Regal voller Autos und Plüschtiere.

Eigentlich sah es ganz nett aus, nur die Elefanten auf der Tapete hätten nicht sein müssen. Sie versetzten Anne zurück in den Zoo. Und dann kam, was Vera Zardiss ihr angekündigt hatte: Das Begreifen, die Trauer, der Schmerz und dieses »nie wieder« brachen über sie herein, trieben ihr die Tränen in die Augen, ließen sie auf die Knie sinken und mit der Stirn auf den bunten Teppich schlagen, bis unten im Flur die Türklingel anschlug.

LESEPROBE

**Den eigenen Albträumen ausgeliefert.
Ohne Erinnerung. Nur mit der Gewissheit,
dass jemand sterben sollte ...**

Das Psychogramm einer Frau, die nichts mehr weiß,
aber alles für möglich hält

ISBN 978-3-453-35893-5
Auch als E-Book und Hörbuch erhältlich

Über den Roman

»Mach sie tot, mach sie tot!« Mit diesen Worten im Kopf erwacht eine Frau auf einer Intensivstation. Doch wer hat das gesagt? War sie gemeint? Wer ist sie überhaupt? Fast zwei Jahre soll sie im Koma gelegen haben, doch sie weiß nichts mehr. Den Mann, der sie mit Claudia anspricht und sich als ihr Ehemann Carsten Beermann vorstellt, kennt sie nicht. Auch der erwachsene Sohn, der von seiner leidvollen Kindheit erzählt, ist ihr fremd. Erst als sie sich an einen kleinen Jungen erinnert, der in einer brennenden Wohnung nach seiner Mutter ruft, keimt in ihr ein entsetzlicher Verdacht ...

Prolog

10. September 2014

»Es hat ein Problem gegeben«, sagte der Mann mit belegter Stimme, als die Frau zur Tür hereinkam. Er hielt sein Handy in der Hand, hatte kurz zuvor einen Anruf erhalten.

»Was für ein Problem?«, fragte die Frau. Sie war jung, erheblich jünger als er, und erheblich stärker. Das wusste er seit Langem. Und als sie ihn jetzt mit misstrauisch gerunzelter Stirn anschaute, wurde es ihm einmal mehr bewusst.

»Mit ihrer Beatmung.« Er senkte den Blick aufs Handy, als wolle er etwas ablesen. »Irgendwas mit der Kanüle. Die Pflegerin sprach nur gebrochen Deutsch, ich habe nicht alles verstanden. Sie hätte Besuch von ihrer Schwester gehabt, als es passierte.« Er betrachtete das Telefon wie ein ekliges Tier. »Wer soll sie denn besucht haben? Sie hat doch keine Angehörigen, nur ...«

»... dich, wolltest du sagen«, ergänzte die Frau kühl, als er abbrach. »Ist sie erstickt?«

Der Mann hielt den Blick gesenkt, konnte sie jetzt nicht ansehen. »Nein. Sie ist auf dem Weg ins Krankenhaus, nach Welmersheim.«

»Sind die denn von allen guten Geistern verlassen?«, brauste die Frau auf. Sie versuchte gar nicht erst, ihre Wut zu kaschieren. »Wozu der Aufwand? Soll sie noch ein paar Jahre so liegen? Aber so bringt sie der Koch noch mehr Geld. Verfluchtes Aas!«

»Vielleicht stirbt sie jetzt«, sagte der Mann, hob endlich den Blick von seinem Handy und fragte: »Wo warst du eigentlich den ganzen Nachmittag?«

Erwachen

Cilly

Das Licht war grell und stach ihr schmerzhaft ins linke Auge. Sie versuchte zu blinzeln und spürte Widerstand, als ob etwas ihr Lid nach oben gezogen hätte und festhielt. Doch kaum hatte sie das registriert, war ihr Lid schon wieder frei. Der messerscharfe Strahl wanderte zur Seite und erlosch dort. Übrig blieb eine gleichmäßige, erträgliche Helligkeit und etwas wie ein Zucken im Kopf: *Mach sie tot! Mach sie tot!*

Sie hörte ein sich stetig wiederholendes Piepsen in ihrer Nähe. Und eine jugendlich klingende Frauenstimme sagte: »Da sind Sie ja wieder. Können Sie mich hören?«

Natürlich. Sie hörte ja auch das Piepsen, wusste nur mit den Worten nicht sofort etwas anzufangen. Ihr Kopf fühlte sich an, als hätte man ihr sämtliche Gehirnwindungen mit Blei ausgegossen, bis auf die eine, in der dieses Zucken nachhallte wie ein hysterisches Kreischen: *Mach sie tot! Mach sie tot!*

»Wenn Sie mich verstehen, blinzeln Sie«, bat die jugendliche Stimme, die nun, wo das Licht auszuhalten war, auch ein Gesicht bekam. Es war schmal und unauffällig, weder ausgesprochen hübsch noch hässlich. Ungeschminkt war es, das fiel ihr auf, und es hatte etwas Tröstliches.

Die Frau war ihr unbekannt und älter, als die Stimme glauben machte. Sie mochte Mitte fünfzig sein, trug einen weißen Kittel, den sie dem Anschein nach hastig übergezogen hatte. Jedenfalls hatte sie sich nicht die Mühe gemacht, die Knöpfe zu schließen.

Über das ungeschminkte Gesicht zog ein zufriedenes Lächeln, als sie wie ein folgsames Kind blinzelte, erst mit beiden Augen, dann abwechselnd mit dem linken und dem rechten. Dabei blinzelte sie nicht, um die Bitte der unscheinbaren Frau zu erfüllen. Es waren nur das Licht und der natürliche Reflex, die Augäpfel zu befeuchten, hinzu kam das Bedürfnis, das Frauengesicht nicht aus dem Blick zu verlieren.

»Sehr schön«, kommentierte die Frau, hielt ihr einen Finger vors Gesicht, bewegte ihn hin und her und sagte noch einmal: »Sehr schön«, weil sie dem Finger unwillkürlich und ohne besondere Aufforderung mit den Augen folgte. Anschließend fragte die Frau: »Können Sie sprechen? Nennen Sie einfach Ihren Namen.«

Namen?

Ihr Name war nicht auf Anhieb präsent. Man wachte nicht auf mit einem Hirn voller Blei und der Gewissheit: Ich bin Claudi Schlagmichtot oder Prinzessin Tausendschön. Wenn man so aufwachte wie sie in diesen Minuten, war man nur ein Ich und noch nicht in der Lage, sich zu hinterfragen.

Die ungeschminkte Frau beobachtete aufmerksam jede ihrer Regungen und sagte: »Lassen Sie sich Zeit.«

Zeit?

»*Zeit macht nur vor dem Teufel Halt, denn der wird niemals alt, die Hölle wird nicht kalt*«, sang eine junge Frau unmittelbar unter ihrer Schädeldecke. Woanders wäre in ihrem Kopf noch kein Platz gewesen. Aber die Hölle war heiß. Und große Hitze ließ Blei schmelzen. Es verflüssigte sich, geriet in Bewegung, floss langsam und träge ab. Zwischen den frei werdenden Synapsen blitzten Gesichter auf. Und Namen: Dagmar Zöllner, Cilly Castrup, Beate Wego, Astrid Melzer.

Für ein paar Sekunden schwebte ein Gesicht über ihr wie ein unscharfer Fleck, der nur langsam an Kontur gewann. Gleichzeitig sagte eine Frau: »*Ich hab's gleich. Tut mir leid, das muss sein. Keine Panik. Ich hab's gleich. Keine Angst. – So, ich bin drin.*«

Das war Dagmar: Selbstvertrauen, Zuversicht und Stärke, auch wenn es hektisch oder kritisch wurde. Astrid und Beate waren ebenfalls starke Persönlichkeiten. Cilly dagegen bestand aus Unsicherheit, wankendem Selbstvertrauen und unzähligen Ängsten. Durch die bereits frei gewordenen Gehirnwindungen zogen flüchtige Bilder: Rührei und knusprig gebratener Speck auf einem Teller. Ein gut aussehender Mann Ende dreißig mit dichtem, dunklem Haar am Frühstückstisch in einem Hotel – Achim Castrup.

»*Wir fahren hinauf, wenn es dunkel ist*«, sagte er. »*Bei Tageslicht ist die Wirkung gleich null. Das musst du unbedingt bei Nacht sehen. Du wirst nicht glauben, dass es so etwas heute noch gibt.*«

Er hatte eine angenehm dunkle Stimme, wie ein samtweiches Band, von dem Cilly sich immer wieder einwickeln ließ, obwohl die Zeit sie schmerzlich gelehrt hatte, dass ihm nicht zu trauen war.

Weitere Bilder und Töne krochen aus Ritzen und Windungen, die das abfließende Blei freigab: Ein schwarzer Geländewagen auf einem Hotelparkplatz. Ein malerischer Steinbruch neben einer Landstraße. Ein verschneiter Waldweg. Eine holprige Fahrt den Hügel hinauf. »*Darf man hier überhaupt hinauf?*«, fragte ...

»Cilly«, wollte sie endlich die Frage nach ihrem Namen beantworten. Aber ihre Mundhöhle war so ausgedörrt, dass es im Rachen schmerzte. Und ihre Zunge bewegte sich wie ein schwerfälliges Tier, an dessen Käfig die Gitterstäbe entfernt worden waren, sodass es ungehindert entweichen konnte. Ein heiseres Nuscheln über das ausbrechende Tier hinweg, mehr brachte sie nicht zustande. Die ungeschminkte Frau konnte daraus kaum einen verständlichen Namen ableiten. Sie versuchte zu schlucken – das war unmöglich. Der Piepston in ihrer Nähe wurde schneller und unregelmäßig.

»Durst«, krächzte sie.

Nur der Himmel wusste, was die ungeschminkte Frau verstanden, ob sie vielleicht nur einen heiseren Ton gehört hatte, den sie nicht zu deuten wusste. »Schon gut«, beschwichtigte sie. »Kein Grund zur Aufregung. Versuchen Sie, Ihren Arm zu heben.«

Sie wusste nicht, welcher Arm gemeint war, aber eine Wahl hatte sie ohnehin nicht. Ihr rechter Arm war mit Mullbinden am Bettgitter fixiert und ließ sich gar nicht bewegen. Ihr Kopf war hoch genug gebettet, um zu sehen, dass im Handrücken eine Kanüle steckte, in die ein Infusionsschlauch mündete. Sie konzentrierte sich auf den linken Arm, doch der lag da, als gehöre er nicht zu ihr. Sosehr sie sich anstrengte, sie schaffte es nicht, ihn auch nur um einen Zentimeter anzuheben.

Die ungeschminkte Frau erkannte, dass sie sich vergebens bemühte. Sie stand rechts von ihr, wo das Gitter hochgeschoben war, wechselte auf die andere Seite des Bettes, legte eine Hand in ihre Linke und forderte: »Versuchen wir etwas anderes, drücken Sie meine Hand, so fest Sie können.«

Sie konnte gar nicht drücken, im Gegensatz zum Arm gehorchten die Finger ihr zwar, zuckten aber nur kaum merklich. Die Frau äußerte sich nicht dazu, kniff in ihren Unterarm und wollte wissen: »Spüren Sie den Schmerz?«

Natürlich. Da das schwerfällige Tier in der ausgedörrten Mundhöhle erneut auszubrechen drohte, als sie zu sprechen versuchte, deutete sie ein Nicken an. Dabei spannte und ziepte es unangenehm vorn am Hals.

Die Frau kniff sie noch in den linken Oberschenkel, wiederholte die Prozedur auf der rechten Seite und strich ihr zu guter Letzt mit einem kalten metallenen Instrument unter den Fußsohlen entlang. Es fühlte sich beinahe an wie Schnitte. Als sie mit unwilligen Lauten reagierte, schien die Frau zufrieden. »Gut«, sagte sie. »Das ist mehr, als wir erwartet haben.«

Inzwischen war genügend Blei abgeflossen, um sie ein wenig aufnahmefähiger und geistig agiler zu machen. Sie registrierte, dass die Frau unter dem offenen Kittel ein weißes T-Shirt und eine weiße Hose aus leichtem Baumwollstoff trug.

Medizinerbekleidung. Das kannte sie. Eine Krankenschwester?

Sie versuchte, den Kopf in Richtung des Piepsens zu drehen, um herauszufinden, was es damit auf sich hatte. Es kam von rechts. Aber mit dem Spannen und Ziepen vorn am Hals brachte sie ihren Kopf nicht weit genug zur Seite. Sie bemerkte nur eine zweite, jüngere Frau mit ordnungsgemäß geschlossenem weißen Kittel und asiatischen Gesichtszügen, die sich devot im Hintergrund hielt. Vermutlich war die Asiatin eine Krankenschwester und die ungeschminkte Frau eine Ärztin.

In Verbindung mit der Infusion und der Prozedur, der sie eben unterzogen worden war, kam sie zu dem Schluss, dass sie sich in einem Krankenhaus befand. Dann wurde der nervige

Ton wohl von dem Gerät verursacht, das ihren Herzschlag, den Blutdruck und einiges mehr überwachte.

Sie kannte diese Geräte, sah sie vor sich mitsamt den Zahlen und Linien auf dem kleinen Monitor, aber ihr fiel nicht ein, wie sie hießen. Sie fand auch keine Erklärung, warum sie in einem Krankenhaus lag und wieso ihr Mund sich anfühlte, als sei er leer – bis auf die dicke, pelzige Zunge, die unbeholfen nach nicht vorhandenen Widerständen tastete und sich erneut zwischen den spröden Lippen durchpfuschen wollte.

Während sie nach Erklärungen suchte, sagte die Ärztin zur Krankenschwester: »Lassen wir sie noch eine Runde schlafen«, und machte sich an der Infusion zu schaffen. Das Licht flackerte mehrmals, weil ihre Lider zu flattern begannen.

Die Asiatin fragte in melodischen Singsang: »Müssen Angehörige verständigt werden, dass sie ansprechbar ist?« Es hörte sich an wie das Zwitschern eines kleinen Vogels und weckte in ihr die Illusion, dass da ein Kind sprach.

Sie hörte noch ein kurzes, raues Lachen, genau genommen nur einen abfälligen Ton und ein paar unverständliche, dumpf ausklingende Worte. Dann erlosch das Licht. Und sie glitt zurück in die Dunkelheit, der sie eben erst entkommen war.

Als sie die Augen zum zweiten Mal aufschlug, vielmehr aufriss, hatte sie das Gefühl, dass etwas mit ihrem Hals passierte und sie keine Luft mehr bekam. Sie erwartete, wieder den unscharfen Fleck über sich zu sehen und Hände zu spüren. Eine Hand drückte ihren Kopf in den Nacken, die andere presste etwas auf ihren Hals, während ihr gleichzeitig ein Rohr in die Kehle geschoben wurde, woran sie zu ersticken drohte. *Mach sie tot! Mach sie tot,* zuckte und kreischte es wie beim ersten Erwachen durch ihr Hirn.

Aber da war niemand. Kein verschwommener Fleck, der sich nach mehrfachem Blinzeln in die ängstliche Miene einer sehr jungen Frau mit dunklem Teint verwandelte. Keine resolute, befehlsgewohnte Frauenstimme, die unwillig verlangte: *»Jetzt nimm endlich deine Flossen da weg. Sie wird nicht verbluten. – Ich hab's gleich. Tut mir leid, das muss sein. Keine Panik. Ich hab's gleich. Keine Angst. – So, ich bin drin.«* Nichts davon war wirklich.

Bis auf das nervenaufreibende Piepsen war es still und gerade hell genug, um die nähere Umgebung zu erkennen. Dafür hatte sie beim ersten Erwachen keinen Blick gehabt. Und jetzt war es blanke Panik, die sie veranlasste, hektisch alles in Augenschein zu nehmen, was in ihrem Blickfeld lag.

Sie war allein in einem kleinen Raum mit gelb gestrichenen Wänden, der von ihrem Bett fast ausgefüllt wurde. Sonst gab es nur noch einen Metallschrank mit Schubfächern. Auf der Ablagefläche machte sie eine Packung Kleenex und eine Spenderbox mit Einmalhandschuhen aus. Darüber waren von Plexiglasklappen verschlossene Fächer mit Mulltupfern, Einwegspritzen und Verbandsmaterial angebracht. Das Gerät, dessen Name ihr entfallen war, stand auf einem Sockel zwischen dem Schrank und ihrem Bett und piepste in beängstigend rascher Folge.

Wie viel Zeit vergangen war, seit ihr das grelle Licht ins Auge gestochen hatte, konnte sie nicht einmal schätzen. Jetzt war es dieses unerklärliche Reißen, Ziehen und Pressen im oder am Hals. Sie konnte den Schmerz nicht exakt lokalisieren, er ließ auch schon wieder nach. Was blieb, war die Erinnerung an das lebensbedrohliche Gefühl zu ersticken, das sie aus dem Schlaf gerissen hatte. Der fliegende Atem und der rasende Puls bezeugten noch die Panik, in die sie geraten war.

Zu beiden Seiten des Bettes waren die Gitter hochgeschoben. Der Kopfteil war so weit angehoben, dass sie gut über das Fußende hinweg sehen konnte. Zwischenzeitlich hatte man sie bis zur Taille mit einer dünnen Decke zugedeckt.

Das Blei in ihrem Hirn schien vollständig abgeflossen zu sein. Ihr Kopf fühlte sich leichter an, freier und leer. Ihr Blick schweifte durch eine offene Tür in den Korridor, von dem mattes Licht hereinschimmerte. Dort näherten sich eilige Schritte.

Die Asiatin mit der kindlich zwitschernden Vogelstimme hastete herein, sorgte für mehr Helligkeit und überprüfte eilig die Werte, die das piepsende Gerät anzeigte. Anschließend kontrollierte sie den dünnen Schlauch, der mit der Kanüle in ihrem rechten Handrücken verbunden war, und den Infusionsbeutel, der von einem Galgen am Kopfende des Bettes baumelte und aus dem eine klare Flüssigkeit gemächlich in den Schlauch tropfte. Damit schien alles in Ordnung zu sein.

Die routinierten Handgriffe der Krankenschwester, mehr noch deren Anwesenheit oder einfach die Tatsache, dass sie nicht mehr alleine war und ihr niemand nach dem Leben trachtete, beruhigte sie und ließ ihre Herzfrequenz sinken. Doch als die Asiatin die dünne Decke zurückschlug und ein kurzes, verwaschenes Nachthemd hochschob, schossen ihr Puls und der Blutdruck erneut in die Höhe.

In ihrem Oberbauch steckte ein zweiter, dickerer Schlauch. Das Ende lag neben ihrem Nabel und war mit einem schwarzen Pfropfen verschlossen. Dicht dabei verlief ein schmaler Streifen, der sich weiß von ihrer bleichen Haut abhob. Eine Narbe? So wie es aussah, musste es eine ältere Narbe sein. Aber sie erinnerte sich nicht an eine Verletzung oder Operation, bei der man ihren Bauch aufgeschnitten hätte.

Ihr Blick glitt über den in eine Windel gepackten Unterleib

zu den nackten Beinen. Und ihr Entsetzen steigerte sich ins
Unerträgliche. Was da auf dem weißen Laken lag, waren
dürre Stecken mit dicken Knubbeln – die Kniegelenke – und
kein bisschen Fleisch drum herum. Auch an den Ober- und
Unterschenkeln waren die Knochen scheinbar nur von weiß-
grauer, faltiger Haut umschlossen, durch die sich Spinnen-
netze von hellen Streifen zogen. Es sah aus, als sei sie damit
unter einen Mähdrescher geraten.

»Keine Angst«, zwitscherte die Asiatin in ihrem beruhigen-
den Singsang, zog das Nachthemd wieder herunter und die
Decke über die Verheerung bis hinauf zur Taille. »Es ist alles
gut. Doktor Scheuer kommt sofort.«

Keine Angst? Was sie aufwühlte, war entschieden mehr als
Angst. Atemnot und Schmerzen im oder am Hals, ein Schlauch
im Leib, verunstaltete Beine, keine Kraft in Händen und Armen
und keine Erklärungen. Mit der ausgedörrten Mundhöhle
konnte sie nicht einmal fragen, was mit ihr geschehen war.

Sie brauchte dringend etwas zu trinken. Ihre Lippen waren
so trocken, dass sie zu reißen drohten. Und ihre Zunge gebär-
dete sich immer noch wie ein Tier, das unbedingt seinen Käfig
verlassen wollte. Keine Gitterstäbe. Keine Zähne.

Sie versuchte, mit einer Geste zu verdeutlichen, was sie
wollte. Ihr rechter Arm war nach wie vor am Gitter fixiert.
Den linken brachte sie diesmal immerhin einige Zentimeter
vom Laken in die Höhe. Es gelang ihr sogar, die Hand zu
einem Becher zu formen und eine Trinkbewegung anzudeu-
ten. Die Krankenschwester verstand. Als die ungeschminkte
Frau hereinhetzte, wieder mit offenem Kittel und nachlässig
hochgestecktem Haarknoten, aus dem sich mehrere Strähnen
gelöst hatten, erklärte die Asiatin: »Ich glaube, die Patientin
möchte etwas trinken.«

»Dafür müssen Sie doch keinen Alarm schlagen«, erwiderte die Ärztin gereizt. »Bekommt sie nicht ausreichend Flüssigkeit?«

»Doch.« Die Asiatin schielte zu dem Infusionsbeutel am Galgen, als sei sie ihrer Sache nicht so sicher wie behauptet. »Aber etwas hat den Herzalarm ausgelöst. Ich habe nur ...«

»Holen Sie etwas Tee«, schnitt die Ärztin ihr das Wort ab. »Wenn sie schlucken kann und ihr Zustand weiterhin stabil bleibt, können wir die PEG in den nächsten Tagen entfernen und sie auf die Innere verlegen.«

Die Krankenschwester eilte wieder hinaus. Die Ärztin – Doktor Scheuer, das hatte sie sich trotz Panik und Entsetzen gemerkt – lächelte sie an und warf ebenfalls einen Blick auf den Herz-Monitor. Plötzlich wusste sie die richtige Bezeichnung für das Gerät. Es piepste immer noch in schneller Folge, aber nicht mehr so beunruhigend ungleichmäßig wie bei der Panikattacke unmittelbar nach dem Aufwachen und beim Anblick ihrer Beine.

Sie wusste auch, was eine PEG war. Perkutane endoskopische Gastrostomie. Cilly sollte nach einem schrecklichen Unfall auf die Weise ernährt werden, obwohl es ästhetischer ausgesehen hätte, sie per Infusionslösung zu versorgen.

»So ein Schlauch durch die Bauchdecke in den Magen gesteckt, das ist morbide und fremdbestimmt. Es hat etwas von Machtmissbrauch und Quälerei. Darauf stehen die Leute«, blitzte ihr eine Männerstimme durchs Hirn.

Lesen Sie weiter in:

PETRA HAMMESFAHR

Fremdes Leben

ISBN 978-3-453-35893-5

Auch als e-Book und Hörbuch erhältlich